KB263701

한유산문역주 **2**

韓愈散文譯注

서계(書啓) · 증서(贈序)

The Prose Works of Han Yu — A Korean Translation with Annotations

지은이 **한유**(韓愈, 768-824)는 중국의 중당(中唐) 시기를 산 사상가요 정치가인 동시에 걸출한 산문 작가며 특색 있는 시인으로, 사상계·정계·문단 등 다방면에서 뚜렷한 발자취를 남긴 인물이다. 자가 퇴지(退之)고 하양(河陽 : 지금 河南省 孟州市) 사람이다. 본인이 자칭한 본관 및 사후의 시호와 마지막 관직인 이부시랑을 따서 세상에서 '한창려(韓昌黎)', '한문공(韓文公)', '한이부(韓吏部)'로도 부른다. 그는 사상적으로 위진남북조(魏晉南北朝)를 거치면서 쇠퇴한 유학을 부흥시키고 불교와 도교를 배척하는 주장을 견지했다. 정치적으로 군벌들의 지방 할거를 반대해 모반한 번진(藩鎭)세력의 토벌 전쟁에 참여해 공을 세웠고 당시의 정치적 폐단을 공격하는 데 매우 용감했으며, 특히 지방관으로 있을 때 백성들을 위해 괄목할 많은 치적을 남겼다. 산문 방면에서 그는 육조(六朝) 이래 문단을 풍미해 온 변문(騈文)의 폐단을 통렬하게 지적하고, 선진(先秦)과 양한(兩漢) 이전의 고문 전통을 회복할 것을 힘써 주장하면서 유종원(柳宗元) 등 뜻을 같이하는 무리들을 이끌고 당대(唐代) 고문운동(古文運動)을 주도했다. 이론상으로 문장의 내용인 '도(道)'와 형식인 '문(文)'의 합일을 기조로 문체 개혁에 특히 주목할 만한 주장을 내놓아 진부함을 거부하고 참신하면서도 어법 규범에 합치하는 새로운 고문의 표준을 제시했다. 그는 이런 주장을 창작을 통해 몸소 실천해 기세가 분방하고 변화가 다양한 각종 체재의 명문장을 남김으로써 당송팔대가(唐宋八大家)의 으뜸으로서 '백대문종(百代文宗)'이라는 독보적 추앙을 받았다. 시가 방면에도 창조 정신을 발휘해 신기하고 웅건한 풍격의 독창적인 일가의 경지를 이룩했다. 그는 산문 혁신을 제창하는 동시에 시가에서도 전위적인 변혁을 주장해 당시 일군의 작가들에게서 보이는 평범하고 용렬한 시풍(詩風)을 바로잡고자 했다.

옮긴이 **이종한**(李鍾漢)은 1958년 경북 영천에서 태어나 1981년 계명대학교 한문교육과를 졸업하고, 1983년과 1992년에 서울대학교 대학원 중어중문학과에서 문학석사 학위와 문학박사 학위를 받았다. 1984년부터 계명대학교 중국어문학과 교수로 재직하고 있으며, 1990년과 1997년에 국립대만사범대학(國立臺灣師範大學)과 미국 미네소타대학교(University of Minnesota)에서 객원 연구교수를 지냈다. 일찍이 시로써 시를 논한 비평 양식에 관심을 기울이다가 중국문학에서 연구가 미진한 분야인 산문 연구로 방향을 전환한 바 있으며, 중국 고전산문과 경서를 주로 강의하고 있다. 『두보시선』(2000), 『한문 문법의 분석적 이해』(2001), 『당송산문선』(2003), 『한유 산문의 분류와 의론산문』(2005), 『중국산문간사』(공역, 2007), 『한유 서간문』(2010) 등의 저·역서와 「역대논시절구연구(歷代論詩絶句研究)」(1983), 「한유 산문의 분석적 연구」(1992), 「한국에서의 한유 평가에 관한 연구」(1995), 「한유의 논시시(論詩詩)에 관하여」(1996), 「한유 산문의 시적 특징에 관하여」(1998), 「전문 문인으로서의 한유」(2007), 「한유 '전(傳)'의 장르 성격에 관한 검토」(2008) 등 다수의 논문이 있다.

한유산문역주 韓愈散文譯注 **2** —서계(書啓)·증서(贈序)

1판 1쇄 인쇄 2012년 6월 15일 **1판 1쇄 발행** 2012년 6월 25일

지은이 한유 **옮긴이** 이종한 **펴낸이** 박성모 **펴낸곳** 소명출판
등록 제13-522호 **주소** 137-878 서울시 서초구 서초동 1621-18 (란빌딩 1층)
대표전화 (02) 585-7840 **팩시밀리** (02) 585-7848
이메일 somyong@korea.com **홈페이지** www.somyong.co.kr

ISBN 978-89-5626-712-8 94820   값 37,000원   ⓒ 2012, 한국연구재단
ISBN 978-89-5626-710-4 (전 5권)

이 번역도서는 2007년 정부재원(교육인적자원부 학술연구사업비)으로 한국연구재단의 지원을 받아 연구되었음. (KRF-2007-421-A00063)

한유 사당(韓文公祠) 패방(牌坊) 중국(中國) 조주(潮州)

한유 사당(韓文公祠) 내부 중국(中國) 조주(潮州)

한유 사당(韓文公祠) 입구 중국(中國) 조주(潮州)

2009한유국제학술대회 중국(中國) 조주(潮州)

昌黎先生集卷第十五

書啓

與孟東野書〔東野或作郊公貞元十五年從董晉喪出汴州依張建封于徐因被留以職事此書當在十六年三月作〕

與足下別久矣以吾心之思足下知足下懸懸於吾也〔以吾或作余今從閣蜀本云除下文江湖予樂也一語餘並作吾〕各以事牽不可合并其於人人〔卷答張籍書或無下人字作它人其人人字說見前非是〕非足下之為見而日與之處足下知吾心樂否也〔下有一本又〕〔之處或作人處〕吾言之而聽者誰歟吾唱之而和者誰歟言無聽也唱無和也獨行而無徒也是非無所與同也足下知吾心樂否也〔無聽無和上或無而字或作以行下或無而字與或作以〕足下才高氣清行古道處今世無田而衣食事親左右無違足下之用心勤矣足下之處身勞且苦矣混

여맹동야서(與孟東野書)

我衣之華兮我佩之光　陸君之去兮誰與翱翔

歌于逵道無疾其驅天子有詔

送孟東野序

此大惠令施于一州今其去矣胡不為留我作此詩

大凡物不得其平則鳴草木之無聲風撓之鳴水之

송맹동야서(送孟東野序)

序

送董邵南序

燕趙古稱多感慨悲歌之士董生舉進士連不得志

於有司懷抱利器鬱鬱適茲土吾知其必有合也董

生勉乎哉夫以子之不遇時苟慕義彊仁者皆愛惜

焉矧燕趙之士出乎其性者哉然吾嘗聞風

俗與化移易吾惡知其今不異於古所云邪聊以吾

子之行卜之也

송동소남서(送董邵南序)

한유산문역주 2

서계(書啓) · 증서(贈序)

한유 지음 | 이종한 옮김

韓愈散文譯注

소명출판

◆ 일러두기

1. 이 책은 동성파(桐城派) 학자 마기창(馬其昶, 1855-1930)의 『한창려문집교주(韓昌黎文集校注)』(上海古籍出版社, 1986)를 저본으로 삼았다. 이 저본은 마기창이 교주한 유고를 그의 장손 마무원(馬茂元, 1918-1989)이 정리해 1957년에 상해(上海) 고전문학출판사(古典文學出版社)에서 간행한 단구본(斷句本)에 따라 분단(分段)과 표점(標點)을 가해 출판한 것이다. 『한창려문집교주』는 마기창이 요영중(廖瑩中)의 주(注)를 저본으로 삼아 명청대(明淸代) 20여 주석가의 평어와 주석을 채록해 보주(補注)로 삼아 엮은 한유의 산문에 대한 가장 완비된 주석본으로, 그 속에는 문집 8권 외에 문외집(文外集) 2권, 유문(遺文) 1권, 집외문(集外文) 3편과 집전(集傳)이 부록으로 들어 있다.

2. 이 책에서는 한국연구재단과 맺은 2007년도 명저번역연구 지원 약정에 따라 문외집과 유문 및 집외문을 제외하고, 한유 산문의 정집(正集)인 8권의 문집에 들어 있는 320편의 산문 작품을 역주의 대상으로 삼았다. 독자의 참고 편의를 위해 저본의 순서에 따라 작품에 HS-001~320까지의 일련번호를 붙였는데, 한 편 속에 둘 이상의 작품이 들어 있는 경우는 동일번호 내에서 재차 하위 일련번호를 부여했다.

3. 각 작품은 번역문, 해제, 원문과 주석의 순으로 배열했다. 번역문은 가급적 원문의 틀을 유지하고 저본의 단구와 표점에 나타난 호흡을 살려 한유 산문의 기세등등한 특징을 최대한 드러낼 수 있도록 하되, 의미가 충분히 창달되도록 하기 위해 우리말의 어순에 부합하게 옮기려고 했다. 다만 저본의 단구 단위가 너무 긴 경우에는 간혹 그대로 따르지 않고 중간에 끊은 경우도 없지 않다. 해제에서는 각 작품의 창작 시기와 동기 및 배경, 주제 및 핵심 내용, 형식 및 문체의 특징, 관련 작품 간의 상호관계 등을 중심으로 비교적 상세한 해설을 덧붙였다. 원문은 저본을 따라 단락별로 구분해 나열하되 극소수지만 단락 조정을 한 경우가 있으며 주석은 같은 작품 내에서는 일련번호를 붙였다. 주석에서는 괄호 속에 한국 한자음으로 독음을 달고, 어구의 의미 풀이와 출전 및 관련 고사의 규명은 물론 인명·지명·관직명 등을 밝히는 데도 중점을 두었으며, 번역문만 읽고 미진한 작품의 내용 파악을 돕기 위해 보충 설명을 가한 경우도 있다. 해제의 연월 표시는 음력이고, 주석의 우리말 독음은 어구의 내적 끊어 읽기 호흡을 포함해 두음법칙을 적용했다.

4. 독자의 이해와 사용 편의를 위해 이 책의 서두에 역자 서문 외에 이한(李漢)의 「창려선생집 서문(昌黎先生集序)」을 국역해 싣고, 말미에 한유의 생애와 성취, 한유 산문의 분류, 한유에 대한 평가, 한유 산문 국역의 의의 및 기여도 등에 대한 해설 및 작품 '원문 제목'과 '번역문 제목'의 두 가지 찾아보기를 덧붙였다.

5. 번역문과 해설 및 주석에서 한자는 가급적 적게 쓰고 반복 사용을 피하려고 했지만, 의미 전달의 명확성을 높이고 한자 학습의 필요성을 환기한다는 점에서 고유명사나 주요 용어를 중심으로 필요하다고 생각되는 경우에 괄호 속에 병기했다.

6. 이 책에 쓰인 주요 부호는 다음 원칙에 따랐다.
   '   ' 중요한 의미를 지닌 어구나 용어를 강조할 때
   "   " 인용할 때
   (   ) 인용 원문을 제시하거나 한자를 병기할 때
   『   』 책이름을 표기할 때
   「   」 책의 편명 또는 작품 이름을 표기할 때

7. 이 책에서 주로 참고한 비중 있는 주석본과 교감본은 다음과 같다.
   朱熹, 『昌黎先生集考異』(文淵閣四庫全書本); 王伯大, 『別本韓文考異』(文淵閣四庫全書本); 廖瑩中, 『東雅堂昌黎集註』(文淵閣四庫全書本); 魏仲擧, 『五百家注昌黎文集』(文淵閣四庫全書本); 陳景雲, 『韓集點勘』(文淵閣四庫全書本); 蔣箸超, 『註釋評點韓昌黎文全集』(再版; 上海 : 會文堂), 1925; 童第德, 『韓愈文選』(北京 : 人民文學出版社), 1980; 童第德, 『韓集校詮』(北京 : 中華書局), 1986; 淸水茂, 『韓愈』I·II(東京 : 筑摩書房), 1986-1987; 張淸華, 『韓愈詩文評注』(鄭州 : 中州古籍出版社), 1991; 錢伯城, 『韓愈文集導讀』(成都 : 巴蜀書社), 1993; 屈守元·常思春, 『韓愈全集校注』(成都 : 四川大學出版社), 1996; 李道英, 『唐宋八大家文集·韓愈文』(北京 : 人民日報出版社), 1997; 高海夫, 『唐宋八大家文鈔校注集評·昌黎文鈔』(西安 : 三秦出版社), 1998; 周啓成·周維德, 『新譯昌黎先生文集』上·下(臺北 : 三民書局), 1999; 羅聯添, 『韓愈古文校注彙輯』(臺北 : 國立編譯館), 2003; 孫昌武, 『韓愈詩文選評』(西安 : 三秦出版社), 2004; 閻琦, 『韓昌黎文集注釋』上·下(西安 : 三秦出版社), 2004.

8. 각 권의 앞에 실은 원전 자료는 『한창려문집교주』의 저본으로 중화서국(中華書局)에서 간행한 동아당본(東雅堂本) 『창려선생집(昌黎先生集)』에서 스캔해온 것이다.

제4권_ 서(序)

한유산문역주 전체 차례

내가 처음 뭇사람 가운데서 그대를 우러러보았을 때 그대는 본래 남다른 점이 있었습니다. 그대의 음성을 듣고 말씨를 접하게 되고는 그대와 사귀고 싶은 소망이 생겼습니다. 연분이 있어 다행히도 만나게 되어 마침내 뜻하는 바를 얻게 되었으니, 아마 그대께서 저를 저버리지 않은 때문만이 아니라 저 또한 그대를 만난 것은 시운이 있는 탓이옵니다. 요즈음에 일찍이 그대께서 유감스럽게도 제게 아무런 비판의 말씀도 해주지 않음을 유의하고 있었사온데, 제가 그대와 사귀는 도리가 지극하지 못한 탓이라 여겨집니다. 지금 비로소 크게 뜻하던 바를 얻으니 개운하기는 고질병이 몸에서 떨어져 나가는 것 같고, 시원하기는 뜨거운 것을 쥐고 있는 사람이 시원한 바람을 쐬는 듯합니다. 그러나 그대께서 지적하시기로 불교와 도교를 배척하는 데는 저서를 남기는 것보다 나은 것은 없으니 떠들썩하게 말만 많이 하는 것은 한갓 서로 헐뜯는 것일 뿐이라고 했습니다. 저의 견해를 말씀드리자면, 그대의 생각과 좀 다릅니다.

　대체로 이른바 저서를 남기는 것은 생각이 문장으로 나타나는 데 그 칠 뿐이니, 입으로 풀어내는 것과 책으로 써내는 것에 무슨 차이가 있 겠습니까? 맹가(孟軻)의 책은 그가 직접 쓴 것이 아니고 그의 사후에 제 자 만장(萬章)과 공손추(公孫丑)가 그가 한 말을 기록한 것일 따름입니다. 제가 스스로 성인의 도리를 터득하고 그것을 암송하며 앞에서 말한 두 학파를 배척한 지 여러 해가 되었습니다. 저를 알지 못하는 사람들은 제가 논쟁을 좋아한다고 합니다. 그러나 저의 말을 좇아 감화를 받은 사람도 있지만, 저의 말을 듣고 의심하는 사람들이 또 배나 더 많습니 다. 완고하게 저의 견해를 받아들이지 않는 사람들은 제가 직접 말로 깨우쳐도 받아들이지 않는데 그들이 저의 책을 본다고 해도 분명 아무 런 소득을 얻지 못할 것입니다. 이렇게 말로만 하고 만 것이 어찌 제 정 력을 아끼고자 한 때문이겠습니까?

　그러나 일설에 의하면, 당시 사람들을 감화시키는 데는 입으로 하는 것보다 나은 것이 없고, 후세 사람들에게 전하는 데는 저서 만한 것이 없다고 했습니다. 또 저의 역량이 아직 부족함을 두려워합니다. 서른에 학문에 뜻을 세우고 마흔이 되어서는 사리 판단에 혼란이 생기지 않았 다고 했으니, 저는 공자와 비교할 때 설령 나이는 이미 넘었더라도 아 직 뜻과 학문은 그분께 미치지 못함을 걱정해야 할 편인데, 하물며 지 금 나이도 불혹이 되지 않았으니 분명 뜻과 학문이 불혹의 경지에 미치 지 못했사옵니다. 청하기로는 쉰이나 예순이 된 뒤에 책을 집필해 그 속에 오류가 적기를 바랍니다.

　그대께서는 또 제가 뭇사람들과 더불어 내실이 없고 잡다해 순정하 지 못한 언설을 담론한다고 나무랐습니다. 이것은 제가 장난질한 것일 따름이니 주색에 빠지는 것에 비견한다면 그보다야 낫지 않겠습니까? 그대께서 저를 나무라는 것은 마치 같이 목욕을 하면서 벌거벗은 것을 나무라는 것과 흡사합니다. 다른 사람들과 언쟁할 때 차분히 기운을 가라앉히지 못하고 흥분했다고 말씀하시는 것은 그런 경우가 더러 있었던 것 같은데 마땅히 심사숙고해 뉘우치고 고치고자 합니다. 쌍륙(雙六)과 같은 도박을 한다는 꾸중은 감히 가르침을 받들지 않을 수 있겠나이까! 그 나머지는 서로 만나 다시 이야기하기를 기다리겠습니다.

저녁 시간이 가까워 막부로 출근해야겠기에 하고픈 말을 다 할 수 없습니다. 한유가 재배를 올립니다.

해제

변주(汴州) 동진(董晉)의 막부에서 관찰추관(觀察推官)으로 있던 정원 14년(798)에 장적(張籍)으로부터 자신의 생활과 사상에 대해 몇 가지 비판과 건의를 담은 「상한창려서(上韓昌黎書)」를 받고 답한 편지글. 장적의 비판을 일부는 수용하고 일부는 해명하는 가운데 자신의 성격과 사람됨을 잘 드러내고 있다. 내심의 소리를 담은 진솔하고 꾸밈없는 이 편지글을 통해 진정과 도의로 충고하는 옛 사람들의 차원 높은 우정을 엿볼 수 있기도 하다. 장적(767?-830?)은 자가 문창(文昌)으로 정원 14년에 진사에 급제했고, 수부낭중(水部郎中)과 국자사업(國子司業) 등의 관직을 역임했다. 작자로부터 고문을 배운 제자이자 외우(畏友)로 악부시(樂府詩)를 특히 잘 지었다.

愈始者望見吾子[1]於人人[2]之中, 固有異[3]焉 ; 及聆[4]其音聲, 接其辭氣[5], 則有願交之志 ; 因緣幸會, 遂得所圖, 豈惟吾子之不遺, 抑[6]僕之所遇有時[7]焉耳。近者嘗有意[8]吾子之闕焉無言[9], 意僕所以交之之道不之至也 ; 今乃大得所圖, 脫然[10]若沈痾[11]去體, 灑然[12]若執熱者之濯[13]淸風也。然吾子所論 : 排釋老[14]不若著書, 囂囂[15]多言, 徒相爲訾[16] ; 若僕之見, 則有異乎此也!

1   吾子(오자) : 그대. 자기의 친구를 친근하게 높여서 부른 호칭으로 여기서는 장적(張籍)을 가리킨다.
2   人人(인인) : 당나라 때의 구어로 '뭇사람(衆人)'이라는 뜻이다.
3   有異(유이) : 남다른 점이 있다. 보통 사람보다 뛰어나다.
4   聆(영) : 듣다.
5   辭氣(사기) : 말씨. 어투.
6   抑(억) : 또. 또한.
7   所遇有時(소우유시) : 좋은 때를 만나다. 좋은 시운을 타다.
8   有意(유의) : 유의하다. 주목하다.
9   闕焉無言(궐언무언) : 유감스럽게도 장적이 자신에게 아무런 비판의 말씀을 해 주지 않다.
10   脫然(탈연) : 개운한 모양.
11   沈痾(침아) : 고질. 고질병.
12   灑然(쇄연) : 시원한 모양. 상쾌한 모양.
13   濯(탁) : 씻다. 쐬다.
14   釋老(석로) : 본래 부처와 노자이나 여기서는 불교와 도교를 가리킨다.
15   囂囂(효효) : 시끌벅적 떠들썩한 모양.
16   訾(자) : 헐뜯다. 비난하다.

夫所謂著書者, 義[17]止於辭耳。宣之於口, 書之於簡[18], 何擇[19]焉? 孟軻[20]之書, 非軻自著, 軻旣歿, 其徒萬章[21]公孫丑[22]相與記軻所言焉耳。僕自得聖人之道而誦之, 排前二家有年矣。不知者以僕爲好辯也 ; 然從而化者亦有矣, 聞而疑者又有倍焉。頑然不入者, 親以言諭之不入, 則其觀吾書也固將無得矣。爲此以止, 吾豈有愛於力乎哉?

17 義(의) : 생각. 내용.
18 簡(간) : 본래 글을 쓰는 데 사용한 죽간(竹簡)으로 책을 가리킨다.
19 何擇(하택) : 무엇을 선택하겠는가? 어떤 것을 택하든 차이가 없음을 말한다.
20 孟軻(맹가) : 전국시대 대유학자인 맹자(B.C. 372-B.C. 289)의 이름.
21 萬章(만장) : 맹자의 제자로 스승을 도와 『맹자』를 집필했다.
22 公孫丑(공손추) : 맹자의 제자로 스승을 도와 『맹자』를 집필했다.

然有一說 : 化當世莫若口, 傳來世莫若書。又懼吾力之未至也。三十而立[23],
四十而不惑, 吾於聖人[24], 旣過之猶懼不及 ; 矧今未至, 固有所未至耳。請
待五六十然後爲之, 冀其少過[25]也。

23 三十而立(삼십이립) : 이하 두 구절은 『논어·위정(爲政)』편에 보인다. 30대에
    학문에 뜻을 세우고, 40대에는 뜻이 확고해지고 학문이 넓게 닦여서 사리 판단
    에 혼란이 생기지 않는 것을 말한다.
24 聖人(성인) : 공자를 가리킨다.
25 冀其少過(기기소과) : 거기(자기의 저서)에 오류가 적기를 바라다.

吾子又譏[26]吾與人人爲[27]無實駁雜之說[28], 此吾所以爲戲耳 ; 比之酒色, 不
有間[29]乎? 吾子譏之, 似同浴而譏裸裎[30]也。若商論[31]不能下氣[32], 或似有之,
當更思而悔[33]之耳。博塞[34]之譏, 敢不承敎 ; 其他俟[35]相見。

26 譏(기) : 나무라다. 책망하다.
27 爲(위) : 담론하다. 일반적으로 '짓다'는 뜻으로 풀이하지만 취하지 않는다.
28 無實駁雜之說(무실박잡지설) : 내실이 없고 잡다해 순정하지 못한 언설. 이것이
    무엇을 가리키는 지에 대해서는 여러 가지 견해가 있지만, 당시에 유행한 전기
    소설(傳奇小說)과 같은 부류의 이야기를 가리키는 것으로 보는 것이 가장 타당
    하다.
29 有間(유간) : 차이가 있다. 차이 나다.
30 裸裎(나정) : 벌거벗다. 옷을 다 벗고 알몸을 드러내다.
31 商論(상론) : 언쟁하다. 토론하다.
32 下氣(하기) : 기운을 가라앉히고 흥분하지 않다. 침착하게 감정에 사로잡히지 않
    다.
33 悔(회) : 잘못을 고치다.
34 博塞(박새) : 쌍륙(雙六)과 같은 도박의 일종.
35 俟(사) : 기다리다.

薄晚³⁶須到公府³⁷, 言不能盡。愈再拜。

36 薄晚(박만) : 황혼녘. '薄'은 '迫'과 같다.
37 公府(공부) : 동진(董晉)의 막부. 본래 삼공(三公)의 관아인데, 이때 동진이 검교
    상서좌복야(檢校尙書左僕射)·동중서문하평장사(同中書門下平章事)로 변주의
    선무절도부대사(宣武節度副大使)를 맡고 있었는데, 한유는 그의 관찰추관으로
    봉직했다.

그대는 제가 못나고 어리석다고 여기지 않고 저를 추대해 성현의 경지에 들여놓기 위해 저의 사악한 마음을 털어버리고 아직 고상하지 못한 점을 높은 경지로 끌어올리려는 생각에, 저의 자질 중에 성인의 도에 이를 수 있는 것이 있다고 말하면서 그 근원을 깊이 파서 앞으로 나아갈 방향을 인도하고 그 뿌리에 물을 대 장차 그 열매를 먹게 했습니다. 이것은 성대한 덕을 갖춘 사람도 사양하는 것인데 하물며 저와 같은 사람에게 있어서야! 그러나 그 가운데 마땅히 회답을 해야 할 내용이 있기에 그로 인해 마침내 그만두지를 못하겠습니다.

옛날에 공자께서 『춘추』를 지으실 적에 이미 그 글귀를 심오하게 해놓았지만, 감히 공개적으로 대의를 전파하지 않고 단지 구두로 제자들에게 전수해 후세에 와서야 비로소 그의 책이 세상에 나왔습니다. 그분께서 하신 우환의 방식이 매우 은밀해 겉으로 잘 드러나지 않았습니다.

지금 저 불교와 도교의 두 학파를 으뜸으로 여기고 신봉하는 사람들이 아래로 공경과 재상에까지 이르렀으니, 제가 어찌 감히 큰 소리로 말하며 그들을 배척하겠습니까? 말로 할 수 있는 사람을 가려서 가르치더라도 때로는 저와 맞지 않아 언쟁하거나 반박하는 소리가 시끌벅적한데, 만약 마침내 책으로 써낸다면 그것을 보고 노하는 사람이 반드시 많을 것이고, 또 저를 미쳤다고 하거나 사리분별을 못한다고 할 텐데, 자기 몸도 하나 돌보지 못할 제게 책이 무슨 소용이 있겠습니까? 공자께서는 성인이시지만 그럼에도 말씀하시기를 "내가 자로(子路)를 얻은 뒤로부터 헐뜯는 소리가 귀에 들어오지 않았다"라고 했습니다. 이 밖에 그를 보좌해 도운 제자가 천하에 두루 가득했지만, 그럼에도 불구하고 진(陳)나라에서 양식이 끊어졌고, 광(匡) 땅에서 갇혀 곤욕을 치렀으며, 숙손무숙(叔孫武叔)으로부터 비방을 받았고, 제(齊)·노(魯)·송(宋)·위(衛)의 교외에서 바쁘게 뛰어다녔으니, 그의 도가 비록 존귀했지만 그가 당한 곤경 또한 매우 심했습니다. 그의 제자들이 함께 지킨 데 힘입어 마침내 천하에 자기의 학설을 세울 수 있었던 것이니, 지난날 만약 그로 하여금 홀로 자기의 학설을 말로 선전하고 책으로 쓰게 했다면 그것이 남아 있기를 바랄 수 있었겠습니까?

지금 저 불교와 도교의 두 학파가 중원 땅에 유행한 지 대략 6백여 년이 되어 이미 뿌리를 견고하게 내리고 분파가 널리 퍼져 아침에 명령을 내려 저녁에 금지시킬 수 있는 것이 아닙니다. 문왕(文王)이 죽은 이후로 무왕(武王)·주공(周公)·성왕(成王)·강왕(康王)이 대대로 지켜서 예악이 다 남아 있었는데, 공자에 이르기까지는 시간이 오래되지 않았습니다. 공자로부터 맹자에 이르기까지 시간이 오래되지 않았고 맹자로부터 양웅(揚雄)에 이르기까지도 역시 시간이 오래되지 않았지만, 그런데도 그들이 이와 같이 수고스럽고 이와 같이 곤궁하게 된 뒤에야 비로소 나름대로의 견해를 세울 수 있었는데, 제가 설마 쉽게 할 수 있을 것일는지요! 쉽게 할 수 있다면 그 책이 오래도록 전해지지 못할 테니, 그 때문에 제가 감히 책을 쓰지 않는 것입니다.

그러나 옛 사람을 관찰해보니, 좋은 때를 만나서 자기의 주장을 펼쳤을 경우에는 책을 집필할 필요가 없었습니다. 책이란 모두 자신의 주장이 당시에는 펼쳐지지 못하고 후세에 행해진 사람들이 남긴 것입니다. 지금 제가 저의 뜻을 실현할 수 있을지 없을지 아직 알 수 없으니, 쉰이나 예순이 된 뒤에 책을 집필하더라도 늦다고 할 수는 없을 것입니다. 하늘이 이 시대 사람들로 하여금 성인의 도를 깨닫지 못하기를 바란다면 저의 운명을 기약할 수 없겠으나, 만약 이 시대 사람들로 하여금 성인의 도를 깨닫게 하기를 바란다면 제가 아니면 그 누가 하겠습니까? 제가 성인의 도를 실행하든지, 책으로 써내든지, 동시대 사람들을 교화하든지, 후세 사람들에게 도를 전하든지, 반드시 하늘에서 계획한 바가 있을 텐데, 그대는 무엇 때문에 이처럼 다급하게 제가 하는 일에 대해 조마조마해 하시는지요!

전번 편지에서 제가 다른 사람들과 언쟁할 때 차분히 기운을 가라앉히지 못하고 흥분해 이기기를 좋아하는 것 같다고 하셨습니다. 비록 그런 일이 있은 것은 사실입니다만, 제가 이기기를 좋아한 것이 아니라 저의 주장이 이기기를 좋아한 것입니다. 그리고 또 저 개인의 주장이 이기기를 좋아한 것이 아닙니다. 저의 주장은 바로 공자·맹자·양웅이 전해온 도이기 때문입니다. 만약 이기지 못한다면 성인의 도라고 할 수 없을 것이니, 제가 어찌 감히 성인의 도를 전한다는 명성을 회피하겠는지요! 공자의 말씀에 "내가 안회(顔回)와 종일토록 담론을 하여도 그저 듣기만 할 뿐 되묻거나 내 말에 이의를 제기하지 않는 것이 어리석은 사람 같았다"라고 하셨으니, 공자께서도 다른 많은 사람들과 논쟁을 하신 적이 있었습니다. 잡다해 순정하지 못하다는 꾸중에 대해서는 전번 서신에서 다 말씀드렸는데, 그대는 이번에도 그 점을 언급했습니다. 옛날에 공자께서도 농을 한 적이 있었고, 『시경』에서 "알맞게 농을 잘 하니 해가 되지 않는다"라고 했으며, 『예기』에서도 "화살을 당기기만 하고 늦추지 않는 것은 문왕(文王)과 무왕(武王)도 하지 않는 것이다"라고 했으니, 농을 하는 것이 어찌 도에 해가 되겠습니까? 그대는 이 점을 미처 생각하지 못하셨을 따름입니다!

맹교(孟郊) 씨가 장차 다른 곳으로 가고자 해 그대와 작별 인사를 하고 싶어 하니 한번 오시기를 바랍니다. 한유가 재배를 올립니다.

해제

정원 14년(798)에 장적(張籍)의 「상한창려제이서(上韓昌黎第二書)」를 받고 그것에 답한 편지글. 장적은 작자로부터 「답장적서(答張籍書)」(HS-071)를 받고, 한유가 제기한 논거를 반박해 가능한 한 일찍이 저서를 집필하고 '내실이 없고 잡다해 순정하지 못한 언설'에 빠져 농이나 하지 말라고 재차 충고했다. 작자는 이에 대해 불교와 도교가 이미 6백여 년 이상 오랜 세월에 걸쳐 광범하게 유행해왔기 때문에 저서를 통해 공개적으로 배척하기가 곤란하다는 자신의 솔직한 생각을 털어놓고 있다. 물론 화가 두려워 두 학파에 대한 비판을 자제했다기보다는 일종의 책략으로 보는 것이 좋을 듯하다. 사실 작자는 공자·맹자·양웅으로 이어져 온 유학 도통의 계승자로 자임하면서 성인의 도를 실행하고, 저서를 집필하고, 동시대 사람들을 교화하고, 후세 사람들에게 도를 전하는 역사적 사명감을 견지하고 있음을 은연중에 내비치고 있다.

吾子不以愈無似[1], 意欲推而納諸聖賢之域[2], 拂其邪心, 增其所未高 ; 謂愈之質有可以至於道者, 浚[3]其源, 導其所歸, 漑其根, 將食其實 : 此盛德者之所辭讓, 況於愈者哉? 抑其中有宜復者, 故不可遂已[4]。

1 無似(무사) : 불초하다. 자기와 닮지 못해 못나고 어리석다.
2 域(역) : 경지. 반열.
3 浚(준) : 준설하다. 깊이 파다.
4 已(이) : 그만두다. 해명하지 않고 그냥 넘어갈 수 없음을 말한다.

昔者聖人[5]之作春秋也, 旣深其文辭[6]矣 ; 然猶不敢公傳道之, 口授弟子, 至於後世, 然後其書出焉。 其所以慮患之道微也。 今夫二氏[7]之所宗而事之者, 下乃公卿輔相[8], 吾豈敢昌言[9]排之哉? 擇其可語者誨之, 猶時與吾悖[10], 其聲嘵嘵[11] ; 若遂成其書, 則見而怒之者必多矣, 必且以我爲狂爲惑 ; 其身之不能恤[12], 書於吾何有[13]? 夫子[14], 聖人也, 且曰 : "自吾得子路[15], 而惡聲不入於耳。" 其餘輔而相[16]者周天下, 猶且絕糧於陳[17], 畏於匡[18], 毀於叔孫[19], 奔走於齊魯宋衛之郊 ; 其道雖尊, 其窮也亦甚矣! 賴其徒相與守之, 卒有立於天下 ; 向使[20]獨言之而獨書之, 其存也可冀[21]乎?

5 聖人(성인) : 공자.
6 深其文辭(심기문사) : 글귀를 심오하게 해놓다. 『춘추』가 대의명분을 매우 함축적이고 은밀한 글귀로 표현해놓았음을 말한다.
7 二氏(이씨) : 불교와 도교를 가리킨다.
8 下乃公卿輔相(하내공경보상) : 위로는 천자부터 불교와 도교를 떠받들고 있음을 에둘러 표현한 것이다.
9 昌言(창언) : 공개적으로 선언하다. 큰 소리로 말하다.
10 悖(패) : 어긋나다. 의견이 서로 맞지 않다.
11 嘵嘵(효효) : 시끌벅적 논쟁하는 소리.
12 恤(휼) : 돌보다. 구제하다.
13 何有(하유) : 아무런 소용이 없음을 말한다.
14 夫子(부자) : 공자.
15 自吾得子路(자오득자로) : 이하 두 구절은 『사기·중니제자열전(仲尼弟子列傳)』에

공자의 말로 실려 있는데, 거기에서는 '子路'가 이름인 '由(유)'로 되어 있다. 자
로는 공자의 제자 중에서 용감하고 직선적인 성격의 소유자인 관계로 공자를
모시고 다닐 때 다른 사람들이 감히 비방하는 말로 공자에게 모욕을 주지 못했
다고 한다.

16 相(상) : 돕다.
17 絶糧於陳(절량어진) : 공자가 진(陳)나라에 있을 때, 마침 오(吳)나라가 진나라를
    공격해 양식이 끊어지는 곤경에 처했다. 『논어·위영공(衛靈公)』편과 『사기·
    공자세가(孔子世家)』 참조.
18 畏於匡(외어광) : 공자가 위(衛)나라를 떠나 진(陳)나라로 가던 중 광[匡 : 지금 하
    남성(河南省) 장원현(長垣縣) 서남쪽 15리쯤에 있는 광성(匡城)] 땅을 지날 때,
    그곳 사람들이 양화(陽貨)로 오인하고 5일 동안 포위하고 위협한 일을 가리킨
    다. '畏'는 '구금하다'는 뜻이다. 『논어·자한(子罕)』편과 『사기·공자세가』 참조.
19 毁於叔孫(훼어숙손) : 노(魯)나라 대부 숙손무숙(叔孫武叔)이 공자를 헐뜯다가
    자공(子貢)의 반박을 받은 일을 가리킨다. 『논어·자장(子張)』편 참조.
20 向使(향사) : 전에 만약.
21 冀(기) : 바라다. 소망하다.

今夫二氏行乎中土也, 蓋六百年有餘矣。其植根固, 其流波^{22}漫^{23}, 非所以
朝令而夕禁也。自文王^{24}沒, 武王周公成康^{25}相與守之, 禮樂皆在, 及乎夫
子, 未久也 ; 自夫子而及乎孟子, 未久也 ; 自孟子而及乎揚雄^{26}, 亦未久也,
然猶其勤若此, 其困若此, 而後能有所立 ; 吾其可易而爲之哉! 其爲也易,
則其傳也不遠, 故余所以不敢也。

22 流波(유파) : 분파. 세력.
23 漫(만) : 널리 퍼지다.
24 文王(문왕) : 서백(西伯) 창(昌). 그의 아들 무왕이 주나라를 세운 뒤 문왕으로
    추대했다.
25 武王周公成康(무왕주공성강) : 주나라의 무왕·주공·성왕·강왕.
26 揚雄(양웅) : 서한(西漢) 촉군(蜀郡) 성도(成都) 출신의 문인 겸 유학자로 자가
    자운(子雲)이며, 『태현(太玄)』·『법언(法言)』·『방언(方言)』 등의 저술과 많은
    사부(辭賦) 작품을 남겼다. 생몰년은 B.C. 53-A.D. 18년이다.

然觀古人, 得其時行其道, 則無所爲書 ; 書者, 皆所爲不行乎今而行乎後
世者也。今吾之得吾志失吾志未可知, 竢^{27}五六十爲之未失也。天不欲使
茲人^{28}有知^{29}乎, 則吾之命不可期 ; 如使茲人有知乎, 非我其誰哉? 其行道,

其爲書, 其化今, 其傳後, 必有在矣。吾子其何遽[30]戚戚[31]於吾所爲哉!

27 俟(사) : 기다리다. '俟'와 같다.
28 玆人(자인) : 당시 사람들. 이 시대 사람들.
29 有知(유지) : 성인의 도에 대해 알다.
29 何遽(하거) : 어찌 다급하게.
31 戚戚(척척) : 조마조마해하다. 걱정하다.

前書[32]謂吾與人商論, 不能下氣, 若好勝者然。雖誠有之, 抑非好己勝也, 好己之道勝也 ; 非好己之道勝也, 己之道乃夫子孟軻揚雄所傳之道也。若不勝, 則無以爲道。吾豈敢避是名[33]哉! 夫子之言[34]曰 : "吾與回言終日, 不違如愚。" 則其與衆人辨也有矣[35]。駁雜之譏, 前書盡之, 吾子其復之。昔者夫子猶有所戲, 詩[36]不云乎 : "善戲謔[37]兮, 不爲虐[38]兮。" 記[39]曰 : "張而不弛, 文武不能也", 惡[40]害於道哉? 吾子其未之思[41]乎!

32 前書(전서) : 「답장적서(答張籍書)」(HS-071)를 가리킨다.
33 是名(시명) : 성인의 도를 전한다는 명성. '남을 이기기 좋아한다는 이름'으로 풀이하기도 한다.
34 夫子之言(부자지언) : 『논어·위정(爲政)』편에 보인다.
35 其與衆人辨也有矣(기여중인변야유의) : 공자도 뭇사람들과 논쟁을 한 적이 있다. '辨'은 '辯'과 통한다. 일설에는 '其'를 안회로 보고 '안회는 뭇사람들과 구별되는 점이 있다'로 풀이하기도 한다.
36 詩(시) : 인용 시구는 『시경·위풍(衛風)·기욱(淇奧)』 제3장 제8-9구절.
37 戲謔(희학) : 농을 하다. 농담을 하다.
38 虐(학) : 해가 되다. 해를 끼치다.
39 記(기) : 인용 어구는 『예기·잡기하(雜記下)』에 보인다.
40 惡(오) : 어찌. 어떻게.
41 未之思(미지사) : 『논어·자한(子罕)』편에서 "산앵두나무 꽃이 하늘하늘 바람에 나부끼는데, 어찌 그대를 생각하지 않겠소마는 그대의 집이 멀리 떨어져 있기 때문이라네(唐棣之華, 偏其反而, 豈不爾思? 室是遠而)"라는 시구에 대해 공자가 "그를 생각하지 않은 것이니 진정으로 생각한다면 먼 데가 어디에 있겠는가?(未之思也, 夫何遠之有?)"라고 한 글속에 나오는 말이다.

孟君[42]將有所適[43], 思與吾子別, 庶幾[44]一來。愈再拜。

42 孟君(맹군) : 맹교(孟郊, 751-814). 한유와 맹교의 관계에 대해서는 「여맹동야서(與孟東野書)」(HS-073)와 「정요선생묘지명(貞曜先生墓誌銘)」(HS-230) 참조.

43 適(적) : 가다.
44 庶幾(서기) : 바라다. 소망하다.

HS-073 「맹동야에게 보내는 편지」

與孟東野書

그대와 헤어진 지 오래되었는데 제가 그대를 생각하는 마음을 통해 그대가 늘 저를 잊지 않고 생각하고 있음을 압니다. 서로가 제각기 일 때문에 얽매여 함께 모이지를 못하는데, 주위 다른 많은 사람들과는 그대를 대하는 것 같지 않는데도 매일같이 함께 생활하고 있으니 그대는 내 마음이 즐거운지 즐겁지 않은지를 아실 것입니다. 내가 말을 하면 들어주는 사람이 누구며, 내가 시를 읊으면 화답하는 사람이 누구겠습니까? 말을 해도 들어주는 사람이 없고, 시를 읊어도 화답하는 이가 없으며, 홀로 다닐 뿐 뜻이 맞는 벗이 없고, 옳고 그름도 저와 일치하는 사람이 없으니 그대는 제 마음이 즐거운지 즐겁지 않은지를 아실 것입니다.

그대는 재주가 뛰어나며 기질이 청아하고, 옛 사람의 도리를 행하면서 지금 세상을 살며, 논밭이 없으면서 의식주를 도모하고, 노모를 섬김에 매사 예에 어긋남이 없습니다. 그대의 마음 씀씀이가 얼마나 부지런하며, 그대의 몸가짐이 얼마나 수고롭고도 힘드실 것일는지요! 몸은 혼탁하게 세상 사람들과 함께 섞여 살지만 홀로 그 마음만은 옛 사람을 좇아 따르니, 그대의 처세 방식이 저를 슬프게 하는구려!

작년 봄에 변주(汴州)의 난리를 벗어나 다행히 죽지는 않았지만 돌아갈 만한 곳이 없어 마침내 이곳으로 왔습니다. 주인께서 저와 친분이 있어 저의 곤궁함을 가련하게 여기고 저를 부리(符離)의 수수(睢水) 가에 살게 하셨습니다. 가을이 되어 제가 장차 하직하고 떠나가려다가 일 때문에 붙잡혀 잠잠히 아무 말 하지 않고 여기에 있은 지 벌써 1년이 다 되어 갑니다. 금년 가을에 다시 하직하고 떠나려 하니, 강호는 저의 즐거움이며 그대와 더불어 생을 마칠 수 있다면 얼마나 다행스럽겠는지요!

습지(習之) 이고(李翺) 군이 저의 돌아가신 종형 한엄(韓弇)의 딸을 아내로 맞으러 오는 혼인 날짜가 다음 달에 있어서 조만간 여기로 오게 되어 있습니다. 장적(張籍)은 화주(和州)에서 거상 중에 있는데 집안 형편이 매우 어렵습니다. 그대가 두 사람의 근황을 알지 못할까 두려워 그 때문에 여기에 갖추어 알리니, 그대는 한번 와서 우리들을 보시기 바랍니다. 그곳에서 이곳까지는 비록 길이 멀지만, 요컨대 모두 뱃길로서 배만 타면 도달할 수 있으니 속히 도모하소서. 저의 바람이옵니다! 봄이 다 지나가고 계절이 더위를 향해 가니 노모를 받들고 봉양함에 있어 노모께서 매사에 순조롭고 다복하시기를 축원합니다. 저는 요즈음 눈병이 도져서 매우 불편한지라 일일이 더 쓰지를 못하겠습니다. 한유가 재배를 올립니다.

해제

　정원 16년(800) 3월에 돈독한 지기인 맹교(孟郊, 751-814)에게 보낸 편지글. 동야(東野)는 그의 자다. 맹교는 한유보다 17세 연상이었지만, 두 사람은 평생 나이를 뛰어넘어 진지한 우정을 쌓았다. 소박하고 자연스러운 문장 속에 서로의 내면세계에 대한 깊은 이해와 맹교의 어려운 삶의 처지에 대한 동정 등 작자의 진솔한 정감이 담겨 있다. 편지글 중에서 진지한 우정을 노래한 보기 드문 명작으로 손꼽힌다.

원문 및 주석

與足下[1]別久矣, 以吾心之思足下, 知足下懸懸[2]於吾也[3]。各以事牽[4], 不可合并[5], 其於人人[6], 非足下之爲見而日與之處, 足下知吾心樂否也! 吾言之而聽者誰歟? 吾唱[7]之而和[8]者誰歟? 言無聽也, 唱無和也, 獨行而無徒[9]也, 是非無所與同也, 足下知吾心樂否也!

1　足下(족하) : 연배나 지위가 비슷한 사람들 끼리 부르는 존칭. 다만 『사기・항우본기(項羽本紀)』에서 장량(張良)이 항우를 '대왕족하(大王足下)'라고 부른 예에서 알 수 있듯이, 진한(秦漢) 시대에는 아랫사람이 윗사람을 칭하는 경우에 쓰기도 했다.
2　懸懸(현현) : 늘 잊지 않고 생각하다. 염려하다.
3　이상 두 구절은 두 사람이 매우 절실하게 의기투합하는 사이임을 나타내는 표현이다. 한유는 「답호생서(答胡生書)」(HS-095)에서도 "저의 부족함을 통해 그대가 곤궁한 것을 알겠습니다(以愈之不足, 知生之窮也)"라고 했으며, 명대(明代)의 종신(宗臣, 1525-1560)도 이를 본받아 유개(劉玠)에게 보낸 답신인 「보유일장서(報劉一丈書)」에서 "어르신께서 연로한 제 아버님을 잊지 않는 것을 통해 연로한 제 아버님께서도 어르신을 깊이 생각하고 계신 줄 압니다(卽長者之不忘老

父, 知老父之念長者深也)"라는 비슷한 표현을 쓴 적이 있다.

4 牽(견) : 매이다. 이끌리다.

5 合幷(합병) : 함께 모이다.

6 人人(인인) : 다른 많은 사람. '뭇사람(衆人)'을 뜻하는 당나라 때의 구어.

7 唱(창) : 시를 읊조리다.

8 和(화) : 화답하다. 화답하는 시를 짓다.

9 徒(도) : 의기투합하는 친구.

足下才高氣淸, 行古道, 處今世 ; 無田而衣食[10], 事親左右無違[11] : 足下之
用心勤矣, 足下之處身勞且苦矣! 混混與世相濁[12], 獨其心追古人而從之,
足下之道其使吾悲也!

10 無田而衣食(무전이의식) : 농사지을 땅이 없어 글재주에 기대어 막부를 전전하
    며 생계를 도모하는 것을 말한다.

11 事親左右無違(사친좌우무위) : 노모를 섬김에 있어 매사 예에 어긋남이 없다.
    '左右'는 '각 방면', '모든 일'을 뜻하고, '無違'는 용의주도해 예에 어긋남이 없음
    을 말한다.

12 混混與世相濁(혼혼여세상탁) : 맹교의 몸은 세상의 때 묻은 사람들과 섞여 살 수
    밖에 없는 것을 말한다.

去年春, 脫汴州之亂[13], 幸不死, 無所於歸, 遂來于此[14]。主人[15]與吾有故[16],
哀其窮, 居吾于符離[17]睢上[18]。及秋將辭去, 因被留以職事[19]。黙黙在此, 行[20]
一年矣。到今年秋, 聊復辭去, 江湖[21]余樂也, 與足下終[22]幸矣!

13 脫汴州之亂(탈변주지란) : 정원 15년(799) 2월 10일에 절도사 동진의 죽음을 계
    기로 변주[汴州 : 지금 하남성 개봉시(開封市)]에서 군대의 반란이 일어나 유후
    (留後) 육장원(陸長源)과 그의 참모 맹숙도(孟叔度) 등을 살해한 사건을 가리킨
    다. 그 달 3일에 동진이 죽자, 6일에 한유는 그의 유해를 호송하고 변주를 떠나
    낙양으로 간 까닭에 화를 면할 수 있었다.

14 此(차) : 서주(徐州)를 가리킨다.

15 主人(주인) : 서사호절도사(徐泗濠節度使) 장건봉(張建封)을 가리킨다.

16 有故(유고) : 교분이 있다. 정원 3년(787)에서 11년(795) 사이에 장건봉(張建封)이
    마수(馬燧)와 친했는데, 그때 한유가 장안에서 마수의 지원을 받고 있은 관계로
    장건봉과 알게 되었다. 군란으로 인해 변주로 돌아갈 수 없게 된 한유가 서주
    (徐州)로 가서 교분이 있던 장건봉에게 몸을 의탁한 일을 가리킨다.

17 符離(부리) : 옛 고을 이름. 당나라 때에 숙주(宿州)에 속했으며, 지금 안휘성(安
    徽省) 숙현(宿縣) 부리집(符離集).

18 　睢上(수상) : 수수(睢水) 물가. 수수는 옛 탕탕거(蕩蕩渠)의 지류로 숙현(宿縣)을
　　지나 회하(淮河)로 흘러 들어간다.
19 　被留以職事(피류이직사) : 장건봉의 절도추관(節度推官)으로 임명되어 서주(徐
　　州)에 머무른 것을 가리킨다.
20 　行(행) : 장차.
21 　江湖(강호) : 강호로 돌아와 은거하는 유유자적한 삶을 가리킨다. 강호에서 일에
　　매이지 않고 낚시 드리운 채 즐겁게 사는 것을 말한다.
22 　終(종) : 여생을 마치다.

李翱之²³娶吾亡兄²⁴之女, 期在後月, 朝夕²⁵當來此 ; 張籍²⁶在和州²⁷居喪,
家甚貧 ; 恐足下不知, 故具此白²⁸, 冀足下一來相視也。 自彼²⁹至此雖遠,
要皆舟行³⁰可至, 速圖之, 吾之望也! 春且盡, 時氣向熱, 惟侍奉吉慶³¹。愈
眼疾比³²劇³³, 甚無聊, 不復一一。愈再拜。

23 　李翱之(이습지) : 이고(李翱, ?-844). 습지는 그의 자. 정원 14년(798) 진사로 한유
　　로부터 고문을 배웠다. 「여이고서(與李翱書)」(HS-093) 참조.
24 　亡兄(망형) : 죽은 종형. 숙부 예부낭중(禮部郎中) 한운경(韓雲卿)의 차남 한엄
　　(韓弇).
25 　朝夕(조석) : 조만간에. 얼마 안 되는 짧은 시간을 가리킨다.
26 　張籍(장적) : 「장중승전후서(張中丞傳後敍)」(HS-040) 주석 3 참조.
27 　和州(화주) : 화주 오강(烏江) 곧 지금의 안휘성 화현(和縣) 오강진(烏江鎭).
28 　白(백) : 아뢰다. 말하다.
29 　彼(피) : 그곳. 저곳. 당시 맹교의 소재지인 강소성(江蘇省) 상주(常州).
30 　舟行(주행) : 배를 타고 가다. 상주에서 서주까지는 수양제(隋煬帝) 때 건설한 대
　　운하를 통해 뱃길로 갈 수 있었다.
31 　侍奉吉慶(시봉길경) : 맹교의 노모께서 매사가 순조롭고 다복하기를 축수하는
　　말. '侍奉'은 여기서 '노모를 받들고 봉양하다'는 뜻이다.
32 　比(비) : 요즈음. 근자에.
33 　劇(극) : 도지다. 심해지다.

HS-074 「두수재에게 답하는 편지」

答竇秀才書

한유가 말합니다. 저는 젊어서부터 미련하고 겁이 많아서 다른 기예와 재능은 힘써 할 수 없는 것으로 여기고, 또 세상일에 밝지 못해 세상 사람들과 대부분 사이가 좋지 못했기에 끝내 아무 것도 이룰 수 없을 것같이 생각되어 마침내 분발해 독실하게 문학에 전념했습니다. 학업에 합당한 방법을 터득하지 못해 애써 공부해서 근근이 얻은 것이라고는 모두 공허한 언설에 불과할 뿐 실용에 적합하지를 못한데다가 스스로 게으르기까지 해 학문에 성취가 있어도 주장은 더욱 곤궁해지고 나이가 들어도 지혜는 더욱 궁색해졌습니다. 지금 또 죄를 범해 조정에서 쫓겨 나와 멀리 황량한 남쪽 변방에서 현령의 벼슬을 하고 있는 중이라 마음속의 우수로 답답하기 짝이 없고, 남방의 습하고 뜨거운 독기가 몸 속으로 엄습해와 두려움에 휩싸여 아침에 저녁을 기약하기 어려운 실정이랍니다.

그대는 나이가 젊고 재주가 뛰어나며 말씨가 고상하고 기개가 명민한 사람입니다. 마침 조정에서 어진 인재를 구해도 부족한 것같이 여기는 때고, 정무를 책임진 대신들도 모두 훌륭한 관리들이니, 몇 마디 남짓 되는 붓을 손에 들고 한 자 길이가 되는 종이 위에 글을 쓰면 위로 높은 작위를 얻을 수 있을 것이고 단계적으로 올라가며 진사과 고시에서도 만에 하나 잘못 될 리가 없을 것입니다. 지금 뜻밖에도 앞길을 예측할 수 없는 배를 타고 사람이 살지 않는 땅으로 들어와 나를 좇아 문장을 배우는 것을 일거리로 삼으려 하고 있습니다. 몸은 부지런함에도 불구하고 하려는 일은 시의에 어긋나고, 말은 매우 정중함에도 요청하는 것은 아주 미미하니 좋은 계책이라고 할 수 없습니다. 설령 고대의 군자로서 마음속에 도덕을 쌓아 간직하고도 그 광채를 숨기고 드러내지 않으며, 자기 입을 굳게 다물고 전수하려고 하지 않는 사람이라도 그대와 같이 간절하게 요청하는 것을 만난다면, 창고를 뒤집어 다 기울이듯 조금도 남기지 않고 펼쳐서 알고 있는 지식을 다 가르쳐줄 텐데, 나와 같이 어리석고 미련한 사람이 또 어찌 감히 그대에게 아끼고 말해주지 않겠습니까?

다만 그대의 재능은 충분히 스스로 떨쳐 펼칠 수 있고, 내가 가지고 있는 것은 앞에서 말한 것과 같으니, 이 때문에 그대가 요청한 이 일에 대해 부끄러워 감히 답하지 못하는 것이랍니다. 나의 재산은 그대에게 준다 해도 궁핍하고 급함을 구제하기에 충분하지 못하고, 나의 문장은 그대의 사업을 피어나게 하기에 부족해, 그대는 수레에 가득 싣고 왔다가 전대를 드리운 채 빈손으로 돌아갈 테니, 그대는 이를 밝게 살펴야할 따름입니다. 한유가 말했나이다.

해제

　정원 20년(804) 양산현령(陽山縣令)으로 좌천되어 있을 때, 자신에게 글을 배우려는 의사를 피력한 두존량(竇存亮)의 편지를 받고 보낸 답장. 두존량이 진사과에 응시한 적이 있으므로 '수재(秀才)'라고 부른 것으로 보인다. 왜냐하면 이때 수재과(秀才科)는 이미 폐지되고 시행되지 않았다. 자신의 억울한 처지에 대해 은연중에 불만을 토로하고, 실의에 빠진 시기에 자신에게 글공부를 요청한 두존량에게 겸양의 뜻을 나타내고 있다. 당시 조정의 대신들이 인재 발굴에 열중이고 뛰어난 관리라고 한 것은 실은 그들이 그런 중요한 일에 관심이 없음을 에둘러 비꼰 말이다.

원문 및 주석

愈白：愈少駑怯[1], 於他藝能, 自度[2]無可努力, 又不通時事, 而與世多齟齬[3]; 念終無以樹立, 遂發憤篤專於文學[4]。學不得其術, 凡所辛苦而僅有之者, 皆符於空言[5]而不適於實用, 又重[6]以自廢[7]; 是故學成而道益窮, 年老而智愈困。今又以罪黜於朝廷[8], 遠宰蠻縣[9], 愁憂無聊, 瘴癘[10]侵加, 惴惴焉[11]無以冀朝夕[12]。

1　駑怯(노겁) : 미련하고 겁이 많다. 재주가 없고 담력도 없다는 뜻. '駑'는 본래 '좋지 못한 말'을 가리킨다.
2　度(탁) : 헤아리다. 여기다.
3　齟齬(저어) : 아랫니와 윗니와 맞지 않다. 여기서는 의견이 서로 맞지 않아 사이가 좋지 않는 것을 비유한다.
4　文學(문학) : 오늘날의 문학과 꼭 일치하는 것은 아니고, 유가의 경전 학습이나 학문을 포함한 광의의 글공부를 가리킨다.

5　空言(공언) : 현실성이 떨어지는 이론적 주장.

6　重(중) : 거듭하다. 되풀이하다.

7　自廢(자폐) : 스스로를 게을리 하다.

8　以罪黜於朝廷(이죄출어조정) : 이 구절은 한유가 「어사대상론천한인기장(御史臺
上論天旱人饑狀)」(HS-276)에서 재해를 입은 경기 지방의 조세 감면을 요청하고,
경조윤(京兆尹) 이실(李實)이 세금 징수를 위해 재해 상황을 엉터리로 보고한
것을 폭로한 일 때문에 그 사람의 미움을 사서 양산현령으로 좌천된 일을 가리
킨다.

9　遠宰蠻縣(원재만현) : 멀리 남쪽 변방 고을의 현령이 되다. '宰'는 동사로 쓰여
'한 고을의 수령이 되어 다스리다'는 뜻이고, '蠻縣'은 양산(陽山) 곧 지금의 광동
성(廣東省) 양산현(陽山縣)을 가리킨다.

10　瘴癘(장려) : 남방의 산림에서 나오는 습하고 뜨거운 독기로 질병을 일으키는 원
인이 된다.

11　惴惴焉(췌췌언) : 두려워하는 모양.

12　無以冀朝夕(무이기조석) : 아침에 저녁을 기약할 수 없다. 이밀(李密)의 「진정표
(陳情表)」에 나오는 "아침에 저녁 일이 어떻게 될지 알 수 없습니다(朝不慮夕)"
라고 한 것과 같은 뜻이다. '朝夕'은 '아주 짧은 시간'을 가리킨다.

足下年少才俊, 辭雅而氣銳, 當朝廷求賢如不及之時, 當道者[13]又皆良有
司, 操數寸之管[14], 書盈尺之紙, 高可以釣[15]爵位, 循次而進, 亦不失萬一於
甲科[16] ; 今乃乘不測之舟[17], 入無人之地[18], 以相從問文章爲事。身勤而事左[19],
辭重而請約, 非計之得也。雖使古之君子, 積道藏德遁其光而不曜, 膠其
口而不傳者, 遇足下之請懇懇, 猶將倒廩傾囷[20], 羅列而進也 ; 若愈之愚不
肖, 又安敢有愛[21]於左右[22]哉!

13　當道者(당도자) : 정무를 책임 맡고 있는 대신.

14　數寸之管(수촌지관) : 몇 마디 남짓한 대롱으로 '붓'을 가리킨다.

15　釣(조) : 낚아 올리다. 구하다.

16　甲科(갑과) : 과거고시에서 가장 권위 있는 높은 등급의 진사과를 가리킨다. 당
나라 때 명경과에 갑·을·병·정의 4과가 있고, 진사과에 갑·을의 2과가 있
었다.

17　不測之舟(불측지주) : 앞길의 길흉을 예측할 수 없는 배. 뱃길은 풍랑을 만나게
되면 전도가 어떻게 될지 예측하기 어려운 데서 나온 표현.

18　無人之地(무인지지) : 사람이 살지 않는 땅. 한유가 유배지인 양산이 도성에서
매우 멀리 떨어진 벽지임을 과장하여 한 표현.

19　事左(사좌) : 하는 일이 시의에 맞지 않고 어긋나다. 일이 잘못되다.

20　倒廩傾囷(도름경균) : 창고를 뒤집어 기울이다. 조금도 남기지 않는 것을 나타낸
　　다.
21　愛(애) : 아끼다. 인색하게 굴다.
22　左右(좌우) : 상대방을 예우해 높이는 존칭의 일종으로 자세한 풀이는 「석언(釋
　　言)」(HS-038) 주석 17 참조.

顧[23]足下之能, 足以自奮 ; 愈之所有, 如前所陳 : 是以臨事[24]愧恥而不敢答
也。錢財不足以賄[25]左右之匱急[26], 文章不足以發足下之事業, 稛載[27]而往,
垂橐[28]而歸, 足下亮[29]之而已。愈白。

23　顧(고) : 다만. 단지.
24　臨事(임사) : 그대가 나에게 가르침을 청한 이 일을 대면하다.
25　賄(회) : 다른 사람에게 재물을 보내다. 여기서는 '뇌물을 주다'는 부정적인 뜻은
　　없다.
26　匱急(궤급) : 궁핍하고 급하다.
27　稛載(균재) : 가득 싣다. 『국어·제어(齊語)』에 처음 쓰인 말이다. '稛'은 본음이
　　'곤'으로 '捆'으로도 쓰며 '묶다'는 뜻이다. '노끈으로 꼭 묶어 싣다'는 데서 '가득
　　싣다'는 뜻으로 확대되었다.
28　垂橐(수탁) : 빈 전대를 축 늘어뜨린다는 뜻으로 아무 것도 휴대하지 않고 빈손
　　임을 나타낸다.
29　亮(양) : 밝게 살피다. 밝게 비추어보다.

HS-075 「이상서께 올리는 편지」

上李尙書書

아무 달 아무 날에 장사랑(將仕郎)으로 전에 사문박사(四門博士)를 담당한 바 있는 한유가 삼가 재배하고 상서(尙書) 경조윤(京兆尹) 각하께 서찰을 받들어 올립니다.

제가 장안으로 온 지 지금까지 15년이 되었는데, 뵌 적이 있는 공경 대신들이 이루 다 헤아릴 수 없사오니, 모두 맡은 바 관직을 받들어 지키고 과오가 없을 따름이었지만, 각하처럼 일편단심으로 임금을 섬기고 나라를 자기 집같이 걱정하는 분을 본 적이 없습니다.

금년 들어서 비가 내리지 않은 지가 백여 일이 넘어 씨가 땅으로 들어가지 못해 들판에 푸른 싹이 없는데도 도적들이 감히 발호하지 못하고 곡물 가격도 앙등하지 않았습니다. 장안 시내의 모든 동네와 골목, 수도의 120개 관청, 황제의 근위대 6개 사단, 도성 인근의 24개 직할 현에 있는 관리들이 모두 각하처럼 각자가 관할하는 백성들의 집으로 찾아가 살피기 때문에 노회하고 간사하며 습관적으로 훔치는 행위가 사라지고 기가 꺾이며 혼비백산하고 발자취가 흔적도 없이 사라졌습니다. 각하께서 절도 있게 진압하고 천자의 위엄 있는 덕을 베풀지 않으셨다면 어떻게 이런 지경에 이를 수 있었겠나이까!

　저는 어려서부터 문학에 종사해 나라에 충성하고 부모에게 효도를 다하는 사람을 보면 비록 천 년 백 년 이전의 일이라 하더라도 공경하고 흠모했는데, 하물며 몸소 각하와 상봉해 좌우에서 시중들며 저의 간절한 충정을 다 바치기를 구할 수 없음에야 오죽하겠습니까? 삼가 제가 지은 두 권의 글 15편을 바치나니, 감히 글이라고 여겨서가 아니라 각하를 찾아뵙는 밑천으로 삼고자 합니다. 나아갈지 물러날지 오직 각하의 명에 따르겠습니다. 한유가 황송한 마음으로 재배를 올립니다.

해제

　정원 19년(803) 가을, 사문박사를 그만두고 감찰어사에 임명되기 이전 장안에 머물고 있던 때에 이실(李實)에게 올린 편지글. 이실은 검교공부상서(檢校工部尚書)로 당시 경조윤(京兆尹)을 겸하고 있었다. 글을 올려 천거를 부탁하는 서찰인 관계로 당시의 권력자인 이실을 과도하게 추켜세운 감이 없지 않다. 그러나 이해 7월 감찰어사가 된 뒤에는 상소문을 써서 이실의 가렴주구를 탄핵한 점도 함께 고려할 필요가 있다. 이 점에 대해서는 「어사대상론천한인기장(御史臺上論天旱人饑狀)」(HS-276)을 참조하기 바란다.

원문 및 주석

月日, 將仕郎前守四門博士¹韓愈謹載拜²奉書尚書大尹³閣下⁴ :

1 　將仕郎前守四門博士(장사랑전수사문박사): 한유는 정원 18년(802)에 사문박사
　　가 되고 19년(803)에 감찰어사가 되었는데, 이 편지글을 쓴 때는 사문박사를 그
　　만두고 감찰어사가 되기 전인 정원 19년이다. 관련 어구에 대한 풀이는 「체협의
　　(禘祫議)」(HS-067) 주석 3, 4 참조.
2 　載拜(재배): 재배하다. '再拜'와 같다.
3 　尚書大尹(상서대윤): 정원 19년 3월 을해(乙亥)에 검교공부상서(檢校工部尚書)
　　이실(李實)이 경조윤(京兆尹)이 되었다.
4 　閣下(합하): 각하(閣下)와 같다. 삼공대신(三公大臣)의 대문에 협문(夾門)인 '閤'
　　을 설치한 데서 연유한 호칭.

愈來京師, 於今十五年⁵, 所見公卿大臣不可勝數, 皆能守官奉職, 無過失
而已 ; 未見有赤心⁶事上, 憂國如家如閣下者。

5 　十五年(십오년): 정원 5년(789)에 재차 장안으로 온 뒤부터 계산하면, 이해까지
　　15년이 된다.
6 　赤心(적심): 진심. 일편단심. '赤心'과 뒤 구절의 '憂國(우국)'으로 이실(李實)을
　　미화한 것은 한유가 『순종실록(順宗實錄)』에서 이실이 임금의 총애를 믿고 괴
　　팍하게 가렴주구(苛斂誅求)했다고 기록한 것과 비교할 때, 천거를 받기 위해 지
　　나치게 아첨했다는 지적을 면하기 어렵다. 하지만 이런 태도는 당나라 때 일반
　　화된 기풍이었음을 고려할 때 지나치게 매도할 것만은 아니다.

今年已來, 不雨者百有餘日, 種不入土, 野無青草, 而盜賊不敢起, 穀價不
敢貴 ; 百坊⁶、百二十司⁷、六軍⁸、二十四縣⁹之人, 皆若閣下親臨其家, 老姦
宿賊¹⁰, 銷縮摧沮¹¹, 魂亡魄喪, 影滅跡絶¹² : 非閣下條理¹³鎮服, 布宣天子
威德, 其何能及此!

6 　百坊(백방): 시내의 온갖 동네와 골목. '坊'은 가내 수공업자의 작업장을 뜻하기
　　도 하지만 여기서는 어울리지 않는다.
7 　百二十司(백이십사): 수도 장안에 있는 관청의 총칭.
8 　六軍(육군): 근위대 여섯 사단. 보통 황제의 금위군을 가리키는데, 당나라 때는
　　북위금군(北衛禁軍)을 지칭한다. 북위금군은 좌·우 우림군(羽林軍), 용무군(龍

武軍), 신무군(神武軍)의 '육군'으로 되어 있다.

9 二十四縣(이십사현) : 수도 인근의 24개 직할 현으로 경조부(京兆府)와 화음군(華陰郡)에서 관할하는 24개 현을 가리킨다.

10 老姦宿贓(노간숙장) : 노회하고 간사하며 습관적으로 훔치는 행위.

11 銷縮摧沮(소축최저) : 사라지고 기가 꺾이다.

12 影滅跡絶(영멸적절) : 그림자가 없어지고 발자취가 끊기다. 흔적도 없이 사라지다.

13 條理(조리) : 조리 있다. 절도가 있다. 『맹자・만장하(萬章下)』에 "집대성했다는 것은 종소리를 내는 것으로 시작해서 옥 경쇠 소리를 떨쳐 냄으로써 음악 연주를 마치는 것과 같다. 종소리는 조리 있게 시작하는 것이고, 옥 경쇠 소리는 조리 있게 마무리하는 것이다(集大成也者, 金聲而玉振之也. 金聲也者, 始條理也. 玉振之也者, 終條理也)"라는 글귀가 보인다.

愈也少從事於文學[14], 見有忠於君孝於親者, 雖在千百年之前, 猶敬而慕之 ; 況親逢閤下, 得不候於左右以求效[15]其懇懇? 謹獻所爲文兩卷凡十五篇, 非敢以爲文也, 以爲謁見之資也. 進退惟命[16]. 愈恐懼再拜.

14 文學(문학) : 「답두수재서(答竇秀才書)」(HS-074) 주석 4 참조.

15 效(효) : 다 바치다.

16 惟命(유명) : '惟命是聽(유명시청)' 곧 '오직 명령에 따르다'는 뜻이다. 이처럼 '惟' 자를 써서 목적어를 한정시켜 동사 앞으로 끌어오고 구조조사 '是'와 동사를 생략한 용법은 『좌전』부터 자주 보인다.

엎드려 듣자옵건대 이번 달 5일에 영전순관(營田巡官) 진종정(陳從政)이 상서로운 토끼를 진상했다고 했습니다. 털이 하얗게 빛이 나고 타고난 성질이 길이 잘 들어 있었는데, 처음 손에 넣은 곳이 실로 부리(符離)의 안부둔(安阜屯)입니다. 안부둔의 어떤 인부가 아침에 길을 걷고 있을 때 우연히 그 토끼를 만났는데, 가까이 다가가도 도망가지 않고 사람처럼 서서 가슴께에 두 손을 합장하고 인사를 했습니다. 제 나름으로 생각건대 길흉의 전조는 하늘이 인간 세상을 깨우치고자 하려는 뜻에서 비슷한 부류의 사물을 가지고 상징으로 비유적인 의미를 기탁하는데, 무엇을 상징하는지 일일이 검증할 수 있는 것이 아닙니다. 뛰어난 지혜와 두루 통달한 넓은 학식이 없다면 누가 분명하게 규명할 수 있겠습니까? 제가 비록 민첩하지는 못하지만 시험 삼아 가려 보고자 하옵니다.

토끼는 음(陰)에 속하는 동물로 또 동굴 속에서 살며 교활하고 숨어

지내니 반역의 상징입니다. 지금 그 털의 색깔이 하얀 것은 그 무리와 구별되어 빠져 나온 것이고, 타고난 성질이 길이 잘 들어 있는 것은 우리의 덕에 감화를 받은 것이며, 사람처럼 서서 가슴께에 두 손을 합장하고 인사를 한 것은 새나 짐승의 짓이 아니고, 자신의 태도를 바꾸어서 사람을 따르는 것은 또 자신의 죄를 인정하고 항복하는 것이며, 부리에서 손에 넣었는데 부리는 실로 서쪽 이민족의 나라 이름으로 또 '달라붙다'는 뜻이고, 농부의 밭이 아니라 군대의 둔전에 있은 것은 무인과 관계되는 덕이 행해질 것임이니 전쟁을 하지 않아도 저편에서 연모해서 스스로 찾아온다는 도리입니다. 안부(安阜)라는 이름은 '편안하게 달라붙는다(安附)'는 경사스러운 뜻이 들어 있습니다.

   엎드려 생각건대 각하께서는 황실에서는 수족이요 천하에서는 울타리십니다. 사방에 반역을 꾀한 신하들이 있어 아직 피를 흘리고 처형되지 않은 무리가 있습니다만, 그들이 각하의 위엄을 두려워해 와해되어 우리에게로 귀순할 것이니 이것은 바로 그 전조로 나타난 것이옵니다! 이야말로 사건의 경위를 상세하게 기록해 표문(表文)으로 황제에게 보고하시고, 하늘의 뜻에 받들어 답해야 마땅하다고 생각하옵니다. 저는 명민하지 못하오나 외람되게도 문장과 미천한 식견으로 각하의 눈에 들었사온데, 이 성대하고 아름다운 일을 보니 어찌 감히 사양할 줄 모른다는 질책을 피하려고 아무 말도 하지 않고 잠잠히 있겠사옵니까? 한유가 재배를 올립니다.

　정원 15년(799) 가을에 서주(徐州) 장건봉(張建封)의 막부에서 관찰추관(觀察推官)으로 있을 때 지은 편지글. 장건봉이 백토를 포획하자 길조로 여기고 이 편지를 써서 하례하고 그 의미를 부여했다. 음양이나 참위설 따위로 견강부회한 흔적이 없지 않지만, 군벌의 분할 점거를 반대하고 국가의 통합을 주장하는 작자의 소신이 피력된 점은 눈여겨 볼 만하다. 장건봉에 대해서는 「서사호삼주절도장서기청석기(徐泗豪三州節度掌書記廳石記)」(HS-044) 주석 15를 참조하기 바란다.

원문 및 주석

伏聞今月五日, 營田[1]巡官[2]陳從政獻瑞兎[3], 毛質皦[4]白, 天馴[5]其心, 其始實得之符離[6]安阜屯[7]. 屯之役夫[8], 朝行遇之, 迫[9]之弗逸[10], 人立而拱[11]. 竊[12]惟休咎[13]之兆, 天所以啓覺于下 ; 依類託喻, 事之纖悉[14]不可圖驗 : 非睿智博通, 孰克究明? 愈雖不敏, 請試辨之 :

1　營田(영전) : 한나라 이후로 조정에서 군대를 이용해 토지를 경작하게 함으로써 군량을 공급하게 한 것으로 '둔전(屯田)'이라고도 한다.
2　巡官(순관) : 둔전과 관련한 업무를 담당하는 관리로 통상 절도사의 속관으로 있었다.
3　瑞兎(서토) : 상서로운 토끼. 길한 징조를 띠고 있는 토끼.
4　皦(교) : 빛나게 하얗다. '皎'와 통한다.
5　馴(순) : 길들다. 길들이다.
6　符離(부리) : 「여맹동야서(與孟東野書)」(HS-073) 주석 17 참조.
7　安阜屯(안부둔) : 둔전의 이름. 지명이라는 견해도 있으나 앞뒤 문맥을 볼 때 둔

전의 이름으로 보는 것이 더 합당하다.

8 役夫(역부) : 인부. 일꾼. 다른 사람에게 사역을 제공하는 천한 사람을 부르는 말.

9 迫(박) : 가까이 다가가다.

10 逸(일) : 달아나다. 도망가다.

11 人立(인립) : 사람처럼 일어서다. 『좌전 · 장공(莊公) 8년』조에 "돼지가 사람처럼 일어서서 울부짖었다(豕人立而啼)"라는 글귀가 보인다.

12 竊(절) : 제 나름으로는. 자기 낮춤을 나타내는 정태부사.

13 休咎(휴구) : 길흉.

14 纖悉(섬실) : 일일이. 세밀하게 전부 다.

兎, 陰類¹⁵也, 又窟居, 狡而伏, 逆象也。今白其色, 絶其羣也 ; 馴其心, 化我德也 ; 人立而拱, 非禽獸之事 ; 革¹⁶而從人, 且服罪也 ; 得之符離, 符離實戎國¹⁷名, 又附麗¹⁸也 ; 不在農夫之田, 而在軍田¹⁹, 武德行也 ; 不戰而來之之道也。有安阜²⁰之嘉名焉。

15 陰類(음류) : 음에 속하는 동물. 『전략(典略)』에 "토끼는 밝은 달의 정령이므로 음에 속하는 동물이라고 부른다(兎者明月之精, 故謂之陰類)"라는 내용이 보인다.

16 革(혁) : 태도를 바꾸다. 『역경 · 혁괘(革卦)』의 상육(上六) 효사, 곧 "군자는 표범처럼 재빨리 개과천선하고, 소인은 마음까지는 고치지 못할지라도 안면은 바꾸어 나쁜 일을 함부로 하지 않는다(君子豹變, 小人革面)"에서 보이는 '革面'과 뜻이 통한다.

17 符離實戎國(부리실융국) : 주희(朱熹)는 『한서(漢書) · 위청전(衛靑傳)』의 "포니를 토벌하고 부리를 격파했다(討蒲泥, 破符離)"에 보이는 '蒲泥'와 '符離'가 왕의 호칭이라는 진작(晉灼)의 주석에 근거해, 작자가 '符離'를 '戎國'이라고 한 것으로 풀이했다. '戎'은 고대 서쪽 지방의 소수민족 국가인데, 여기서는 왕을 자칭하고 발호하는 번진(藩鎭) 세력 또는 서쪽 변방에서 누차 당나라를 위협한 토번(吐蕃)을 겨냥한 것으로 볼 수 있다.

18 附麗(부려) : 달라붙다. 이는 성훈(聲訓)으로 '符離'와 음이 유사한 뜻으로 풀이한 것이다.

19 軍田(군전) : 둔전.

20 安阜(안부) : '安附' 곧 '편안하게 달라붙다'는 뜻으로 '安阜'를 풀이한 성훈(聲訓)의 예다.

伏惟閣下股肱²¹帝室, 藩垣²²天下, 四方其有逆亂之臣²³, 未血斧鑕²⁴之屬,

畏威²⁵崩析²⁶歸我乎哉, 其事兆矣! 是宜具跡表聞, 以承答天意。小子不惠²⁷, 猥以文句微識蒙念, 睹玆盛美, 焉敢避不讓²⁸之責而默默²⁹耶? 愈再拜。

<hr>

21 股肱(고굉) : 다리와 팔. 수족과 같이 보좌해 왕이 가장 믿는 신하를 가리킨다. 여기서는 동사로 쓰여 '수족과 같은 신하가 되다'는 뜻이다.

22 藩垣(번원) : 울타리. 여기서는 동사로 쓰여 '울타리처럼 방위하다'는 뜻이다.

23 逆亂之臣(역란지신) : 반역을 꾀한 신하. 한유가 이 글을 쓸 무렵에 유주(幽州)의 유제(劉濟), 성덕(成德)의 왕무준(王武俊), 위박(魏博)의 전계안(田季安), 치청(淄青)의 이사고(李師古), 창의(彰義)의 오소성(吳少誠) 등이 관할 지역을 근거지를 하여 호시탐탐 기회를 노리고 있었다.

24 斧鑕(부질) : 죄인을 죽이는 데 쓰이는 도끼와 쇠 모탕.

25 畏威(외위) : (장건봉의) 위엄을 두려워하다.

26 崩析(붕석) : 와해되다. 무너지고 분열되다. 『논어·계씨(季氏)』편에 "나라가 갈라져 무너지고 흩어져 쪼개지는데도 지켜내지 못했다(邦分崩離析, 而不能守也)"라는 글귀가 보인다.

27 不惠(불혜) : 지혜롭지 못하다. 옛날에 '惠'는 '慧'와 통해 쓰였다.

28 不讓(불양) : 양보하지 않다. 사양할 줄 모르다. 『논어·위영공(衛靈公)』편에 "인을 실천함에 있어서는 스승에게도 양보하지 않는다(當仁, 不讓於師)"라는 글귀가 보인다.

29 默默(묵묵) : 아무 말도 하지 않고 잠잠히 있다.

 「병부 이시랑께 올리는 편지」

上兵部李侍郎書

12월 9일에 장사랑(將仕郎)·강릉법조참군(江陵法曹參軍) 한유가 삼가 시랑 각하께 서찰을 올립니다.

저는 어렸을 때 비천하고 우둔해 세상일을 전혀 알지 못하고 집안이 가난해 스스로 생활을 영위할 수가 없어 장안으로 올라와 과거에 응시해 관직을 구한 지 어언 이십 년이 되었습니다. 운명이 박복한 탓에 걸핏하면 다른 사람의 참언과 비방을 받아서 한 치를 나아가면 한 자를 물러나게 되어 끝내 아무런 성취를 이룰 수 없었습니다. 천성이 본래 문학을 좋아한데다 곤궁하고 우수에 잠긴 처지에 있어도 하소연할 데가 없었기 때문에 마침내 경전과 역사서와 제자백가의 학설을 궁구해 글의 깊은 뜻에 심취하고 구두와 문장의 구성을 반복적으로 음미하며 제가 하는 일을 연마하고 힘써 글로 펼쳐 냈습니다. 대체로 요순임금 이후로 책 속에 보존되어 있는 문헌 자료들은 웅대하기로는 황하와 바다 같고, 우뚝 솟기로는 산악 같으며, 밝게 빛나기로는 해와 달 같고, 심원하기로는 귀신과 신령 같고, 섬세하기로는 진주와 구슬이나 꽃과 열매 같으며, 변화가 많기로는 요란한 천둥과 비바람 같은데, 저는 그 기묘한 글귀와 심오한 뜻을 두루 통달하지 않은 것이 없었습니다. 다만 비천하고 우둔해 세상일을 알지 못했으므로 학문에 성취가 있어도 주장은 더욱 곤궁해지고 나이가 들어도 지혜는 더욱 궁색해져서 남몰래 스스로를 불쌍히 여기고 슬퍼해 문학을 애호한 초심을 후회하게 되어, 머리가 다 벗겨지고 치아가 빠지는 지경이 되어도 저를 알아주는 사람을 만나지 못했습니다.

대체로 영척(甯戚)이 소뿔을 두드리며 부른 노래는 가사가 엉성하고 뜻이 졸렬하며, 종명(髎明)이 대청마루 아래에서 한 말은 어떤 전기에도 기록되어 있지 않습니다. 그런데도 제(齊)나라 환공(桓公)은 영척을 등용해 재상으로 삼았고, 숙향(叔向)은 종명의 손을 이끌고 대청마루 위로 올라갔으니, 의미 있는 말을 하기가 어려운 것이 아니라 그 말뜻을 알아주는 사람을 만나기가 어려운 것이옵니다!

엎드려 생각건대 각하께서는 안으로는 인자한 마음을 품고 밖으로는 의로운 일을 행하시며 품행이 고상하고 도덕이 매우 훌륭하신데, 현인을 숭상하고 재능 있는 사람을 등용하며 곤궁한 사람을 불쌍히 여기고 억울한 사람들을 슬피 여기시어, 장강(長江) 이서 지방에 사는 사람들은 이미 각하의 교화를 받아 성인의 도를 행하고 있사옵니다. 지금 각하께서 조정에 들어가 내직을 맡아 조정의 대신이 되셨는데, 마침 천자께서 새로 즉위하시어 천하를 다스리고 교화하기 위해 간절한 마음으로 애쓰시는 때인지라, 각하께서 하시는 말씀과 꾸미는 일들이 마땅히 반드시 시행될 수 있을 것입니다. 각하께서는 인재의 말을 듣고 받아들이는 현명함과 인재를 발탁해 떨치게 할 수 있는 능력을 갖고 계시오나 좌우에서 영척의 노래와 종명의 말이 각하에게 들리지 않는다면 뒤로 미루다가 때를 놓치게 될 것입니다.

삼가 전에 쓴 글 한 권을 바치니 교화와 성인의 도를 붙들어 세우는 데 분명히 밝히는 점이 있을 것입니다. 「남행시(南行詩)」 한 권은 근심을 풀고 슬픔을 위로하며 그 속에 아름답고 기발한 어구가 섞여 있는데, 지금 세상 사람들이 애호하는 것인지라 각하께서 입으로 읊조리고 귀로 들을 수 있을 것입니다. 만약 훑어보고 살펴주신다면 그중에 받아들일 만한 점이 있을지 모르겠사오나, 각하의 존엄하심을 범하게 될까 봐 더욱 황공하옵니다. 한유가 재배를 올립니다.

해제

영정(永貞) 원년(805) 12월 9일에 사면을 받아 북쪽으로 오던 중 강릉법조참군(江陵法曹參軍)으로 있을 때, 강서관찰사(江西觀察使)에서 병부시랑(兵部侍郎)으로 전임한 이손(李巽)에게 자신이 지은 시문을 바치며 천거해주기를 바란 편지글. 빈궁하고 세상일에 둔감한 자신의 처지에 대한 개탄과 광범위한 독서와 학문에 대한 자부심을 선명하게 대비시켜, 뛰어난 재주를 갖고도 불우하다는 인상을 심어주고 천거를 바라면서도 비굴하지 않고 당당한 태도를 견지하고 있다. 새로운 황제의 등극에 대한 작자의 기대와 난관 속에서도 낙관적인 인생관이 피력되어 있다.

원문 및 주석

十二月九日, 將仕郎守¹江陵府法曹參軍²韓愈謹上書侍郎³閤下:

1 將仕郎守(장사랑수) : 「체협의(禘祫議)」(HS-067) 주석 3, 4 참조.
2 江陵府法曹參軍(강릉부법조참군) : '강릉부'는 지금 호북성 강릉시로 당나라 때 산남동도(山南東道)에 속했다. '법조참군'은 '법조사법참군사(法曹司法參軍事)'의 약칭으로 죄인의 심문과 도적의 감독 등의 일을 담당하는 말단 관리다.
3 侍郎(시랑) : 병부시랑 이손(李巽).

愈少鄙鈍⁴, 於時事都不通曉, 家貧不足以自活, 應擧覓⁵官, 凡二十年⁶矣。薄命不幸, 動⁷遭讒謗, 進寸退尺, 卒無所成。性本好文學⁸, 因困厄悲愁無所告語, 遂得究窮於經傳⁹史記¹⁰百家之說, 沈潛¹¹乎訓義, 反復乎句讀¹², 礱磨¹³乎事業, 而奮發乎文章。凡自唐虞¹⁴已來, 編簡所存¹⁵, 大之爲河海, 高之爲山嶽, 明之爲日月, 幽之爲鬼神, 纖之爲珠璣¹⁶華實, 變之爲雷霆風雨, 奇辭奧旨, 靡¹⁷不通達。惟是鄙鈍不通曉於時事, 學成而道益窮, 年老而智益困¹⁸, 私自憐悼, 悔其初心¹⁹, 髮禿齒豁²⁰, 不見知己。

4 鄙鈍(비둔) : 비루하고 우둔하다. 미천하고 어리석다.
5 覓(멱) : 찾다.
6 二十年(이십년) : 정원 2년(786) 선성(宣城)을 떠나 처음으로 장안에 입성한 때부터 20년이 되었음을 말한다.
7 動(동) : 걸핏하면. 툭하면.
8 文學(문학) : 「답두수재서(答竇秀才書)」(HS-074) 주석 4 참조.
9 經傳(경전) : 경서와 전서. '傳'은 경서를 해석한 책.
10 史記(사기) : 사마천의 『사기』를 지칭하는 것이 아니라, 전대의 역사서를 두루 가리킨다.
11 沈潛(침잠) : 심취하다. 속으로 깊이 빠져들다. 깊이 있게 궁구하다.
12 句讀(구두) : 구두와 문장의 구성. 본래 띄어쓰기가 되어 있지 않은 고서에 단구(斷句)하는 것을 가리켰으나, 송대(宋代) 이후 단구하는 것을 '句', 한 구 가운데서 잠시 멈추고 쉬는 것을 '讀'라고 하여 구분했다. 고서의 구두는 결국 장법(章法) 곧 문장의 구성과 직결된다.
13 礱磨(농마) : 갈고 다듬다. 연마하다.
14 唐虞(당우) : 요임금과 순임금. 당요(唐堯)와 우순(虞舜).

15 編簡(편간) : 소가죽 끈이나 노끈으로 글자가 씌어져 있는 죽간이나 나무 조각을
    엮은 것으로 서적을 가리킨다.

16 珠璣(주기) : '珠'는 '둥근 구슬', '璣'는 '둥글지 않은 구슬'을 가리킨다.

17 靡(미) : 없다. 아니다.

18 學成而道益窮(학성이도익궁) : 이하 두 구절은 「답두수재서(答竇秀才書)」(HS-074)
    에도 꼭 같은 표현이 있다.

19 初心(초심) : 문학을 애호한 초심.

20 髮禿齒豁(발독치활) : 머리가 대머리처럼 다 벗겨지고 입안이 텅 빌 정도로 치아
    가 빠지다. 「진학해(進學解)」(HS-022)에 "머리는 벗겨지고 치아는 빠져서(頭童齒
    豁)"라는 비슷한 표현이 보인다. 한유는 「제십이랑문(祭十二郎文)」(HS-188)에서
    나이에 비해 일찍 노쇠한 자신의 모습을 "내 나이가 아직 마흔이 채 되지 않았
    는데도 눈은 어두침침해지고 머리카락은 희끗희끗해졌으며 치아도 흔들거린다
    (吾年未四十, 而視茫茫, 而髮蒼蒼, 而齒牙動搖)"라고 묘사한 바 있다.

夫牛角之歌²¹, 辭鄙而義拙 ; 堂下之言²², 不書於傳記。齊桓擧以相國, 叔
向攜手以上, 然則非言之難爲, 聽而識之者難遇也!

21 牛角之歌(우각지가) : 영척(甯戚)이 제(齊)나라 환공(桓公)을 만난 일을 가리킨
    다. 춘추시대 위(衛)나라 사람인 영척이 재능을 감추고 장사를 하고 있었는데,
    제나라 환공이 밤에 외출 중에 우연히 영척이 소를 먹이고 소뿔을 두드리며 노
    래하는 소리를 듣고 그가 훌륭한 인재임을 알고 등용했다는 고사로 『초사(楚
    辭)·이소(離騷)』의 왕일(王逸) 주와 홍흥조(洪興祖, 1090-1155)의 보주(補注) 및
    「금조(琴操)」에 보인다.

22 堂下之言(당하지언) : 종명(鬷明)이 숙향(叔向)을 만난 일을 가리킨다. 진(晉)나
    라의 숙향이 정(鄭)나라로 가자, 아주 못생긴 종명이라는 사람이 숙향의 식견을
    떠보기 위해 그릇을 치우는 사람들 사이에 섞여 있다가 대청마루 아래에서 한
    마디 말을 하니, 숙향이 그 말을 듣고 "반드시 종명이다"라고 하며 대청마루 아
    래로 내려와 그의 손을 끌고 올라갔다는 고사로 『좌전·소공(昭公) 28년』조에
    보인다.

伏以閤下內仁而外義, 行高而德鉅²³, 尚賢²⁴而與能²⁵, 哀窮²⁶而悼屈²⁷, 自
江而西²⁸, 旣化而行矣。今者入守內職, 爲朝廷大臣, 當天子²⁹新卽位, 汲
汲³⁰於理化之日, 出言擧事, 宜必施設。旣有聽之之明, 又有振之之力, 甯
戚之歌, 鬷明之言, 不發於左右, 則後而失其時矣。

23 鉅(거) : 크다. '巨'와 같다.

24 尙賢(상현) : 현명한 사람을 숭상하다.

25 與能(여능) : 유능한 사람을 천거하다.

26 哀窮(애궁) : 곤궁한 사람을 불쌍히 여기다.

27 悼屈(도굴) : 억울한 사람들을 슬피 여기다. 회재불우(懷才不遇)한 인재를 동정하다.

28 自江而西(자강이서) : 장강 서쪽 지방을 가리키는데, 이손이 강서관찰사를 역임했으므로 이렇게 말했다.

29 天子(천자) : 당나라 헌종(憲宗).

30 汲汲(급급) : 쉬지 않고 힘쓰는 모양. 조급히 이루려고 서두르는 모양.

謹獻舊文一卷, 扶樹[31]敎道, 有所明白 ; 南行詩一卷, 舒憂娛悲, 雜以瓌怪[32]之言, 時俗之好, 所以諷[33]於口而聽於耳也。如賜覽觀, 亦有可采, 干黷[34]嚴尊[35], 伏增惶恐。愈再拜。

31 扶樹(부수) : 붙들어 세우다. 가꾸다.

32 瓌怪(괴괴) : 아름답고 기발하다.

33 諷(풍) : 읊조리다. 낭송하다.

34 干黷(간독) : 범하다. 더럽히다.

35 嚴尊(엄존) : 신분이나 지위가 있는 사람을 높여 부를 때 쓰는 경칭.

HS-078 「울지분군에게 답하는 편지」

答尉遲生書

한유가 울지분(尉遲汾) 군에게 말합니다. 대체로 이른바 문학 작품은 반드시 그 속에 내용을 갖추어야 하므로 그 때문에 군자는 그 내실을 신중하게 다룹니다. 내실이 좋고 나쁜지는 글로 표현되어 나올 때 가려 덮어지지 않습니다. 뿌리가 깊으면 가지나 잎사귀가 무성하고, 신체가 장대하면 소리가 우렁차며, 품행이 고상하면 말에 위엄이 있고, 마음이 순정하면 기색이 온화하며, 사리를 확실하게 통찰할 수 있는 사람은 의혹이 없고, 느긋하게 침착한 사람은 여유가 있습니다. 사지가 갖추어져 있지 않으면 온전한 사람이라고 할 수 없고, 언어 표현이 불충분하면 온전한 문장이라고 할 수 없습니다. 내가 들은 것도 이와 같고, 내게 묻는 사람이 있으면 또 이로써 대답해줍니다.

지금 그대가 쓴 글은 모두 훌륭한데도 매우 겸손하게 마치 부족한 것처럼 여기며 나에게 물으니 내가 또 감히 말을 아낄 수 있겠습니까? 그런데 내가 말할 수 있는 것은 모두 옛사람들의 글쓰기에 관한 도리입니다. 옛사람들의 글쓰기에 관한 도리가 지금 사람들에게는 잘 받아들여지지 않는 편인데, 그대는 어찌하여 특이하게도 옛사람의 글들을 좋아하는지요?

훌륭한 공경대부들이 위에서 어깨를 나란히 하듯 많이 있고, 막 관계에 들어온 뛰어난 인재들도 아래에서 어깨를 나란히 하듯 많이 있는데, 그들이 관직을 얻은 데는 반드시 취한 방법이 있을 것입니다. 그대는 벼슬하고자 합니까? 그들에게 가서 물으면 그 방법들을 다 배울 수 있을 것입니다. 만약 단지 옛사람들의 글쓰기에 관한 도리만을 좋아하고 벼슬하기 위한 것이 아니라면, 내가 일찍이 그것을 배웠으니 앞으로 그대와 이를 화제로 이야기하고자 합니다.

해제

정원 17년(801) 서주(徐州)에서의 막부 생활을 청산하고 낙양으로 돌아와 지낼 때 울지분(尉遲汾)이 가르침을 청한 글에 답해 써준 편지글로 주로 고문의 창작 이론을 언급하고 있다. 고문의 창작을 위해서는 작가의 내적 수양이 우선임을 밝혀 덕행이나 개성에 따라 글의 내용이나 풍격이 결정됨을 피력하고, 나아가 글의 표현 문제도 중시해 언어 수사를 완비해야 온전한 문학이 될 수 있음을 강조한다. 다만 과거고시에서 유행하는 문장에 대해서는 분명한 선을 긋고 경시하는 태도를 취하고 있다.

愈白：尉遲生[1]足下：夫所謂文者, 必有諸[2]其中, 是故君子愼其實[3]；實之美惡, 其發也不揜[4]：本深而末茂, 形大而聲宏, 行峻而言厲, 心醇而氣[5]和；昭晰[6]者無疑, 優游[7]者有餘[8]；體[9]不備不可以爲成人, 辭[10]不足不可以爲成文。愈之所聞者如是, 有問於愈者, 亦以是對。

1　尉遲生(울지생) : 이름이 분(汾), 정원 18년(802) 진사로 한유의 제자. 한유가 육참(陸傪)에게 문장과 덕행이 출중한 인재로 추천했다.
2　諸(저) : '之於(지어)'의 합음 겸사.
3　實(실) : 내실. 작자 내심에 쌓인 도덕 · 사상 · 학식 따위로 글의 내용을 결정해 주는 요소.
4　揜(엄) : 가려 덮다.
5　氣(기) : 문장의 어기.
6　昭晰(소석) : 사리를 확실하게 통찰하다.
7　優游(우유) : 느긋하게 침착하다.
8　有餘(유여) : 여운이 남다. 남는 맛이 있다.
9　體(체) : 사지. 팔다리.
10　辭(사) : 언어 표현. 글의 수사.

今吾子所爲皆善矣, 謙謙然[11]若不足而以徵[12]於愈, 愈又敢有愛[13]於言乎? 抑[14]所能言者, 皆古之道[15]；古之道不足以取於今, 吾子何其愛之異也?

11　謙謙然(겸겸연) : 겸손한 모양.
12　徵(징) : 묻다. 질문하다.
13　愛(애) : 아끼다. 인색하게 굴다.
14　抑(억) : 전환접속사로 '그런데', '그러나'의 뜻이다.
15　古之道(고지도) : 옛사람들의 글쓰기에 관한 도리. 여기서는 한유가 제창하는 고문의 창작 방법을 가리킨다.

賢公卿大夫在上比肩[16], 始進之賢士在下比肩, 彼其得之必有以取之[17]也。子欲仕乎? 其往問焉, 皆可學也。若獨有愛於是而非仕之謂[18], 則愈也嘗學之矣, 請繼今[19]以言。

16 比肩(비견) : 어깨를 나란히 하다. 사람이 아주 많은 것을 말한다.

17 有以取之(유이취지) : 관직을 취한 방법이 있다. 여기서 그 방법이란 과거고시에서 통하는 문체로 글을 짓는 것을 가리킨다. 한유도 과거에 응시했지만, 뒤에 과거고시에서 통하는 글쓰기를 부끄럽게 여겼다.

18 仕之謂(사지위) : '謂仕'의 도치. '謂'는 '~때문에'라는 뜻의 '爲'와 같다.

19 繼今(계금) : 지금부터. 앞으로.

答楊子書

보내준 편지와 표(表)·기(記)·술(述)·서(書)·사(辭)의 문체로 된 다섯 편의 글을 잘 받아 보고, 근래에 낙양에 가서 그대의 얼굴을 잠시 보았습니다. 미처 대면해 이야기를 나누지는 못했지만 마음속으로는 이미 그대를 기특하다고 여겼는데, 다만 감히 외모로 평가를 내리지는 않았습니다. 사람 알아보기는 요임금과 순임금도 어려워한 문제고 또 내가 일찍이 공자께서 재여(宰予)로 말미암아 하신 경계를 믿고 있었기 때문에, 감히 결연히 그대를 칭찬하지도 않고 또 감히 아주 빨리 그대를 잊어버리지도 않았습니다.

장안으로 온 뒤로 다른 사람들과 많이 왕래하지는 않았습니다. 친구 가운데 내가 가장 존경하고 믿는 이는 평창(平昌) 사람 맹동야(孟東野)입니다. 맹동야가 쉬지 않고 늘 그대를 칭찬하는 소리가 입에서 떠나지 않았고, 최돈시(崔敦詩)는 자주 만나지는 못했지만 매번 사람에 대해 이야기할 때마다 그대를 아직 벼슬하지 않은 선비 가운데 빼어난 수재로 여겼으며, 근래에 또 이고(李翶)의 편지를 받았더니 그대의 문장이 당신 형님보다 훨씬 더 뛰어나다고 말했습니다. 대체로 평창의 현명함에 비추어 그가 말한 것만으로 본래 믿고도 남을 만한데, 하물며 최돈시와 이고가 이어서 교대로 칭찬함에 있어서야! 따라서 그대와 만나기를 기다릴 필요도 없이 매우 깊이 그대를 신뢰했고, 그대와 만난 뒤에는 교제의 언약을 맺지 않고도 그대와 아주 친해져 그대의 재능이 용모와 아주 잘 어울린다는 것을 분명히 알게 되었습니다.

이번에 보내준 편지에서 이런저런 말을 했는데, 이는 이른바 황금을 내기로 걸고 쏜 것과 같은 일로 외물을 중시한 탓에 내심이 혼란스러워진 것입니다. 그러나 그대는 젊은 사람으로 늙은이인 나와 달라서 말로 증거를 남겨주기를 바랄까 두려워해, 그 때문에 이 편지에서 모든 연유를 상세히 말합니다. 지금 이후로는 우리 두 사람 사이에 아무런 격의를 두지 않아도 괜찮을 것입니다.

만약 인재를 양성하는 것으로 말한다면 천자의 대신들이 있습니다. 나와 같은 사람은 관직 하나를 지키는 것마저도 감당할 수 없는데, 하물며 이와 같은 중임에 있어서야 오죽하겠습니까? 학문을 하다가 한가한 틈이 생기면 자주 왕림하기를 바랍니다. 한유가 말했습니다.

해제

원화 6년(811) 낙양에서 장안으로 돌아와 직방원외랑(職方員外郎)으로 재직하고 있을 때, 괵주(虢州) 홍농[弘農:지금 하남성 영보현(靈寶縣)] 사람 양경지(楊敬之, 820년 전후 생존)가 자신의 글과 함께 서찰을 보내와 흠모의 뜻을 피력하며 교제하기를 바란 데 대해 답한 편지글.『장자(莊子)·달생(達生)』편에 나오는 비유를 통해 글쓰기는 외표로서의 문장에 너무 치중하다보면 내심의 근본이 혼란스러워질 수 있으므로 도덕 수양 따위의 내실 다지기를 더 중시해야 함을 일러주고 있다. 당시 양경지는 청년이었고 작자는 문단의 거벽으로 사람들의 추앙을 받고 있었지만 젊은 후학을 아끼고 격려하는 성심이 잘 나타나 있다.

원문 및 주석

辱¹書幷示表記述書辭等五篇, 比²於東都, 略見顔色 ; 未得接言語, 心固已相奇³, 但不敢果於貌定⁴。知人堯舜所難, 又嘗服宰予之誡⁵, 故未敢決然挹⁶, 亦不敢忽然忘也。

1 辱(욕) : 다른 사람으로부터 그를 욕되게 할 정도로 분에 넘치는 호의를 받았다는 뜻으로 대단히 송구스러운 동시에 영광스러움을 나타내는 겸양의 말이다. 여기서는 보내준 편지를 받았음을 나타낸다.
2 比(비) : 근래에. '~에 이르러'로 풀이하기도 한다.
3 相奇(상기) : 그대를 기특하다고 여기다. '相'은 쌍방을 가리키는 '서로'라는 뜻이 아니라, 동작 행위의 대상을 대신 지칭해 일방(제2인칭)만을 가리키는 특수한 범위부사로 쓰였다. 이 글에서 쓰인 '相'자는 '相類'를 제외하고 모두 이런 용법이다.
4 貌定(모정) : 외모로 평가를 내리다.
5 宰予之誡(재여지계) : 공자가 말재주는 뛰어났지만 품행이 모범적이지 못한 제자인 재여로 말미암아 스스로를 경계한 것. 『사기·중니제자열전(仲尼弟子列傳)』에 "나는 말 잘하는 것만으로 사람을 판단했다가 재여를 잘못 보았고, 생김새만으로 사람을 판단했다가 자우를 잘못 보았다(吾以言取人, 失之宰予. 以貌取人, 失之子羽)"라고 했고, 『논어·공야장(公冶長)』편에 "내가 처음 사람을 대

할 때는 그 사람의 말을 듣고 그 행동을 믿었지만, 지금 내가 사람을 대할 때는 그의 말을 듣고 그의 행동을 살펴보게 되었는데, 재여로 말미암아 이 점을 고치게 된 것이다(始吾於人也, 聽其言而信其行, 今吾於人也, 聽其言而觀其行. 於予與改是)"라고 하여 말만 앞세우는 재여를 나무란 대목이 나온다. '宰予'는 자가 자아(子我)로 언어 구사에 뛰어난 '공문십철(孔門十哲)'의 한 사람이다.

6   挹(읍) : 당기다. 끌어당겨 칭찬하다. '揖'과 통하는 것으로 보고 '읍하고 맞이하다', '접견하다'는 뜻으로 풀이하기도 한다.

到城^{7}已來, 不多與人還往。 友朋之中, 所敬信者, 平昌孟東野^{8}。 東野矻矻^{9}說足下不離口 ; 崔大敦詩^{10}不多見, 每每^{11}說人物, 亦以足下爲處子^{12}之秀 ; 近又得李七翱書^{13}, 亦云足下之文, 遠其兄^{14}甚。 夫以平昌之賢, 其言一人固足信矣 ; 況又崔與李繼至而交說邪? 故不待相見, 相信已熟 ; 旣相見, 不要約^{15}已相親 ; 審^{16}知足下之才充其容也。

7   城(성) : 도성. 당나라의 수도 장안(長安).
8   平昌孟東野(평창맹동야) : 평창 사람 맹동야. 평창은 덕주(德州) 평창이고 동야는 맹교(孟郊)의 자. 한유와 맹교의 관계에 대해서는 「여맹동야서(與孟東野書)」(HS-073) 참조.
9   矻矻(굴굴) : 부지런히 쉬지 않고 애쓰는 모양. '吃吃(흘흘)'로 된 판본에 따라 '말을 더듬다'는 뜻으로 풀이하기도 한다. 이렇게 풀이하면 이 구절은 "맹교가 말을 더듬거리면서도 그대를 칭찬하는 소리가 입에서 떠나지 않았다"로 해석된다.
10   崔大敦詩(최대돈시) : 최군(崔羣). '大'는 집안 형제 중에서 서열이 맏이임을 나타내고, '敦詩'는 그의 자. 한유와 동년 진사로 우의가 두터운 사이였다. 자세한 것은 「여최군서(與崔羣書)」(HS-097) 참조.
11   每每(매매) : 매번. '每'를 '數(삭)'의 뜻으로 보고 '자주'로 풀이하기도 한다.
12   處子(처자) : 아직 벼슬하지 않은 선비. '처사(處士)'와 같다.
13   李七翱書(이칠고서) : 이고가 보낸 편지. 이고는 집안 형제 중에서 서열이 일곱 번째였기 때문에 '李七'이라고 했다. 이고에 대해서는 「대장적여이절동서(代張籍與李浙東書)」(HS-090) 주석 8과 「여이고서(與李翱書)」(HS-093) 참조.
14   其兄(기형) : 양회지(楊誨之)라는 설과 양승지(楊承之)라는 설이 있다.
15   要約(요약) : 친구로 교제하는 약속을 하다. 교제의 언약을 맺다. 친구 사이에 우정을 공고하게 하기 위해 약속을 하는 것을 가리킨다.
16   審(심) : 확실히. 분명히.

今辱書乃云云^{17}, 是所謂以黃金注^{18}, 重外而內惑也。 然恐足下少年與僕^{19}

老者不相類[20], 尙須驗以言, 故具白所以。而今而後, 不置疑於其間可也。

17 云云(운운) : '그것과 같다', '그러하다'는 뜻.
18 以黃金注(이황금주) : 이하 두 구절은 『장자(莊子)·달생(達生)』에 보이는 것으로 황금을 걸고 내기 도박을 하게 되면 그것이 값비싼 물건이기 때문에 마음이 혼란스러워져 맞히기가 어려움을 말한다. 작자는 장자의 이 비유를 통해, 양경지가 내적 수양을 갖추고 있으면서도 지금 문장으로 가르침을 구해온 것은 본말이 전도된 것임을 일깨우고 있다. 즉 외표로서의 문장에 너무 치중하다보면 내심의 근본이 혼란스러워질 수 있으므로 도덕 수양 따위의 내실 다지기를 더 중시해야 함을 강조한 것이다.
19 僕(복) : 자기의 낮춤말로 여자가 자신을 낮추어 '妾(첩)'이라고 부르는 것과 같다.
20 相類(상류) : 서로 유사하다. 비슷하다.

若曰長育人才, 則有天子大臣在 ; 若僕者, 守一官且不足以修理[21], 況如是重任邪? 學問有暇, 幸[22]時見臨。愈白。

21 修理(수리) : 잘 다스리다. 잘 감당하다.
22 幸(행) : 바라다. 소망하다.

보내주신 「문무순성악사(文武順聖樂辭)」, 「천보악시(天保樂詩)」, 「독채염
호가사시(讀蔡琰胡笳辭詩)」, 「이족종(移族從)」과 「여경조서(與京兆書)」 등을
엎드려 받고, 막부에서 등주(鄧州)의 북쪽 변경까지 도합 5백여 리 길에
경자일(庚子日)부터 갑진일(甲辰日)까지 모두 닷새 동안 저는 손으로 펼치
고 눈으로 보며 입으로 그 글을 읊조렸습니다. 마음속으로 그 뜻을 생
각하며 두렵기도 하고 놀랍기도 해 황홀하게 뭔가를 잃어버린 듯, 말을
타고 가는 수고로움과 길이 먼 것조차 깨닫지 못했습니다.

대체로 산골짜기에 흐르는 물은 깊이가 한 자를 넘지 않고, 언덕이나
개밋둑과 같은 야산은 높이가 한 길을 넘지 못하지만 사람들은 친근하
게 여기며 보고 즐깁니다. 그러다가 태산의 낭떠러지에 다가가고 큰 바
다의 성난 파도를 넘겨본 뒤에는 벌벌 떨며 놀라고 눈앞이 가물가물 어
지러워 실색하지 않는 사람이 없습니다. 바라보는 경치가 눈앞에서 변

함에 사람의 심경이 안에서 바뀌는 것은 이치상 또 마땅하다 할 것입니다. 각하께서는 발군의 기발한 재주와 웅대하고 강건한 큰 덕이 한 덩어리로 자연스럽게 이루어져 있어 끝이 없으며, 지위가 높기로는 공경 재상까지 다다랐고 위엄은 온 세상 끝까지 진동해 천자를 보필하는 중신이요 온 제후의 스승이십니다. 따라서 각하의 문장과 언어도 하시는 일과 잘 부합해, 떨쳐 진동하기가 마치 격렬한 천둥 같고, 광대하기가 은하수 같으며, 아정한 소리는 순(舜)임금의 음악 「소(韶)」와 탕(湯)임금의 음악 「호(濩)」와 잘 어울리고, 굳센 글의 기운은 쇠나 돌도 손상시키며, 글귀가 풍성해도 한 마디의 군더더기가 없고, 간략해도 꼭 해야 할 말은 하나도 빠뜨리지 않았으며, 예시한 사례는 신빙성이 있고 설파한 이치도 꼭 합당합니다. 공자의 말씀에 "덕이 있는 사람은 반드시 내세울 만한 언론이 있기 마련이다"라고 하셨는데, 진실로 각하께서는 덕도 있고 내세울 만한 언론도 있으십니다! 양자운(揚子雲)이 말하기를 "『서경(書經)』에서 「상서(商書)」 곧 상나라의 글은 광대하여 끝이 없으며, 「주서(周書)」 곧 주나라의 글은 엄숙하고 절실하다"라고 했는데, 진실로 각하께서 쓰신 글은 광대해 끝이 없을 뿐만 아니라 엄숙하고 절실하옵니다!

옛날에 제(齊)나라 임금께서 원정을 나갔다가 길을 잃자 관중(管仲)이 나이 먹은 말을 풀어 그 뒤를 따라가게 했고, 번지(樊遲)가 농사일을 배우려고 청하자 공자께서는 연로한 농부에게 묻도록 시켰습니다. 대체로 말의 지혜가 관중보다 나을 리 없고 농부의 능력이 공자보다 신통할 리 없습니다만, 그럼에도 불구하고 이와 같이 말한 것은 성인과 현인의 능력은 폭이 넓은 반면에 농부와 말이 알고 있는 것은 어느 한 곳에 전문적인 때문입니다. 지금 저는 비록 우둔하고 미천하지만 문학 사업에 종사한 것은 실로 전문적인데다가 시간도 오래되었사오니, 제가 왕공의 능력을 찬양하고 큰 군자의 아름다운 덕을 칭송하더라도 제 분수에 넘는 짓은 아닐 것입니다. 엎드려 생각건대 자세히 살피옵소서. 한유가 황송한 마음으로 재배를 올립니다.

해제

　원화 원년(806) 6월에 강릉법조참군(江陵法曹參軍)에서 국자박사로 불려 올라가던 중, 우적(于頓)에게 올린 편지글. 우적은 자가 윤원(允元)으로 일찍이 양주자사(襄州刺史)·좌복야(左僕射)·평장사(平章事) 등을 역임하고, 헌종 때에 사공(司空)·평장사로 재상의 직함을 받았으므로 제목에서 '상공(相公)'이라는 칭호를 썼다. 작자가 부임 도중 양양(襄陽：지금 호북성 양양현)을 지날 때, 산남동도절도사(山南東道節度使) 우적이 환대하고 자신이 지은 시문도 주었다. 이에 작자는 양양을 떠나 등주(鄧州)의 북쪽 변경에서 우적의 시문을 읽고 느낀 감상을 편지글에 담아 보냈다. 우적의 작품에 대한 평은 지나친 감이 없지 않아 아부한 느낌을 떨칠 수 없지만, 자신의 전공 분야로 인식한 문학에 대한 작자의 견해는 취할 만하다. 특히 "문장과 언어가 하는 일과 잘 부합한다(文章言語與事相侔)"와 "글귀가 풍성해도 한 마디의 군더더기가 없고, 간략해도 꼭 해야 할 말은 하나도 빠뜨리지 않았으며, 예시한 사례는 신빙성이 있고 설파한 이치도 꼭 합당하다(豐而不餘一言, 約而不失一辭, 其事信, 其理切)" 등과 같은 말은 작자의 문학관을 살피는 데 중요한 비중을 차지한다.

伏蒙示文武順聖樂辭[1]、天保樂詩[2]、讀蔡琰胡笳辭詩[3]、移族從[4]幷與京兆書[5], 自幕府[6]至鄧[7]之北境凡五百餘里, 自庚子至甲辰[8]凡五日, 手披[9]目視, 口詠其言, 心惟[10]其義, 且恐且懼, 忽[11]若有亡, 不知鞍馬之勤, 道途之遠也!

1 文武順聖樂辭(문무순성악사) : '文武順聖樂'은 황실의 공덕을 칭송한 대규모 무곡(舞曲)이고, '辭'는 그 가사를 가리킨다.

2 天保樂詩(천보악시) : 황실의 공덕을 칭송한 시가.

3 讀蔡琰胡笳辭詩(독채염호가사시) : 우적이 채염(蔡琰, 177?-?)의 「호가십팔박(胡笳十八拍)」을 읽고 쓴 시. 채염은 자가 문희(文姬)인 동한 말기의 여류 시인으로 금곡가사(琴曲歌辭) 「호가십팔박」을 지은 것으로 전해진다.

4 移族從(이족종) : 우적이 고향을 떠난 뒤에 동족의 종형제들에게 보낸 문서. '移'는 '이문(移文)'으로 문체의 일종.

5 與京兆書(여경조서) : 우적이 경조윤(京兆尹)에게 보낸 서신. 여기서 경조윤은 이실(李實)로 알려져 있다.

6 幕府(막부) : 양양(襄陽)을 가리킨다. 이때 우적이 산남동도절도사를 맡아 양양에 주둔하고 있었다.

7 鄧(등) : 등주. 행정 소재지가 양현(穰縣) 곧 지금 하남성 등현(鄧縣)에 있었다.

8 自庚子至甲辰(자경자지갑진) : 원화 원년(806) 6월 8일에서 12일까지.

9 披(피) : 펼치다. 펼쳐 읽다.

10 惟(유) : 생각하다. 사고하다.

11 忽(홀) : 황홀하다. '惚'과 통한다.

夫澗谷之水, 深不過咫尺[12], 丘垤[13]之山, 高不能踰尋丈[14], 人則狎[15]而翫[16]之;及至臨泰山之懸崖[17], 窺[18]巨海之驚瀾[19], 莫不戰掉悼慄[20], 眩惑[21]而自失[22]:所觀變於前, 所守[23]易於內, 亦其理宜也。閤下負超卓之奇材, 蓄雄剛之俊德, 渾然天成, 無有畔岸[24], 而又貴窮乎公相[25], 威動乎區極[26], 天子之毗[27], 諸侯之師;故其文章言語與事[28]相侔[29], 憚赫[30]若雷霆, 浩汗[31]若河漢[32], 正聲[33]諧韶濩[34], 勁氣[35]沮[36]金石, 豐而不餘一言, 約而不失一辭, 其事信, 其理切:孔子之言曰:"有德者必有言[37]。" 信乎其有德且有言也! 揚子雲[38]曰:"商書[39]灝灝爾[40], 周書[41]噩噩爾[42]", 信乎其能灝灝而且噩噩也!

12 咫尺(지척) : 여덟 치와 한 자. 길이 또는 거리가 짧은 것을 나타낸다.

13 丘垤(구질) : 언덕과 개밋둑.

14 尋丈(심장) : 여덟 자와 열 자. 길이 또는 거리가 짧은 것을 나타낸다.

15 狎(압) : 친근하게 여기다. 허물없이 가까이하다.

16 翫(완) : 보고 즐기다. 가서 놀다. '玩'과 같다.

17 懸崖(현애) : 낭떠러지. 절벽

18 窺(규) : 넘겨 보다. 엿보다.

19 驚瀾(경란) : 성난 파도. 무섭게 밀려오는 큰 물결.

20 戰掉悼慄(전도도율) : 벌벌 떨며 놀라다. 놀라서 벌벌 떨다. '戰'은 '顫'과 통하고,
    '悼慄'은 '놀라서 떨다'는 뜻이다.

21 眩惑(현혹) : 눈앞이 가물가물 어지럽다.

22 自失(자실) : 실색하다. 자제력을 잃어버리다. 스스로를 통제하지 못하다.

23 所守(소수) : 심경. 마음.

24 畔岸(반안) : 가장자리. 끝.

25 公相(공상) : 공경재상(公卿宰相)과 같은 등급의 고관.

26 區極(구극) : 천애(天涯). 하늘 끝. 아득히 먼 곳.

27 毗(비) : 보좌역. 보필.

28 事(사) : 우적의 사적(事績). 우적이 하는 일.

29 相侔(상모) : 서로 일치하다. 부합하다.

30 憚赫(탄혁) : 위세가 떨쳐 움직이다. 진동시키다.

31 浩汗(호한) : 광대하다. 본래 '물이 광대한 모양을 가리킨다.

32 河漢(하한) : 은하수. 황하와 한수로 풀이해도 통한다.

33 正聲(정성) : 아정한 소리. 아악.

34 韶濩(소호) : 순(舜)임금의 음악 「소(韶)」와 탕(湯)임금의 음악 「호(濩)」. 아정한
    고대의 궁정음악을 가리킨다.

35 勁氣(경기) : 굳센 글의 기운.

36 沮(저) : 손상시키다.

37 有德者必有言(유덕자필유언) : 『논어 · 헌문(憲問)』편에 보인다.

38 揚子雲(양자운) : 서한의 유학자인 양웅(揚雄). 자운은 그의 자. 인용문은 『법언
    (法言) · 문신(問神)』편에 보인다.

39 商書(상서) : 『서경』의 한 부분으로 상나라 때의 사관이 기록한 서(誓) · 명(命) ·
    훈(訓) · 고(誥) 등과 같은 부류의 문서를 포함한다.

40 灝灝爾(호호이) : 광대해 끝이 없는 모양.

41 周書(주서) : 『서경』의 한 부분으로 주나라 초기에서 춘추시대까지의 산문 문장
    을 포함한다.

42 噩噩爾(악악이) : 엄숙하고 절실한 모양.

昔者齊君⁴³行而失道, 管子請釋老馬隨之⁴⁴; 樊遲請學稼⁴⁵, 孔子使問之老

農。夫馬之智不賢於夷吾[46], 農之能不聖於尼父[47], 然且云爾[48]者, 聖賢之能

多, 農馬之知專故也。今愈雖愚且賤, 其從事於文, 實專且久 ; 則其贊[49]王

公之能, 而稱大君子[50]之美, 不爲僭越[51]也。伏惟詳察。愈恐懼再拜。

43 齊君(제군) : 제나라 환공(桓公, B.C. 685-B.C. 643 재위). 춘추오패(春秋五覇)의
　　한 사람.

44 管子請釋老馬隨之(관자청석노마수지) : '管子'는 제나라 환공을 보좌한 명재상
　　관중(管仲). 이 일은 『한비자(韓非子)·설림상(說林上)』편에 보인다.

45 樊遲請學稼(번지청학가) : '樊遲'는 공자의 제자. 이 일은 『논어·자로(子路)』편
　　에 보인다.

46 夷吾(이오) : 관중(管仲)의 이름.

47 尼父(니보) : 공자에 대한 존칭. 공자의 자가 중니(仲尼)므로 이렇게 칭했다. '父'
　　는 남자에 대한 존칭으로 '甫(보)'와 통한다.

48 云爾(운이) : 이와 같이 말하다. '爾'는 '이와 같다', '그러하다'는 뜻이다.

49 贊(찬) : 칭송하다.

50 大君子(대군자) : 큰 군자. 도덕이나 문장이 다른 사람의 우러름을 받거나 지위
　　가 높은 사람.

51 僭越(참월) : 자기 분수에 넘치는 짓을 하다.

한유가 아룁니다. 엎드려 인자하신 은혜를 받아 외람되게도 서찰을
보내 안부까지 물어주시니, 마음속으로 대단히 고맙게 여기고 큰 덕을
떠받들며 송구스럽게 생각해 마치 손발을 어디다 둘지를 모를 것 같사
옵니다. 그러나 아직도 저의 성심을 상공께 더 토로해야 할 것이 남아
있으니, 은혜를 입은 입장에서 감히 상공을 번거롭게 하지 않기 위해
마음속으로 불만스러운 생각을 품고 있으면서도 말씀드리지 않고 그냥
넘어갈 수야 있겠습니까!

저는 매우 다행스럽게도 세 차례 상공의 수하 관리가 되어 아침부터
저녁까지 상공의 문하를 떠나지 않고 출입한 지 5년이 되었습니다. 제
나름대로 헤아려보건대 받은 은혜와 혜택이 마땅히 문하의 다른 동료
보다 못하지 않으니, 응당 말씀드려야 할 일이 있으면 일찍이 감히 말
씀드리지 않은 적이 없고, 제 마음속으로 편하지 않는 점이 있으면 바

로 저의 생각을 토로했사오니, 이는 각하께서 마땅히 공감하시는 바일 것이옵니다.

중앙 관리로 동도 낙양에서 근무하는 낭중(郎中)이나 원외랑(員外郎)의 직무로는 사부(祠部)가 가장 번거롭고 막중합니다. 제가 홀로 이곳에서 2년 동안 근무하면서 날마다 환관들과 대적해 서로 간에 상대방의 죄와 허물을 엿보며 살피고 욕설과 꾸짖는 소리가 공문에 넘쳐나도 감히 부끄럽게 여기지는 않지만, 실은 화의 구렁텅이로 빠져들어 갈까봐 걱정스럽습니다. 따라서 전에 행장(行狀)을 가슴에 품고 전해 다른 낭관(郎官)들과 자리를 바꾸어주시기를 청했는데, 뜻은 비록 매우 굳건했지만 일 처리가 급히 건성으로 아무렇게나 되었고, 말과 핵심 내용도 아주 분명하게 하지를 못해 각하께서 살피고 윤허하심을 받지 못했습니다. 부끄럽게 생각되었기 때문에 속히 돌아가려고 몇 날 며칠을 애써 고민하다가 마침내 수십 일이 지난 뒤에 마음속으로 어떻게 하는 것이 마땅한지를 생각해 감히 신병을 이유로 사직을 고하게 되었사옵니다. 뻐꾸기가 새끼들을 똑같이 공평하게 대했다는 것은 「국풍(國風)」에서 노래 부르고 있고, 공무에 종사하느라 홀로 수고를 한 것은 「소아(小雅)」에서 원망하고 풍자하고 있습니다. 엎드려 생각건대 불쌍히 여기시고 살펴주시옵소서. 매우 다행스럽고 다행스럽습니다! 한유가 재배를 올립니다.

해제

원화 5년(810) 사부(祠部) 도관원외랑(都官員外郎)으로 동도 낙양에서 근무할 때 정여경(鄭餘慶, 748-820)에게 올린 서계(書啓). 정여경은 자가 거업

(居業)으로 원화 초에 재상을 역임했고, 이때 검교병부상서(檢校兵部尙書)
겸 동도유수(東都留守)를 맡고 있었다. 작자는 『순종실록(順宗實錄)』에서
환관들이 저지른 '궁시(宮市)'의 폐단을 있는 그대로 기록했듯이, 관직에
있는 자는 마땅히 본연의 임무를 다해야 된다는 소신을 가져 도관원외
랑 재직 시에 환관들과 대립하는 일이 많았다. 이런 와중에서 절대적인
권력을 가진 환관들이 가해 오는 화를 피하기 위해 상관 정여경에게 재
삼 사직을 청원한 것이다.

'啓(계)'는 하급기관에서 상급기관에 올려 정사를 진술하는 데 쓰이는
문서의 하나다. 자매편인 「상유수정상공계(上留守鄭相公啓)」(HS-082)를 참조
하기 바란다.

원문 및 주석

愈啓[1] : 伏蒙仁恩, 猥賜示問[2], 感戴[3]戰悚[4], 若無所容措 ; 然尙有厥誠須盡
露於左右[5]者, 敢避其煩黷[6], 懷不滿之意於受恩之地哉!

1   愈啓(유계) : 편지글의 첫머리에 흔히 쓰는 상투어.
2   猥賜示問(외사시문) : 외람되게도 서찰을 보내어 안부를 묻다.
3   感戴(감대) : 마음속으로 대단히 고맙게 여기고 큰 덕을 떠받들다.
4   戰悚(전송) : 무서워서 떨다. 송구스럽다.
5   左右(좌우) : 상대방을 예우해 높이는 존칭의 일종으로 자세한 풀이는 「석언(釋
    言)」(HS-038) 주석 17 참조.
6   煩黷(번독) : 자주 폐를 끼치다.

愈幸甚, 三得爲屬吏[7], 朝夕不離門下, 出入五年. 竊[8]自計較[9], 受與報不宜
在門下諸從事[10]後 ; 故事有當言, 未嘗敢不言, 有不便於己, 輒吐私情, 閤
下所宜憐也.

7　三得爲屬吏(삼득위속리) : 이하 세 구절은 원화 원년(806)에 한유가 권지국자박
　　사(權知國子博士)일 때 정여경은 국자좨주(國子祭酒)였고, 원화 2년(807)에 한
　　유가 동도 낙양에서 학생들을 가르칠 때 정여경은 하남윤(河南尹) 겸 동도국자
　　감사(東都國子監事)였으며, 한유가 원화 4년(809)에 도관원외랑, 5년(810)에 하
　　남현령을 맡았을 때 정여경은 동도유수였음을 말한다. 뒤에 '出入五年(출입오
　　년)'이란 구절이 보이듯이, 한유는 전후 5년에 걸쳐 정여경의 수하 관리로 근무
　　했다.
8　竊(절) : '제 나름대로'라는 뜻. 자기를 낮추는 정태부사.
9　計較(계교) : 헤아려보다. 따져보다.
10　從事(종사) : 보좌관. 정여경의 속관인 동료들을 가리킨다.

分司¹¹郞官¹²職事惟祠部¹³爲煩且重。愈獨判¹⁴二年, 日與宦者爲敵¹⁵, 相伺
候¹⁶罪過, 惡言詈辭¹⁷, 狼藉¹⁸公牒¹⁹, 不敢爲恥; 實慮陷禍。故前者懷狀²⁰乞²¹
與諸郞官更判²², 意雖甚專, 事似率爾²³, 言語精神, 不能自明, 不蒙察允²⁴,
遽以慼歸, 俛俛日日²⁵, 遂踰累旬, 私圖其宜, 敢以病告。鳲鳩平均²⁶, 歌於
國風 ; 從事獨賢²⁷, 雅以怨刺 : 伏惟俯加憐察。幸甚, 幸甚! 愈再拜。

11　分司(분사) : 당송(唐宋) 시대의 관료 제도로 중앙의 관리가 동도 낙양에서 직무
　　를 담당하는 것을 가리킨다.
12　郞官(낭관) : 상서성 6부 소속 24사(司)의 장관 낭중(郞中)과 차관 원외랑(員外
　　郞). 당나라 이후에는 주로 원외랑을 가리켰다.
13　祠部(사부) : 예부(禮部) 소속 부서로 낭중(郞中)과 원외랑(員外郞) 각 1인을 두
　　고 제사, 천문, 역법, 점복, 의약 등에 관한 사무를 관장했다.
14　判(판) : 일을 처리하다. 근무하다.
15　宦者爲敵(환자위적) : 환관들과 대적하다. 한유가 도관원외랑 재직 시절 환관들
　　의 비리에 맞서 싸운 일은 황보식(皇甫湜, 777-835)의 「한문공신도비(韓文公神
　　道碑)」와 정구(程俱, 1078-1144)의 『한문공역관기(韓文公歷官記)』에도 기록되어
　　있다.
16　伺候(사후) : 엿보며 살피다. 몰래 주시하며 타인의 잘못을 긁어모으다.
17　惡言詈辭(악언이사) : 욕설과 꾸짖는 소리.
18　狼藉(낭자) : 넘쳐나다. 이리저리 어지럽게 흩어져 있다.
19　公牒(공첩) : 공문. 공문서.
20　懷狀(회장) : 행장을 가슴에 품고 전하다.
21　乞(걸) : 요청하다. 청구하다.
22　更判(경판) : 근무하는 자리를 바꾸다.
23　率爾(솔이) : 급히. 불쑥. 급히 서두르는 모양으로 여기서는 일처리가 건성으로
　　아무렇게나 된 것을 가리킨다. 『논어·선진(先進)』편에 "자로가 불쑥 일어나 대

답했다(子路率爾而對)”라는 글귀가 보인다.

24 察允(찰윤) : 살피고 윤허하다. 살피고 나서 허락하다.

25 僶俛日日(민면일일) : 몇날 며칠을 애서 고민하다. ‘僶俛’은 ‘黽勉’으로도 쓰며 ‘심
    력을 다하다’는 뜻이다.

26 鳲鳩平均(시구평균) : 『시경 · 조풍(曹風) · 시구(鳲鳩)』 제1장에 “뻐꾸기 뽕나무
    에 앉아 있는데, 새끼는 일곱 마리. 선량하신 군자님과 같아, 그 거동 한결 같아
    라(鳲鳩在桑, 其子七兮. 淑人君子, 其儀一兮)”라는 시구가 보인다. 뻐꾸기는 새
    끼를 먹일 때 아침에는 위로부터 내려가고 저녁에는 아래부터 올라가며 똑 같
    이 대했다고 한다. 소서(小序)에 의하면 이 시는 “공평하지 못함을 풍자한 것이
    다. 자리에 있는 사람이 군자의 덕이 없어 마음 씀씀이가 공평하지 못함(刺不壹
    也. 在位無君子, 用心之不壹也)”을 노래한 것이라고 한다.

27 從事獨賢(종사독현) : 『시경 · 소아(小雅) · 북산(北山)』 제2장에 “왕이 공평하지
    못해, 내가 일하느라 홀로 고생스럽다(大夫不均, 我從事獨賢)”라는 시구가 보인
    다. 소서(小序)에 의하면 이 시는 “유왕을 풍자한 것이다. 시키는 일이 공평하지
    못해 자기가 일하느라 수고로워서 부모를 봉양할 수도 없음(刺幽王也. 役使不
    均, 己勞於從事, 而不得養其父母焉)”을 노래한 것이라고 한다. 완곡한 시적 표
    현인 관계로 ‘王(왕)’이 ‘大夫(대부)’로 ‘勞(노)’가 ‘賢(현)’으로 되어 있다.

HS-082 「유수 정상공께 올리는 서계」

上留守鄭相公啓

한유가 아룁니다. 제가 상공의 수하 관리로 있던 5년 동안 분에 넘치는 인정과 사랑을 받았습니다. 엎드려 생각건대 일찍이 일로써 상공께 보답한 것이 털끝만큼도 없는지라 아침 일찍부터 밤늦게까지 고심해 도모한 끝에, 큰 군자를 섬길 때는 마땅히 도의로써 해야지 구차하게 관용이나 환심을 사려고 해서는 안 된다고 생각했습니다. 따라서 업무를 처리함에 있어 감히 의혹을 품지 않았으며, 제가 마땅히 해야 할 일은 하고 그만두어야 할 일은 그만두었습니다. 상공의 포용과 보살핌을 받고도 다시는 찾아뵙고 감사의 뜻을 표하지 않은 것은, 스스로 이와 같이 하는 것이 진정으로 큰 군자를 섬기는 도리에 합당하다고 여겼기 때문입니다. 저는 지금 비록 도태되어 현령으로 자리를 옮겼지만 아직 분명히 상공의 관할 하에 있으니, 상공의 문하를 떠나 이미 이전 관리가 된 사람들과는 다릅니다. 거동의 미심쩍음을 사지 않기 위해 이전에 하던 방식을 바꾸어 큰 군자이신 상공과 소원하게 하려고 했으니, 본디

측근 인사를 통해 장황하게 말씀드려서 상공께서 살펴 알아주시기를
바라지 않았습니다.

백성 한 사람이 자신의 누이와 아내가 다른 사람으로부터 능욕을 당
했다고 고발해 왔는데, 그 고을 수령이 그자를 소환해 심문하지 않을
수 있겠습니까? 소환해도 오지 않으니, 그 고을 수령이 노해 그자를 곤
장의 형벌로 다스리지 않을 수 있겠습니까? 군영에 있으면서 손에 무기
를 들고 강토를 지키며, 유수(留守)께서 출입하실 때 앞에서 달려가고 뒤
에서 호송하며 따르는 자가 바로 진정한 군인입니다. 시장 바닥에 앉아
떡을 팔면서도 자신을 군인이라고 칭한다면 누군들 군인이 아니겠습니
까! 어리석은 제가 생각건대 이는 필시 간사한 사람이 돈이나 재물로
관리에게 뇌물을 주고 상공의 문서를 훔쳐서 몰래 병적부에 자신의 성
명을 적어 넣은 뒤 부(府)나 현(縣)을 능멸하는 것이옵니다. 이는 본래 상
공께서 뿌리 뽑고자 하시는 바요, 국법을 받들어 지키는 관리가 마땅히
증오하는 것이니, 비록 체포해 감옥에 가두고 곤장의 형벌을 가하더라
도 잘못이라고 할 수 없습니다.

어제 상공께서 모욕을 당했다고 고발한 백성을 잡아들였다는 소식을
들었는데, 어리석은 제가 생각하기에 큰 군자는 정무를 처리함에 있어
서 마땅히 실제 상황에 따라 유동적으로 대처하므로 처음에는 다소 차
이가 나는 일이 있더라도 결국은 정도로 돌아가기 마련입니다. 사병이
나 장교들이 너 나 할 것 없이 찾아와서 상공을 뵙고 자신들도 억울하
다고 호소한다면, 그들의 수장이 된 사람이 어찌 조금이나마 그들을 돕
겠다는 뜻을 표하지 않을 수 있겠습니까? 감히 이 점 때문에 위로 큰 군
자이신 상공을 의심해본 적은 없습니다. 상공의 여러 보좌관들이 하는
말을 들어 보니 소인이 상공께 바라고 신뢰하는 것과는 좀 차이가 나는
것 같습니다만, 설령 그렇다고 하더라도 제가 어찌 감히 만에 하나라도

상공께 의심을 품을 수 있겠습니까? 이는 필시 여러 보좌관들과 장교들이 자기 사람들을 편드는 마음을 버리지 못하고 진실을 몰래 덮어 가린 채 상공께 사건의 진상을 자세히 보고하지 않은 것이옵니다. 소인이 상공의 개인적인 은혜를 받은 지 아주 오래되었는데, 어찌 감히 제 생각을 가슴속에 감추고 털어놓지 않은 채 사사로운 원한거리로 남겨두고 일일이 상공께 아뢰지 않을 수 있겠습니까! 엎드려 생각건대 상공께서는 불쌍히 여기고 밝게 살펴주시옵소서. 매우 다행스럽고 다행스럽사옵니다!

저는 처세에 재능이 없어 관리 노릇하기를 좋아하지 않아서 핑계거리로 삼을 수 있는 일을 하나 찾으면 스스로 사직하고 떠나가고자 하던 중이라, 관직에서 물러나는 게 눈물을 흘리거나 침을 뱉는 것과 같을 뿐만 아니라 되돌아보며 연연하는 마음이 털끝만큼도 없사옵니다. 다만 큰 군자의 세미한 뜻이라도 어기는 것을 언덕이나 산과 같이 무겁게 여기므로, 관직에 머물러야 할지 아니면 떠나야 할지 오직 오늘 상공의 분부에 따르겠나이다. 한유가 황송한 마음으로 재배를 올립니다.

해제

원화 5년(810) 겨울에 도관원외랑(都官員外郞)에서 하남현령(河南縣令)으로 전임했을 때 정여경(鄭餘慶)에게 올린 서계. 이 때문에 제목이 「하남현령이 되어 유수 정상공께 올리는 서계(爲河南令上留守鄭相公啓)」로 된 판본도 있다. 하남현 관할 지역의 군인이 온갖 비리를 자행하고 부녀자를 능멸하는 사건이 발생하자, 현령인 한유는 해당 군인을 엄벌하고 피해 자를 보호했다. 정여경이 비리 군인의 편을 들고 나서자, 한유는 이 서계를 보내 제소하고 자신의 입장을 분명히 밝혔다. 글속에서 비리 군인들의 상행위 등과 같은 해악을 들추어내고, 정여경 측근의 보좌관 및 장교들의 불공정한 편들기와 상관에게 진상을 보고하지 않는 태도도 함께 고발했다. 이 일로 인해 관직을 그만두는 한이 있더라도 자신의 입장을 견지할 것임을 매우 단호한 어조로 밝혀, 자신의 굳센 성격과 호방한 기개 및 비리 척결에 대한 불굴의 항쟁 정신을 피력했다. 정여경의 처사를 질책하면서도 문장 표현이 매우 완곡하고, 그 가운데 겹겹으로 파란이 일고 있어 기세등등한 특징을 지닌다. 자매편인 「상정상서상공계(上鄭尙書相公啓)」(HS-081)를 참조하기 바란다.

원문 및 주석

愈啓：愈爲相公官屬五年[1]，辱知辱愛[2]。伏念曾無絲毫[3]事爲報答效，日夜思慮謀畵，以爲事大君子當以道，不宜苟且求容悅[4]；故於事未嘗敢疑惑，宜行則行，宜止則止，受容受察，不復進謝，自以爲如此眞得事大君子之道。今雖蒙沙汰爲縣[5]，固猶在相公治下，未同去離門牆[6]爲故吏[7]，爲形跡嫌疑[8]改前所[9]爲以自疎外於大君子，固當不待煩說於左右[10]而後察也。

1　愈爲相公官屬五年(유위상공관속오년)：「상정상서상공계(上鄭尙書相公啓)」(HS-081) 주석 7참조.
2　辱知辱愛(욕지욕애)：상대방이 분에 넘치게 자신의 재능이나 학식을 알아 발탁하고 애호해준 것을 높여서 한 말. '辱'은 다른 사람으로부터 그를 욕되게 할 정도로 분에 넘치는 호의를 받았음을 나타낼 때 쓴 표현으로 대단히 송구스러운 동시에 영광스러움을 나타내는 겸양의 말이다.
3　絲毫(사호)：아주 미세한 수량.
4　苟且求容悅(구차구용열)：구차하게 용납되고 환심 사기를 구하다. '苟且'는 '정

도를 따르지 않고 일시적인 미봉책을 쓰는 것'을 말한다.

5　沙汰爲縣(사태위현) : 한유가 도관원외랑에서 하남현령으로 전임한 것을 가리킨
　　다. '沙汰'는 '淘汰'와 같은 뜻으로 물로 일어 쌀이나 사금을 건져내고 돌이나 모
　　래를 내버리는 것을 말한다. 종6품상인 도관원외랑에서 정5품상인 하남현령으
　　로 옮겨간 것이 비록 관직의 품계로 보면 승진이지만, 중앙의 관직에서 외직으
　　로 전출되었기 때문에 도태 곧 좌천된 것으로 표현했다. 당나라 때에도 중앙의
　　내직을 지방의 외직보다 더 높이 쳤고, 하남현령은 환관과 관련한 일에 관여할
　　수 없었다.

6　門牆(문장) : 문과 담으로 스승의 문하를 뜻한다. 『논어·자장(子張)』편에 보인
　　다. 여기서는 동도유수를 가리킨다.

7　故吏(고리) : 이전에 수하였던 관리. 수하였던 전직 관리.

8　爲形跡嫌疑(위형적혐의) : 거동의 미심쩍음 때문에. 거동의 미심쩍음을 사지 않
　　기 위해.

9　前所爲(전소위) : 전에 하는 방식.

10　左右(좌우) : 상대방을 예우해 높이는 존칭의 일종으로 자세한 풀이는 「석언(釋
　　言)」(HS-038) 주석 17 참조.

人¹¹有告人辱罵其妹與妻, 爲其長者¹²得不追而問之乎? 追而不至, 爲其長
者得不怒而杖¹³之乎? 坐軍營操兵守禦、爲留守¹⁴出入前後驅從者, 此眞爲
軍人矣 ; 坐坊市¹⁵賣餠又稱軍人, 則誰非軍人也! 愚以爲此必姦人以錢財
賂將吏, 盜相公文牒¹⁶, 竊注名姓於軍籍¹⁷中, 以陵駕¹⁸府縣 : 此固相公所欲
去, 奉法吏¹⁹所當嫉²⁰, 雖捕繫杖之未過也。

11　人(인) : 백성. 여기서는 '民'의 뜻이다. 당나라 태종 이세민(李世民)을 피휘하기
　　위해 '民'을 '人'으로 대체했다.

12　長(장) : 한 현의 장관. 현령(縣令).

13　杖(장) : 장형(杖刑)에 처하다. 곤장으로 때리다. 태형(笞刑)·도형(徒刑)·유형
　　(流刑)·사형(死刑)과 함께 당나라 때 오형(五刑)의 하나.

14　留守(유수) : 동도유수 정여경을 가리킨다.

15　坊市(방시) : 시장 바닥. 저잣거리.

16　文牒(문첩) : 공문서. 문서.

17　軍籍(군적) : 병적부. 군인의 성명 등 이력을 기록한 장부.

18　陵駕(능가) : 능멸하다. 위에서 놀다.

19　奉法吏(봉법리) : 국법을 받들어 집행하는 관리.

20　嫉(질) : 증오하다. 통한해하다.

昨聞相公追捕所告受辱罵者, 愚以爲大君子爲政當有權變[21]; 始似小異, 要
歸於正耳。 軍吏紛紛入見告屈[22], 爲其長者[23], 安得不小致爲之[24]之意乎?
未敢以此仰疑[25]大君子。 及見諸從事[26]說, 則與小人[27]所望信者少似乖戾[28];
雖然, 豈敢生疑於萬一? 必諸從事與諸將吏未能去朋黨心[29], 蓋覆黯黮[30],
不以眞情狀白露[31]左右; 小人受私恩良久[32], 安敢閉蓄[33]以爲私恨, 不一二
陳道! 伏惟相公憐察。 幸甚, 幸甚!

---

21 權變(권변) : 임기응변하다. 실제 상황에 따라 유동적으로 대처하다.
22 告屈(고굴) : 억울함을 고하다. 억울함을 하소연하다.
23 爲其長者(위기장자) : 그들의 수장이 된 자로 정여경을 가리킨다. 유수는 병적부
    를 관장하는 최고장관이므로 이렇게 말했다.
24 小致爲之(소치위지) : 조금이나마 그들을 돕겠다는 것을 표하다. '小'는 '少'와 통
    하고, '爲'는 '돕다'는 뜻이다.
25 仰疑(앙의) : 위로 의심하다. '仰'은 아랫사람이 윗사람에게 한 말이기 때문에 쓰
    였다.
26 從事(종사) : 종사관. 보좌관. 정여경의 속관을 가리킨다.
27 小人(소인) : 한유가 자신을 낮추어 한 말이다.
28 乖戾(괴려) : 어긋나다. 서로 다르다.
29 朋黨心(붕당심) : 자기 사람을 편드는 마음. 편당적인 마음.
30 蓋覆黯黮(개복암담) : 몰래 덮어 가리다. '黯黮'은 어두운 모양이다.
31 白露(백로) : 표출하다. 드러내다.
32 良久(양구) : 아주 오래되다.
33 閉蓄(폐축) : 가슴속에 감추고 밖으로 드러내지 않다.

愈無適時才用[34], 漸不喜爲吏, 得一事爲名[35]可自罷去, 不啻[36]如棄涕唾[37],
無一分顧藉[38]心; 顧失大君子纖芥[39]意如丘山重; 守官去官, 惟今日指揮[40]。
愈惶懼再拜。

---

34 適時才用(적시재용) : 처세의 재능. 시속에 합당해 쓰이는 재주.
35 爲名(위명) : 핑계거리로 삼다. 구실로 삼다.
36 不啻(불시) : 비단 ~일 뿐 아니라.
37 如棄涕唾(여기체타) : 눈물과 침을 뱉는 것과 같다. 아주 보잘것없이 여기는 것
    을 말한다.
38 顧藉(고자) : 서운해 하며 돌아보다. 염려하다.
39 纖芥(섬개) : 지극히 미세한 것.
40 指揮(지휘) : 분부하다. 지휘하다.

제3권

서(書)

HS-083 「재상께 올리는 편지」

上宰相書

정월 27일에 전 향공진사 한유는 삼가 광범문(光範門) 아래에 엎드려 재배하고 상공 각하께 서한을 올립니다.

『시경』의 「청청자아(菁菁者莪)」 시 서문에 다음과 같이 말했습니다.

"「청청자아」 시는 인재 양성을 즐거워한 것이다. 군자가 인재를 잘 기르고 교육하니 천하 사람들이 기쁘고 즐겁게 여긴 것이다."

그 시의 본문 제1장은 다음과 같습니다.

"무성하게 자란 다북쑥

저 큰 언덕 위에 나 있네.

군자를 뵈었더니

즐겁고 위엄이 있으시네."

이 시를 해설한 사람이 다음과 같이 풀이했습니다.

"'청청(菁菁)'은 '무성하다'는 뜻이고, '아(莪)'는 '작은 풀'이며, '아(阿)'

는 '큰 언덕'인데, 군자가 인재를 잘 기르고 교육하는 것이 마치 큰 언덕에 작은 풀이 잘 자라서 무성하게 우거지도록 할 수 있는 것과 같음을 말한다. 시에서 '군자를 뵈었더니 즐겁고 위엄이 있으시네'라고 한 것은 천하 사람들이 그 군자를 찬미한 말이다."

그 시의 제3장은 다음과 같습니다.

"군자님을 뵈었더니

내게 많은 봉록을 주시네."

시를 해설한 사람이 다음과 같이 풀이했습니다.

"'백붕(百朋)'은 '봉록이 많다'는 뜻인데, 군자가 인재를 잘 기르고 교육한 뒤에 또 마땅히 작위와 관직을 수여하고 후한 봉록을 주어 총애하고 존귀하게 해주었음을 말한다."

그 시의 마지막 장은 다음과 같습니다.

"둥실둥실 떠가는 버드나무 배

가라앉는 것이든 뜨는 것이든 다 실었네.

군자님을 뵈었더니

내 마음 기쁨에 차네."

시를 해설한 사람이 다음과 같이 풀이했습니다.

"'재(載)'는 '실어 나르다'라는 뜻이고 '침부(沈浮)'는 '실리는 물건'인데, 군자가 인재에 대해서 취해 등용하지 않는 바가 없음이 마치 배가 실어 나르는 물건에 대해서 가라앉는 것이든 뜨는 것이든 상관하지 않고 모두 실어 나르는 것과 같음을 말한다. 시에서 '군자님을 뵈었더니 내 마음 기쁨에 차네'라고 한 것은 이와 같이 하면 천하 사람들이 마음속으로 그 군자를 찬미하는 것을 말한다."

군자가 인재에 대해서 잘 기르고 교육한 뒤에 또 마땅히 작위와 관직을 수여하고 후한 봉록을 주어 총애하며 존귀하게 해줌으로써 그 사람의 재주가 하나라도 빠지지 않고 발휘되도록 한 것입니다.

맹자(孟子)가 말했습니다.

"군자에게는 세 가지 즐거움이 있으니, 천하에 왕업을 이루는 것은 그 속에 들어 있지 않다."

그중의 하나가 "천하의 영재를 얻어 그들을 교육하는 것을 즐거워하는 것"이라고 했습니다. 이것은 모두 성인과 현명한 선비들이 하신 지극히 당연한 말씀으로, 예전 사람이나 지금 사람들이 마땅히 본받아야 할 것이다. 이와 같으므로 누가 천하의 인재를 잘 기르고 교육할 수 있겠습니까? 아마도 우리 황제와 우리 재상이 아니겠습니까? 누가 천하의 영재를 잘 가르치고 기를 수 있겠습니까? 아마도 우리 황제와 우리 재상이 아니겠습니까? 다행스럽게도 지금은 천하가 무사해 대소 관료들이 제각기 맡은 바 직책을 잘 받들어 지키고 재정이나 양곡 및 전쟁과 관련한 문제점들이 조정에 보고되어 오지 않으니, 황제와 재상들이 나라를 잘 다스리고 평안하게 하는 문제를 담론하고 남는 여가 시간에 이 점(인재를 양성하고 등용하는 일)을 제외하고는 마땅히 더 큰 일이 없다고 하겠습니다.

지금 여기에 나이가 스물여덟 살인 사람이 있는데, 그의 이름은 농업이나 공업과 상업에 종사하는 사람의 명부에 올라가 있지 않습니다. 그의 본업은 책을 읽고 문장을 지어 요임금과 순임금의 도를 노래하고 칭송하는 것으로, 매일 첫닭이 울 무렵에 일어나 부지런히 애써 노력한 것도 자신의 이익을 챙기기 위한 것이 아니었습니다. 그가 읽은 것은 모두 성인의 책으로, 양주(楊朱)와 묵적(墨翟)이나 불교와 도교의 학설은 그의 마음속에 들어온 적이 없습니다. 그가 지은 글은 모두 육경(六經)의 대의를 요약해 문장을 이룬 것으로, 사악함을 억누르고 정의의 편에 서서 당시 세상 사람들의 미혹된 풍조를 가려냈습니다. 곤궁하게 살고 검약함을 지키느라 때로는 격분하고 원망하거나 기괴한 언사를 써서 천하 사람들에게 알려지기를 구하기도 했지만, 역시 교화에 어긋나지는 않아서 요망하고 아첨하거나 허풍을 떠는 언설은 그의 마음속에서 나온 적이 없습니다. 네 차례 예부(禮部)로 천거되어 가서 응시했지만 겨우 한 번 급제하고, 세 차례 이부(吏部)의 관리 선발 전형에 참가했으나 끝내 성공하지 못했으니, 9품의 최말단 관직이라도 어찌 바랄 수 있으며, 1묘(畝) 남짓한 택지의 조그마한 집인들 어이 기대할 수 있었겠습니까? 허둥지둥 마음이 다급해져도 온 천지에 돌아갈 거처가 없으며, 수심에 잠긴 채 굶주려도 먹을 것을 얻지 못하고 추워도 입을 옷을 얻지 못했습니다. 거의 죽을 지경에 이르러도 본래 품은 뜻은 더욱 굳세져서, 좋은 관직을 구한 사람들이 다투어 그를 비웃었습니다. 그러자 그는 경솔하게도 원래의 이상이나 목표를 내던지고 새로운 생활 방도를 도모하려고 늙은 농부와 과실이나 채소 농사를 짓는 노인을 찾아 스승으로 삼을까 생각하기도 했습니다. 본래의 포부에 변화가 일어나는 것을 슬프게 여겨 그는 한밤중에 눈물과 콧물이 두 뺨 위에 뒤섞여 흘러내렸습니다. 그는 비록 『시경』을 지은 사람이나 맹자가 말한 인재나 영재의 자격에 미치지는 못하더라도, 그를 기르고 교육해 인재로 만드는 것은 가능할 것이며 그를 가르치고 길러 영재로 만드는 것도 아마 가능할 것이옵니다!

　게다가 또 듣건대 고대 군자는 자기의 군주를 보좌할 때 한 범상한 사내라도 그에게 합당한 제자리를 찾지 못하면, 마치 자기가 그 사람을 도랑 속으로 밀어 넣은 것 같이 여겼습니다. 지금 어떤 사람이 일곱 살 때부터 성인의 도를 배워 자기 몸을 닦아 20년을 그와 같이 살아오다가 부득이해 하루아침에 그 도를 파기한다면, 이것 또한 제자리를 찾지 못한 게 될 것이옵니다! 엎드려 생각건대 어진 사람이 재상의 자리에 계시는데도 만약 가서 사정을 고하지 않고 바로 떠나가 버린다면, 그것은 결과적으로 자포자기하고 고대 군자의 도리로 우리 재상을 대하지 않는 것이 되니 어찌 옳겠나이까? 차라리 가서 속사정을 고하고 그래서라도 만약 뜻대로 되지 않는다면, 그것은 운명이니 떠나가야 마땅할 것이옵니다!

「홍범(洪範)」에 이런 말이 있습니다.

"무릇 저 백성 중에 계책을 생각하거나 뜻 깊은 일을 이루거나 자기 행동을 잘 지키는 사람이 있으면, 당신(임금)은 곧 늘 그들을 염두에 두십시오. 올바른 도에 맞지 않더라도 죄악에 빠지지 않았다면 임금은 곧 그들을 너그럽게 용서하고, 편안하고 부드러운 얼굴빛을 하고서 '내가 좋아하는 것은 덕이다' 하는 사람이 있으면 당신은 곧 그들에게 복을 내려주소서."

이는 모두 사람들이 선을 지향하도록 돕는 말입니다. 게다가 또 듣건대 옛날 사람 가운데 스스로를 벼슬길로 들여놓은 사람이 있어 군자가 그를 거절하지 않았는데, 이것이 "내가 좋아하는 것은 덕이라고 하는 사람이 있으면 당신은 곧 그들에게 복을 내려주소서"라고 하는 말입니다. 게다가 또 듣건대 윗자리에 있는 사람이 관직을 설치하고 봉록을 제정한 뒤 반드시 그 직책에 합당한 사람을 찾아서 그에게 관직을 주는 것은 단지 그의 재주를 흠모해 그의 일신을 부귀하게 해 주려는 것이 아니라, 아마도 그 사람의 능력으로 무능한 사람들을 다스리고 그 사람의 명철한 지혜로 어리석은 사람들을 다스리고자 하는 것일 따름이옵니다. 아랫자리에 있는 사람들이 자신을 수양하고 성심을 세워 자기의 관직을 구해 거기에 거하는 것은 단지 이익을 탐하고 명성을 영화롭게 하려는 것이 아니라, 아마도 자기에게 남는 것을 밀고 나가 부족한 사람들을 구제하고자 하는 것일 따름이옵니다. 이와 같으므로 윗자리에 있는 사람이 인재를 찾는 것과 아랫자리에 있는 사람이 관직을 구하는 것은 서로 간에 필요로 하는 것이므로 그 소원은 일치할 따름입니다. 만약 이를 염두에 둔다면 윗자리에 있는 사람이 인재를 찾는 원칙이 아랫자리에 있는 사람들을 반드시 난처하게 할 것도 아니며, 아랫자리에 있는 사람들이 관직을 구하는 방식이 윗자리에 있는 사람들을 반드시 힐난할 것도 아니옵니다. 천거할 만하기에 천거한 것이라면 스스로 천거했다고 해서 반드시 책망할 것도 아니며, 벼슬길로 들어갈 만하기에 벼슬길로 들어간 것이라면 스스로 벼슬길로 들어가기를 도모했다고 해서 반드시 구애될 것도 없사옵니다.

　게다가 제가 또 듣건대 윗자리에 있는 사람이 아랫자리에 있는 사람들을 교화할 때, 그 방법이 합당하면 권면과 포상이 온 천하 사람들에게 반드시 두루 다 베풀어져야 천하 사람들이 따르는 것도 아니니, 이는 사람들이 하고자 하는 대로 그들의 뜻을 이루어 주는 것을 두고 한 말입니다. 지금 천하에 이부(吏部)를 경유하지 않고 벼슬길로 들어선 사람이 극히 드문데, 황제께서 산림에 은거하며 부름을 받지 못한 선비들을 가슴 아프게 여기시어 여러 차례 조정 안팎의 신하들에게 조칙을 내려 널리 온 천하에서 인재를 찾도록 명하셨습니다. 그런데 부름을 받고 온 사람이 없는데, 어찌 은둔해 있는 사람이 없어서이겠습니까? 국가에서 특별한 방법으로 예우하지 않기 때문에 오지 않았음을 알 수 있을 따름입니다. 저 은둔해 한가하게 살고 있는 이들도 역시 사람일 따름인데, 그들의 귀와 눈 또는 코와 입이 필요로 하는 것이나 마음속으로 즐겁게 여기는 것이나 몸으로 편안하게 느끼는 것이 어찌 보통 사람들과 다를 게 있겠습니까? 지금 거친 음식을 먹고 나쁜 옷을 입으며 온몸을 곤궁하게 하고서 순록이나 사슴과 함께 지내고 긴팔원숭이나 긴꼬리원숭이와 더불어 살고 있는 까닭은, 본래 스스로 자신이 시속을 따라 부화뇌동할 수 없다고 여기기 때문에 기꺼이 세상과 연락을 끊고도 후회하지 않는 것입니다. 게다가 지금 또 듣건대 나라에서 벼슬길로 들어가려는 사람은 반드시 주나 현의 천거를 거쳐 예부나 이부로 올라가서 아름답게 수놓고 아로새긴 문장으로 시험 보고 문장의 성률이 어울리는지와 단락이나 구절의 길이가 적합한지를 살펴서 일정한 격식에 들어맞아야 비로소 말단 관리의 대열에 끼일 수가 있습니다. 비록 세속을 교화할 방도나 변방을 지킬 책략을 갖고 있어도 이 경로를 거치지 않고서는 대수롭지 않은 관직 하나라도 얻는 경우는 만 명 가운데 한 사람도 없습니다. 그리하여 은둔한 저 사람은 오직 들어간 산이 깊지 않고 들어간 숲이 빽빽하지 않을까 두려워하며 그림자나 메아리도 없이 숨은 채 오직 다른 사람들에게 알려질까 두려워합니다. 지금 제가 만약 어떤 사람이 재상에게 서찰을 올려 벼슬을 구함에 재상이 그 사람을 욕보이지 않고 천자에게 천거해 작위를 내려 임용하고서 그 서찰을 사방에 널리 공포한 사실을 듣는다면, 말라빠진 모습으로 곤경에 빠져 있으되 걸출한 재주와 넓은 도량으로 두루 통달한 은둔 선비가 반드시 장차 득의양양하게 가슴을 설레며 갓끈을 단정하게 높이 매고 여유 있고 즐거운 마음으로 조정을 향해 올 것입니다. 이야말로 권면이나 포상이란 온 천하 사람들에게 반드시 골고루 다 베풀어져야 천하 사람들이 따르는 것이 아니라, 사람들이 하고자 하는 대로 도와서 이루게 해주는 것이라는 말입니다.

엎드려 생각건대 저는 앞서 언급한 『시경』과 『서경』이나 『맹자』의 관련 문장의 취지를 읽은 뒤에 인재를 양성하고 복록을 하사하는 까닭을 생각하고, 옛날 군자가 자기의 군주를 보좌한 방도를 고찰해 스스로 벼슬길로 들기를 도모하거나 자신을 천거한 죄과를 잊고, 관직을 설치하고 봉록을 제정한 연고를 사색해 산림에 은둔해 아직 벼슬한 적이 없는 선비들을 끌어들이고자 했습니다. 그러하니 천하의 정도를 받들어 행하는 분들께서는 지향해야 할 바를 아시기 바라옵니다.

저는 감히 스스로 요행을 바라고자 하는 것은 아닙니다만, 일찍이 쓴 글 중에서 그런대로 괜찮다고 여겨지는 것 몇 편을 골라 별도의 두루마리에 베껴 놓았사오니 부디 일독해주시기를 앙망하옵니다. 각하의 존엄하심을 더럽히게 되어 땅에 엎드려 처벌을 기다립니다. 한유가 재배를 올립니다.

한유는 정원 11년(795) 초에 2달이 채 안 되는 기간 동안 당시의 재상 조경(趙憬)·가탐(賈耽)·노매(盧邁)에게 자신을 관리로 발탁해주기를 요청하는 서한을 세 차례 보냈는데, 이는 그해 정월 27일에 쓴 첫 번째 편지글이다. 작자는 정원 8년(792)에 진사가 된 뒤 세 차례 이부(吏部) 주관의 박학굉사과(博學宏辭科)에 응시했으나 끝내 실패하자, 이를 통해서 관리가 되기란 어렵다는 것을 알고 옛날 사람들의 방식을 본받아 재상에게 직접 서한을 보내 자신을 발탁해주기를 호소했다. 빨리 관리가 되고픈 조급한 마음이 드러나 있다는 점 때문에 많은 평론가들의 비판을 받기도 했지만, 자신이 관직을 구하는 입장에서 인재 양성과 관리 등용의 책임이 재상에게 있다는 점을 특히 강조함으로써 자신의 논리를 당당하게 펼쳐나간 것은 한유다운 기개의 소산이라 하겠다. 경전의 적절한 인용과 고금의 대비 및 엄밀한 구성을 통해 글의 논리적 설득력을 끌어 올렸을 뿐 아니라, 문장 속에 흐르는 감정이 매우 진솔하고 간절하며 언어 구사도 당차면서도 솔직해 28세의 젊은 시절에 지은 글이면서도 당당히 수작으로 손꼽힌다.

원문 및 주석

正月二十七日, 前鄉貢進士[1]韓愈謹伏光範門[2]下, 再拜獻書相公閣下 :

1   前鄉貢進士(전향공진사) : 당나라 때에 진사시에 합격한 뒤 아직 관직에 임용되지 못한 사람을 '前進士'라고 불렀다. 한유는 학관(學館)을 통하지 않고 정원 8

년(792)에 지방의 천거를 거쳐 진사과에 응시해 급제했다. 주현(州縣)에서 진사
과 고시에 참가하는 응시생을 그 지방의 공물과 함께 조정으로 보냈기 때문에
'鄕貢'이라고 불렀다.

2   光範門(광범문) : 선정전(宣政殿) 서남쪽에 있는 문으로 재상의 관아가 있는 중
서성(中書省)과 통했다.

詩之序[3]曰 : "菁菁者莪, 樂育材也。君子能長育人材, 則天下喜樂之矣。" 其
詩[4]曰 : "菁菁者莪, 在彼中阿 ; 旣見君子, 樂且有儀。" 說者[5]曰 : "'菁菁'者,
盛也 ; '莪', 微草也 ; '阿', 大陵也! 言君子之長育人材, 若大陵之長育微草,
能使之菁菁然盛也。'旣見君子, 樂且有儀'云者, 天下美之之辭也。" 其三章
曰 : "旣見君子, 錫[6]我百朋[7]。" 說者[8]曰 : "'百朋', 多之之辭也, 言君子旣長育
人材, 又當爵命[9]之, 賜之厚祿以寵貴之云爾。" 其卒章曰 : "汎汎楊丹, 載沈
載浮, 旣見君子, 我心則休[10]。" 說者[11]曰 : "'載[12]', 載也 ; '沈浮'者, 物也 ; 言
君子之於人才, 無所不取, 若舟之於物, 浮沈皆載之云爾。'旣見君子, 我心
則休'云者, 言若此則天下之心美之也。" 君子之於人也, 旣長育之, 又當爵
命寵貴之, 而於其才無所遺焉。孟子[13]曰 : "君子有三樂, 王天下[14]不與存
焉。" 其一曰 : "樂得天下之英才而敎育之。" 此皆聖人賢士之所極言至論[15]。
古今之所宜法者也 ; 然則孰能長育天下之人材, 將非吾君與吾相乎? 孰能
敎育天下之英材, 將非吾君與吾相乎? 幸今天下無事[16], 小大之官各守其
職, 錢穀甲兵[17]之問不至於廟堂[18] ; 論道經邦[19]之暇, 捨此[20]宜無大者焉。

3   詩之序(시지서) : 『시경·소아·청청자아(菁菁者莪)』시의 앞에 붙여져 있는 서
문으로 시 전체의 서문인 '대서(大序)'와 구별해 통상 '소서(小序)'라고 한다.
4   其詩(기시) : 『시경·소아·청청자아』시의 첫째 장 네 구절.
5   說者(설자) : 시의 뜻을 해설한 사람. 『모시전(毛詩傳)』과 『정전(鄭箋)』을 지은
모공(毛公)과 정현(鄭玄)을 주로 가리킨다. 한유는 원문 그대로 옮기지 않고 이
들의 풀이를 압축해 인용했는데 이하 마찬가지다.
6   錫(석) : 주다. 하사하다.
7   百朋(백붕) : 많은 봉록을 가리킨다. 고대에 '조개껍질(貝殼)'을 화폐로 사용했는
데, 다섯 패각을 '천(串)' 곧 한 '꿰미'라 하고, 두 꿰미를 '붕(朋)' 곧 한 '쌍조개'라
했다. '오패(五貝)' 또는 '이패(二貝)'가 '일붕(一朋)'이라는 설도 있다.
8   說者(설자) : 이 시 첫 장에 대한 공영달(孔穎達)의 소(疏)와 제3장에 대한 『정
전』을 가리킨다.

9   爵命(작명) : 작위를 내리고 관직을 수여하다.

10   休(휴) : 아름답다. 여기서는 '기쁘다'는 뜻으로 쓰였다.

11   說者(설자) : 『모시전』과 『정전』의 견해를 가리킨다.

12   載(재) : 한유가 『모시전』과 『정전』의 견해에 따라 '실어 나르다'는 뜻으로 풀이
     했지만, 실은 문장 첫머리나 가운데에 한 음절의 기능을 나타내는 어음조사로
     쓰였다.

13   孟子(맹자) : 인용 문구는 『맹자·진심상(盡心上)』에 보인다.

14   王天下(왕천하) : '王'이 동사로 쓰여 '천하에 왕업을 이루다'는 뜻이다.

15   極言至論(극언지론) : 지극히 당연한 말씀. 가장 정확하고 합당한 견해.

16   無事(무사) : 나라에 전쟁이나 반란 따위의 큰 사건이 없는 것을 말한다.

17   錢穀甲兵(전곡갑병) : 재정이나 양곡 및 전쟁. 국가의 일상적인 경제나 군사 방
     면의 문제를 두루 가리킨다.

18   廟堂(묘당) : 본뜻은 종묘와 명당으로 '조정'을 가리킨다. 옛날 조정에 큰일이 있
     으면 종묘(宗廟)에 고하고 명당(明堂)에서 논의를 했다.

19   論道經邦(논도경방) : 나라를 잘 다스리고 평안하게 하는 따위의 큰일을 담론하
     는 것으로 성군과 어진 재상들의 할 일이다.

20   捨此(사차) : 이것을 버리다. 여기서는 '인재를 육성하고 등용하는 일 이외에'라
     는 의미.

今有人生二十八年矣, 名不著於農工商賈²¹之版²²。其業則讀書著文歌頌堯
舜之道, 雞鳴而起, 孜孜焉²³亦不爲利；其所讀皆聖人之書, 楊墨釋老²⁴之
學無所入於其心；其所著皆約六經²⁵之旨而成文, 抑邪與正²⁶, 辨時俗之所
惑。居窮守約²⁷, 亦時有感激²⁸怨懟²⁹奇怪³⁰之辭, 以求知³¹於天下；亦不悖³²
於敎化, 妖淫³³諛佞³⁴譸張³⁵之說, 無所出於其中：四擧於禮部乃一得³⁶, 三
選於吏部卒無成³⁷；九品之位³⁸其可望, 一畝之宮³⁹其可懷。遑遑⁴⁰乎四海
無所歸；恤恤⁴¹乎飢不得食, 寒不得衣；濱於死⁴²而益固, 得其所者⁴³爭笑
之；忽⁴⁴將棄其舊而新是圖⁴⁵, 求老農老圃⁴⁶而爲師。悼本志之變化, 中夜
涕泗交頤⁴⁷。雖不足當⁴⁸詩人孟子之謂, 抑長育之使成材, 其亦可矣；敎育
之使成才, 其亦可矣!

21   商賈(상고) : 상인의 범칭. 본래 '돌아다니며 판매하는 행상'을 '商', '가게를 열고
     앉아서 장사하는 상인'을 '賈'라고 구분했다.

22   版(판) : 명부. 호적. 고대에 백성을 사농공상의 사민(四民)으로 나눴는데, 한유
     는 사(士)의 명부에 이름을 올렸음을 가리킨다.

23   孜孜焉(자자언) : 게으름 피우지 않고 애써 노력하는 모양. '焉'은 상태를 나타내

는 부사어에 붙은 접미사.

24 楊墨釋老(양묵석로) : 양주(楊朱) · 묵적(墨翟) · 불교 · 도교. '釋'은 석가모니고 '老'
    는 노자지만, 여기서는 각기 불교와 도교를 가리키는 것으로 봄이 옳다.

25 六經(육경) : 유가의 기본 경전인 시(詩) · 서(書) · 역(易) · 예(禮) · 악(樂) · 춘추
    (春秋).

26 與正(여정) : 정도(正道) 또는 정의의 편에 서다. '與'는 '편들다', '지지하다'는 뜻
    이다.

27 居窮守約(거궁수약) : 곤궁하게 살고 검약한 생활을 견지하다. 『논어 · 위영공(衛
    靈公)』편에 보이는 대로 "군자라야 정말 곤궁에 굳게 견뎌 나갈 수 있다(君子固
    窮)"라는 뜻을 가리킨다.

28 感激(감격) : 격분하다. 어떤 일로 영향을 받아 정서적인 격동이 일어남을 말한
    다.

29 怨懟(원대) : 원망하다.

30 奇怪(기괴) : 기괴하다. 특별히 기이하거나 괴상한 것이 아니라, 자신이 쓴 글이
    당시의 진부한 언어 습관과 달리 참신한 것을 가리킨다.

31 求知(구지) : 다른 사람들에게 알려지기를 구하다.

32 悖(패) : 어긋나다. 위배되다.

33 妖淫(요음) : 요망하다. 요사스런 말로 사람의 마음을 혼란스럽게 하다.

34 諛佞(유녕) : 아첨하다. 사실에 관계없이 듣기 좋은 말로 알랑거리다.

35 譸張(주장) : 터무니없는 말로 남을 속이다. 황당무계하게 허풍을 치다.

36 四擧於禮部乃一得(사거어예부내일득) : 한유가 예부 주관의 진사시에 4수만에
    합격한 일을 가리킨다.

37 三選於吏部卒無成(삼선어이부졸무성) : 한유가 이부 주관의 박학굉사과 전형에
    3차례 참가했지만 끝내 합격하지 못한 일을 가리킨다.

38 九品之位(구품지위) : 가장 낮은 등급의 관직을 가리킨다.

39 一畝之宮(일묘지궁) : 1묘 남짓 되는 크기의 집. 당시 관리의 집으로는 매우 작
    은 것을 가리킨다. '畝'는 지적(地積) 단위로 당나라 때는 폭 1보(步), 길이 240보
    가 1묘였다. 1보(步)는 5척(尺)에 해당한다. 『예기 · 유행(儒行)』편에 "선비는 1
    묘 크기의 집을 가졌다(儒有一畝之宮)"라는 글귀가 보인다.

40 遑遑(황황) : 마음이 다급한 모양.

41 恤恤(휼휼) : 수심에 잠긴 모양. 우려하는 모양.

42 濱於死(빈어사) : 거의 죽을 지경에 이르다. 빈사의 경지에 이르다. '濱'은 '임박
    하다'는 뜻으로 '瀕'과 통한다.

43 得其所者(득기소자) : 바라던 좋은 자리 곧 관직을 이미 구한 사람. 정치적으로
    득의한 사람을 가리킨다.

44 忽(홀) : 경홀히. 신중하지 못하고 경솔한 모양.

45 棄其舊而新是圖(기기구이신시도) : 유학자로서 관리가 되고자 하던 원래의 이상
    이나 목표를 내던지고 고향으로 돌아가 농사를 짓는 새로운 생활 방도를 도모

하다. '新是圖'는 '圖新'의 도치, '是'는 도치를 나타내는 구조조사.

46 老圃(노포) : 과실이나 채소 농사를 짓는 노인.

47 涕泗交頤(체사교이) : 눈물과 콧물이 두 뺨 위에 뒤섞여 흘러내리다.

48 當(당) : 합당하다. 자격이 되다.

抑又⁴⁹聞古之君子相⁵⁰其君也, 一夫不獲其所, 若己推而內之溝中⁵¹; 今有
人生七年而學聖人之道以修其身, 積二十年, 不得已一朝而毀之⁵², 是亦不
獲其所矣! 伏念今有仁人在上位⁵³, 若不往告之而遂行, 是果於自棄而不以
古之君子之道待吾相也, 其可乎? 寧往告焉, 若不得志, 則命也, 其亦行矣!

49 抑又(억우) : 게다가 또. 점층접속사. 이 글에서 4차례 쓰여 앞뒤 글을 긴밀하게
    접속함으로써 문장이 점층적으로 심화되어 가는 기세를 도우고 있다.

50 相(상) : 돕다. 보좌하다. 재상이 되다.

51 若己推而內之溝中(약기추이납지구중) : 『맹자』의 「만장상(萬章上)」과 「만장하(萬
    章下)」에 나오는 글귀다. '內'은 '용납하다', '받아들이다'는 뜻으로 '納'과 같다.

52 毀之(훼지) : 앞에서 말한 유학자로서 관리가 되고자 하던 원래의 이상이나 목표
    를 포기하는 것을 가리킨다.

53 上位(상위) : 재상의 직위.

洪範⁵⁴曰 : "凡厥庶民, 有猷⁵⁵、有爲、有守, 汝⁵⁶則念⁵⁷之, 不協于極⁵⁸, 不罹
于咎⁵⁹, 皇則受之⁶⁰, 而康而色⁶¹。曰予攸好德⁶², 汝⁵⁶則錫之福。" 是皆與善⁶³
之辭也。抑又聞古之人有自進⁶⁴者, 而君子不逆⁶⁵之矣, 曰"予攸好德, 汝則
錫之福"之謂也 ; 抑又聞上⁶⁶之設官制祿, 必求其人⁶⁷而授之者, 非苟⁶⁸慕其
才而富貴其身也, 蓋將用其能理⁶⁹不能, 用其明理⁶⁹不明者耳 ; 下⁷⁰之修己
立誠必求其位而居之者, 非苟沒⁷¹於利而榮於名也, 蓋將推己之所餘⁷²以濟
其不足者耳。然則上之於求人, 下之於求位, 交相求而一其致⁷³焉耳。苟以
是而爲心, 則上之道不必難⁷⁴其下, 下之道不必難其上 : 可擧而擧焉, 不必
讓⁷⁵其自擧也, 可進而進焉, 不必廉⁷⁶於自進也。

54 洪範(홍범) : 『서경·주서(周書)』의 편명으로 주나라 무왕(武王)이 은(殷)나라를
    정벌하고 기자(箕子)를 찾아갔을 때 기자가 무왕에게 치국의 대도를 진술한 것
    이라고 전해진다. 그러나 근대 학자들은 전국(戰國)시대 사람의 위작으로 보고
    있다.

54 猷(유) : 계책. 책략.

56 汝(여) : 당신. 전통적으로 주나라 무왕(武王)을 가리키는 것으로 풀이해왔다.

57 念(여) : 늘 생각하다. 항상 염두에 두다.

58 不協于極(불협우극) : 올바른 도에 맞지 않다. '極'은 '中(중)'으로 '올바른 도', '올바른 준칙'을 뜻한다.

59 不罹于咎(불리우구) : 죄악에 빠지지 않다. '罹'는 '걸리다'는 뜻이다.

60 皇則受之(황즉수지) : 임금은 곧 그들을 너그럽게 용서하다. '受'는 '받아들이다', 곧 '너그럽게 용서하다', '관용을 베풀다'는 뜻이다.

61 而康而色(이강이색) : 편안하고 부드러운 얼굴빛을 하다. 2개의 '而'자가 모두 병렬접속사로 쓰였다. 뒤의 '而'자를 이인칭 관형어로 보고, 이 구절을 '너(임금)의 안색을 편안하게 가지고 자기를 낮추다'로 풀이하기도 한다.

62 曰予攸好德(왈여유호덕) : '내가 좋아하는 것은 덕이다'라고 말하다. '攸'는 '所(소)'의 뜻이다. '攸'를 뜻이 없는 어조사로 보고, 이 구절을 '나는 덕을 좋아합니다'로 풀이하기도 한다.

63 與善(여선) : 선을 지향하도록 돕다. 선을 권하다.

64 自進(자진) : 스스로를 벼슬길로 들여놓다.

65 逆(역) : 거절하다. 경시하다.

66 上(상) : 윗자리에 있는 사람. 황제 또는 재상.

67 其人(기인) : 관직에 적합한 사람.

68 苟(구) : 구차하게. 무책임하게 마음대로.

69 理(이) : 다스리다. 당나라 고종(高宗)의 이름을 피휘하기 위해 '治(치)'자 대신 쓰인 것이다.

70 下(하) : 아랫자리에 있는 사람들. 관직을 구하는 사람들을 가리킨다.

71 沒(몰) : 탐하다.

72 己之所餘(기지소여) : 자기에게 남는 것으로 바로 앞에 나오는 능력과 명철한 지혜를 가리킨다.

73 致(치) : 이르고자 하는 목표. 도달하고자 하는 소원.

74 難(난) : 난처하게 하다. 힐난하다.

75 讓(양) : 책망하다 책임을 따져 나무라다.

76 廉(염) : 단속하다. 제약을 가하다. 사양하다. 회피하다.

抑又聞上之化下, 得其道, 則勸賞不必徧[77]加乎天下而天下從焉, 因[79]人之所欲爲而遂推[79]之之謂也。 今天下不由吏部而仕進者幾希[80]矣, 主上感傷山林之士有逸遺[81]者, 屢詔內外之臣旁[82]求于四海。而其至者蓋闕[83]焉, 豈其無人乎哉? 亦見[84]國家不以非常之道[85]禮[86]之而不來耳。彼之處隱就閒者亦人耳, 其耳目鼻口之所欲、其心之所樂、其體之所安, 豈有異於人乎哉? 今所以惡衣食[87], 窮體膚[88], 麋鹿[89]之與處, 獶狄[90]之與居, 固自以其身不能與時從順俯仰⁹¹, 故甘心自絶而不悔焉。而方聞國家之仕進者。必擧於州縣, 然後升於禮部吏部, 試之以繡繪雕琢之文⁹², 考之以聲勢之逆順⁹³、章句之短長⁹⁴, 中⁹⁵其程式⁹⁶者, 然後得從下士之列⁹⁷, 雖有化俗之方⁹⁸、安邊之畫⁹⁹, 不繇¹⁰⁰是而稍進¹⁰¹, 萬不有一得焉: 彼惟恐入山之不深, 入林之不密, 其影響昧昧¹⁰², 惟恐聞於人也。今若聞有以書進宰相而求仕者, 而宰相不辱¹⁰³焉, 而薦之天子, 而爵命之, 而布其書於四方, 枯槁沈溺¹⁰⁴魁閎寬通¹⁰⁵之士, 必且洋洋焉¹⁰⁶動其心, 峨峨焉¹⁰⁷纓其冠¹⁰⁸, 于于焉¹⁰⁹而來矣。此所謂勸賞不必徧加乎天下而天下從焉者也, 因人之所欲爲而遂推之之謂者也。

77 徧(편) : 두루. '遍'과 같다.

78 因(인) : 근거하다. 의거하다.

79 遂推(수추) : 따라서 도와주다. 사람들이 하고자 하는 대로 도와서 이루어 주다. '遂'는 여기서 '따르다(順)'는 뜻이다.

80 幾希(기희) : 극히 드물다. 거의 드물다. '希'는 '稀'와 같다.

81 逸遺(일유) : 누락되다. 관리로 부름을 받지 못한 것을 가리킨다.

82 旁(방) : 널리. 두루.

83 闕(궐) : 없다.

84 見(견) : 알아차리다. 분별하다.

85 非常之道(비상지도) : 특별한 방법. 일상적인 경로를 뛰어넘는 특단의 조치.

86 禮(예) : 예우하다.

87 惡衣食(악의식) : 거친 음식을 먹고 나쁜 옷을 입다.

88 窮體膚(궁체부) : 온몸을 곤궁하게 하다. '體膚'는 사지와 피부로 온몸을 가리킨다.

89 麋鹿(미록) : 순록과 사슴.

90 猨狖(원유) : 긴팔원숭이와 긴꼬리원숭이. '猨'은 '猿'과 같다.

91 與時從順俯仰(여시종순부앙) : 시속을 따라 부화뇌동하다. 모나지 않게 시류를 좇아 적당히 살아가다.

92 繡繪雕琢之文(수회조탁지문) : 아름답게 수놓고 아로새긴 문장. 글귀가 화려한 장식적인 문장으로 당시에 유행한 변문(騈文)의 수사적 특징을 가리킨다.

93 聲勢之逆順(성세지역순) : 문장의 성률이 어울리다. 음악적인 운율미를 추구한 변문의 음운적 특징을 가리킨다.

94 章句之短長(장구지단장) : 장구의 길이가 기준에 합당하다. 한 구절이나 단락의 길이가 일정한 기준에 들어맞도록 요구한 변문의 특징을 가리킨다.

95 中(중) : 들어맞다. 합당하다.

96 程式(정식) : 일정한 격식. 규정에 맞는 격식.

97 下士之列(하사지열) : 낮은 등급의 관리 대열. 『예기・왕제(王制)』편에 의하면

‘샤’에 ‘상사(上士)’·‘중사(中士)’·‘하사’의 구분이 있었다.

98 化俗之方(화속지방) : 세속을 교화하는 방도. 백성들을 교화하고 폐단을 없애는 방책으로 문치(文治)에 관한 계책을 가리킨다.

99 安邊之畫(안변지획) : 변방을 안정시키는 책략. 군사적인 무략(武略)을 가리킨다.

100 繇(유) : 거치다. 경유하다. ‘由’와 같다.

101 稍進(초진) : 대수롭지 않은 관직이라도 얻다.

102 影響昧昧(영향매매) : 그림자나 메아리도 없이 매몰되다. 흔적도 없이 잊혀지다. ‘昧昧’는 어두운 모양으로 가려져 눈에 띄지 않는 것을 가리킨다.

103 辱(욕) : 욕보이다. 매몰시키다.

104 枯槁沈溺(고고침닉) : 말라빠진 모습을 하고 곤경에 빠져 있다.

105 魁閎寬通(괴굉관통) : 걸출한 재주와 넓은 도량을 갖추고 두루 통달하다.

106 洋洋焉(양양언) : 감동해 득의양양한 모양. ‘焉’은 상태를 나타내는 부사어에 붙은 접미사로 ‘然’과 같은 용법이다.

107 峨峨焉(아아언) : 단정하게 우뚝 솟은 모양.

108 纓其冠(영기관) : 갓끈을 매고 갓을 쓰다. ‘纓’이 동사로 쓰여 ‘갓에 끈을 매다’는 뜻이다.

109 于于焉(우우언) : 여유 있고 즐거운 모양.

伏惟覽詩書孟子之所指, 念育才錫福之所以；考古之君子相其君之道, 而忘自進自擧之罪；思設官制祿之故, 以誘致¹¹⁰山林逸遺之士：庶¹¹¹天下之行道者¹¹²知所歸焉。

110 誘致(유치) : 끌어들이다. 불러들이다.

111 庶(서) : 요행히도 바란다는 어기를 나타낸다.

112 行道者(행도자) : 정도를 받들어 행하는 사람. 유가의 도를 실행하는 사람.

小子¹¹³不敢自幸, 其嘗所著文, 輒採其可¹¹⁴者若干首, 錄在異卷¹¹⁵, 冀¹¹⁶辱¹¹⁷賜觀焉。干黷尊嚴¹¹⁸, 伏地待罪。愈再拜。

113 小子(소자) : 한유가 자신을 낮추어 한 말.

114 其可(기가) : 그런대로 괜찮다고 여겨지는 것.

115 異卷(이권) : 별도의 두루마리. 다른 책.

116 冀(기) : 바라다. 앙망하다.

117 辱(욕) : 욕되게도. 「석언(釋言)」(HS-038) 주석 12 참조.

118 干黷尊嚴(간독존엄) : 「상병부이시랑서(上兵部李侍郎書)」(HS-077)에는 ‘干黷嚴尊’으로 되어 있다. 해당 작품의 주석 34, 35 참조.

後十九日復上書

2월 16일에 전 향공진사 한유는 삼가 재배하고 상공 각하께 아룁니다.

지난번에 서한과 제가 지은 글을 올린 뒤에 회신을 기다린 지 열아흐레가 지났습니다만 아무런 분부를 받지 못하였기에, 마음속으로 매우 두려운 나머지 감히 서울을 떠나 달아나지도 못하고 또 어떻게 해야 할지도 모르고 있다가, 곧 다시 과감하게 헤아릴 수 없는 처벌을 무릅쓰고 제가 하고픈 말을 다해 각하의 분부를 듣고자 하옵니다.

제가 듣건대 물에 빠졌거나 불길에 휩싸인 사람이 다른 사람에게 구조를 요청할 때는 단지 부모 자식이나 형제지간처럼 자애로운 관계에 있어야만 울부짖으며 구해 주기를 바라는 것이 아니라, 만약 자신의 주변 가까이에 사람이 있으면 설령 자신이 미워하는 사람이라 하더라도 그가 자신이 죽기를 바라는 정도만 아니라면 큰 소리로 급히 부르며 자신을 긍휼히 여겨 주기를 바랍니다. 그의 주변 가까이에 있던 그 사람도 그의 목소리를 듣고 다급한 상황임을 보고는 단지 자신의 부모 자식이나 형제지간처럼 자애로운 관계에 있어야만 가서 그의 생명을 보전해 주는 것이 아니라, 설령 자신이 미워하는 사람이라 하더라도 그가 죽기를 바라는 정도만 아니라면 숨 돌릴 틈도 없이 맹렬히 달려가서 손발이 물에 다 젖고 털이나 머리털이 불에 타게 되더라도 그 사람 구하기를 조금도 사양하지 않을 것입니다. 이와 같이 하는 것은 무엇 때문이겠습니까? 그 형세가 진실로 다급하고 그 사정이 실로 동정할 만큼 딱하기 때문입니다. 제가 열심히 공부하고 힘써 도를 행한 지 벌써 여러 해가 되었사온데, 우매한 성격 탓에 앞길이 험난하거나 평탄함을 고려하지 않은 채 쉬지 않고 앞으로 나아가 곤궁하고 배고픈 물불 속으로 빠져 위험하고도 급박한 상황에 처하게 된지라 큰 목소리로 급히 외쳐 보았던 것입니다. 각하께서도 아마 듣고 보셨을 테니, 달려오셔서 저의 생명을 구해주시겠습니까? 아니면 편안히 앉아 계시기만 하고 구해 주지 않으시렵니까? 어떤 사람이 각하께 와서 말하기를 "물에 빠져 죽거나 불에 타 죽을 상황에 처한 자를 보고 구해 줄 방도가 있었지만 끝내 그 사람을 구해 주지 않았다"라고 한다면, 각하께서는 장차 그를 어진 사람으로 간주하겠습니까? 만약 그렇지 않다고 여기신다면, 저와 같은 사람도 군자께서 마음을 움직여 동정해 주어야 마땅한 자이옵니다.

어떤 사람이 제게 말하기를 "자네의 말도 맞고 재상께서도 자네를 알고 있네만, 다만 때가 맞지 않는 것을 어떻게 하겠소?"라고 한다면, 제 나름대로 짚어보건대 그는 제 말뜻을 제대로 이해하지 못한 사람이라고 여겨집니다. 진실로 저의 재능이 우리 현명하신 재상의 천거를 받기에 부족할 따름입니다. 이른바 때라는 것은 본래 윗자리에 있는 사람이 정하는 것일 뿐이지 하늘이 정하는 것이 아닙니다. 지금부터 5~6년 전 재상께서 천자께 천거해 보고한 사람 중에 평민 중에서 발탁된 자가 있었는데, 그때가 지금과 시기적으로 무에 다른 게 있사옵니까? 게다가 지금은 절도사(節度使)와 관찰사(觀察使) 및 방어사(防禦使)와 영전사(營田使)와 같이 지위가 비교적 낮은 특별 파견 관리들마저도 자기들이 판관(判官)을 천거함에 있어 그 대상으로 이미 벼슬한 적이 있었는지 아직 벼슬한 적이 없었는지를 가리지 않거늘, 하물며 우리 천자로부터 존경받는 재상께서 어떻게 안 된다고 하시겠습니까?

옛날에 인재를 등용할 때 도둑 가운데서 발탁하기도 하고 창고지기 중에서 천거하기도 했으니, 지금 평민 신분의 인재들이 비록 미천하다고 하더라도 이런 부류의 사람들과는 충분히 견주어지고도 남을 만할 것입니다. 감정이 북받쳐 글의 표현이 애절하니 어떻게 재단해야 할 지 모르겠습니다만, 단지 각하께서 조금이나마 긍휼히 여겨 주시기를 바랄 뿐이옵니다. 한유가 재배를 올립니다.

해제

정원 11년(795) 2월 16일에 재상에게 올린 두 번째 편지글로 「상재상제이서(上宰相第二書)」로도 불린다. 「상재상서(上宰相書)」(HS-083)를 발송한 지 19일이 지나도 아무런 회신을 받지 못하자 더 이상 기다리지 못하고 재차 이 서한을 보내 곤궁하고 굶주린 처지에 처한 자신을 발탁해주기를 요청한 것이다. 관직을 구하기에 급급한 작자의 심정이 여과 없이 드러나 있어 부끄러운 줄 모른다는 비난을 받기도 했다. 다만 당나라 때에 권세가들에게 서한을 보내 관직을 구하는 것은 당시 지식인들에게 흔히 있던 일이므로 한유만 지나치게 매도할 것은 없다. 비슷한 시

대의 이백(李白, 701-762)이나 유종원(柳宗元, 773-819) 등도 이와 유사한 글을
지은 적이 있다.

원문 및 주석

二月十六日前鄉貢進士韓愈謹再拜言相公閤下：

向[1]上書及所著文後, 待命[2]凡十有九日, 不得命, 恐懼不敢逃遁[3], 不知所
爲；乃復敢自納於不測之誅[4], 以求畢其說而請命於左右。

1　向(향)：전에. 이전에. '嚮'과 같다.
2　待命(대명)：분부를 기다리다. '회신을 기다리다'는 뜻.
3　逃遁(도둔)：도망가다.
4　誅(주)：처벌. 책망.

愈聞之：蹈水火[5]者之求免於人也, 不惟其父兄子弟之慈愛然後呼而望之也；
將有介[6]於其側者, 雖其所憎怨, 苟不至乎欲其死者, 則將大其聲疾呼[7]而望
其仁[8]之也。彼介於其側者, 聞其聲而見其事[9], 不惟其父兄子弟之慈愛然後
往而全[10]之也；雖有所憎怨, 苟不至乎欲其死者, 則將狂奔盡氣[11]、濡[12]手足、
焦[13]毛髮救之而不辭也。若是者何哉? 其勢誠急, 而其情誠可悲也。愈之彊
學[14]力行有年[15]矣, 愚不惟道之險夷[16], 行且不息, 以蹈於窮餓之水火, 其旣
危且亟[17]矣, 大其聲而疾呼矣, 閤下其亦聞而見之矣, 其將往而全之歟? 抑[18]
將安而不救歟? 有來言於閤下者曰：有觀溺於水而爇[19]於火者, 有可救之道
而終莫之救也, 閤下且以爲仁人乎哉? 不然, 若愈者, 亦君子之所宜動心者
也。

5　蹈水火(도수화)：물속이나 불속에 빠지다. 대단한 위험에 빠지는 것을 말한다.

6   介(개) : 다가가다. 접근하다.

7   大其聲疾呼(대기성질호) : 큰 목소리로 급히 외쳐 다른 사람의 주목이나 관심을 끄는 것을 말한다. '疾'은 '급히', '빨리'의 뜻이다. 흔히 쓰이는 '大聲疾呼'라는 사자성어의 출처다.

8   仁(인) : 긍휼히 여기다.

9   其事(기사) : 물속이나 불속에 빠진 것과 같은 다급한 상황을 가리킨다.

10 全(지) : 생명을 보전하다. 도와주다.

11 狂奔盡氣(광분진기) : 맹렬히 달려가 숨이 다하다. '숨 돌릴 틈도 없이 맹렬히 달려가다'는 뜻이다.

12 濡(유) : 물에 젖다.

13 焦(초) : 불에 타다.

14 彊學(강학) : 열심히 공부하다. '彊'은 '强'과 같다.

15 有年(유년) : 여러 해가 되다.

16 險夷(험이) : 험난하거나 평탄하다.

17 亟(극) : 급박하다. 긴급하다.

18 抑(억) : '아니면'이란 뜻의 선택접속사.

19 爇(설) : 불사르다.

或謂愈 : 子言則然矣, 宰相則知子矣, 如時不可何? 愈竊[20]謂之不知言者。誠其材能不足當[21]吾賢相之擧耳 ; 若所謂時者, 固在上位者之爲耳, 非天之所爲也。前五六年時, 宰相薦聞[22]尚有自布衣蒙抽擢者[23], 與今豈異時哉? 且今節度觀察使及防禦營田諸小使等, 尚得自擧判官[24], 無間[25]於已仕未仕者, 況在宰相, 吾君所尊敬者, 而曰不可乎?

20 竊(절) : 제 나름대로는. 자기 겸양을 나타내는 정태부사.

21 當(당) : 감당하다. 적합하다.

22 薦聞(천문) : 천거해 알리다. 천자에게 천거하는 것을 말한다.

23 自布衣蒙抽擢者(자포의몽추탁자) : 재상이던 이비(李泌)가 양성(陽城)을 간의대부로 천거한 일을 가리킨다. '布衣'는 베옷을 입는 사람으로 '벼슬하지 않은 평민'을 뜻한다.

24 判官(판관) : 막료 관리. 당나라 때에 임시적인 직무를 받고 특별히 파견되는 대신들의 경우에 자신을 보좌할 막료인 판관을 직접 선발할 수 있었는데, 중엽 이후에는 절도사나 관찰사들도 자신이 선임한 판관을 둘 수 있었다.

25 間(간) : 차이 나다. 구분되다.

古之進人者, 或取於盜[26], 或擧於管庫[27] ; 今布衣雖賤, 猶足以方[28]於此。情隘辭慼[29]，不知所裁[30]，亦惟少垂憐焉。愈再拜。

26　取於盜(취어도) : 관중(管仲)이 도둑 두 사람을 제환공(齊桓公)에게 천거해 임용하게 한 고사를 가리킨다. 「행난(行難)」(HS-010) 주석 18 참조.
27　擧於管庫(거어관고) : 조무(趙武)가 창고지기 칠십여 인을 천거한 고사를 가리킨다. 「행난」(HS-010) 주석 19 참조.
28　方(방) : 비견하다.
29　情隘辭慼(정애사척) : 감정이 치우치고 말이 걱정스럽다. '隘'는 한 쪽으로 치우쳐 속이 좁은 것을 말한다.
30　不知所裁(부지소재) : 어떻게 재단해야 할지 모르다. 『논어·공야장(公冶長)』편의 "내 고향에 남아 있는 제자들은 뜻은 크고 진취적이지만 일처리가 소략해 주도면밀하지 못하고, 겉으로는 빛나게 아름다운 모습을 이루고 있지만 그것을 어떻게 재단해 마무리해야 할지를 모른다(吾黨之小子狂簡, 斐然成章, 不知所以裁之)"에서 나온 표현이다.

 「스무아흐레 뒤에 다시 올리는 편지」

後廿九日復上書

3월 16일에 전 향공진사 한유는 삼가 재배하고 상공 각하께 아룁니다.

제가 듣건대 주공(周公)이 천자를 보좌하는 재상이 되었을 때, 현인을 접견하는 것을 급선무로 여겨 한 끼 식사하는 시간에 여러 차례 입에 든 음식을 뱉어 내고, 머리 한 번 감는 동안에 여러 번 물에 젖은 머리채를 움켜쥐고 올렸다고 했습니다. 그때에 천하의 현명한 인재들이 이미 다 천거되어 관리로 임용되었으며, 간사하고 아첨하고 속이고 의를 저버리는 무리는 이미 다 조정에서 제거되었으며, 온 천하에 이미 다 우려할 만한 걱정거리가 없었으며, 장안에서 멀리 떨어진 변방 지역의 모든 소수민족들도 이미 다 복속되어 조공을 바치고 있었으며, 자연재해나 때때로 일어나는 이변과 곤충이나 초목의 요괴들이 이미 다 사라지고 없었으며, 천하의 이른바 예법·음악·형벌·정령(政令)·교화의 도구들이 이미 다 정비되었으며, 풍속도 이미 다 후덕함을 돈독히 했으며, 동식물과 비바람이나 이슬이나 서리의 혜택을 축축하게 입고 자라는 것들이 이미 다 합당한 성장 환경을 얻었으며, 아름다운 징조나 상서로운 조짐과 기린·봉황·거북·용과 같은 영물들이 이미 다 나타났습니다. 그런데 주공께서는 성인의 재능을 가지고 천자의 숙부라는 친척 관계에 힘입어 천자를 보좌해 다스리고 교화를 계승한 공로가 또 다 이와 같이 현저하게 드러났으니, 나아가 뵙기를 구하는 선비들 중에 어찌 또 주공보다 더 현명한 사람이 있었겠습니까? 주공보다 더 현명하지 못한 것은 말할 것도 없을 뿐 아니라 어찌 또 그 당시의 모든 전문 관리들보다 더 현명한 사람인들 있었겠습니까? 어찌 또 계획하고 논의하는 것이 주공의 교화에 도움이 될 만한 것이 있었겠습니까? 그러나 주공께서는 인재 구하기를 이와 같이 급하게 하고, 오직 귀나 눈으로 듣거나 보지 못하는 것이 있고 자기 생각이 미치지 못하는 바가 있어 성왕(成王)이 자신에게 부탁한 의도를 저버리고 천하의 민심을 얻지 못할까 두려워했습니다. 주공과 같은 마음일지라도 설령 당시에 천자를 보좌해 다스리고 교화를 계승한 공로가 다 그와 같이 현저하게 드러나지 않았고 성인의 재능도 없고 천자의 숙부라는 친척 관계도 없었다면, 장차 음식을 먹고 머리를 감을 겨를도 없었을 테니 어찌 단지 입에 든 음식을 뱉어 내고 물에 젖은 머리채를 움켜쥐고 올리는 정도의 부지런함으로만 그쳤겠습니까? 바로 이와 같기 때문에 지금까지도 성왕의 덕을 칭송하고 주공의 공로를 칭찬하는 소리가 끊이지 않는 것입니다.

지금 각하께서 천자를 보좌하는 재상이 되신 것이 또 주공의 경우와 비슷하다지만, 천하의 현명한 인재들이 어찌 다 천거되어 관리로 임용되었다고 하겠습니까? 간사하고 아첨하고 속이고 의를 저버리는 무리가 어찌 다 조정에서 제거되었다고 하겠습니까? 온 천하에 어찌 다 우려할 만한 걱정거리가 없다고 하겠습니까? 장안에서 멀리 떨어진 변방의 모든 소수민족들도 어찌 다 복속되어 조공을 바치고 있다고 하겠습

니까? 자연재해나 때때로 일어나는 이변과 곤충이나 초목의 요괴들이
어찌 다 사라지고 없다고 하겠습니까? 천하의 이른바 예법·음악·형
벌·정령·교화의 도구들이 어찌 다 정비되었다고 하겠습니까? 풍속도
어찌 다 후덕함을 돈독히 했다고 하겠습니까? 동식물과 비바람이나 이
슬이나 서리의 혜택을 축축하게 입고 자라는 것들이 어찌 다 합당한 성
장 환경을 얻었다고 하겠습니까? 아름다운 징조나 상서로운 조짐과 기
린·봉황·거북·용과 같은 영물들이 어찌 다 나타났다고 하겠습니까?
다가와 뵙기를 구하는 선비들이 비록 각하와 같은 성대한 덕을 바랄 수
는 없다고 하더라도, 다른 모든 전문 관리들과 비교할 때 어찌 다 그들
보다 못하다고 하겠습니까? 저들이 하는 말이 어찌 다 정치 교화에 도
움이 될 만하지 않다고 하겠습니까? 지금 비록 주공처럼 입에 든 음식
을 뱉어 내고 머리채를 움켜쥐고 올리지는 못한다고 하더라도, 또한 마
땅히 인재를 끌어들여 맞이하고 그 사람이 찾아온 연유를 살펴서 거취
를 결정해야지 입을 다문 채 아무 대답도 하지 않아서는 안 될 것입니
다. 제가 회신을 기다린 지 벌써 사십여 일이 지났는데, 두 차례나 서한
을 올려도 제 뜻이 상달되지 못해 제 발걸음이 세 번째 각하의 문전에
가서 배알했지만 문지기마저 저를 거절했습니다. 저는 멍청하고 우둔해
달아나 숨을 줄 모르므로 다시 주공에 관한 말씀을 드렸사옵니다. 각하
께서는 또 밝게 살펴주시옵소서!

　고대의 선비들은 석 달 동안 벼슬하지 않으면 다른 사람들이 위문하
러 왔기 때문에, 국경을 나갈 때에는 반드시 다른 나라의 임금을 찾아
뵐 때 바칠 예물을 싣고 갔습니다. 그러나 그들이 스스로를 벼슬길로
들여놓기를 중요하게 여긴 까닭에 자기의 주장이 주(周)나라에서 통하지
않으면 그곳을 떠나 노(魯)나라로 가고, 노나라에서 통하지 않으면 그곳
을 떠나 제(齊)나라고 가고, 제나라에서도 통하지 않으면 그곳을 떠나 송
(宋)나라로 가고 정(鄭)나라로 가고 진(秦)나라로 가고 초(楚)나라로 갔습니

다. 지금 천하엔 천자가 한 분뿐이고 온 세상엔 나라가 하나밖에 없으
니, 이 나라를 버리면 소수민족의 땅이 있을 뿐이니 부모의 나라를 떠
나게 됩니다. 따라서 선비 중에서도 유학의 도를 행하던 사람이 조정에
서 뜻을 얻지 못하면 산림으로 은둔하러 가는 길밖에 없습니다. 산림은
홀로 선을 도모해 자신만을 먹여 살리고 천하를 걱정하지 않는 사람이
편안히 사는 곳이니, 만약 천하를 걱정하는 마음이 있으면 거기에 안주
할 수 없사옵니다. 따라서 저는 매번 스스로를 벼슬길에 들여놓기 위해
도모해 부끄러운 줄 모르고 서한을 자주 올리고 발걸음은 여러 차례 문
전에 미치면서도 멈추지를 못했사옵니다. 어찌 단지 이와 같을 뿐이겠
습니까? 벌벌 떨며 각하와 같은 위대한 현인의 문하에서 나오게 되지
못할까 두려워하노니, 단지 조금이나마 저의 뜻을 살펴주시기 바라옵니
다. 각하의 존엄하심을 더럽히고 침범하게 될까 봐 황송하기 그지없사
옵니다. 한유가 재배를 올립니다.

해제

　　정원 11년(795) 3월 16일에 재상에게 올린 세 번째 편지글로 「상재상
제삼서(上宰相第三書)」로도 불린다. 현명한 인재를 접견하기 위해 '입에
든 음식을 뱉어 내고 물에 젖은 머리채를 움켜쥐고 올린(吐哺捉髮)' 주공
(周公)과 선비의 면담과 발탁 요청에도 묵묵부답 아랑곳하지 않는 당시
재상의 태도를 대비하고, 자신이 관직 구하기에 급급한 이유가 천하를
걱정하는 마음에 있음을 웅변적인 어조로 솔직하게 천명했다.
　　특히 이 글은 비슷한 어구나 리듬을 가진 구절을 연달아 써서 파죽지
세의 도도한 기세를 형성해 자신의 주장을 정당화한 점도 눈여겨 볼만

하다. 즉 '皆已(개이)'가 포함된 구절을 9차례 연달아 써서 주공이 인재
를 발탁해 찬란한 업적을 남긴 사실을 부각하고, '豈復(기부)'로 3차례
의문을 제기한 뒤, 당시 재상의 인재 발탁과 관련한 직무 태만을 무려
11차례나 '豈盡(기진)'이 포함된 구절을 통해 들추어내고 있다. 이처럼
끊어지지 않고 도도하게 이어지는 문장으로 3차례의 접견 요청을 거절
한 당시 재상을 몰아붙이는 남다른 기개가 돋보인다.

원문 및 주석

三月十六日, 前鄕貢進士韓愈謹再拜言相公閣下:

愈聞周公之爲輔相[1], 其急於見賢也, 方一食三吐其哺[2], 方一沐三捉其髮[3]。
當是時, 天下之賢才皆已擧用, 姦邪讒佞欺負之徒皆已除去；四海皆已無
虞[4]；九夷八蠻[5]之在荒服[6]之外者, 皆已賓貢[7]；天災時變, 昆蟲草木之妖,
皆已銷息；天下之所謂禮樂刑政敎化之具, 皆已脩理[8]；風俗皆已敦厚[9]；
動植之物、風雨霜露之所霑被[10]者, 皆已得宜[11]；休徵嘉瑞[12]、麟鳳龜龍[13]之
屬, 皆已備至：而周公以聖人之才, 憑叔父之親, 其所輔理承化之功又盡章
章[14]如是, 其所求進見之士豈復有賢於周公者哉? 不惟不賢於周公而已, 豈
復有賢於時百執事[15]者哉? 豈復有所計議能補於周公之化者哉? 然而周公
求之如此其急, 惟恐耳目有所不聞見, 思慮有所未及, 以負成王託周公之
意[16], 不得於天下之心。如周公之心, 設使其時輔理承化之功未盡章章如
是, 而非聖人之才, 而無叔父之親, 則將不暇食與沐矣；豈特[17]吐哺捉髮爲
勤而止哉! 維其如是, 故于今頌成王之德而稱周公之功不衰。

1　周公之爲輔相(주공지위보상) : 주공이 형인 무왕(武王)이 죽은 뒤에 어린 조카

성왕(成王)을 보필하는 재상이 된 것을 말한다.

2　哺(포) : 입안에 든 음식.

3　一沐三捉其髮(일목삼착기발) : 이는 앞 구절과 함께 국가를 다스릴 인재를 구하는 마음이 매우 갈급함을 나타낸다. 이 고사는 『사기·노주공세가(魯周公世家)』에 보이는데, ‘捉(착)’은 ‘握(악)’으로도 씌어져 ‘吐哺捉髮(토포착발)’ 또는 ‘吐哺握髮(토포악발)’이라는 사자성어로 흔히 쓰인다.

4　無虞(무우) : 우려할 것이 없다. 걱정이 없다. ‘虞’는 ‘憂’와 통하는데, 특히 ‘현실적으로 나타난 것이 아니라 미래에 나타나는 예측하지 못할 우환’을 가리킨다.

5　九夷八蠻(구이팔만) : 중국 주변 사방 소수민족의 총칭. 본래 ‘九夷’는 동방의 아홉 소수민족으로 『후한서·동이전(東夷傳)』에 의하면 견이(畎夷), 우이(于夷), 방이(方夷), 황이(黃夷), 백이(白夷), 적이(赤夷), 현이(玄夷), 풍이(風夷), 양이(陽夷)를 가리키고, ‘八蠻’은 남방의 여덟 소수민족으로 『이아(爾雅)·석지(釋地)』의 주석에 의하면 천축(天竺), 해수(咳首), 초요(僬僥), 기종(跂踵), 천흉(穿胸), 담이(儋耳), 구지(狗軹), 방척(旁脊)을 가리킨다.

6　荒服(황복) : 수도에서 멀리 떨어진 변방 지역. 수도에서 2,500리 또는 2,000리 떨어진 곳을 가리킨다고 한다. ‘服’은 ‘천자에게 복종해 섬기다’는 뜻이다. 수도에서 떨어진 거리 500리마다 구획을 지어 후복(侯服), 전복(甸服), 수복(綏服), 요복(要服), 황복(荒服)의 ‘오복(五服)’으로 나누었다. 이는 『서경·익직(益稷)』에 보이는 ‘오복’에 대한 공영달(孔穎達)의 주석에 근거한 것이다.

7　賓貢(빈공) : 복속되어 조공을 바치다. 빈객이 주인을 섬기는 예로써 공물을 바치는 관계가 된 것을 말한다.

8　脩理(수리) : 정비되다. 완전한 상태로 되다.

9　敦厚(돈후) : 후덕함을 돈독히 하다. 『예기·중용』의 “옛 것을 익혀 새 것을 알고, 후덕함을 돈독히 해서 예를 숭상한다(溫故而知新, 敦厚以崇禮)”라고 한 데서 나온 말로 순박하고 후덕한 사회 기풍을 가리킨다.

10　霑被(점피) : 물기에 축축하게 젖는 혜택을 입다.

11　得宜(득의) : 비가 적합하게 내려 성장에 꼭 맞는 환경 조건을 얻다.

12　休徵嘉瑞(휴징가서) : 아름다운 징조나 상서로운 조짐.

13　麟鳳龜龍(인봉귀용) : 기린, 봉황, 거북, 용. 예로부터 ‘사령(四靈)’으로 칭하며 상서롭고 태평스러움을 상징하는 영물로 간주하고 있다.

14　章章(장장) : 밝게 드러나다. 현저하다. ‘彰彰(창창)’과 통한다.

15　百執事(백집사) : 각 부문의 일처리를 담당하는 전문 관리. ‘백관(百官)’과 같다.

16　成王託周公之意(성왕탁주공지의) : 옛 주석에서는 ‘周公’이 ‘國’자의 잘못이라고 했다. 무왕이 임종 시에 동생 주공 희단(姬旦)에게 어린 성왕을 보필해 나라를 다스리도록 부탁한 점을 고려해 교감을 한다면 ‘成王’이 ‘武王’의 잘못일 가능성이 크다. 여기서는 ‘성왕이 주공에게 국사를 맡긴 뜻(成王託國事於周公之意)으로 풀이했다.

17　特(특) : 단지. 다만.

今閤下爲輔相亦近耳, 天下之賢才豈盡擧用? 姦邪讒佞欺負之徒豈盡除去?
四海豈盡無虞? 九夷八蠻之在荒服之外者, 豈盡賓貢? 天災時變, 昆蟲草木
之妖, 豈盡銷息? 天下之所謂禮樂刑政敎化之具, 豈盡脩理? 風俗豈盡敦
厚? 動植之物、風雨霜露之所霑被者, 豈盡得宜? 休徵嘉瑞、麟鳳龜龍之屬,
豈盡備至? 其所求進見之士, 雖不足以希望盛德, 至比於百執事, 豈盡出其
下哉? 其所稱說, 豈盡無所補哉? 今雖不能如周公吐哺捉髮, 亦宜引而進
之, 察其所以而去就之, 不宜默默[18]而已也。愈之待命四十餘日[19]矣, 書再[20]
上, 而志不得通 ; 足三及門[21], 而閽人[22]辭焉 : 惟其昏愚不知逃遁, 故復有
周公之說焉。閤下其亦察之!

18　默默(묵묵) : 잠잠히 입을 다물고 말을 하지 않다. 침묵하다. 『한시외전(韓詩外
傳)』권7에 "옛날에 상나라 주(紂)임금 때는 신하들이 입을 다물고 말을 하지 않
아 망했고, 무왕 때는 신하들이 기탄없이 직언을 하여 창성했다(昔者商紂默默
而亡, 武王諤諤而昌)"라는 글귀가 보인다.

19　四十餘日(사십여일) : 재상에게 첫 번째 서한을 올린 정월 27일부터 세 번째 편
지를 쓰는 3월 16일까지 이미 45일이 되었으므로 이렇게 말했다.

20　再(재) : 두 번. 두 차례.

21　三及門(삼급문) : 세 차례 재상의 문전으로 가서 배알하다.

22　閽人(혼인) : 문지기. 재상부(宰相府)의 문을 지키는 관리.

古之士三月不仕則相弔[23], 故出疆必載質[24], 然所以重於自進者 : 以其於周
不可, 則去之[25]魯 ; 於魯不可, 則去之齊 ; 於齊不可, 則去之宋之鄭之秦之
楚也。今天下一君[26], 四海一國[27], 舍[28]乎此則夷狄矣, 去父母之邦[29]矣 ; 故
士之行道者不得於朝, 則山林而已矣。山林者, 士之所獨善自養而不憂天
下者之所能安也 ; 如有憂天下之心, 則不能矣 : 故愈每自進而不知愧焉, 書
亟[30]上, 足數[31]及門, 而不知止焉。寧獨如此而已? 惴惴焉[32]惟不得出大賢[33]
之門下是懼, 亦惟少垂察焉。瀆冒[34]威尊, 惶恐無已。愈再拜。

23　이 구절은 『맹자・등문공하(滕文公下)』에서 맹자가 공명의(公明儀)의 말을 인
용해 "옛날 사람들은 석 달 동안 섬길 임금이 없으면 위문했다(古之人三月無君
則弔)"라고 한 데서 나온 것이다. 조기(趙岐)가 "마땅히 나가 벼슬해야 함을 밝
힌 것이다(明當仕也)"라는 주를 달았다.

24　出疆必載質(출강필재지) : 국경을 나갈 때에는 반드시 다른 나라 임금을 찾아뵐

때 바칠 예물을 싣고 가다. 『맹자·등문공하』에 보인다. '質'는 '예물', '폐백'으로
'贄(지)'와 같다.

25 去之(거지) : 떠나 다른 곳으로 가다. '去'는 '떠나가다', '之'는 '향해가다'는 뜻이
    다. 이하 '之楚'까지의 '之'는 같은 뜻이다.

26 天下一君(천하일군) : 당시에 당나라가 통일해 천하에 임금이 한 사람뿐임을 가
    리킨다.

27 四海一國(사해일국) : 옛날에 중국의 영토를 '사해구주(四海九州)'로 칭했는데,
    사해의 땅이 한 나라로 통일되어 있음을 가리킨다.

28 舍(사) : 버리다. 버리고 떠나가다. '捨'와 같다.

29 父母之邦(부모지방) : 부모의 나라. 자기가 태어난 나라로 '조국', '고국'을 가리킨
    다. 『맹자』 「만장하(萬章下)」와 「진심하(盡心下)」에 공자께서 노나라를 떠나실
    때 "더디도다! 내 발걸음이여'라고 하셨는데, 이것이 부모의 나라를 떠나가는
    도리다(曰遲遲吾行也, 去父母國之道也)"라는 글귀가 보인다.

30 亟(기) : 자주. 누차.

31 數(삭) : 여러 차례. 자주.

32 惴惴焉(췌췌언) : 두려워 벌벌 떠는 모양.

33 大賢(대현) : 위대한 현인. 성인 다음가는 지혜와 덕이 매우 높은 사람. 여기서는
    재상을 가리켜 아첨한 말.

34 瀆冒(독모) : 범하다. 더럽히다. 모독하다. 「상병부이시랑서(上兵部李侍郎書)」(HS-077)
    와 「상재상서(上宰相書)」(HS-083) 등에 보이는 '干黷(간독)'과 같은 표현이다.

 「후계에게 답하는 편지」

答侯繼書

　　배(裴)선생이 장안성에서 올 때 갖고 온 그대의 서신 한 통을 받았고, 그다음 날에 또 최군(崔羣) 편으로 그대가 섬주(陝州)에 있을 때 저에게 남긴 서신도 받았습니다. 여러 번 되풀이해 음미하며 그만둘 줄을 몰랐습니다. 얼마 안 있어 그대가 섬주에 머무를 수 없음을 알았고, 저는 또 고시관으로부터 굴욕을 당해 박학굉사과(博學宏辭科)에 낙방했기 때문에, 서신 한 통을 써서 그대의 마음을 풀어 주고 제 가슴속에 품은 생각을 펼치고자 했지만, 속뜻을 표현해 내기 어렵고 글의 실마리도 잡기가 쉽지 않아 쓰려다가는 또 그만두어 끝내 하고픈 말을 편지로 옮기지 못했습니다. 그대의 두 번째 서신을 받고 보니 제가 그대에게 하고픈 모든 말을 그대께서 이미 다 알고 계시는 터인지라, 제가 비록 같은 말을 되풀이하고자 하더라도 그대께서 생각하시는 범위를 넘을 수 없다고 여겨 단념하고 쓰지 않았습니다. 또 제가 지금 바로 장안을 떠나 멀리 가서 깊숙하고 으슥한 곳에 숨어 이 세상과 연락을 끊으려고 하니, 비록 그대가 저를 그리워하더라도 목소리나 그림자조차 찾을 곳이 없을 터입니다. 그 때문에 편지를 써서 작별 인사를 하지 않을 수 없을 뿐, 달리 새로운 감개가 생기거나 생각이 떠오른 것은 아닙니다.

저는 어릴 적부터 학문을 좋아해 오경 외에 제자백가의 서적이라도 그 책에 대해서 듣고는 찾아 구하지 않은 것이 없고 손에 넣은 뒤에는 읽지 않은 것이 없습니다. 그러나 제가 뜻을 둔 것은 단지 그 책들의 주된 취지에 있었을 뿐입니다. 예악의 명칭과 등급이나 규범, 음양·지리·천문·의약 등에 관한 서적은 어느 하나도 제대로 입문조차 하지 못했습니다. 지금 벼슬길로 들어가려고 하는 사람들은 이런 분야의 길을 탐색하지 않지만, 옛날 사람 중에는 이들 학문에 통달하지 않고서 위대한 현인군자가 된 이가 아무도 없습니다. 저는 비록 용렬하고 우둔하지만 책을 대하고 읽을 때마다 늘 이 점을 스스로 부끄럽게 생각했습니다. 지금 다행인지 세상에 쓰임을 받지 못해 아침부터 저녁까지 심력을 다해 분주히 뛰어다니며 수고해야 할 필요가 없으니 장차 이들 학문을 시험 삼아 배워 보고자 합니다. 이는 능력이 부족해 중도에 그만두는 것이므로 세상 사람들과 명예나 이익을 다투는 데 급급하다가 얻지 못하자 하늘을 원망하고 다른 사람을 탓하는 것보다야 나을 터입니다. 이것이 제가 지금 지향하는 뜻입니다. 그대께서 제가 물러나 돌아가려고 하는 것 때문에 쉬지 않고 더 노력하지 않는다고 탓하실까 두려워 이 편지를 빌려 받들어 알립니다. 그대께서는 제가 물러나는 것이 앞으로 나아가기 위한 것이며, 많은 다른 사람들이 앞으로 나아가는 것이 물러나는 게 될 수도 있음을 이해해 주시기 바랍니다.

말을 팔게 되면 바로 배를 구해 동쪽으로 내려갈 터인즉, 이 두 가지 일을 다 하는데 다음 달 10일을 넘기지 않을 것입니다. 혹시 저의 안부를 묻는 사람이 있으면 저를 대신해서 감사의 뜻을 전해 주십시오.

해제

　정원 11년(795) 초에 후계(侯繼)에게 보낸 편지글. 후계는 작자와 같은 해(792)에 진사시에 합격한 친구로 훗날 원화 4년(809)에 작자가 국자박사로 동도 낙양에서 근무할 때 후계는 그 밑에서 국자조교로 재직한 적도 있다. 작자는 진사가 된 뒤 세 번 박학굉사과에 응시했으나 끝내 낙방했고, 세 차례에 걸쳐 재상에게 자천의 서한을 올렸지만 아무런 회신을 받지 못했다. 이런 실망스런 상황에서 동년(同年) 진사로 역시 벼슬하지 못한 후계에게 자신의 내적 울분과 동병상련의 심정을 토로하고 앞으로의 계획도 함께 밝히고 있다. 실의와 시련의 순간에도 광범위한 독서를 통해 '대현군자(大賢君子)'가 되기 위해 자강불식(自强不息)할 것임을 피력한 불요불굴의 정신이 돋보인다. 마음이 통하는 친구에게 자신의 진심을 자연스럽고 소박한 필치로 털어놓고 있지만, 그 속에 자신의 불우함에 대한 울분과 그것을 극복하려는 의지 또한 번득이고 있다.

원문 및 주석

裴子[1]自城來, 得足下一書；明日, 又於崔大[2]處, 得足下陝州[3]所留書：翫而復之, 不能自休。尋[4]知足下不得留, 僕又爲考官所辱[5], 欲致一書開足下, 幷自舒其所懷, 含意連辭[6], 將發復已[7], 卒不能成就其說。及得足下二書, 凡僕之所欲進於左右者, 足下皆以自得之, 僕雖欲重累其辭, 諒無居足下之意外者, 故絕意不爲。行[8]自念方當遠去, 潛深伏隩[9], 與時世不相聞, 雖足下之思我, 無所窺尋[10]其聲光[11]：故不得不有書爲別, 非復有所感發也。

1 裴子(배자) : 배선생. 한유의 친구인데, 이름이나 생애는 미상.

2 崔大(최대) : 최군(崔羣). 자는 돈시(敦詩)로 한유와 동년 진사. 집안에서 맏이므로 '大'라고 했다. 자세한 것은 「여최군서(與崔羣書)」(HS-097) 참조.

3 陝州(섬주) : 주청 소재지가 지금 하남성(河南省) 섬현(陝縣)에 있었다.

4 尋(심) : 얼마 안 있어.

5 僕又爲考官所辱(복우위고관소욕) : 한유가 정원 11년에 세 번째로 박학굉사과에 낙방한 것을 가리킨다. '僕'은 자기 낮춤말로 여자가 자신을 '妾(첩)'이라고 부르는 것과 같은 표현이고, '辱'은 '굴욕을 당하다'는 뜻으로 시험에 낙방한 것을 말한다.

6 含意連辭(함의연사) : 글쓰기에 있어 두 가지 어려운 일을 말한다. '含意'는 글이 속뜻을 다 드러내지 못하는 것이고, '連辭'는 이런저런 생각으로 혼란스러워 글의 실마리가 잘 잡히지 않는 것을 말한다.

7 將發復已(장발부이) : 쓰려다가 또 그만두다. '已'는 동사로 쓰여 '그만두다'는 뜻이다.

8 行(행) : 다시. 또.

9 隩(오) : 물가의 후미진 곳.

10 窺尋(규심) : 찾다. 자세히 탐색하다.

11 聲光(성광) : 목소리와 그림자. 종적.

僕少好學問, 自五經之外, 百氏之書, 未有聞而不求、得而不觀者 ; 然其所志惟在其意義所歸。至於禮樂之名數^{12}, 陰陽^{13}土地^{14}星辰^{15}方藥^{16}之書, 未嘗一得其門戶 ; 雖今之仕進者不要^{17}此道, 然古之人未有不通此而能爲大賢^{18}君子者。僕雖庸愚, 每讀書, 輒^{19}用自愧。今幸不爲時所用, 無朝夕役役^{20}之勞, 將試學焉。力不足而後止^{21}, 猶將愈於汲汲^{22}於時俗之所爭, 旣不得而怨天尤人^{23}者 : 此吾今之志也。懼足下以吾退歸, 因謂我不復能自彊不息^{24}, 故因書奉曉 ; 冀足下知吾之退未始不爲進, 而衆人之進未始不爲退也。

12 名數(명수) : 명칭과 등급이나 격식. 『좌전·장공(莊公) 18년』조의 "왕이 제후를 명함에 명칭과 등급이 같지 않고, 예절 또한 격식을 달리했다(王命諸侯, 名位不同, 禮亦異數)"라고 한 데서 나온 말이다.

13 陰陽(음양) : 천문 곧 해와 달 등 천체 운행에 관한 학문.

14 土地(토지) : 영토나 지역 등 지리에 관한 학문.

15 星辰(성신) : 별자리. 역법에 관한 학문.

16 方藥(방약) : 의술과 약물. 의약에 관한 학문.

17 要(요) : 탐구하다. '중요시하다'는 뜻으로 풀이하기도 한다.

18 大賢(대현) : 위대한 현인. 성인 다음가는 지혜와 덕이 매우 높은 사람.

19 輒(첩) : 늘. 언제나.

20 役役(역역) : 심력을 다해 분주히 뛰어다니며 수고하는 모양.

21 力不足而後止(역부족이후지) :『논어·옹야(雍也)』편에서 공자가 염구(冉求)를 분발시키기 위해 "힘이 부족한 사람은 길을 가다가 도중에 지쳐서 쓰러지는 법인데, 지금 너는 미리부터 금을 그어 놓고 단념하고 있구나(力不足者, 中道而廢, 今女劃)"라고 한 데서 나온 글귀다.

22 汲汲(급급) : 조급히 이루려고 서두르는 모양.

23 怨天尤人(원천우인) : 하늘을 원망하고 사람을 허물하다.『논어·헌문(憲問)』편의 "하늘을 원망하지 않고, 사람을 허물하지 않는다(不怨天, 不尤人)"와『예기·중용』의 "위로는 하늘을 원망하지 않고, 아래로는 사람을 허물하지 않는다(上不怨天, 下不尤人)"라는 데서 나온 글귀다.

24 自彊不息(자강불식) :『주역』건괘(乾卦) 상사(象辭)에서 "하늘의 운행은 강건하니 군자는 이로써 쉬지 않고 스스로 노력한다"라고 한 데서 나온 말로 자기 향상을 위해 쉬지 않고 끊임없이 노력하는 군자의 덕목을 가리킨다. '彊'은 '强'과 같다.

旣貨²⁵馬, 卽求船東下²⁶, 二事皆不過後月十日 ; 有相問²⁷者, 爲我謝焉。

25 貨(화) : 팔다.

26 求船東下(구선동하) : 배를 세내어 동쪽으로 내려가다. 한유의 고향 하양(河陽 : 지금 하남성(河南省) 맹주시(孟州市)]과 그 근처인 동도(東都) 낙양(洛陽)이 모두 당나라 수도 장안(長安)의 동쪽에 있는 관계로 그의 글에서 고향이나 낙양으로 갈 때 '東下'라고 하고 있다.

27 相問(상문) : 나에 대해서 묻다. 나의 안부를 묻다. 여기서 '相은 쌍방을 가리키는 '서로'라는 뜻이 아니라, 동작 행위의 대상을 대신 지칭해 일방(제1인칭)만을 가리키는 특수한 범위부사로 쓰였다.

　사립(斯立) 족하, 저는 위험한 길을 보고도 멈춰 설 줄 모르고 하는 행동이 시대와 맞지 않아서 휘청휘청 엎어지고 거꾸러져 평소에 스스로 지켜온 삶의 원칙을 놓쳐 버렸습니다. 곤경에 처해도 임시변통할 줄 몰라 두세 차례 못 볼 꼴을 당하고 보니, 군자나 소인 할 것 없이 저를 가련히 여기고 비웃기도 하고, 천하 사람들이 모두 저를 등지고 멀리 떠나가 버렸습니다. 그럼에도 불구하고 그대는 저를 가르칠 만하다고 여기고 스스로의 도덕 수준을 낮추어 친필로 서신을 보내 위로해주셨습니다. 고대의 사례를 끌어와서 고상하고 심원한 문장으로 제가 나아가도록 독촉도 하고 격려도 하시니, 그대는 친구를 대하는 도리를 다했다고 할 것입니다. 비록 저 역시 본래 그대에게만 바라고 다른 사람에게는 감히 기대조차 하지 않았지만, 그대도 저를 잘 이해하지 못하는 구석이 있는 듯이 말씀하였습니다. 이는 의도적으로 저를 분발시키려고 한 것이 아니겠습니까? 그렇지 않다면 어찌하여 그대는 제게 사내대장부가 되라고 기대하지 않으시는 것입니까? 입을 다물고 잠자코 있을 수 만은 없어 잠시 제 입장을 분명히 밝히고자 합니다.

　처음 제 나이 열예닐곱, 철이 없어 세상사를 모르던 시절에 저는 성 인의 책을 읽고 벼슬살이가 오로지 타인을 위해 하는 것이지 자신을 이 롭게 하기 위한 것은 아니라고 여겼습니다. 나이 스물이 되어 집안이 가난해 고생하다가 입을 옷과 먹을 음식이 부족해 가까운 사람들에게 생계를 도움받고 벼슬살이가 단지 다른 사람만을 위한 것이 아님을 알 게 되었습니다. 장안으로 올라온 뒤 진사과에 응시한 향공진사들을 만 났는데, 사람들이 모두 그들을 귀히 여기는 것을 보고 저도 정녕 기꺼 이 그렇게 되고 싶었습니다. 합격한 이들에게 가서 그 비결을 물었더니, 어떤 사람이 예부(禮部)에서 실시한 진사과 고시 때 쓴 부(賦)·시(詩)·책 (策) 등의 글을 꺼내 저에게 보여 주었는데, 저는 이런 부류의 문장은 배 우지 않고도 잘 쓸 수 있다고 여겨 제가 사는 주현(州縣)으로 가서 지방 예비시험에 통과한 뒤 진사과에 응시하도록 천거해 주기를 요청했습니 다. 진사과 고시를 주관하는 담당 관리가 어떤 글을 좋아하고 싫어하는 지는 각자의 주관적 판단이므로 네 차례 응시한 뒤에야 겨우 합격했지 만, 그 역시 바로 벼슬자리를 얻는 것은 아니었습니다. 듣자하니 이부(吏 部)에서 박학굉사과(博學宏辭科)를 통해 관리를 선발하는 방식이 있다는 데, 사람들이 그 시험에 합격한 이들을 더욱 인재라고 부르고 또 좋은 관직도 얻을 수 있다고 했습니다. 합격한 이들에게 가서 그 비결을 물 었더니, 어떤 사람이 그 시험을 볼 때 쓴 문장을 내어 주었습니다. 그 글 역시 예부에서 주관하는 고시와 같은 부류인지라 마음속으로 이상 하게 여겨졌지만, 그래도 그 시험에 합격했다는 명성을 얻고 싶어 또 제가 사는 주부(州府)에 가서 지방 예비시험에 통과한 뒤 고시에 응시하 도록 천거해주기를 요청했습니다. 모두 두 차례 이부 고시에 참가해 한 번은 합격했지만, 중서성(中書省)의 최종 심사에서 떨어졌습니다. 비록 벼슬자리를 얻지는 못했어도 사람들이 더러 저를 유능하다고 했습니다. 집으로 돌아와 제가 시험에서 쓴 답안을 꺼내 읽어보니, 춤추며 우스갯소리를 하는 광대들의 말과 흡사해 여러 달 동안 낯부끄럽고 마음이 편치 않았습니다. 그렇지만 어차피 시험에 참가한 바에야 합격의 결실을 보고자 했으니, 이는 『서경』에서 말한 대로 자기가 잘못한 것을 부끄럽게 여겨 고치지 않아 더 큰 과오를 저지르는 격이었습니다. 그리하여 다시 예비시험에 통과한 뒤 천거해주기를 요청했지만 역시 합격의 행운을 잡지 못하고, 다시 스스로를 의심해 제가 시험에서 쓴 글과 합격한 이들이 쓴 글의 수준이 다를 것으로 여겼습니다. 그러나 합격한 이들이 쓴 글을 본 뒤에 저도 뭐 그리 부끄러울 게 없다는 점을 느꼈습니다. 원래 '박학(博學)'이라고 하는 것이 어찌 지금 말하는 박학굉사과의 '박학'이며, '굉사(宏辭)'라고 하는 것이 어찌 지금 말하는 박학굉사과의 '굉사'의 수준이겠습니까? 만약 굴원(屈原), 맹가(孟軻), 사마천(司馬遷), 사마상여(司馬相如), 양웅(揚雄)과 같이 걸출한 재능을 가진 인재들로 하여금 이 선발 시험에 참가하게 한다면, 그들이 필시 부끄러운 마음을 품고 스스로 응시하지 아니할 줄로 저는 압니다. 설령 그들로 하여금 오늘 과거 시험에 밝은 저 사람들과 이름이 알려지지 않은 가운데 경쟁하게 한다면, 그들이 필시 낙방의 모욕을 당할 줄로 저는 압니다. 그러나 저 다섯 분이 만약 이 시대에 살았다면 그들의 학술이나 주장이 비록 천하에 드러나지 않는다 하더라도 그들은 스스로 또 얼마나 자부하겠습니까! 어떻게 재주와 식견이 짧은 자들과 겨루어 고시관 한 사람의 안목에 따라 득실을 결정하고 그 결과로 인해 걱정하거나 기뻐하겠습니까! 따라서 제가 벼슬길로 나아가려고 서두르는 것은 작게는 사시사철 입을 옷과 먹을 것을 마련해 곤궁하고 외로운 가족의 생계를 해결해 주고자 함이고, 크게 성취한다면 제가 즐기는 것을 다른 사람들과 나누고자 할 따름입니다. 나머지 다른 일들을 할 수 있을지 없을지는 스스로 이미 깊이 헤아려 보았으니, 진실로 다른 사람이 일러주지 않아도 잘 알고 있습니다. 지금 그대는 저를 옥을 바친 사람에 비견해 옥돌은 반드시 옥을 가공하는 장인의 가공을 거쳐야 천하 사람들에게 제대로 알려지므로 비록 두 차례나 발이 잘리는 형벌을 받았지만 한스럽게 여기지 말고, 또 힘 있는 권력자로부터 한 차례 더 발이 잘리지는 말라고 충고했습니다. 정녕 그대가 저를 격려하는 뜻이 참으로 자상합니다. 그러나 벼슬길로 나아가려는 사람이 어찌 이 길 말고는 다른 경로가 없겠습니까? 그대는 저에게 반드시 이 길을 거쳐 벼슬길로 나아가도록 했는데, 이는 더더욱 저를 이해하는 말씀이 아닙니다. 저의 옥은 본디 아직 바친 적이 없고 발도 본디 아직 잘린 적이 없으니, 그대는 저 때문에 너무 걱정하지 마시옵소서.

지금 천하의 풍속이 아직 고대에 미치지 못하는 점이 있고, 변경에는 아직 갑옷을 입고 무기를 든 군인들이 전투 중에 있어서 황제께서는 마음이 즐겁지 못하고 재상들도 그 때문에 걱정하고 있습니다. 제가 비록 뛰어나지는 못하지만 정치의 잘잘못을 깊이 탐구했습니다. 만약 저의 생각을 재상에게 올려서 재상이 황제께 저를 천거하신다면, 위로는 경대부(卿大夫)의 자리를 기대하고 아래로는 변방의 한 보루라도 취해 올라가 지킬 수 있을 것입니다. 만약 이 둘을 다 이룰 수 없다면 넓고 한적한 들판에서 농사를 짓거나 인적이 드문 적막한 물가에서 낚시나 하면서 국가의 묻힌 일들을 찾아내고 현인이나 명철한 인물들의 생애를 고찰할 것입니다. 그리하여 당나라 역사를 담은 경전을 저술해 후세에 영원무궁토록 전해 간신배와 아첨꾼들은 이미 죽은 뒤라도 꾸짖고, 세상에 알려지지 않은 덕을 지닌 인물들의 숨겨진 광채를 밝게 드러내고자 하니, 이 둘 중에 장차 한 가지는 반드시 해낼 것입니다. 그대는 저의 옥이 모두 몇 차례 바쳐졌고, 발이 모두 몇 번이나 잘렸다고 하시는 것입니까? 또 힘 있는 권력자는 과연 누구입니까? 두 차례 발이 잘리는 형벌이란 도대체 어떠하다는 말입니까? 선비는 본래 자기를 알아주는 사람에게 신의를 지키는 법, 그대가 아니었다면 저의 미친 듯 제멋대로인 말을 토로할 수 없었을 것입니다. 한유가 재배를 올립니다.

해제

　정원 11(795)년에 박학굉사과에 세 차례 연속적으로 낙방하자 친구 최입지(崔立之)가 서신을 보내 희망을 잃지 말라고 위로한 글에 답한 편지 글. 최입지는 옥을 헌상한 사람을 비유해 한유에게 아직 덜 다듬어진 재능을 갈고닦아 최종적으로 과거고시에서 뜻을 이루고 시대의 요구에 적절히 부합하며 살라고 충고했다. 하지만 이는 당시 작자의 심리 상태와 맞지 않았다. 이에 작자는 과거고시가 아닌 다른 방식으로 자신의 뜻을 이루겠다고 기세등등하게 호언장담한다. 작자의 눈에 과거고시에 쓰인 문장은 광대들의 우스갯소리에 지나지 않는 판에 박힌 글에 불과했고, 고시관 또한 독특한 안목을 가진 자들이 아니었다. 따라서 작자는 박학굉사과를 통해 벼슬길로 나아가려는 미련을 과감히 떨쳐버리고, 재상에게 직접 서신을 보내 천하 정치의 잘잘못을 논함으로써 관직을 구하는 경로를 택하게 된다. 이 글은 작자가 과거고시에 참여한 경과를 서술하고 내심의 울분과 불평을 토로하며 앞으로의 포부를 피력하는 전 과정에 자신감이 넘쳐흐른다.

원문 및 주석

斯立[1]足下：僕見險不能止[2]，動不得時，顚頓[3]狼狽[4]，失其所操持[5]，因不知
變，以至辱於再三：君子小人之所憫笑[6]，天下之所背而馳者也。足下猶復
以爲可教，貶損[7]道德，乃至手筆以問[8]之，扳援[9]古昔，辭義高遠，且進且勸，
足下之於故舊之道得矣。雖僕亦固望於吾子，不敢望於他人者耳；然尚有
似不相[10]曉者。非故欲發余乎？不然，何子之不以丈夫期我也！不能默默，
聊復自明。

1　斯立(사립)：최입지(崔立之)의 자(字). 최사립은 하북(河北) 정현(定縣) 사람이고
　　한유의 지기로 정원 4년(788)에 진사가 되고 6년에 박학굉사과를 통과했지만 관
　　직은 높은 자리에 오르지 못하고 불우하게 살았다. 최입지에 대한 더 자세한 정
　　보는「남전현승청벽기(藍田縣丞廳壁記)」(HS-046)를 참조하기 바란다.
2　見險不能止(견험불능지)：과거 시험장에서 여러 차례 좌절을 당하고도 그만 두
　　지 않은 것을 가리킨다.
3　顚頓(전돈)：엎어지고 자빠지다. 곤궁에 빠지다.
4　狼狽(낭패)：매우 난감하다. 진퇴유곡이다.
5　操持(조지)：평소에 스스로 지켜온 삶의 원칙을 가리킨다.
6　憫笑(민소)：가련히 여기고 비웃다. 가련히 여기기도 하고 비웃기도 하다.
7　貶損(폄손)：낮추다. 억누르다.
8　問(문)：위문하다. 위로하다.
9　扳援(반원)：끌어당기다. 끌어오다.
10　相(상)：쌍방을 가리키는 '서로'라는 뜻이 아니라, 동작 행위의 대상을 대신 지칭
　　해 일방(제1인칭)만을 가리키는 특수한 범위부사로 쓰였다.

僕始年十六七時，未知人事，讀聖人之書，以爲人之仕者皆爲人[11]耳，非有
利乎己也。及年二十時，苦家貧，衣食不足，謀於所親，然後知仕之不唯爲
人耳。及來京師，見有擧進士者[12]，人多貴之，僕誠樂之，就求其術，或出
禮部所試[13]賦詩策[14]等以相示，僕以爲可無學而能，因詣州縣求擧[15]。有司
者好惡出於其心[16]，四擧而後有成[17]，亦未卽得仕。聞吏部有以博學宏辭[18]
選者，人尤謂之才，且得美仕，就求其術，或出所試文章，亦禮部之類，私

怪其故, 然猶樂其名, 因又詣州府求擧, 凡二試於吏部, 一旣得之, 而又黜
於中書[19], 雖不得仕, 人或謂之能焉。退自取所試讀之, 乃類於俳優[20]者之
辭, 顔忸怩[21]而心不寧者數月 ; 旣已爲之, 則欲有所成就, 書所謂恥過作非[22]
者也。因復求擧, 亦無幸焉, 乃復自疑, 以爲所試與得之者不同其程度 ; 及
得觀之, 余亦無甚愧焉。夫所謂博學者, 豈今之所謂者乎? 夫所謂宏辭者,
豈今之所謂者乎? 誠使古之豪傑之士若屈原[23]孟軻[24]司馬遷[25]相如[26]揚雄[27]之
徒進于是選, 必知其懷慚乃不自進而已耳 ; 設使與夫今之善進取者競於蒙
昧[28]之中, 僕必知其辱[29]焉。然彼五子者, 且使生於今之世, 其道雖不顯於
天下, 其自負何如哉! 肯與夫斗筲者[30]決得失於一夫之目[31]而爲之憂樂哉!
故凡僕之汲汲[32]於進者, 其小得蓋欲以具裘葛[33]、養窮孤[34], 其大得蓋欲以同
吾之所樂於人耳 ; 其他可否自計已熟, 誠不待人而後知。今足下乃復比之
獻玉者[35], 以爲必竢[36]工人[37]之剖然後見知於天下, 雖兩刖足[38]不爲病, 且無
使勍者[39]再剋[40] ; 誠足下相勉之意厚也, 然仕進者豈捨此而無門哉? 足下謂
我必待是而後進者, 尤非相[10]悉之辭也。僕之玉固未嘗獻, 而足固未嘗刖,
足下無爲爲我戚戚[41]也。

---

11 爲人(위인) : 다른 사람을 위하다. 임금에게 충성을 다하고 백성들에게 은택을
    베푸는 것을 말한다.

12 擧進士者(거진사자) : 주현(州縣)의 천거를 받아 진사시에 참가하는 사람. 이들
    을 향공진사(鄕貢進士)라고 부르기도 했다.

13 禮部所試(예부소시) : 예부에서 주관하는 시험. 진사과 고시를 가리킨다.

14 賦詩策(부시책) : 당나라 때 진사과의 시험 과목으로 시부(詩賦)가 위주고 책문
    (策問) 또는 대책(對策)을 부과한 경우도 있었다. 부는 보통 여덟 자를 운각(韻
    脚)으로 하는 '팔운율부(八韻律賦)'의 시첩부(試帖賦)고, 시는 보통 10구로 된
    '오언배율(五言排律)'의 시첩시(試帖詩)며, 책문 또는 대책은 현안 문제의 처리
    방법을 논술하는 글이었다.

15 詣州縣求擧(예주현구거) : 주거지 주현의 장관에게 가서 진사과에 응시할 수 있
    도록 추천해주기를 요청하다. 당나라 때 진사시에 참가하는 길은 두 가지가 있
    었는데, 각 급 학교를 다니는 학생이 아니라면 주거지 주현에 서면 신청을 하여
    예비시험에 통과한 뒤 주현에서 상서성(尙書省)으로 천거하는 향공(鄕貢)의 길
    이 있었다.

16 有司者好惡出於其心(유사자호오출어기심) : 응시자들의 답안지가 고시 주관 관
    리의 호오에 따라 평가됨을 말한다. '有司者'는 진사시를 주관하는 예부의 관리

를 가리킨다.

17 四擧而後有成(사거이후유성) : 한유가 네 차례 진사시에 참가해 정원 8년(792)에
4수만에 급제한 것을 가리킨다.

18 博學宏辭(박학굉사) : 당나라 때 이부에서 주관한 관리 선발의 전형시험으로 현
종 개원 19년(731)에 설치되었다. 이 전형은 보통 이부상서나 이부시랑이 고시
위원장을 담당하고, 채점 등 구체적인 업무는 다른 부서의 낭관들이 맡는 경우
도 있었다.

19 中書(중서) : 박학굉사과는 이부의 전형을 통과한 뒤에 합격자 명단이 중서성에
이첩되어 재심을 받는 절차를 거쳤다.

20 俳優(배우) : 춤추며 우스갯소리를 하는 광대.

21 忸怩(육니) : 부끄러워하는 모양. 겸연쩍어하는 모양.

22 恥過作非(치과작비) : 『서경·열명중(說命中)』의 "자기가 잘못한 것을 부끄러워
해 고치지 않고 더 큰 과오를 저지르지 말라(無恥過作非)"라고 한 데서 나오는
글귀다. 현대중국어의 '잘못이나 허물을 덮어 감춘다'는 뜻으로 널리 쓰이는 '문
과식비(文過飾非)'라는 사자성어도 여기에서 연유한 표현이다.

23 屈原(굴원) : 전국시대 초(楚)나라의 사부(辭賦) 작가 겸 중국 최초의 문인으로
「이소(離騷)」·「구가(九歌)」·「구장(九章)」 등의 수작을 남겼다. 생몰년은 대략
B.C. 340-B.C. 278년이다.

24 孟軻(맹가) : 전국시대 추(鄒)나라 출신 대유학자로 공자의 학설을 계승해 『맹
자』7편을 저술했는데 한유가 크게 칭송했다. 생몰년은 B.C. 372-B.C. 289년이다.

25 司馬遷(사마천) : 서한(西漢) 용문[龍門 : 지금 섬서성(陝西省) 한성현(韓城縣)] 출
신의 역사가로 태사령(太史令)이 되어 중국 최초의 기전체(紀傳體) 통대사(通代
史)인 『사기』를 저술했다. 생몰년은 B.C. 145-B.C. 90년이다.

26 相如(상여) : 사마상여(B.C. 179-B.C. 117). 서한 성도(成都 : 지금 사천성 성도) 출
신 궁정시인으로 「자허부(子虛賦)」와 「상림부(上林賦)」 등 장편의 대부(大賦)를
남겼다.

27 揚雄(양웅) : 서한(西漢) 촉군(蜀郡) 성도(成都) 출신의 문인 겸 유학자로 자가
자운(子雲)이며, 『태현(太玄)』·『법언(法言)』·『방언(方言)』 등의 저술과 많은
사부(辭賦) 작품을 남겼다. 생몰년은 B.C. 53-A.D. 18년이다.

28 蒙昧(몽매) : 불분명하다. 여기서는 이름이 가려져 드러나지 않다는 뜻이다.

29 其辱(기욕) : 낙방의 모욕.

30 斗筲(두소) : 한 말들이 용기와 한 말 두 되들이 대나무 용기로 재주나 도량이
얕은 사람을 비유한다. 『논어·자로(子路)』편에 "자질구레하고 하찮은 사람(斗
筲之人)"이란 글귀가 보인다.

31 一夫之目(일부지목) : 한 고시관의 안목. 한 고시관의 품평.

32 汲汲(급급) : 조급히 이루려고 서두르는 모양.

33 具裘葛(구구갈) : 사시사철 입을 옷과 먹을 것을 갖추다. '裘'는 '겨울용 가죽옷'
이고 '葛'은 '여름용 갈포옷'인데, 여기서는 사계절 입을 옷은 물론이고 먹을 것

까지 가리킨다.

34 窮孤(궁고) : 곤궁하고 외롭다.

35 獻玉者(헌옥자) : 초(楚)나라 왕에게 옥을 바친 변화(卞和). 변화는 춘추시대 초
   나라 사람으로 산속에서 '옥돌덩이(璞)'를 얻어 두 차례 초나라 왕에게 바쳤다가
   가짜라는 감정을 받아 전후로 좌우 발이 잘리는 형벌을 받았다. 초나라 문왕(文
   王)이 즉위한 뒤에 변화가 형산(荊山)에서 옥돌덩이를 끌어안고 통곡한다는 말
   을 듣고, 옥을 다듬는 사람을 시켜 그것을 가공한 뒤 천하의 보옥을 얻어 '화씨
   벽(和氏璧)'이라고 불렀다고 한다.

36 竢(사) : 기다리다. '俟'와 같다.

37 工人(공인) : 여기서는 옥을 다듬는 장인인 '옥인(玉人)'을 가리킨다.

38 兩刖足(양월족) : 두 발이 잘리는 형벌을 받다.

39 勍者(경자) : 힘 있는 사람. 여기서는 고시 담당 관리를 가리킨다.

40 再剋(재극) : 재차 발을 자르다.

41 戚戚(척척) : 걱정하는 모양.

方今天下風俗尚有未及於古者，邊境尚有被甲執兵者[42]，主上不得怡而宰
相以爲憂。僕雖不賢，亦且潛究其得失，致之乎吾相，薦之乎吾君，上希卿
大夫之位，下猶取一障而乘之[43]；若都不可得，猶將耕於寬閒之野，釣於寂
寞之濱，求國家之遺事[44]，考賢人哲士之終始，作唐之一經，垂之於無窮，
誅姦諛於旣死，發潛德[45]之幽光：二者將必有一可。足下以爲僕之玉凡幾
獻，而足凡幾刖也；又所謂勍者果誰哉？再剋之刑信如何也？士固信於知
己，微[46]足下無以發吾之狂言。愈再拜。

42 邊境尚有被甲執兵者(변경상유피갑집병자) : 국경 지대에 외적의 침입이 잦아 군
   인들이 완전 무장한 상태로 있는 것을 말한다. '被'는 '입다'는 뜻으로 '披'와 같
   고, '兵'은 '무기'를 가리킨다.

43 下猶取一障而乘之(하유취일장이승지) : 이상 두 구절은 『자치통감(資治通鑑)』 권
   19의 무제(武帝) 원수(元狩) 4년(B.C. 119) 조에 나오는 말로 무제가 영명한 군주
   고 대부 장탕(張湯)이 뛰어난 신하임을 말한다. '障'은 '보루' 곧 '변방의 요새'고,
   '乘'은 '올라가 지키다'는 뜻이다.

44 求國家之遺事(구국가지유사) : 이하 여섯 구절은 당시의 사료를 수집해 공자가
   『춘추』라는 경전을 저술한 것과 같이 당나라 역사를 편찬함으로써, 간신배들이
   나 아첨꾼들을 징벌하고 충성스럽고 의로운 인물들을 칭송하겠다는 뜻을 피력
   한 것이다.

45 潛德(잠덕) : 사람들에게 알려지지 않은 미덕.

46 微(미) : 아니다. 없다.

HS-088 「이익에게 답하는 편지」

答李翊書

6월 26일에 한유가 이익(李翊) 군에게 아룁니다. 그대가 보낸 편지는 문장이 매우 고상하고, 질문하는 태도 또한 얼마나 겸손하며 공손한지요! 그대가 이와 같으니 누군들 자기가 알고 있는 도리를 그대에게 알려주려 하지 않겠습니까? 도덕이 그대에게 귀속되는 것도 가까운 장래에 기대할 수 있을진대, 하물며 그 외표인 문장이야 더 말할 게 있겠습니까? 그러나 저는 이른바 공자의 대문과 담장을 바라만 보고 있을 뿐 그의 집 안으로 들어가지 못한 사람이니, 문장에 대해 무엇이 옳고 무엇이 그른지 어떻게 알 수 있겠습니까? 비록 이와 같기는 하지만 그대에게 이 문제에 대해 이야기해주지 않을 수 없습니다.

그대가 말한 대로 후세에 남길 만한 일가의 견해를 세우려고 하는 목표는 옳습니다. 그대가 지금까지 해온 것과 앞으로 이루려고 바라는 것은 거의 일치하고 매우 근접해 있습니다. 하지만 그대의 포부가 다른

"

사람들의 글보다 나아서 세상 사람들에게 받아들여지기를 바라는 것인지, 아니면 옛날에 일가의 견해를 세운 사람의 경지에 도달하기를 바라는 것인지 알지 못하겠습니다. 다른 사람들의 글보다 나아서 세상 사람들에게 받아들여지기를 바란다면, 지금 이미 다른 사람들의 글보다 나으므로 세상 사람들에게 받아들여질 수 있을 것입니다. 옛날에 일가의 견해를 세운 사람들의 경지에 도달하고자 한다면, 빨리 이루기를 바라지 말고 권세와 이익에 유혹되지 말며, 나무의 뿌리를 길러 그 열매를 기다리고, 등잔에 기름을 부어 그것이 밝기를 기대하십시오. 뿌리가 무성한 나무는 그 열매가 풍성하고, 기름이 충분한 등불은 그 빛이 밝아지기 마련입니다. 어질고 의로운 사람은 그 문장이 매우 온화합니다.

그러나 여기에는 또 곤란한 점이 있었으니, 제가 지은 문장이 옛날에 일가의 견해를 세운 사람의 경지에 도달했는지, 아직도 도달하지 못했는지를 저 자신도 잘 알지 못했습니다. 비록 이와 같이 잘 알지는 못했지만, 제가 그들을 배운 지가 벌써 20여 년이 되었습니다. 시작할 때에는 하(夏)·은(殷)·주(周) 삼대(三代)와 양한(兩漢)의 책이 아니면 감히 보지 않았고, 성인의 뜻이나 사상이 아니면 마음에 간직하지 않았으며, 가만히 앉아 있을 때는 다른 모든 것을 잊어버린 듯하고, 길을 걸어 갈 때는 뭔가를 잃어버린 듯해, 엄숙하게 사색에 잠긴 것 같고 망망히 정신 나간 것 같았습니다. 바로 제 마음속에서 떠오른 생각을 손으로 써낼 때, 오직 진부하고 상투적인 표현은 반드시 제거하느라 삐걱거리며 얼마나 힘들고 어려웠는지요! 제가 쓴 문장을 남에게 보여줌에 있어서 다른 사람들의 비난과 조소에 전혀 개의치 않고 그것이 비난과 조소인지조차 몰랐습니다. 이와 같이 하기를 또 여러 해 해도 오히려 저의 태도를 고치지 않았습니다. 그러한 뒤에 옛 서적의 내용 중에서 순수해서 올바른 것과 그렇지 못하고 거짓된 것이거나 비록 순수해서 올바르더라도 최고의 경지에 도달하지 못한 것을 가려낼 수 있게 되어 마치 흑백이 나뉘듯 뚜렷하게 밝아졌습니다. 그리하여 제가 문장을 쓸 때 의도가 순수하거나 올바르지 못해서 거짓된 것과, 순수해서 올바르더라도 최고의 경지에 도달하지 못한 것을 힘써 제거하는 데에도 비로소 서서히 수확이 생기게 되었습니다. 그러자 제 마음속에서 떠오른 생각을 손으로 써낼 때 창작의 구상이 샘솟듯 솟구쳐 나왔답니다. 제가 쓴 문장을 남에게 보여줌에 있어서도 다른 사람이 비웃으면 기쁘게 생각했지만 칭찬하면 걱정스럽게 생각했으니 제 글 속에 아직도 다른 사람이 말한 적이 있는 진부하고 상투적인 표현이 남아 있었기 때문이었습니다. 이와 같이 하기를 또 여러 해 했더니 글의 내용이 끝없이 광대하며 문장의 기세도 드높게 되었습니다. 그래도 제가 쓴 글이 잡다할까 두려워서 자발적으로 그런 문제점을 찾아내어 제거하고 마음을 가라앉혀 세심히 살펴서 그 말뜻이나 글귀가 모두 순수해서 올바르게 된 뒤에야 손 가는 대로 맡겨 놓았습니다. 비록 이런 경지에 이른 뒤에도 수양을 더하지 않을 수 없습니다. 인의의 길을 걸어가고 『시경』과 『서경』의 원천에서 헤엄치며, 제 한평생 그 길을 잃어버리거나 그 원천을 단절시키지 않고 살아갈 것입니다.

문장의 기세는 물이요, 글은 물위에 뜨는 물건입니다. 물살이 드세면 뜨는 물건은 크고 작고를 막론하고 다 뜹니다. 문장의 기세와 글의 관계도 이와 같습니다. 문장의 기세가 왕성하면 어구의 장단과 성조의 높낮이가 모두 잘 어울리게 됩니다. 제가 쓴 글이 비록 이와 같이 기세등등하다고 할지라도 어찌 감히 스스로 완성의 경지에 이르렀다고 말할 수 있겠습니까? 비록 완성의 경지에 이르렀다고 하더라도 다른 사람에게 쓰일 때 또 뭐 그리 취할 만한 게 있겠습니까? 비록 취할 만한 게 있다고 하더라도 다른 사람에게 쓰이기를 기다리는 사람이야 한 가지 용도에 제한되는 그릇과 같지 않겠습니까? 쓰이는 것과 쓰이지 못하고 버려지는 것이 완전히 다른 사람의 손에 달려 있기 때문입니다. 군자는 이와 같지 않습니다. 마음속으로 생각하는 데 나름대로의 원칙이 있고 스스로 행동하는 데 일정한 법도가 있어 다른 사람에 의해 쓰이면 자기의 도덕과 학문을 타인에게 베풀고, 쓰이지 못하면 그것을 자기 제자들에게 전수하거나 문장으로 남겨 전해 후세 사람들의 모범이 됩니다. 이와 같이 하는 것이 즐겁겠습니까, 아니면 즐겁지 않겠습니까?

지금 세상에 일가의 견해를 세운 옛사람을 배우는 데 뜻을 둔 이가 매우 드뭅니다. 일가의 견해를 세운 옛사람을 배우는 데 뜻을 두면 반드시 지금 사람들에게 버림받으니, 나는 그 때문에 진실로 즐겁기도 하고 비통하기도 합니다. 자주 옛사람을 배우려는 이들을 칭찬하는 것은 그들을 격려하기 위한 것이지 감히 표창해야 할 사람을 표창하고 깎아내려야 할 사람을 깎아내리는 일을 하려는 게 아닙니다. 제게 묻는 사람은 많지만, 그대가 한 말을 생각해보니 이익을 구하는 데 뜻을 둔 것이 아니므로 잠시 그대에게 이상과 같은 생각을 말씀드렸습니다. 한유가 말했습니다.

해제

정원 17년(801) 여름과 가을 사이에 관리에 선발되기를 기다리며 낙양에서 한가롭게 지내고 있을 때 문학에 관한 자신의 견해를 담아 이익(李翊)에게 답한 편지글. 작자 자신의 고문 창작 경험을 피력해 후학에게 고문 학습의 모범을 보이고 격려한 매우 중요한 문장인 동시에 당대(唐代) 고문운동의 주된 이론적 근거로서의 의미도 지닌다. 이 글은 작문 공부에 있어서 작가가 도덕 수양에서 출발해 우선 "어질고 의로운 사람

(仁義之人)”이 되어야 함을 강조한 뒤, 자신이 고문을 배운 과정과 경험을 3단계로 나누어 형상적인 언어로 서술하고 있다. 첫째는 진부하고 상투적인 표현을 제거하느라 힘들고 어렵게 혼신의 노력을 기울이는 단계고, 둘째는 창작의 구상이 샘솟듯 숫구쳐 나오는 단계며, 셋째는 문장의 내용이 풍부하고 기세가 드높아 어구의 장단과 성조의 높낮이 등이 모두 잘 어울리게 되는 단계다. 후학에게 글쓰기 공부를 가르치려는 뜻을 담고 있지만, 거드름피우지 않고 간절한 태도와 관심 어린 애정으로 자신이 몸소 체험한 깨달음을 차근차근 일러주고 있다.

한유의 산문 창작에 관한 견해를 좀 더 자세하게 파악하기 위해서는 「답울지생서(答尉遲生書)」(HS-078), 「여풍숙논문서(與馮宿論文書)」(HS-102), 「답유정부서(答劉正夫書)」(HS-107) 등을 함께 읽으면 도움이 될 것이다.

원문 및 주석

六月二十六日愈白[1] : 李生[2]足下 : 生之書辭甚高, 而其問何下[3]而恭也! 能如是, 誰不欲告生以其道。道德之歸[4]也有日[5]矣, 況其外之文乎? 抑[6]愈所謂望孔子之門牆而不入于其宮者[7], 焉足以知是且非邪? 雖然, 不可不爲[8]生言之。

---

1   愈白(유백) : 고대 편지글에 자주 보이는 고정 격식으로 이 글에서는 맨 마지막에도 쓰여 있다. 白은 '아뢰다', '말하다'는 뜻이다. 당나라 때에 편지글의 첫머리에 편지를 쓴 날짜, 발신자와 수신자의 성명을 쓰는 것이 관례였다.

2   李生(이생) : 이익(李翊). 정원(貞元) 18년(802) 진사. 일찍이 한유로부터 고문을 배웠는데, 한유가 이해에 진사고시의 부위원장인 예부의 사부원외랑(祠部員外郎) 육참(陸參)에게 천거한 바 있다.

3   下(하) : 낮추다. 겸손하다.

4   歸(귀) : 귀착되다. 귀속하다. 갖추다.

5   有日(유일) : 얼마 안 있어. 오래지 않아.

6   抑(억) : 그러나. 전환접속사로 여기서는 역접의 뜻을 나타낸다.

7   이 구절은 『논어・자장(子張)』편에 보이는 말로 공자의 도덕과 문장은 수준이 매우 높아 감히 따라갈 수 없는 지고의 경지에 이르러 있음을 비유한다. '宮'은 궁전이 아니라 '집'으로 '室'과 같은 뜻이다.

8   爲(위) : 에게.

生所謂立言⁹者是¹⁰也 ; 生所爲者¹¹與所期者¹²甚似而幾¹³矣。抑不知生之志
蘄¹⁴勝於人而取¹⁵於人邪? 將¹⁶蘄至於古之立言者邪? 蘄勝於人而取於人, 則
固勝於人而可取於人矣 ; 將蘄至於古之立言者, 則無望其速成, 無誘於勢
利¹⁷, 養其根¹⁸而竢¹⁹其實²⁰, 加其膏²¹而希其光。根之茂者其實遂²², 膏之沃²³
者其光曄²⁴ ; 仁義²⁵之人, 其言藹如²⁶也。

9   立言(입언) : 일가의 견해를 세우다. 후세에 저술을 남기다. 이는 『좌전・양공(襄公) 24년』조에 '입덕(立德)' 및 '입공(立功)'과 함께 '삼불후(三不朽)' 곧 영구히 썩어 없어지지 않는 세 가지 가치의 하나로 나온다.

10   是(시) : 옳다.

11   所爲者(소위자) : 한 것. 글을 써는 데 기울인 노력을 가리킨다.

12   所期者(소기자) : 이루려고 바라는 것. 글을 씀에 있어서 도달하려고 하는 높은 목표를 가리킨다.

13   幾(기) : 근접하다. 가까이 가다.

14   蘄(기) : 바라다. 간청하다. '祈'와 통한다.

15   取(취) : 받아들이다. 배우다.

16   將(장) : 아니면. 선택접속사.

17   無誘於勢利(무유어세리) : 당시 과거시험이나 사대부들에게 통용되는 문체는 고문(古文)이 아니라 시문(時文) 곧 변문(騈文)이었다. 시문을 써야 부귀영화의 길로 나아갈 수 있었지만, 한유는 고문을 권장하는 입장에서 권세와 봉록의 유혹을 받지 말라고 한 것이다.

18   根(근) : 뿌리. 도덕이나 학문 수양을 비유한다.

19   竢(사) : 기다리다. '俟'와 같다.

20   實(실) : 과실. 열매. 일가의 견해를 세운 글을 비유한다.

21   膏(고) : 등잔불의 기름.

22   遂(수) : 본래 곡식의 이삭이 자라나는 것을 가리키는데, 여기서는 '열매를 풍성하게 맺다'는 뜻이다.

23   沃(옥) : 풍족하다. 많다.

24   曄(엽) : 밝다. 빛나다. 이상 두 구절의 뜻은 「답울지생서(答尉遲生書)」(HS-078)의 "뿌리가 깊으면 가지나 잎사귀가 무성하고, 신체가 장대하면 소리가 우렁차

며, 품행이 고상하면 말에 위엄이 있고, 마음이 순정하면 기색이 온화하다(本深而末茂, 形大而聲宏, 行峻而言厲, 心醇而氣和)"라는 내용과 일맥상통한다.

25 仁義(인의): 한유가 주장한 도덕론의 핵심적 내용으로 「원도(原道)」(HS-005)에 "사람을 널리 사랑하는 것을 '인(仁)'이라 하고, 실제 일을 행함에 있어 사리에 합당한 것을 '의(義)'라고 하며, 인과 의에 따라 세상을 살아가는 것을 '도(道)'라고 하고, 내심에 충만해 어떠한 외부의 힘에도 기대지 않는 것을 '덕(德)'이라고 한다(博愛之謂仁, 行而宜之之謂義; 由是而之焉之謂道, 足乎己無待於外之謂德)"라는 풀이가 보인다.

26 藹如(애여): 온화한 모양. '如'는 '然'과 같은 접미사로 부사어를 만들어준다.

抑又有難者: 愈之所爲, 不自知其至猶未²⁷也, 雖然, 學之二十餘年矣。始者非三代兩漢²⁸之書不敢觀, 非聖人之志不敢存, 處若忘, 行若遺, 儼乎其若思²⁹, 茫乎其若迷³⁰。當其取於心³¹而注於手³²也, 惟陳言之務去³³, 戞戞³⁴乎其難哉。其觀於人, 不知其非笑³⁵之爲³⁶非笑也。如是者亦有年³⁷, 猶不改, 然後識古書之正僞³⁸, 與雖正而不至³⁹焉者, 昭昭然⁴⁰白黑分矣, 而務去之, 乃徐有得也。當其取於心而注於手也, 汩汩然⁴¹來矣。其觀於人也, 笑之則以爲喜, 譽之則以爲憂, 以其猶有人之說者⁴²存也。如是者亦有年, 然後浩乎其沛然⁴³矣。吾又懼其雜⁴⁴也, 迎而距之⁴⁵, 平心而察之, 其皆醇⁴⁶也, 然後肆⁴⁷焉。雖然, 不可以不養也。行之乎仁義之途, 游之乎詩書⁴⁸之源, 無迷其途, 無絶其源, 終吾身而已矣。

27 至猶未(지유미): '至猶未至'로 '옛날에 일가의 견해를 세운 사람의 경지에 도달했는지 아직 도달하지 못했는지'의 뜻이다.

28 三代兩漢(삼대양한): 하(夏)·은(殷)·주(周) 및 서한(西漢)·동한(東漢). 한유는 이 시대의 책을 통해 글쓰기 공부의 방법, 곧 고문 창작의 모범을 배워야 한다고 했다. 그런데 '兩'이 '秦'으로 적힌 판본도 있는데, 한유가 「송맹동야서(送孟東野書)」(HS-122), 「진학해(進學解)」(HS-022), 「답유정부서(答劉正夫書)」(HS-107) 등의 글에서도 한 시대를 풍미한 문장가로 내세운 작가 가운데 동한 이후의 사람은 없는 점을 볼 때, 엄밀히 말하면 '진한(秦漢)' 곧 진나라와 서한으로 보는 것이 더 적절한 것으로 생각되어 번역문에는 반영하지 않았지만 주석에 밝혀둔다.

29 儼乎其若思(엄호기약사): 『예기』의 첫 편인 「곡례상(曲禮上)」의 첫 구절에 보이는 "매사에 경외하지 않음이 없으며 사색에 잠긴 듯 엄숙한 태도를 지닌다(無不敬, 儼若思)"라고 한 데서 나온 글귀다. 「곡례」편의 이 두 구절은 성어처럼 널리 쓰인다.

30 이상 네 구절은 글쓰기 공부의 과정에서 일체 외부의 다른 것을 돌아보지 않고
    집중하지만, 아직 완전히 성공을 거두기 이전의 정신이 흐릿한 단계를 형용한다.

31 取於心(취어심) : 마음속으로부터 떠오르는 생각을 붙들다. 창작 구상을 가리킨
    다.

32 注於手(주어수) : 붓을 손에 들고 써내다. 글을 쓰는 것을 가리킨다. '注'는 본래
    물이 흐르는 것을 가리키는데, 여기서는 '표현해내다'는 뜻으로 쓰였다.

33 惟陳言之務去(유진언지무거) : 범위부사인 '惟'자를 써서 목적어를 동사 앞으로
    끌어내고, 그 사이에 구조조사 '之'를 두어 도치문임을 나타낸 것으로 '務去陳言'
    의 뜻이다. '陳言'은 진부한 상투적인 어구 내지 표현을 말하고, '務'는 '힘써', '반
    드시'의 뜻이다.

34 戛戛(알알) : 삐걱삐걱 거리다. 서로 맞지 않고 어긋나서 힘이 드는 모양을 형용
    한다.

35 非笑(비소) : 비난하고 비웃다.

36 爲(위) : 이다. 판단동사로 현대중국어의 '是'와 같은 용법이다.

37 有年(유년) : 여러 해가 되다.

38 正僞(정위) : 고서의 내용 중에서 순수해 올바른 것과 그렇지 못하고 거짓된 것.
    '正'은 앞에서 말한 것과 같이 "어질고 의로운 사람은 그 문장이 매우 온화합니
    다(仁義之人, 其言藹如)"라고 한 작품을 가리키고, '僞'는 그런 기준에 맞지 않는
    작품을 가리킨다.

39 至(지) : 예술적으로 완전한 경지에 이르다.

40 昭昭然(소소연) : 환하게 밝은 모양.

41 汨汨然(골골연) : 물이 빠르게 흐르는 모양으로 창작의 구상이 샘솟듯 솟구쳐 나
    오는 것을 가리킨다.

42 人之說者(인지설자) : 다른 사람이 말한 것으로 곧 앞의 '진부하고 상투적인 표
    현(陳言)'을 가리킨다. '說'을 '悅(열)'로 읽고 '다른 사람이 기뻐하는 것'으로 풀이
    해도 뜻이 통하지만, 앞뒤 문맥을 고려할 때 '설'로 읽은 것이 더 적절하다고 생
    각된다.

43 浩乎其沛然(호호기패연) : 문장의 내용이 풍부하고 기세가 드높은 것을 비유한
    다. '浩乎'는 '광대한 모양', '沛然'은 '성대한 모양'을 형용한다.

44 雜(잡) : 잡다하다. 문장의 내용이 순수하지 못하고 잡다한 것으로 앞에 나오는
    '正僞'의 '僞'와 상통한다.

45 迎而距之(영이거지) : 자기가 쓴 글속에 남아 있는 잡다한 요소를 능동적으로 찾
    아내어 제거하다. '迎'은 능동적으로 대면하다. '距'는 '거절하다', '제거하다'는 뜻
    으로 '拒'와 같다.

46 醇(순) : 순수하다. '純'과 같다. 문장의 내용이 순수해 올바른 것으로 앞에 나오
    는 '正僞'의 '正'과 통한다.

47 肆(사) : 손가는 대로 붓을 휘둘러 글을 써내다. 『논어·위정』편에 나오는 "마음
    대로 해도 법도에 어긋남이 없는(從心所欲不踰矩)" 경지, 곧 작자가 쓰고 싶은

대로 써도 문장이 갖추어야 할 일정한 법도를 넘어서지 않는 경지에 이른 글쓰
기를 가리킨다.

48 詩書(시서) : 『시경』과 『서경』으로 성인이 편찬한 유가의 경전 내지 문화를 두루
가리킨다.

氣[49], 水也 ; 言[50], 浮物也。水大而物之浮者大小畢[51]浮, 氣之與言猶是也,
氣盛[52]則言之短長與聲之高下者皆宜。雖如是, 其敢[53]自謂幾於成[54]乎? 雖
幾於成, 其用於人也奚取焉? 雖然, 待用於人者, 其肖於器[55]邪? 用與舍[56]屬[57]
諸[58]人。君子[59]則[60]不然 : 處心有道[61], 行己有方[62] ; 用則施諸[58]人, 舍則傳諸[58]
其徒, 垂[63]諸[58]文而爲後世法 : 如是者, 其亦足樂乎? 其無足樂也?

---

49 氣(기) : 문장의 기세. 중국 문학이론에서 매우 중요하고 복잡한 개념을 지닌 용
어로 한유가 말한 '氣'는 작자의 내면에 축적된 도덕 수양의 에너지로 그것이 글
로 표현될 때 문장의 기세로 나타난다.

50 言(언) : 글. 글의 표현.

51 畢(필) : 다. 모두. 범위부사로 쓰였다.

52 氣盛(기성) : 문장의 기세가 왕성하다.

53 其敢(기감) : 어찌 감히. '豈敢'의 뜻이다.

54 幾於成(기어성) : 최고의 경지에 접근하다. 완성의 단계에 다가가다.

55 肖於器(초어기) : 그릇과 같다. 이는 바로 뒤에 나오는 '君子(군자)'라는 표현과
연관 지어 읽을 필요가 있다. 즉 그릇은 각기 어느 하나의 용도로만 쓰이는 것
이므로 다방면에 두루 통달한 전인적인 교양과 도덕을 갖춘 군자가 추구할 것
이 못 된다는 점을 암시한다.

56 用與舍(용여사) : 쓰이는 것과 쓰이지 않고 버려지는 것.

57 屬(속) : 종속되다. 달려 있다.

58 諸(저) : '之於'의 합음(合音) 겸사(兼詞). 네 차례 연속해 이런 표현을 쓴 것은 상
관되는 내용을 밀접하고 긴박감 있게 엮어내기 위한 의도적인 글쓰기의 흔적으
로 생각된다.

59 君子(군자) : 세상에 쓰이건 쓰이지 않건 상관하지 않고, 생각과 행동에 자기 나
름대로의 일정한 원칙과 법도를 지닌 인물로 앞의 '器(기)'와 대비된다.

60 則(즉) : '대비'의 뜻을 나타내는 전환접속사.

61 處心有道(처심유도) : 마음속에 어떤 생각을 품음에 있어 나름대로의 원칙이 있
다.

62 行己有方(행기유방) : 스스로 행동하는 데 일정한 법도가 있다. 자기의 이상을
펼쳐 일 처리를 함에 있어 법도가 있다.

63 垂(수) : 후세에 널리 전해지다.

有志乎古者⁶⁴希⁶⁵矣! 志乎古必遺乎今, 吾誠樂而悲之⁶⁶。亟⁶⁷稱其人, 所以勸之, 非敢褒其可褒而貶其可貶也⁶⁸。問於愈者多矣, 念生之言不志乎利, 聊⁶⁹相爲⁷⁰言之。愈白。

64 志乎古者(지호고자) : 옛날에 일가의 견해를 세운 사람을 배우는 데 뜻을 둔 이로 달리 말하면 '고도(古道)와 고문(古文)에 뜻을 둔 사람'을 가리킨다.

65 希(희) : 드물다. '稀'와 같다.

66 樂而悲之(낙이비지) : 즐겁기도 하고 비통해하기도 하다. 당시 사대부들의 일반적 경향과는 달리 고문을 짓는 것을 즐겁게 여기고, 그 때문에 세상 사람들에게 받아들여지지 못하는 것을 슬프게 여긴다.

67 亟(기) : 자주. 누차.

68 이 구절은 공자가 『춘추』에서 '일자포폄(一字褒貶)' 곧 한 글자로 역사적 사건이나 인물의 잘잘못을 평가한 뜻을 따와서, 이런 작업은 성인이나 할 수 있으므로 한유 자신은 임의로 칭찬하지도 폄하하지도 않겠다는 점을 표명한 것이다. 자기 겸손의 표현이다.

69 聊(요) : 잠시.

70 相爲(상위) : 그대에게. 상대방에게. 여기서 '相'은 쌍방을 가리키는 '서로'라는 뜻이 아니라, 전치사가 지배하는 대상(이인칭)을 대신 지칭해 일방만을 가리키는 특수한 범위부사로 쓰였다.

重答翊書

　한유가 이익 군에게 아룁니다. 그대가 자신의 뜻을 스스로 밝히는 것은 괜찮습니다만, 제게 의혹을 품는 것은 옳지 않습니다. 저에게 물으러 찾아오는 사람들은 비록 그들의 생각이 그대와 다르더라도 모두 저로부터 듣고자 하는 목적이 있기 때문입니다. 군자는 다른 사람이 선한 경지로 들어가기를 바라지 않은 적이 없으니, 어찌 일러 줄 수 없는 것을 일러주고, 누군들 진보하게 할 수 있는데도 진보하도록 하지 않겠습니까? 다른 사람의 말에 제대로 응대하지 않고 다른 사람이 베푸는 예절에 제대로 반응하지 않으면 비록 공자라 하더라도 호향(互鄕)에서 통할 수 없었으니, 제가 그렇게 하지 않는 것은 당연한 일입니다. 만약 찾아오는 사람이 있으면 저는 그 사람이 진보하도록 할 따름이지 어찌 그를 분에 넘치게 예우하고 대하는 정분도 도가 지나치게 하겠습니까?

　비록 이와 같지만 그대의 뜻이 제게 잘 이해되기를 구하는 것입니까?

저로부터 유익을 구하는 것입니까? 성인이 주창한 도를 넓히려는 생각을 하는 것입니까? 자기 한 몸을 선하게 수양해 다른 사람이 미칠 수 없도록 하고자 하는 것입니까? 무엇 때문에 이처럼 조급하게 서둘러 제가 이해해 주기를 바라고 특별한 대우를 받으려고 하는지요! 어질고 유능한 것과 그렇지 못한 것은 본래 구분이 있는 법, 그대는 스스로를 내세울 근거로서의 도덕 수양을 절실하게 추구할 것이지 다른 사람이 그대의 가치를 알아주지 않는다고 걱정하지 마십시오. 메아리가 크게 울리는데도 소리가 작은 것을 여태껏 들어본 적이 없습니다. 하물며 제가 그대에게 이처럼 간절함에 있어서야?

마침 설사가 나서 몹시 짜증이 나던 터인지라, 손수 편지를 쓸 수 없었습니다. 이상 한유가 말했습니다.

해제

정원 17년(801)에 이익에게 재차 답한 편지글. 「답이익서(答李翊書)」(HS-088)에서 고문 창작에 관한 자세한 의견과 함께 격려의 뜻을 담은 간절한 편지를 보냈음에도 불구하고, 이익이 다른 사람은 너무 융숭하게 접대하고 자신은 잘 알아주지 않는다며 불만을 터뜨린 데 대해 답을 한 것이다. 자신을 찾아와 배우려는 사람들은 친하든 친하지 아니하든 차별을 두지 않고 정성껏 이끌어준다는 작자의 기본 입장과, 타인의 평가에 관계없이 도덕 수양에 전념하라는 훈계의 뜻을 피력했다.

원문 및 주석

愈白：李生：生之自道其志可也，其所疑於我者非也。人之來者，雖其心異於生；其於我也，皆有意焉。君子之於人，無不欲其入於善，寧有不可告而告之，孰有可進而不進也？言辭之不酬，禮貌之不答，雖孔子不得行於互鄉[1]，宜乎余之不爲也。苟來者，吾斯進之而已矣，烏待其禮踰而情過[2]乎?

1　雖孔子不得行於互鄉(수공자부득행어호향) : 이상 세 구절은 함께 이야기하기 어렵다는 호향(互鄉) 사람들에 대해 언급한 『논어 · 술이(述而)』편의 내용에 변화를 주어 인용한 것으로 한유가 자신을 찾아오는 사람을 성의를 다해 접견함을 말한다. 공자는 제자들이 이상하게 여기는데도 불구하고 호향의 한 어린이를 만난 뒤 "그가 진보하는 것을 칭찬하고 퇴보하는 것을 칭찬하지 않은 것이다. 어찌하여 심하게 굴겠는가? 누구든지 자신을 깨끗이 하여 앞으로 나아간다면 그의 깨끗함을 칭찬하고 과거의 잘못을 기억에 담아두지 않는다(與其進也, 不與其退也, 唯何甚? 人潔己以進, 與其潔也, 不保其往也)"라고 했다. 호향은 어디인지 미상이다.

2　禮踰而情過(예유이정과) : 내방객을 대하는 예우가 그 사람의 신분에 합당한 정도를 넘어서고 그를 대하는 감정도 지나칠 정도로 열렬한 것을 말한다. 앞뒤 문맥으로 보아 이는 이익(李翊)이 한유의 접견 태도를 지적해 한 말로 보인다.

雖然, 生之志求知於我邪? 求益於我邪? 其思廣聖人之道邪, 其欲善其身而使人不可及邪? 其何汲汲於知而求待之殊也! 賢不肖固有分矣, 生其急乎其所自立, 而無患乎人不己知[3]；未嘗聞有響大而聲微[4]者也, 況愈之於生懇懇邪?

3　無患乎人不己知(무환호인불기지) : 이상 두 구절은 『논어 · 이인(里仁)』편의 "일자리가 없는 것을 걱정하지 말고, 그 자리에 설 만한 자격을 갖추기를 걱정할 것이며, 자신을 알아주는 사람이 아무도 없는 것을 걱정하지 말고, 다른 사람에게 알려질 말한 자격을 갖추도록 노력해라(不患無位, 患所以立. 不患莫己知, 求爲可知也)"라고 한 공자의 메시지를 끌어 쓴 것이다.

4　響大而聲微(향대이성미) : 신속하게 교감이 이루어져 반응이 바로 나타나는 것으로 언제나 붙어 다니어 불가분의 관계에 있음을 가리킨다. 공영달(孔穎達)이 『서경 · 대우모(大禹謨)』에 보이는 "정도를 따르면 길할 것이요 옳지 못한 길을 좇으면 흉할 것이니, 이는 그림자나 메아리와 같은 것입니다(惠迪吉, 從逆凶, 惟

影響)"라는 글귀를 "길흉의 보답은 마치 그림자가 형체를 따르고, 메아리가 소
리에 반응하는 것과 같으니 헛되지 않음을 말한다(吉凶之報, 若影之隨形, 響之
應聲, 言不虛)"라고 풀이한 바 있다.

屬^{5}有腹疾^{6}無聊, 不果^{7}自書。愈白。

5   屬(촉) : 마침. 때마침.
6   腹疾(복질) : 복통. 보통 설사를 이렇게 불렀다.
7   不果(불과) : 결과적으로 그렇게 되지 않았음을 나타낸다.

HS-090 「장적을 대신해 이절동에게 보내는 편지」

代張籍與李浙東書

아무 달 아무 날, 전에 아무 관직을 지낸 아무개가 삼가 동쪽을 향해 재배하고 절동관찰사(浙東觀察使)이신 어사중승(御史中丞) 이공 각하께 서한을 보냅니다.

제가 듣건대 세상사를 논평하는 사람들이 모두 말했습니다.

"지금 옛날의 제후와 같은 요직에 있으면서 한 지방에 앉아 지키며 그 경내의 사무를 독자적으로 처결해나갈 수 있는 사람으로는 오직 각하 한 분만이, 마음속으로 바라는 일이 탁월해 보통 속인들과 다릅니다."

저는 본래 이 말을 가슴속에 간직하고 있었습니다.

최근에 각하의 보좌관 협률랑(協律郎) 이고(李翺)가 장안으로 왔는데, 저는 이고 군과 친구로 6~7년 동안 만나지 못하던 차에 그가 왔다는 소식을 듣고 달려가 그를 방문하고 별탈이 없는지 안부를 물었습니다.

그런 뒤에는 다른 말을 한마디도 더 할 겨를이 없기에 우선 그가 어질고 유능한 주인을 만났다는 점을 축하해 주었습니다. 그러자 이고 군이 말하기를 "그대가 어떻게 그분에 대해 다 알겠습니까? 제가 장차 다 일러주겠습니다"라고 했습니다. 며칠 뒤에 저는 전에는 듣지 못한 일들을 더욱 많이 듣게 되었습니다. 저는 마음속으로 혼자 기뻐하며 늘 앞으로는 옛사람과 같은 이가 다시는 없을 것으로 여겼는데, 지금 갑자기 그런 사람을 발견하게 되었습니다. 집으로 돌아온 뒤 불행하게도 두 눈이 보이지 않아 천하에 아무 쓰일 데가 없게 되었고, 가슴속에 비록 많은 지식이 쌓여 있지만 집에 돈이나 재물이 없어 촌보라도 이동할 수 없는 것을 스스로 슬프게 여겼습니다. 지금 저는 중승 각하께서 계신 곳에서 5천 리나 멀리 떨어져 있으니 무슨 재주로 제 몸을 각하 곁에 이르게 해 입을 열고 가슴속의 기발한 생각을 토해 낼 수 있겠습니까? 그리하여 눈물을 삼키고 흐느껴 울며 말조차 할 수 없었습니다.

여러 날이 지난 뒤에 다시 스스로 분발해 말합니다.

"능력이 없는 사람은 눈이 먼 것 때문에 버려지는 게 마땅하겠지만, 능력이 있는 사람은 비록 눈이 멀었어도 보통 속인들로부터는 버려질지언정 옛사람의 도리를 행하는 분에게는 버려질 리가 없다."

절강(浙江) 동쪽의 일곱 고을은 가구 수가 수십만에 달하니 눈이 멀지 않은 사람이 얼마나 많이 있겠습니까마는, 중승 각하께서 사람을 취할 때는 본래 마땅히 그 사람이 어질고 유능한지 그렇지 않은지를 물을 뿐 눈이 멀었는지 멀지 않았는지는 따지지 않으십니다. 지금 마음의 눈이 먼 사람이 다 이러하지만, 저와 같은 사람은 단지 눈이 멀어 보이지 않을 뿐 마음으로는 옳고 그름을 다 분별할 수 있습니다. 만약 제게 앉을 자리를 내려주고 자문하신다면 입으로는 분명히 말할 수 있습니다. 다행히도 아직 목숨이 붙어 있으니 실로 제 마음속에 평소 보고 알고 있는 것들을 토해 내고자 합니다. 각하께서 저를 믿고 문하에 이르게 하실 수 있겠사옵니까? 저는 또 고시(古詩)를 잘 지으니 만약 제 마음이 입고 먹는 걱정 때문에 혼란스러워지지 않게 해주시고 각하께서 한가해 할 일이 없으실 때 저를 불러 자리 옆에 꿇어앉아 지은 시들을 진상하게 한 뒤 작은 탁자에 기대어 들으신다면, 피리를 불고 거문고를 타며 종을 치거나 경쇠를 두드리는 따위의 악기 연주를 듣는 것보다 못하지만은 않을 것입니다. 대체로 눈이 먼 사람은 자기가 하는 일에 전념하기 때문에 기예가 반드시 정밀하므로 악공들은 모두 맹인들입니다. 저는 아마도 이런 사람들과 나란히 설 수 있을 것이옵니다!

만약 제가 진실로 처자식을 부양함에 있어 춥고 배고픈 걱정 때문에 심사가 혼란스러워지지 않고 의약품을 구입할 돈이나 재물이 있다면, 아직 눈이 심하게 멀지는 않았으니 하늘과 땅이나 해와 달을 다시 볼 수 있을 것입니다. 그리하여 쓸데없다고 버려지지 않는다면 지금부터 죽을 때까지의 세월은 모두 각하께서 내려주신 은혜이옵니다. 각하께서 이미 다 되어 가는 제 생명의 연한을 구제해 연장해 주시고, 이미 눈먼 시력을 다시 회복하도록 해 주시니 그 크신 은혜를 제가 어떻게 보답해야 마땅할는지요! 각하께서는 헤아리고 살펴주시옵소서. 장적이 몹시 부끄러워하며 재배를 올립니다.

해제

원화 6년(811) 하남현령(河南縣令) 재직 시에 작자가 장적(張籍, 767?-830?) 대신에 써서 절동관찰사(浙東觀察使) 이손(李遜)에게 보낸 편지글. 이해에 장적은 장안에서 태상시(太常寺) 태축(太祝)으로 있으면서 매우 빈궁한데

다 눈병까지 앓고 있었다. 그때 마침 이손의 보좌관으로 있던 친구 이
고(李翱)가 상경해, 그로부터 이손의 치적을 들은 뒤에 장적은 생계 문제
해결과 눈병 치료를 위해 이손에게 의탁하고 싶은 마음이 생겼다. 이에
장적과 스승 겸 친구의 깊은 정을 나누고 있던 작자가 이손에게 장적의
여비 보조와 발탁을 바라는 간절한 심정을 담아 대신 이 편지글을 올린
것이다. '盲(맹)'자를 논의의 중심에 놓고 단계적으로 논지를 전개해나간
솜씨가 특히 눈에 띤다.

원문 및 주석

月日, 前某官某謹東向¹再拜寓書²浙東³觀察使中丞李公⁴閤下:

1   東向(동향) : 이때 장적은 서북방인 장안에 있었으므로 이렇게 말했다.
2   寓書(우서) : 편지를 부치다. 편지를 보내다.
3   浙東(절동) : 당나라에서 설치한 지방 행정구역의 하나인 절강동도(浙江東道)로
      월주(越州), 명주(明州), 구주(衢州), 처주(處州), 무주(婺州), 온주(溫州), 태주(台
      州) 등 일곱 고을을 관할했다.
4   李公(이공) : 이손(李遜). 이손(李巽)으로 적는 것은 잘못이다. 자는 우도(友道)며
      형주(荊州) 석수(石首) 사람이다. 원화 5년(810) 8월에 어사중승의 직함으로 절
      동관찰사를 담당했다.

籍聞議論者皆云 : 方今居古方伯連帥⁵之職, 坐一方得專制⁶於其境內者, 惟
閤下心事犖犖⁷, 與俗輩不同。籍固以藏之胸中矣!

5   方伯連帥(방백연수) : 원래 은주(殷周) 시대 한 지방 제후의 우두머리 곧 대제후
      (大諸侯)를 가리키던 말인데, 여기서는 지방 장관을 두루 지칭한다.
6   專制(전제) : 독자적으로 결단하다.
7   犖犖(낙락) : 남달리 탁월한 모양을 형용한다.

近者閤下從事李協律翺[8]到京師, 籍於李君友也, 不見六七年, 聞其至, 馳往[9]省[10]之, 問無恙[11]外, 不暇出一言, 且先賀其得賢主人。李君曰 : "子豈盡知之乎? 吾將盡言之。" 數日籍益聞所不聞。籍私獨喜 ; 常以爲自今已後, 不復有如古人者, 於今忽有之。退自悲不幸兩目不見物, 無用於天下, 胸中雖有知識, 家無錢財, 寸步不能自致 ; 今去李中丞五千里, 何由致其身於其人之側, 開口一吐出胸中之奇乎? 因飮泣[12]不能語。

---

8 李協律翺(이협률고) : 협률랑(協律朗) 이고(李翺, 772-836). 자는 습지(習之)고 정원 14년 진사로 한유로부터 고문을 배운 제자며 질녀 사위기도 하다. 당나라 때에 태상시(太常寺)에 협률랑 2인을 두고 율려(律呂)를 관장하게 했다.

9 馳往(치왕) : 달려가다. 수레를 몰고 가는 것을 말한다.

10 省(성) : 방문하다. 문안하다.

11 無恙(무양) : 별고가 없다. 별탈이 없다. 원래 '恙'은 사람을 무는 독벌레인데, 옛날에 사람들이 풀 속에서 살았기 때문에 이 벌레의 해독을 많이 입었다. 이로 인해 '병'이나 '근심'의 뜻으로 쓰여, 다른 사람의 안부를 물을 때 "별고 없는가? (無恙乎?)"라고 했다.

12 飮泣(음읍) : 눈물을 삼키며 흐느껴 울다. 눈물이 얼굴에 가득해 입으로 들어가는 것을 말하는데, 몹시 비통해함을 형용한다.

旣數日, 復自奮曰 : 無所能人乃宜以盲廢 ; 有所能人雖盲, 當廢於俗輩, 不當廢於行古人之道者[13]。浙水[14]東七州[15], 戶不下數十萬, 不盲者何限 ; 李中丞取人固當問其賢不賢, 不當計盲與不盲也。當今盲於心者皆是, 若籍自謂獨盲於目爾, 其心則能別是非。若賜之坐而問之, 其口固能言也。幸未死, 實欲一吐出心中平生所知見 : 閤下能信而致之於門邪? 籍又善於古詩, 使其心不以憂衣食亂 閤下無事時一致之座側, 使跪進其所有, 閤下憑几而聽之, 未必不如聽吹竹彈絲敲金擊石也。未盲者業專, 於藝必口[16], 故樂工皆盲 ; 籍儻[17]可與此輩比並[18]乎!

---

13 行古人之道者(행고인지도자) : 옛사람들의 도리를 행하는 사람으로 이손을 가리킨다.

14 浙水(절수) : 옛날의 점수(漸水)로 물굽이 곧 곡절(曲折)이 많기 때문에 '절수'라는 이름이 붙여졌다. 지강(之江)으로도 불린다.

15 七州(칠주) : 주석 3번 참조.

16 □ : 원문에 글자가 누락되어 있는데, 주희(朱熹)의 『한문고이(韓文考異)』에 의

거해 번역문에는 '精(정)'자로 풀이했다.

17   儻(당) : 아마도. 혹시. 어쩌면.
18   比並(비병) : 나란히 서다.

使¹⁹籍誠不以蓄妻子憂飢寒亂心, 有錢財以濟醫藥, 其盲未甚, 庶幾²⁰其復
見天地日月, 因得不廢, 則自今至死之年, 皆閤下之賜。 閤下濟之以已絶
之年, 賜之以旣盲之視, 其恩輕重大小²¹, 籍宜如何報也! 閤下裁之度²²之。
籍慚靦²³再拜。

19   使(사) : 만약. '가사(假使)'의 뜻이다.
20   庶幾(서기) : 바라다. 소망하다.
21   輕重大小(경중대소) : 중차대하다. 여기 '輕重'과 '大小'에서 '輕'과 '小'는 의미가
      없이 단어 구성에만 기여하고 있는데, 이러한 단어를 한문문법에서 흔히 편의
      복사(偏義複詞)라고 부른다.
22   度(탁) : 헤아리다.
23   慚靦(참전) : 몹시 부끄러워하다.

HS-091 「이수재에게 답하는 편지」

答李秀才書

　　한유가 아룁니다. 이미 작고한 저의 오랜 친구 원빈(元賓) 이관(李觀)이 10년 전에 「오군(吳郡)의 친구와 이별하며(別吳中故人)」라는 제목의 여섯 장으로 된 시를 제게 보여주었는데, 그 첫 장이 바로 그대에게 써 준 것으로 그대에 대한 칭찬이 매우 자자했습니다. 원빈은 품행이 단정하고 고결하며 속이 좁은 편이라 두루 다 포용하지 못해 평범한 사람에 대해서는 구차하게 논평을 가하려 하지 않았던 바, 그가 이 시를 쓴 까닭을 따져 보고 나서 나는 그대가 범상한 사람이 아님을 알게 되었습니다. 당시에 그대는 오군에 있었고, 그 뒤에 저는 장안을 떠나 지방에서 근무했으므로 그대와 만날 기회가 없었습니다. 원빈이 죽자 그의 글은 더욱 귀중하게 여겨졌는데, 원빈을 그리워해도 만날 수 없던 차에 원빈의 친구를 만나니 원빈을 대하는 듯합니다.

　　지금 외람스럽게도 보내주신 서신과 글을 받고 그대의 성명을 살펴니 원빈의 목소리와 얼굴 모습이 어렴풋이 눈앞에 나타난 것 같고, 그대의 글을 읽으니 원빈이 사람을 볼 줄 알고 친구를 사귀는 도리가 구차하지 않았음을 알게 됩니다. 그대의 마음이 우리 원빈과 너무나 닮았구려!

그대가 말하기로, 제가 하는 일이 공자의 도에 어긋나지 않고 글의 외양을 다듬는 것을 뛰어난 것으로 여기지 않으니 이곳으로 와서 제게 배우고자 했는데, 어찌 감히 제가 주장하는 학설을 아까워해 사양하고 거절하겠습니까? 그러나 저는 옛것에 뜻을 둔 사람으로 단지 옛글의 언어 표현만 애호하는 것이 아니라 옛 성인의 도리를 애호할 따름입니다. 그대의 글을 읽고 그대의 마음 씀씀이를 알았는데 장차 또 그보다 더 깊은 도가 있을 터인지라 그대와 함께 그 즐거움을 누리고자 하나니, 하물며 그 외표인 문장이야 더 말할 나위가 있겠습니까? 한유가 머리를 조아리고 절합니다.

해제

정원 18년(802) 사문박사(四門博士) 재직 시에 이사석(李師錫)이 서신과 자신이 쓴 문장을 보내 와 작자의 덕행을 칭송한 데 답한 편지글. 제목의 '李'자 밑에 '師錫'이 붙어 있는 판본도 있다. 과거고시에서 수재과(秀才科)는 이때 이미 폐지되었으므로 여기서 수재는 진사를 가리킨다. 한유는 이사석과 교류가 없어 잘 모르는 터인지라, 두 사람이 모두 이관(李觀, 766-794)의 친구였다는 공통점에 착안해 답장을 써나간 솜씨가 특히 두드러진다. 죽은 벗에 대한 추모의 정을 피력하는 가운데 새로운 사람과의 교제를 환영하는 뜻을 드러내고 있다. 아울러 작자가 옛것에 뜻을 두는 것이 옛글의 언어 표현만 애호해서가 아니라 옛 성인의 도리를 애호하기 때문이라고 한 것은 글쓰기에 있어서 문(文)과 도(道)의 관계와 관련해 유념해야 할 대목이다.

원문 및 주석

愈白：故友[1]李觀元賓[2]十年之前示愈別吳中[3]故人詩六章, 其首章則吾子[4]也, 盛有所稱引[5]。元賓行峻潔清[6], 其中狹隘不能苞容[7], 於尋常人不肯苟[8]有論說；因究其所以, 於是知吾子非庸衆人。時吾子在吳中, 其後愈出在外, 無因緣相見。元賓旣歿, 其文益可貴重；思元賓而不見, 見元賓之所與者[9]則如元賓焉。

1   故友(고우)：이미 작고한 친구.
2   李觀元賓(이관원빈)：이관은 이름이고 원빈은 그의 자며 농서(隴西：지금 감숙성 농서현) 사람이다. 정원 8년(792) 한유와 동년 진사로 당시에 두 사람이 나란히 글재주로 이름을 떨쳤다. 그 이듬해 박학굉사과에 합격했고 관직은 태자교서랑(太子校書郎)을 지냈는데, 29세의 나이로 요절했다.
3   吳中(오중)：오군(吳郡)으로 군청 소재지가 오현(吳縣) 곧 지금의 강소성 소주시(蘇州市)에 있었다.
4   吾子(오자)：가까운 사이의 상대방을 친근하게 부르는 칭호.
5   稱引(칭인)：칭찬하다.
6   行峻潔清(행준결청)：품행이 단정하고 고결하다.
7   其中狹隘不能苞容(기중협애불능포용)：마음의 도량이 좁고 매서운 편이라 분별 없이 남에게 동조하지 않는 것을 말한다. '苞'는 '包'와 같다.
8   苟(구)：구차하게. 경솔하게. 터무니없이. 함부로.
9   所與者(소여자)：사귀는 사람. 친구.

今者辱惠書及文章, 觀其姓名, 元賓之聲容怳若[10]相接[11]；讀其文辭, 見元賓之知人, 交道之不汚。甚矣, 子之心有似於吾元賓也!

10   怳若(황약) : 어렴풋이 ~인 것 같다. '怳'은 '恍'과 통한다.
11   相接(상접) : 나와 접하다. 내 눈앞에 나타나다. 여기서 '相'은 서로의 뜻이 아니
      라, 동작 행위의 대상을 대신 지칭해 일방(제1인칭)만을 가리키는 특수한 범위
      부사로 쓰였다.

子之言以愈所爲不違孔子, 不以琢雕爲工, 將相從於此 ; 愈敢自愛其道
而以辭讓爲事乎? 然愈之所志於古者, 不惟其辭之好, 好其道焉爾。讀吾
子之辭而得其所用心, 將復有深於是者與吾子樂之, 況其外之文乎? 愈頓首。

12   相從(상종) : 나를 따르다. 나에게 배우다. '相'의 용법은 주석 11과 같다.
13   頓首(돈수) : 본래 『주례(周禮)』에 나오는 구배(九拜)의 하나로 머리가 땅에 닿도
      록 절한다는 뜻인데, 편지글의 첫머리나 끝에 놓여 상대방에게 경의를 표하는
      상투어로 흔히 쓰인다.

HS-092 「진생에게 답하는 편지」

答陳生書

　한유가 진상(陳商) 군에게 아룁니다. 지금 성대한 명성과 영화로운 지위를 누리면서 높은 관직에 앉아 있는 사람들이 몇 분 있습니다. 그대가 속히 벼슬길로 들어가는 방법을 찾으면서 그들을 찾지 않고 도리어 내게 찾아와 묻는 것은 이른바 귀머거리에게 귀를 빌리고 맹인에게 길을 묻는 격이니, 비록 간절하게 요청하고 상세하게 가르쳐 주었다고 하더라도 목적을 달성했다는 사람을 본 적이 없습니다. 나는 옛사람들이 말한 도리를 추구하는 데 뜻을 두고 그들이 남긴 문장도 매우 좋아합니다. 그대의 편지글과 열네 편의 시를 살펴보니, 역시 옛것에 뜻을 두고 있다고 했습니다. 그런데 그대가 묻고 있는 것은 명성이고 흠모하고 있는 것은 과거고시에 합격하는 것이기 때문에, 내가 어떻게 대답해야 할지 망설여집니다. 비록 그렇기는 하지만 두터운 호의를 헛되이 그냥 받기만 하고 넘어갈 수는 없으므로 잠시 그대에게 내가 들어 알고 있는 도리에 대해 말씀하고자 합니다.

대체로 군자는 자신에 대해서는 걱정을 하고 하늘의 뜻에는 순응해 신실함으로 자신을 대하고 성심으로 부모를 모십니다. 이른바 군자가 자신에 대해 걱정한다는 것은 인의가 각 사람의 마음속에 존재하므로 성인이나 현인들은 그것을 밖으로 확충해나가는 반면에 자신은 어리석게도 평범한 보통 사람이 되고 마는 것을 말합니다. 이른바 하늘의 뜻에 순응한다는 것은 부귀와 빈천이나 곤궁과 영달 중에서 어떠한 운명이 닥쳐오든 간에 자기 마음을 평정하게 유지해 그 운명을 따르고 그로 인해 본래의 어질고 의로운 본성에 누를 끼치지 않는 것을 말합니다. 이른바 신실함으로 자신을 대한다는 것은 자신이 분명 어떤 일을 할 수 있다면 다른 사람이 할 수 없다고 하더라도 믿지 않고, 자신이 분명 어떤 일을 할 수 없다면 다른 사람이 할 수 있다고 하더라도 믿지 않는 것을 말합니다. 그렇다면 누구를 믿습니까? 오로지 자신을 믿을 따름입니다. 이른바 성심으로 부모를 섬긴다고 하는 것은 자기의 마음을 다하고 겉으로 과시하지 않으며 내면적인 바탕을 앞세우고 외면적인 수식을 뒤로 돌리는 것을 말합니다. 자기의 성심을 다하고 겉으로 과시하지 않는 것은 자신이 겉으로 드러나게 얻은 부귀영화를 부모의 영광으로 여기지 않는 것이니, 명성과 관직을 두고 하는 말입니다. 내면적인 바탕을 앞세우는 것은 자식의 덕행이고, 외면적인 수식을 뒤로 돌리는 것은 맛있는 음식이니, 외재적인 물질을 가지고 부모를 봉양하는 방식입니다. 성실함은 속이지 않는 것을 두고 하는 말입니다. 겉으로 드러나는 성취를 기다렸다가 맛있는 음식으로 부모를 봉양하는 것은 내면적인 바탕을 경시하고 외면적인 수식을 중시하는 것이니 이것이 속이는 것과 무에 다를 게 있겠습니까? 진실로 이처럼 제가 말한 대로라면 그대가 과거에 합격해 명성을 얻으려고 조급하게 서두르는 것은 벼슬길에 들어서지 못하는 것을 부모의 수치로 여기는 것이니 어리석은 일이옵니다!

속히 벼슬길로 들어가는 방법은 이와 같을 따름입니다. 옛날의 학자

들은 오직 도의에 관한 것만을 물었사오니, 그대가 만약 태학에 들어가
배우고자 원한다면 한유는 여전히 이런 관점을 가지고 나를 만나러 오
기를 기다리겠습니다.

해제

　정원 18년(802) 사문박사 재직 시에 진생(陳生)으로부터 서찰과 시 작품
을 받고 답한 편지글. 제목의 '生(생)'자 밑에 '상(商)'자가 있는 판본에
의거해 진생이 바로 진상(陳商)이라는 설도 있지만 확실한 것은 아니다.
진상은 자가 술성(述聖)이고 오흥[吳興 : 지금 절강성 호주시(湖州市)] 사람으로
원화 9년(814)에 진사에 급제하였고 관직이 비서감(秘書監)까지 이르렀다.
작자는 학자가 모름지기 자신감에 기초해 내면의 어질고 의로운 마음
을 확충해가는 것이 우선이지 조급하게 관리가 되려고 해서는 안 되며,
출세를 통한 물질적인 봉양이 아니라 덕행을 쌓는 것이 부모를 섬기는
본질임을 밝히고 있다. 본말을 전도한 채 출세에 급급한 젊은 학도를 차
근차근 타일러 가는, 청년의 사표로서의 작자 모습이 잘 드러난 글이다.

원문 및 주석

愈白：陳生足下：今之負[1]名譽享顯榮者，在上位幾人。足下求速化之術[2]，不於其人, 乃以訪愈, 是所謂借聽於聾[3], 求道於盲, 雖其請之勤勤[4], 教之云云[5], 未有[6]見其得者也。愈之志在古道, 又甚好其言辭, 觀足下之書及十四篇之詩, 亦云有志於是矣；而其所問則名, 所慕則科[7], 故愈疑於其對焉。雖然, 厚意不可虛辱[8], 聊爲足下誦[9]其所聞。

1 　負(부) : 누리다. 향유하다. 같은 구절 바로 뒤의 '享(향)'과 같은 뜻이다.
2 　速化之術(속화지술) : 속성하는 방법. 여기서 속성은 가능한 한 빨리 벼슬길로 들어가는 것을 말한다.
3 　聾(농) : 귀머거리. 이하 두 구절은 한유가 '速化之術'에 대해서는 전혀 아는 바가 없으므로 물을 사람을 잘못 찾았다는 점을 비유한다.
4 　勤勤(근근) : 태도가 간절하고 정성스러운 모양을 형용한다.
5 　云云(운운) : 이러이러하다고 말하다. 매우 상세하게 일러주는 것을 말한다.
6 　有(유) : 여기서는 주희(朱熹)가 『한문고이(韓文考異)』에서 이 글자는 같은 구절의 '其(기)'자 아래에 놓여야 한다고 한 견해를 좇아 옮겼다.
7 　科(과) : 본래는 당나라 시대 과거제의 분과 고시의 하나를 가리키는데, 여기서는 과거시험에 합격하는 것을 말한다.
8 　虛辱(허욕) : '까닭 없이 욕보이다'는 뜻으로 여기서는 호의를 헛되이 그냥 받는 것을 가리킨다.
9 　誦(송) : 진술하다. 말하다.

蓋君子病[10]乎在己而順乎在天,　待己以信而事親以誠。　所謂病乎在己者, 仁義存乎內；彼聖賢者能推而廣之, 而我蠢焉[11]爲衆人。所謂順乎在天者, 貴賤窮通之來, 平吾心而隨順之, 不以累[12]于其初[13]。所謂待己以信者, 己果能之, 人曰不能, 勿信也；己果不能, 人曰能之, 勿信也, 孰信哉? 信乎己而已矣。所謂事親以誠者, 盡其心不夸[14]於外, 先乎其質後乎其文者也。盡其心不夸於外者, 不以己之得於外[15]者爲父母榮也, 名與位之謂也。先乎其質者, 行也；後乎其文者, 飲食旨甘以其外物供養之道也。誠者, 不欺之名也。待於外而後爲養, 薄於質而厚於文, 斯其不類於欺歟? 果若是, 子之汲汲於科名, 以不得進爲親之羞者, 惑也!

10 　病(병) : 걱정하다. 병통으로 여기다.
11 　蠢焉(준언) : 어리석고 아둔한 모양.
12 　累(누) : 누를 끼치다. 해가 되다.
13 　其初(기초) : 각 사람마다 가지고 있는 어질고 의로운 본성.

14 夸(과) : 과시하다. 뽐내다.
15 得於外(득어외) : 관직을 얻은 것을 말한다.

速化之術如是而已。古之學者惟義之問，誠將學於太學[16]，愈猶守是說而
竢見[17]焉。愈曰。

16 太學(태학) :「진학해(進學解)」(HS-022) 주석 1과 2 참조.
17 竢見(사견) : 진생이 한유를 만나러 오기를 기다리다. '見'자를 '드러나다'는 뜻의
    '현'으로 읽고 '한유가 견지하는 관점이 정확한 것으로 드러나기를 기다리다'로
    풀이하거나, '見'자 뒤에 '知(지)'자가 있는 판본에 근거해 '한유의 관점이 진생에
    게 알려져 이해되기를 기다리다'로 풀이하기도 한다.

HS-093 「이고에게 보내는 편지」

與李翶書

외람되게도 심부름하는 사람 편에 보내준 편지를 받고 기쁘고 부끄러운 심정이 엇갈려 마음속으로 감당하기 어려웠소이다. 아! 그대가 한 말과 그 속에 담긴 뜻이 모두 옳소이다! 내가 비록 말재주가 뛰어나다고는 하지만 어떻게 그대가 한 책망에서 벗어날 수가 있겠소이까? 그러나 그대가 나를 끔찍이 아끼고 유달리 존중해 요즘 세상 사람들이 나를 대하는 것과 같은 마음을 갖지 않았기에, 그대가 나를 대하는 호의로 내가 요즘 세상 사람들에게도 기대하도록 했소이다.

우리 집안은 본래 무엇 하나 가진 것이 없을 정도로 가난한데다가, 거듭 군란의 약탈을 만나 입을 옷도 없고 살아가는데 필요한 생활필수품도 하나 없는데, 집에서 부양해야 할 식구는 거의 삼십 명이나 되니, 이들을 이끌고 장차 어디로 가야 몸을 의탁할 수 있겠소이까? 가족을 남겨두고 장안으로 갈 수도 없고, 그들을 데리고 함께 갈 수도 없으니,

그대는 나를 위해 어떻게 하실 작정이시오? 이는 내가 떠나지 못하는 이유의 하나인데, 그대는 내가 장안성으로 들어가는 것이 유익하다고 생각하시나이까? 그대와 같은 사람도 아직 나를 잘 이해하지 못하는 구석이 있는데 요즘 세상 사람들이 나를 제대로 알아줄 수 있겠소이까? 내가 견지하고 있는 주장을 들고 달려가서 공경 대신들 사이를 분주히 오가며 기회를 엿보다가 입을 열어 세상사를 논한다고 해도 어떻게 내 말이 그들의 뜻에 합치될 수 있겠소이까? 나는 장안성에서 8~9년을 사는 동안 의지할 생활 근거가 없어 날마다 다른 사람에게 도움을 청하며 세월을 보냈소이다. 당시 그렇게 살 때는 별다른 것을 느끼지 못했지만, 지금 와서 생각해보니 마치 통증이 사라진 사람이 고통스러웠을 때를 생각하며 그때를 어떻게 참고 지내왔는지를 알지 못하는 것 같소이다. 지금 나이가 한 살 더 들었는데 다시 나 자신을 몰아 전에 살던 그곳으로 가기란 어렵소이다!

수도 장안이 귀하게 여겨지는 까닭은 사리에 밝으신 천자가 윗자리에 계시고, 현명한 공경 대신들이 아랫자리에 있으며, 아직 벼슬길에 오르지 않아 베옷 입고 삶은 소가죽 허리띠를 두르고 도의를 담론하는 선비들이 많기 때문이 아니겠소이까? 내가 그 사람들 속에서 허둥지둥한다고 해서, 위로 천자에게 이름이 들리고 아래로 공경 대신들에게 알려질 수 있겠소이까? 그들 중에서 나를 알아주는 사람이 본디 적고, 나를 알아주고 아껴주며 싫어하지 않는 사람은 더욱 적을 것이외다. 안으로는 경제적인 도움을 받을 사람이 없고, 밖으로는 마음이 통해 사귈 친구가 없으니 도대체 무슨 일을 할 수 있단 말입니까? 아아! 그대가 나를 책망하는 것이 정녕 옳고 나를 아끼는 것도 정녕 끔찍하니, 요즘 세상 사람들 중에 그대 같은 사람이 또 있겠소이까? 요순(堯舜)임금 이후로 재주 있는 선비 중에 현명한 군주를 만나지 못한 사람이 있었소이까, 없었소이까? 그대는 어찌 내가 깨끗한 상태로 더러운 데 물들지 않으면서 또 즐거운 곳에서 살라고 할 수 있소이까? 그대가 말하는 대로 하기를 원하지 않는 것이 아니라 힘이 부족하고 형편이 좋지 않기 때문입니다. 내가 여기서 어찌 사람들에게 충분히 알려질 것으로 여기나이까? 줄지어 끊이지 않고 수행하며 분주하게 다른 사람들을 쫓아다니다가 배가 고프면 먹고 배가 부르면 놀며 즐길 뿐이랍니다. 내가 이곳에 머물며 떠나지 않는 까닭은 주인의 마음이 진실로 나를 아끼기 때문입니다. 그러나 나를 아끼는 점은 적고 이해하지 못하는 구석은 더 많으니, 내 어찌 여기서 즐거워하고 있겠소이까? 다만 해결되기 어려운 걱정거리가 있어 이곳에서 형편이 나아지기를 기다리는 중이랍니다.

아! 그대는 정녕 나를 아끼니, 그대가 나를 책망하는 것은 분명 옳소이다. 다만 그대가 때로는 나를 책망할 여유가 없는데도 책망하며 나를 가엾게 여기고, 나를 가엾게 여길 여유가 없는데도 가엾게 여기며 자책하고 스스로를 가엾게 여길까 봐 두렵소이다. 몸소 비슷한 상황에 처해 봐야 그 어려움을 알고, 직접 비슷한 처지를 경험해 봐야 그 고통을 깨닫게 되는 법이지요. 공자께서 안회(顏回)를 칭찬해 "한 대그릇의 밥을 먹고 한 표주박의 물을 마셔도, 사람들은 그 걱정을 감당하지 못하건만, 안회는 그 즐거움을 고치지 않는다"라고 하셨소이다. 안회 저 사람은 기댈 후원자로 성인이 계시고, 또 굶어죽지 않을 만한 대그릇의 밥과 표주박의 물이 있었으니 그가 걱정하지 않고 즐거워한 것이 당연히 쉽지 않았겠소! 나로 말하자면 기댈 후원자도 없고 대그릇의 밥도 표주박의 물도 없어 굶어 죽을 지경이니, 어찌 또한 어렵지 않겠소이까? 그대도 내 말을 듣고는 슬퍼할 것입니다. 아! 그대도 갈 곳을 신중하게 선택하소서!

헤어진 지 아주 오래된지라 돌연 그대 곁으로 돌아가 서로 만나 당일 만이라도 기쁨을 함께 나누면 좋겠나이다. 그리하여 특별히 사람을 보내 말을 달려 이 편지를 전하며 그대의 안부를 묻고 스스로를 위로하고

자 하나이다. 한유가 재배를 올립니다.

해제

　정원 15년(799) 서주(徐州)에 있을 때, 장안에 있는 이고(李翶)의 서찰을 받고 답한 편지글. 이때 작자는 장건봉(張建封) 막부의 절도추관(節度推官)으로 별다른 주목을 받지 못하고 있던 중에, 학생인 동시에 친구인 이고가 그곳에서 허송세월하지 말고 장안으로 올라와 장래의 발전을 도모하라는 취지의 편지를 보내왔다. 답장에서 당분간 상경하기 힘든 고충을 상세히 서술했는데, 자신의 어려운 처지와 당시의 심정을 아무런 수식 없이 있는 그대로 진솔하게 토로한 점이 돋보인다. 뜻을 이루지 못한 지식인의 비애가 그대로 노출되어 독자의 동정을 불러일으키기에 충분하다. 이고는 자가 습지(習之)며 농서(隴西) 성기[成紀 : 지금 감숙성 진안현(秦安縣)] 사람으로 정원 14년에 진사에 급제했고 산문 작가인 동시에 유명한 철학자다. 작자의 조카사위로 나이는 4살 밖에 차이가 나지 않았다.

원문 및 주석

使[1]至, 辱足下書, 歡愧來幷[2], 不容于心[3]。嗟乎, 子之言意皆是也! 僕雖巧說, 何能逃其責邪? 然皆子之愛我多, 重我厚, 不酌[4]時人待我之情, 而以子之待我之意使我望於時人也。

1 　使(사) : 심부름꾼. 인편.
2 　來幷(내병) : 함께 몰려오다. 함께 생기다. 엇갈리다.
3 　不容于心(불용우심) : 마음속으로 받아들이기 어렵다. 마음이 극도로 격한 상태
　　라서 감당하기 어려움을 나타낸다.
4 　酌(작) : 짐작하다. 고려하다.

僕之家本窮空⁵, 重⁶遇攻劫⁷, 衣服無所得, 養生之具⁸無所有, 家累⁹僅¹⁰三
十口, 攜此將安所歸託乎? 捨之入京不可也, 挈¹¹之而行不可也, 足下將安
以爲我謀哉? 此一事耳, 足下謂我入京城有所益乎? 僕之有子, 猶有不知
者, 時人能知我哉? 持僕所守, 驅而使奔走伺候¹²公卿間, 開口論議, 其安
能有以合乎? 僕在京城八九年, 無所取資¹³, 日求於人以度時月, 當時行之
不覺也, 今而思之, 如痛定之人思當痛之時, 不知何能自處¹⁴也。今年加長¹⁵
矣, 復驅之使就其故地¹⁶, 是亦難矣!

5 　窮空(궁공) : 가정 형편이 매우 곤궁해 아무 것도 가진 것이 없다.
6 　重(중) : 거듭. 게다가.
7 　攻劫(공겁) : 군란으로 약탈당하다. 정원 15년(799) 2월에 선무군절도사(宣武軍節
　　度使) 동진(董晉)이 죽음에 한유는 그의 상여를 따라 낙양으로 가 있었는데, 그
　　때 마침 변주[汴州 : 지금 하남성 개봉시(開封市)]에서 군란이 일어나 직접적인
　　화는 면했으나 그곳에 있던 가정은 약탈당한 것을 가리킨다.
8 　養生之具(양생지구) : 일상생활에서 필요한 가재도구나 물품.
9 　家累(가루) : 가정의 부담. 집에서 부양을 책임져야 할 사람.
10 　僅(근) : 거의. 여기서는 '겨우'의 뜻이 아니다.
11 　挈(설) : 이끌다. 대동하다. 인솔하다.
12 　伺候(사후) : 기회를 엿보다. 기다리며 살피다.
13 　取資(취자) : 취해 도움으로 삼다. '資'는 '재물로 도우다'는 뜻이다. 이 구절의 앞
　　뒤 세 구절에 나타난 한유의 궁상맞은 모습은 「상재상서(上宰相書)」(HS-083)를
　　참조하기 바란다.
14 　自處(자처) : 처신하다. 여기서는 '참고 지내다'는 뜻으로 쓰였다.
15 　年加長(연가장) : 나이를 더 먹다.
16 　故地(고지) : 예전에 살던 곳으로 수도 장안을 가리킨다.

所貴乎京師者, 不以明天子在上, 賢公卿在下, 布衣韋帶¹⁷之士談道義者多

乎? 以僕遑遑[18]於其中, 能上聞而下達乎? 其知我者固少, 知而相[19]愛不相[19]忌者又加少; 內無所資[20], 外無所從[21], 終安所爲乎? 嗟乎! 子之責我誠是也, 愛我誠多也, 今天下之人有如子者乎? 自堯舜已來, 士有不遇者乎, 無也? 子獨安能使我潔淸不洿[22]而處其所樂哉? 非不願爲子之所云者, 力不足[23], 勢不便故也。僕於此豈以爲大相知[24]乎? 累累[25]隨行, 役役[26]逐隊, 飢而食, 飽而嬉者也。其所以止而不去者, 以其心誠有愛於僕也。然所愛於我者少, 不知我者猶多, 吾豈樂於此乎哉? 將亦有所病[27]而求息於此也。

17　布衣韋帶(포의위대) : 베옷과 삶은 가죽 허리띠. 벼슬하지 않고 초야에 묻혀 사는 사람을 가리킨다.

18　遑遑(황황) : 허둥지둥하다. 분주히 뛰어다니는 모습을 형용한다.

19　相(상) : 서로라는 뜻이 아니라, 뒤에 나오는 동사의 동작 행위의 대상을 대신 지칭해 일방(여기서는 화자인 일인칭)만을 가리키는 특수한 범위부사로 쓰였다.

20　所資(소자) : 경제적인 도움을 받을 사람.

21　所從(소종) : 마음이 통해 사귈 친구.

22　洿(오) : 더럽다. '汚(오)'와 같다.

23　力不足(역부족) : 힘이 부족하다. 이는 『논어・옹야(雍也)』편에서 공자가 실천해 보지도 않고 힘이 부족하다면서 미리부터 자신의 한계를 정하는 염구(冉求)의 학습태도를 꾸짖으면서 한 말이다.

24　大相知(대상지) : 사람들에게 서로 충분히 알려지다. 동료 간에 서로 잘 이해하는 관계를 가리킨다.

25　累累(누누) : 줄지어 끊이지 않는 모양.

26　役役(역역) : 분주하게 뛰어다니는 모양.

27　所病(소병) : 우려할 만한 걱정거리. 일시에 극복할 수 없는 곤란한 점으로 의지할 데 없이 부양해야 할 식구가 삼십 명에 달하는 것을 가리킨다.

嗟乎! 子誠愛我矣, 子之所責於我者誠是矣; 然恐子有時不暇責我而悲我, 不暇悲我而自責且自悲[28]也: 及之[29]而後知, 履之[30]而後難[31]耳。孔子稱顔回"一簞食、一瓢飮, 人不堪其憂, 回也不改其樂。[32]" 彼人者, 有聖者爲之依歸, 而又有簞食瓢飮足以不死, 其不憂而樂也豈不易哉! 若僕無所依歸, 無簞食, 無瓢飮, 無所取資, 則餓而死, 其不亦難乎? 子之聞我言亦悲矣。嗟乎, 子亦愼其所之[33]哉!

28　自責且自悲(자책차자비) : 이 구절은 이고 역시 당시에 출로를 찾지 못하고 있었

음을 말한다.

29 及之(급지) : 몸소 비슷한 상황에 놓이다.

30 履之(이지) : 몸소 비슷한 처지를 경험하다.

31 難(난) : 어렵다는 것을 깨닫다.

32 이 인용문은 『논어·옹야』편에 나오는 글로 공자가 수제자 안회의 안빈낙도(安
貧樂道)하는 삶의 태도를 칭찬한 것이다.

33 所之(소지) : 갈 곳. 거취.

離違久, 乍還侍左右³⁴, 當日懽喜, 故專使馳此³⁵候足下意, 幷以自解³⁶。愈
再拜。

34 乍還侍左右(사환시좌우) : 갑자기 그대의 곁으로 돌아가다.

35 使馳此(사치차) : 사람을 시켜 말을 달려 이 편지를 보내다.

36 自解(자해) : 스스로를 위로하다. 스스로 맺힌 곳을 풀다.

 「장복야께 올리는 편지」

上張僕射書

　　9월 초하룻날에 한유가 재배하고 아룁니다. 임명장을 받은 다음날 절
도사 관아에 있으니, 한 말단 관리가 관아 내의 이전 규정 십여 조목을
가지고 와서 제게 보여주었습니다. 그 가운데 제가 할 수 없는 것이 있
었는데, 9월부터 이듬해 2월말까지 모두가 새벽에 일찍 등청하고 밤늦
게 귀가하되, 질병이나 특별한 사정이 생기지 않는 한 함부로 외출하는
것을 허락하지 않는다는 것이었습니다. 당시에는 막 임명을 받았기 때
문에 감히 말씀드릴 수 없었습니다만, 옛 사람이 한 말에 "사람은 제각
기 할 수 있는 일과 할 수 없는 일이 있다"라고 말했는데, 이와 같은 규
정은 제가 할 수 있는 것이 아닙니다. 억지로 그 규정을 시행한다면 필
시 미쳐버려서, 위로는 제가 각하의 명을 받들어 맡기신 일을 수행할
수가 없어 장차 큰 은덕에 보답할 생각을 잊어버리고, 아래로는 독립적
인 인격체로 자립할 수가 없어 자발적으로 세상일을 해나갈 마음을 상
실하게 될 것입니다. 대체로 이와 같으니 제가 어찌 말씀드리지 않을

수 있겠사옵니까?

　대체로 각하께서 저를 보좌관으로 뽑아 쓰신 것은 제가 새벽 일찍 등청하고 밤늦게 귀가하기 때문이 아니라, 반드시 제게서 달리 취할 만한 점이 있기 때문일 것입니다. 만약 제게서 취하실 만한 점이 있다면, 비록 새벽 일찍 등청하고 밤늦게 귀가하지 않는다고 하더라도 제게서 취하실 만한 점은 여전히 남아 있습니다. 아랫자리에 있는 사람이 윗자리에 있는 사람을 섬기는 데는 획일적인 방법을 취하지 않으며, 윗자리에 있는 사람이 아랫자리에 있는 사람을 부릴 때도 똑같은 방식으로 하지 않습니다. 그 사람의 역량을 헤아려 일을 맡기고 재주를 살펴서 일자리를 배치해 할 수 없는 일을 강제로 시키지는 않습니다. 이런 까닭에 아랫자리에 있는 사람은 윗자리에 있는 사람에게 죄를 짓지 않고, 윗자리에 있는 사람은 아랫자리에 있는 사람으로부터 원망을 사지 않게 됩니다. 맹자(孟子)가 당시의 제후 중에 월등하게 뛰어난 이가 없는 것은 그들이 모두 "자기가 가르치는 사람을 신하로 삼기를 좋아하고, 자기가 가르침을 받는 사람을 신하로 삼기를 좋아하지 않기 때문입니다"라고 말한 적이 있습니다. 지금의 시대는 맹자 때와는 많이 떨어져 있지만, 명령을 듣고 분주히 달려오는 사람을 좋아하고 자기를 곧게 해 정도를 지키고 도의를 행하는 사람을 좋아하지 않는 것은 마찬가지입니다. 명령을 듣고 분주히 달려오는 사람은 이익을 좋아하는 자고, 자기를 곧게 해 정도를 지키고 도의를 행하는 사람은 정의를 좋아하는 자입니다. 이익을 좋아하면서 자기 임금을 사랑한 사람이 있어 본 적이 없고, 정의를 좋아하면서 자기 임금을 망각한 사람도 있어 본 적이 없습니다. 지금의 왕공 귀족과 고관대작 중에서 오직 각하만이 이러한 말을 들을 수 있고, 오직 저만이 각하께 이러한 말씀을 올릴 수 있습니다.

　제가 각하의 총애를 받고 각하와 교유한 지가 오래되었습니다. 만약

제게 관용을 베풀어 제 나름대로의 개성을 잃지 않게 하시고 저를 후대
해 명성을 날리도록 해주시어, 새벽 3시에서 5시 사이에 등청해 오전 9
시가 넘으면 퇴근하거나, 오후 3시에서 5시 사이에 출근해 저녁 7시가
넘으면 퇴근하는 것을 통상 관례로 삼더라도 사무에 차질을 빚지는 않
을 것입니다. 세상 사람들이 각하께서 저를 이와 같이 대하시는 것을
듣게 되면, 반드시 모두 다음과 같이 말들을 할 것입니다.

"각하께서 이토록 인재를 좋아하고, 예로써 인재를 대우하며, 사람을
부리는 데 있어서 나름대로의 개성을 굽게 하지 않고 관용을 베풀며,
사람들이 명성을 날리도록 바라며, 옛 친구를 후하게 우대하신다."

또 다음과 같이 말들을 할 것입니다.

"한유는 이처럼 자기가 의탁할 사람을 알고, 돈 많고 지체 높은 사람
에게 아첨하거나 굽히지 않고, 현명해 자기의 주인으로 하여금 자기를
예로써 대우하게 한다."

그러한즉 각하의 휘하에서 죽더라도 아무런 여한이 없을 것입니다.
만약 동료들의 행렬을 따라 등청하고 동료들의 무리를 좇아 종종걸음
으로 걸어 다니게 하신다면, 말로는 저의 성심을 다 표현하지 못할 것
이며 저의 주장도 굽히고 펼칠 수 없게 될 것입니다. 천하의 모든 사람
들이 각하께서 저를 이와 같이 대하시는 것을 듣고는 모두 다음과 같이
말들을 할 것입니다.

"각하께서 한유를 임용하신 것은 그의 곤궁함을 불쌍히 여겨 거두어
주신 것일 뿐이고, 한유가 각하를 받들어 모신 것도 정도를 따르지 않
고 자신의 이익을 도모한 것일 뿐이다."

만약 이와 같다면 비록 매일 천금의 봉록을 받고 각하께서 한 해에
아홉 차례나 저의 관직을 승진시켜 주신다고 하더라도, 은혜에 감사하
는 마음이야 있겠지만 장차 그 일로써 천하 사람들에 선언해 "각하는
나의 지기로다! 각하는 나의 지기로다!"라고 말할 리는 없을 것입니다.

엎드려 생각건대 저의 부족함을 불쌍히 여기시고, 저의 어리석음을 궁휼히 여기시며, 저의 죄를 담아 두지 마시고, 저의 말씀을 살피고 어진 마음을 베푸셔서 받아들여 주시옵소서. 한유가 황송한 마음으로 재배를 올립니다.

해제

정원 15년(799) 9월 1일에 절도사 관아의 출퇴근 관련 규정을 참지 못하고, 서사호절도사(徐泗豪節度使) 장건봉(張建封, 735-800)에게 올린 편지글. 이해 2월에 한유는 변주(汴州)의 군란을 피해 서주(徐州)로 와서 장건봉에게 의탁했는데, 가을에 장건봉이 한유를 절도추관(節度推官)으로 조정에 천거했다. 이 글에서 작자는 비록 속관으로 있으면서도 관례적인 근무 규정에 얽매여 일상적인 잡무나 처리하기보다는, 자기의 개성을 발휘할 수 있도록 특별대우를 해 달라고 당당히 요구하고 있다. 범인과는 다르다는 자부심과 자기의 몸값을 올리려는 기개와 함께 자신을 중용해달라는 은근한 요청을 담은 글이다.

복야(僕射)는 상서성(尙書省)의 관직 이름으로 상서령(尙書令) 아래 지위였으나, 당 태종 이후 상서령을 두지 않았기 때문에 실질적으로는 장관에 해당되었다. 이때 절도사 장건봉이 검교우복야(檢校右僕射)라는 직함을 겸하고 있었으므로 장복야라고 했는데, 실은 일종의 명예직으로 상서성의 업무를 담당하지는 않았다. 장건봉에 대한 더 자세한 설명은 「서사호삼주절도장서기청석기(徐泗豪三州節度掌書記廳石記)」(HS-044)의 주석 15를 참조하기 바란다.

원문 및 주석

九月一日愈再拜：受牒¹之明日，在使院²中，有小吏持院中故事節目³十餘事來示愈。其中不可者，有自九月至明年二月之終，皆晨入夜歸，非有疾病事故輒不許出。當時以初受命不敢言，古人⁴有言曰："人各有能有不能。"若此者，非愈之所能也。抑而行之⁵，必發狂疾，上無以承事于公，忘其將所以報德者；下無以自立，喪失其所以爲心：夫如是，則安得而不言？

1 牒(첩)：공문서. 여기서는 한유를 절도추관에 보임한 임명장을 말한다.
2 使院(사원)：절도사의 관아. '院'은 '관아', '관청'을 가리킨다.
3 故事節目(고사절목)：전례 조목. '故事'는 전례 곧 원래부터 있던 규정을 가리킨다.
4 古人(고인)：춘추시대 초(楚)나라의 왕손유우(王孫由于). 인용문은 『좌전·정공(定公) 5년』에 보인다.
5 抑而行之(억이행지)：규정을 억지로 시행하다. '抑'은 '억지로', '강제적으로'라는 뜻으로 쓰였다.

凡執事⁶之擇於愈者，非爲其能晨入夜歸也，必將有以取之。苟有以取之，雖不晨入而夜歸，其所取者猶在也。下之事上，不一⁷其事；上之使下，不一其事。量力而任之，度⁸才而處⁹之，其所不能，不彊¹⁰使爲是，故爲下者不獲罪於上，爲上者不得怨於下矣。孟子有云：今之諸侯無大相過¹¹者，以其皆"好臣其所敎，而不好臣其所受敎¹²"，今之時，與孟子之時又加遠矣，皆好其聞命而奔走者，不好其直己¹³而行道者。聞命而奔走者，好利者也；直己而行道者，好義者也：未有好利而愛其君者，未有好義而忘其君者。今之王公大人惟執事可以聞此言，惟愈於執事也可以此言進。

6 執事(집사)：본래는 좌우 측근에서 시중들며 명령을 받드는 사람을 가리키는데, 편지글에서 상대방에게 직접 말하지 않고 집사자를 통해 전달하는 방식을 취하는 것으로 상대방에 대한 존경을 나타낸다.
7 一(일)：통일시키다. 획일적으로 하다.
8 度(탁)：헤아리다.
9 處(처)：일자리를 배치하다.

10 彊(강) : 강제하다. 강요하다. '强'과 같다.

11 大相過(대상과) : 상대방에 비해 월등하게 뛰어나다.

12 인용된 두 구절은 『맹자·공손추하(公孫丑下)』에 보인다.

13 直己(직기) : 자기를 곧게 하여 정도를 지키다. 정직한 본심을 견지하고 굴복하
    지 않는 것을 말한다.

愈蒙幸於執事, 其所從舊矣[14]。若寬假[15]之使不失其性[16], 加待之使足以爲
名, 寅[17]而入, 盡辰[18]而退 ; 申[19]而入, 終酉[20]而退 : 率[21]以爲常, 亦不廢事[22]。
天下之人聞執事之於愈如是也, 必皆曰 : "執事之好士也如此, 執事之待士
以禮如此, 執事之使人不枉[23]其性而能有容如此, 執事之欲成人之名如此,
執事之厚於故舊如此" ; 又將曰 : "韓愈之識其所依歸也如此, 韓愈之不諂
屈於富貴之人如此, 韓愈之賢能使其主待之以禮如此," 則死於執事之門無
悔也。若使隨行[24]而入, 逐隊而趨, 言不敢盡其誠, 道有所屈於己 ; 天下之
人聞執事之於愈如此, 皆曰 : "執事之用韓愈, 哀其窮、收之而已耳 ; 韓愈之
事執事, 不以道, 利之而已耳。" 苟如是, 雖日受千金之賜, 一歲九遷其官,
感恩則有之矣, 將以稱於天下曰 : "知己知己!" 則未也。

14 이 구절은 한유와 장건봉이 여러 해 전에 마수(馬燧, 726-795)의 천거를 계기로
    교유하기 시작해, 정원 4년에 한유가 설공달(薛公達)을 장건봉에게 추천한 적이
    있고, 한유도 바로 실행에 옮기지는 않았지만 변주(汴州)로 가기 전에 본래 서
    주(徐州)로 가서 장건봉에게 의탁할 생각을 했었다.

15 寬假(관가) : 관용을 베풀다.

16 其性(기성) : 나름대로 타고난 개성.

17 寅(인) : 인시(새벽 3-5시 사이).

18 盡辰(진진) : 진시(오전 7-9시)가 다하다. 즉 오전 9시 이후.

19 申(신) : 신시(오후 3-5시 사이).

20 終酉(종유) : 유시(오후 5-7시)가 끝나다. 즉 저녁 7시 이후.

21 率(솔) : 대체로. 대략.

22 廢事(폐사) : 일을 그르치다. 사무에 차질을 빚다.

23 枉(왕) : 굽히다.

24 隨行(수항) : 동료들의 행렬을 따르다. '行'은 '대오', '항오(行伍)'의 뜻.

伏惟哀其所不足[25], 矜[26]其愚[27], 不錄其罪 ; 察其辭, 而垂仁採納焉。愈恐懼

再拜。

25 其所不足(기소부족) : 자기가 새벽에 출근해 저녁에 퇴근하는 것을 잘하지 못하는 부족함을 가리킨다.

26 其愚(기우) : 자기의 소신을 입바르게 피력하는 어리석음을 가리킨다.

27 矜(긍) : 긍휼히 여기다. 불쌍히 여기다.

HS-095 「호생에게 답하는 편지」

答胡生書

한유가 호직균(胡直均) 수재께 머리를 조아리고 절합니다. 비가 그치지 않으면 땔감이나 건초와 같은 생필품의 가격이 갈수록 더 상승하는데, 그대는 멀리서 온 나그네로 도의를 가슴에 품고 의리를 지키면서 그런 기준에 부합하는 사람이 아니면 교유하지 않으니 아마도 걱정이 될 테지요? 나는 잠시라도 그대를 만나지 못하면 그대를 생각해 마지않습니다. 나는 생계를 잘 도모하지 못하고 식구는 많되 먹을 것은 적지만 그래도 매달 수입이 있기는 한지라, 내가 경제적으로 여유가 없는 형편을 통해 그대의 곤궁한 형편을 미루어 압니다. 이런 지경에 이르고서도 후회하지 않으니, 도의를 돈독히 믿는 사람이 아니면 누가 그렇게 할 수 있겠소이까? 내게 보내준 천 수백여 자로 된 편지 속에서 이 점에 대해서는 언급조차 않고, 나를 자주 만나지 못하는 것을 걱정거리로 여기며, 내가 그대를 알아주는 것에 감사하는 것을 급선무로 여기고 있습니다. 도의를 도모할 뿐 먹을 것을 도모하지 않으며, 배우는 즐거움에 푹 빠져서 근심조차 잊어버린다는 사람은 바로 그대를 두고 하는 말입니다. 그러나 내가 그대의 성의를 감당할 수 없으니 어찌하면 좋겠습니까?

대체로 옳고 그름을 구별해 어질고 유능한 사람과 못난 자를 가리는 것은 공경과 같은 높은 자리에 있는 사람들의 책임이니, 나는 감히 그렇게 할 뜻이 없습니다. 그대처럼 나와 교분이 두터운 사람은 내가 어질고 유능한지를 알고 때로는 높은 사람들에게 칭찬을 하기도 하지만 그대에게 이로울 게 아무 것도 없을 뿐 아니라, 잘 알지 못하는 사람은 도리어 그 때문에 비방하기도 할 것입니다. 나는 감히 나 자신을 아끼지는 않지만 그렇게 하는 것이 그대에게 이로울 게 없고 손해가 될까 두려워하니, 어찌하면 좋겠습니까? 만약 그대가 "지위가 높은 사람들이 자기들의 뜻에 맞는 사람이 있을 테니, 나는 그들에게 요구하는 것을 나에게 이로운 것으로 하지 않겠다"라고 한다면 거의 괜찮을 것입니다. 그대가 또 고향을 떠나 사랑하는 가족이나 친척과 떨어져 힘들고 어려운 고생을 달게 여기며 싫증내지 않는 것은 본래 이것 때문은 아닐 테니, 어찌하면 좋겠습니까? 나는 그대에 대해서 마음이 변할 리 없으므로 그대가 나에게 보여준 것을 다른 사람에게 말하지 말라고 훈계하는 것은 나를 잘 알지 못하는 사람들의 비방을 가라앉히고자 함이니, 그대는 삼가 내 말대로 하시옵소서!

「예를 강론하여(講禮)」와 「친구를 풀이하여(釋友)」 두 글은 이전 글에 비해 훨씬 뛰어납니다. 취지가 깊고 비유가 적절하며 일에 따라 적절한 표현을 구사했으니, 옛날의 글 쓰는 사람들이 바로 이와 같았습니다. 한유가 머리를 조아립니다.

해제

  정원 18년(802) 사문박사 재직 시에 호직균(胡直均:『등과기(登科記)』에는 '均'이 '鈞'으로 적혀 있음)이 작자를 찾아뵙고 관계 요로에 천거해 주기를 바라는 취지로 장문의 서한을 보내온 데 답한 편지글. 작자는 이 글에서 호직균이라는 청년이 가난하면서도 정도를 지키며 살아가는 삶의 태도를 높이 평가하고, 함부로 다른 사람에게 기대어 잘 알지 못하는 자들의 비방을 받지 않도록 주의하라는 뜻도 담고 있다. 사문학박사라는 낮은 관직에도 불구하고 문하에 많은 제자들을 두고 과거를 주관하는 사람들에게 자주 추천한 까닭에 당시 사회에서 시기하는 무리의 비방도 적지 않았지만 유망한 젊은이들을 사랑하는 열정만큼은 변하지 않았다. 호직균이 그 이듬해 진사에 급제한 것은 작자가 그를 극구 칭찬한 것과 무관하지 않았을 것이다.

원문 및 주석

愈頓首, 胡生秀才[1]足下: 雨不止, 薪芻[2]價益高, 生遠客, 懷道守義, 非其人[3]不交, 得無病乎? 斯須[4]不展[5], 思想無已。愈不善自謀, 口多而食寡, 然猶月有所入, 以愈之不足, 知生之窮也。至於是而不悔, 非信道篤者其誰能之! 所示千百言, 略不及此, 而以不屢相見爲憂, 謝相知爲急, 謀道不謀食[6], 樂以忘憂[7]者, 生之謂矣。顧[8]無以當之, 如何?

1 秀才(수재): 이 당시 과거고시의 수재과(秀才科)는 이미 폐지되고 시행되지 않았으므로 여기서는 진사고시 등을 준비하는 선비를 높여 부른 호칭.

2 薪芻(신추) : 땔감과 건초. 여기서는 일상 생필품의 비용을 대유(代喩)한다.

3 其人(기인) : 바로 그 사람. 호직균이 삶의 중요한 가치로 생각하고 있는바, 도의
    를 가슴에 품고 의리를 지키는 기준에 부합하는 사람.

4 斯須(사수) : 잠시. '須臾(수유)'의 뜻. 다만 '傾渴(경갈)' 또는 '頃渴(경갈)'로 되어
    있는 판본에 근거해 '흠모하다'는 뜻으로 풀이한 견해도 있는데, 번역문에서 취
    하지는 않았지만 일리가 있는 듯해 주석에 밝혀둔다.

5 展(전) : 찾아가 뵙다. 알현하다.

6 謀道不謀食(모도불모식) : 『논어·위영공(衛靈公)』편에 나오는 말로 군자는 도
    리를 얻는 것을 걱정하지 먹을 것을 걱정하지 않음을 뜻한다.

7 樂以忘憂(낙이망우) : 『논어·술이(述而)』편에 나오는 말로 공자가 배움을 좋아
    해 배움을 통해 알게 되면 그 즐거움으로 말미암아 근심조차 잊어버린다는 자
    기의 사람됨을 표현한 것이다.

8 顧(고) : 그러나. 다만.

夫別是非, 分賢與不肖, 公卿貴位者之任也 ; 愈不敢有意於是。如生之徒
於我厚者, 知其賢, 時或道之, 於生未有益也 ; 不知者, 乃用是[9]爲謗。不敢
自愛[10], 懼生之無益而有傷也, 如之何? 若曰 : "彼[11]有所合, 吾不利其求,"
則庶可矣 ; 生又離鄕邑, 去親愛, 甘辛苦而不厭者, 本非爲是[12]也, 如之何?
愈之於生旣不變矣, 戒生無以示愈者語於人, 用息不知者之謗, 生愼從之!

9 用是(용시) : 이 때문에. 이를 빌미로.

10 不敢自愛(불감자애) : 나는 감히 나 자신을 아끼지는 않는다. 자기가 비방 받을
    것이 두려워 그대를 칭찬하는 말을 하지 않고 몸을 사리지는 않는다는 뜻이다.

11 彼(피) : 호직균이 칭찬해주기를 바라는 높은 지위에 있는 사람.

12 本非爲是(본비위시) : 호직균이 고향을 떠나 장안으로 온 목적이 스스로 고결한
    체하려는 것이 아니라 벼슬을 구하는 데 있음을 뜻한다. '是'는 앞의 "彼有所合,
    吾不利其求"를 가리킨다.

講禮釋友二篇, 比舊尤佳, 志深而喩切, 因事而陳辭, 古之作者正如是爾。
愈頓首。

7월 3일에 장사랑(將仕郎)·국자감사문박사(國子監四門博士) 한유가 삼가 상서 각하에게 서한을 받들어 올립니다.

선비 가운데 큰 명성을 누리며 당시 세상에서 이름을 날린 사람은 천하의 명망을 얻어 먼저 높은 지위에 오른 선배가 그를 위해 앞에서 이끌어 주지 아니한 이가 없고, 선비 가운데 아름다운 빛을 드리워 후세를 밝게 비추는 사람 또한 천하의 명망을 얻고 있는 후진이 그를 위해 뒤에서 널리 퍼뜨려 주지 아니한 이가 없습니다. 아무도 그를 위해 앞에서 이끌어 주지 않았다면 비록 아름다운 이름이 있었다고 하더라도 밝게 드러나지 못했을 것이고, 아무도 그를 위해 뒤에서 널리 퍼뜨려 주지 않았다면 비록 성대한 명성이 있었다고 하더라도 후세에 전해지지 못했을 것입니다. 이 두 부류의 사람은 일찍부터 서로를 필요로 하지 아니한 적이 없지만 천 년이나 백 년에 겨우 한 번 서로 만날 뿐이니, 어찌 윗자리에 있는 사람이 끌어 줄 수 없지 않겠으며 아랫자리에 있는 사람이 추대해 줄 수 없지 않겠습니까? 어찌하여 서로 그처럼 간절하게 필요로 하는데도 서로 만날 기회는 그토록 드뭅니까? 그 원인은 아랫자리에 있는 사람이 자기의 재능을 자부하며 윗자리에 있는 사람에게 잘 보이려고 하지 않고, 윗자리에 있는 사람이 자기의 지위를 믿고 아랫자리에 있는 사람을 돌아보지 않는 데 있습니다. 따라서 재능이 뛰어난 사람은 대부분 두려워하며 뜻을 얻지 못해 곤궁한 삶을 살고, 높은 지위에 있는 사람은 찬란한 광채를 발하지 못하니, 이는 이 두 부류의 사람들이 하는 방식이 다 잘못되었기 때문입니다. 일찍이 구해 보지도 않고서 윗자리에 후진을 이끌어 줄 만한 사람이 없다고 말해서는 안 되며, 일찍이 찾아보지도 않고서 아랫자리에 윗사람을 추대해 줄 만한 사람이 없다고 말해서도 안 됩니다. 제가 마음속으로 이런 말을 되뇐 지 오래되었지만 여태껏 감히 그런 말을 다른 사람들에게 발설하지는 않았습니다.

어렴풋이 듣건대 각하께서는 비범한 재능을 품고 세상 사람들이 하는 대로 따라가는 것이 아니라 독자적으로 뜻을 세우고 독특하게 행동하며, 정도를 반듯하게 세우고 일처리를 실제에 맞게 하며, 나아가고 물러가는 것이 시류를 좇지 않으며, 문관이나 무장이나 오직 재능에 맞게 임용하니, 어찌 제가 후진을 잘 발탁한다고 하는 그런 분이 아니겠습니까? 그러나 후진들 가운데서 각하의 좌우에서 높이 평가되어 눈에 들거나 문하에서 예우를 받은 사람이 있었다는 것을 들어본 적이 없으니 어찌 각하께서 찾아도 발견하지 못하신 것이 아니겠습니까? 아니면 각하의 뜻이 나라에 공을 세우는 데 있고, 하시는 일이 오로지 임금에게 보답하는 데 있어서 비록 그런 인재를 만났더라도 미처 예우하실 틈이 없으셨던 것입니까? 어찌하여 마땅히 들으셨을 터인데도 오래도록 그런 인재가 출현한 것을 듣지 못하셨는지요! 저는 비록 재주가 없지만 보통 사람들보다 뒤떨어지지는 않는다고 자부하니, 각하께서는 찾으려고 해도 아직 발견하지 못하신 것입니까? 옛사람이 인재 초빙과 관련해 "저곽외(郭隗)로부터 시작하기를 청하옵니다"라고 말한 적이 있습니다.

저는 지금 매일 아침저녁의 땔감이나 쌀을 사고 종을 고용할 밑천이 다급한데, 각하께서 하루아침 식사를 위해 지출하는 돈만 써도 저에게는 충분할 따름입니다. 만약 각하께서 "나의 뜻이 나라에 공을 세우는 데 있고, 하는 일이 오로지 임금에게 보답하는 데 있어서 비록 인재를 만나더라도 예우할 틈이 없소이다"라고 하신다면, 그것은 제가 감히 이해할 수 있는 바가 아닙니다. 세상의 사소한 데 얽매이는 속이 좁은 사람들에게는 이런 말을 일러 줄 수 없고, 도량이 넓고 빼어나 비범한 사람들이 또 저의 말을 들어주지 않는다면, 진실로 제 운명이 곤궁하다고 할 수밖에요!

삼가 제가 전에 지은 글 열여덟 편을 올리오니, 만약 각하께서 읽어주신다면 저의 뜻이 어디에 있는지를 충분히 아실 수 있을 것입니다. 한유가 황송한 마음으로 재배를 올립니다.

해제

정원 18년(802) 가을 사문박사 재직 시에 박봉으로 인한 생활고에 시달리면서 우적(于頔, ?-818)에게 도움을 요청하기 위해 쓴 편지글. 우적은 자가 윤원(允元)으로 정원 14년에 공부상서(工部尚書)로서 산남동도절도사(山南東道節度使)가 되어 양양(襄陽)에 주재하고 있었다. 관직에 있는 사람들은 상하가 상호 의존적인 관계에 있다는 인식을 전제로 깔고 우적에게 자신을 예우해줄 것을 정당하게 요구하고 있는 점이 특징적이다. 아랫사람이 윗사람에게 아첨해야 한다는 말을 한 탓에 후인들로부터 많은 비판을 받기도 했지만, 이는 작자 집안의 가계 부담 때문에 부득이한 것이었다는 동정 내지 옹호가 더 지배적인 평이다. 글의 구성이 엄밀하고 언어 표현이 완곡한 것으로도 유명하다.

원문 및 주석

七月三日, 將仕郞守國子四門博士[1]韓愈謹奉書尙書閤下 :

1　이 구절에 나오는 관직명에 대해서는 「체협의(禘祫議)」(HS-067) 주석 4-6참조.

士之能享大名顯當世者,　莫不有先達之士[2]負[3]天下之望者爲之前焉 ; 士之能垂休光[4]照後世者,　亦莫不有後進之士負天下之望者爲之後焉。　莫爲之前, 雖美而不彰 ; 莫爲之後, 雖盛而不傳。是二人者, 未始不相須[5]也, 然而千百載乃一相遇焉 ; 豈上之人無可援, 下之人無可推歟 ? 何其相須之殷[6]而相遇之疎[7]也 ?　其故在下之人負其能不肯諂其上,　上之人負其位不肯顧其下 ; 故高材多戚戚[8]之窮, 盛位無赫赫[9]之光 : 是二人者之所爲皆過也。未嘗干[10]之,　不可謂上無其人 ; 未嘗求之,　不可謂下無其人 : 愈之誦此言久矣, 未嘗敢以聞於人。

2　先達之士(선달지사) : 벼슬길에서 먼저 높은 지위에 오른 사람.
3　負(부) : 누리다. 향유하다.
4　休光(휴광) : 아름다운 빛. 아름다운 명성.
5　相須(상수) : 서로 필요로 하다. 서로 의존하다.
6　殷(은) : 간절하다. 절실하다.

7 疎(소) : 드물다. 적다. 희소하다.
8 戚戚(척척) : 걱정스러워 하는 모양.
9 赫赫(혁혁) : 찬란하게 빛나는 모양.
10 干(간) : 구하다. 추구하다.

側聞[11]閤下抱不世[12]之才, 特立而獨行[13], 道方而事實, 卷舒[14]不隨乎時, 文武唯其所用, 豈愈所謂其人哉? 抑[15]未聞後進之士有遇知[16]於左右[17], 獲禮於門下[18]者, 豈求之而未得邪? 將志存[19]乎立功, 而事專乎報主, 雖遇其人, 未暇禮邪? 何其宜聞而久不聞也! 愈雖不材, 其自處[20]不敢後於恒人[21], 閤下將求之而未得歟? 古人有言 : "請自隗始[22]。"

11 側聞(측문) : 어렴풋이 듣다. 곁에서 듣다.
12 不世(불세) : 불세출의. 세상에 드문. 비범한.
13 特立而獨行(특립이독행) : 「백이송(伯夷頌)」(HS-036) 주석 1 참조.
14 卷舒(권서) : '말아 들이고 펼치다'로 '벼슬길로 나아가는 것과 물러나 초야에 묻혀 사는 것'을 가리킨다.
15 抑(억) : 그러나. 전환접속사로 쓰였다.
16 遇知(지우) : 높이 평가되어 눈에 들다.
17 左右(좌우) : 권세 있고 지위 높은 사람의 측근.
18 門下(문하) : 권세 있고 지위 높은 사람의 근처.
19 存(존) : 지향하다. 동경하다. 그리워하다.
20 自處(자처) : 자처하다. 자부하다. 처세의 긍지를 가리킨다.
21 恒人(항인) : 보통 사람. 평범한 사람.
22 請自隗始(청자외시) : 『전국책·연책(燕策)』과 『사기·연소공세가(燕召公世家)』 등에 나오는데, 연나라 소왕(昭王)이 제(齊)나라의 원수를 갚기 위해 천하의 인재를 불러 모으려고 곽외(郭隗)에게 찾아가 계책을 물었을 때, 그가 일러준 말이다. 소왕이 그를 위해 궁궐을 개축하고 스승으로 받들자, 악의(樂毅)·추연(鄒衍)·극신(劇辛) 등과 같은 인재들이 각지에서 몰려들어 연나라가 부강해졌다고 한다.

愈今者惟朝夕[23]芻米僕賃[24]之資是[25]急, 不過費閤下一朝之享而足也。 始曰 : "吾志存乎立功, 而事專乎報主, 雖遇其人, 未暇禮焉"; 則非愈之所敢知也。 世之齪齪[26]者旣不足以語之, 磊落[27]奇偉[28]之人又不能聽焉, 則信乎命之窮也!

23 朝夕(조석) : 아침저녁. 매일.

24 蒭米僕賃(추미복임) : 땔감과 쌀, 종의 노임. '蒭'는 본래 가축용 건초인데, 여기서는 생필품인 '땔감(柴)'으로 보는 것이 더 적합한 것으로 보인다.

25 是(시) : 목적어인 '惟朝夕蒭米僕賃之資(유조석추미복임지자)'를 동사 '急(급)' 앞으로 끌어낸 것을 표시하는 구조조사.

26 齪齪(착착) : 사소한 것에 얽매이는 모양으로 여기서는 도량이 좁은 것을 가리킨다.

27 磊落(뇌락) : 도량이 넓은 모양.

28 奇偉(기위) : 재주가 출중하다. 재주가 빼어나게 비범하다.

謹獻舊所爲文一十八首, 如賜覽觀, 亦足知其志之所存。愈恐懼再拜。

그대가 동도(東都) 낙양(洛陽)을 떠난 뒤로 모두 두 차례나 내게 문안 편지를 보냈고 그 후 얼마 지나지 않아 이미 선주(宣州)에 도착했다는 소식을 들었는데, 그대가 모시는 장관께서 어질고 현명하며 동료들도 모두 군자인지라 비록 타향에 기거하는 근심을 품고 있을지라도 지낼 만할 것이니 어디로 간들 스스로 만족하지 않는 곳이 없을 것입니다. 하늘의 뜻에 순응해 자신의 처지에 만족하는 것은 본래 전 시대의 현인들이 외부 환경의 간섭을 막기 위해 쓴 방법인데, 하물며 그대는 백이나 천에 달하는 범상한 무리 중에서 우뚝 솟아 있으니 어찌 벼슬길의 진퇴와 도성에서 떨어진 거리 때문에 마음에 누가 되겠습니까? 하지만 선주가 비록 시원하고 높이 탁 트인 곳이라고 일컬어지지만 장강 남쪽에 있기 때문에 기후와 풍토가 장강 이북과 같지 않습니다. 양생하는 방법은 마땅히 먼저 자기의 심경을 잘 돌보아야 하는 터, 마음이 한가해 별일 없이 안정된 뒤에라야 외부로부터의 우환이 일절 몸속으로 들어오지 않으며, 어떻게 하는 것이 풍토나 기후에 적합한지를 미연에 잘 살펴 방비하면 소소한 잔병들도 자연적으로 생기지 않을 것입니다. 그대는 현명하고 유능한 사람이므로 비록 곤궁하고 빈한한 처지에 놓여 있어도 낙관적인 심경을 바꾸지 않을 것인데, 하물며 선주 지방이 매우 가깝고 관직이 높고 봉록도 후하며 마음이 통하는 친근한 사람들이 가까이에 있음에야 더 말할 게 있겠습니까! 다만 이와 같이 말하는 것은, 생각건대 그대가 현명하고 유능한 인재인지라 더 높은 지위에 있어야 마땅한데도 관찰사의 막부에 의탁해 있는 것은 합당한 자리를 얻었다고 할 수 없기 때문입니다. 따라서 이 말을 한 것은 바로 그대를 친하게 여기고 중시하고자 하는 도리일 뿐, 그대를 정당하게 대우하고 있다고 하는 것은 아닙니다.

저는 소년 시절부터 지금까지 친구 사이로 왕래하며 그대와 사귄 지 17년이나 되었습니다! 세월이 오래되지 않은 것이 아니고, 저와 왕래하며 서로 아는 사람이 천이나 백 명에 달하니 많지 않은 것이 아니며, 그 중에서 서로의 교분이 골육의 형제와 같은 사람도 적지 않습니다. 어떤 사람은 하는 일이 같기 때문이고, 어떤 사람은 문학의 재능이 뛰어나 제 눈에 들었고, 어떤 사람은 제가 그의 장점을 흠모하고, 어떤 사람은 저와 오래 사귀었기 때문이고, 어떤 사람은 처음에는 잘 알지 못했으나 교류가 밀접해지고 난 뒤에는 큰 잘못이 없어서 결별하지 않았고, 어떤 사람은 그 사람됨이 비록 각 방면에서 모두 선한 경지에 들지는 않았으나 저를 잘 대해 주어 비록 후회하고 사귀지 않으려고 해도 할 수 없었습니다. 친분이 깊지 않은 사람들은 본래 말할 게 못 되고, 친분이 깊은 이들도 이와 같을 따름입니다. 마음속으로 우러러 흠모해 말과 행동을 살펴 허물이나 과실이 없고, 내심의 깊은 곳을 몰래 넘겨보아도 피아를 가르는 사심의 경계가 보이지 않으며, 명명백백하고 순수하며 빛나는 도덕과 학문이 햇빛처럼 날로 새로워지는 경우는 오직 우리 최선생 한 사람뿐입니다. 저는 어리석고 고루해 아는 것이 없으나 성인의 책은 읽지 않은 것이 없는데, 그중의 정미한 것과 개략적인 것, 중대한 것과 세세한 점, 안팎으로 밝게 드러난 것과 은밀하게 감추어진 점 등을 비록 다 이해하지는 못하지만, 그것들에 대해 전혀 모른다고도 할 수도 없습니다. 친구 교제의 경험으로 미루어 보고 성인의 책에 들어 있는 이치를 통해 헤아려 보건대, 진실로 그대는 출중하고 발군임을 알겠으니 제가 무슨 근거로 이런 결론을 내렸느냐고 말씀하지 마십시오. 그대와 저 사이의 우정은 어찌 말로 해야만 밝게 알 수 있겠습니까? 이 말을 하는 까닭은 제가 깊이 사귀는 사람이 많으므로 그대가 마음속으로 제가 옳고 그름과 좋고 나쁨을 가리지 않는다고 생각하실까 두려워하기 때문입니다. 그대에 대해 좀 알고 있다고 한 이상, 또 그대가 저를 잘 이해하시지 못하실까 봐 두려워하는 것도 잘못입니다.

근래에 어떤 사람이 그대는 진실로 지극히 선하고 지극히 아름답지만 아직 의심스러운 점이 있다고 말했습니다. 제가 그 사람에게 말했습니다.

"어떤 점을 의심합니까?"

의심하는 사람이 말했습니다.

"군자는 마땅히 좋아하는 것과 싫어하는 것이 있어야 하는데, 좋아하는 것과 싫어하는 것을 분명히 알 수 없습니다. 청하(清河) 사람 최선생 같은 분은 다른 사람이 현명하든 어리석든 간에 그가 선하다고 말하고 그의 사람됨에 탄복한다고 말하지 않은 적이 없기 때문에 그 분에 대해 의심하는 것입니다."

제가 대답했습니다.

"봉황이나 영지(靈芝)는 현명한 사람이든 어리석은 사람이든 모두 아름답고 상서로운 길조로 여기고, 푸른 하늘과 흰 태양은 종들도 맑고 밝은지를 압니다. 먹는 음식물로 비유하건대, 먼 지방에서 나는 특이한 맛을 가진 음식에 대해서는 좋아하는 사람도 있고 좋아하지 않는 사람도 있기 마련입니다만, 쌀이나 기장, 잘게 썬 생선이나 고기와 불에 구워 익힌 고기 따위는 어디 좋아하지 않는 사람이 있다는 말을 들어본 적이 있습니까?”

의심하던 사람은 마침내 의혹이 해소되었습니다. 사람들이 이해하든 이해하지 못하든 간에, 우리 최선생에 대해서는 손해될 것도 이익이 될 것도 없습니다.

예로부터 현명하고 유능한 사람은 적고, 그렇지 못한 못난 사람은 많았습니다. 세상 돌아가는 물정을 알고 난 뒤로는 또 현명하고 유능한 사람들은 항상 자기를 알아주고 이끌어 주는 이를 만나지 못하고, 그렇지 못한 못난 사람들은 높은 자리에 어깨를 나란히 해 차지하고 있으며, 현명하고 유능한 사람들은 항상 자기 한 몸도 부지할 수조차 없고, 그렇지 못한 못난 사람들은 득의양양 기세당당 매우 만족하고 있으며, 현명하고 유능한 사람들은 설령 말단 관직을 얻는다 하더라도 얼마 못 가서 죽어 버리고, 그렇지 못한 사람들은 더러 장수한다는 것을 알게 되었습니다. 조물주의 뜻이 도대체 어떠한지, 좋아하거나 싫어하는 것이 사람의 마음과 다른 게 아닐는지 알지 못하겠고, 혹은 아무것도 살피고 기억하지 못해 사람이 죽고 사는 것과 장수하고 요절하는 것을 내맡겨 버린 게 아닐지 알지 못하겠습니다! 알 수가 없으니, 사람들이 본래 공경이나 재상의 높은 관직과 큰 제후국의 지위를 경시하고 누추한 집에 살거나 나물국 먹기를 달갑게 여기는 경우도 있는 것입니다. 같은 사람인데도 좋아하거나 싫어하는 것이 이와 같이 다르거늘, 하물며 하늘과 사람의 호오가 필시 다를 것임은 의심할 여지가 없습니다. 하늘의 도에 부합하고 사람의 일에 어긋나는 것이 무슨 해가 될 것이 있겠습니까? 하물며 때로는 하늘의 도리와 사람의 일을 둘 다 동시에 얻을 수 있음에야! 최선생이여! 최선생이여! 게을리하지 마소서! 게을리하지 마소서!

저는 스스로의 목숨도 보전할 수 없는지라 여기에서 말단 관직에 종사하고 있지만, 갈수록 더욱 곤궁해져 관직의 속박을 벗어버리고 이수(伊水)나 영수(潁水) 가로 가서 자유롭게 살까 생각 중이었는데, 마침내 마땅히 뜻대로 될 수 있을 것 같소이다. 근래에 더더욱 쇠잔하고 피로해 왼쪽 잇몸의 두 번째 어금니가 아무 이유도 없이 흔들거리다가 빠져 버리고, 시력은 어두침침해 가까운 거리에도 사람의 얼굴색을 분간하지 못하며, 양쪽 살쩍은 반백이고, 머리카락은 5분의 1이 희끗하며, 수염에도 한두 가닥 흰 것이 생겨났습니다. 저의 집안은 불행해 여러 백부님과 숙부님 및 여러 형님들이 모두 강건하셨음에도 일찍 세상을 떠나셨으니, 저와 같은 사람이 또 오래 살기를 바랄 수 있겠습니까? 이 때문에 정신이 흐리멍덩하고 불안해져 그대와 만나서 가슴속의 회포를 다 풀어내고 싶소이다. 어린 아들딸들이 눈앞에 가득하니 어떻게 걱정하지 않을 수 있겠소이까? 그대는 어떻게 해야 북쪽으로 돌아올 방법이 있겠소이까? 저는 강남 지방을 좋아하지 않으니 관직의 임기가 만료되면 숭산(嵩山) 기슭으로 가서 여생을 보내고자 하는데, 그대는 제가 있는 이곳으로 와서 서로 만날 수 있지만 저는 여기를 떠날 수 없소이다. 자중자애하고 음식 조심하고 걱정일랑 적게 하소서! 오직 이런 것들만 바랄 뿐이로소이다. 한유가 재배를 올립니다.

해제

정원 18년(802) 사문박사 재직 시에 최군(崔群)에게 보낸 편지글. 최군은 자가 돈시(敦詩)고 패주(貝州) 무성(武城 : 지금 산동성 무성현) 사람인데, 한유의 동년(同年) 진사로 이때 선주(宣州)에서 관찰판관(觀察判官)으로 재직

중이었다. 이 글은 절친한 지기에 대한 위로와 권면 및 인품과 학문에
대한 칭송도 있지만, 재능이 있으면서도 펼 기회를 만나지 못한 작자
자신과 최군의 처지에 대한 불평의 토로가 핵심을 이룬다. 인간 사회의
불공평한 현상에 대한 불만을 통해 사람이 할 도리를 다하고 천명을 그
다지 신뢰하지 않는 작자 사상의 일단을 알 수 있는 글이다. 문장이 조
리 정연하고, 그 속에 표현된 감정이 매우 진지하며, 언어가 명쾌하고
매끄러워 일상사를 흥미진진하게 풀어내는 것 같으면서도 이따금씩 가
슴에 맺힌 울분의 기운을 토해 냈다.

원문 및 주석

自足下離東都, 凡兩度枉問[1], 尋承已達宣州[2], 主人[3]仁賢, 同列皆君子, 雖
抱羈旅[4]之念, 亦且可以度日, 無入而不自得[5]。樂天知命[6]者, 固前修[7]之所
以禦外物[8]者也; 況足下度越[9]此等[10]百千輩, 豈以出處[11]近遠累其靈臺[12]邪?
宣州雖稱淸涼高爽, 然皆大江之南, 風土不並[13]以北, 將息[14]之道, 當先理
其心, 心閒無事, 然後外患不入, 風氣所宜, 可以審備, 小小者亦當自不至
矣。足下之賢, 雖在窮約[15]猶能不改其樂, 況地至近、官榮祿厚[16]、親愛盡在
左右者邪? 所以如此云云者, 以爲足下賢者, 宜在上位, 託於幕府[17]則不爲
得其所, 是以及之; 乃相親重之道耳, 非所以待足下者也。

1   枉問(왕문) : 외람되게도 내게 문안 편지를 보내다. ‘枉’은 ‘굽히다’는 뜻으로 상대
     방이 몸을 낮추었음을 나타내기 위해 쓴 정중한 표현이고, ‘問’은 여기서 ‘편지
     로 문안하다’는 뜻이다.
2   宣州(선주) : 주청 소재지가 지금 안휘성(安徽省) 선주시 선성현(宣城縣)에 있었다.
3   主人(주인) : 최군이 근무하던 임지의 장관으로 당시 선흡관찰사(宣歙觀察使) 최
     연(崔衍)을 가리킨다.

4   羈旅(기려) : 타향에 머물며 객지 생활을 하다.

5   無入而不自得(무입이부자득) : 들어가 스스로 만족해하지 못하는 데가 없다. 이
     는 『예기 · 중용』에 나오는 말로 언제 어디서나 주어진 환경에 맞게 행동하는
     군자의 처신을 가리킨다.

6   樂天知命(낙천지명) : 하늘의 뜻에 순응해 자신의 처지에 만족해하다. 이는 『주
     역 · 계사전상(繫辭傳上)』에 보이는 글귀다.

7   前修(전수) : 전 시대의 현인. ‘修’는 ‘아름답다’, ‘선하다’는 뜻이다.

8   禦外物(어외물) : 자연 재해나 질병 및 인간이 초래하는 재앙 등 일체의 외부 환
     경이 빚어내는 위험이나 해를 막다.

9   度越(도월) : 넘다. 초월하다. 능가하다.

10   此等(차등) : 범상한. 이는 ‘此等’이 ‘凡等(범등)’의 잘못이라고 고증한 동제덕(童
     第德)의 견해에 따른 풀이다.

11   出處(출처) : 벼슬길에서의 나아가고 물러남. 나가 벼슬하는 것과 물러나 은거하
     는 것.

12   靈臺(영대) : 마음. 『장자(莊子) · 경상초(庚桑楚)』에 보이는 글귀다.

13   不並(불병) : 같지 않다. 다르다.

14   將息(장식) : 양생하다. ‘將’은 ‘기르다’, ‘息’은 ‘휴식하다’는 뜻이다.

15   窮約(궁약) : 곤궁하고 빈한하다.

16   官榮祿厚(관영녹후) : 관찰판관은 종5품이고, 매월 기본급 50관문(貫文)에 20관
     문 이내의 기타 급료를 받았다.

17   託於幕府(탁어막부) : 지방 장관이 임명하는 막료가 되다. ‘幕府’는 본래 군대가
     행군하며 작전을 수행할 때 장군이 장막을 치고 업무를 본 데서 나온 표현인데,
     후에는 군대와 관계없는 문관의 경우에까지 확대 사용되었다.

僕自少至今, 從事於往還朋友間一十七年[18]矣! 日月不爲不久, 所與交往相
識者千百人, 非不多 ; 其相與如骨肉兄弟者亦且不少。或以事同 ; 或以藝
取[19] ; 或慕其一善 ; 或以其久故 ; 或初不甚知而與之已密,　其後無大惡因
不復決捨[20] ; 或其人雖不皆入於善, 而於己已厚, 雖欲悔之不可 : 凡諸淺者
固不足道, 深者止如此。至於心所仰服[21], 考之言行而無瑕尤[22], 窺之閫奧[23]
而不見畛域[24], 明白淳粹, 輝光日新[25]者, 惟吾崔君一人。僕愚陋無所知曉,
然聖人之書無所不讀, 其精麤[26]巨細, 出入明晦[27], 雖不盡識, 抑不可謂不
涉其流[28]者也。以此而推之, 以此而度[29]之, 誠知足下出羣拔萃[30], 無謂僕何
從而得之[31]也。與足下情義寧[32]須言而後自明邪[33]? 所以言者 : 懼足下以爲
吾所與深者多, 不置白黑[34]於胸中耳。旣謂能粗知足下,　而復懼足下之不

我知, 亦過也。

18 一十七年(일십칠년) : 한유가 정원 2년(786)에 상경해 최군과 친구 교제를 맺은
   뒤로 이 글을 쓴 정원 18년(802)까지 17년의 세월이 흘렀음을 말한다.

19 以藝取(이예취) : 기예로 취하다. 여기서 기예는 주로 문학을 가리킨다. 문학으
   로 서로 절차탁마하며 본받을 점을 취한다는 뜻이다.

20 決捨(결사) : 결별하다. 결연히 버리다.

21 仰服(앙복) : 앙모하고 탄복하다.

22 瑕尤(하우) : 흠이나 과실. '瑕'는 본래 옥의 티로 사람의 결점을 비유한다.

23 閫奧(곤오) : 문지방과 내실의 서남쪽 귀퉁이. '내실의 가장 깊숙한 곳'으로 여기
   서는 '내심의 가장 깊은 곳'을 가리킨다.

24 不見畛域(불견진역) : 이기적인 사심이 없이 도량이 넓어 피아(彼我)를 구별하는
   경계가 보이지 않는다. '畛域'은 '밭두둑'으로 여기서는 피아간의 경계를 가리킨
   다.

25 輝光日新(휘광일신) : 햇빛이 날마다 새로워지듯이 최군의 도덕과 학문이 날로
   새롭게 발전하는 것을 비유한다. 『주역·대축괘(大畜卦)』의 단사(彖辭)에 보이
   는 글귀다.

26 精麤(정추) : 정미한 것과 개략적인 것. '麤'는 본래 '거칠다'는 뜻으로 '粗(조)'와
   통한다.

27 出入明晦(출입명회) : 안팎으로 밝게 드러나거나 은밀하게 감추어진 것.

28 涉其流(섭기류) : 물을 건너다. 강물을 건너온 사람이 그 물의 깊이와 넓이 등에
   대해 아는 것으로 성인의 책을 탐색하고 공부해 그 깊은 의미를 이해하는 것을
   비유한다.

29 度(탁) : 헤아리다.

30 出羣拔萃(출군발췌) : 출중하고 발군이다. '出羣'과 '拔萃'과 동일한 구조로 둘 다
   '같은 무리보다 뛰어나다'는 뜻이다. 『맹자·공손추상(公孫丑上)』의 "동류 중에
   서 뛰어나고 무리 가운데서 빼어나다(出於其類, 拔於其萃)"라고 한 데서 따온
   표현이다.

31 無謂僕何從而得之(무위복하종이득지) : 제가 무슨 근거로 이런 결론을 내렸느냐
   고 말하지 말라. 친구 교제의 경험과 성인의 책에 들어 있는 이치를 통해 이런
   결론을 도출하게 되었음을 말한다. '無'는 '勿(물)'과 같다.

32 寧(녕) : 어찌.

33 邪(야) : 반문을 나타내는 어기사로 '耶'와 같다. 이하 이 편지글에서 쓰인 '邪'의
   용법은 모두 이와 같다.

34 不置白黑(불치백흑) : 옳고 그름과 좋고 나쁨 따위를 가리지 않다.

比³⁵亦有人說足下誠盡善盡美³⁶, 抑³⁷猶有可疑者。僕謂之曰 : "何疑?" 疑者
曰 : "君子當有所好惡³⁸, 好惡不可不明。如淸河者³⁹, 人無⁴⁰賢愚無不說其

善, 伏⁴¹其爲人；以是而疑之耳." 僕應之曰：“鳳皇⁴²芝草⁴³, 賢愚皆以爲美瑞；青天白日, 奴隷亦知其清明。譬之食物：至於遐方異味, 則有嗜者有不嗜者；至於稻也、粱⁴⁴也、膾⁴⁵也、炙⁴⁶也, 豈聞有不嗜者哉?" 疑者乃解。解不解, 於吾崔君無所損益也。

35　比(비) : 근래에. 근자에.

36　盡善盡美(진선진미) : 지극히 선하고 지극히 아름답다. 공자가 순임금의 음악 소(韶)를 평할 때 쓴 말로『논어・팔일(八佾)』편에 보인다.

37　抑(억) : 그러나. 전환접속사로 쓰였다.

38　好惡(호오) : 좋아하거나 싫어하다.

39　清河者(청하자) : 최군(崔羣)을 지칭한다. '청하'는 지금 하북성(河北省) 청하현으로 최씨 일족의 군망(郡望) 곧 본관인데, 군망으로 사람을 칭하는 것은 존경의 표시다.

40　無(무) : 물론이다. 가릴 것 없다.

41　伏(복) : 탄복하다. 감탄하다. '服'과 통한다.

42　鳳皇(봉황) : 봉황(鳳凰). 신화 전설에서 나오는 상서로운 새로 수컷을 '鳳', 암컷을 '凰'으로 구분하기도 한다.

43　芝草(지초) : 영지(靈芝). 버섯과에 속하는 식물로 청색, 적색, 황색, 백색, 흑색, 자주색의 여섯 색깔이 있다고 하는데, 고대인들이 상서로운 풀로 여겼다.

44　粱(양) : 기장. 우수한 품종의 '조(粟)'를 통칭한다.

45　膾(회) : 잘게 썬 생선이나 고기.

46　炙(자) : 불에 구워 익힌 고기.

自古賢者少, 不肖者多。自省事⁴⁷已來, 又見賢者恒不遇⁴⁸, 不賢者比肩⁴⁹青紫⁵⁰；賢者恒無以自存⁵¹, 不賢者志滿氣得⁵²；賢者雖得卑位則旋⁵³而死, 不賢者或至眉壽⁵⁴：不知造物者⁵⁵意竟如何, 無乃⁵⁶所好惡與人異心哉? 又不知無乃都不省記⁵⁷, 任其死生壽夭⁵⁸邪? 未可知也, 人固有薄⁵⁹卿相⁶⁰之官、千乘⁶¹之位, 而甘⁶²陋巷⁶³菜羹⁶⁴者。同是人也, 猶有好惡如此之異者, 況天之與人當必異其所好惡無疑也。合於天而乖⁶⁵於人, 何害? 況又時有兼得⁶⁶者邪! 崔君, 崔君, 無怠⁶⁷, 無怠!

47　省事(성사) : 세상 돌아가는 물정을 알다. 세상일과 인정을 알다.

48　不遇(불우) : 자기를 알아주고 이끌어주는 이를 만나지 못하다.

49　比肩(비견) : 어깨를 나란히 하다. '매우 많다'는 뜻이다.

50　青紫(청자) : 문무 고관들이 사용한 두 가지 인끈의 색깔로 높은 관직을 가리킨

다. 본래 한나라 때의 제도에 의하면 승상(丞相)과 태위(太尉)는 금도장에 자주
색 인끈을 쓰고, 어사대부(御史大夫)는 은도장에 청색 인끈을 썼다고 한다.

51 自存(자존) : 자기 한 몸을 부지하다.

52 志滿氣得(지만기득) : 득의양양 기세당당 매우 만족해하다.

53 旋(선) : 얼마 못 가서. 오래지 않아.

54 眉壽(미수) : 장수하다. 나이가 많은 사람은 미간에 몇 가닥의 긴 털이 나와 있
    었는데, 예전에 이를 장수의 상징으로 여겼다.

55 造物者(조물자) : 조물주. 만물의 창조자. 여기에서는 아래에 나오는 '天(천)'을
    가리킨다.

56 無乃(무내) : 아마도. 대개. 추측을 나타내는 어기부사로 뒤의 추측어기사 '邪
    (야)'와 호응한다.

57 省記(성기) : 살피고 기억하다.

58 夭(요) : 요절하다. 젊은 나이에 죽다.

59 薄(박) : 경시하다. 가벼이 여기다.

60 卿相(경상) : 공경이나 재상의 높은 관직.

61 千乘(천승) : 전차 천 대를 낼 수 있는 국력을 지닌 큰 제후국.

62 甘(감) : 달갑게 여기다. 기꺼이 하다.

63 陋巷(누항) : 누추하고 비좁은 집. 누추하고 비좁은 골목으로 풀이하기도 한다.
    『논어·옹야(雍也)』편에서 공자가 안회(顏回)의 안빈낙도하는 삶을 칭찬한 가
    운데 나오는 말이다.

64 菜羹(채갱) : 나물국. 채소로 끓인 국으로『논어·향당(鄕黨)』편에 보이듯이 '거
    친 밥(疏食)'과 함께 변변치 않은 음식을 가리킨다.

65 乖(괴) : 어긋나다. 맞지 않다.

66 兼得(겸득) : 하늘의 도리와 사람의 일을 둘 다 동시에 얻다. 높은 관직과 많은
    봉록도 얻고 고상한 인품과 도덕도 갖추는 것을 말한다.

67 無怠(무태) : 게을리 하지 말라. '無'는 '하지 말라'는 금지사.

僕無以自全活者, 從一官於此⁶⁸, 轉⁶⁹困窮甚, 思自放⁷⁰於伊潁⁷¹之上, 當亦
終得之。近者尤衰憊⁷² : 左車⁷³第二牙無故動搖脫去, 目視昏花⁷⁴, 尋常⁷⁵間
便不分人顏色。兩鬢半白, 頭髮五分亦白其一, 鬚亦有一莖兩莖白者 ; 僕
家不幸, 諸父諸兄皆康彊早世⁷⁶, 如僕者又可以圖於久長哉? 以此忽忽⁷⁷思
與足下相見一道其懷⁷⁸。小兒女滿前, 能不顧念! 足下何由得歸北來? 僕不
樂江南⁷⁹, 官滿便終老嵩下⁸⁰, 足下可相就, 僕不可去矣。珍重自愛, 愼飲
食, 少思慮! 惟此之望。愈再拜。

68 從一官於此(종일관어차) : 여기에서 한 말단 관직에 종사하다. 한유가 장안에서

사문박사로 재직하고 있는 것을 가리킨다.

69 轉(전) : 갈수록. 점점 더.

70 自放(자방) : 관직 따위에 얽매이지 않고 제멋대로 자유롭게 살다.

71 伊穎(이영) : 이수와 영수. 이수는 하남성(河南省) 노씨현(盧氏縣) 웅이산(熊耳山)에서 발원해 동북쪽으로 숭현(嵩縣) 등지를 거쳐 낙수(洛水)로 흘러 들어가고, 영수는 하남성 등봉현(登封縣) 서쪽에서 발원해 동남쪽으로 우현(禹縣) 등지를 지나 회수(淮水)로 유입된다. 둘 다 한유의 고향 근처를 흐르는 강으로 예로부터 고상한 선비들이 은거하던 곳이었다.

72 衰憊(쇠비) : 쇠잔하고 피로하다.

73 左車(좌거) : 왼쪽 잇몸.

74 昏花(혼화) : 눈이 어두침침하다.

75 尋常間(심상간) : 아주 가까운 거리. '尋'은 여덟 자, '常'은 열여섯 자의 길이를 가리킨다.

76 康彊早世(강강조세) : 몸이 강건해도 일찍 세상을 떠나다. '彊'은 '强'과 통한다. 한유의 장형 회(會)는 42세에 죽었고, 중형 개(介)는 정확한 연대는 미상이지만 벼슬길에 들어선 뒤 바로 죽었으며, 숙부 운경(雲卿)의 아들 종형 엄(弇)은 35세에 토번(吐蕃)에서 죽었고, 숙부 중경(仲卿)의 아들 종형 급(岌)은 57세에 죽었다.

77 忽忽(홀홀) : 정신이 흐리멍덩 불안하고 황급한 모양.

78 一道其懷(일도기회) : 가슴속의 회포를 말로 다 풀어내다.

79 江南(강남) : 한씨(韓氏)의 별장이 있던 선성(宣城)으로 한유가 어릴 때 그곳에서 어렵게 생활한 적이 있기 때문에 좋아하지 않는다고 한 것이다.

80 嵩下(숭하) : 숭산(嵩山) 아래. 숭산은 오악(五嶽)의 하나로 중악(中嶽)으로 불리기도 하는데, 지금 하남성 등봉현(登封縣) 북쪽에 있다.

 # 「진급사에게 보내는 편지」

與陳給事書

한유가 재배를 올립니다. 제가 각하를 뵙게 된 지 여러 해가 되었는데, 처음에도 일찍이 과분하게 저를 칭찬하는 말씀을 해 주셨습니다. 제가 가난하고 비천할 때에 입을 옷과 먹을 음식 때문에 바쁘게 돌아다니느라 아침저녁으로 계속 찾아뵙지를 못했는데, 그 뒤에 각하께서 지위가 더욱 높이 올라감에 따라 각하를 뵙고자 문하에서 기다리는 사람들이 날마다 더 많아졌습니다. 대체로 지위가 존귀해질수록 비천한 사람들과는 날로 더 멀어지고 문하에서 기다리는 사람들은 날마다 더 많아지니, 각하께서 사랑을 베풀 대상이 늘어나기 때문에 애정을 한 사람에게 쏟을 수 없게 되기 마련입니다. 저로 말하면, 도덕은 더 닦이지 않았지만 문장은 날로 더 이름이 나게 되었습니다. 대체로 도덕이 더 닦이지 않으니 현명하고 유능한 사람들이 저를 도와주지 않고, 문장이 날로 더 이름이 나니 같이 세상에 나아가려고 하는 사람들이 저를 시기했습니다. 처음에 각하와 저의 사이가 날로 벌어져 소원해지고 각하께서 제게만 애정을 쏟지 못하시는 데 대한 저의 원망이 더해진데다, 각하께서 저를 편들어 줄 수 없는 마음에 저를 시기하는 사람들의 말까지 듣게 되셨으니, 그로 말미암아 각하의 정원에서 저의 발자취가 사라지게 된 것입니다.

저는 지난해 봄에 또 일찍이 각하가 계신 곳으로 찾아가 한 차례 뵌 적이 있었는데, 온화한 모습으로 제게 새로운 진보가 있음을 가상히 여기시는 것 같았고 끊임없이 이어져 나오는 말씀으로 저의 곤궁한 처지를 긍휼히 여기시는 것 같아서, 물러나 돌아온 뒤에 기쁜 마음으로 이 일을 다른 사람들에게 알렸습니다. 그 뒤에 처자식을 데리러 동도 낙양으로 가느라 또 아침저녁으로 각하를 계속 찾아뵙지를 못했습니다. 장안으로 돌아온 뒤에 또 일찍이 각하가 계신 곳으로 찾아가 한 차례 뵌 적이 있었는데, 냉담한 표정으로 저의 어리석은 충정을 세심하게 살피지 않으시는 것 같았고 가라앉은 목소리로 저의 심정을 아시지 못하는 것 같아서 물러나 돌아온 뒤에 두려운 나머지 감히 다시는 찾아뵈러 가지 못했습니다. 지금 저는 의구심이 깨끗이 사라져 깨닫고 불현듯 후회하며 스스로에게 말합니다.

"각하의 표정이 냉담하신 것은 제가 끊임없이 계속 찾아뵙지 않은 것을 꾸짖고자 함이고, 목소리가 가라앉은 것은 각하의 의중을 드러내시기 위함이다."

제가 민첩하지 못하다는 책망은 회피할 수 없지만 감히 바로 각하를 찾아뵈러 갈 수도 없는지라, 곧 이 서신에 스스로 그 까닭을 조목조목 진술하고 아울러 최근에 지은 「본래의 포부를 되찾으며 지은 부(復志賦)」 등 열 편의 글에 표지와 족자를 붙여 두루마리 하나로 묶은 것을 진상합니다. 「맹교 송별사(送孟郊序)」라는 글은 생지에 쓴 뒤 별다른 장식을 하지 않았고 글자를 지우거나 첨가한 곳도 더러 있는데, 스스로를 해명하고 사죄하기에 마음이 급해 다시 쓸 여유가 없었기 때문입니다. 각하

께서 저의 의중을 받아 주시고 예를 갖추지 못한 점을 그냥 넘겨주시면
좋겠습니다. 한유가 황송한 마음으로 재배를 올립니다.

해제

  정원 19년(803) 사문박사의 임기가 끝나고 감찰어사(監察御史)에 부임하
기 전에 급사중(給事中) 진경(陳京)에게 보낸 편지글. 진경은 자가 경복(慶
復)이고 대력(大曆) 원년(766) 진사로 정원 19년에 고공원외랑(考功員外郎)에
서 급사중으로 전임했다. 급사중은 문하성(門下省)의 요직으로 시중(侍中)
과 시랑(侍郎)의 사이에서 정령(政令)의 잘못을 바로잡는 업무를 담당했
다. 이 글에서 작자는 자기와 진경이 왕래한 과정을 서술하고, 자주 가
깝게 지내지 못한 원인을 해명하는 데 주력했다. 자신을 냉담하게 대하
는 진경에게 열정적인 모습으로 다가가 벼슬길에서 이끌어 주기를 바
라는 소망을 은연중에 담고 있다. '見(견)'자를 핵심어로 하여 전반부는
'見'에서 시작해 '不見(불견)'을 말하고, 후반부는 '不見'에서 시작해 '見'
을 말한 문장 기교가 돋보인다.

원문 및 주석

愈再拜：愈之獲見於閤下有年矣, 始者亦嘗辱[1]一言之譽。貧賤也, 衣食於奔走², 不得朝夕繼見³, 其後閣下位益尊, 伺候⁴於門牆者日益進。夫位益尊, 則賤者日隔；伺候於門牆者日益進, 則愛博而情不專。愈也道不加修而文日益有名。夫道不加修, 則賢者不與⁵；文日益有名, 則同進者⁶忌。始之以日隔之疏, 加之以不專之望, 以不與者之心而聽忌者之說：由是閣下之庭無愈之跡矣!

1　辱(욕) : 상대방을 욕되게 하다. 자기 겸손의 표시로 '받다'는 뜻이다. 「석언(釋言)」(HS-038) 주석 12 참조.

2　衣食於奔走(의식어분주) : '奔走於衣食'의 도치다.

3　繼見(계견) : 계속해 끊이지 않고 찾아가 뵙다.

4　伺候(사후) : 기회를 엿보다. 기다리며 살피다. 「여이고서(與李翺書)」(HS-093) 주석 12 참조.

5　與(여) : 돕다. 찬동하다.

6　同進者(동진자) : 함께 벼슬길로 나아가려고 하는 사람.

去年春, 亦嘗一進謁⁷於左右矣, 溫乎其容若加⁸其新也, 屬⁹乎其言若閔¹⁰其窮也, 退而喜也以告於人。其後如¹¹東京¹²取妻子, 又不得朝夕繼見, 及其還也, 亦嘗一進謁于左右矣, 邈¹³乎其容若不察其愚也, 悄¹⁴乎其言若不接¹⁵其情也, 退而懼也不敢復進。今則釋然¹⁶悟, 翻然¹⁷悔曰："其邈也, 乃所以怒¹⁸其來之不繼也；其悄也, 乃所以示其意也。" 不敏之誅¹⁹無所逃避, 不敢遂²⁰進, 輒²¹自疏²²其所以, 并獻近所爲復志賦²³已下十首爲一卷, 卷有標軸²⁴；送孟郊序²⁵一首生紙²⁶寫, 不加裝飾, 皆有揩字²⁷注字²⁸處, 急於自解²⁹而謝³⁰, 不能竢³¹更寫, 閣下取其意而略³²其禮可也。愈恐懼再拜。

7　進謁(진알) : 찾아가 뵙다. '謁'은 면회를 청할 때 내놓는 명함 곧 성명을 적은 쪽지다.

8　加(가) : 가상히 여기다. 갸륵하게 여기다. 이는 주희(朱熹)가 『한문고이(韓文考異)』에서 '嘉'자로 교감하고 이렇게 보아야 바로 뒤 구절의 '閔'자와 대를 잘 이룬다고 풀이한 설을 따른 것이다.

9　屬(촉) : 연속하다.

10　閔(민) : 긍휼히 여기다. '憫'과 같다.

11　如(여) : 가다. ～로 가다.

12　東京(동경) : 동도(東都) 낙양(洛陽).

13　邈(막) : 소원하다. 냉담하다. '藐(막)'으로 보고, '경시하다'로 풀이해도 뜻이 통한다.

14 悄(초) : 조용하다. 여기서는 목소리가 낮은 것을 말한다.

15 接(접) : 알다. 이해하다.

16 釋然(석연) : 의구심이 깨끗이 풀리는 모양.

17 翻然(번연) : 순식간에 바뀌는 모양.

18 怒(노) : 꾸짖다. 견책하다.

19 誅(주) : 책망.

20 遂(수) : 곧. 즉시.

21 輒(첩) : 바로. 그 자리에서.

22 自疏(자소) : 스스로 조목조목 진술하다.

23 復志賦(복지부) : 「HS-002」 참조.

24 標軸(표축) : 표지를 붙이고 두루마리 양끝에 족자를 넣어 표구하다.

25 送孟郊序(송맹교서) : 「송맹동야서(送孟東野序)」(HS-122)를 가리킨다.

26 生紙(생지) : 가공을 하지 않은 뜬 채로의 종이로 가공 처리한 '숙지(熟紙)'와 구
별된다. 당나라 사람들은 글을 쓸 때 종이도 중시해, 생지는 상례(喪禮)의 경우
가 아니면 쓰지 않았다고 한다. 이 때문에 한유가 생지를 쓸 수밖에 없었던 이
유를 글 속에서 밝힌 것이다.

27 揩字(개자) : 글자를 지우다.

28 注字(주자) : 곁에 글자를 부가하다.

29 自解(자해) : 스스로를 해명하다. 자신의 입장을 표명하다.

30 謝(사) : 사죄하다. 사과하다.

31 竢(사) : 기다리다. '俟'와 같다.

32 略(약) : 그냥 넘기다. 따지지 않다.

저의 결점을 일러 주신 서신을 받았는데, 그대의 저에 대한 우정이 지극한 경지에 이르지 않았다면 제가 어찌 이런 말씀을 들을 수 있었겠습니까? 친구 교제의 참된 도리가 끊어진 지 오래되어 서로 올바르게 타이르고 절차탁마하는 방식이 없어진 판이니, 제가 그대와 같은 친구를 둔 것이 얼마나 다행스러운지요! 저는 지금 세상 사람들이 귀가 있어도 자기들의 잘못을 듣지 못하는 것을 늘 가련하게 생각해왔는데, 오직 황송하고 떨리는 심정으로 저도 제 자신의 잘못에 대해 듣지 못할까 두려워합니다. 지금 이후로 저는 그대에게 희망을 걸고자 합니다!

그러나 그대는 저와 교제한 지 오래된지라 제가 견지하고 있는 삶의 원칙을 충분히 잘 알고 계십니다. 수도 장안에 있을 때 시끌벅적 수많은 무리들이 백방으로 저를 비방했는데, 당시 그대는 저와 함께 거주하며 아침부터 저녁까지 같이 출입하고 생활하셨으니, 제게서 좋지 못한 점을 보신 적이 있었을 테지요! 그러나 제가 물러나 생각해보니, 다른 사람들로부터 비난받을 짓을 하지 않았는데도 불구하고 일부 소인배들로부터 비난을 받은 적도 있었습니다. 제가 장안에서 1년 동안 살면서 한 번도 지위가 높은 사람의 집에 찾아간 적이 없었는데, 사람들이 쫓아가 빌붙는 이를 저는 오만하게 대했고, 저와 의기가 통하는 사람과는 교유했지만 통하지 않는 사람은 저희 집으로 찾아오더라도 그와 한 자리에 같이 앉지도 않았습니다. 이와 같이 한 것이 어찌 한갓 다른 사람들의 비방만 불러왔겠습니까? 다른 사람들에게 맞아 죽지 않은 것만 해도 다행스럽답니다! 돌이켜 생각해 보니 정녕 그 때문에 몹시 떨리고 소름 끼치기도 합니다. 따라서 이곳으로 온 뒤로는 스스로를 억누르고 낮추어 비록 어리석고 못난 사람이 찾아오더라도 감히 겉으로 소홀히 대한 적이 없는데, 하물며 요즘 세상 사람들로부터 추앙을 받는 인물이야 오죽했겠습니까! 이로써 스스로 당시의 환난은 거의 없을 것으로 여겼는데, 사람들이 아직도 저에 대해서 이러쿵저러쿵할 줄은 몰랐습니다. 친구에 관한 유언비어를 들어도 그 친구가 그렇게 했을 것으로 믿지 않는다고 했는데, 아아! 지금 세상에 그런 사람이 정말 있습니까? 군자는 소인들이 소란을 피우는 것 때문에 자기의 행동을 바꾸지 않는다고 했는데, 제가 어떻게 그와 같이 할 수 있겠습니까? 저는 매우 세심하고 순순히 따르며 형세를 보고 그 뜻에 영합해 다른 사람들과 합치되지 않을까 몹시 두려워하는 편인데도 오히려 이런저런 입방아를 면치 못했사온데, 이것은 운명이거늘 달리 또 어떻게 할 방도가 있겠사옵니까? 그러나 자로(子路)는 자기의 잘못에 대해 말하는 소리를 들으면 기뻐했고, 우(禹)임금은 선한 말을 들으면 수레에서 내려와 절을 했습니다. 옛사람이 말하기를 "나에게 내 잘못을 일러 주는 사람이 나의 스승이다"라고 했습니다. 원하옵건대 그대는 번거롭다고 꺼리지 마시고, 만약 다른 사람들이 저에 대해 뭐라고 말하는 것을 들으면 반드시 제게 알려주시옵소서. 저도 이로써 그대에게 보답할 것이오니, 감히 그대에게 빈말을 하지도, 그대를 잊지도 않을 것이옵니다!

해제

　원화 2년(807) 국자박사로 낙양에서 근무할 때 풍숙(馮宿)에게 답한 편지글. 풍숙은 자가 공지(拱之)며 무주(婺州) 동양(東陽 : 지금 절강성 동양현) 사람으로 한유와 동년 진사다. 한유가 장안에 있을 때 글재주가 출중하고 성격이 타인과 잘 맞지 않아 타인들의 시기와 비방에 직면한 탓에, 권지국자박사(權知國子博士)로 동도 낙양에 가서 해당 직무를 수행할 수 있도록 요청했다. 이 글은 낙양으로 옮겨간 뒤에도 한유에 대한 비방이 끊이지 않자, 절친한 친구 풍숙이 편지를 보내 사람들이 하는 말을 전해준 데 대한 답장이다. 표면적으로는 자신의 잘못을 인정하고 후회하는 것 같지만, 당시의 고관대작들과 소인배들에 대한 무시와 세상에 난무하는 각종 유언비어에 대한 분노 및 자신의 정당성에 대한 자부심을 완곡한 필치 속에 역설적으로 담아내고 있다.

원문 및 주석

垂示[1]僕所闕, 非情之至, 僕安得聞此言? 朋友道[2]缺絶久, 無有相箴規[3]磨切[4]之道, 僕何幸乃得吾子! 僕常閔時俗人有耳不自聞其過, 懍懍然[5]惟恐己之不自聞也；而今而後, 有望於吾子矣!

1 垂示(수시) : 상대방이 높은 곳에서 아랫사람에게 보여준다는 뜻으로 쓴 자기 겸손의 표현이다.
2 朋友道(붕우도) : 친구 교제의 참된 도리로 바로 뒤 문장에 나오는 '相箴規磨切之道(상잠규마절지도)'를 가리킨다.
3 箴規(잠규) : 올바르게 타이르다.
4 磨切(마절) : 절차탁마하다. 더 높은 단계로 발전하기 위해 끊임없이 자기를 연마하다. 이는 『시경・위풍(衛風)・기욱(淇澳)』편의 "뼈나 상아를 자르고 갈 듯이 하고, 옥이나 돌을 쪼고 갈 듯이 하네(如切如磋, 如琢如磨)"라는 시구를 인용해 자기 향상을 위한 부단한 노력의 의미를 강조한 『논어・학이(學而)』편 15장의 취지에서 따온 것이다.
5 懍懍然(늠름연) : 몹시 황송하고 떨리는 모습을 형용한다.

然足下與僕交久, 僕之所守, 足下之所熟知。在京城時, 囂囂[6]之徒相訾[7]百倍, 足下時與僕居, 朝夕同出入起居[8], 亦見僕有不善乎? 然僕退而思之, 雖無以獲罪於人, 亦有以獲罪於人者[9]。僕在京城一年, 不一至貴人之門, 人之所趨, 僕之所傲；與己合者則從之遊, 不合者雖造[10]吾廬未嘗與之坐：此豈徒[11]足致謗而已, 不戮於人則幸也! 追思之可爲戰慄寒心。故至此已來, 剋己自下[12], 雖不肖人至, 未嘗敢以貌[13]慢之；況時所尚者邪? 以此自謂庶幾無時患, 不知猶復云云[14]也。聞流言不信其行[15], 嗚呼, 不復有斯人也! 君子不爲小人之恟恟而易其行[16], 僕何能爾? 委曲從順, 向風承意[17], 汲汲恐不得合, 猶且不免云云[14], 命也；可如何! 然子路聞其過則喜[18], 禹聞昌言[19]則下車拜：古人有言曰："告我以吾過者, 吾之師也[20]。" 願足下不憚煩, 苟有所聞, 必以相告；吾亦有以報子, 不敢虛也, 不敢忘也!

6 囂囂(효효) : 헐뜯고 모함하는 말이 분분한 모양. 『시경・소아(小雅)・시월지교(十月之交)』에 "헐뜯는 말만 분분하네(讒口囂囂)"라는 시구가 보인다.
7 相訾(상자) : 나를 헐뜯다. 나를 비방하다.
8 出入起居(출입기거) : 집을 드나들거나 기거동작을 하는 것으로 일상생활 전반을 가리킨다.
9 이상 두 구절은 표현이 유사해 판본에 따른 글자의 출입과 교감 등이 있긴 하지만, 원문을 그대로 두고 풀이했다.
10 造(조) : 이르다. ~로 가다.
11 徒(도) : 한갓. 단지.

12 尅己自下(극기자하) : 자기의 사심을 억누르고 스스로를 낮추다. '尅'은 '克'과 같다.

13 以貌(이모) : 겉으로. 겉모습으로.

14 云云(운운) : 이러쿵저러쿵 하다. 이런저런 말을 하다.

15 聞流言不信其行(문유언불신기행) : 공자가 친구 교제의 도리에 대한 말한 것으로 『예기・유행(儒行)』에 보인다.

16 君子不爲小人之恟恟而易其行(군자불위소인지흉흉이역기행) : 이 구절은 『순자・천론(天論)』의 "군자는 소인들이 소란을 피우는 것 때문에 자기의 행동을 그만두지 않는다(君子不爲小人匈匈也行輟)"라고 한 말에 근거한 것이다.

17 向風承意(향풍승의) : 돌아가는 소문을 듣고 다른 사람의 뜻을 받들다.

18 子路聞其過則喜(자로문기과즉희) : 이하 두 구절은『맹자・공손추상(公孫丑上)』의 "자로는 타인이 자신의 잘못을 지적해주면 기뻐하고, 우임금은 좋은 말을 들으면 절을 했다(子路人告之以其過則喜, 禹聞善言則拜)"라고 한 말에 근거한 것이다.

19 昌言(창언) : 훌륭한 말. 좋은 말. '善言(선언)'과 같은 뜻이다.『서경・대우모(大禹謨)』에 "우임금은 훌륭한 말에 절했다(禹拜昌言)"라고 한 글귀가 보인다.

20 吾之師也(오지사야) : 이상 두 구절은『순자・수신(修身)』편의 "따라서 나의 잘못을 비판하는 것이 합당한 사람이 나의 스승이다(故非我而當者, 吾師也)"라고 한 말에 근거한 것이다.

與衛中行書

　　대수(大受) 족하, 외람되게도 그대의 서신을 받고 보니 제게 내려주신 은혜가 너무 대단하지만, 저를 칭찬하신 말씀이 너무 분에 넘치니 어찌 이른바 사람을 유도해 이런 경지에까지 이르도록 하시려는 것이 아니겠습니까? 불감당 불감당이로소이다! 그 가운데서 한두 가지 근사한 것을 가려서 제 나름대로 받아들이고자 하니, 친구와 사귐에 있어 충심을 다해 등 뒤에서 반대하지 않는다는 점은 좀 그럴듯한 것 같습니다. 이는 또한 제가 마음속으로 좋아하는 것일 뿐, 실행에 옮김에 있어 지치지 않는다는 것은 아직 감히 스스로 그렇게 할 수 있다고 말할 수는 없습니다. 불감당 불감당이로소이다!

　　벼슬길로 나아가는 데 몹시 절박해 세상 사람들을 구제하는 것을 책무로 여기는 것으로 말하자면 모두 성인과 현인들의 사업으로 그들의 지혜가 일을 도모할 수 있고 능력이 업무를 감당할 수 있음을 아는 사람들이니, 저와 같은 사람이 또 어떻게 할 수 있겠습니까? 처음에 우리가 서로 알게 되었을 때는 제가 너무 가난해 먹고 입는 것을 다른 사람에게 의지했으며, 그 뒤에 변주(汴州)와 서주(徐州)의 두 고을에서 서로 만난 적이 있었는데 제가 그 두 고을 장관의 보좌관을 지내 경제적 수입이 있어서 이전보다 대략 백 배는 더 풍족했으니 그대가 보시기에 저의 음식과 의복에 전과 달라진 것이 있었는지요? 전과 달라진 것이 없으니, 저의 마음은 이처럼 물질적으로 누리는 것에 급급해하는 것만은 아닐 것입니다. 제가 벼슬길로 나아가기를 잊어버리지 않고 있는 까닭은 장차 저의 포부를 조금이나마 실현하려고 하기 때문입니다. 하지만 이런 이야기는 또 불쑥 쉽게 입 밖으로 꺼낼 수 있는 것이 아닙니다.

대체로 화복과 길흉이 닥쳐오는 것은 저 자신에게 달려 있는 것 같지는 않습니다. 오직 군자가 화를 입는 것만이 불행이고 소인이 화를 입는 것은 정상적이며, 군자가 복을 만나는 것은 정상적이고 소인이 복을 만나는 것은 요행이라고 한다면, 이는 그들 각자의 소행 때문에 이런 결과를 초래한 것으로 여겨집니다. 그렇지만 반드시 "군자는 길할 것이고 소인은 불길할 것이다"라고 말하는 것은 옳지 않습니다. 현명하고 유능한 것과 어리석고 못난 것은 자신에게 달려 있고, 부귀와 빈천이나 화와 복은 하늘에 달려 있으며, 명성이 좋거나 나쁜 것은 타인에게 달려 있습니다. 자신에게 달려 있는 것은 제가 장차 힘써 할 것이고, 하늘에 달려 있고 타인에게 달려 있는 것은 제가 장차 그들에게 맡기고 저의 힘을 쓰지 않을 것입니다. 그러니 제가 지키는 원칙이 어찌 간략하고도 실행하기 쉬운 것이 아니겠는지요! 그대가 "운명이 곤궁해 어긋나거나 막힘없이 통하는 것은 자기 스스로 초래한 것이다"라고 하셨는데, 저는 아마도 그 말이 도리에 맞지 않다고 생각합니다. 그대가 만약 전시대의 역사적 사실을 고증해 말씀하신다면 알겠습니다. 만약 "도덕 수양을 자기의 소임으로 삼고, 곤궁해 어긋나거나 막힘없이 통하는 것이

닥치더라도 나의 심경에 아무런 영향을 끼치지 못한다"라고 말씀하시는 것이라면 옳습니다.

황량한 땅에서 곤궁하게 지내고 있노라니 잡초가 빽빽하고 수목이 무성하게 자라나 있고, 외출할 때 타고 다닐 당나귀나 말도 없어 다른 사람들과 왕래하는 것도 끊어졌지만, 한 칸의 방안에도 스스로 즐거움으로 삼을 만한 것이 있습니다. 그대는 제가 또다시 재앙과 변란에서 벗어난 것을 기뻐하시니 편안하게 집 안에서 지내시다가 저를 보러 오시는 일을 차일피일해서는 아니 될 것이옵니다!

해제

정원 17년(801)에 낙양에서 관직이 없이 놀고 있을 때 위중행(衛中行)에게 답한 편지글. 위중행은 정원 9년(793) 진사로 하남부(河南府) 사람이다. 한유는 정원 16년(800) 5월에 장건봉(張建封)에 의해 무녕군절도추관(武寧軍節度推官)에서 면직되어 서주(徐州)를 떠나 낙양으로 돌아와 한가하게 지내고 있었다. 그가 떠난 뒤 얼마 지나지 않아, 장건봉이 죽고 서주에서 군사 쿠데타가 일어나 전화위복으로 화를 면할 수 있었다. 위중행이 이를 기쁘게 여겨 작자에게 편지를 보내자, 답장을 써서 벼슬길로 나서기 위해 급급한 것은 자신의 포부를 실현하기 위함임을 밝히고, 운명이나 타인의 평가에 관계없이 사람의 노력으로 할 수 있는 일을 굳세게 해나갈 것이라는 인생철학을 피력했다.

大受[1]足下：辱書, 爲賜甚大 ; 然所稱道過盛, 豈所謂誘之而欲其至於是歟?
不敢當, 不敢當! 其中擇其一二近似者而竊[2]取之, 則於交友忠而不反於背
面者少似近焉。亦其心之所好耳 ; 行之不倦, 則未敢自謂能爾也。不敢當,
不敢當!

1   大受(대수) : 위중행의 자(字).
2   竊(절) : 제 나름대로는. 자기 낮춤을 나타내는 정태부사다.

至於[3]汲汲[4]於富貴[5]以救世爲事者,   皆聖賢之事業,   知其智能謀力能任者
也 ; 如[6]愈者, 又焉能之? 始相識時, 方甚貧, 衣食於人 ; 其後相見於汴徐二
州, 僕皆爲之從事[7], 日月有所入, 比之前時豐約[8]百倍, 足下視吾飮食衣服
亦有異乎? 然則僕之心或不爲此汲汲也, 其所不忘於仕進者, 亦將小行乎
其志耳。此未易遽[9]言也。

3   至於(지어) : ~로 말하자면. ~의 경우에 있어서는. 앞 단락을 이어받아 새로운
     단락을 시작할 때 쓰는 연접접속사다.
4   汲汲(급급) : 매우 절박한 심정을 형용한다.
5   富貴(부귀) : 벼슬길로 나아가는 것을 가리킨다.
6   如(여) : ~로 말하자면. ~의 경우에 있어서는. 앞에서 제시한 사람을 이어받아
     별도로 다른 사람을 제기할 때 쓰는 연접접속사다.
7   從事(종사) : 종사관. 보좌관. 지방 장관의 속관.
8   約(약) : 대략.
9   遽(거) : 갑자기. 급히.

凡禍福吉凶之來, 似不在我。惟君子得禍爲不幸, 而小人得禍爲恆[10] ; 君子
得福爲恆, 而小人得福爲幸[11] : 以其所爲似有以取之也。必曰："君子則吉,
小人則凶"者, 不可也。賢不肖存乎己, 貴與賤、禍與福存乎天, 名聲之善惡
存乎人。存乎己者, 吾將勉之 ; 存乎天、存乎人者, 吾將任彼[12]而不用吾力
焉 : 其所守者豈不約而易行哉! 足下曰："命之窮通, 自我爲之", 吾恐未合

於道。足下徵¹³前世而言之, 則知矣 ; 若曰 : "以道德爲己任, 窮通之來, 不
接吾心," 則可也。

10 恆(항) : 정상. 보통.
11 幸(행) : 요행.
12 任彼(임피) : 그들에게 맡기다. 즉 하늘과 타인에게 맡기다.
13 徵(징) : 고증하다. 검증하다. 증거로 끌어오다.

窮居荒涼, 草樹茂密, 出無驢馬, 因與人絶, 一室之內, 有以自娛¹⁴ ; 足下
喜吾復脫禍亂¹⁵, 不當安安¹⁶而居、遲遲¹⁷而來也!

14 有以自娛(유이자오) : 이상 두 구절은 실내에서 책 읽기와 글쓰기로 자기의 즐거
    움으로 삼는 것을 뜻한다.
15 復脫禍亂(부탈화란) : 한유가 변주(汴州)에서 군사 쿠데타가 일어나기 4일전에
    그곳을 떠나고, 서주(徐州)에서 또 쿠데타 일어나기 얼마 전에 그곳을 떠나 두
    차례 모두 화를 면한 것을 가리킨다.
16 安安(안안) : 매우 자연스럽고 편안한 모양.
17 遲遲(지지) : 천천히 서두르지 않고 여유를 부리는 모양.

　한유가 재배를 올립니다. 격구를 하는 일로 각하께 간언을 올리는 사람이 아주 많은데 간언을 하는 사람들도 그치지를 않고 각하께서도 격구 놀이를 그만두지 않으시니, 이는 격구 놀이의 즐거움도 버릴 수 없고 간언도 들을 만한 것이 못되는 까닭 때문이 아니겠습니까? 간언이 들을 만한 것이 못되는 것은 간언의 말이 각하의 마음을 감동시키지 못한 때문이고, 격구 놀이의 즐거움을 버릴 수 없는 것은 그것이 가져다주는 화를 피부로 느끼지 못한 때문이옵니다. 지금 격구 놀이의 해악을 입에 담는 사람들은 반드시 말합니다.

　"높은 데서 떨어질 걱정이 있고 빠른 속도로 날아오는 공에 맞을 우려가 있어서, 작게는 얼굴이나 눈을 상하게 하고 심하면 신체에 장애를 남길 수 있습니다."

　각하께서는 듣고도 듣지 못한 것처럼 하시며 마음속으로 반드시 말씀하십니다.

"전진할 때 숙달되게 연습하면 높은 데서 떨어질 걱정이 없고 피할 때 행동이 민첩하면 빠른 속도로 날아오는 공에 맞을 우려가 없으니, 얼굴이나 눈을 상하게 할 작은 화가 있을 게 뭐고 신체에 장애를 남길 심한 재앙이 무에 있겠는가!"

제가 지금 말씀드리려는 것은 모두 이런 것들에 있지 않사오니, 그 요지는 다른 일이나 외물을 끌어와 비유하려는 것이 아니라 단지 격구와 관계 되는 일로 제 생각을 밝히고자 할 따름입니다.

말과 사람이 정서나 성질은 크게 다르지만 신체의 힘줄과 뼈가 서로 묶여 있고 피와 기운이 서로 의지하고 있어서, 안락하고 한가하면 편안해하고 녹초가 될 정도로 힘들면 피곤해하는 것은 마찬가지입니다. 만약 합당한 방법으로 말을 타면 걸음걸이의 완급이 알맞아서, 말이 젊을 때 결코 질병에 걸리지 않고 늙은 뒤에도 훨씬 더디 쇠약해집니다. 말을 타고 구장에서 치달리며 격구를 하면 그 심장과 장기를 요동치게 하고, 그 뼈와 힘줄을 흔들어 휘게 하며, 숨이 제대로 드나들지 못하게 하고 달리는 것도 왔다 갔다 하지 못하도록 해, 길어야 삼사 년이고 짧게는 한두 해가 지나면 온전한 말이라고는 없게 되고 맙니다. 이와 같으니 격구가 인체에 끼치는 해도 분명하답니다! 대체로 오장의 연결망이 매우 미세해 앉거나 설 때 반드시 흉부에 매달리게 되는데, 그것이 뒤집히게 한 채로 빨리 달리면 아아, 위험하기 짝이 없나이다!

『춘추전(春秋傳)』에 이르기를 "일반적으로 말해서 외모가 특별히 아름다운 여인이 있으면 족히 사람의 정신을 혹하게 하니, 만약 덕성과 의로움을 갖춘 사람이 그 여인을 아내로 맞아들이지 않으면 반드시 화를 부르기 마련이다"라고 했습니다. 비록 단아하고 화락한 군자로 천지신명이 보살펴 주는 사람이라고 하더라도, 이런 점을 넓게 살피고 깊게 사색하는 것이 또한 수명을 보양하는 한 가지 방법일 것이옵니다. 한유가 황송한 마음으로 재배를 올립니다.

해제

정원 15년(799) 가을 서주(徐州)에서 절도추관(節度推官)으로 있을 때, 서사호절도사(徐泗豪節度使) 장건봉(張建封)에게 격구에 너무 빠지지 말라는 충고의 뜻을 담아 올린 편지글. 「상장복야서(上張僕射書)」(HS-094)에 이어 쓴 글이기 때문에 ‘第二書(제이서)’라는 말이 붙어 있다. 짤막한 글 속에 격구라는 격렬한 운동이 말과 사람에게 끼치는 폐해를 지적하고, 개인적인 기호에 탐닉하지 말고 국가를 위해 정력을 쏟으라는 따끔한 메시지를 담은 솜씨가 돋보인다.

원문 및 주석

愈再拜：以擊毬[1]事諫執事者多矣, 諫者不休[2], 執事不止, 此非爲其樂不可捨、其諫不足聽故哉? 諫不足聽者, 辭不足感心；樂不可捨者, 患不能切身也。今之言毬之害者必曰：“有危墮[3]之憂, 有激射[4]之虞[5], 小者傷面目, 大者殘形軀。” 執事聞之若不聞者, 其意必曰：“進若習熟, 則無危墮之憂；避能便捷[6], 則免激射之虞；小何傷於面目, 大何累[7]於形軀者哉!” 愈今所言皆不在此, 其指要[8]非以他事外物牽引相比也, 特[9]以擊毬之間之事明之耳：

---

1 擊毬(격구)：말을 타고 방망이로 공을 쳐서 우열을 다투는 고대 무술 또는 놀이

의 일종으로 당송(唐宋) 시대에 유행했다. '擊毱(격국)' 또는 '擊掬(격국)'이라고
도 했다.

2　休(휴) : 그치다. 그만두다.

3　危墮(위타) : 높은 데서 떨어지다. 여기서는 말에서 떨어지는 것을 가리킨다.

4　激射(격사) : 천둥이나 번개처럼 빠르게 들이닥치는 공에 맞다.

5　虞(우) : 우려. 근심. 걱정.

6　便捷(편첩) : 행동이 매우 민첩하다.

7　累(누) : 말려들게 하다. 해를 입도록 하다.

8　指要(지요) : 요지. '旨要'로도 적는다.

9　特(특) : 다만. 단지. 제한의 의미를 나타내는 범위부사로 이 구절 끝의 서술어기
　　사 '耳(이)'자와 호응한다.

馬之與人, 情性殊異 ; 至於筋骸[10]之相束[11], 血氣之相持[12], 安佚則適, 勞頓[13]
則疲者同也. 乘之有道, 步驟[14]折中[15], 少必無疾, 老必後衰. 及以之馳毬
於場, 蕩搖[16]其心腑[17], 振撓[18]其骨筋, 氣不及出入, 走不及迴旋[19] ; 遠者三
四年, 近者一二年, 無全馬矣. 然則毬之害於人也決[20]矣! 凡五藏[21]之繫絡[22]
甚微, 坐立必懸垂於胸臆[23]之間, 而以之顚頓[24]馳騁, 嗚呼, 其危哉!

10　筋骸(근해) : 힘줄과 뼈.

11　相束(상속) : 서로 묶여져 있다.

12　相持(상지) : 서로 의지해 있다. 서로 지탱하고 있다.

13　勞頓(노돈) : 녹초가 될 정도로 힘들다. 몹시 피곤하다.

14　步驟(보추) : 천천히 걷는 것과 빨리 걷는 것. 걸음걸이의 완급. 걷는 속도나 일
　　의 진행 순서 등을 가리킨다.

15　折中(절중) : 알맞다. 절충하다. 한 쪽으로 치우지지 않고 양편을 가려서 알맞은
　　것을 얻다. '折衷(절충)'과 같은 뜻이다.

16　蕩搖(탕요) : 요동치게 하다.

17　心腑(심부) : 심장과 장기. '腑'는 흔히 한방에서 '六腑(육부)'라 하여 위장(胃
　　腸)·담장(膽腸)·대장(大腸)·소장(小腸)·방광(膀胱)·삼초(三焦)를 가리킨다.
　　'腑'는 본래 '府'로도 적었으며 속이 빈 기관을 가리킨다.

18　振撓(진요) : 흔들어 휘게 하다.

19　迴旋(회선) : 왔다 갔다 하다.

20　決(결) : 분명하다. 틀림없다. 확정적이다.

21　五藏(오장) : 한방에서 말하는 심장(心臟)·간장(肝臟)·비장(脾臟)·폐장(肺
　　臟)·신장(腎臟)의 다섯 가지 내장. '藏'은 '臟과 통하며, '腑'와 달리 속이 찬 기
　　관을 가리킨다.

22　繫絡(계락) : 연결망. 연결.

23 胸臆(흉억) : 흉부.
24 顚頓(전돈) : 뒤집히다. 뒤흔들다.

春秋傳[25]曰 : "夫有尤物[26], 足以移人, 苟非德義, 則必有禍。" 唯豈弟[27]君子, 神明所扶持, 然廣慮之, 深思之, 亦養壽命之一端也。愈恐懼再拜。

25 春秋傳(춘추전) : 이하 인용문은 숙향(叔向)의 모친이 아들에게 일러준 말로『좌전·소공(昭公) 28년』에 보인다.
26 尤物(우물) : 가장 빼어난 사람이나 사물을 일컫는 말인데, 여기서는 특히 천하절색 곧 빼어난 미녀를 가리킨다. 『장자·서무귀(徐無鬼)』편에 "선생은 정말 대단한 인물입니다(夫子, 物之尤也)"라는 글귀가 보인다.
27 豈弟(개제) : 단아하고 화락한 모양. 온화해 가까이하기 쉬운 모양. 보통 '愷悌'로 적는다.

HS-102 「풍숙에게 문장을 논해 보내는 편지」

與馮宿論文書

외람되게도 「처음 관리가 되었을 때 지은 부(初筮賦)」라는 글을 제게
보여 주셨는데, 그 글의 내용이 실로 매우 큰 의의가 있는 걸로 느꼈습
니다. 이와 같이 힘껏 써낸다면 옛 사람들의 경지에도 어렵지 않게 이
를 수 있을 것입니다만, 옛 사람들과 꼭 같은 글을 쓰면 지금 사람들로
부터 어떤 평가를 받을지 모르겠습니다! 제가 글을 쓴 지 오래되었는데
매번 스스로 마음속으로 잘 썼다고 생각하는 글은 타인들이 반드시 나
쁘다고 하며, 제가 조금 마음에 들어 하는 글은 타인들이 조금 이상하
다고 하고, 제가 썩 마음에 들어 하는 글은 타인들이 크게 이상하다고
여겼습니다. 때때로 세상일에 응해 당시에 유행하는 풍조의 글을 쓰면,
붓을 들었을 때 제 자신이 부끄럽게 느껴졌지만 타인에게 보여 주었을
때 다른 사람들은 그 글을 잘 썼다고 여겼습니다. 제가 조금 부끄럽게
생각하는 글은 조금 잘 썼다는 평가를 받고, 크게 부끄럽게 생각하는
글은 반드시 썩 잘 썼다는 평가를 받았으니, 고문이 지금 세상의 사람

들에게 무슨 소용이 있을지 모르겠습니다. 그럼에도 불구하고 고문을 이해하는 사람들이 그것을 제대로 평가해 주기를 기다릴 뿐입니다.

옛날에 양자운(揚子雲)이 『태현(太玄)』을 지었을 때, 사람들이 모두 그를 비웃자 그가 말했습니다.

"세상 사람들이 나를 알아주지 않는 것은 아무 상관도 없지만, 후세에 양자운과 같은 사람이 다시 나오면 반드시 이 책을 좋아할 것이다."

양자운이 죽은 지 거의 천 년이 다 되어 가는데, 도대체 양자운과 같은 사람이 다시 나온 적이 없으니 탄식할 만한 일이로소이다! 당시에 환담(桓譚)도 양웅(揚雄)의 책이 『노자(老子)』보다 낫다고 여겼는데, 『노자』는 칭찬할 만한 것이 못되니 양자운이 어찌 단지 노자와 우열을 다툴 뿐이겠습니까? 그 사람은 양웅을 제대로 알아준 사람이 못됩니다. 양웅의 제자 후파(侯芭)가 그를 잘 이해해 자기 스승의 책이 『주역(周易)』보다 낫다고 여겼지만, 후파의 다른 글이 세상에 전해지지 않으니 그 사람의 수준이 과연 어떠했는지를 알지 못할 따름입니다. 이로써 말하건대 작가가 다른 사람이 자신을 알아주기를 바라지 않는 것이 매우 분명합니다. 단지 "백세가 지나 성인이 세상에 나와 자기를 알아주기를 기다리더라도 미혹되지 않고, 귀신에게 평가를 물어보더라도 의심하지 않을" 따름입니다. 어찌 그대가 이와 같다고 여기지 않겠습니까?

근래에 이고(李翶)가 저로부터 글을 배워 자못 큰 수확을 얻었는데, 그 사람은 집안이 가난하고 일이 많아서 학업을 끝내지 못했습니다. 장적(張籍)이라는 사람은 나이가 이고보다 많은데, 그 역시 제게서 배워 글의 수준이 이고와 필적하는 편으로 한두 해 학업을 계속해 나가면 거의 고문 창작의 최고 수준에 도달할 것입니다. 그러나 그가 세상 사람들의 기호를 버리고 그 사람들이 전혀 관심을 기울이지 않는 고문 학습의 길에 종사해 그것으로 세인들과 명성을 다투는 것이 애처롭게 여겨지옵니다!

오랫동안 이야기를 나누지 못한데다 잠시 그대가 글쓰기 공부에 있어 스스로의 노력으로 이와 같은 경지에 이른 것에 감동을 받아, 그 때문에 다시 이로써 마음속의 울분을 토로했습니다. 한유가 재배를 올립니다.

해제

정원 14년(798) 변주(汴州)에서 선무군절도사(宣武軍節度使) 동진(董晉, 723-799)의 막료로 있을 때, 거기에서 서기(書記)를 담당하던 풍숙(馮宿)에게 보낸 편지글. 작자는 이때 고문을 창도하기 위해 이고(李翶, 772-836)와 장적(張籍, 767?-830?) 등에게 고문 창작을 가르쳤고, 고문에 대한 자신의 견해를 적극적으로 선전했다. 이 글은 자신이 쓴 문장에 대한 당시 사람들의 반응을 통해, 당시에 유행하던 시문(時文) 곧 변문(騈文)을 반대하는 입장을 분명히 하고, 문예에 종사하는 작가의 분명한 목표 설정과 자신감 수립의 필요성 등을 명쾌한 어조로 피력했다. 아울러 시대를 앞서가는 선각자 내지 개척자로서 필연적으로 맞부딪친 당시 문단의 냉소와 조롱에 굴하지 않는 기개와 함께, 시류에 휩쓸리지 않고 고독한 길을 따라오는 제자들에 대한 격려의 뜻도 담고 있다. 풍숙에 대한 자세한 설명은 「답풍숙서(答馮宿書)」(HS-099)를 참조하기 바란다.

원문 및 주석

辱示初筮賦[1], 實有意思。但力爲之, 古人不難到 ; 但不知直似[2]古人, 亦何
得於今人也? 僕爲文久, 每自則意中以爲好, 則人必以爲惡矣 : 小稱意[3]人
亦小怪之, 大稱意卽人必大怪之也。時時應事[4]作俗下文字[5], 下筆令人慚 ;
及示人, 則人以爲好矣 : 小慚者亦蒙謂之小好, 大慚者卽必以爲大好矣, 不
知古文直何用於今世也 ; 然以竢[6]知者知耳。

1 初筮賦(초서부) : 풍숙이 지은 부 작품으로 처음 벼슬길로 들어갈 때의 심정을
   읊은 것으로 보인다. '初筮'는 '처음으로 관리가 되다'는 뜻이다. '筮'는 본래 시
   초(蓍草)를 이용해 점을 치는 것인데, 처음 관리가 될 때 앞으로 벼슬길에서의
   길흉을 점친 데서 유래했다.
2 直似(직사) : 꼭 같다. 아주 흡사하다.
3 稱意(칭의) : 마음에 들다. 만족해하다.
4 應事(응사) : 세상의 각종 일에 응하다.
5 俗下文字(속하문자) : 당시 세상에서 유행하던 형식의 글로 곧 육조(六朝) 이후
   성행한 변려체(騈儷體) 문장을 가리킨다.
6 竢(사) : 기다리다. '俟'와 같다.

昔揚子雲[7]著太玄[8], 人皆笑之, 子雲之言曰 : "世不我知無害[9]也 ; 後世復有
揚子雲, 必好之矣。" 子雲死近千載, 竟未有揚子雲, 可歎也! 其時桓譚[10]亦
以爲雄書勝老子 ; 老子未足道[11]也, 子雲豈止與老子爭彊[12]而已乎? 此未爲
知雄者。其弟子侯芭[13]頗知之, 以爲其師之書勝周易, 然侯之他文不見於
世, 不知其人果如何耳。以此而言, 作者不祈人之知也明矣。直百世以竢
聖人而不惑, 質諸鬼神而不疑[14]耳。足下豈不謂然乎?

7 揚子雲(양자운) : 양웅(揚雄, B.C. 53-A.D. 18). 한나라 때의 유명한 유학자, 사부
   (辭賦) 작가, 언어학자로 자운은 그의 자.
8 太玄(태현) : 양웅이 만년에 『주역(周易)』의 체제를 모방해 지은 책으로 19편으
   로 되어 있고 『태현경(太玄經)』으로도 불린다. 유가·도가·음양가의 학설을
   절충해 '玄'을 중심 사상으로 내세운 저술인데, 당시 사람들로부터 장독 뚜껑에
   나 쓰일 수 있을 뿐이라고 무시당했다.
9 無害(무해) : 해가 될 것이 없다. 아무 상관이 없다.

10 桓譚(환담) : 생몰년 B.C. 23 -A.D. 50년. 동한의 경학자요 철학자. 자는 군산(君山), 패국(沛國) 상相 : 지금 안휘성 수계현(濉溪縣) 서북 사람으로 박학하고 두루 통달해 오경에 정통했다. 참위(讖緯)의 신학을 반대하고 속유(俗儒)들을 신랄하게 비난해 『신론(新論)』 25편의 저술을 남겼다. 양웅의 『태현』이 『노자』보다 낫다는 견해는 『한서·양웅전』에 보인다.

11 老子未足道(노자미족도) : 한유는 불교와 함께 노자를 높이 평가하지 않고 배척하는 입장을 지녔다.

12 爭彊(쟁강) : 우열을 다투다. '彊'은 '强'과 같다.

13 侯芭(후파) : 거록(鉅鹿) 사람으로 양웅의 제자. 양웅으로부터 『태현』과 『법언(法言)』을 배웠는데, 양웅이 죽은 뒤에 무덤을 세우고 3년의 심상(心喪)을 지냈다.

14 이상 두 구절은 『예기·중용』에서 따온 것인데, 앞뒤 순서가 뒤바뀌어 있다.

近李翺¹⁵從僕學文, 頗有所得, 然其人家貧多事, 未能卒其業。有張籍¹⁶者, 年長於翺, 而亦學於僕, 其文與翺相上下¹⁷, 一二年業之, 庶幾¹⁸乎至¹⁹也 ; 然閔²⁰其棄俗尚²¹而從於寂寞之道²², 以之爭名於時也!

15 李翺(이고) : 자는 습지(習之)고 정원 14년(798) 진사로 한유로부터 고문을 배웠다. 이고에 대한 더 자세한 설명은 「여이고서(與李翺書)」(HS-093) 해제 참조.

16 張籍(장적) : 장적에 대해서는 「장중승전후서(張中丞傳後敍)」(HS-040) 주석 3, 「답장적서(答張籍書)」(HS-071), 「중답장적서(重答張籍書)」(HS-072) 등 참조.

17 相上下(상상하) : 서로 필적하다. 막상막하다.

18 庶幾(서기) : 거의. 아마도. '어쩌면 ~할 것이다'라는 뜻의 희망 내지 추측을 나타내는 어기부사.

19 至(지) : 고문 창작의 최고 수준. 고문 창작의 진선진미(盡善盡美)한 경지.

20 閔(민) : 가엾게 여기다. 긍휼히 여기다. '憫'과 같다.

21 俗尙(속상) : 세상 사람들의 기호. 세상 사람들이 숭상하는 것으로 곧 위에서 말한 '俗下文字'를 가리킨다.

22 寂寞之道(적막지도) : 당시 사람들이 전혀 관심을 기울이지 않는 고문 학습의 길. 한유를 좇아 고문 창작을 배우는 길.

久不談, 聊感足下能自進於此, 故復發憤一道。愈再拜。

　　각하께서는 현명한 인재를 좋아하고 선을 행하기를 즐겨 하여 부지런히 쉬지 않고 우수한 인재들을 벼슬길로 천거하고 옳고 그름을 분명히 가리는 것을 자신의 임무로 여기고 계시니, 지금 온 천하에 이와 같이 하시는 분은 각하 한 사람뿐입니다. 저는 다행스럽게도 총애하심을 입어 각하와 교유하게 되어 제 발자취가 각하의 문하에 다다를 수 있게 되고, 대청마루에 올라가 방 안을 바라보게 된 지도 1년이 다 되어 갑니다. 제가 마음속으로 생각하는 것은 곧 스스로를 제삼자라고 여기지 않고 저의 어리석은 충정을 다하고 포부를 말하고자 하오니, 하물며 각하께서 부지런히 쉬지 않고 자신의 임무로 여기시는 일임에 있어서야 아마도 조금이라도 도움이 되고 그 효과를 더욱 드러낼 수 있지 아니하겠습니까! 진실로 제가 드리는 말씀이 각하께 받아들여질 수 있을는지 알지 못하지만, 이렇게 하는 것은 소인이 군자를 섬길 때 성의를 다하는 도리이옵니다. 천하에 해야 할 일을 단번에 다 헤아릴 수 없으며, 각하의 뜻에 혹시 때를 기다렸다가 하시려는 것이 있을지도 몰라서 감히 일일이 자세히 말씀드리지는 않고, 지금은 단지 그중에서 시간적으로 가장 임박해 있고 사정이 가장 절박한 것만을 말씀드리겠습니다.

각하와 이번 진사과 고시위원장은 서로 가장 잘 알고 계시는 사이니, 그분께서 각하에게 바라는 것과 각하께서 그분을 대하시는 바는 지극히 높은 경지라 추호의 틈이나 의심쩍음도 없다고 할 수 있습니다. 그분의 직책은 인재를 얻는 데 있고, 각하의 뜻은 현인을 천거하는 데 있으니 만약 적합한 인물을 찾아 그분에게 천거하면 이른바 쌍방이 모두 각자의 요구를 만족하는 것인지라 그분이 반드시 순조롭게 각하의 뜻에 따르실 것입니다. 각하께서 알고 계시는 사람 또한 매우 많겠습니다만, 공자께서 "네가 아는 현명한 사람을 천거하라"고 하셨으니, 제가 아는 사람도 말씀드릴 수 있겠습니다.

문장으로 가장 두드러진 사람으로 후희(侯喜)라는 이와 후운장(侯雲長)이라는 이가 있습니다. 후희의 집안에는 개원(開元) 연간에 관복을 입고 조정에서 벼슬을 한 사람이 형제 중에 대여섯 명인데, 후희의 부친에 이르러 벼슬길이 순조롭지 못했기 때문에 관직을 버리고 고향으로 돌아갔습니다. 후희는 형제들을 이끌고 쟁기자루와 보습과 같은 농기구를 들고 들판에서 농사를 지었는데, 토지는 척박하고 세금은 과중해 부모를 봉양하기에도 부족한 탓에 농사짓다가 남는 여가 시간에 책을 읽고 글을 지어 높은 지위에 있는 사람들을 찾아가 풍족함을 구했습니다. 후희의 문장은 서한(西漢)의 글을 배워 지은 것으로 주현(州縣)의 고시를 거쳐 도성으로 가서 진사과에 응시한 지 15, 16년이 되었습니다. 후운장의 문장은 각하께서 스스로 알고 계시는 바고, 그의 사람됨은 순박하고 진중하며 단정하고 신실해 일을 맡길 수 있으며, 그가 쓴 글은 후희와 필적할 수준입니다. 유술고(劉述古)라는 사람은 문학 중에서 시를 짓는 데 뛰어나 시구가 아름답고 뜻에 깊이가 있어, 지금 예부 주관의 진사과에 응시한 사람들이 쓴 시 중에 그와 비견할 만한 것이 없으며, 또 고시위원장과 응대하는 시험에도 능숙합니다. 그는 사람됨이 온화하고 선량하며 성실하고 신뢰성이 있으며, 사악하고 아첨하며 속이는 망령된 마음이 없는지라, 의지가 강하면서도 안색이 부드럽고 화평하면서도 주견이 뚜렷합니다. 그의 일처리는 조용하면서도 민첩하고, 아름다운 명성이 드러나 있으면서도 억울한 대우를 받고 있는 날이 이미 오래되었습니다. 위군옥(韋羣玉)이라는 사람은 경조윤(京兆尹) 위하경(韋夏卿)의 조카로 그의 문장은 취할 만한 점이 있고 앞으로 힘써 나아가고 멈추지 않는 사람이며, 사람됨이 현명하고 재주가 있으며 의지가 굳세고 기질이 온화해 즐거운 마음으로 현명한 인재를 천거하고 선을 행합니다. 그는 집에 있을 때 명문가 자제가 저지르기 쉬운 과오를 범하지 않고, 경조윤의 곁에 있으면서 일이 생기면 바로 논쟁을 해 경조윤의 명령대로 하지 않고 도의에 따라 일처리를 했으니, 자제로서의 현명함과 가업을 계승할 수 있는 이를 찾는다면 위군옥이 바로 그런 사람이옵니다. 이 네 인물은 각하께서 마땅히 우선적으로 천거하고 극구 변론해 소개하셔야 할 만한 사람들입니다. 고시위원장관께서 의심을 하시면 그들을 위해 변론을 해 주시고, 질문을 하시면 사정을 일러 주시고, 그들에 대해 잘 모르시면 심력을 기울여 설명하시어, 일이 성사된 뒤에 그만두셔야 될 것이옵니다. 이밖에 심기(沈杞)·장홍(張茲)·울지분(尉遲汾)·이신(李紳)·장후여(張後餘)·이익(李翊)과 같은 사람들이 있는데, 어떤 이는 문장으로 어떤 이는 덕행으로 모두 출중한 인재들이옵니다. 이 여러 인물들은 그들에게 기회를 준다면, 뭇사람들의 신망을 받고 진정한 인재를 얻었다고 하기에 족하니, 고시위원장께서 의심하시면 그에게 해명해 주시고, 질문하시면 이런 사실로 대답하시고, 널리 인재를 찾으시면 이들로 일러 주시면 될 것이옵니다.

지난번에 육상공(陸相公)께서 진사과 고시위원장이 되셨을 때 문장을 아주 세밀하게 심사하셨는데, 저도 그때 다행히 합격자의 대열에 들어 있었지만 육상공께서 인재를 얻으셨는지는 미처 알지 못했습니다. 그로부터 한두 해 뒤에 함께 급제한 사람들이 모두 찬란하게 명성이 났는데, 그 까닭을 규명해보니 역시 보궐(補闕) 양숙(梁肅)과 낭중(郎中) 왕초(王礎)가 그분을 잘 보좌한 때문이었습니다. 양숙이 천거한 여덟 사람은 잘못되지 않고 모두 합격했으며, 그 나머지는 왕초가 참여해 함께 의논해서 결정했습니다. 육상공께서 문장을 아주 세밀하게 심사하셨고 양숙과 왕초를 이와 같이 의심하지 않고 대하셨으며, 양숙과 왕초도 이와 같이 합당하게 인재를 천거하셨기에 지금까지도 미담으로 전해지고 있습니다. 그 뒤로 고시위원장이 보좌하는 사람을 신뢰하지 않고 보좌하는 사람들도 신뢰할 만한 인재가 없어, 그 때문에 잠잠히 아무 소문이 나지 않았습니다. 지금 각하와 진사과 고시위원장은 서로 신뢰하는 기초와 함께 일을 의논해 처리하는 도의를 바탕에 깔고 계시니, 소중히 여기시어 이런 좋은 기회를 놓치지 마시옵소서!

지금 조정에서 벼슬하는 고관들이 대부분 연회를 베풀고 즐기는 것을 일삼고 있지만, 유독 각하께서는 우뚝 범속을 뛰어넘는 안목과 덕행으로 깊이 있고 멀리 앞을 내다보는 생각을 품고 국가를 위해 근간이 되는 도리를 세우고자 하시니, 소인이 각하께 이런 말씀을 알려 드리는 것이 마땅하옵나이다. 한유가 황송한 마음으로 재배를 올립니다.

해제

　정원 18년(802) 사문박사 재직 시에 육참(陸傪)에게 보낸 편지글. 육참은 자가 공좌(公佐)고 오군[吳郡 : 지금 강소성(江蘇省) 소주시(蘇州市)] 사람인데, 예부(禮部)의 제이사(第二司)인 사부(祠部)의 차관직인 원외랑(員外郎)으로 있으면서, 이해 봄에 진사과 고시위원장을 맡은 친구인 중서사인(中書舍人) 권덕여(權德興)를 보좌하는 통방(通榜)의 임무를 수행 중에 있었다. 통방은 고시위원장에게 당시에 지명도가 높은 인재의 명단을 천거하는 것으로 이 중에서 합격자들이 많이 나올 정도로 당락을 크게 좌우했다.

　작자는 육참에게 선명한 인상을 심어 주고자 정도의 차이는 있지만 천거하는 인물들의 사람됨과 시문의 창작 소질 및 덕행을 부각하고, 본인이 진사에 급제한 당시의 정황을 거론하며 고시위원장과 통방을 맡은 사람이 긴밀하게 협조해 국가의 중대사를 성실하게 수행해야 할 것이라는 뜻도 담았다. 그가 천거한 열 명 중에서 네 명은 바로 그해에 급제하고, 나머지도 5년 이내에 모두 진사에 급제했다. 이는 한유의 인재를 알아보는 안목과 진사시 합격에 미치는 영향력을 말해주는 대목으로, 그로 인해 당시의 무수한 문인들이 한유의 문하생이 되기 위해 몰려들었다.

원문 및 주석

執事好賢樂善, 孜孜[1]以薦進良士、明白是非爲己任, 方今天下一人而已。愈之獲幸[2]於左右, 其足跡接於門牆之間, 陞乎堂而望乎室[3]者, 亦將一年于今矣。念慮所及, 輒欲不自疑外[4], 竭其愚而道其志, 況在執事之所孜孜爲己任者, 得不[5]少助而張[6]之乎? 誠不自識其言之可采與否 ; 其事則小人之事君子盡心之道也。天下之事不可遽數[7], 又執事之志或有待而爲, 未敢一二[8]言也 ; 今但言其最近而切者爾。

1 孜孜(자자) : 부지런히 쉬지 않는 모양.
2 獲幸(획행) : 다행스럽게도 총애하심을 입다. 교유할 수 있게 되었음을 말한다.
3 陞乎堂而望乎室(승호당이망호실) : 대청마루에 올라가 방안을 바라본다. 이는 공자가 『논어・선진(先進)』편에서 중유(仲由)의 학문 수준을 평하여 "중유의 학문은 대청마루에는 올라왔지만, 아직 방 안까지 들어오지는 못했다(由也升堂矣, 未入於室也)"라고 한 데서 나온 것이다. 뒤에 '升堂(승당)'과 '入室(입실)'은 제자가 스승의 학문이나 도덕을 계승하는 것을 가리키는 뜻으로 쓰였는데, 한유가 이를 빌려 제자를 자임하면서 자신과 육참의 교분이 점차 깊은 관계로 발전해 나가는 것을 표현했다.
4 不自疑外(부자의외) : 스스로를 제삼자라라고 여기지 않다. 육참과의 관계에 있어 모르는 사람처럼 여기지 않는 것을 말한다.
5 得不(득불) : 아마도 ~하지 아니하겠는가! 문장 끝의 '乎'자와 호응해 추측의 어기를 나타낸다.
6 張(장) : 드러내다. 확대하다.
7 . 遽數(거수) : 단번에 다 헤아리다.
8 一二(일이) : 일일이. '一一(일일)'과 같은 뜻이다.

執事之與司貢士者[9]相知誠深矣, 彼之所望於執事, 執事之所以待乎彼者, 可謂至[10]而無間疑[11]矣。彼之職在乎得人, 執事之志在乎進賢, 如得其人而授之, 所謂兩得其求[12], 順乎其必從也。執事之知人其亦博矣, 夫子之言曰 :"擧爾所知[13]", 然則愈之知者亦可言已。

9 司貢士者(사공사자) : 주현(州縣)에서 예비시험을 거쳐 천거되어온 사람인 '貢士'를 대상으로 하여 수도에서 실시하는 진사고시를 주관하는 사람, 곧 예부 관할 진사과 고시위원장. 이해 고시위원장은 권덕여(權德輿, 759-818)였다 .
10 至(지) : 지극한 경지에 이르다. 최고의 경지에 이르다.
11 間疑(간의) : 틈이 나고 의심쩍다.
12 兩得其求(양득기구) : 양자가 모두 각자의 요구를 만족시키다. 『순자・예론(禮論)』에서 "따라서 사람이 예로 자신을 완성하면 예의와 성정의 양자를 모두 얻을 수 있지만, 성정으로 만족을 구하면 양자를 모두 잃어버리게 된다(故人一之於禮義, 則兩得之矣 ; 一之於情性, 則兩喪之矣)"라고 한 데서 뜻을 취해온 표

현으로 여겨진다.

13 　擧爾所知(거이소지) :『논어・자로(子路)』편의 "네가 아는 현명한 인재들을 발탁
해라. 네가 알지 못하는 인재들을 타인이 설마 버리겠는가?(擧爾所知, 爾所不
知, 人其舍諸?)"에서 따온 글귀다. 거기서는 '擧'가 '발탁하다', '등용하다'는 뜻으
로 쓰였다.

文章之尤[14]者, 有侯喜[15]者、侯雲長[16]者 : 喜之家, 在開元[17]中衣冠而朝[18]者兄
弟五六人, 及喜之父仕不達, 棄官而歸。喜率兄弟操耒耜[19]而耕于野, 地薄
而賦[20]多, 不足以養其親, 則以其耕之暇, 讀書而爲文, 以干[21]於有位者而
取足[22]焉。喜之文章, 學西京[23]而爲也, 擧進士[24]十五六年矣。雲長之文, 執
事所自知 ; 其爲人淳重方實, 可任以事, 其文與喜相上下。有劉述古[25]者,
其文長於爲詩, 文麗而思深, 當今擧於禮部者, 其詩無與爲比, 而又工於應
主司[26]之試 ; 其爲人溫良誠信, 無邪佞詐妄之心, 彊志[27]而婉容, 和平而有
立 ; 其趨事靜以敏, 著美名而負屈稱[28]者, 其日已久矣。有韋羣玉[29]者, 京兆[30]
之從子, 其文有可取者, 其進而未止者也, 其爲人賢而有材, 志剛而氣和,
樂於薦賢爲善 ; 其在家無子弟之過, 居京兆之側, 遇事輒爭, 不從其令而
從其義, 求子弟之賢而能業[31]其家者, 羣玉是也。凡此四子皆可以當執事
首薦而極論[32]者。主司疑焉, 則以辨之 ; 問焉, 則以告之 ; 未知焉, 則殷勤[33]
而語之 : 期乎有成而後止可也。有沈杞[34]者、張弦[35]者、尉遲汾[36]者、李紳[37]
者、張後餘[38]者、李翊[39]者, 或文或行皆出羣之才也 : 凡此數子, 與之[40]足以
收人望[41]、得才實[42], 主司疑焉則與解之, 問焉則以對之, 廣求焉則以告之可
也。

14 　尤(우) : 특히 뛰어나다. 두드러지다.
15 　侯喜(후희) : 정원 19년(803) 진사. 국자주부(國子主簿)를 지냈다.
16 　侯雲長(후운장) : 정원 18년(802) 진사.
17 　開元(개원) : 당나라 현종(玄宗)의 연호로 서기 713-741년에 걸쳐 사용되었다.
18 　衣冠而朝(의관이조) : 조정에서 벼슬하다. 벼슬아치들에게는 직급에 따른 의관
이 정해져 있었다.
19 　耒耜(뇌사) :「감이조부(感二鳥賦)」(HS-001) 주석 13 참조.
20 　賦(부) : 세금.
21 　干(간) : 목적을 갖고 권력자를 찾아가다.

22 取足(취족) : 풍족함을 구하다. 여기서는 '부모 봉양의 수요를 만족시키다'는 뜻
    이다.

23 西京(서경) : 서한(西漢). 전한(前漢). 여기서는 서한의 문장을 가리킨다.

24 擧進士(거진사) : 주현(州縣)의 예비 시험을 거쳐 천거되어 도성으로 가서 예부
    주관의 진사고시에 참가하는 것을 말한다.

25 劉述古(유술고) : 정원 21년(805) 진사.

26 主司(주사) : 예부 주관의 진사과 고시위원장.

27 彊志(강지) : 의지가 강하다. '彊'은 '强'과 같다.

28 負屈稱(부굴칭) : 억울한 대우를 받다. 진사고시에 급제하지 못하는 것을 가리킨
    다.

29 韋羣玉(위군옥) : 위형(韋珩)으로 정원 21년(805) 진사. '羣玉'은 그의 자고 위하
    경의 동생 정경(正卿)의 아들이다.

30 京兆(경조) : 경조윤(京兆尹)의 약칭으로 위하경(韋夏卿)을 가리킨다. 위하경은
    정원 17(801)년 10월에 이부시랑(吏部侍郞)으로 경조윤을 맡았다.

31 業(업) : 가업을 계승하다.

32 首薦而極論(수천이극론) : 우선적으로 천거하고 극구 변론해 소개하다.

33 殷勤(은근) : 심력을 다하다. 정성을 다하는 모양. '慇懃'과 같다.

34 沈杞(심기) : 정원 18년(802) 진사.

35 張苰(장홍) : 원화 2년(807) 진사.

36 尉遲汾(울지분) : 「답울지생서(答尉遲生書)」(HS-078) 주석 1 참조.

37 李紳(이신) : 자가 공수(公垂)고 원화 원년(806) 진사로 무종(武宗) 회창(會昌,
    841-846) 연간에 재상을 역임했다.

38 張後餘(장후여) : 원화 2년(807) 진사. 진사에 급제한 이듬해에 넓적다리에 종기
    가 나서 죽었다.

39 李翊(이익) : 「답이익서(答李翊書)」(HS-088) 주석 2 참조.

40 與之(여지) : 그들에게 기회를 주다. 여기서는 진사에 급제시키는 것을 가리킨
    다.

41 人望(인망) : 뭇사람들의 신망. 뭇사람들의 기대 내지 촉망.

42 才實(재실) : 진정한 인재. 알찬 인재.

往者陸相公⁴³司貢士, 考文章甚詳, 愈時亦幸在得中, 而未知陸之得人也。
其後一二年, 所與及第者皆赫然⁴⁴有聲, 原其所以, 亦由梁補闕肅⁴⁵王郎中
礎⁴⁶佐之。梁擧八人⁴⁷無有失者⁴⁸, 其餘則王皆與謀⁴⁹焉。陸相之考文章甚
詳也, 待梁與王如此不疑也, 梁與王擧人如此之當⁵⁰也, 至今以爲美談。自
后主司不能信人, 人亦無足信者, 故蔑蔑⁵¹無聞。今執事之與司貢士者有
相信之資、謀行之道, 惜乎其不可失也!

43 陸相公(육상공) : 육지(陸贄, 754-805). 정원 8년(792)에서 10년(794)까지 재상을
    지냈기 때문에 '相公'이라고 했다. 육지는 정원 8년에 진사과 고시위원장을 맡
    아 한유 등 23명을 합격시켰는데, 쟁쟁한 인재들이 많아 당시 '용호방(龍虎榜)'
    으로 불렸다.

44 赫然(혁연) : 밝게 빛나는 모양.

45 梁補闕肅(양보궐숙) : 양숙(753-793)은 자가 관중(寬中) 또는 경지(敬之)고 안정
    [安定 : 지금 감숙성 경천현(涇川縣)] 사람이다. 중당 때의 고문가로 고문운동의
    선구적 역할을 했으며, 그의 산문은 한유와 이고(李翱) 등에 의해 계승되었다.
    우보궐(右補闕), 태자시독(太子侍讀), 한림학사(翰林學士) 등의 관직을 역임했다.

46 王郎中礎(왕낭중초) : 왕초는 대력(大曆) 7년(772) 진사로 상서성 호부탁지낭중
    (戶部度支郎中)을 역임했다.

47 梁擧八人(양거팔인) : 양숙이 천거한 여덟 사람. 『신당서(新唐書)·문예전하(文
    藝傳下)』의 '구양첨(歐陽詹)'조에 보이는 구양첨과 한유, 이관(李觀), 이강(李絳),
    최군(崔羣), 왕애(王涯), 풍숙(馮宿), 유승선(庾承宣)을 가리키는 것으로 여겨진다.

48 無有失者(무유실자) : 잘못된 사람이 아무도 없다. 즉 모두 합격했음을 말한다.

49 與謀(여모) : 합격자의 인선에 참여해 함께 의논하다.

50 當(당) : 합당하다. 마땅하다.

51 蔑蔑(멸멸) : 잠잠히. 아무 소리 없이.

方今在朝廷者, 多以遊謙娛樂爲事[52];獨執事眇然高擧[53], 有深思長慮, 爲
國家樹根本之道:宜乎小子[54]之以此言聞於左右也。愈恐懼再拜。

52 이 구절은 왕중서(王仲舒, 762-823)와 배채(裴茝) 등을 이르는 말이다. 이들은
    덕망이 높은 현신이었지만 연회를 너무 자주 베푼 흠이 있었는데, 결국 참소를
    당해 관직에서 물러났다고 한다. 이 편지글은 이들이 관직에서 쫓겨나기 이전
    에 쓴 것이므로 앞을 내다보는 작자의 안목을 읽을 수 있는 대목이기도 하다.

53 眇然高擧(묘연고거) : 우뚝 안목이 높고 덕행이 범속을 뛰어넘다. 독자적으로 우
    뚝 솟아 세속의 나쁜 기풍에 부화뇌동하지 않는 것을 말한다. '眇然'은 '우뚝 높
    이 솟은 모양'으로 '眇'는 '邈(막)'과 통하며, '高擧'는 '범속을 초월하다'는 뜻이다.

54 小子(소자) : 이는 본래 부형이 아랫사람인 자제를 부를 때 쓰는 말이었는데, 뒤
    에 자기 낮춤말로도 쓰였다. 여기서는 한유가 자기를 낮추어 부른 것이다.

HS-104 「봉상 형상서에게 보내는 편지」

與鳳翔邢尙書書

한유가 재배를 올립니다. 관직이 없는 선비는 곤궁하고 빈천한 가운데 살면서 왕공대인의 권세를 빌리지 않고서는 그들의 포부를 실현할 수 없고, 왕공대인은 공적이 현저하지만 관직이 없는 선비들의 칭송을 빌리지 않고서는 그의 명성을 넓혀나갈 수 없습니다. 이런 까닭에 관직이 없는 선비는 비록 매우 미천하더라도 아첨하지 않고, 왕공대인은 비록 지위가 매우 높더라도 교만하지 않으니, 피차간에 일의 형세에 있어 서로 필요로 하고 앞뒤로 서로 의지하기 때문입니다. 지금 각하께서는 황제의 손톱이나 어금니와 같은 신임 받는 무신으로 국가를 수호하는 울타리요 담장이시니, 위엄이 추상같이 전해지고 인의가 봄볕같이 베풀어져 서북방의 오랑캐 족속들이 갑옷을 버리고 멀리 도망가고 조정은 베개를 높이 베고 걱정 없이 지내고 있습니다. 이것이 어찌 대장부의 평소의 포부를 저버리는 것이며 영명하신 천자의 남달리 특별한 대우를 저버리는 것이겠사옵니까? 찬란히 빛나고 위풍당당하시옵니다! 공적이 날로 더 새로워지고 명성이 바람 따라 전해져, 마땅히 멀리 바다 한 모서리에서 고담준론을 하는 선비들을 환호하게 하고 천하의 도의를 흠모하는 사람들을 바삐 뛰어다니게 하시니, 어떤 사람들은 자원해 역마차를 몰고 가서 문서를 전달하고, 어떤 사람들은 기꺼이 무기를 손에 들고 전선으로 달려가 천자를 요순과 같은 성군이 되게 하고 황하와 황수(湟水) 일대의 잃어버린 땅을 수복하도록 해야 하실 것입니다. 그러나 지금 아직 이런 경지에 이르지 못한 것은 아마도 다음과 같이 말할 수 있을 것입니다. 어찌 인재를 대우하는 방식이 그다지 융숭하지 못하고, 선비를 대접하는 예가 썩 빼어나지 못한 때문이 아니겠습니까? 청하옵건대 거칠게나마 이 일에 대해 말씀드리고자 하오니, 각하께서는 시험 삼아 귀 기울여 자세히 들어 주시옵소서!

대체로 선비가 이곳으로 찾아오는 것은 반드시 각하에게 구하는 것이 있기 마련이니, 대체로 집이 가난하고 지위가 낮은 신분의 사람들이 부유하고 지위가 높은 사람에게 도움을 요청하는 것은 지극히 당연한 일입니다. 각하의 재산으로는 천하의 모든 사람들에게 두루 다 나누어 줄 수 없으니, 찾아오는 사람이 현명하고 유능한지 어리석고 무능한지를 가려서 후하거나 박한 등급을 구분해 대할 수밖에 없습니다. 만약 현명하고 유능한 사람이 찾아왔을 때 각하께서 곧 그를 한 차례 접견하고, 어리석고 무능한 사람이 찾아왔을 때 각하를 만나 뵙지 못하게 하면, 현명하고 유능한 사람들은 찾아오지 않는 이가 없고 어리석고 무능한 사람들은 날로 발걸음을 멀리할 것입니다. 만약 어리석고 무능한 사람이 찾아왔을 때 각하께서 그에게 천금을 주시고, 현명하고 유능한 사람이 찾아왔을 때도 천금을 주시면, 어리석고 무능한 사람들은 찾아오지 않는 이가 없고, 현명하고 유능한 사람들은 날로 발걸음을 멀리할 것입니다. 현명하고 유능한 인재를 얻는 방법을 찾고자 한다면 제가 말한 데에 다 들어 있으며, 사람이 현명하고 유능한지와 어리석고 무능한

지를 알고자 한다면 정밀하게 식별하고 폭넓게 받아들이는 데 달려 있습니다. 스스로 정밀하게 식별하면 본래 이미 열 명 중에 일고여덟의 인재는 얻게 되고, 또 폭넓게 받아들이면 백 명 중에 한둘도 누락되지 않을 것입니다. 만약 과연 이런 방식대로 할 수 있다면, 저는 천하의 모든 죽간과 흰 비단 위에 적어도 각하의 공덕을 다 쓰기에 부족하고, 천하의 모든 종정(鐘鼎)과 비석에 새겨도 각하의 기개와 도량을 칭송하기에 부족할 것이라고 생각하옵니다!

　저는 관직이 없는 선비입니다. 일곱 살에 책을 읽었고 열세 살에 글을 지을 줄 알았으며, 스물다섯에 예부의 진사과에 급제해 문장으로 사방에 이름이 났습니다. 일찍이 이전 시대의 흥망성쇠를 염두에 두지 않은 적이 없고, 지금 세상의 정치의 잘잘못에 주의를 기울이지 않은 적이 없습니다. 늘 천하의 안위가 변방에 달려 있다고 생각해 6월에 먼 길을 나서 군대를 견학하러 왔습니다. 이 고을에 도착한 뒤 우물쭈물 배회하며 떠나가지 못하는 까닭은, 진실로 각하의 도의를 흠모해 잠시나마 각하의 집무실 계단 아래에 서서 군자의 위엄 있는 용모와 거동을 우러러보고자 원하기 때문입니다. 열흘을 머물고도 감히 나아가 뵙지 않은 것은 진실로 측근 신하들이 먼저 저에 대해서 좋은 말로 소개해주지 않아 각하께서 보통 사람들처럼 저를 대하실까 걱정하기 때문이옵니다. 그러하다면 저는 제 목숨을 던지더라도 그 치욕을 씻을 수 없고, 헛되이 끝이 없는 후회만 할 것입니다. 따라서 먼저 이 편지를 써서 제가 이곳에 온 뜻을 진술했사오니, 각하께서 저를 미치광이로 여기지 마시고 예로써 저의 진퇴를 결정해주신다면 정말 다행스럽고 다행스럽겠나이다! 한유가 재배를 올립니다.

해제

　정원 10년(794) 두 번째로 박학굉사과에 응시해 떨어진 뒤 관직에 임명되지 못하고 있던 중, 그해 6월에 봉상부(鳳翔府)로 가서 형군아(邢君牙, 722-798)에게 올린 편지글. '포의지사(布衣之士)'와 '왕공대인(王公大人)'의 상호 의존적 협력관계를 강조해 유능한 인재를 초빙해야 함을 피력한 뒤, 자신이 바로 그러한 인물이므로 형군아가 직접 접견해 중용해주기를 바라는 뜻을 담았다. 작자의 이러한 바람이 받아들여지지는 못했지만, 자신의 뜻을 솔직하고 당당하게 밝힌 기개와 글솜씨는 단연 돋보인다고 하겠다.

　형군아는 영주(瀛州) 낙수[樂壽 : 지금 하북성(河北省) 헌현(獻縣)] 사람으로 정원 3년(787)에 이성(李晟, 727-792)을 대신해 봉상윤(鳳翔尹), 봉상농주도방어관찰사(鳳翔隴州都防禦觀察使)가 된 뒤, 얼마 안 있어 우신책행영절도(右神策行營節度), 봉상농주관찰사, 가검교공부상서(加檢校工部尙書) 등의 직책을 수행했다. 그는 특히 당나라 덕종(德宗) 초 토번족(吐蕃族)이 침입해 장안성 서쪽 수백 리 근처까지 압박해 들어왔을 때, 봉상부의 주둔군 사령관으로 서북방과 수도 장안의 수호에 큰 공을 세웠다.

원문 및 주석

愈再拜 : 布衣[1]之士身居窮約[2]，　不借勢於王公大人則無以成其志；王公大人功業顯著，　不借譽於布衣之士則無以廣其名：是故布衣之士雖甚賤而不諂，王公大人雖甚貴而不驕，其事勢相須[3]，其先後相資[4]也。今閤下爲王爪牙[5], 爲國藩垣[6], 威行如秋[7], 仁行如春[8], 戎狄[9]棄甲而遠遁, 朝廷高枕[10]而不虞[11]: 是豈負大丈夫平生之志願哉? 豈負明天子非常之顧遇[12]哉? 赫赫[13]乎, 洸洸[14]乎, 功業逐日以新, 名聲隨風而流, 宜乎謹呼海隅高談之士, 奔走天下慕義之人, 使或願馳一傳[15], 或願操一戈, 納君於唐虞[16], 收地於河湟[17]; 然而未至乎是者, 蓋亦有說云: 豈非待士之道未甚厚, 遇士之禮未甚優? 請粗言其事, 閤下試詳而聽之:

1　布衣(포의): 평민. 여기서는 벼슬을 한 적이 없는 선비를 가리킨다. 한유는 정원 8년(792)에 진사에 급제했지만 바로 관직을 수여받지 못했고, 그 이듬해 박학굉사과에 응시해 합격하지 못했으므로 '布衣'로 자칭한 것이다.
2　窮約(궁약): 곤궁하고 빈천하다.
3　相須(상수): 서로를 필요로 하다.
4　相資(상자): 서로 의지하다. 서로 돕다.
5　爪牙(조아): 발톱과 어금니로 왕을 지키는 무신(武臣)을 비유한다. 『시경·소아(小雅)·기보(祁父)』의 "기보님! 저는 임금님의 발톱과 어금니와 같은 무사거늘(祁父! 予王之爪牙)"이라고 한 데서 나온 시구다.
6　藩垣(번원): 울타리와 담장으로 국가를 수호하는 중신(重臣)을 비유한다. 『시경·대아(大雅)·판(板)』의 "갑옷 입은 병사는 나라의 울타리고, 삼공은 나라의 담장이다(价人維藩, 大師維垣)"라고 한 데서 나온 시구다.
7　威行如秋(위행여추): 위엄이 전해지는 것이 추상과 같다. 위엄이 행해지는 것이 마치 가을기운처럼 스산하다.
8　仁行如春(인행여춘): 인의가 베풀어지는 것이 봄볕과 같다. 인의가 행해지는 것이 마치 봄날처럼 사람을 따스하게 한다.
9　戎狄(융적): 고대 서북 지방 소수민족의 통칭으로 여기서는 토번족(吐蕃族)을 가리킨다.
10　高枕(고침): 베개를 높이 베고 자다. 아무 걱정 없이 지내는 것을 말한다.
11　虞(우): 걱정. 우려.
12　非常之顧遇(비상지고우): 높이 평가되어 받는 보통과 다른 특별한 대우.
13　赫赫(혁혁): 성대하게 빛나는 모양.
14　洸洸(광광): 위풍당당한 모양. 굳세고 용감한 모양.
15　傳(전): 역마차. 역참에 비치되어 있는 수레와 말.
16　唐虞(당우): 당요(唐堯)와 우순(虞舜) 곧 요순임금.
17　河湟(하황): 황하와 황수. 황하와 그 상류의 지류인 황수 유역의 땅으로 여기서는 안사의 난 이후 토번족이 점거하고 있던 지역을 가리킨다.

夫士之來也, 必有求於閤下; 夫以貧賤而求於富貴, 正其宜也。閤下之財不可以徧[18]施於天下，在擇其人之賢愚而厚薄等級[19]之可也。假如賢者至，閣下乃一見之；愚者至，不得見焉；則賢者莫不至而愚者日遠矣. 假如愚者至，閣下以千金與之；賢者至，亦以千金與之；則愚者莫不至而賢者日遠矣。欲求得士之道，盡於此而已；欲求士之賢愚，在於精鑒[20]博采[21]之而已。精鑒於己，固已得其十七八矣；又博采於人，百無一二遺者焉：若果能是道，愈見天下之竹帛[22]不足書閣下之功德，天下之金石[23]不足頌閣下之形容[24]矣！

18　徧(편)：두루. ‘遍’과 같다.

19　等級(등급)：등급을 나누다. 뒤에 목적어 ‘之(지)’를 대동해 동사로 쓰였다.

20　精鑒(정감)：정밀하게 감별하다. 세밀하게 식별하다.

21　博采(박채)：폭넓게 받아들이다. 다방면에서 인재를 널리 구하다.

22　竹帛(죽백)：죽간과 흰 비단. 종이 이전에 글을 쓰는 문구로 널리 사용되었다.

23　金石(금석)：종정(鐘鼎)과 같은 청동제 기물과 돌로 만든 비석. 공적을 새겨 후세에 오래도록 전하기 위한 재료로 널리 사용되었다. 종경(鐘磬)과 같은 악기로 보고, ‘가락이 맑고 소리가 은은한 악장’을 가리키는 것으로 풀이해도 뜻이 통하지만 취하지 않는다.

24　形容(형용)：성대한 덕의 표현으로서의 위엄 있는 기개와 도량.

愈也布衣之士也。生七歲而讀書，十三而能文，二十五而擢第於春官[25]，以文名於四方。 前古之興亡未嘗不經於心也， 當世之得失未嘗不留於意也，常以天下之安危在邊[26]，故六月于邁[27]，來觀其師，及至此都[28]，徘徊[29]而不能去者，誠悅閣下之義，願少立於堦墀[30]之際，望見君子之威儀[31]也。居十日而不敢進者，誠以左右[32]無先爲容[33]，懼閣下以衆人視之，則殺身[34]不足以滅恥， 徒悔恨於無窮：故先此書序其所以來之意， 閣下其無以爲狂而以禮進退之[35]，幸甚，幸甚[36]！愈再拜。

25　擢第於春官(탁제어춘관)：진사과에 급제하다. ‘擢第’는 ‘진사의 서열에 발탁되다’는 뜻이고, ‘春官’은 예부(禮部)의 별칭으로 중당(中唐) 때에 진사과 고시를 주관한 부서다.

26　邊(변)：변경. 변방.

27　于邁(우매)：멀리 가다. 먼 길을 나서다. 『시경·대아·역복(棫樸)』의 “주나라 임금께서 먼 길을 나서니 천자의 육군이 뒤따르네(周王于邁, 六師及之)”에서 따온 표현이다.

28 　此都(차도) : 이 고을. 봉상부(鳳翔府)의 부청 소재지인 천흥(天興)을 가리킨다.

29 　徘徊(배회) : 우물쭈물 머뭇거리며 떠나가지 못하는 모양.

30 　堦墀之際(계지지제) : 계단 주변으로 집무실의 계단 아래를 가리킨다.

31 　威儀(위의) : 위엄 있는 용모와 거동. 이상 두 구절에서 계단 아래에 서서 우러
　　러보겠다고 했지만, 실은 직접 찾아뵙고 싶다는 뜻을 정중하게 표현한 것이다.

32 　左右(좌우) : 여기서는 문자 그대로 좌우의 측근 신하.

33 　容(용) : 꾸미다. 좋은 말로 이야기하다. 여기서는 '좋은 말로 칭찬해 소개하다'는
　　뜻이다.

34 　殺身(살신) : 『논어・위령공(衛靈公)』편의 "뜻있는 선비와 어진 사람은 살기 위
　　해 인을 해치는 일이 없고, 자신을 희생해 인을 이루는 일은 있다(志士仁人, 無
　　求生以害仁, 有殺身以成仁)"라고 한 데서 따온 표현이다.

35 　以禮進退之(이례진퇴지) : 예법에 따라 저를 나아가게 하거나 물리치다. '일상적
　　인 예법으로 저를 물리치다'로 풀이해 위의 '無(무)'자가 '而(이)'자 이하까지 걸
　　리는 것으로 보고 이 구절을 '각하께서 저를 미치광이로 여겨 일반적인 예법으
　　로 저를 물리치지 않으신다면'으로 옮겨도 뜻이 통한다. 이 경우 '進退'에서 '進'
　　은 뜻이 없이 쓰인 편의복사(偏義複詞)다.

36 　幸甚幸甚(행심행심) : 편지글에서 널리 쓰이는 상투어로 간절한 바람을 나타낸
　　다. '幸甚'을 한 번만 쓴 것에 비해 정도가 더 강하다.

HS-105 「다른 사람의 대필로 천거를 요청하는 편지」

爲人求薦書

아무개가 듣기로 나무가 산에 있고 말이 마구간에 있는데, 그 앞을 지나면서 거들떠보지도 않는 사람이 비록 하루에 천이나 만 명에 달하더라도, 재목감이 못되는 나무라든가 하급의 몹쓸 말이라고 할 수는 없습니다. 유명한 목수 장석(匠石)이 그 나무 앞을 지나면서도 곁눈질조차 하지 않고, 말 전문가 백락(伯樂)이 그 말과 마주치고도 본 체도 하지 않는다면, 그런 뒤에야 대들보로 쓰일 좋은 재목이나 빠른 발을 가진 빼어난 준마가 아님을 알게 됩니다. 아무개가 공의 집안에서 지낸 지가 하루 이틀이 아니고, 또 분에 넘치게도 혼인으로 맺은 친척뻘의 후인이 되니, 이는 나무가 장석의 뜰에서 자라고 말이 백락의 마구간에서 성장한 것과 같습니다. 여기에서 인정을 받지 못한다면, 가령 아무개를 알아주는 사람이 천이나 만 명에 달한다고 한들 또 뭐라고 말할 만하겠습니까? 지금 다행히도 천자께서 해마다 공경대부들에게 칙령을 내려 인재들을 천거하라고 하시는 덕분에, 아무개와 같은 사람들도 다 추천되어 조정에 알려질 수 있게 되었습니다. 이 때문에 외람되게도 이런 주장을 진언해 각하게 누를 끼치게 된 것이니, 또한 스스로를 헤아리지 못했을 뿐입니다.

그러나 각하께서 아무개의 재능이 어떠한 것으로 알고 계시는지요? 옛날에 어떤 사람이 저자에 말을 내다 팔려고 해도 팔리지 않자, 백락이 말 관상을 잘 본다는 사실을 알고는 그를 쫓아가 봐주기를 요청했는데, 백락이 한 번 돌아보자 말 값이 당장 세 배나 뛰었습니다. 아무개의 경우가 이 일과 매우 흡사한 까닭에 사실대로 자초지종을 자세히 말씀드리는 것입니다. 아무개가 재배를 올립니다.

해제

다른 사람을 대신해 천거해주기를 바라는 뜻을 담은 편지글로 창작 연대는 미상이다. 당나라 때에는 천자가 공경대부에게 알고 있는 인재를 천거하도록 했는데, 친척이면서 고관의 집에 식객으로 있던 어떤 사람을 조정에 추천하도록 요청한 내용이다. 주인과 식객을 '장석과 재목', '백락과 말'의 관계로 비유해 천거의 논리를 펴 나가고, 특히 백락의 전고를 끌어와 인재를 알아보는 주인의 안목을 강조한 착상이 돋보인다.

원문 및 주석

某¹聞木在山, 馬在肆², 遇之而不顧者, 雖日累千萬人, 未爲不材³與下乘⁴也；及至匠石⁵過之而不睨⁶, 伯樂⁷遇之而不顧, 然後知其非棟梁之材、超逸之足⁸也。以某在公之宇下⁹非一日, 而又辱居姻婭¹⁰之後, 是生于匠石之園, 長于伯樂之廐¹¹者也；於是而不得知, 假有見知者千萬人, 亦何足云。今幸賴天子每歲詔公卿大夫貢士¹², 若某等比¹³咸得以薦聞, 是以冒¹⁴進其說以累於執事, 亦不自量已。

1　某(모) : 아무개. 작자 자신을 가리킨다.
2　肆(사) : 마구간.
3　不材(부재) : 재목감이 못되다. 『장자・산목(山木)』의 "산속의 나무는 재목감이 못되기 때문에 타고난 천수를 누릴 수 있었다(山中之木, 以不材得終其天年)"에서 나온 글귀다.
4　下乘(하승) : 하급의 몹쓸 말.
5　匠石(장석) : '石'이라는 이름의 솜씨가 아주 빼어난 전설상의 목수. 『장자・서무귀(徐無鬼)』에 그의 빼어난 손재주에 관한 기록이 보이는데, 직업을 나타내는 '匠'이 후에 성으로 되었다.
6　睨(예) : 흘겨보다. 곁눈질하다.
7　伯樂(백락) : 「잡설(雜説)」(HS-012-4) 주석 1 참조.
8　超逸之足(초일지족) : 보통 말과는 다른 빠른 발을 가진 준마.
9　宇下(우하) : 처마 아래. 집안. 다른 사람의 비호 아래에 있음을 비유한다.
10　姻婭(인아) : 사돈과 동서로 혼인으로 맺어진 친척을 가리킨다. 『이아(爾雅)・석친(釋親)』에 "며느리의 부모와 사위의 부모가 서로 사돈이라 부르고, 사위끼리 동서라 불렀다(婦之父母婿之父母相謂爲婚姻, 兩婿相謂爲婭)"라고 한 글귀에 보인다.
11　廐(구) : 마구간.
12　貢士(공사) : 황제나 조정에 인재를 천거하다.
13　等比(등비) : 같은 무리. 같은 지위나 수준에 있는 사람.
14　冒(모) : 분에 넘치게도. 외람되게도.

然執事其知某如何哉? 昔人有鬻¹⁵馬不售¹⁶於市者, 知伯樂之善相¹⁷也, 從而求之；伯樂一顧, 價增三倍：某與其事頗相類, 是故終始¹⁸言之耳。某再拜。

15 鬻(육) : 팔다. 내다팔다. 이하 다섯 구절은 『전국책·연책(燕策)』에 소대(蘇代)
    가 연나라를 위해 제(齊)나라에 유세한 대목에 보이는 내용이다.
16 售(수) : 팔리다.
17 善相(선상) : 말 관상을 잘 보다. 말의 관상을 보고 우열을 잘 가리다.
18 終始(종시) : 처음부터 끝까지. 사실대로 자세히.

아무 달 아무 날에 한유가 재배를 올립니다. 넓은 바닷가와 큰 강 언덕에 괴물이 살고 있는데, 보통 비늘과 평범한 딱지를 가진 여느 물고기나 갑각류와 같은 수생동물이 필적할 수 있는 게 아니라고 합니다. 그놈이 물을 만나면 변화가 신통해 비바람을 자유자재로 불러 하늘과 땅을 오르내리는 것도 어렵지 않지만, 물을 만나지 못하면 단지 몇 자 안 되는 좁은 범위 내에 갇힐 뿐입니다. 높은 산과 큰 언덕, 먼 길과 험난한 요새도 그놈을 가로막아 격리하지 못하지만, 물이 마른 곳에서 곤궁을 당할 때는 스스로 물이 있는 곳에 이르지 못하고 십중팔구 수달의 웃음거리가 되고 맙니다. 만약 유력자가 그놈의 곤궁함을 가련하게 여겨 물속으로 옮겨 준다면, 그놈은 손을 한 번 들고 발을 한 걸음 옮기는 정도의 수고에 지나지 않을 따름입니다.

그러나 이 괴물은 다른 동물과 다르다는 데 자부심을 품고 곤궁한 처지에 놓여 있으면서도 말합니다.

"모랫바닥에서 문드러져 죽는 한이 있더라도 나는 차라리 달게 받을 것이지만, 개처럼 고개를 숙이고 귀를 축 늘어뜨리고 꼬리를 살랑살랑 흔들면서 동정을 구하는 것과 같은 짓은 결코 나의 뜻이 아니다."

이 때문에 유력자가 그놈을 만나더라도 자주 보아 눈에 익어서 못 본 것 같이 합니다. 그놈이 죽을지 살지는 정말 알 수가 없습니다. 지금 또 유력자가 그놈 앞에 서 있는데 그놈이 잠시 고개를 들고 한 차례 울부짖는다면, 그 사람이 그놈의 곤궁함을 가련하게 여겨 손을 한 번 들고 발을 한 걸음 옮기는 수고를 잊고서 그놈을 맑은 물속으로 옮겨 주지 않으리라고 어찌 알겠습니까?

그 사람이 그놈을 가련하게 여기는 것도 운명이고, 그 사람이 그놈을 가련하게 여기지 않는 것도 운명이며, 이 모든 것들이 운명의 소관이라는 것을 알면서도 울부짖는 것도 운명입니다. 저는 지금 실로 이 괴물과 유사한 상황에 처해 있습니다. 이 때문에 스스로의 거칠고 어리석은 무례함을 잊고 이런 말씀을 드리게 된 것입니다. 각하께서는 저를 불쌍히 여기고 살펴 주시옵소서!

해제

정원 9년(793)에 이부(吏部) 주관의 관리 전형인 박학굉사과에 응시했을 때 쓴 편지글. 제목이 「응과목시여위사인서(應科目時與韋舍人書)」로 된 판본도 있지만 위사인(韋舍人)이 누구인지는 미상이다. 이 글은 작자가 위사인에게 자신을 고시위원장에게 천거해달라는 뜻을 피력한 것인데,

이런 일은 직접 입에 담기가 어려운 까닭에 자신을 물가의 '괴물'에 비유해 우회적으로 글을 전개하고 있다. 『국어·노어하(魯語下)』에서 "물의 괴물은 용(水之怪曰龍)"이라고 한 것과 같이 여기서도 괴물은 곧 '용'을 가리키므로 실은 자신을 용에 비유한 셈이 된다. 곤경에 처해 있는 괴물을 맑은 물속으로 옮겨주기를 바라는 심정으로 유력한 인물이 자신을 끌어주기를 바라면서도, 그 면전에서 비굴한 자세로 아첨하지 않겠다는 뜻을 분명히 밝혀 자신이 범상한 인물이 아님을 은연중에 내세우고 있다. 문장에 우여곡절의 변화가 많고 익살스럽고 진기하면서도 기세가 드높아 한유 산문의 본색을 잘 구현한 작품의 하나로 손꼽는다.

원문 및 주석

月日愈再拜：天池[1]之濱[2]，大江[3]之濆[4]，曰有怪物焉；蓋非常鱗凡介[5]之品彙[6]匹儔[7]也！其得水，變化風雨上下于天不難也；其不及水，蓋尋常尺寸[8]之間耳。無高山大陵曠途絶險爲之關隔[9]也；然其窮涸[10]不能自致[11]乎水，爲獱獺[12]之笑者，蓋十八九矣。如有力者哀其窮而運轉之，蓋一擧手一投足[13]之勞也。

1   天池(천지) : 천지. 자연스럽게 생긴 큰 바다. 『장자·소요유(逍遙遊)』의 "남방의 큰 바다는 천지다(南冥者, 天池也)"에서 나온 글귀다.
2   濱(빈) : 물가.
3   大江(대강) : 장강(長江). 여기서는 '큰 강'을 가리킨다.
4   濆(분) : 언덕.
5   常鱗凡介(상린범개) : 보통 비늘과 평범한 딱지를 가진 어류나 갑각류.
6   品彙(품휘) : 품종. 종류.
7   匹儔(필주) : 필적하다. 동등하다.
8   尋常尺寸(심상척촌) : 몇 자 안팎의 좁은 범위. '尋'은 본래 여덟 자, '常'은 열여

섯 자를 가리키는 단위다.

9　關隔(관격) : 가로막아 격리하다.
10　窮涸(궁학) : 물이 없이 마른 곳에서 곤궁을 당하다.
11　致(치) : 이르게 하다.
12　獱獺(빈달) : 수달. 수영을 잘하고 물가에 살면서 물고기를 잡아먹는 동물.
13　一擧手一投足(일거수일투족) : 손을 한 번 들고 발을 한 걸음 옮기는 정도의 수고로 아주 손쉬운 것을 가리킨다.

然是物也, 負¹⁴其異於衆也, 且曰 : 爛死¹⁵於沙泥, 吾寧¹⁶樂之 ; 若俛首帖耳搖尾¹⁷而乞憐¹⁸者, 非我之志也。是以有力者遇之, 熟視之若無覩也。其死其生, 固不可知也。今又有有力者當¹⁹其前矣, 聊試仰首一鳴號²⁰焉, 庸詎²¹知有力者不哀其窮, 而忘一擧手一投足之勞而轉之淸波乎?

14　負(부) : 자부하다. 자부심을 품다.
15　爛死(난사) : 문드러져 죽다.
16　寧(녕) : 차라리.
17　俛首帖耳搖尾(부수첩이요미) : 개처럼 고개를 숙이고 귀를 축 늘어뜨리고 꼬리를 살랑살랑 흔들다. 개와 같이 잘 길들어진 동물이 주인의 비위를 맞추는 행위로 비굴하게 다른 사람에게 잘 보이기 위해 아첨하는 것을 말한다.
18　乞憐(걸련) : 동정을 구하다. 연민의 정을 구하다.
19　當(당) : 향하다. 대면하다.
20　鳴號(명호) : 울부짖으며 호소하다.
21　庸詎(용거) : 어찌.

其哀之, 命也 ; 其不哀之, 命也 ; 知其在命而且鳴號之者, 亦命也 : 愈今者實有類於是。是以忘其疏愚²²之罪, 而有是說焉。閤下其²³亦憐察之!

22　疏愚(소우) : 거칠고 어리석다.
23　其(기) : '바람'의 뜻을 나타내는 어기부사.

答劉正夫書

한유가 진사과 응시생 유정부(劉正夫) 군에게 아룁니다. 욕되게도 서찰을 보내어 제가 자세히 미치지 못한 점을 가르쳐주셨는데, 그대로부터 융숭한 하교를 받고 제가 정녕 그와 같음을 부끄럽게 여깁니다. 정말 매우 다행스럽고 다행스럽습니다!

대체로 천거되어 진사과에 응시하는 사람들은 선배의 문하에 어딘들 가지 않을 것이며, 선배는 후배가 찾아온다면 어찌 그들의 성의에 보답하지 않을 수 있겠습니까? 찾아오는 사람이 있으면 맞아들이는 것은 온 성안의 사대부치고 모두 그렇게 하지 않는 사람이 없습니다만, 불행하게도 저만 유독 후배를 잘 맞아들인다고 이름이 났습니다. 이름이 나는 곳은 비방이 몰리는 곳이기도 합니다.

찾아와 묻는 사람이 있으면 감히 성심으로 답하지 않을 수 없습니다.

어떤 사람이 묻습니다.

"문장을 지음에 있어 마땅히 누구를 본받아야 합니까?"

제가 반드시 삼가 정중하게 대답합니다.

"마땅히 옛 성인과 현인을 본받아야 합니다."

그가 다시 묻습니다.

"옛 성인과 현인이 지은 글이 모두 남아 있는데, 문장 표현이 모두 같지 않으니 마땅히 어느 것을 본받아야 합니까?"

제가 반드시 삼가 정중하게 대답합니다.

"그들 문장에 들어 있는 정신을 본받지, 그들 문장의 글귀 표현을 본받지 않습니다."

그가 또 물어 말합니다.

"문장은 마땅히 평이하게 써야 합니까, 마땅히 난삽하게 써야 합니까?"

제가 반드시 삼가 정중하게 대답합니다.

"난삽하거나 평이하다는 정해진 기준이 있는 것이 아니라 오직 적합하고 정확하게 쓸 따름입니다."

이와 같이 하면 될 뿐, 고정불변하게 이렇게 쓰는 것은 허용하고 저렇게 쓰는 것은 금지하는 게 아닙니다.

일반적으로 말해서 온갖 사물 중에서 아침저녁으로 늘 보는 것은 사람들이 모두들 주의 깊게 살피지 않습니다만, 그중에서 기이한 것을 보게 되면 함께 살펴보고 말들을 합니다. 문장인들 어찌 이와 다르겠습니까? 한(漢)나라 사람 중에 글을 쓸 줄 모르는 이는 아무도 없었지만, 유독 사마상여(司馬相如)와 태사공(太史公)과 유향(劉向)과 양웅(揚雄)이 그중에서 가장 으뜸이었습니다. 이와 같으므로 들인 공력이 깊은 사람은 얻은 명성도 오래도록 전해졌습니다. 만약 전부 세속의 기풍에 휩쓸려 부침하고 자기 나름대로의 독창적 경지를 세우지 아니하면, 비록 당시 사람들에 의해서 괴상하게 여겨지지는 않는다고 하더라도 반드시 후세까지 전해질 리가 없습니다. 그대 집안의 온갖 기물은 모두 필요로 하여 쓰이는 데가 있지만 그중에서 보배로 아끼는 것은 반드시 평범한 물건이 아닙니다. 일반적으로 말해서 군자가 문장을 대하는 것도 어찌 이와 다르겠습니까? 지금 후배 중에 글을 씀에 있어 옛 성인과 현인을 법도로 삼아 깊이 탐구하고 힘써 취하는 사람이 비록 반드시 다 합당하지는 않다고 하더라도, 요컨대 만약 사마상여나 태사공이나 유향이나 양웅과 같은 부류의 인물이 나온다면 반드시 이들 중에서 나올 테지 일상적인 관행을 따르는 무리에서 나오지는 않을 것입니다. 만약 성인의 도가 문장을 통해 밝게 드러날 필요가 없다면 그만일 테지만, 문장을 통해 밝게 드러날 필요가 있다면 반드시 문장에 능숙한 사람을 중시할 것입니다. 문장에 능숙한 사람은 다른 것이 아니라 자기 나름대로의 독창적 경지를 세우고 구습을 그대로 답습하지 않는 사람입니다. 문자가 생긴 이후로 누군들 글을 쓰지 않았겠습니까마는, 그러나 그중에서 지금까지 남아 전하는 것은 반드시 문장에 능숙한 사람의 것입니다. 따라서 저는 다만 늘 이와 같은 말을 할 따름입니다.

저는 외람되지만 그대와 같은 길을 걷는 사람이고 그대보다 먼저 과거에 급제한 선배이기도 하며 춘부장이신 급사중(給事中) 어르신과도 교유하고 있는데다, 후하게 내려주신 가르침을 받았으니 또 어찌 제가 알고 있는 것으로 답하지 않을 수 있겠습니까? 그대는 제가 말한 도리에 대해 어떻게 생각하십니까? 한유가 아뢰었습니다.

해제

　자세한 창작 연대는 미상이고 원화 7년(812)에 재차 국자박사(國子博士)가 되었을 무렵에 씌어졌을 것이라는 견해가 유력하다. 진사과 응시생 유정부(劉正夫)가 보내온 편지에 대한 답신으로 「답이익서(答李翊書)」(HS-088)와 함께 작자의 산문 이론을 가장 잘 담고 있는 글의 하나로 평가된다. 이 글에서 작자는 글의 좋고 나쁨이 난삽함과 평이함에 있지 않고 그 취지와 언어 표현이 합당하게 결합해 문체나 내용이 올바르고 진실한지에 달려 있으며, 후대에 전해질 만한 작품은 시속의 진부한 관행을 따른 것이 아니라 작자 나름의 독창적인 경지를 수립한 것이라는 등의 중요한 견해를 피력했다.

　유정부는 급사중(給事中) 벼슬을 역임한 유백추(劉伯芻)의 아들로 알려져 있는데, 유백추는 『신당서·재상세계표(宰相世系表)』에 의하면 관부(寬夫)·단부(端夫)·암부(嚴夫)의 세 아들이 있는 것으로 되어 있어 '正夫'는 '嚴夫'의 잘못이라는 견해가 유력하다. '正夫'가 '喦夫'로 된 판본이 있는데, 이와 관련해 초서에서 '喦'자가 '正'자와 모양이 비슷한 때문에 착오가 발생한 것으로 보는 설도 있다. '喦'은 '嚴'과 같은 글자다.

원문 및 주석

愈白進士¹劉君足下：辱賤²教以所不及, 旣荷厚賜, 且愧其誠然³。幸甚, 幸甚!

1　進士(진사)：진사과 응시생 곧 향공진사로 후세에 합격생을 칭하는 것과 다르다. 자세한 풀이는 「상재상서(上宰相書)」(HS-083) 주석 1 참조.

2 　辱牋(욕전) : 보내준 편지를 받다. '辱'은 자기 낮춤말이고, '牋'은 '箋'으로도 쓰며
　　편지를 뜻한다.
3 　誠然(성연) : 진실로 그러하다. 그대가 편지에서 지적해준 것이 정확함을 나타낸다.

凡擧進士者, 於先進⁴之門何所不往, 先進之於後輩, 苟見其至, 寧可以不
答其意邪? 來者則接之, 擧⁵城士大夫莫不皆然, 而愈不幸獨有接後輩名⁶：
名之所存, 謗之所歸也。

4 　先進(선진) : 선배. 여기서는 먼저 진사시에 합격해 관리가 된 사람.
5 　擧(거) : 온. 모든.
6 　接後輩名(접후배명) : 후배를 잘 맞아들여 접대한다는 이름. 『구당서』와 『신당
　　서』의 전기에 다 보이듯이, 한유는 당시에 다른 사람의 스승이 되기를 좋아해
　　후진을 장려하고 발탁하는 것으로 이름이 났다. 당시의 통치 계층에서 한유가
　　불교와 도교를 배척하고 신진 학자들을 모아 고문을 제창하는 것에 대해 불만
　　스럽게 여기고 비방하자, 한유가 이는 매우 일상적인 일이라는 점을 들어 해명
　　하였다.

有來問者, 不敢不以誠答。或問：爲文宜何師? 必謹對曰：宜師古聖賢人。
曰：古聖賢人所爲書具存, 辭皆不同, 宜何師? 必謹對曰：師其意⁷, 不師其
辭⁸。又問曰：文宜易宜難? 必謹對曰：無難易⁹, 惟其是爾¹⁰。如是而已, 非
固開其爲此, 而禁其爲彼也。

7 　師其意(사기의) : 문장에 들어 있는 정신 내지 글의 취지를 본받다.
8 　不師其辭(불사기사) : 문장의 자구 표현을 본받지 않는다.
9 　無難易(무난이) : 글쓰기를 난삽하게 해야 한다거나 평이하게 해야 한다는 정해
　　진 기준이 있는 것이 아니다. 이는 글을 난삽하게 써야 한다거나 평이하게 써야
　　한다는 당시 문단의 편향적인 주장에 일침을 가한 견해다.
10 　惟其是爾(유기시이) : 오직 적합하고 정확하게 쓸 것을 추구할 따름이다. 글은
　　경우에 따라 난삽할 수도 있고 평이해질 수도 있으므로 글쓰기가 난삽해야 한
　　다거나 평이해야 한다는 것은 문제의 관건이 아니고, 오로지 문체나 내용면에
　　서 올바르고 진실해야 함을 뜻한다.

夫百物朝夕所見者, 人皆不注視也；及覩其異者, 則共觀而言之：夫文豈
異於是乎? 漢朝人莫不能爲文, 獨司馬相如¹¹太史公¹²劉向¹³揚雄¹⁴爲之最¹⁵。
然則用功深者, 其收名也遠；若皆與世沈浮¹⁶, 不自樹立¹⁷, 雖不爲當時所

怪, 亦必無後世之傳也。足下家中百物皆賴而用也, 然其所珍愛者, 必非
常物 ; 夫君子之於文, 豈異於是乎? 今後進之爲文, 能深探而力取之以古
聖賢人爲法者, 雖未必皆是 ; 要若有司馬相如太史公劉向揚雄之徒出, 必
自於此, 不自於循常[18]之徒也。若聖人之道不用文則已, 用則必尙其能者 ;
能者非他, 能自樹立, 不因循者是也。有文字來, 誰不爲文, 然其存於今者,
必其能者也。顧[19]常以此爲說耳。

---

11 司馬相如(사마상여) : 자가 장경(長卿)이고 촉군(蜀郡) 성도(成都) 사람으로 서한
   (西漢)의 사부(辭賦) 작가이자 궁정문인. 「자허부(子虛賦)」와 「상림부(上林賦)」
   등의 명작을 남겼다. 생몰년은 B.C. 179-B.C. 117년이다.
12 太史公(태사공) : 사마천(司馬遷, B.C. 145-B.C. 90). 자가 자장(子長)이고 하양夏
   陽 : 지금 섬서성 한성(韓城) 남쪽 사람으로 서한의 역사가요 문학가요 사상가.
   불후의 저술『사기』를 남겼다.
13 劉向(유향) : 본명은 갱생(更生), 자는 자정(子政), 패(沛 : 지금 강소성 패현) 사람
   으로 서한의 경학자, 목록학자, 문인. 중국 최초의 도서 목록인『별록(別錄)』을 편
   찬하고, 「구탄(九嘆)」 등 33편의 사부 작품을 지었다.『신서(新序)』,『설원(說苑)』,
   『열녀전(列女傳)』 등의 저술이 전해온다. 생몰년은 대략 B.C. 77-B.C. 6년이다.
14 揚雄(양웅) : 양웅(楊雄)으로도 적으며 자가 자운(子雲)이고 촉군 성도 사람으로
   서한의 문인, 철학자, 언어학자. 「감천부(甘泉賦)」, 「하동부(河東賦)」, 「우렵부
   (羽獵賦)」, 「장양부(長楊賦)」 등의 부 작품과『법언(法言)』,『태현(太玄)』,『방언
   (方言)』 등의 저술을 남겼다. 생몰년은 B.C. 53-A.D. 18년이다.
15 之最(지최) : 그중에서 가장 으뜸. ‘最’는 ‘맨 앞’으로 ‘맨 뒤’를 뜻하는 ‘殿(전)’과
   대비된다.
16 與世沈浮(여세침부) : 세속의 기풍에 휩쓸려 부침하다.
17 自樹立(자수립) : 자기 나름대로의 독창적 경지를 세우다.
18 循常(순상) : 일상적인 관행을 따르다.
19 顧(고) : 단지. 다만.

愈於足下忝[20]同道[21]而先進者, 又常從遊於賢尊給事[22], 旣辱厚賜, 又安得
不進其所有以爲答也。足下以爲何如? 愈白。

---

20 忝(첨) : 부끄럽게도. 상대방을 ‘더럽힌다’는 뜻으로 자기 낮춤말.
21 同道(동도) : 지향하는 길이 같은 사람. 동업자. 여기서는 진사시에 참가하고 있
   는 점에서 이미 진사가 된 한유와 지향하는 길이 같음을 가리킨다.
22 賢尊給事(현존급사) : 춘부장인 급사중(給事中)으로 유백추(劉伯芻)를 가리킨다.
   ‘賢尊’은 다른 사람의 부친에 대한 높임말. 급사중은 문하성에 속하는 관직 이름.

HS-108 「은시어에게 답하는 편지」

答殷侍御書

아무 달 아무 날에 한유가 머리를 조아리고 절합니다. 욕되게도 서찰을 보내 주시어 며칠 동안 연거푸 자세히 읽어보았는데, 숙연한 가운데 공경하는 마음이 배가되고 안절부절못한 채 부끄러워 식은땀이 흘러나왔습니다. 저는 같이 급제한 진사 가운데에서 그럭저럭 경서를 읽을 줄 아는 사람이라고 할 수 있습니다만, 일단 천거를 받아 진사과에 응시하기 위해 상경한 뒤로는 날마다 세상일에 쫓기는 바람에 비록 가일층 연구하고자 했지만 끝내 그럴 틈이 없었습니다. 늘 서로 교유하는 친구들은 피차간에 잘 알고 아는 것도 서로 비슷비슷하며 서로 가르쳐주지도 배우지도 않다보니 무지몽매하게도 자신의 결점을 보지 못하고 날마다 달마다 더 높은 단계로 나아갈 기회를 잃어버린 채 노경에 이르고 말았으니, 저는 이른바 스스로를 보통 사람과 다를 게 없도록 한 자이옵니다. 학문이 깊은 선비와 참된 유학자를 만날 때마다 탄식하고 공경하며 안절부절못하다가 마음속으로 부끄러운 생각이 들고 겉으로 안색도 붉게 변해 다시는 자신을 높여 다른 사람과 비견하지도 못했습니다.

전에 선생께서 새로 주석을 붙인 『공양춘추(公羊春秋)』를 제게 보여 주시는 것을 받고, 또 직접 그 책의 요지에 대해 말로 가르쳐주시는 것을 듣고서는 마음속으로 기쁘고 다행스럽게 여기며 선생과 늦게 만난 것을 한스럽게 여겼기에 선생의 학문을 전부 다 전수받기를 원하옵니다. 그렇지만 직무에 얽매여 끊임없이 가르침을 청하지 못하고 게으르고 타성에 젖어서 분발해 자기 향상을 도모할 수 없으니, 이는 마땅히 선생에게서 쫓겨나 가르침을 받지 못할 자에 속합니다. 하지만 지금 선생께서는 도리어 제가 경전의 근본을 어느 정도 알고 문장도 옛사람에 가까워서 주석을 붙인 책에 서문을 쓰는 일을 제게 맡길 만하다고 하셨는데, 두터운 은혜가 제가 감히 꿈꾸지도 못할 바람보다 훨씬 더해 명을 받들고 엎치락뒤치락하며 불안해했습니다. 그러나 선생께서 저를 잘 인도하시며 권태로운 기색 없이 여러 가지 방법으로 가르침을 베푸시니, 제가 어찌 감히 선생의 깊은 뜻을 알지 못하겠습니까? 8월에는 날씨가 갈수록 더 시원해지고 휴가도 자주 낼 수 있을 것이오니, 제가 직무에 얽매여 선생께 가르침을 받으러 달려갈 형편이 못 됨을 긍휼히 여기시고, 도의 전수에 진력하는 선생께서 이곳으로 왕림하시어 선생의 앉은 자리 아래에서 책을 손에 받들고 가르쳐 주시는 학문을 다 들을 수 있다면, 제게는 더할 나위 없는 다행이로소이다!

게다가 근세에는 공양학(公羊學)의 명맥이 거의 끊어져 하휴(何休)의 주석본 이외에 다른 연구 서적들이 보이지 않습니다. 성인이 쓴 경전 원서와 현인들이 풀이한 주해서들이 내팽개쳐 자세히 살펴지지 않으니, 오묘한 깊은 뜻을 찾아볼 길이 없습니다. 선생께서 이 학문을 애호하고 즐겨서 뭇사람들이 맛보지 못한 깊은 뜻을 맛보고, 힘써 그 영역을 더 넓히고, 깊은 뜻을 밝게 드러내지 않으신다면, 그 누가 부지런히 간절하게 애를 써서 이런 지극한 경지에까지 이르려고 하겠습니까! 이것이 정말 저의 비루한 마음으로 가장 절박하게 느끼는 점이옵니다. 만약 제가 선생의 일깨움과 풀이를 듣고 장절을 나누고 문장에 구두를 붙여 가며 읽어 나갈 수 있다면, 제 마음속으로 그 책의 뜻을 완전히 깨닫게 될 것입니다. 지금 바로 저로 하여금 주석을 붙인 저서에 서문을 써서 경서의 첫머리에 제 이름을 올리게 한다면, 그로 인해 저의 명성이 후세에 불후하게 될 테니 또 어찌 사양하겠사옵니까? 장차 저는 오직 선생께서 분부하시는 대로 따를 뿐이옵니다. 한유가 재배를 올립니다.

해제

원화 13년(818) 8월 형부시랑(刑部侍郞) 재직 시에 경학에 정통한 은유(殷侑)라는 사람이 『공양춘추신주(公羊春秋新注)』를 저술한 뒤 편지를 보내와 서문을 써달라고 요청한 데 대해 수락 의사를 밝히며 답한 편지글. 유학을 숭상하는 작자의 입장에서 경학의 연구에 온 힘을 쏟은 전문가의 학문적 성과를 칭찬하는 내용이 주를 이루는데, 상대방을 드러내기 위해 자신이 게으르고 학문이 보잘것없다는 태도를 취하고 있다. 은유는 진주[陳州 : 지금 하남성(河南省) 회양현(淮陽縣)] 사람으로 정원(貞元) 말경에 오경(五經)으로 급제한 뒤 이때 우부원외랑(虞部員外郞) 겸 시어사(侍御史)를 맡고 있었다. 작자가 이보다 1년 전에 써준 「송은원외서(送殷員外序)」(HS-146)를 참조하기 바란다.

某月日, 愈頓首：辱賜書, 周覽累日, 竦然¹增敬, 蹙然²汗出以慙。愈於進士中, 粗爲知讀經書者；一來應擧³, 事隨日生, 雖欲加功, 竟無其暇。遊從⁴之類, 相熟相同, 不教不學, 悶然⁵不見己缺, 日失月亡, 以至於老：所謂無以自別於常人者⁶。每逢學士眞儒, 歎息跼蹐⁷, 愧生於中, 顏變於外, 不復自比於人。

1   竦然(송연)：숙연한 모양. 엄숙한 모양.
2   蹙然(축연)：두려워 안절부절못하는 모양.
3   應擧(응거)：당나라 때에 지방 주현(州縣)에서 실시하는 시험을 거쳐 천거를 받아 수도 장안으로 가서 과거에 응시하는 것을 말한다.
4   遊從(유종)：평소에 늘 오가며 서로 교유하는 친구.
5   悶然(민연)：본래 '꽉 막혀 공기가 통하는 않는 상태'를 가리키는데, 여기서는 '사리에 어두운 모양', '무지몽매한 모양'을 뜻한다.
6   常人(상인)：일반 보통 사람. 여기서 말하는 '常人'은 『사기・상군열전(商君列傳)』에서 "일반 보통 사람들은 옛 습속에 안주한다(常人安於故俗)"라고 한 것과 의미가 상통한다.
7   跼蹐(축적)：조심스럽게 삼가는 모양. 공경하면서 안절부절못하는 모양.

前者蒙示新注公羊春秋⁸, 又聞口授⁹指略¹⁰, 私心喜幸, 恨遭逢之晚, 願盡傳其學。職事羈纏¹¹, 未得繼請, 怠惰因循¹², 不能自彊¹³, 此宜在擯¹⁴而不教者。今反謂少知根本, 其辭章近古, 可令敍¹⁵所注書；惠出非望¹⁶, 承命反側¹⁷, 善誘不倦¹⁸, 斯爲多方, 敢不喩所指？八月益涼, 時得休假, 儻¹⁹矜²⁰其拘綴²¹不得走請, 務道之傳而賜辱臨²², 執經座下, 獲卒所聞, 是爲大幸！

8   新注公羊春秋(신주공양춘추)：은유(殷侑)가 『공양전』에 새로운 주석을 붙인 책인데, 『구당서・경적지(經籍志)』와 『신당서・예문지(藝文志)』에 목록이 실려 있지 않은 것으로 보아 일찍이 없어진 듯하다. '公羊春秋'는 『춘추공양전(春秋公羊傳)』 또는 『공양전』으로 불리는 유가 경전으로 '춘추삼전(春秋三傳)' 중에서 금문(今文) 경학의 주요 저술의 하나. 전국(戰國)시대 자하(子夏)의 문인인 공양고(公羊高)가 지은 것으로 구전되다가 한(漢)나라 초에 책으로 이루어졌다고 한다.

9 　口授(구수) : 직접 입으로 전수하다. 직접 강의하다.

10 　指略(지략) : 요지. 요점. '指'는 '旨'와 같다.

11 　羈纏(기전) : 얽매이다. 구속되다.

12 　因循(인순) : 타성에 젖다. 구습을 고치지 못하다.

13 　自彊(자강) : 「답후계서(答侯繼書)」(HS-086) 주석 24 참조.

14 　擯(빈) : 쫓겨나다. 거절당하다.

15 　敍(서) : 서문을 쓰다. 이 글 끝부분의 "直使序所注(직사서소주)"에 보이는 '序'와
　　같다.

16 　惠出非望(혜출비망) : '出'은 '능가하다', '초과하다'는 뜻이고, '非望'은 '제 분수가
　　아닌 바람', '감히 꿈꾸지도 못할 바람'의 뜻이다.

17 　反側(반측) : 엎치락뒤치락하며 불안해하다.

18 　善誘不倦(선유불권) : 잘 인도하고 게을리 하지 않다. 『논어』의 「자한(子罕)」편
　　에 나오는 "선생님께서는 차근차근 사람을 잘 인도하신다(夫子循循然善誘人)"
　　와 「술이(述而)」편에 보이는 "남 가르치는 일을 게을리 하지 않는다(誨人不倦)"
　　라는 데서 따온 표현이다.

19 　儻(당) : 만약.

20 　矜(긍) : 긍휼히 여기다. 동정하다.

21 　拘綴(구철) : 얽매이다. 구속되다. 주석 11번의 '羈纏'과 같은 뜻이다.

22 　辱臨(욕림) : 왕림하다. 욕되게도 방문하다.

況近世公羊學²³幾絶, 何氏注²⁴外, 不見他書。聖經賢傳²⁵, 屛而不省, 要妙²⁶
之義, 無自而尋 ; 非先生好之樂之²⁷, 味於衆人之所不味, 務張而明之²⁸, 其
孰能勤勤²⁹絲絲³⁰若此之至! 固鄙心之所最急者。如遂蒙開釋³¹, 章分句斷³²,
其心曉然³³, 直³⁴使序所注, 挂名經端, 自託不腐³⁵, 其又奚辭? 將惟先生所
以命。愈再拜。

23 　公羊學(공양학) : '춘추삼전' 중에서 『공양전』에 바탕을 두고 공자의 학문을 연구
　　하면서, 왕조의 교체와 사회의 진화를 설명하고 정치를 비판한 금문 경학에 속
　　하는 학파로 한나라 때에 창시되고 뒤에 청나라 말기에 강유위(康有爲)에 의해
　　그 학문적 체계가 수립되었다. 서한 때에 학관(學官)에 세워져 중시되고 동한
　　때는 하휴 등에 의해 전승되다가 삼국시대 이후로 점차 쇠락의 길로 접어들었
　　다. 당나라 때도 고문 경학의 시대였지만, 공양학도 완전히 자취를 감추지는 않
　　아 은유의 저술도 나올 수 있었다.

24 　何氏注(하씨주) : 동한(東漢) 때 사람인 하휴(何休, 129-182)가 주석을 붙인 『춘추
　　공양해고(春秋公羊解詁)』를 가리킨다.

25 　聖經賢傳(성경현전) : 성인이 쓴 경전 원서와 현인들이 풀이한 주해서.

26 　要妙(요묘) : 정묘하다. 오묘하다.

27 好之樂之(호지낙지) : 그것(공양학)을 좋아하고 즐기다. 이는 도를 터득한 정도
   내지 깊이의 차이를 말한 『논어·옹야(雍也)』편의 "어떤 도리를 지식으로 아는
   것은 그것을 좋아하는 것만 못하고, 어떤 것을 좋아하는 것은 그것에 푹 빠져
   즐기는 것만 못하다(知之者不如好之者, 好之者不如樂之者)"라는 데서 나온 말
   로 공양학에 대한 조예가 높은 경지에까지 이르렀음을 가리킨다.
28 張而明之(장이명지) : 그 영역을 더 넓히고 깊은 뜻을 밝히 드러내다. 공양학을
   더 확대 심화하는 것을 말한다.
29 勤勤(근근) : 부지런히 힘쓰는 모양.
30 綣綣(권권) : 간절하게 애를 쓰는 모양. 모든 정성을 쏟는 모양. '拳拳'으로 된 판
   본도 있는데 같은 뜻이다.
31 開釋(개석) : 일깨우고 풀이하다.
32 章分句斷(장분구단) : 장절을 나누고 문장에 구두를 붙여가며 읽어나가다. 장구
   (章句)를 나누고 경전의 뜻을 풀이하다.
33 曉然(효연) : 확연히 깨닫는 모양.
34 直(직) : 다만. 단지.
35 自託不腐(자탁불부) : 이를 통해 스스로 불후하게 하다.

HS-109 「진상에게 답하는 편지」

答陳商書

한유가 아룁니다. 욕되게도 귀한 서찰을 보내주셨는데, 그 속에 쓰인 말은 고상하고 들어 있는 뜻은 심원해 서너 차례 읽어 봐도 아직 무슨 뜻인지 다 깨닫지 못한지라, 마음속으로 망연자실 얼굴 붉히며 부끄러운 생각만 더했습니다. 또 귀하께서는 제가 식견이 얕고 좁아 다른 사람을 능가하는 지식이 없다고 문제 삼지 않고, 견지하고 있는 생각을 제게 가르쳐 주시니 매우 다행스럽습니다! 그러니 제가 어찌 감히 제 성심을 다 토로해 내지 않겠습니까? 그러나 제 스스로 그대가 필요로 하는 것을 보충하기에는 부족하다는 점을 잘 알고 있습니다.

제(齊)나라 왕이 피리 소리를 좋아하는데, 제나라에서 벼슬자리를 구하는 사람이 거문고를 가지고 궁궐 문에 가 서 있었지만 3년이 되도록 들어갈 수가 없자 큰 소리로 꾸짖어 말했습니다.

"내가 거문고를 뜯으면 귀신까지도 올라갔다 내려갔다 하게 할 수 있으니, 내가 뜯는 거문고 소리는 황제(黃帝)가 정한 음률에 합치된다.”

제나라 왕의 식객이 그를 꾸짖어 말했습니다.

“왕께서는 피리 소리를 좋아하시거늘, 자네는 거문고를 뜯고 있으니 비록 잘 뜯는다 하더라도 왕께서 좋아하시지 않는 것을 어떻게 하겠는가?”

이것은 이른바 거문고를 뜯는 데는 뛰어나지만 제나라에서 벼슬자리를 구하는 데는 능하지 못한 것입니다. 지금 이 세상에서 예부(禮部) 주관의 진사과 응시생으로 천거되고 봉록이나 이익을 추구하며 성인의 도를 행하려고 하면서도 필시 동시대 사람들이 좋아하지 않는 글을 쓰는 것은 아마도 거문고를 가지고 제나라 궁궐 문에 서 있는 사람과 비슷하지 않겠습니까? 글은 비록 뛰어날지 모르지만 벼슬을 구하는 데는 불리한데도, 구해도 얻지 못하면 노여워하고 원망하니 도대체 군자가 꼭 그렇게 해야 하는지 아닌지를 모르겠습니다! 그리하여 저의 변변치 못한 마음으로 생각건대, 매번 찾아오는 사람마다 제각기 못난 제게 가르침을 받고자 하는 뜻을 품고 있으므로 조금도 사양하지 않고 다 말해 주노니 오직 그대는 잘 살피시기 바라옵니다. 한유가 아뢰었습니다.

해제

원화 7년(812) 재차 국자박사로 재임하던 때에 진상(陳商)에게 답한 편지글. 진상은 자가 술성(述聖)이고 원화 9년(814)에 진사에 급제한 인물이다. 진사과 응시생으로 있으면서 작자에게 편지를 보내 도움을 청한 것으로 보이는데, 편지글이 너무 난삽해 여러 번 읽어도 뜻을 알기 어려우므로 작자가 이런 충고를 해 준 것이다. 글쓰기는 난삽할 수도 있고

평이할 수도 있지만, 글의 표현과 의미 전달이 조화를 잘 이루는 것이
중요하다. 고상한 표현으로 심오한 의미를 담아내기 위해 의도적으로
글을 난삽하게 만드는 것은 올바른 글쓰기가 아니며 과거 시험장에서
도 불리하다. 작자는 이러한 생각을 『한비자·내저설상(內儲說上)』에 나
오는 제(齊)나라 선왕(宣王)과 민왕(湣王)이 피리 소리 듣기를 좋아한 우언
고사를 끌어와 비유적으로 전달함으로써 글에 생기를 더하고 완곡한
가운데 깊은 인상을 남기고 있다.

원문 및 주석

愈白：辱惠^{1}書, 語高而旨深, 三四讀尚不能通曉, 茫然增愧赧^2；又不以其
淺弊^{3}無過人^{4}知識, 且喩以所守^5, 幸甚！愈敢不吐情實？然自識其不足補吾
子所須^{6}也。

1　辱惠(욕해)：두 글자 모두 편지글에 자주 쓰이는 상투어로 '辱'은 자기 낮춤말이
　　고, '惠'는 상대방을 높이는 표현이다.
2　愧赧(괴란)：부끄러워서 얼굴이 붉어지다.
3　淺弊(천폐)：식견 따위가 얕고 좁다. 천박하고 비루하다.
4　過人(과인)：다른 사람을 능가하다. 다른 사람보다 낫다.
5　所守(소수)：세상을 살아가면서 견지하고 있는 생각이나 사람됨의 원칙 등을 가
　　리킨다.
6　須(수)：필요로 하다. '需'와 통한다.

齊王好^{7}竽^8, 有求仕於齊者操瑟^{9}而往, 立王之門三年不得入, 叱曰："吾瑟
鼓^{10}之能使鬼神上下, 吾鼓瑟合軒轅氏^{11}之律呂。^{12}" 客罵之曰："王好竽而
子鼓瑟, 雖工, 如王不好何？" 是所謂工於瑟而不工於求齊也。今擧進士於
此世, 求祿利行道於此世, 而爲文必使一世人不好, 得無^{13}與操瑟立齊門者

比歟? 文雖工不利於求, 求不得則怒且怨, 不知君子必爾爲不¹⁴也! 故區區¹⁵ 之心, 每有來訪者, 皆有意於不肖者¹⁶也。略¹⁷不辭讓, 遂盡言之, 惟吾子 諒察。愈白。

---

7   好(호) : 동사로 쓰여 '좋아하다'는 뜻이다. 이하 이 글에서는 모두 같다.

8   竽(우) : 피리. 혀가 달린 대나무로 만든 관악기로 모양이 '생황(笙)'과 비슷하나 그것보다 좀 더 크다. 관의 수는 여러 종이 있으나, 보통 25개가 주종을 이루었다.

9   瑟(슬) : 큰거문고. 손으로 튀겨서 연주하는 현악기로 모양이 '거문고(琴)'와 비슷하나 그것보다 좀 더 크다. 현의 수가 고대에는 36개였으나, 후대에는 19개로 된 것이 주종을 이루었다.

10   鼓(고) : 동사로 쓰여 '연주하다'는 뜻이다. 이하 이 글에서는 모두 같다.

11   軒轅氏(헌원씨) : 황제(黃帝). 성이 공손(公孫)이고 헌원은 이름이다.

12   律呂(율려) : 악률. 음률. 황제(黃帝) 때에 만들어졌다고 전해지는 것으로 본래 악률을 교정하는 기구. 대나무나 금속으로 지름은 같고 길이가 다른 12개의 관을 만들고, 저음에서 시작해 홀수의 6개 관을 '律', 짝수의 6개 관을 '呂'라 구분하고 합쳐서 '律呂'라고 불렀다.

13   得無(득무) : 추측어기부사로 '아마도 ~가 아니겠는가!'라는 어기를 나타내는데, 문장 끝의 어기사 '歟'와 호응한다.

14   必爾爲不(필이위부) : 반드시 그렇게 해야 하는지 아닌지. '爾'는 '그와 같다'는 뜻이고, '不'는 '否'와 같은 용법으로 '不爲(불위)'의 뜻이다.

15   區區(구구) : 보잘것없이 작은 것으로 작자 자신의 마음을 낮추어 말한 것이다.

16   不肖者(불초자) : 모자라고 어리석은 사람으로 여기서는 작자 자신을 낮추어 말한 것이다.

17   略(약) : 모두. 전부.

HS-110 「맹상서에게 보내는 편지」

與孟尙書書

한유가 아룁니다. 명을 받들고 파견되어 공무를 처리한 뒤 남쪽으로부터 돌아오는 길에 길주(吉州)를 지나다가, 그대가 24일 친필로 써 보내신 서찰을 받고 여러 차례 읽고 난 뒤에 마음속으로 기쁨과 황공함이 함께 몰려왔습니다. 가을로 접어든 뒤로 잠자리와 음식은 어떠하신지 미처 알지 못하는지라 엎드려 만복을 축원할 따름이옵니다!

보내 주신 서찰에서 어떤 사람이 그대에게 한유가 요즈음 불교를 좀 신봉하는 것 같다고 전해 준다고 하셨는데, 이는 전하는 사람이 꾸며 낸 허무맹랑한 말입니다. 조주(潮州)에 있을 때에 법호(法號)를 대전(大顚)이라고 하는 노승이 있었는데, 총명하고 도리를 잘 알고 있었습니다. 외진 땅에서 함께 대화를 나눌 만한 사람이 없으므로 산에서 불러 고을 성안으로 들어오게 해 십여 일을 머무르게 했습니다. 그는 실로 능히 자기 육신을 초탈하고 도리로써 자신의 사욕을 극복해, 외계의 사물에 의해 침범을 받아 마음이 어지럽게 되지 않았습니다. 그와 대화를 나누어 보니 비록 그가 하는 말을 다 이해할 수는 없었지만 대략 마음속으로 인간 세상에 대해 막힌 것이 전혀 없었기 때문에, 좀처럼 만나기 어려운 사람으로 여기고 그와 오가며 교제했습니다. 남해의 신에게 제사 지내려고 바닷가로 간 김에 그가 사는 암자를 방문한 적이 있고, 원주(袁州)로 부임할 때는 의복을 남겨 주며 작별했습니다. 이것은 곧 인지상정으로 불교의 법을 숭상하고 신봉해 복과 이익을 구하려고 한 것이 아닙니다. 공자께서 말씀하시기를 "내가 기도한 지가 오래되었다"라고 하셨으니, 대체로 군자가 자기를 실천하고 자신을 세우는 세상살이에 있어서는 나름대로의 법도가 있기 마련입니다. 그처럼 성현께서 하신 사업은 모두 옛 서적 속에 기록되어 있어 본받을 만하고 스승으로 삼을 만하니, 우러러보아도 하늘에 부끄럽지 않고 머리를 숙여 봐도 사람에게 부끄럽지 않으며, 안으로 자신의 마음을 들여다보아도 부끄럽지 않습니다. 선행을 쌓든 악행을 축적하든 간에 재앙이나 큰 복이 각자의 사리대로 이를지니, 어찌 성인의 도리를 벗어나고 옛날 성군의 법도를 버리며 오랑캐의 가르침을 추종해서 복과 이익을 구하겠습니까? 『시경』에도 이르지 않았습니까? "단아하고 화락한 군자는 복을 구하심이 사악하지 않다"라고. 『좌전』에서 또 이르기를 "위협 때문에 두려워하지 않고", "이익 때문에 마음의 고통을 받지 않는다"라고 했습니다. 설령 부처가 사람에게 재앙을 내려 준다고 하더라도 도를 지키는 군자가 두려워할 바가 아닐진대, 더더군다나 절대로 이럴 리가 없음에 있어서야 더 말할 게 있겠습니까? 또 저 부처는 과연 어떠한 사람입니까? 그가 행한 일이 군자와 비슷합니까, 소인과 비슷합니까? 만약 부처가 군자라면 반드시 도를 지키는 사람에게 함부로 재앙을 베풀지 않을 것이고, 소인이라면 그 육신은 이미 죽어버렸고 그 귀신도 영험하지 않을 것입니다. 천지신명이 밝게 널려 있고 삼엄하게 줄지어 있으니 속일 수 있는 것이 아니거늘, 또 어찌 그 귀신이 제멋대로 행하게 하여 이 세상천지에서 위세를 부리고 복을 내리도록 하겠습니까? 나아가거나 물러가거나 간에 의거할 기준이 없는데 불교를 믿고 받든다면 또한 어리석은 것이로소이다!

　게다가 제가 불교를 지지하지 않고 배척하는 것은 또 그럴 만한 이유가 있습니다. 맹자가 이런 취지의 말을 했습니다. 지금 천하의 사상계가 양주(楊朱)에게로 가서 따르지 않으면 묵적(墨翟)에게로 가서 따르는데, 양주와 묵적이 함께 혼란을 일으켜 성현의 도가 밝혀지지 않게 되자 삼강의 인륜이 사라지고 천하를 통치하는 아홉 가지 법칙이 썩어 없어지며, 예악이 무너져 내리고 오랑캐 족속이 횡행하게 되니 금수와 같은 자가 되지 않을 사람이 얼마나 되겠습니까? 그 때문에 맹자가 "말로써 양주와 묵적을 막아낼 수 사람은 모두 성인의 제자다"라고 하고, 양자운(揚子雲)도 "옛날에 양주와 묵적의 무리들이 길을 꽉 막고 있거늘, 맹자가 말로 해서 그들을 물리치자 길이 확 트였다"라고 했습니다. 대체로 양주와 묵적의 학설이 유행하자 유학의 정도가 폐기되어 거의 수백 년이 지난 뒤 진(秦)나라에 이르러 끝내는 옛날 성군들의 법도를 없애고 성인의 경전을 불태우며 유학자들을 생매장해 죽이자 천하가 마침내 크게 혼란스러워졌습니다. 진나라가 멸망하고 한(漢)나라가 흥기한 지 거의 백 년이 지난 뒤에도 아직 옛날 성군들의 도를 닦아서 밝게 드러낼 줄 알지 못했습니다. 그 이후에야 비로소 개인이 서적을 소장하지 못하도록 한 금령을 해제하고 차츰 유실된 서적을 찾아 모으고 유학자들을 불러들였는데, 비록 경서는 조금 찾아내기는 했지만 아직도 빠지고 갖추어지지 못해 열 중 두셋은 잃어버린 상태였습니다. 지난날의 유학자들은 대부분 늙어 죽어 버렸고 신진 유학자들은 경전의 전모를 보지 못해서, 옛날 성군들의 일을 완전히 이해하지를 못하고 각각 자기가 본 것을 고수해 그들의 학설이 서로 분리되고 가로막혀서 성인의 본뜻에 합치되지도 않고 공정하지도 않았으니, 요순(堯舜) 두 임금과 하(夏)·

은(殷)·주(周) 삼대(三代)의 제왕 및 뭇 성인의 도가 이때에 크게 허물어져 버렸습니다. 후대의 학자들이 찾아 좇을 곳이 없어서 지금에 이르러선 완전히 사라져 버렸으니, 그 화가 양주와 묵적의 학설이 제멋대로 유행해도 아무도 그것들을 금지하지 않은 까닭에서 나왔습니다. 맹자는 비록 현명하고 성스런 인물이었으나 관직을 얻지 못해 부질없이 입으로 담론만 했을 뿐 자기의 주장을 펼쳐 행하지를 못했으니, 비록 그 말이 간절하다고 하지만 현실적으로 무슨 도움이 되었겠습니까? 그러나 그의 말씀 덕분에 지금의 학자들이 오히려 공자를 으뜸으로 받들고 그분이 가르친 인의를 숭상하며 왕도정치를 중시하고 패도정치를 천하게 여길 줄 알 따름입니다. 기본적인 큰 원칙과 큰 법도는 모두 없어져도 구해 내지 못하고 허물어져 썩어 문드러져도 거두어들이지를 못해, 이른바 천이나 백 가운데 겨우 10의 1이 남아 있을 뿐이니 길이 확 트였다고 할 수 있는 것이 어디에 있겠사옵니까? 그러나 만약 지난날 맹자가 없었다면, 중원 땅에 사는 사람들이 모두 오른쪽 옷섶을 왼쪽 옷섶의 위로 여미는 오랑캐의 복장을 하고 뜻이 통하지 않는 괴상한 오랑캐의 말을 했을 것입니다. 따라서 제가 일찍이 맹자를 높이 받들어 그 공적이 우(禹)임금의 아래에 있지 않다고 여긴 것은 바로 이 때문입니다.

한나라가 들어선 이후로 뭇 유생들이 소소하게나마 다듬고 보충했으나 옛날 성군들의 도는 백 구멍 천 종기가 난 듯 어지럽게 흩어지기도 하고 잃어버리기도 하여, 그 위태롭기가 한 가닥의 머리털로 3만근의 무게를 당기는 것과 같아 명맥이 겨우 연장되다가 점차 희미해지고 소멸해 갔습니다. 이때에 세상에서 불교와 도교를 제창해 천하 사람들을 부추겨 그것들을 추종하게 했으니, 오호라, 그 또한 너무 어질지 못하옵니다! 불교와 도교의 해악은 양주와 묵적보다 더 심하고 저의 현명함은 맹자에 미치지 못합니다. 맹자가 아직 완전히 없어지기 이전에도 옛날 성군들의 도를 구제할 수 없었는데, 제가 도리어 이미 허물어진 뒤에 그것을 온전하게 하고자 하니 오호라, 그 또한 제 능력을 헤아리지 못한 것이고, 또 제 몸이 위태로움을 보았지만 죽을 수밖에 없는 상황인데도 저를 구해 줄 사람이 아무도 없사옵니다! 비록 이와 같지만 옛날 성군들의 도가 저로 말미암아 대략이라도 전해진다면 설령 제가 죽어 없어지더라도 절대 여한이 없사옵니다! 천지신명이 제 위에 임해 있고 제 옆에서 평가하고 있으니, 또 어찌 한 차례의 좌절로 인해서 스스로 제가 신봉하는 옛날 성군의 도를 훼손시키고 사악한 종교를 추종할 수 있겠나이까! 있겠나이까!

장적(張籍)과 황보식(皇甫湜) 등은 제가 비록 여러 차례 지적해서 가르쳐주었으나 과연 배반하고 떠나버리지 않을지 어떨지는 잘 모르겠습니다. 외람되게도 그대가 후하게 돌봐 주시는 은혜를 입고도 가르침을 받들지를 못했으니, 오직 부끄럽고 두려움만 더할 뿐인지라 죽을 죄, 죽어 마땅한 죄를 지었을 뿐이로소이다!

해제

원화 15년(820) 조주자사(潮州刺史)에서 원주자사(袁州刺史)로 전임한 해의 가을에 맹간(孟簡, ?-824)에게 보낸 편지글. 일찍이 불경을 번역할 정도로 불교에 심취한 맹간이 서신을 보내 작자가 조주자사로 있을 때 대전(大顚)과 교류한 사실에 근거해 불교를 신봉하는지를 물어 온 데 답한 것이다. 이에 대해 그것은 대화할 만한 상대가 없는 벽지에서 맺은 일반적 우정에 불과한 바, 자신은 처세의 법도를 깨친 유학자로서 부처가 두려워 믿을 수 없는 불교를 신봉할 리 만무하며, 나아가 죽을 때까지

변치 않고 유학의 수호자로서의 소임을 다하겠다는 굳센 의지를 천명하고 있다. 이는 작자가 불교도로 전향했다는 낭설에 대한 분명한 반박문이요 배불의 입장을 재차 천명한 선언서로서, 이치에 닿고 기세등등한 글로 후대 고문가(古文家)로부터 수많은 찬사를 받았다.

맹간은 작자의 친구로 자가 기도(幾道)고 덕주(德州) 평창[平昌 : 지금 산동성 상하현(商河縣) 서북] 사람이며, 원화 13년(818)에 검교공부상서(檢校工部尙書)의 직함으로 양주자사(襄州刺史)·산남동도절도사(山南東道節度使)로 나갔다가 그 이듬해 태자빈객(太子賓客)으로 동도(東都) 낙양에서 근무했다. 원화 15년 정월에 목종(穆宗)이 즉위한 뒤 뇌물 수수 사건에 연루되어 길주사마(吉州司馬)로 좌천되었을 때, 인근 원주자사로 있던 작자에게 편지를 보내 불교 신봉 여부에 대해 질문한 것이다. 맹간이 작자에게 보낸글은 현재 전하지 않는다. '상서'라고 부른 것은 전에 지낸 관직명을 쓴것이다.

원문 및 주석

愈白 : 行官¹自南迴, 過吉州², 得吾兄二十四日手書數番³, 忻悚⁴兼至, 未審入秋來眠食何似, 伏惟萬福!

---

1 行官(행관) : 당나라 때 상관의 명령을 받고 사방으로 파견되어 공무를 처리하던 관리로 주로 절도사나 관찰사의 보좌관을 가리킨다. 여기서는 한유가 조주에서 원주로 부임 도중에 있음을 말한다.
2 吉州(길주) : 지금 강서성(江西省) 길안시(吉安市)로 당시 한유의 임지인 원주(袁州)의 남쪽에 있었다.
3 數番(수번) : 여러 차례. "여러 차례 펼쳐 읽다(披讀數番)"로 된 판본도 있는 것에 근거해 이렇게 풀이했다. '여러 장', '편지 여러 장'으로 풀이하기도 하나 취하지 않는다.

4   忻悚(흔송) : 기뻐하고 황송해하다.

來示⁵云 : 有人傳愈近少信奉釋氏⁶, 此傳之者妄也。潮州時, 有一老僧號大顚⁷, 頗總明, 識道理, 遠地無可與語者, 故自山召至州郭⁸, 留十數日, 實能外形骸⁹以理自勝¹⁰, 不爲事物侵亂。與之語, 雖不盡解, 要自胸中無滯礙 ; 以爲難得, 因與來往。及祭神至海上, 遂造¹¹其廬¹² ; 及來袁州, 留衣服爲別, 乃人之情, 非崇信其法, 求福田¹³利益也。孔子云¹⁴ : "丘之禱久矣。" 凡君子行己立身自有法度, 聖賢事業, 具在方冊¹⁵, 可效可師 ; 仰不愧天¹⁶, 俯不愧人, 內不愧心¹⁷, 積善積惡¹⁸, 殃慶自各以其類至 : 何有去聖人之道, 捨先王¹⁹之法, 而從夷狄之敎²⁰以求福利也? 詩²¹不云乎 : "愷悌²²君子, 求福不回²³。" 傳²⁴又曰 : "不爲威惕²⁵, 不爲利疚²⁶。" 假如釋氏能與人爲禍祟²⁷, 非守道君子之所懼也 ; 況萬萬無此理。且彼佛者果何人哉? 其行事類君子邪? 小人邪? 若君子也, 必不妄加禍於守道之人 ; 如小人也, 其身已死, 其鬼不靈。天地神祇²⁸, 昭布森列²⁹, 非可誣也 ; 又肯令其鬼行胸臆³⁰, 作威福³¹於其間哉? 進退無所據³², 而信奉之, 亦且惑矣!

5   來示(내시) : 상대방이 보내온 편지에 대한 높임말.
6   釋氏(석씨) : 석가모니 부처로 여기서는 불교를 가리킨다.
7   大顚(대전) : 당나라 때 선종의 대사(大師)로 대전은 그의 법호. 조주(潮州) 서쪽의 유령(幽嶺) 기슭에 영산(靈山)이라는 선원(禪院)을 세우고 수도에 정진했다.
8   州郭(주곽) : 조주의 주청 소재지인 해양[海陽 : 지금 광동성 조주시 조안현(潮安縣)]의 성안. '郭'은 본래 외성(外城)을 가리킨다.
9   外形骸(외형해) : 육신을 초탈하다. 무아의 경지에서 살다.
10   自勝(자승) : 스스로를 이기다. 자신의 사욕을 극복하다. '스스로 뛰어나다', '자부하다'는 뜻으로 풀이하기도 하나 취하지 않는다.
11   造(조) : 이르다. 방문하다.
12   廬(여) : 암자. 간이 가옥. 누추한 집. 선종에서는 큰 법당을 세우지 않고 '방장(方丈)' 곧 '사방 열 자 남짓 되는 작은 방'에서 수행했다.
13   福田(복전) : '복을 거두는 밭'이라는 뜻의 불교 용어. 선행을 쌓아서 내세의 복을 마련하는 것이 마치 전답에서 곡식을 싹틔워 수확하는 것과 같다는 데서 나온 말이다.
14   孔子云(공자운) : 인용문은 공자의 병이 위중해지자 자로(子路)가 기도할 것을 요청했을 때 공자가 답한 말로 『논어·술이(述而)』편에 보인다. 공자는 평소에

하늘을 공경하는 삶, 곧 천지신명에 합치하는 삶을 살아왔으므로 기도한 지 오
래되었다고 했다. 다시 말해서 다급할 때 특별히 요란할 게 아니라 평소에 광명
정대하게 사는 것이 신명에 합당한 삶이라는 공자의 신념에서 나온 말이다.

15 方冊(방책) : 서적. 전적.

16 仰不愧天(앙불괴천) : 이하 두 구절은 『맹자·진심상(盡心上)』에서 군자삼락 중
    에서 두 번째 즐거움으로 말한 "위로는 하늘을 우러러 부끄러운 점이 없고 아래
    로는 사람들에게 부끄러운 점이 없다(仰不愧於天, 俯不怍於人)"에서 따온 것이
    다. '怍(작)'은 '愧'와 같은 뜻이다.

17 內不愧心(내불괴심) : 자기반성을 하여 마음속으로 부끄럽지 않다. 『사기·전담
    열전(田儋列傳)』에 "내 어찌 마음속으로 부끄럽지 않겠는가!(我獨不愧心乎!)"라
    는 글귀가 보인다.

18 積善積惡(적선적악) : 이하 두 구절은 『주역·곤괘(坤卦)·문언전(文言傳)』의 "선
    을 쌓은 집안에는 반드시 남은 경사가 있고, 선하지 않은 것을 쌓은 집안에는
    반드시 남은 재앙이 있다(積善之家必有餘慶, 積不善之家必有餘殃)"라는 취지를
    따온 것으로 '덕은 닦은 대로 가고 죄는 지은 대로 간다(善有善報, 惡有惡報)'는
    뜻이다.

19 先王(선왕) : 요(堯)·순(舜)·우(禹)·탕(湯)과 주(周)나라 문왕(文王)·무왕(武王)
    등 '옛날의 성군'을 가리킨다.

20 夷狄之敎(이적지교) : 불교를 가리킨다. '夷狄'은 이민족을 낮추어 부른 말로 불
    교가 인도에서 전해진 것이기 때문에 이렇게 불렀다.

21 詩(시) : 인용 시구는 『시경·대아(大雅)·한록(旱麓)』에 보인다.

22 愷悌(개제) : 군자의 '화락하고 단아한 모습'을 형용한다.

23 不回(불회) : 사악하지 않다. 정현(鄭玄)의 견해에 의거해 '조상의 도를 어기지
    않다(不違先祖之道)'로 풀이하기도 하나, '回'를 '사악하다'는 일반적인 뜻으로
    옮기는 것이 무난할 듯하다.

24 傳(전) : 『좌전』. 인용 두 구절은 각각 「애공(哀公)」 16년과 「소공(昭公)」 20년에
    보인다.

25 惕(척) : 두려워하다.

26 疚(구) : 마음속으로 고통을 받다.

27 禍祟(화수) : 재앙. 빌미.

28 天地神祇(천지신기) : 천지신명. 천신(天神)을 '神', 지신(地神)을 '祇'라고 한다.

29 昭布森列(소포삼열) : 밝게 널려 있고 삼엄하게 줄지어 있다. 천지신명이 온 세
    상에 밝고 삼엄하게 널려 있음을 말한다.

30 行胸臆(행흉억) : 제 멋대로 행하다.

31 作威福(작위복) : 위세를 부리고 복을 내리다. 『서경·홍범(洪範)』의 "오직 임금
    만이 복을 내릴 수 있고, 오직 임금만이 위세를 부릴 수 있다(惟辟作福, 惟辟作
    威)"라는 데서 따온 글귀다.

32 進退無所據(진퇴무소거) : 나아가거나 물러가거나 간에 의거할 기준이 없다. '進'

곧 군자가 다른 사람들로부터 본받는 대상이 되는 긍정적인 측면이나, '退' 곧
부처가 사람에게 재앙을 내린다는 부정적인 측면 어느 쪽이든 간에 아무런 근
거가 없음을 나타낸다.

且愈不助釋氏而排之者, 其亦有說[33]。孟子云[34]: 今天下不之[35]楊[36]則之[35]墨[37],
楊墨交亂, 而聖賢之道不明, 則三綱[38]淪[39]而九法[40]斁[41], 禮樂崩而夷狄橫,
幾何其不爲禽獸也! 故日[42]: "能言拒楊墨者, 皆聖人之徒也." 揚子雲云[43]:
"古者楊墨塞路, 孟子辭而闢之[44], 廓如[45]也." 夫楊墨行, 正道廢, 且將數百
年, 以至於秦, 卒滅先王之法, 燒除其經[46], 坑殺學士[47], 天下遂大亂。及秦
滅, 漢興且百年, 尚未知脩明先王之道; 其后始除挾書之律[48], 稍求亡書,
招學士, 經雖少得, 尚皆殘缺, 十亡二三: 故學士[49]多老死, 新者不見全經,
不能盡知先王之事, 各以所見爲守, 分離乖隔[50], 不合不公, 二帝[51]三王[52]羣
聖人之道於是大壞。後之學者無所尋逐, 以至於今泯泯[53]也: 其禍出於楊
墨肆行而莫之禁故也。孟子雖賢聖, 不得位, 空言無施[54], 雖切何補? 然賴
其言, 而今學者尚知宗孔氏, 崇仁義, 貴王賤霸而已。其大經大法[55]皆亡滅
而不救, 壞爛而不收, 所謂存十一[56]於千百, 安在其能廓如也? 然向[57]無孟
氏, 則皆服左袵[58]而言侏離[59]矣: 故愈嘗推尊孟氏, 以爲功不在禹下者, 爲
此也[60]。

---

33 說(설) : 학설. 관점. 여기서는 '이유'라는 뜻으로 쓰였다.

34 孟子云(맹자운) : 『맹자・등문공하(滕文公下)』에 근거한 말인데, 지금의 『맹자』
원문은 "天下之言不歸楊則歸墨 …… 楊墨之道不息, 孔子之道不著"로 되어 있어
글자에 약간의 차이가 있다.

35 之(지) : 가다. 돌아가다. 귀의하다.

36 楊(양) : 양주(楊朱, B.C. 440?-B.C. 360?). 위(衛)나라 사람으로 전국 초기 사상가.
맹자가 비판한 것처럼 "털 한 올을 뽑아 천하를 이롭게 할 수 있어도 하지 않겠
다(拔一毛而利天下不爲)"라는 '위아주의(爲我主義)'와 '생명을 귀중히 여기고 물
질을 경시한' '귀생경물(貴生輕物)'이 그의 핵심 사상이다.

37 墨(묵) : 묵적(墨翟, B.C. 468-B.C. 376). 송(宋)나라 사람으로 전해지는 춘추 전국
교체기의 사상가. '차별 없는 사랑'을 주장한 '겸애설(兼愛說)'이 그의 핵심 사상
이다.

38 三綱(삼강) : 유교 도덕의 기본이 되는 세 가지 도리. '군위신강(君爲臣綱)', '부위
자강(父爲子綱)', '부위부강(夫爲婦綱)' 곧 '임금과 신하(君臣)', '부모와 자식(父

子)', '남편과 아내(夫婦)' 등 가장 기본적인 인간관계 속에서 지켜야 할 떳떳한 도리.

39 淪(윤) : 사라지다. 가라앉다.

40 九法(구법) : 천하를 통치하는 아홉 가지 법칙. 『서경·홍범(洪範)』에 보이는 '구주(九疇)'로 우임금이 천하를 다스릴 때 쓴 법으로 전해진다.

41 斁(두) : 썩어 없어지다.

42 故曰(고왈) : 이하 두 구절은 주석 34와 같은 『맹자·등문공하』에 보이는 글귀다. 다만 지금의 『맹자』 원문에는 '拒(거)'가 서로 통하는 '距(거)'로 되어 있고, '皆(개)'자가 들어 있지 않다.

43 揚子雲云(양자운운) : 이하 세 구절의 인용문은 양웅(揚雄)의 『법언(法言)·오자(吾子)』편에 보이는 글귀다. 양웅에 대해서는 「답유정부서(答劉正夫書)」(HS-107) 주석 14번 참조.

44 辭而闢之(사이벽지) : 말로 해서 그들을 물리치다. 앞의 『맹자』에 나오는 "言拒楊墨(언거양묵)"과 같은 뜻이다.

45 廓如(확여) : 넓게 확 트인 모양.

46 燒除其經(소제기경) : 진시황(秦始皇) 34년(B.C. 213)에 승상 이사(李斯, ?-B.C. 208)의 건의를 받아들여 『진기(秦記)』 이외 열국의 역사서와 박사관(博士官)에 소속되지 않은 개인 소장의 『시(詩)』와 『서(書)』 등의 경전을 불태운 '분서(焚書)' 사건을 가리킨다.

47 坑殺學士(갱살학사) : '분서(焚書)'가 자행된 그 이듬해 노생(盧生)과 후생(侯生) 등의 방사(方士)와 유생(儒生)들이 『시』·『서』를 담론하면 사형에 처하고, 옛일을 들어 현실을 비난하면 멸족시키며, 사학(私學)을 금지하고 법령을 배우려는 사람은 관리를 스승으로 삼아야 한다는 등 진시황이 내린 결정에 대해 공격하고 나서자, 진시황이 어사를 파견해 조사한 뒤에 460여 명의 방사와 유생들을 함양(咸陽)에서 생매장한 '갱유(坑儒)' 사건을 가리킨다.

48 挾書之律(협서지율) : 진시황이 개인이 서적을 소장하지 못하도록 내린 금령으로 한나라 혜제(惠帝) 4년(B.C. 191)에 해제되었다. 고조(高祖)의 재위 기간이 12년이어서 한나라 건국 이후 혜제 4년까지는 16년에 불과하므로 앞에서 "漢興且百年(한흥차백년)"이라고 한 것이 사실에 맞지 않다. 따라서 이는 한유의 착오라고 하는 견해가 일반적이지만, 동제덕(童第德)은 "且百年"이 앞에 나오는 "且將數百年(차장수백년)"의 영향을 받아 쓸데없이 잘못 들어갔을 뿐이라는 옹호론을 피력한바 있다.

49 故學士(고학사) : 지난날의 유학자. 원래의 유학자.

50 分離乖隔(분리괴격) : 유가 경전에 대한 해석이 일치되지 못하고 서로 갈라져 파벌이 생긴 것을 말한다.

51 二帝(이제) : 요순(堯舜)의 두 임금.

52 三王(삼왕) : 하(夏)·은(殷)·주(周) 삼대(三代)의 제왕. 곧 하나라 우왕(禹王), 은나라 탕왕(湯王), 주나라 문왕(文王) 및 무왕(武王)을 가리킨다.

53 泯泯(민민) : 완전히 사라지고 없는 모양.

54 空言無施(공언무시) : 부질없이 입으로 담론만 했을 뿐 자기의 주장을 펼쳐 행하
지를 못하다. 시행되지 못했다는 의미에서 '空言'이라고 한 것이다.

55 大經大法(대경대법) : 기본적인 큰 원칙과 큰 법도.

56 十一(십일) : 십분의 일.

57 向(향) : 지난날. '嚮'과 같다.

58 左衽(좌임) : 옷을 여밀 때 오른쪽 옷섶을 왼쪽 옷섶의 위로 올리는 것으로 이는
중원의 옷 여미는 방식과는 정반대인 오랑캐의 복장이다. 『논어·헌문(憲
問)』편에 "만약 관중이 없었다면 우리는 아마도 머리를 풀어헤치고 옷섶을 왼
쪽으로 여미었을 것이로다!(微管仲, 吾其被髮左衽矣!)"라는 글귀가 보인다. '衽'
과 '袵'은 같은 글자다.

59 侏離(주리) : 뜻이 통하지 않는 괴상한 오랑캐의 말(소리).

60 爲此也(위차야) : 이상 세 구절은 위에서 두 차례 나온 것과 같은 장의 『맹자·
등문공하』에 근거한 주장이다.

漢氏已來, 羣儒區區⁶¹修補, 百孔千瘡⁶², 隨亂隨失⁶³, 其危如一髮引千鈞⁶⁴,
緜緜延延⁶⁵, 寖⁶⁶以微滅。於是時也, 而唱釋老於其間, 鼓天下之衆而從之,
嗚呼, 其亦不仁甚矣! 釋老之害過於楊墨, 韓愈之賢不及孟子, 孟子不能救
之於未亡之前, 而韓愈乃欲全之於已壞之後, 嗚呼, 其亦不量其力且見其
身之危, 莫之救以死⁶⁷也! 雖然, 使其道由愈而粗⁶⁸傳, 雖滅死萬萬無恨! 天
地鬼神臨之在上, 質⁶⁹之在傍, 又安得因一摧折⁷⁰, 自毀其道以從於邪也!

---

61 區區(구구) : 작아서 보잘것없는 모양. 소소하게나마.

62 百孔千瘡(백공천창) : 백 구멍 천 종기. 옛날 성군들의 도가 만신창이와 같은 상
태임을 비유적으로 형용한 것이다.

63 隨亂隨失(수란수실) : 어지럽게 흩어지기도 하고 잃어버리기도 하다. '隨'는 '~
하고 ~하다'는 뜻으로 행동의 연속 또는 중첩을 나타낸다. '亂'을 '다스리다(治)'
는 뜻으로 풀이한 견해도 있지만, 문맥이 부자연스러워 취하지 않는다.

64 一髮引千鈞(일발인천균) : 한 가닥의 머리털로 3만 근의 무게를 당기다. 형세가
매우 위급한 것을 형용한다. '鈞'은 옛날의 중량 단위로 30근에 해당한다.

65 緜緜延延(면면연연) : 미약하게 명맥이 겨우 연장되어 가는 모양. '緜緜'은 '綿綿'
과 같다.

66 寖(침) : 점점. 차츰. '寖'은 '寝'과 같다.

67 莫之救以死(막지구이사) : 죽을 수밖에 없는 상황에서 저를 구해줄 이 아무도 없
다. '之'는 작자 자신을 가리킨다.

68 粗(조) : 대략이라도. 거칠게나마.

69 質(질) : 평가를 하다. 사리에 따라 밝히다.

70 一摧折(일최절) : 한 차례의 좌절. 부처 사리를 궁중으로 들여놓은 것을 반대하
다가 조주자사(潮州刺史)로 좌천된 일을 가리킨다. 이 사건에 대한 자세한 내용
은 「논불골표(論佛骨表)」(HS-296)를 참조하기 바란다.

籍湜⁷¹輩雖屢指教, 不知果能不叛去否? 辱吾兄眷厚⁷²而不獲承命⁷³, 惟增
慙懼, 死罪死罪⁷⁴! 愈再拜。

71 籍湜(적식) : 장적(張籍)과 황보식(皇甫湜)으로 모두 한유로부터 고문을 배운 제
자들이다. 장적에 대해서는 「장중승전후서(張中丞傳後敍)」(HS-040) 주석 3과
「답장적서(答張籍書)」(HS-071) 및 「중답장적서(重答張籍書)」(HS-072), 황보식은
「휘변(諱辯)」(HS-034) 주석 4 참조.

72 眷厚(권후) : 후하게 돌봐주다. 애지중지하다.

73 承命(승명) : 가르침을 받들다. 명령대로 따르다.

74 死罪死罪(사죄사죄) : 죽을 죄, 죽어 마땅한 죄를 짓다. 편지글의 끝머리에 쓰이
는 상투어로 자기 낮춤말이다.

HS-111 「여의산인에게 답하는 편지」

答呂醫山人書

한유 아룁니다. 보내주신 편지에서 제가 신릉군(信陵君)처럼 말고삐를 잡고 말을 끌며 그대를 접대하지 못한다는 점을 나무랐습니다. 대체로 신릉군은 전국(戰國)시대의 귀공자로 뛰어난 인재를 불러들여 교유한 명성과 위세를 이용해 천하 사람들이 자신에게 경도되어 흠모하게 하려고 그렇게 했을 따름이고, 저로 말하자면 스스로 헤아리기로 만약 세상에 공자(孔子)가 없다면 마땅히 제자의 대열에 들어가 있으려 하지 않습니다. 그대는 막 산에서 나왔기 때문에 소박하고 두터운 아름다운 뜻을 품고 있지만, 아마도 아직 세상사에 단련되지 않아서 그럴 것입니다. 게다가 주(周)나라가 후대로 갈수록 문화가 피폐해지자 제자백가들이 책을 저술해 제각기 스스로 일가를 이루고 성인이 수립한 학파를 어지럽히니 후대 학자들이 익히고 전수함에 있어 뒤죽박죽 뒤섞여서 일관되게 체계를 세우지 못했습니다. 따라서 몇 가지 문제를 제기해 그대를 살피고자 합니다. 만일 그대의 학문이 이미 성숙되었다면 장차 친구로 삼을 것이요, 행여 아직 성숙되지 않았다면 장차 담론해 그대 학문 중의 잘못된 점을 없애고 올바른 데로 나아가도록 할 따름입니다. 저는 전국시대 육국(六國)의 귀공자들처럼 친구 교제의 도리를 장사하듯이 명성과 위세를 넓히는 수단으로 삼지는 않습니다.

바야흐로 지금 천하 사람들이 벼슬길로 들어가는 길은 오직 진사과(進士科)와 명경과(明經科) 및 경대부(卿大夫)의 자손들인 것뿐입니다. 그 사람들은 대체로 모두 당시의 사회 기풍에 익숙하고 언어 구사에 뛰어나며 세상 돌아가는 형세를 알고 임금의 뜻에 잘 영합합니다. 그 때문에 온 천하가 다 바람 부는 대로 쏠려 사회 기풍이 날로 쇠퇴의 길로 들어가 버렸습니다. 아마도 이런 기풍이 다시는 떨쳐 일어나지 못할 것 같아, 그대같이 목숨을 내놓고 이해득실을 따지지 않는 사람을 힘써 조정에 추천해 임금의 잘못을 간쟁하고 구제하고자 할 따름입니다. 지금의 공경(公卿) 대신들 중에 그대와 같은 수준의 문장과 학문이나 지식과 식견을 갖춘 사람이 없다고 말하는 것은 아닙니다. 신릉군을 저와 비교할 수는 없습니다.

그러나 그대가 떨어진 옷을 입고 삼베 신을 신고서 느닷없이 우리 집 문을 두드림에 있어, 제가 그대를 대함에 비록 빈객과 주인의 도리를 온전히 다하지 못했다고 하더라도 그대를 중시하는 뜻이 없다고 할 수는 없습니다. 그대가 천하를 두루 다니면서 다른 사람으로부터 이런 빈객과 주인의 도리를 받은 것이 아마도 적었기 때문에 마침내 제가 빈객을 대하는 예가 주도면밀하지 못하다고 나무라시는데, 이것은 진실로 제가 구해 얻지 못할까봐 절실하게 바라는 것입니다. 그대가 하는 논의가 비록 다 타당하지는 않으나 아첨하고 비위를 맞추어 다른 사람을 섬기지 않으려는 개성은 매우 분명히 드러났습니다. 곧 그대를 상좌에 앉힘에 세 번 목욕하고 세 번 향기를 쐰 뒤 극진한 예로 맞이할 것이니,

제가 하는 대로 따르고 잠시 좀 여유를 가져 조급하게 굴지 말아 주시기 바랍니다. 한유가 머리를 조아리고 절합니다.

해제

　여의(呂翳)라는 사람이 서찰을 보내 추천해주기를 바랐지만, 작자가 함량 미달로 보고 이에 응하지 않자 선비를 예우하지 않는다고 질책한 데 대해 답한 편지글. 확실한 창작 연대는 미상이지만, 작자 나이 50세 이후 형부시랑(刑部侍郎)을 하던 원화 13년(818)이나 14년(819) 설과 이부시랑(吏部侍郎)을 하던 장경(長慶) 2년(822) 또는 3년(823) 설이 비교적 유력하다. 여의는 한유의 문집에서 이 글에만 보이는 인물로 자세한 사적은 미상이고, 산인(山人)은 본래 산림에 은거하며 부귀공명을 추구하지 않는 사람을 가리킨다. 그러나 당나라 때에는 가짜 은자도 많아서 작자는 이런 부류의 인물을 혐오했다. 작자는 자신이 후진을 격려하고 발탁하는 목적이 성인의 도를 전수하는 데 있으므로 그런 인재들과 도의에 바탕을 둔 교유를 할 뿐 다른 세속적 의도를 개입시키지 않는다는 입장을 분명히 했다. 이로써 겉으로는 고상한 척하면서 산림에서 지내지만 세상 명예와 이익 추구에 밝은 산인을 풍자하고 시류에 순응하며 눈치 빠르게 살아가는 용렬한 인간들과 그런 사회 분위기에 일침을 가했다. 솔직 명쾌하면서도 억양의 변화가 많아 예측 불허의 기발함이 돋보이는 대표적인 글로 평가되고 있다.

원문 및 주석

愈白：惠書責以不能如信陵執轡者¹。夫信陵，戰國公子，欲以取士聲勢傾天下²而然耳；如僕者，自度³若世無孔子，不當在弟子之列。以吾子始自山出，有朴茂⁴之美意，恐未礱磨⁵以世事；又自周後文弊⁶，百子爲書⁷，各自名家⁸，亂聖人之宗⁹，後生習傳，雜而不貫¹⁰：故設問以觀吾子。其已成熟乎，將以爲友也；其未成熟乎，將以講去其非而趨是¹¹耳。不如¹²六國公子¹³有市於道¹⁴者也。

1　責以不能如信陵執轡者(책이불능여신릉집비자)：이는 한유가 신릉군과 같은 태도로 빈객을 맞이하지 않았음을 나무란 것이다. 이는 『사기 · 위공자열전(魏公子列傳)』에 보이는 것으로 위(魏)나라 귀공자 신릉군이 이문(夷門)의 문지기 후영(侯嬴)을 영접하기 위해 수레를 준비하고 갔을 때, 후영이 다 떨어진 의관을 한 채 수레에 올라 상좌에 앉고 양보하지 않았지만, 수레를 끄는 말고삐를 잡고 더욱 공경했다는 고사다. 신릉군은 제(齊)나라의 맹상군(孟嘗君), 조(趙)나라의 평원군(平原君), 초(楚)나라의 춘신군(春申君)과 함께 전국시대 4대 귀공자로 손꼽히는데, 그중에서도 인재를 가장 예우한 것으로 정평이 나 있다. '轡'는 '말고삐'다.

2　傾天下(경천하)：천하 사람들이 자신에게 경도되어 흠모하게 하다.

3　度(탁)：헤아리다.

4　朴茂(박무)：소박하고 두텁다.

5　礱磨(농마)：단련하다. 연마하다. 이 구절은 여의산인이 아직 세상 경험이 부족하고 노련미가 없음을 나타낸다.

6　周後文弊(주후문폐)：주나라는 문화를 숭상했는데, 뒤로 갈수록 정성스런 뜻은 결여된 채 겉으로 드러나는 허례허식만 따져 실제에 맞지 않는 폐단이 생겨난 것을 말한다. 여기서 '周後'는 구체적으로 말하면 '춘추시대 이후'를 가리키고, '文'은 '예악제도(禮樂制度)'를 포괄하는 문화의 개념이다.

7　百子爲書(백자위서)：제자백가들이 책을 저술해 각각의 학설을 세우다.

8　名家(명가)：일가로 이름을 붙이다. 일가를 이루다. 일가로 자처하다.

9　聖人之宗(성인지종)：성인이 수립한 학파. '聖人'은 요 · 순 · 우 · 탕 · 문왕 · 무왕 · 주공 · 공자 등을 가리킨다.

10　雜而不貫(잡이불관)：뒤죽박죽 뒤섞여서 일관된 체계를 세우지 못하다.

11　去其非而趨是(거기비이추시)：그대 학문 중의 잘못된 점을 없애고 올바른 데로 나아가도록 하다.

12 不如(불여) : 같지 않다. 다르다.

13 六國公子(육국공자) : 전국시대 육국의 귀공자. 주석 1에 나오는 4대 귀공자를 포함한 전국시대 귀공자들.

14 市於道(시어도) : 친구 교제의 도리를 장사하듯이 명성과 위세를 넓히는 수단으로 삼다. '市'는 '장사하다', '매매하다'는 뜻이다.

方今天下入仕, 惟以進士、明經¹⁵及卿大夫之世¹⁶耳。其人率皆習熟時俗¹⁷, 工於語言, 識形勢¹⁸, 善候¹⁹人主意；故天下靡靡²⁰, 日入於衰壞, 恐不復振起。務欲進足下趨死²¹不顧利害去就²²之人於朝, 以爭救之耳；非謂當今公卿間無足下輩文學知識也。不得以信陵比。

15 進士明經(진사명경) : 당나라 때 양대 과거고시 과목인 진사과와 명경과. 진사과는 시부(詩賦)의 창작 능력을 위주로 인재를 등용한 가장 인기 있는 고시고, 명경과는 경전의 통달 여부를 주로 본 고시다.

16 卿大夫之世(경대부지세) : 국가의 고급 관리인 경대부의 자손. 이들은 굳이 과거고시를 통하지 않고도 선조의 문음(門蔭)에 의해 바로 벼슬길로 들어설 수 있었다.

17 習熟時俗(습숙시속) : 당시의 사회 기풍에 익숙하다. 시세에 따라 임기응변해 다른 사람의 미움을 사려고 하지 않는 것을 말한다.

18 識形勢(식형세) : 세상 돌아가는 형세를 알다. 인간사에 있어 상대방의 안색이나 환경조건의 우열 따위를 살필 줄 아는 것을 말한다.

19 候(후) : 영합하다. 눈치를 살피다.

20 靡靡(미미) : 바람 부는 대로 쏠리다. 자기 소견 없이 대세에 따라 이리저리 쏠리는 것을 말한다.

21 趨死(추사) : 목숨을 내놓다. 의로운 일이라면 목숨도 아끼지 않는 것을 말한다.

22 不顧利害去就(불고이해거취) : 거취의 이해득실을 따지지 않다. 거취를 정함에 있어 자기 개인의 이해득실을 따지지 않는 것을 말한다.

然足下衣²³破衣, 繫²⁴麻鞋, 率然²⁵叩吾門；吾待足下雖未盡賓主之道, 不可謂無意者。足下行天下, 得此²⁶於人蓋寡, 乃遂能責不足於我²⁷, 此眞僕所汲汲²⁸求者。議雖未中節²⁹, 其不肯阿曲³⁰以事人者灼灼³¹明矣。方將坐足下三浴而三熏³²之, 聽僕之所爲, 少安無躁³³。愈頓首。

23 衣(의) : 동사로 쓰여 '입다'는 뜻이다.

24 繫(계) : 신발 끈을 매다. 여기서는 신을 '신다'는 뜻으로 쓰였다.

25 率然(솔연) : 경솔한 모양. 느닷없이. 다른 사람의 소개를 통하지 않고 불쑥 바로

찾아왔다는 점에서 경솔하다고 한 것이다.

26 得此(득차) : 이것 곧 빈객과 주인의 도리를 받다.

27 責不足於我(책부족어아) : 제가 빈객을 대하는 예가 주도면밀하지 못하다고 나무라다. 글 첫머리의 "責以不能如信陵執轡者"를 가리킨다.

28 汲汲(급급) : 미치지 못할까봐 다급해하는 모양.

29 中節(미중절) : 합당하다. 핵심을 찌르다. 본래 음악에서 리듬이나 박자가 맞는 것을 가리킨다. 『예기ㆍ중용』의 "기쁨과 노여움과 슬픔과 즐거움 따위의 감정이 아직 겉으로 드러나지 않은 마음의 상태를 '중'이라 하고, 겉으로 드러나 모두 절도에 맞는 것을 '화'라고 한다(喜怒哀樂之未發謂之中, 發而皆中節謂之和)"에서 온 것으로 풀이해도 뜻이 통한다.

30 阿曲(아곡) : 자신을 굽혀 다른 사람에게 아첨하고 비위를 맞추다.

31 灼灼(작작) : 밝은 모양. 밝게 빛나는 모양.

32 三浴而三熏(삼욕이삼훈) : 세 번 목욕하고 세 번 향기를 쐬다. '熏'은 '薰'과 같다. 다른 사람을 지극히 존중하고 예우하는 것을 말한다. 『국어ㆍ제어(齊語)』에 보이는 제나라 환공(桓公)이 노(魯)나라로부터 관중(管仲)을 맞아 올 때, '세 차례 몸에 향을 바르고(三釁)', '세 차례 목욕한(三浴)' 뒤에 교외로 가서 직접 영접한 고사에서 유래한 것이다. 지금도 '三浴三薰', '三釁三浴(삼흔삼욕)', '三沐三薰' 등의 사자성어로 널리 쓰인다.

33 少安無躁(소안무조) : 잠시 좀 여유를 가져 조급하게 굴지 말라. '少安'은 『좌전ㆍ양공(襄公) 7년』의 "그대는 잠시 좀 천천히 하소서!(吾子其少安!)"에 보이는 말로 '安'은 '徐' 곧 '천천히', '여유 있게'의 뜻이다. '安'을 '멈추다'는 뜻으로 풀이하기도 한다.

HS-112 「투주 이사군에게 답하는 편지」

答渝州李使君書

떨어져 지내느라 소식이 끊어진 지가 여러 해 되어 그대가 부쳐 준 서찰을 자주 받지 못했지만, 그대의 풍모와 기품을 앙모해 감히 잊어본 적이 없습니다. 인편으로 연달아 서찰 두 통을 보내 마음속의 다급한 은정과 허전하고 무료한 심정을 일러주셨습니다. 그리고 재차 하남(河南)에 있을 때 겪은 여러 가지 일의 시말을 서술하셨는데, 글의 구성이 치밀하고 실마리를 찾을 수 있도록 전아하며 충실한데다가 매우 분명하게 추리하고 탐구해 결코 한 가지라도 의심할 만한 것이 없사옵니다. 그대가 하시는 일을 우러러 생각해 저에 대한 은근한 기대를 더욱 깊게 받아들이니, 아마도 제가 지식과 학문을 좀 갖추고 있으므로 마음속의 생각을 일러 줄 만하다고 여겨서 이처럼 다급하게 말씀하신 것이 아니겠습니까? 이것은 저를 다른 사람과 비교해 헤아려 본 뒤에 인정해 주신 것이니, 얼마나 큰 광영인지요!

저는 비록 높은 절조와 기개는 없지만 감격할 줄은 압니다. 만약 제가 권력 있는 자리에 있어서 관계 요로에 있는 사람들과 흉허물 없이 친해 말이 신뢰를 받을 가망이 있다면, 비록 백 번을 후회하고 한탄하게 된다고 하더라도 감히 아무 말 없이 침묵하지는 않았을 것입니다. 지금 제 의견을 피력할 길도 없고, 말을 하여 더욱 고명한 인재에 누를 끼칠까봐 두려워해, 그 때문에 기대하는 것을 저버리고 속삭이듯 다른 사람에게 말을 전해 효과를 거두지 못했으니, 이것은 저의 죄입니다. 그러나 감히 마음속으로 잊어버리지는 않았습니다. 기대하기를 그만두지 않고 저에 대한 그대의 바람에 보답하고자 하오니, 다만 좀 늦어지더라도 바로 급히 내버리지 않으신다면 큰 다행이로소이다! 『장자』에 이르기를 "사정이 어찌할 도리가 없는 줄을 알고도 운명을 기다리듯이 편안할 수 있다면 성인이다"라고 하고, 『예기』에서는 "군자는 천명을 기다린다"라고 했습니다. 그러나 일에 아무런 보탬이 되거나 이로울 게 없이, 식상해 입에 물리는 음식을 올린 것과 같아 단지 부끄러움만 더할 따름입니다. 진실로 힘써 마음을 크게 가지시기 바랍니다. 한유가 재배를 올립니다.

해제

창작 시기는 미상이며, 이방고(李方古)가 하남(河南)의 사적을 조정에 고해 달라고 부탁한 데 대해 답한 편지글. 이에 대해 작자는 마음이 편치 않은 관계로 몸을 편안하게 가지고 천명을 기다리라는 뜻으로 답변하고 있다. 이방고는 정원 12년(796) 진사다. 투주(渝州)는 검남도(劍南道)에 속하는 고을로 지금 사천성(四川省) 중경시(重慶市) 지역이다. 사군(使君)은 주군(州郡)의 지사인 자사(刺史)를 달리 부른 말이다.

하남의 사적이 정확히 무슨 일인지는 미상인데, 일찍이 하남령(河南令)을 지낸 바 있는 이방고가 이때 하남령으로 있던 한유에게 본인 재직 당시의 억울한 사정을 적어 보낸 것이라는 설도 있다. 이에 근거해 이 글의 창작 시기를 원화 6년(811)으로 보기도 하지만, 글의 내용으로 보아 작자는 이때 장안의 조정에 있은 것으로 여겨지므로 신빙성이 높지는 않아 보인다.

원문 및 주석

乖隔[1]年多, 不獲數[2]附書, 慕仰風味[3], 未嘗敢忘。使至, 連辱兩書, 告以恩情迫切, 不自聊賴[4]。重[5]序河南事跡本末, 文字綢密[6]典實[7]可尋, 而推究之明, 萬萬無一可疑者。欽想所爲, 益深勤企, 豈以愈爲粗有知識, 可語以心而告之急哉? 是比數[8]愈於人而收之, 何幸之大也!

1　乖隔(괴격) : 격조하다. 멀리 떨어져 서로 통하지 못하다.
2　數(삭) : 자주.
3　風味(풍미) : 풍모와 기품. 인물이 고상하고 멋이 있는 것을 말한다.
4　聊賴(요뢰) : 허전하고 무료하다. '聊'는 '憀(요)'와 통해 '허전하다', '공허하다'는 뜻이다.
5　重(중) : 거듭. 재차.
6　綢密(주밀) : 치밀하다. 빈틈이 없이 잘 짜이다. 글의 구성이 치밀함을 말한다.
7　典實(전실) : 전아하고 충실하다. 근거가 있고 진실하다.
8　比數(비수) : 비교해 헤아리다.

愈雖無節槪, 知感激。若使在形勢[9], 親狎[10]於要路[11], 有言可信之望, 雖百悔吝[12], 不敢黙黙。今旣無由緣[13]進言, 言之恐益累高明, 是以負所期待,竊竊[14]轉語於人, 不是成效, 此愈之罪也。然不敢去心。期之無已, 以報見待[15]; 惟且遲之, 勿遽捐罷[16], 幸甚! 莊子[17]云: "知其無可奈何而安之若命者, 聖也。" 傳[18]曰: "君子竢命。" 然無所補益, 進其厭飫[19]者, 祇[20]增愧耳。良務寬大。愈再拜。

---

9 形勢(형세) : 권력을 쥔 자리. 높은 관직 자리.

10 親狎(친압) : 사이가 가까워 아무 허물이 없다. 흉허물 없이 대할 정도로 친하다.

11 要路(요로) : 관계 요로. 핵심적인 지위.

12 悔吝(회린) : 후회하고 한탄하다.

13 由緣(유연) : 따를 길. 말미암을 근거. 도연명(陶淵明)의 「잡시(雜詩)」 아홉째 수에 "탄식하며 남쪽으로 돌아가고자 하나, 길이 멀어 어쩔 수가 없네(慷慨思南歸, 路遐無由緣)"라는 시구가 보인다.

14 竊竊(절절) : 사적으로 속삭이다.

15 見待(견대) : 나에게 바라다. 나에게 기대하다. 여기서 '見'은 동작 행위의 대상을 대신 지칭해 일방(제1인칭)만을 가리키는 특수한 범위부사로 쓰였다.

16 捐罷(연파) : 내버리다. 포기하고 그만두다.

17 莊子(장자) : 『장자·덕충부(德充符)』에 보이는 "사정이 어찌할 도리가 없는 줄을 알고 자신의 처지에 만족하며 운명처럼 따르는 것은, 오직 덕이 있는 사람만이 할 수 있다(知其無可奈何而安之若命者, 唯有德者能之)"라는 말에서 따온 것이다.

18 傳(전) : 고서로 『예기』를 가리킨다. 『예기·중용』에 보이는 "군자는 평이하게 살며 천명을 기다린다(君子居易以俟命)"라는 데서 따온 것이다. '竢'는 '俟'와 같다. 『맹자·진심하(盡心下)』에도 "군자는 법도대로 행해 천명을 기다릴 따름이다(君子行法以俟命而已矣)"라는 글귀가 보인다.

19 厭飫(염어) : 음식이 식상해 입에 물리다. 여기서는 새로운 것이 없는 작자의 말에 싫증이 나는 것을 가리킨다.

20 祇(지) : 단지. 다만.

9월 5일에 한유가 미지(微之) 족하(足下)에게 머리를 조아리고 절합니다. 지난해에 과분하게 서찰을 보내시어 견봉(甄逢)의 부친 견제(甄濟)가 안녹산(安祿山)이 반드시 반란을 일으킬 것임을 알아차리고, 곧 거짓으로 벙어리가 된 척하며 관직을 버리고 떠나간 일을 거론하셨습니다. 안녹산이 반란을 일으켜 황제라 칭하고 국호를 세운 뒤에 또 강제로 그를 불러들이려고 했지만, 그는 죽어도 일어나 가지 않을 것임을 고집해 끝내 안녹산 부자의 일 때문에 자신의 충절을 더럽히지 않았습니다. 또 견봉이 독서를 할 줄 알며, 자신에게 엄격해 덕행을 세우고, 근면하게 노력해 충분히 자급자족하고 주현(州縣)의 관청에 관직을 구하러 다니지 않았으며, 남는 재산을 나누어 주어 다른 사람들의 위급함을 구제한 점을 거론하셨습니다. 그대께서는 이로 말미암아 그와 교유해 견봉 부자의 이름과 사적이 역사서에 적혀 보존되기를 바라셨습니다.

그대는 강직하고 일을 이루기를 좋아한 것 때문에 배척을 당해 조정에서 관직을 맡지 못하고, 있어야 마땅한 자리를 잃어버렸지만 스스로 후회하지 않고 더욱 굳세게 일을 맡아 하기를 좋아하셨습니다. 미지여, 그대는 정말 편안히 일을 즐기는 경지에 이르렀소이다! 삼가 그대가 거론하고 적은 사적을 상세하게 읽은 뒤에 역사 기록의 준칙에 비교해 보니 견제와 같은 사람은 본래 나라의 역사에 덧붙여 기록되어야 마땅합니다. 지금 견봉은 또 처신을 잘해 지방 주군(州郡) 장관의 신임을 받아, 돌아가신 부친의 사적을 밝게 드러내어 천하 사람들의 이목에 오르내리고 천자에게까지 상달되도록 해 자기 부친에게 4품의 관직이 추증되게 했으니 이는 분명 사람들을 놀라게 할 만한 것입니다. 견봉과 그의 부친이 함께 역사에 기록되어 마땅합니다.

견제와 견봉 부자의 일은 그대로부터 알려지게 되었습니다.『춘추』에서 군자가 다른 사람의 좋은 일을 칭찬하기 좋아한 것을 찬미했으니, 대체로 다른 사람의 좋은 일을 칭찬하기 좋아할 수 있다면 천하 사람들이 모두 나쁜 일을 버리고 좋은 일을 할 것이며, 착한 사람이 마땅한 대우를 받게 하는 공적도 실로 크니, 그대와 견제 부자는 모두 마땅히 함께 연대해 역사에 기록될 만합니다. 그대는 견봉을 격려해 처음부터 끝까지 한결같이 처신을 잘하도록 하고, 그대도 나이가 아직 젊으니 지속적으로 성대한 덕을 계승해 장차 사관들이 대서특필하도록 하며, 여러 번 기록하고 한 차례에 그치지 않도록 하실 따름입니다. 저는 그대가 부탁하신 명을 받들고, 또 붓을 들고 기다리고 있습니다. 한유가 재배를 올립니다.

해제

원화 9년(814) 비부낭중(比部郎中)·사관수찬(史館修撰) 재직 시에 원진(元
稹, 779-831)에게 답한 편지글. 원진이 감찰시어사(監察侍御史)를 지냈기 때
문에 원시어(元侍御)라 불렀다. 한 해 전에 원진은 한유가 사관수찬으로
임명되었다는 소식을 듣고 편지를 보내 자신의 친구인 견봉(甄逢)의 부
친 견제(甄濟, ?-766)의 충절과 견봉의 덕행을 거론하며 두 사람 모두 마땅
히 나라의 역사에 기록되어야 한다고 요청했다.

견제는 자가 맹성(孟成)이며, 위주(衛州)의 청암산[靑巖山 : 지금 하남성 기현
(淇縣) 서남]에 은거하다가 천보(天寶) 말경에 천거되어 좌습유(左拾遺)를 맡
아 안녹산의 보좌관인 범양절도장서기(范陽節度掌書記)로 있었다. 천보 12
년(753)에 안녹산의 모반 기미를 알아차리고 벙어리가 된 것처럼 가장해
청암산으로 돌아와 지냈다. 안녹산이 반란을 일으킨 뒤에 사람을 보내
어 칼로 협박하며 협조하도록 종용했지만 끝내 굴하지 않았으며, 뒤에
안녹산의 아들 안경서(安慶緒)에 의해 낙양에 구금되었다가 당나라 군대
가 낙양을 수복한 뒤에 풀려났다. 원화 8년(813)에 아들 견봉의 노력으로
조정에서 그에게 비서소감(秘書少監)의 관직을 추증했다. 작자는 견제와
견봉 부자의 사적뿐만 아니라, 타인의 선행을 칭송하려는 원진의 태도
도 높이 평가해 모두 역사의 기록으로 남길 만하다는 평가를 내리고 있
다. 작자는 견봉과 원진이 앞으로도 계속 노력해 명예와 절개를 지키도
록 격려함으로써, 사관 재직 시에 업무에 임하는 태도가 엄정했음을 보
여주기도 한다.

원문 및 주석

九月五日, 愈頓首, 微之[1]足下 : 前歲辱書, 論甄逢父濟識安祿山[2]必反, 卽詐爲瘖[3]棄去。祿山反, 有名號[4], 又逼致之, 濟死執不起, 卒不汙祿山父子事。又論逢知讀書, 刻身[5]立行, 勤己取足[6], 不干[7]州縣, 斥[8]其餘以救人之急。足下繇[9]是與之交, 欲令逢父子名迹存諸[10]史氏。

---

1 微之(미지) : 원진(元稹)의 자. 하남[河南 : 지금 하남성 낙양시(洛陽市)] 사람으로 정원 9년(793)에 명경과에 급제한 뒤 감찰어사를 지냈다. 백거이(白居易, 772-846)와 친하고 초기의 문학에 대한 견해도 유사해 '원백(元白)'으로 불렸다. 신악부운동(新樂府運動)에 가담하고, 악부의 형식으로 사회 모순을 고발한 작품을 많이 남겼다.

2 安祿山(안녹산) : 생몰년 703-757년. 영주(營州) 유성[柳城 : 지금 요녕성(遼寧省) 조양(朝陽) 남쪽]의 호인(胡人)으로 9개 언어를 할 줄 알았다. 아주 용맹하고 전투에 뛰어났으며, 현종과 양귀비의 신임을 받아 평로(平盧)·범양(范陽)·하동(河東) 삼절도사를 겸임해 15만 대군을 거느렸다. 천보 14(755)년에 반란을 일으켜 낙양을 함락시키고 장안으로 들어와 웅무(雄武)황제를 자칭하고 국호를 연(燕)이라고 했다. 지덕(至德) 2년(757)에 아들 안경서(安慶緒, ?-759)에게 피살되었다.

3 瘖(음) : 벙어리.

4 有名號(유명호) : 안녹산이 황제를 칭하고 국호를 세운 것을 가리킨다.

5 刻身(각신) : 자신에게 엄격하다.

6 取足(취족) : 충분하게 취하다. 충분히 자급자족하다.

7 干(간) : 구하다.

8 斥(척) : 나누어주다. 흩다.

9 繇(유) : 말미암다. '由'와 통한다.

10 諸(저) : '지어(之於)'의 합음 겸사(兼詞).

足下以抗直[11]喜立事, 斥, 不得立朝, 失所[12]不自悔, 喜事益堅。微之乎, 子眞安而樂之者[13]! 謹詳足下所論載, 校之史法, 若濟者固當得附書[14] ; 今逢又能行身[15], 幸於方州大臣[16]以標白[17]其先人事, 載之天下耳目, 徹[18]之天子, 追爵其父第四品[19], 赫然[20]驚人 : 逢與其父俱當得書矣。

---

11 抗直(항직) : 강직하다. 이하 네 구절은 원화 5년(810)에 원진이 감찰어사로서 동

도 낙양을 맡고 있을 때, 절서(浙西)관찰사 한고(韓皐)와 하남윤(河南尹) 방식(房式) 등의 십여 가지 사안을 탄핵했다가 재상으로부터 젊은 사람이 경박하게 권위를 세우느라 어사의 체통을 잃었다는 지적을 받고 강릉사조참군(江陵士曹參軍)으로 좌천된 일을 가리킨다.

12 失所(실소) : 마땅히 있어야 할 자리를 잃다.

13 若濟者固當得附書(약제자고당득부서) : 한유는 견제의 사적이 역사에 부대적으로 기록될 정도이지, 단독으로 독립해 전기를 세울 만하지는 않다고 본 것이다. 주희(朱熹, 1130-1200)는 '附書'의 '附'가 쓸데없이 잘못 들어간 것이라고 주장하기도 했으나, 청(淸)나라 사람 요범(姚範, 1702-1771)의 견해에 따르면 이는 견제가 내진(來瑱)의 막부에 있을 때 내진의 발호에 대해 침묵하고 간언하지 않은 때문이라고 한다.

14 樂之者(낙지자) : 『논어·옹야(雍也)』편에 "어떤 것을 좋아하는 것은 그것에 푹 빠져 즐기는 것만 못하다(好之者不如樂之者)"라는 글귀가 보인다.

15 今逢又能行身(금봉우능행신) : 이하 다섯 구절은 원화 8년(813) 정월에 원자(袁滋)가 양주자사(襄州刺史)·산남동도(山南同道)절도사를 맡아 견봉을 문학연(文學掾)으로 임명하고, 그의 부친 견제의 충절을 표창하도록 요청하는 상소를 올리자 조정에서 견제에게 비서소감의 관직을 추증한 것을 가리킨다.

16 方州大臣(방주대신) : 지방 주군(州郡)의 장관. 여기서는 양주자사(襄州刺史) 원자를 가리킨다.

17 標白(표백) : 표명하다. 공개적으로 밝히다.

18 徹(철) : 상달되다. 알려지다.

19 第四品(제사품) : 비서소감은 종4품상에 속하는 관직이다.

20 赫然(혁연) : 밝은 모양. 성대한 모양.

濟逢父子自吾人發。春秋²¹美君子樂道人之善²², 夫苟能樂道人之善, 則天下皆去惡爲善, 善人得其所, 其功實大, 足下與濟父子俱宜牽聯²³得書。足下勉逢令終始其躬, 而足下年尚彊²⁴, 嗣德有繼, 將大書特書, 屢書不一書而已也。愈旣承命, 又執筆以竢。愈再拜。

21 春秋(춘추) : 지금 전하는 『춘추삼전(春秋三傳)』에는 직접적으로 "美君子樂道人之善"이란 내용이 들어 있지 않다. 다만 『곡량전(穀梁傳)·은공(隱公) 원년』조에 보이는 "『춘추』는 다른 사람의 좋은 일을 도와서 이루게 하지, 악한 일을 조장하지 않는다(春秋成人之美, 不成人之惡)"와 같은 유사한 취지의 내용이 몇 군데 눈에 띈다.

22 樂道人之善(요도인지선) : 『논어·계씨(季氏)』편에 '도움이 되는 세 종류의 좋아함(益者三樂)' 중에 하나로 들어 있다. '樂(요)'는 '좋아하다'는 뜻이다.

23 牽聯(견련) : 연대하다. 한데 묶다.

24 彊(강) : 나이가 한창이다. '强'과 같다. 이때 원진의 나이는 35세인데, 참고로 『예기·곡례상(曲禮上)』에 "마흔 살을 '강'이라고 하니, 나아가 벼슬할 나이다 (四十曰强, 而仕)"라는 글귀가 보인다.

與鄭相公書

상공께서 재차 서찰을 보내어 하문하신 것은 모두 맹동야(孟東野)의 집안일 때문이었는데, 그 뜻이 애통해하는 마음을 담고 있으며 우려하는 심정이 깊고 은근해 인애에 돈독하신 대인군자로서 처음부터 끝까지 싫증 내지 않으시는 마음 씀씀이를 볼 수 있었습니다. 엎드려 절한 뒤 서찰을 읽고 흐느껴 울면서, 어떻게 말씀드려야 할지 알지 못하겠습니다.

오래 전부터 맹동야와 교유한 여러 사람들이 며칠 전에 이미 도합 백이나 천 냥에 달하는 돈을 보내왔는데, 얼마 지나지 않아 동도 낙양에 이르러 장례비를 다 치르고도 자금이 아직 남아 있습니다. 지금 배압아(裵押衙) 편에 보내오신 270관(貫)의 돈으로 부동산을 구입한다면 미망인의 항구적인 생활 근거로 삼기에 충분합니다. 맹교(孟郊)의 동생들은 강동 지방에 살고 있어서 아직 도착하지 못했습니다. 그가 이전에 알고 지내던 사람들은 너무 착하기만 해, 그들의 실무적 재능이 일을 맡기에는 부족할까 우려가 됩니다. 부인 정씨(鄭氏)의 형제 중에 나이가 가장 적은 사람만이 동도 낙양에 있는데, 상공이 서찰에서 말씀하신 바와 같이 그에게 의뢰할 수는 없사옵니다. 맹교의 친한 벗인 태자사인(太子舍人) 번종사(樊宗師)는 근래에 동도 낙양에서 상중에 있었는데, 지금 상복은 이미 벗었지만 속으로는 애통한 마음이 남아 있음에도 불구하고 맹동야의 집안일을 대신 처리함에 있어서 자기 일처럼 하고 있습니다. 전후로 사람들이 준 것과 배압아 편에 보내오신 돈과 물건은 모두 번종사에게 위촉해 주관하게 했습니다. 그는 맹동야 부인의 생계를 도모할 일을 꾸려 나감에 있어서 이익을 내지 못하거나 편의를 보지 못하고 일을 그르쳐 결손이 생기게 하는 일은 결단코 하지 않을 것입니다. 맹교의 동생들이 도착하기를 기다렸다가 그간에 이뤄 놓은 일을 그들에게 넘기면, 아마도 조용히 지켜내고 크게 잘못되는 일도 없을 것 같습니다. 엎드려 생각건대 너무 깊이 우려하지는 마시옵소서. 나머지 자세한 사정은 그때그때 일일이 보고해 올리겠습니다. 이루 다 말씀드리지 못하고 이만 줄이나이다. 한유가 재배를 올립니다.

해제

원화 9년(814) 고공낭중(考功郎中)·사관수찬(史館修撰) 재직 시에 정여경(鄭餘慶, 748-820)에게 보낸 감사의 편지글. 그해 정여경이 흥원[興元: 지금 섬서성 남정현(南鄭縣)]의 장관 곧 흥원윤(興元尹) 되어 그곳의 군사 업무를 통솔함에 맹교(孟郊, 751-814)를 불러 참모로 삼고자 했다. 맹교가 아내와 함께 부임하던 도중인 8월 문향, 곧 지금의 하남성 문향(閿鄕)에 이르러 머무르던 중 64세를 일기로 급사했다. 작자로부터 이 소식을 전해들은 정여경이 인편에 장례비를 보내고, 미망인의 향후 생계 문제를 걱정한 데 대해 작자가 감사의 뜻을 밝힌 것이다. 정여경이 재상을 역임한 적이 있기 때문에 상공(相公)이라고 불렀다. 맹교의 생애와 죽음 및 장례 등에 관한 자세한 내용은 「정요선생묘지명(貞曜先生墓誌銘)」(HS-230)을 참조하기 바란다.

원문 및 주석

再奉示問, 皆緣孟家事, 辭旨惻惻[1], 憂慮深遠, 竊有以見大人君子篤於仁愛, 終始不倦. 伏讀感欷[2], 不知所喩.

1 惻惻(측측) : 측은해하고 동정하다. 애통해하다.
2 感欷(감희) : 탄식해마지 않다. 흐느껴 울다. '歔欷(허희)'와 통한다.

舊與孟往還[3]數人, 昨已共致[4]百千已來, 尋已至東都, 計供葬事外尚有餘資. 今裴押衙[5]所送二百七十千[6], 足以益業, 爲遺孀[7]永久之賴. 孟氏兄弟[8]在江東未至. 先與相識, 亦甚循善[9] ; 所慮才幹不足任事. 鄭氏兄弟[10]惟最小者在東都, 固如所示, 不可依仗. 孟之深友太子舍人[11]樊宗師[12], 比[13]持服[14]在東都, 今已外除[15], 經營[16]孟家事, 不啻[17]如己 ; 前後人所與及裴押衙所送錢物, 並委樊舍人主之, 營致[18]生業, 必能不失利宜[19]. 候孟氏兄弟到, 分付[20]成事, 庶可靜守, 無大闕敗[21]. 伏惟不至遠憂, 續具一一諮報[22], 不宣[23]. 愈再拜.

3 往還(왕환) : 교유하다. 교제하다.
4 致(치) : 보내오다.
5 裴押衙(배압아) : 압아는 당송(唐宋) 때에 관리가 외출할 때 깃발 등의 의장기나

무기를 관장하고 호위하는 임무를 맡은 관직 이름. '衙'는 본래 '牙'로 '대장군의
깃발을 가리키는데, 뒤에 잘못되어 '衙'로도 적었다. '裴'는 압아 임무를 맡은 사람
의 성으로 여기서는 정여경이 맹교의 장례와 관련해 파송한 사람을 가리킨다.

6 千(천) : 천전(千錢)으로 일관(一貫)을 가리킨다. 옛날에 동전은 가운데 구멍이
   나 있어 그곳에 끈으로 꿰어 1,000전을 1관으로 한 데서 유래했다.

7 遺孀(유상) : 미망인. 과부. 여기서는 맹교의 아내 정씨(鄭氏)를 가리키는데, 맹
   교에게 후사가 없었기 때문에 직접 거론되었다.

8 孟氏兄弟(맹씨형제) : 맹교의 두 동생을 가리킨다. 맹교의 부친 맹정분(孟庭玢)
   은 배씨(裴氏)와의 슬하에 교(郊)·풍(酆)·영(郢)의 세 아들을 두었다. 맹씨의
   고향이 호주(湖州) 무강武康 : 지금 절강성 덕청현(德淸縣)]이므로 이 구절에서
   '강동(江東)'에 있다고 했다.

9 循善(순선) : 선량하다. 착하다.

10 鄭氏兄弟(정씨형제) : 맹교의 부인 정씨의 형제인데 이름은 미상이다.

11 太子舍人(태자사인) : 정6품상에 해당하는 품계인 동궁(東宮)의 속관으로 태자에
   게 올라가는 각종 문서를 관장했다.

12 樊宗師(번종사) : 자가 소술(紹述)로 한유의 절친한 친구의 한 사람. 태자사인(太
   子舍人)으로 있을 때 모친상을 치루기 위해 낙양에 머무르고 있었다. 번종사에
   대한 자세한 소개는 「남양번소술묘지명(南陽樊紹述墓誌銘)」(HS-255)을 참조하
   기 바란다.

13 比(비) : 근래에. 근자에.

14 持服(지복) : 상중에 있다. 거상중이다.

15 外除(외제) : 부모의 상을 가리킨다. 겉으로 입는 상복은 비록 벗었지만 내심에
   는 아직도 애통한 심정이 남아 있음을 말한다. 『예기·잡기하(雜記下)』에 "부모
   의 상은 상복은 비록 때가 되어 벗었더라도 내심에는 아직도 애통한 심정이 남
   아 있고, 형제의 상은 시간이 지남에 따라 애통한 마음도 점차 사라진다(親喪外
   除, 兄弟之喪內除)"라는 글귀가 보인다.

16 經營(경영) : 강구하다. 계획해 도모하다. 『시경·대아·영대(靈臺)』에 "영대를
   세우기 시작해 측량하고 짓고 하시네(經始靈臺, 經之營之)"라는 시구가 보인다.

17 不啻(불시) : ~와 같다.

18 營致(영치) : 꾸려나가다.

19 利宜(이의) : 이익과 편의.

20 分付(분부) : 나누어 맡기다. 넘기다.

21 闕敗(궐패) : 잘못해 일을 그르치다. 실수로 결손이 나다.

22 諮報(자보) : 상부에 보고하다.

23 不宣(불선) : 편지글의 말미에 흔히 쓰는 상투어로 '이루 다 말할 수 없다', '상세
   하게 다 말할 수 없다'는 뜻으로 '不備(불비)', '不盡(부진)', '不具(불구)', '不一(불
   일)' 등과 같은 표현이다.

HS-115 「원상공에게 보내는 편지」

與袁相公書

엎드려 듣건대 막료의 자리에 아직 결원이 있다고 하옵니다. 다행스럽게도 상공께서 보통 사람과는 다른 대우로 저를 알아주고 대해주시는 은혜를 입어, 늘 스스로 어리석고 비천한 줄을 알지 못하고 상공께 인재를 가려 천거할 생각을 합니다.

제 나름대로는 조의랑(朝議郞)인 이전 태자사인(太子舍人) 번종사(樊宗師)를 눈여겨보았습니다. 그는 부모에게 효도하고 형제간에 우애가 있으며 타고난 자질이 총명했습니다. 집안이 본래 경제적으로 여유가 있고 몸도 적장자의 신분이었지만 가산을 모두 두 동생에게 넘겨주었습니다. 두 동생은 모두 넉넉하고 여유가 있는 반면에 번종사의 아내와 자식들은 늘 추위에 시달리고 배고픔에 허덕였지만, 그는 기쁜 모습으로 대처하면서 곤란스러워하는 기색이 없었습니다. 경전과 역사서를 깊이 궁구해 장절과 구두에 통달하고 이해했을 뿐 아니라, 음양·병법·성률 등에 대해서도 모두 그 근원까지 파고들어 연구했습니다. 게다가 글쓰기에도 뛰어나 문장의 표현이나 어구가 까다롭고 심오하며, 홀로 옛날의 작가를 따라 배우고 세상 사람들이 높게 평가하든 낮게 평가하든 간에 신경 쓰지 않으며, 미묘한 도리에 정통하고 사리에 밝아서 그와 만나 담론할 만합니다. 또 관리의 직무에도 익숙하고 시대의 흐름도 잘 알며 시의적절하게 임기응변할 줄도 알아서 보통 유생이나 문사들이 단지 특정 분야에만 뛰어난 것과는 그 격이 다릅니다. 자리를 물러나는 데 주저함이 없고 용감해서 한결같이 자신을 지키느라 권력을 잡은 사람에게 알려지지 못했지만, 나이가 쉰 살에 가까워 마음이 안정되지 못한 가운데서도 부지런히 노력해 재능을 펼쳐볼 기회를 찾으려고 하고 있습니다. 각하께서 만약 수하에 불러들여 엄격하게 식별하고 살핀 뒤에 제가 말씀드린 것과 조금이라도 다른 점이 있다면, 제가 훌륭하신 군자를 기만한 셈이 되니 문하에서 쫓아내 버린다 해도 그 징벌을 마땅히 달게 받겠습니다. 진실로 진기한 보물이 길가에 마구 버려지는 것을 차마 그냥 지나칠 수 없고, 각하의 상자와 궤짝에는 아직 비고 가득 차지 못한 구석이 남아 있으니 충분히 보물을 더 받아들일 수가 있을 것이옵니다. 외람되게 진언을 드린지라 물러난 뒤에는 부끄러워 얼굴에 땀이 나고 마음은 두렵고 황송할 뿐이옵니다. 이로써 삼가 말씀드렸습니다.

해제

원화 9년(814) 겨울 무렵 고공낭중(考功郎中)・사관수찬(史館修撰) 재직 시에 원자(袁滋)에게 번종사(樊宗師, 766?-824)를 천거한 편지글. 원자는 자가 덕심(德深)이고 채주(蔡州) 낭산[朗山 : 지금 하남성 학산현(确山縣)] 사람으로

원화 9년 9월에 검교병부상서(檢校兵部尚書) 겸 산남동도절도사(山南東道節
度使)를 지내고 평장사(平章事)의 직함을 지녔기 때문에 '상공(相公)'이라고
불렀다. 번종사는 원화 3년(808)에 군모굉원과(軍謀宏遠科)로 등제해 저작
좌랑(著作佐郎)을 지낸 뒤로는 몇 년 동안 벼슬길과 인연이 없었다. 이 무
렵 번종사는 낙양에서 모친상을 마치고, 맹교의 장례를 맡아 처리하고
있던 중이었다. 작자는 간결하면서도 확신에 찬 언어로 번종사의 인품
과 학식, 문장과 재능 등 다방면에 걸쳐 전면적인 소개를 함으로써, 절
친한 벗 사이의 깊은 이해와 두터운 우정을 잘 나타내고 있다. 작자는
전에 이미 번종사를 정여경(鄭餘慶)에게 천거한 바 있고, 이번에는 원자
에게, 뒤에는 또 조정에 천거함으로써 어려운 처지에 있는 친구를 성심
성의껏 도와주는 진실한 우정을 나타냈다.

원문 및 주석

伏聞賓位[1]尚有闕員, 幸蒙不以常輩知遇[2], 恒不自知愚且賤, 思有論薦[3]。

1 賓位(빈위) : 빈객의 자리. 여기서는 막료의 직위를 가리킨다.
2 知遇(지우) : 다른 사람이 자기의 학식, 인격, 재능 따위를 알고 대우하다.
3 論薦(논천) : 가려서 천거하다. 선택해 추천하다. '論'은 '가리다', '선택하다'는 뜻
   으로 '掄(륜)'과 통한다.

竊見朝議郎[4]前太子舍人樊宗師[5]孝又聰明, 家故[6]饒財, 身居長嫡[7], 悉推與[8]諸
弟[9]; 諸弟皆優贍[10]有餘, 而宗師妻子常寒露飢餒[11], 宗師怡然處之, 無有難色。
窮究經史, 章通句解[12], 至於陰陽[13]、軍法[14]、聲律[15], 悉皆研極原本[16]。又善爲文
章, 詞句刻深[17], 獨追古作者爲徒, 不顧世俗輕重, 通微曉事, 可與晤語[18]。又習
於吏職, 識時知變[19], 非如儒生文士止有偏長。退勇[20]守專[21], 未爲宰物者[22]所

識 ; 年近五十, 遑遑[23]勉勉[24], 思有所試[25]。閣下儻[26]引而致之, 密加識察, 有少不如所言, 愈爲欺罔大君子[27], 便宜[28]得棄絶之罪於門下。誠不忍奇寶橫[29]棄道側, 而閣下篋櫝[30]尙有少闕不滿之處, 猶足更容, 輒冒言之, 退增汗懼[31]。謹狀。

---

4 朝議郎(조의랑) : 정6품상에 해당하는 문산관(文散官)의 품계.

5 樊宗師(번종사) : 「여정상공서(與鄭相公書)」(HS-114) 주석 12와 「남양번소술묘지명(南陽樊紹述墓誌銘)」(HS-255)을 참조하기 바란다.

6 故(고) : 본래. 예로부터.

7 長嫡(장적) : 적장자. 집안의 장자고 적실(嫡室) 소생임을 말한다.

8 推與(추여) : 넘겨주다. 양도하다.

9 諸弟(제제) : 번종사에게는 종의(宗懿)·종헌(宗憲)의 두 동생이 있었다.

10 優瞻(우섬) : 넉넉하다. 풍족하다.

11 寒露飢餒(한로기뇌) : 추위에 노출되고 굶주리다. 추위에 떨고 배고픔에 허덕이다.

12 章通句解(장통구해) : 장절과 구두에 통달하고 이해하다.

13 陰陽(음양) : 해와 달 등 천체의 운행 법칙과 관련한 학문. 천문학.

14 軍法(군법) : 병법. 용병과 진법(陣法) 등의 군사 작전 방법.

15 聲律(성률) : 오성육률(五聲六律)의 음악 또는 언어문자의 성운과 격률.

16 研極原本(연극원본) : 사물의 근원까지 끝까지 파고들어 연구하다.

17 刻深(각심) : 까다롭고 심오하다.

18 晤語(오어) : 만나서 이야기하다. 만나 얼굴을 맞대고 담론하다.

19 識時知變(식시지변) : 시대의 흐름을 잘 알고 시의 적절하게 임기응변할 줄 알다.

20 退勇(퇴용) : 물러나는데 용감하다. '한창 전성기일 때 결단성 있게 관직 따위에서 물러나다'는 현대중국어의 사자성어 '急流勇退(급류용퇴)'에 해당하는 뜻이다.

21 守專(수전) : 한결같이 자신을 지키다. 소신을 갖고 변치 않은 태도로 자신의 특기를 굳게 지키다.

22 宰物者(재물자) : '천하 만물을 통제해 다스리는 사람'의 뜻으로, 권력을 잡은 사람 곧 천자나 재상 등을 가리킨다.

23 遑遑(황황) : 마음이 안정되지 못하다. 황공하다.

24 勉勉(면면) : 부지런히 노력하다.

25 思有所試(사유소시) : 재능을 펼쳐볼 기회를 찾으려고 하다. 자신이 연마한 재능을 시험해볼 관직 자리를 구한다는 뜻이다.

26 儻(당) : 만약.

27 大君子(대군자) : 도덕 또는 문장이 다른 사람의 추앙을 받거나 지위가 높은 사람으로 여기서는 원자를 가리킨다.

28 便宜(편의) : 마땅하다. 합당하다.

29 橫(횡) : 함부로. 마구.

30 篋櫝(협독) : 대나무 상자와 나무 궤짝.

31 汗懼(한섭) : 부끄러워 얼굴에 땀이 나고 마음속이 두렵고 황송하다.

회서(淮西) 지방의 잔당들이 아직도 그들의 소굴을 지키고 있어서 그 반란군들을 포위한 십만에 달하는 군대가 격분한 나머지 눈을 부릅뜨고 용맹스런 모습을 보이고 있습니다. 그 군대는 군인이란 본래 법도를 따르기 좋아하지 않는다며 오만하게 타인을 능멸할 듯한 기세로 거드름을 피우고 있는데, 그처럼 작위를 훔쳐 스스로를 높이고 잘난 체하는 자들이 어깨가 서로 부딪치고 땅이 서로 맞닿을 정도로 많습니다. 그러나 북채를 잡고 전고(戰鼓)를 울리며 군대의 사기를 북돋워 진군하도록 하는 자가 있다는 소식은 들리지 않고, 단지 날마다 사람을 파견해 말을 달려 와서 포상이나 내려 주기를 바라는 통에 반란군들이 저토록 기세등등하도록 조장이나 하고 있을 따름이옵니다!

각하는 글을 익힌 선비십니다. 『시경』과 『서경』 및 『예기』와 『악경(樂經)』 등의 유가 경전을 익히고, 인의 도덕을 닦으며 법률과 제도로 스스로를 단속합니다. 그런 각하께서 일단 붓을 던지고 종군하셨습니다. 북을 쳐 삼군을 발동해 진격하도록 하며, 군대를 열병하고 훈시하며, 병사들과 고생을 함께하고 비분강개해 격앙된 심정으로 그들과 함께 먹으며, 악주(鄂州)와 안주(安州) 두 고을 자사(刺史)를 거느리고 군대의 사기를 진작하며, 타고 다니던 말을 잡아 그 말에 밟혀 죽은 마부를 제사지냈사오니, 비록 옛날의 명장이라고 하더라도 어떻게 이보다 더 나을 수 있었겠습니까! 이것은 각하의 타고난 자질이 충성스럽고 효성스러우며, 마음속에 오래 쌓였던 것이 겉으로 크게 발현되고, 일거일동이 모두 그 시기에 꼭 들어맞아 지금 세상에서도 승리를 거두었기 때문입니다. 그리하여 선비로서 무신의 모범이 되셨으니, 어찌 늘 무력이나 포악한 일에 익숙하고 위험천만한 전투를 즐기겠사옵니까?

저는 진실로 겁이 많고 나약해 실제에는 쓸모없는 사람입니다만, 이 비천한 자리에 있으면서도 각하의 소식을 듣고 나서는 제 나름대로 용기백배 고무되었습니다. 조정에 사람들이 빽빽하게 모인 가운데서 각하를 자랑한 것은 무신들의 얼굴을 부끄럽게 하고, 왈가왈부하는 사람들로 하여금 나라의 군대를 이끌고 인간의 생명을 담당할 사람은 저들 무신들에게 있지 않고 각하와 같은 선비에게 있음을 알도록 하기 위해서입니다.

적을 마주 대해 신중하고, 부하들에게 경솔하게 들락날락거리지 못하도록 경계하며, 식사를 잘해 자중자애하심으로써 저처럼 각하를 흠모하는 사람의 마음에 부합해 결과적으로는 국가를 위해 큰 공을 세우도록 하십시오. 대단히 다행스럽고 다행스럽습니다! 할 말이 많으나 이루다 말씀드리지 못하고 이만 줄이나이다. 한유가 재배를 올립니다.

　원화 10년(815) 고공낭중(考功郎中)·지제고(知制誥) 재직 시에 문신으로서 국난에 즈음해 의연하게 모반 세력을 토벌하는 일에 동참한 유공작(柳公綽, 763-830)의 기개를 극구 칭송한 편지글. 유공작은 자가 기지(起之)며 경조(京兆) 화원[華原 : 지금 섬서성(陝西省) 요현(耀縣)] 사람으로 원화 5년(810)에 어사중승(御史中丞)이 되었고, 8년(813)에 호남관찰사(湖南觀察使)에서 악주자사(鄂州刺史)·악악관찰사(鄂岳觀察使)로 전임해 있었기 때문에 '악주유중승(鄂州柳中丞)'이라 불렀다. 원화 9년(814)에 오원제(吳元濟)가 채주(蔡州)를 근거지로 반란을 일으키자, 조정에서 대대적인 토벌 전쟁을 벌이면서 유공작에게 군사 5,000명을 거느리고 이청(李聽)의 지휘를 받도록 했다. 이에 유공작은 독자적으로 군대를 통솔하겠다는 의사를 밝혀 허락을 받고, 이청과 연합해 참전해서 연전연승을 거두었다. 이 글은 특히 겉으로 허장성세만 부릴 뿐 반군의 토벌에 별다른 공을 세우지 못하는 무장들과, 서생 출신으로 붓을 던지고 종군한 유공작을 선명하게 대비해 유공작의 충성스럽고 용맹스런 기개와 담력을 드러내고, 겉으로는 강한 것 같지만 실제로는 나약한 무장들을 풍자하는 뜻을 담고 있다. 기세등등하고 웅건한 필치로 군벌 세력의 분할 점거를 반대하고 국가의 통일을 주장하는 작자의 지론을 잘 표현했다.

원문 및 주석

淮右殘孽[1], 尙守巢窟[2], 環寇之師[3], 殆且十萬, 瞋目語難[4]。自以爲武人不肯循法度, 頡頑[5]作氣勢, 竊爵位自尊大者, 肩相磨地相屬[6]也；不聞有一人援枹鼓[7]誓衆[8]而前者, 但日令走馬[9]來求賞給, 助寇爲聲勢而已！

1　淮右殘孽(회우잔얼)：회서(淮西) 지방에 도사리고 있는 잔여 세력으로 오원제의 무리를 가리킨다. '淮右'는 회수의 오른쪽으로 회서 곧 회남서도(淮南西道)를 가리킨다. 오원제의 모반 행위와 관련한 자세한 내용은 「평회서비(平淮西碑)」(HS-239)를 참조하기 바란다.

2　巢窟(소굴)：회서절도사의 행정 소재지가 있던 채주(蔡州) 곧 지금의 하남성 여남현(汝南縣)을 가리킨다. 오원제가 이곳을 근거지로 삼아 조정에 반기를 들었다.

3　環寇之師(환구지사)：오원제를 토벌하기 위해 포위중인 당나라의 군대.

4　瞋目語難(진목어난)：병사들이 노기등등한 모습을 형용하는 말로 본래 『장자 · 설검(說劍)』편에 보인다. '瞋目'은 '성이 나서 눈을 부릅뜨는 것'이고, '語難'은 '격분한 나머지 말문이 막히는 것'을 뜻한다.

5　頡頑(힐항)：오만스럽게 대하다. 깔보다. 이 구절은 군벌들이 스스로 군대를 거느리고 고집불통으로 오만을 피우는 것을 가리킨다.

6　肩相磨地相屬(견상마지상촉)：어깨가 서로 부딪치고 땅이 서로 맞닿다. 당나라 조정에 항명하는 군벌 세력이 아주 많아 도처에 깔려 있는 것을 비유한다.

7　援枹鼓(원부고)：북채를 손에 잡고 북을 울리다.

8　誓衆(시중)：군대에 훈시하다. 출병하기 전에 장군이 병사들에게 훈시해 결심을 나타내는 것을 말한다.

9　走馬(주마)：말을 달려 군대의 사정을 보고하거나 문서를 전달하는 심부름꾼을 가리킨다.

閣下書生也。詩書禮樂是習, 仁義是修, 法度是束。一旦去文就武, 鼓三軍[10]而進之, 陳師鞠旅[11], 親與爲辛苦, 慷慨感激, 同食下卒, 將二州之牧以壯士氣[12], 斬所乘馬以祭踶死[13]之士, 雖古名將, 何以加茲[14]！此由天資忠孝, 鬱於中而大作於外, 動皆中[15]於機會[16], 以取勝於當世。而爲戎臣[17]師；豈常習於威暴之事, 而樂其鬪戰之危也哉？

10　三軍(삼군)：군대. 전군(全軍).

11　陳師鞠旅(진사국려)：군대를 사열하며 훈시하다. 『시경 · 소아(小雅) · 채기(采芑)』편에 보인다. '師'와 '旅'는 옛날에 각각 2,500명과 500명으로 된 군대 편제 단위로 여기서는 군대를 가리키고, '鞠'은 '훈시하다', '경계하다'는 뜻이다.

12　二州之牧(이주지목)：악주[鄂州：지금 호북성(湖北省) 무한시(武漢市)]와 안주[安州：지금 호북성 안육시(安陸市)] 두 고을의 자사. '牧'은 자사(刺史)로 주의 행정 장관이다. 문관인 악주자사로 장군을 겸한 자신과 안주자사 이청(李聽)을 가리킨다. 이청은 덕종(德宗) 때 주체(朱泚)의 반란을 평정하는데 큰 공을 세운 이성

(李晟)의 아들이다.

13 斬所乘馬以祭蹩死(참소승마이제제사) : 유공작이 자신이 타던 말이 마부를 밟아
    죽이자 그 말을 베어 죽이게 한 일로『구당서(舊唐書)·유공작전(柳公綽傳)』에
    보인다. 빈객들이 좋은 말이 아깝다고 건의했지만, 유공작은 좋은 말이 어떻게
    사람을 해칠 수 있는가라고 반문하며 실행에 옮겼다고 한다. 병사들을 아끼는
    장수의 어진 마음을 나타낸다. '蹩'는 '발로 차다'는 뜻으로 '踢(척)'과 같은 뜻이
    다.
14 加玆(가자) : 이보다 낫다. 이를 능가하다.
15 中(중) : 꼭 들어맞다. 부합하다.
16 機會(기회) : 합당한 시기.
17 戎臣(융신) : 무신.

愈誠怯弱不適於用, 聽於下風[18], 竊自增氣, 誇於中朝[19]稠人廣衆[20]會集之
中, 所以羞武夫之顔, 令議者知將國兵而爲人之司命[21]者, 不在彼而在此也。

18 下風(하풍) : 바람이 불어가는 쪽으로 여기서는 '낮은 자리', '비천한 자리'를 가리
    킨다.
19 中朝(중조) : 조정 안.
20 稠人廣衆(조인광중) : 빽빽하게 많은 사람들의 무리.
21 司命(사명) : 본래 신(神)의 이름인데, 여기서는 인간의 생명을 맡아 구할 수 있
    는 사람을 가리킨다.

臨敵重愼, 誠輕出入, 良食[22]自愛, 以副[23]見慕[24]之徒之心, 而果爲國立大功
也。幸甚, 幸甚! 不宣。愈再拜。

22 良食(양식) : 식사를 잘하다. 식욕이 왕성해 건강함을 나타내는 말이다. '良'은
    '잘하다'는 '善'의 뜻이다.
23 副(부) : 부합하다. 만족시키다.
24 見慕(견모) : 각하를 흠모하다. 여기서 '見'은 동작 행위의 대상을 대신 지칭해
    일방(제2인칭)만을 가리키는 특수한 범위부사로 쓰였다.

又一首

저는 매우 어리석어서 그런지 지금 벌어지고 있는 일의 추세가 괜찮은지 아닌지를 헤아릴 수 없사옵니다. 근래에 들어 늘 생각건대, 회서(淮西) 지방의 피폐하고 곤궁한 세 고을을 근거지로 반란군들이 모기나 개미 떼처럼 들끓어 걱정스럽기 그지없습니다. 반란군들은 흉악한 소인인 오원제(吳元濟)가 자기들에게 관심을 베풀고 먹고 마실 것을 제공해주자, 그 작은 은혜에 감격한 나머지 어린아이 같은 그의 손을 이끌어 당상에 앉히고 통솔자로 받들고는 죽을힘을 다해 황제의 밝은 칙령에 대항하고 천하의 군대와 교전을 하고 있습니다. 이런 기회를 노린 반란군들은 그들의 이익을 좇아 사방으로 출동해 침략하고 약탈하는 중이라 인근의 작은 고을들을 도륙하고 불 지른 뒤 무고한 백성들을 해치거나 죽여서 그 주위 수천 리 안에 있는 지방들 중에 그들의 해악이 끼치지 않은 곳이 없을 지경이니, 그 때문에 낙주(洛州), 여주(汝州), 양주(襄州), 형주(荊州), 허주(許州), 영주(潁州), 회양군(淮陽郡), 강주(江州)까지 소란스럽습니다.

승상이나 공경 대신들과 사대부들이 함께 이에 대한 대책을 강구하느라 노심초사하고 있지만, 병권을 장악한 장군들과 힘센 곰이나 사나운 호랑이와 같이 용맹한 무사들도 두려워한 나머지 겁을 먹고 위축되어 물러나니 무기를 들고 병졸들의 앞장을 서려는 이가 아무도 없는 실정입니다. 사정이 그러한지라 유독 각하께서 분연히 떨쳐 일어나 앞장서서 반란군들과 마주한 변경 땅에 군대를 배치한 뒤, 두 고을의 태수를 거느리고 몸소 군대의 진영 안을 드나들면서 병졸들과 고생을 함께하며 그들의 사기를 진작하고 있사옵니다. 장군의 칼끝이 위풍당당하고 늠름한 것을 보니 적을 향해 대항하는 추상같은 의지가 서려 있습니다. 장군께선 글의 자구와 장절이나 구두를 따지는 일에 종사하던 점잖은 선비의 신분으로 천하의 무사들을 제치고 앞장서서 반란군들의 입을 틀어막고 기세를 빼앗아 버렸습니다. 제가 처음에 이 소식을 들었을 때는 식사 중이었는데, 저도 모르는 사이에 그만 수저를 내려놓고 일어섰습니다. 제가 어찌 각하께서 후원이 없는 고립된 군대를 이끌고 적진으로 단독 진격해 목숨을 걸고 저항하는 반란군들과 각축한 끝에 단 하루만의 요행스런 승리를 다투었다고 생각했겠습니까? 설령 그와 같다 했더라도 또 그리 대단하지는 않을 것입니다. 각하께서 사람들로 하여금 진심으로 복종하게 하는 까닭은 일처리가 시의적절하며 풍채 또한 존경하고 애지중지할 만하기 때문입니다. 이 때문에 지난 번 서찰에서 문득 저의 비루한 성의를 서술했사온데, 친필로 회신을 보내주시는 보살핌에 힘입어 내심 기쁘고 두려운 마음이 더욱 커졌습니다.

대체로 뭇사람들의 마음이나 힘, 눈과 귀를 일치시켜서 대군이 이르는 곳마다 때맞춰 단비가 내리는 것 같도록 하시니, 하(夏)·은(殷)·주(周) 삼대의 용병술도 이런 도리에서 벗어나지 않았습니다. 각하께서는 과연 말씀하신 대로 충실하게 이행해 지칠 줄 모르고 계속 해 나갔습니다. 그러한 바, 이미 형세가 더 유리한 땅을 찾았고 갑옷과 무기도 쓰기

에 충분하도록 갖추셨으니, 비록 나라가 예전에 잃어버렸던 땅이라 하
더라도 1년 안에 앉아서 수복할 수 있을 터인즉 반란군과 같이 하찮은
도적들을 진압하는 것쯤이야 입에 담을 만한 가치조차 없는 것이 아니
겠습니까? 애썼던 임무를 끝까지 완수하시고 개선해 돌아올 날만 기다
리면서 대단히 다행스럽다는 생각이 드옵니다. 대체로 먼 곳에서 군사
들을 징발해 원정을 가면 출정한 병사들은 객지에서 이별을 아쉬워하
는 생각이 들고, 집에 남은 가족들은 외롭게 사는 것이 원망스러운데다
생활이 안정되지 못하는 걱정만 늘어나게 됩니다. 군대 본진에서는 멀
리까지 군량을 보내야 하고 막대한 경비가 지출되는 어려움에 봉착하
며, 현지의 관리들은 관행에 젖어 병사들의 일탈 행위를 어느 정도 눈
감아 줘야 하니 그에 따른 우려가 많이 생기기도 합니다. 병사들을 너
무 엄하게 조이면 원망이 생기고 너무 풀어 주면 명령을 따르지 않으며,
의탁할 데 없이 고립되면 군대의 위세가 약화되고, 또 반란군들의 사정
에 대해 자세히 알지 못하면 적과 만났을 때 두렵고 놀라서 그들이 공
을 세우기가 어렵습니다. 각하께서 만약 회서 지방과 가까운 고을 사람
들을 불러 모병한다면 반드시 호기 있고 용감한 자들을 얻을 수 있을
것이니, 그들은 적에 대해서도 이미 익숙하기 때문에 적들의 사기나 역
량이 미치는 한도를 알아서 적의 종적이나 동정을 전해 듣고도 놀라는
일이 없을 것이며, 자신들의 고향을 수호하기 위해 용감하게 자발적인
작전을 수행할 것입니다. 먼 곳에서 만 명이 넘는 징병을 하더라도 현
지에서 수천 명을 모병하는 것만 못한 이유가 바로 여기에 있습니다.
각하께서는 이 점을 어떻게 생각하시는지요? 아마 조정에 보고해 허락
을 받은 뒤에 이 전략을 실행에 옮길 수 있겠는지요?

이미 어사중승(御史中丞) 배도(裴度) 각하와 만나신 걸로 압니다만, 군영
중의 사무에 대해서는 각하께서 언제든지 제게 알려주시면 대단히 다
행스럽겠습니다! 하고 싶은 말은 많지만 이루 다 말씀드릴 수 없어서

이만 줄이나이다. 한유가 재배를 올립니다.

해제

　원화 10년(815) 오뉴월 사이 고공낭중(考功郞中)·지제고(知制誥) 재직 시에 유공작(柳公綽)에게 보낸 두 번째 편지로 제목을 「재여악주유중승서(再與鄂州柳中丞書)」라고도 한다. 이 글은 첫 번째 편지와 마찬가지로 일개 서생으로 반란군을 토벌하기 위해 달려간 유공작의 충성과 용기를 찬양하고, 나아가 단순한 필부의 용기보다는 시의적절한 전략의 구사가 더 중요하다는 점을 천명했다. 이어서 원지에서 징병하기보다는 현지 백성들을 모병해 모자라는 군대를 채우는 것이 더 낫다는 건의를 했다. 당시에 유공작은 부하가 겨우 6,000명에 불과할 정도로 고립무원의 상태에 처해 있었다. 병사에 관한 일을 다룬 글로 문장이 사실에 충실해 증국번(曾國藩, 1811-1872)은 서한(西漢)의 가의(賈誼, B.C. 200-B.C. 168)와 조조(鼂錯, B.C. 200-B.C. 154)의 정치 평론 문장과 견주어 손색이 없다고 했다. 바로 앞의 「여악주유중승서(與鄂州柳中丞書)」(HS-116)를 참조하기 바란다.

원문 및 주석

愈愚不能量事勢可否。比常念淮右以靡弊困頓[1]三州[2]之地, 蚊蚋蟻蟲[3]之聚,感兇豎[4]煦濡[5]飲食[6]之惠, 提童子[7]之手坐之堂上, 奉以爲帥, 出死力以抗逆明詔, 戰天下之兵;乘機逐利, 四出侵暴, 屠燒縣邑, 賊殺[8]不辜, 環其地數千里莫不被其毒, 洛汝襄荊許穎淮江[9]之騷然[10]。丞相公卿士大夫勞於圖議, 握兵之將、熊羆貙虎[11]之士畏懦[12]踧踖[13], 莫肯杖戈[14]爲士卒前行者;獨閣下奮然率先, 揚兵[15]界上[16], 將二州之守[17], 親出入行間[18], 與士卒均辛苦, 生其氣勢。見將軍之鋒穎凜然[19], 有向敵之意;用儒雅文字章句[20]之業, 取先天下武夫, 關其口而奪之氣:愚初聞時方食, 不覺棄匕箸[21]起立。豈以爲閣下眞能引孤軍單進, 與死寇角逐[22], 爭一旦僥倖之利哉? 就令[23]如是, 亦不足貴;其所以服人心, 在行事適機宜, 而風采可畏愛故也。是以前狀輒述鄙誠, 眷惠[24]手翰[25]還答, 益增欣悚[26]。

---

1 靡弊困頓(미폐곤돈) : 피폐하고 곤궁하다.

2 三州(삼주) : 신주(申州)·광주(光州)·채주(蔡州)의 세 고을로 회남서도(淮南西道) 관할 하에 있었다.

3 蚊蚋蟻蟲(문예의충) : 모기와 개미 떼.

4 兇豎(흉수) : 흉악한 소인. '豎'는 '豎'의 속자로 '아직 관례를 치르지 않은 아이'인데, 다른 사람을 경멸해 부르는 말이다. 여기서는 오원제(吳元濟)를 가리킨다.

5 煦濡(후유) : 자그마한 은혜를 베풀다. 『장자·대종사(大宗師)』의 "샘물이 마르자 물고기들이 함께 육지에서 곤경에 처해 있으면서, 습기로 서로 불어주고 침으로 서로 적셔주었다(泉涸, 魚相與處於陸, 相呴以濕, 相濡以沫)"라는 데서 따온 글귀다.

6 飲食(음사) : 마시고 먹게 해주다. 먹고 마실 것을 제공해주다.

7 童子(동자) : 어린 아이. 오원제를 가리키는데, 『신당서(新唐書)』에 의하면 이때 그의 나이 겨우 23세였다고 한다.

8 賊殺(적살) : 해치거나 죽이다.

9 洛汝襄荊許穎淮江(낙여양형허영회강) : 당나라 때의 주군(州郡) 이름으로 지금 하남성, 호북성, 안휘성, 강서성 경내에 있다.

10 騷然(소연) : 소란스럽다. 편안하지 못하다.

11 熊羆貙虎(웅비추호) : 힘센 곰이나 사나운 호랑이와 같이 용맹한 무사를 비유한다. 본래 '羆'는 보통 곰보다 큰 말곰, '貙'는 호랑이를 닮은 개만한 크기의 맹수를 가리킨다.

12 畏懦(외나) : 두려워하며 겁을 먹다.

13 踧踖(척축) : 위축되어 물러나다.

14 杖戈(장과) : 창을 손에 잡다. 무기를 들다.

15 揚兵(양병) : 군대를 배치하다. 군대의 진을 치다.

16 界上(계상) : 반란군들과 마주한 변경 땅에.

17 將二州之守(장이주지수) : 두 고을의 태수 곧 자사(刺史)를 거느리다. 자세한 사
    항은 바로 앞글 「여악주유중승서(與鄂州柳中丞書)」(HS-116) 주석 12 참조.

18 行間(항간) : 군대의 진영 안. 군중(軍中).

19 凜然(늠연) : 늠름해 위풍당당한 모양.

20 章句(장구) : 글의 장절이나 구두를 분석하는 것.

21 匕箸(비저) : 수저. 숟가락과 젓가락.

22 角逐(각축) : 승부를 겨루다. 우열을 다투다.

23 就令(취령) : 설령 ～라 하더라도.

24 眷惠(권혜) : 내려주시는 보살핌을 입다.

25 手翰(수한) : 손수 쓴 편지. 친서.

26 欣悚(흔송) : 기쁨과 두려움.

夫一衆人心力耳目, 使所至如時雨, 三代²⁷用師, 不出是道。閣下果能充其
言, 繼之以無倦, 得形便²⁸之地, 甲兵足用, 雖國家故²⁹所失地, 旬歲³⁰可坐
而得 ; 況此小寇, 安足置齒牙³¹間? 勉而卒之, 以俟其至, 幸甚! 夫遠徵軍
士 : 行者有羈旅³²離別之思, 居者有怨曠³³騷動³⁴之憂, 本軍有饋餉³⁵煩費³⁶
之難, 地主多姑息³⁷形迹³⁸之患 ; 急之則怨, 緩之則不用命 ; 浮寄³⁹孤懸⁴⁰,
形勢⁴¹銷弱, 又與賊不相諳委⁴², 臨敵恐駭, 難以有功。若召募土人, 必得
豪勇, 與賊相熟, 知其氣力所極⁴³, 無望風⁴⁴之驚, 愛護鄉里, 勇於自戰 : 徵
兵⁴⁵滿萬, 不如召募數千。閣下以爲何如? 儻⁴⁶可上聞行之否?

27 三代(삼대) : 하(夏)·은(殷)·주(周).

28 形便(형편) : 형세가 유리한 땅.

29 故(고) : 전에. 종전에.

30 旬歲(순세) : 만 일 년 안. '짧은 시간 내에'라는 뜻으로 쓰였다.

31 齒牙(치아) : 입. 『사기·유경숙손통열전(劉敬叔孫通列傳)』에 "이는 단지 도적떼
    들이 좀도둑질하는 것일 따름이니 어찌 입에 담을 가치가 있겠습니까?(此特群
    盜鼠竊狗盜耳, 何足置之齒牙間?)"라는 글귀가 보인다.

32 羈旅(기려) : 객지에서 머물다.

33 怨曠(원광) : 외롭게 사는 것을 원망하다.

34 騷動(소동) : 소란스럽다. 편안하지 못하다.

35 饋餉(궤향) : 군량을 보내다. 먹을 것을 보내다.

36 煩費(번비) : 막대한 경비가 지출되다.

37 姑息(고식) : 지나치게 관용을 베풀다. 임시방편으로 넘어가다. 눈감아주다.

38 形迹(형적) : 조심성 있게 행동하다. 예법에 얽매이다.

39 浮寄(부기) : 의탁할 데가 없다.

40 孤懸(고현) : 고립되다. 고립무원(孤立無援)의 상태가 되다.

41 形勢(형세) : 군대의 위세.

42 諳委(암위) : 사정에 대해 자세히 알다. '委'는 자세한 내막.

43 氣力所極(기력소극) : 사기나 역량이 미치는 한도.

44 望風(망풍) : 종적이나 동정을 전해 듣다.

45 徵兵(징병) : 이하 두 구절과 관련한 자세한 논의는 「논회서사의장(論淮西事宜狀)」(HS-319) 참조.

46 儻(당) : 아마도. 행여.

計已與裴中丞⁴⁷相見, 行營事宜, 不惜時賜示及, 幸甚! 不宣。愈再拜。

47 裴中丞(배중승) : 어사중승(御史中丞) 배도(裴度, 765-839). 원화 10년(815) 5월에 헌종이 배도를 군대 주둔지에 파견해 위문하고 작전 상황을 살피게 했다.

　겨울의 끝자락인 12월이라 날씨가 매우 춥습니다만, 엎드려 생각건대 복야(僕射)의 옥체 다복해 별고 없으시리라 짐작되옵니다. 그날 저는 각하의 비호로 사임을 수락 받고, 폐하의 은덕을 입어 새로운 직무를 맡게 되어 황공하기 그지없었사옵니다. 사자(使者)가 도착함에, 11월 12일 자로 보내신 서찰을 받아 들고 대단히 기뻐서 큰 위안이 되었사옵니다. 찬선대부(贊善大夫) 십일랑(十一郎)이 가는 편에 제 편지 한 통을 가지고 가도록 했으니, 엎드려 헤아리건대 머지않아 곧 각하의 손에 전달될 것으로 사료됩니다.

　저는 비록 각하를 뵙고 사귀지는 못했지만 일찍이 각하의 특별하신 보살핌을 입었습니다. 과분하게도 저를 추천해 주고 고급 보좌관처럼 대해 주셨는데, 그 일이 잘 성사되지는 못했지만 받은 은덕은 실로 너무나 크옵니다. 최근에 또 저의 문장이 졸렬하고 천박하다고 여기지 않으시고 선조 사당의 비문을 짓게 하셨으니, 저에 대한 대우가 정말 각별해서 받은 은덕이 더욱 사무칩니다. 사정이 이러하오니 안부를 여쭙는 편지가 좀 무성의하다고 해서 어찌 제가 감히 스스로 소홀히 하는 것이겠사옵니까? 최근에 서기관 양거원(楊巨源)에게 편지를 보낼 때 한 통을 동봉한 건 제가 각하와 오랫동안 격조했기 때문에, 그가 각하께서 틈나는 대로 제 사정을 말씀드려주기를 바랐던 것입니다. 갑자기 여러 장으로 된 각하의 서찰을 받았는데, 말씨와 뜻이 간곡해 재삼 받들어 읽고는 그저 부끄럽고 황감한 생각만 더할 따름입니다.

각하께서 공무를 위해 힘쓰는 충의와 현명한 덕행이 조정 안팎에서 떠받들어지고 있는데도, 지위와 평판이 높아지면 질수록 각하께선 더더욱 겸손해지시옵니다. 과분하게도 각하께서 저를 알아주시어, 그 받은 은혜에 대해 실로 가슴 깊이 기쁘게 생각하오니 엎드려 부디 해량해 주시기를 바라옵니다. 근무에 쫓긴 나머지 만나 뵈올 기회가 없어, 각하를 향해 달려가는 그리움과 연모의 정을 감내하지 못하겠습니다. 삼가 사자가 돌아가는 편에 편지를 가지고 가도록 하겠으나, 하고 싶은 말은 많지만 이루 다 말씀드릴 수 없어서 이만 줄이나이다. 삼가 이 서찰을 올리나이다.

해제

원화 9년(814) 고공낭중(考功郎中)·지제고(知制誥) 재직 시에 전홍정(田弘正, 763-821)에게 답한 편지글. 그 전해 11월에 작자는 비부낭중(比部郎中) 겸 사관수찬(史館修撰)으로 재직했는데, 그때 헌종 황제의 칙명을 받들어 전홍정의 선조 묘비(廟碑)를 지어 바쳤다. 전홍정이 이에 감사의 서신을 보내오자 작자가 답한 것이다. 그 묘비 및 그것과 관련한 자세한 내용은 「위박절도관찰사기국공선묘비명(魏博節度觀察使沂國公先廟碑銘)」(HS-218)을 참조하기 바란다.

원문 및 주석

季冬^{1}極寒, 伏惟僕射尊體動止^{2}萬福。卽日愈蒙免^3, 蒙恩改職事^4, 不任^{5}感懼。使至, 奉十一月十二日示問, 欣慰殊深, 贊善十一郞^{6}行, 已附狀^7, 伏計尋^{8}上達。

1   季冬(계동) : 원화 9년(814) 12월. '季冬'은 음력 12월을 가리킨다.
2   動止(동지) : 일상생활을 가리킨다.
3   卽日愈蒙免(즉일유몽면) : 원화 9년(814) 12월 15일(戊午)에 한유가 전홍정의 비호로 사관수찬(史館修撰)에서 사임한 것을 말한다.
4   改職事(개직사) : 고공낭중(考功郞中) 겸 지제고(知制誥)에 임명된 것을 말한다.
5   不任(불임) : 이기지 못하다. 감당하지 못하다.
6   贊善十一郞(찬선십일랑) : 찬선대부(贊善大夫) 십일랑(十一郞). 찬선대부는 동궁(東宮) 소속의 정5품상에 속하는 관직이며, 십일랑은 전홍정의 아들 중 한 명을 가리키는데 누구인지는 미상이다. 전홍정의 아들이 몇인지에 대해서는 여러 가지 설이 있다.
7   狀(장) : 사실을 서술해 윗사람에게 보고는 글을 말하는데, 여기서는 서신을 가리킨다.
8   尋(심) : 얼마 안 있어.

愈雖未獲拜識^9, 嘗承僕射眷私^{10}, 猥辱薦聞^{11}, 待之上介^{12}, 事雖不允, 受賜實多。頃者, 又蒙不以文字鄙薄, 令譔廟碑^{13}, 見遇^{14}殊常, 荷德^{15}尤切。安有書問稍簡, 遂敢自疎? 比所與楊書記^{16}書, 蓋緣^{17}久闕^{18}附狀, 求因間^{19}粗述下情^{20}。忽奉累紙^{21}示問、辭意重疊, 捧讀再三, 但增慙悚^{22}。

9   拜識(배식) : 뵙고 알게 되다.

10   眷私(권사) : 특별한 보살핌을 받다.

11   薦聞(천문) : 「후십구일부상서(後十九日復上書)」(HS-084) 주석 22 참조.

12   上介(상개) : 고급 보좌관.

13   令譔廟碑(영찬묘비) : 원화 8년(813) 11월에 한유는 비부낭중 겸 사관수찬 재직
      시에 헌종 황제의 칙령을 받들어 전홍정의 선조 묘비 곧 「위박절도관찰사기국
      공선묘비명(魏博節度觀察使沂國公先廟碑銘)」(HS-218)을 지었다.

14   見遇(견우) : 저를 대우하다. 여기서 '見'은 동작 행위의 대상을 대신 지칭해 일
      방(제1인칭)만을 가리키는 특수한 범위부사로 쓰였다.

15   荷德(하덕) : 은덕을 받다. '荷'는 '받다'는 뜻이다.

16   楊書記(양서기) : 절도사에게는 '장서기(掌書記)'라는 보좌관이 있었는데, 심흠한
      (沈欽韓, 1775-1831)의 설에 따르면 양씨는 양거원(楊巨源)을 가리킨다.

17   緣(연) : ~때문에. ~연유로. 원인전치사로 쓰였다.

18   久闕(구궐) : 오랫동안 문후인사를 여쭙지 못하다. 오랫동안 격조하다.

19   因間(인간) : 전홍정이 시간이 나는 틈을 타서.

20   下情(하정) : 아래 사람의 뜻.

21   累紙(누지) : 여러 장으로 된 종이. 여기서는 은근한 정을 담은 서찰을 가리킨다.

22   慚悚(참송) : 부끄럽고 황감하다.

僕射公忠²³賢德爲內外所宗, 位望益尊, 謙巽²⁴滋甚。謬²⁵承知遇, 欣荷²⁶實
深, 伏望照察²⁷。限以官守, 拜奉末由, 無任馳戀²⁸。謹因使迴奉狀, 不宣。
謹狀。

23   公忠(공충) : 공평하고 충성스럽다. 공무를 위해 충성을 다하다.

24   謙巽(겸손) : 겸손하다. '巽'은 '遜'과 같다.

25   謬(유) : 잘못되다. 과분하게도. 자기를 낮추어 한 표현.

26   欣荷(흔하) : 받은 은혜를 기쁘게 생각하다.

27   照察(조찰) : 해량하다. 밝히 살피다. 당나라 사람의 편지글에 자주 쓰인 표현이
      다.

28   馳戀(치련) : 편지글에서 '상대방을 그리워하고 사모하는 마음'을 나타낼 때 자주
      쓰는 표현이다.

HS-119 「화주 이상서에게 보내는 편지」

與華州李尙書書

근래에 옥체 무고하온지 잘 알지 못하겠습니다. 그대가 막 조정을 떠난 뒤인지라 엎드려 헤아리니 사모하고 그리워하는 정이 배가되옵니다.

제가 오랜 친구로 교유하며 따른 사람들 중에서, 그대로부터 은혜로운 칭찬과 후한 대우를 받은 것이 가장 깊고 두터워 비견할 만한 사람이 아무도 없사옵니다. 그러나 저는 용기 없고 나약하며 어리석고 꽉 막힌 까닭에, 분발해 스스로를 독려해서 탁월하게 두각을 나타내지도 못했고 후세에 조금이나마 보답하지도 못했습니다. 삼가 그대와 하직한 뒤로 저 혼자 열흘이나 한 달 남짓 되는 짧은 시간 동안 그대를 그리워했지만, 곧바로 그대를 모시고 담소할 기회가 없는지라 동쪽을 바라보고 눈물 흘리며 아녀자와 같은 여린 감정만 나타낼 뿐이었습니다. 궁궐에서 혼자 당직하는 곳에는 이야기를 나눌 만한 사람이 없어, 이 생각 저 생각에 시름겨워하며 탄식해 마지않자니 스스로를 억누를 길이 없사옵니다.

화주(華州)가 실제 모든 고을의 으뜸으로 천하의 다른 고을보다 비록 더 중요하다고 해도, 각하와 같은 사람이 그 고을 태수로 있기에는 어울리지 않습니다. 제가 생각건대 만약 그대의 생각이 미치는 점이 있으면, 마땅히 비밀리에 황제에게 보고할 것이지, 조정에서 멀리 떨어져 소외된 지방관의 신분이라고 스스로를 대해서는 안 될 것입니다. 오가는 빈객들과 세속의 무리들을 접대할 때 입을 닫고 지금의 시사 문제를 거론하지 말며 힘써 심오해 헤아릴 수 없게 함으로써 그대를 시기하는 사람들의 구설을 막으십시오. 약물과 의약 서적을 가까이하고 움직이거나 걸어 다닐 때 몸이 잘 순응하도록 해서 기운이 막히지 않고 잘 통하도록 하십시오. 나라를 위해 스스로를 애지중지해 저의 이 천박하지만 진실한 성심에 부합하신다면 대단히 다행스럽고 다행스럽겠나이다! 삼가 이 서찰을 받들어 올리며 하고 싶은 말은 많지만 이루 다 말씀드릴 수 없어서 이만 줄이나이다. 한유가 재배를 올립니다.

해제

원화 10년(815) 고공낭중(考功郎中)・지제고(知制誥) 재직 시에 이강(李絳, 764-831)에게 보낸 편지글. 이강이 그해 2월에 검교호부상서(檢校戶部尚書)에서 화주(華州 : 지금 섬서성 화현)의 지방관으로 전임했기 때문에 '화주이상서(華州李尚書)'라고 했다. 이강은 작자와 동년(同年) 진사로 자가 심지(深之)며 조군(趙郡) 찬황(贊皇 : 지금 하북성 찬황현) 사람이다. 조정의 중신에서 지방관으로 전출되는 친구의 억울한 심정을 위로하고, 둘 사이를 잇는

우정이 깊이를 말하면서 진심에서 우러나온 충고를 하고 있다. 스스로
조정에서 소외된 지방관으로 자처하지 말고, 비밀리에 정치적 견해를
황제에게 상주하며 언행에 조심해 정적들에게 괜한 구실을 제공하지
말라는 충고는 깊은 우정을 나눈 친구가 아니고서는 할 수 없는 것이다.

원문 및 주석

比來¹不審尊體動止何似? 乍離闕庭², 伏計倍增戀慕。

1   比來(비래) : 근래에. 근자에.
2   闕庭(궐정) : 조정.

愈於久故游從³之中, 伏蒙恩獎⁴知待, 最深最厚, 無有比者 ; 懦弱昏塞⁵, 不
能奮勵出奇, 少答所遇。拜辭之後, 竊念旬朔⁶不卽獲侍言笑, 東望⁷殞涕⁸,
有兒女子之感。獨宿直舍⁹, 無可告語, 展轉¹⁰歔欷¹¹, 不能自禁。

3   游從(유종) : 교유하고 따르는 사람. '從'이라고 한 것은 자기 낮춤말이다.
4   恩獎(은장) : 윗사람이 해주는 칭찬이나 격려.
5   昏塞(혼색) : 어리석고 꽉 막혀 어둡다.
6   旬朔(순삭) : 열흘이나 한 달 남짓 되는 그다지 길지 않은 시간.
7   東望(동망) : 화주(華州)가 장안성 동쪽에 있으므로 이렇게 표현했다.
8   殞涕(운체) : 눈물 흘리며 울다. '殞'은 '隕'과 통한다.
9   直舍(직사) : 옛날에 관리가 궁궐에서 당직하며 업무를 보는 곳. 이때 한유는 지
         제고(知制誥)를 맡고 있어 궁궐에서 당직을 했다.
10   展轉(전전) : 이 생각 저 생각에 시름겨워하다.
11   歔欷(허희) : 길게 탄식하다. 탄식해 마지않다.

華州雖實百郡之首, 重於藩維¹², 然閤下居之, 則爲失所。愚以爲苟慮有所
及, 宜¹³密以上聞, 不宜以疎外¹⁴自待 ; 接過客俗子, 絕口不挂時事, 務爲崇

深¹⁵, 以拒止嫉妬之口 ; 親近藥物方書¹⁶, 動作步趨, 以致和¹⁷宣滯 : 爲國自愛, 副¹⁸鄙陋拳拳¹⁹之心, 幸甚幸甚! 謹奉狀, 不宣。愈再拜。

---

12 藩維(번유) : 울타리. 왕실의 울타리가 되어 수호하는 지방 정부 또는 그 고을로 여기서는 주군(州郡)을 가리킨다.

13 宜(의) : 다음 구절 첫머리의 '不宜'와 어울려 '마땅히 ~해야 하고, 마땅히 ~해서는 안 된다'는 뜻을 나타내는 것으로 제갈공명의 「출사표(出師表)」에 쓰인 표현 방식이다.

14 疎外(소외) : 소원해져 남처럼 대하다. 조정에서 멀리 떨어져 소외된 지방관으로 대하다.

15 崇深(숭심) : 심오해 헤아릴 수 없다.

16 方書(방서) : 의약 서적.

17 致和(치화) : 조화로운 경지에 이르게 하다. 여기서는 몸이 잘 순응하도록 하다.

18 副(부) : 부합하다.

19 拳拳(권권) : 항상 정성껏 지켜 잠시도 잊지 아니하는 모양. 『예기·중용』에 "항상 정성껏 지켜 잠시도 잊지 않는다(拳拳服膺)"라는 글귀가 보인다.

보내주신 서찰은 두터운 정리가 지극해 황감함을 이기지 못하겠습니다. 어사대에 인사하러 가는 것과 관련해 실은 다음과 같이 상주해 아뢰었습니다.

"용관경략사(容管經略使)·계관관찰사(桂管觀察使)로서 어사중승(御史中丞)을 겸임하고 있더라도 어사대(御史臺)에 인사하러 가지 않거늘, 경조윤(京兆尹)은 지방관 중에 으뜸이로되 관할지가 모든 주현(州縣)을 통할하며 관직 또한 어사대부(御史大夫)를 겸하고 있습니다. 그런 경조윤이 관찰사만도 못한 취급을 받으며 어사대에 인사하러 가는 것이 어찌 관례상 마땅하다고 하겠습니까?"

황제께서 은혜롭게도 제가 하는 말을 옳다고 여기시어 이신(李紳)에게 명해 제가 어사대에 인사하러 가는 예를 행하지 않아도 되도록 선포하셨습니다. 어사대에 인사하러 가는 예는 어떤 근거에서 비롯된 것입니까? 수도에 둔 현의 수령도 어사중승과 그대로 길을 엇갈려서 스쳐 지나갈 수 있거늘, 하물며 경조윤은 더 말할 나위가 있겠습니까? 사람들이 근래에 일어난 일을 보고 눈이나 귀에 익은 것을 습관으로 삼아 조금이라도 다른 점이 있으면 곧 괴상하게 생각합니다. 그것이 도리에 무슨 손상을 끼친단 말입니까? 성군께서 명령해 집행을 하면 곧 전례가 되는 것입니다. 예로부터 어찌 고정되어 변하지 않는 제도가 있었겠습니까?

추관(推官)이나 순관(巡官)을 면직한 일은 실제 경조부(京兆府)의 부청이 좁은 탓 때문이니 별도로 사람을 달리 차별했다는 것은 터무니없는 소리일 뿐입니다. 어찌 그런 일이 있을 수 있겠습니까? 소인들이 하는 말은 믿을 수 없으니, 이와 같은 일은 높은 자리에 계시는 분들이 자세하게 살펴 헤아린 뒤에 결단을 내리면 될 것입니다. 유언비어란 지혜로운 사람에게서 그쳐진다는 것은 바로 이를 두고 하는 말입니다.

내방객들이 많아서 이 서신을 다듬어 손볼 틈이 없사오니, 엎드려 원하옵건대 밝게 헤아려 주시기 바랍니다.

해제

장경(長慶) 3년(823)에 경조윤(京兆尹)이 어사대(御史臺)에 인사하러 가는 문제와 관련해 친구에게 답한 편지글. 이때 작자는 경조윤 겸 어사대부(御史大夫)로 있으면서 어사대에 인사하러 가야 하는 관례를 따르지 않아 많은 비난과 논란을 불러 일으켰다. 이 글은 목종(穆宗) 황제의 조칙을 좇았던 그 문제를 가지고 친구에게 자신의 입장을 해명한 것이다. 이 사건은 재상이 목종의 총애를 받고 있는 어사중승 이신(李紳)을 제거하기 위해 꾸민 일이라고도 본다. 즉 황제가 조칙을 내려 한유로 하여금 어사대에 인사하러 가지 못하게 함으로써 이신이 한유를 탄핵하도록 유도해, 경조부와 어사대의 불화를 빌미삼아 한유와 이신 두 사람을 각각 병부시랑(兵部侍郎)과 강서관찰사(江西觀察使)로 전임시킨 일과 관련이 있다고 보는 것이다.

원문 및 주석

所示情眷之至, 　不勝悚荷[1]。 　臺參[2]實奏云: "容桂觀察使[3]帶[4]中丞[5]尚不臺參; 京尹[6]郡國之首, 所管神州赤縣[7], 官帶大夫[8], 豈得却不如, 事須臺參?" 聖恩以爲然, 便令宣與李紳[9]不用。 臺參亦是何典故[10]? 赤令[11]尚與中丞分道而行。 何況京尹? 人見近事, 習耳目所熟, 稍殊異卽怪之; 其於道理有何所傷? 聖君使行, 卽是故事。 自古豈有定制也?

1 　悚荷(송하) : 황감하다. 황송하다.
2 　臺參(대참) : 어사대에 인사하러 가다.
3 　容桂觀察使(용계관찰사) : 용주와 계주 관찰사. 지금의 광서성(廣西省) 용현(容縣) 일대와 계림시(桂林市) 일대. 엄밀히 말하면 용관경략사(容管經略使)와 계관관찰사(桂管觀察使).
4 　帶(대) : 겸임하다.
5 　中丞(중승) : 어사중승. 어사대의 차관.
6 　京尹(경윤) : 경조윤.
7 　神州赤縣(신주적현) : 모든 주현(州縣)으로 전 중국을 가리킨다. '赤縣'은 수도에 설치한 현을 가리키기도 한다.
8 　大夫(대부) : 어사대부. 어사대의 장관으로 아래에 3명의 어사중승을 거느렸다.
9 　李紳(이신) : 「여사부육원외서(與祠部陸員外書)」(HS-103) 주석 37 참조.
10 　典故(전고) : 전례. 근거.
11 　赤令(적령) : 수도에 설치한 현 곧 '적현(赤縣)'의 현령으로 경조윤의 밑에 소속

되어 통솔을 받는다.

停推巡¹²緣¹³府中褊迫¹⁴是實, 若別差人, 卽是妄說。豈有此事? 小人言不可信, 類如此, 亦在大賢¹⁵斟酌¹⁶而斷之。流言止於智者¹⁷, 正謂此耳。

12 推巡(추순) : 추관(推官)과 순관(巡官)으로 관찰사나 절도사 휘하의 보좌관.
13 緣(연) : ~때문에. ~연유로.
14 褊迫(편박) : 규모가 좁다. 크기가 작다.
15 大賢(대현) : 높은 자리에 있는 사람. 「후입구일부상서(後卄九日復上書)」(HS-085) 주석 33 참조.
16 斟酌(짐작) : 사리를 따져 자세하게 헤아리다.
17 流言止於智者(유언지어지자) : 『순자·대략편(大略篇)』에 "구르는 공은 움푹 팬 곳에서 멈추고, 유언비어는 지혜로운 사람에게서 그쳐진다(流丸止於甌臾, 流言止於智者)"라는 속담이 보인다.

客多, 自修¹⁸報狀不得, 伏惟照察。

18 修(수) : 다듬고 손보다. 수정하다.

제4권

서(序)

정원 18년(802) 2월 18일에 사부원외랑(祠部員外郎) 육선생(陸先生)이 도성을 떠나 흡주자사(歙州刺史)로 부임하게 되자, 조정에서 이른 아침부터 밤늦게까지 함께 근무하던 어진 신하들과 도성에서 벼슬살이하며 살고 있는 선량한 선비들이 탄식을 하고 울면서 이구동성으로 떠나서는 안 된다고 여겼습니다. 흡주는 큰 고을이고 자사는 높은 관직이라 낭관(郎官)을 거쳐서 자사로 나가는 사람들이 앞뒤로 서로 바라볼 정도로 많습니다. 지금 전국에서 거둬들이는 세금 중에 강남의 각 고을에서 나오는 것이 10분의 9를 차지하고, 선흡관찰사(宣歙觀察使)가 관할하는 지역 중에서 흡주는 부유한 고을에 속합니다. 재상이 육선생을 천자에게 천거하여 천자께서 그를 흡주자사로 임용하셨으니, 이는 그를 가볍게 여긴 것이 아니라 중용한 것임이 매우 분명합니다. 사실이 이와 같은데도 불구하고 탄식을 하고 울면서 육선생이 떠나서는 안 된다고 붙잡는 것은 육선생의 정치적 주장이 조정에서 행해지면 온 천하가 그 은택을 입을 수 있지만, 그가 한 고을의 자사가 되면 그 고을에만 전념할 뿐 나라 전체를 두루 돌볼 수 없다고 여겼기 때문입니다. 한 고을을 우선으로 하고 온 천하를 뒤로 돌리는 것이 어찌 우리 임금과 우리 재상의 마음이겠습니까? 그리하여 창려(昌黎) 사람 한유가 육선생이 머물기를 원하는 사람들의 마음을 설파하고 그들의 심정을 토로해 시를 짓습니다.

> 내가 입은 옷 화려하고
> 내가 찬 패옥 빛나지만
> 육선생이 떠나가시고 나면
> 장차 누구와 더불어 노닐꼬?
> 이토록 큰 은혜를 한데 모아
> 한 고을에만 베풀어지게 하건만
> 지금 그대가 떠나가는데
> 어찌 머물도록 하지 못하는고?
> 내가 이 시를 지어
> 사통팔달 큰길에서 노래 부를지니
> 말을 너무 빨리 몰지 마소서
> 천자의 조서가 다시 내려질지니.

해제

정원 18년(802) 2월 사문박사(四門博士) 재직 시에 육참(陸傪)이 흡주(歙州: 지금 안휘성 흡현)자사로 부임할 때 써 준 송별사. 제목에 시(詩)자가 들어 있지 않거나 「송육원외출자흡주시병서(送陸員外出刺歙州詩幷序)」로 된 판본도 있다. 육참은 사부원외랑(祠部員外郎)으로 재직하던 정원 16년(800)부터 진사고시 업무에 관여해 두터운 신임을 받아 온 터인지라, 외직으로 전출된 것은 당사자에게는 매우 충격적인 일이었다. 작자는 육참의 이런 불편한 심중을 헤아리고 위로의 정을 담아 전한다. 흡주가 비록 한 고을에 불과하긴 하나 매우 부유해서, 국가의 재정 수입에 크게 기여하므로 이번 전출이 결코 좌천이 아니라 오히려 중용된 것임을 애써 강조했다. 다만 육선생의 능력이 한 지방의 수령을 담당하고 말기에는 아깝다는 점을 내세워, 이번 인사에 대한 안타까운 심정을 은연중에 피력하고 있다. 특히 시의 말미에서 천자의 다른 조서가 내릴지도 모르니 타고 가는 말을 너무 빨리 몰지 말라고 함으로써, 만에 하나 다른 조치를 기대하는 전송하는 사람들의 바람과 차마 발길이 떨어지지 않는 떠나는 사람의 미련을 함께 표현했다. 하지만 불행하게도 육참은 부임 도중 4월 20일에 창질(瘡疾)이 도져 낙양에서 세상을 떠났다. 육참에 대해서는 「여사부육원외서(與祠部陸員外書)」(HS-103) 해제를 참조하기 바란다.

송서(送序) 또는 증서(贈序)로 불리는 한유의 송별사는 글의 표현이 매우 완곡하고 우회적이어서 작자의 진정한 의도를 간파하기가 쉽지 않으므로 겉으로 드러난 어구에 매달려서는 안 되고 더욱 세심하게 감상하는 자세가 필요하다. 한유는 바로 이런 양식의 글을 매우 능란하게 잘 쓴 작가로 평가되고 있다.

원문 및 주석

貞元十八年二月十八日, 祠部員外郎[1]陸君出刺[2]歙州, 朝廷夙夜[3]之賢, 都邑游居之良, 齋咨涕洟[4], 咸以爲不當去。歙, 大州也；刺史, 尊官也：由郎官⁵而往者, 前後相望⁶也。當今賦⁷出於天下, 江南居十九 ; 宣使⁸之所察⁹, 歙爲富州 : 宰臣之所薦聞¹⁰, 天子之所選用, 其不輕而重也較然¹¹矣。如是 而齎咨涕洟以爲不當去者 : 陸君之道行乎朝廷, 則天下望其賜 ; 刺一州, 則 專而不能咸 ; 先一州而後天下, 豈吾君與吾相之心哉? 於是昌黎韓愈道¹²願 留者之心泄¹³其思, 作詩曰 :

---

1 祠部員外郎(사부원외랑) : 예부(禮部) 소속으로 제사·천문·역법·점복·의약 등에 관한 사무를 관장하는 부서의 차관.

2 出刺(출자) : 도성을 나가 지방 고을의 자사가 되다.

3 夙夜(숙야) : 아침저녁으로. 아침 일찍부터 저녁 늦게까지.『시경·소아·우무정 (雨無正)』에 "삼공과 대부들은 아침이든 저녁이든 일하려 하지 않는다(三事大 夫, 莫肯夙夜)"라는 시구가 보인다.

4 齎咨涕洟(재자체이) : 탄식하고 울다.『역경·췌괘(萃卦)』의 상육(上六) 효사로 '齎咨'는 '탄식하다', '涕洟'는 본래 '눈물 흘리고 콧물 흘리며 울다'는 뜻이다.

5 郎官(낭관) : 「상정상서상공계(上鄭尙書相公啓)」(HS-081) 주석 12 참조.

6 前後相望(전후상망) : 앞뒤로 서로 바라본다. 매우 많은 것을 말한다.

7 賦(부) : 세금.

8 宣使(선사) : 선흡관찰사(宣歙觀察使). 당나라는 전국을 여러 도(道)로 나누고 관 찰사를 두어서 한 개의 도 또는 몇 개의 주(州)를 관할하도록 했는데 절도사가 겸직하는 경우가 대부분이었다. 숙종(肅宗) 건원(乾元) 원년(758)에 관찰처치사 (觀察處置使)로 개명이 되었으며, 군사와 행정 및 재정 등 관할 지역의 모든 업 무를 관장했다. 선흡관찰사는 선주(宣州)·흡주(歙州)·지주(池州)의 세 고을을 관할했고, 행정 소재지는 선주에 있었다.

9 察(찰) : 시찰하다. 관할하다.

10 薦聞(천문) : 천거해 천자에게 알리다. 천거해 보고하다.

11 較然(교연) : 분명한 모양. '較'는 '皎'와 통한다.

12 道(도) : 말하다. 설파하다.

13 泄(설) : 토로하다.

我衣之華兮, 我佩之光, 陸君之去兮, 誰與翺翔¹⁴。歛¹⁵此大惠兮, 施于一 州 ; 今其去矣, 胡不爲留? 我作此詩, 歌于逵道¹⁶ ; 無疾¹⁷其驅, 天子有詔¹⁸。

---

14 翺翔(고상) : 노닐다.

15 歛(염) : 한데 모으다.

16 逵道(규도) : 사통팔달하는 큰길. '逵'는 본래 아홉 군데로 통하는 대로를 가리킨 다.

17 無疾(무질) : 빨리 하지 말라. '無'는 금지를 나타내고, '疾'은 동사로 쓰여 '빠르게

하다'는 뜻이다.

18 天子有詔(천자유조) : 어떤 조서인지 분명하게 말하지 않았지만, 외직으로의 전
    출을 철회하고 내직으로 불러들이는 내용이 담길 것으로 추측하고 있다.

送孟東野序

대체로 사물은 원래의 평정 상태를 잃게 되면 웁니다. 초목은 본래 소리가 없으나 바람이 불어 휘게 하면 울고, 물은 본래 소리가 없으나 바람이 불어 출렁거리게 하면 웁니다. 물이 물보라를 치며 솟아오르는 것은 무언가가 그 기세를 막아 부딪쳤기 때문이며, 더욱 빨라지는 것은 무언가가 그 흐름을 가로막았기 때문이며, 끓어오르는 것은 무언가가 거기에 열기를 가했기 때문이며, 쇠북이나 경쇠 같은 악기는 본래 소리가 없으나 누군가가 치면 웁니다. 사람과 말의 관계도 이와 같으니 마음속에 억제할 수 없는 감정이 일어난 뒤에 비로소 말로 표현하게 됩니다. 사람이 노래 부르는 것은 그리움이 있기 때문이고, 우는 것은 슬픈 마음이 있기 때문입니다. 대체로 입에서 나와 소리가 되는 것은 아마도 모두 마음속으로 평정 상태를 잃었기 때문일 테지요! 음악은 마음속에 맺힌 정서가 밖으로 터져 나오는 것으로 소리 내어 잘 우는 것을 골라 그것을 빌려 소리 내어 우는데, 쇠북이며 경쇠며 거문고며 피리며 생황이며 질나팔이며 북이며 축어 등 여덟 종류의 악기는 물체 가운데서 소리 내어 잘 우는 것들입니다. 자연계와 계절 변화의 관계도 이와 같아서 소리 내어 잘 우는 것을 골라 그것을 빌려 소리 내어 웁니다. 이런 까닭에 새가 봄을, 우레가 여름을, 벌레가 가을을, 바람이 겨울을 소리 내어 웁니다. 사계절이 번갈아 바뀌는 것도 아마 그 평정 상태를 잃었기 때문일 것이리오!

이런 관계는 사람에 있어서도 마찬가지입니다. 사람의 소리 중 가장 정제된 것이 언어며, 문장은 또 그 언어의 정화니 더더욱 소리 내어 잘 우는 사람을 골라 그들을 빌려 소리 내어 웁니다. 요순시대에는 고요(皐陶)와 우(禹)임금이 소리 내어 잘 우는 사람들이어서 그들을 빌려 울었으며, 순임금 때의 악관 기(夔)는 문장으로 소리 내어 울 수 없었기 때문에 또 스스로 『소(韶)』라는 음악을 빌려 울었으며, 하(夏)나라 때에는 태강(太康)의 다섯 동생이 그들의 노래로 소리 내어 울었으며, 이윤(伊尹)은 은(殷)나라에서 소리 내어 울었고 주공(周公)은 주(周)나라에서 소리 내 울었습니다. 대체로 『시경』과 『서경』 등 육경(六經)에 실려 있는 글은 모두 소리 내어 잘 운 것들입니다. 주나라가 쇠미했을 때 공자와 그의 제자들이 소리 내어 울었는데 그 소리가 우렁차고 멀리까지 퍼졌습니다. 옛 책인 『논어』에서 "하늘이 장차 선생님으로 세상을 일깨우는 목탁으로 삼고자 한다"라고 했으니 어찌 믿지 못하겠습니까! 주나라 말엽에 장주(莊周)가 그의 광대하고 변화무상한 문장으로 소리 내어 울었습니다. 초(楚)나라는 대국인데 그 나라가 망할 즈음에 굴원(屈原)이 소리 내어 울었습니다. 장손신(臧孫辰)·맹가(孟軻)·순경(荀卿)은 그들의 유가학설로 소리 내어 울었고, 양주(楊朱)·묵적(墨翟)·관이오(管夷吾)·안영(晏嬰)·노담(老聃)·신불해(申不害)·한비(韓非)·신도(愼到)·전변(田騈)·추연(鄒衍)·시교(尸佼)·손무(孫武)·장의(張儀)·소진(蘇秦) 등의 무리는 모두 각기 나름대로의 학술로 소리 내어 울었습니다. 진(秦)나라가 일어났을 때는 이사(李

斯)가 소리 내어 울었습니다. 한(漢)나라 때는 사마천(司馬遷)·사마상여(司馬相如)·양웅(揚雄)이 가장 소리 내어 잘 운 사람들이었습니다. 그 이후로 위진(魏晉) 시대에는 소리 내어 우는 이들이 옛날만 못하긴 했지만, 일찍이 글을 짓는 것이 끊어진 적은 없었습니다. 다만 그 중에서 소리 내어 잘 우는 이를 가지고 말하더라도 그 소리는 청아하긴 하지만 들떠 있고, 그 리듬은 번거로우면서도 급박하며, 그 문장 표현은 지나치게 화려하면서도 애상적이고, 그 정서는 풀어져 느슨하면서도 제멋대로여서 그들이 쓴 글은 난잡하고 법도가 없었습니다. 아마도 하늘이 그 시대 사람들의 덕을 싫어해 그들을 돌보지 않았기 때문인가요? 어찌하여 소리 내어 잘 우는 이들을 울지 못하게 했는가요?

당(唐)나라가 천하를 통일한 뒤에 진자앙(陳子昻)·소원명(蘇源明)·원결(元結)·이백(李白)·두보(杜甫)·이관(李觀)이 모두 각자의 장기를 가지고 소리 내어 울었습니다. 지금 살아 있으면서 그들보다 지위가 낮은 사람으로는 맹교(孟郊) 동야(東野)가 시로써 소리 내어 울기 시작했는데, 그의 훌륭한 작품은 이미 위진 시대를 능가하더니 쉬지 않고 노력해 옛날의 수준에 다다랐고 기타 작품들도 한나라의 수준에 접근했습니다. 나를 좇아 교유하며 배운 사람 중에는 이고(李翺)와 장적(張籍)이 가장 특출하니 이 세 사람이 우는 소리는 참으로 훌륭합니다만, 하늘이 장차 그들의 소리를 화평하게 해 그들로 하여금 국가의 흥성을 소리 내어 울게 할 것인지, 아니면 그들의 몸을 곤궁하고 굶주리게 하며 마음을 애태우고 근심스럽게 해 스스로 그들의 불행을 소리 내어 울게 할 것인지는 알지 못하겠습니다. 저들 세 사람의 운명은 하늘에 달려 있습니다. 그러니 저들이 높은 자리에 있다한들 어찌 기뻐할 것이며, 낮은 자리에 처한다고 해서 어찌 슬퍼할 것이리오!

동야(東野)가 강남 지방의 관리로 부임해 가면서 마음속으로 기꺼워하

지 않는 구석이 있는 듯하기에, 나는 그의 운명이 하늘에 달려 있다고
말해줌으로써 그의 기분을 풀어주고자 합니다.

해제

정원 17년(801)에 서주(徐州)에서 막료 생활을 사직한 뒤 낙양에서 장안
으로 와 머물면서 관리에 선발되기를 기다리는 시절에 맹교(孟郊, 751-814)
가 율양(溧陽 : 지금 강소성 율양현)현위(縣尉)로 부임해갈 때 써 준 송별사. 맹
교는 작자의 절친한 친구로 동야(東野)는 그의 자다. 맹교는 46세(796)에
야 진사에 급제하고 50세(800)에 겨우 벼슬길에 올랐지만, 그 자리조차도
미관말직이어서 평생 생활고에 시달렸다. 작자는 뛰어난 시적 재주를
지니고도 불우한 삶은 산 친구의 불행을 동정하고 위로하는 뜻을 담아
이 글을 지었다.
　그런데 이 글은 단순한 송별사의 수준을 넘어 문학에 관한 작가의 주
요 관점을 담고 있어 특별한 주목을 끈다. 자연계에서부터 인간사에 이
르기까지 모든 '울림' 현상은 '불평즉명(不平則鳴)'의 산물이라는 것이 이
글의 핵심 내용이다. 문학과 관련해 작자는 '불평(不平)' 곧 '불평정한 상
태'가 '화평'이나 '화순'으로 인한 것일 수도 있지만, '울분'이나 '불평'
에 주로 기인한다고 보고 있다. 즉 '불평즉명'은 태평성대의 글보다는
쇠미하거나 혼란스러운 시대에 나온 문장을 주로 겨냥한다. 문학은 불
평스러운 현실 환경의 산물로 현실 생활에서 느낀 대담한 정감의 토로
요 부패한 시대에 대한 비판의 목소리라고 보는 것이다. 이 견해는 유
가의 이상적인 도의 천명을 강조한 '명도론(明道論)'과 상호 보완적인 관
계를 이루어, 작자의 문학관이 단지 유학의 고답적인 도만 주장한 것이

아님을 분명히 해준다. 작자는 이 글에서 유학의 경서 이외에 제자백가
의 성취 및 후대 문인이나 시인의 작품들도 모두 각 시대 뛰어난 울음
꾼들의 목소리로 보고 두루 수용하는 입장을 취하고 있다.

원문 및 주석

大凡物不得其平則鳴: 草木之無聲, 風撓[1]之鳴; 水之無聲, 風蕩[2]之鳴。其
躍[3]也或激[4]之, 其趨[5]也或梗[6]之, 其沸[7]也或炙[8]之; 金石[9]之無聲, 或擊之鳴。
人之於言也亦然: 有不得已者而後言, 其謌[10]也有思, 其哭也有懷[11], 凡出
乎口而爲聲者, 其皆有弗平者乎! 樂也者, 鬱[12]於中而泄[13]於外者也; 擇其
善鳴者而假[14]之鳴: 金石絲竹匏土革木[15]八者, 物之善鳴者也。維天之於時
也亦然, 擇其善鳴者而假之鳴; 是故以鳥鳴春, 以雷鳴夏, 以蟲鳴秋, 以風
鳴冬, 四時之相推敓[16], 其必有不得其平者乎!

1 　撓(요) : 휘게 하다.
2 　蕩(탕) : 출렁거리게 하다.
3 　躍(약) : 물이 물보라를 치며 솟아오르다. 물결이 일어나다.
4 　激(격) : 막아 부딪치다.
5 　趨(추) : 물이 빨리 흐르다. 물의 흐름이 빨라지다.
6 　梗(경) : 가로막다.
7 　沸(비) : 물이 끓다. 끓어오르다.
8 　炙(자 / 적) : 태우다. 가열하다.
9 　金石(금석) : 금속이나 돌로 만든 악기로 '쇠북(鐘)'이나 '경쇠(磬)'와 같은 것이다.
10 　謌(가) : 노래 부르다. '歌'와 같다.
11 　懷(회) : 슬픈 마음.
12 　鬱(울) : 맺히다. 쌓이다.
13 　泄(설) : 터져 나오다. 드러나다.
14 　假(가) : 빌리다.
15 　金石絲竹匏土革木(금석사죽포토혁목) : 금속・돌・실・대나무・박・흙・가죽・

나무 등의 여덟 가지 재료로 만든 여덟 종의 악기로 곧 쇠북(鐘)·경쇠(磬)·거
문고(琴 / 瑟)·피리(簫 / 管)·생황(笙 / 竽)·질나팔(塤 / 壎)·북(鼓)·축어(柷
敔) 등을 가리킨다. 축(柷)은 음악을 시작할 때, 어(敔)는 그칠 때 울리는 악기
다. 고대에는 이를 '팔음(八音)'이라고 불렀다.

16 推欨(추탈) : 번갈아 바뀌다. 변화하다. '推移(추이)'와 같은 뜻이다. '欨'은 '바꾸
다'는 뜻으로 '奪'과 같다.

其於人也亦然 : 人聲之精者爲言, 文辭之於言, 又其精也, 尤擇其善鳴者而
假之鳴。其在唐虞[17], 咎陶[18]禹[19]其善鳴者也, 而假以鳴 ; 夔[20]弗能以文辭
鳴, 又自假於韶[21]以鳴 ; 夏之時, 五子[22]以其歌鳴 ; 伊尹[23]鳴殷 ; 周公[24]鳴周
: 凡載於詩書六藝[25], 皆鳴之善者也。周之衰, 孔子之徒[26]鳴之, 其聲大而
遠。傳[27]曰 : "天將以夫子爲木鐸。" 其弗信矣乎! 其末[28]也, 莊周[29]以其荒唐之
辭[30]鳴。楚大國也, 其亡也, 以屈原[31]鳴。臧孫辰[32]孟軻[33]荀卿[34]以道[35]鳴者
也, 楊朱[36]墨翟[37]管夷吾[38]晏嬰[39]老聃[40]申不害[41]韓非[42]愼到[43]田騈[44]鄒衍[45]尸
佼[46]孫武[47]張儀[48]蘇秦[49]之屬, 皆以其術[50]鳴。秦之興, 李斯[51]鳴之。漢之時,
司馬遷[52]相如[53]揚雄[54]最其善鳴者也。其下魏晉氏, 鳴者不及於古, 然亦未
嘗絶也 ; 就其善者, 其聲清以浮[55], 其節[56]數以急[57], 其辭淫以哀[58], 其志弛
以肆[59], 其爲言也, 亂雜而無章[60]。將天醜[61]其德莫之顧邪? 何爲乎不鳴其
善鳴者也?"

---

17 唐虞(당우) : 당요(唐堯)와 우순(虞舜). 즉 요순임금을 가리킨다. '唐'과 '虞'는 요
임금과 순임금의 국호.

18 咎陶(고요) : 순임금 때의 법관으로 '皋陶' 또는 '咎繇'로도 적는다. 『서경』에 「고
요모(皋陶謨)」편이 있다.

19 禹(우) : 우임금. 원래 순임금의 신하였는데 치수에 공적을 세워 순임금으로부터
양위를 받아 하나라를 세웠다. 『서경』에 「우공(禹貢)」과 「대우모(大禹謨)」 등의
편이 있다.

20 夔(기) : 순임금 때의 악관으로 「소(韶)」라는 음악을 작곡했다고 한다.

21 韶(소) : 순임금 때의 악관 기(夔)가 작곡한 것으로 전해지는 음악. 공자는 『논
어·팔일(八佾)』편에서 이 음악이 "지극히 아름답고 또 지극히 선하다(盡美矣,
又盡善也)"라고 찬미한 바 있다.

22 五子(오자) : 하나라 군주 태강(太康)의 다섯 동생. 태강이 유흥에 빠져 국사를
게을리 하다가 유궁국(有窮國)의 후예(后羿)에게 쫓겨나자 다섯 동생이 그가 나
라를 잃어버린 것을 원망하며 노래를 지어 풍자했다고 한다. 『사기·하본기(夏

本紀)』에 관련 기록이 보인다. 『서경』에 「오자지가(五子之歌)」가 있지만, 후인
이 위탁해 지은 것이다.

23   伊尹(이윤) : 은나라의 명재상으로 이름은 지(摯)다. 탕왕(湯王)을 도와 걸(桀)을
     정벌하고 하나라를 멸망시켰으며, 탕왕 사후에 그의 손자 태갑(太甲)도 보좌했
     다. 『서경』에 실려 있는 「함유일덕(咸有一德)」·「이훈(伊訓)」·「태갑(太甲)」 등
     의 편이 그의 저술로 전해지지만 대부분 후인의 위작이다.

24   周公(주공) : 성은 희(姬), 이름은 단(旦). 형인 무왕(武王)을 도와 폭군 주(紂)를
     정벌하고 은나라를 멸망시켰으며, 무왕 사후에 조카 성왕(成王)을 보좌해 주나
     라 왕조의 기틀을 다지고 문물을 정비하는 데 가장 큰 공을 세웠다. 『서경』에
     실려 있는 「금등(金縢)」·「대고(大誥)」·「낙고(洛誥)」·「다사(多士)」·「무일(無
     逸)」·「군석(君奭)」·「입정(立政)」 등의 편이 그의 저술이며, 『주례』와 『의
     례』도 그가 편찬한 책으로 전해진다.

25   詩書六藝(시서육예) : 『시경』과 『서경』을 위시한 육경(六經). '六藝'에는 예(禮)·
     악(樂)·사(射)·어(御)·서(書)·수(數)와   역(易)·시(詩)·서(書)·예(禮)·악
     (樂)·춘추(春秋)의 두 가지 설이 있지만, 여기서는 앞에 '詩書'가 적시되어 있는
     것으로 보아 후자인 '육경'을 가리킨다. '詩書'가 특별히 명기된 것은 육경 중에
     서도 두 책이 가장 중요함을 의미한다.

26   孔子之徒(공자지도) : 공자와 그의 제자. 공자는 『시(詩)』와 『서(書)』를 산정하고
     『예(禮)』·『악(樂)』을 제정했으며, 『역(易)』과 『춘추(春秋)』를 편찬했다고 한다.
     그의 어록집 『논어』는 주로 제자들과 손제자들에 의해 편찬되었다. 그리고 공
     자의 제자 복상(卜商)이 「상복전(喪服傳)」과 『시경』의 서문을 쓰고, 증삼(曾參)
     이 『증자(曾子)』 18편(현존 10편)과 『효경(孝經)』을 남겼다. 이밖에 청대(淸代) 풍
     운원(馮雲鷂)은 『안자(顔子)』·『염자(冉子)』·『중자(仲子)』·『민자(閔子)』·『단목
     자(端木子)』·『유자(有子)』·『언자(言子)』·『복자(卜子)』·『전손자(顓孫子)』 약
     간 권을 집록했고, 마국한(馬國翰)은 『칠조자(漆雕子)』·『복자(宓子)』 각 1권을
     집록했다.

27   傳(전) : 고서(古書)로 여기서는 『논어』를 가리킨다. 인용문은 「팔일(八佾)」편에
     보인다.

28   其末(기말) : 주나라 말엽. 실제로는 전국(戰國)시대 초를 가리킨다.

29   莊周(장주) : 장자. 자는 자휴(子休). 전국시대 송(宋)나라 몽[蒙 : 지금 하남성 상
     구현(商丘縣) 동북] 출신. 도가(道家)의 대표적 인물로 제자들과 함께 『장자』 33
     편을 저술했다.

30   荒唐之辭(황당지사) : 광대하고 변화무상한 글. 상상력이 극도로 풍부해 얽매이
     는 데가 없는 문장을 가리킨다. 『장자·천하(天下)』에서 장자가 자신의 학설을
     평해 '황당지언(荒唐之言)'이라고 한 바 있다.

31   屈原(굴원) : 이름은 평(平), 전국시대 초(楚)나라의 귀족 출신 정치가이자 시인.
     정치 일선에서 쫓겨나 10여년을 방랑하다가 「이소(離騷)」·「천문(天問)」·「구
     가(九歌)」·「구장(九章)」 등 불후의 명작을 남기고 멱라강(汨羅江)에 투신자살

했다.

32 臧孫辰(장손신) : 장문중(臧文仲). 춘추시대 노(魯)나라의 대부. '辰'은 이름이고, '文'은 시호며, '仲'은 자다. 그의 언론이 『국어・노어(魯語)』와 『좌전』 등에 보인다.

33 孟軻(맹가) : 맹자. 자는 자여(子輿), 전국시대 추(鄒 : 지금 산동성 추현) 출신의 대유학자로 만년에 제자들과 집필한 『맹자』 7편이 전한다.

34 荀卿(순경) : 순자. 손경(孫卿)으로도 적는다. 이름은 황(況), 전국 말엽 조(趙)나라 출신의 대유학자로 『순자』 32편이 전한다.

35 道(도) : 사상. 학설. 여기서는 유가의 학설을 가리킨다.

36 楊朱(양주) : 자가 자거(子居)고, 위(衛)나라 출신의 전국시대 초기 사상가. 묵적(墨翟)의 겸애설(兼愛說)에 정면으로 반대해 이기주의적인 위아설(爲我說)을 주장했다. 남아 전하는 저술은 없고 『열자(列子)・양주편(楊朱篇)』・『맹자』・『장자』・『한비자』 등에 그의 사적과 주장이 단편적으로 기록되어 있다.

37 墨翟(묵적) : 송(宋)나라 사람으로 전해지는 춘추 전국 교체기의 묵가 학파의 창시자. '차별 없는 사랑'을 주장한 '겸애설(兼愛說)'이 그의 핵심 사상이며, 『묵자』 53편이 전한다. 생몰년은 B.C. 468-B.C. 376년이다.

38 管夷吾(관이오) : 관중(管仲). '夷吾'는 이름이고, '仲'은 자며, 춘추시대 제(齊)나라 영상(潁上 : 지금 안휘성 영상현) 사람. 제환공(齊桓公)의 명재상으로 『관자』 76편이 전하는데, 『한서・예문지(藝文志)』에서는 '도가'로 분류했다.

39 晏嬰(안영) : 안평중(晏平仲). 자가 중(仲)이고, 시호가 평(平)이며, 춘추시대 제(齊)나라 내이유[萊夷維 : 지금 산동성 고밀현(高密縣)] 사람. 제나라 경공(景公)의 명재상으로 후인들이 편찬한 『안자춘추(晏子春秋)』 8편에 그의 언론이 남아 전하는데, 『한서・예문지』에서는 '유가'로 분류했다.

40 老聃(노담) : 노자. 성명이 이이(李耳)고, 자가 백양(伯陽)이며, '聃'은 그의 시호다. 춘추시대 초(楚)나라 고현(苦縣) 여향(厲鄉) 곡인리[曲仁里 : 지금 하남성 녹읍현(鹿邑縣) 동쪽] 사람으로 '도가' 학파의 창시자. 『노자』(『도덕경(道德經)』이라고도 부름) 5,000자가 전한다.

41 申不害(신불해) : 전국시대 한(韓)나라 경[京 : 지금 하남성 형양시(滎陽市)] 동남 출신으로 법가의 창시자. 그의 저술인 『신자(申子)』는 이미 없어졌고 청대 마국한(馬國翰)의 집본(輯本)이 전하는데 『한서・예문지』에서는 '법가'로 분류했다.

42 韓非(한비) : 한비자. 전국시대 한(韓)나라의 공자(公子)로 진(秦)나라로 벼슬하러 갔다가 이사(李斯)에 의해 피살되었다. 법가학파의 집대성자로 그의 저술이 『한비자』 55편에 남아 전한다.

43 眘到(신도) : 전국시대 조(趙)나라 출신의 법가 사상가로 『신자(愼子)』 42편을 남겼으나, 지금은 이미 없어졌고 청대 엄가균(嚴可均)・마국한・왕시윤(王時潤) 등의 집본(輯本)이 전한다. '眘'은 '愼'과 같다.

45 田騈(전변) : 전국시대 제(齊)나라 출신 사상가로 『전자(田子)』 25편을 남겼으나 지금은 이미 일실되었고 마국한의 집본이 전하는데, 『한서・예문지』에서는 '도

가'로 분류했다.

45 鄒衍(추연) : 전국 말기 제(齊)나라 출신 '음양가'로 『추자(鄒子)』와 『추자종시(鄒子終始)』를 남겼으나 지금은 모두 전하지 않는다. '騶衍'으로도 적는다.

46 尸佼(시교) : 전국시대 노(魯)나라 출신 사상가로 상앙(商鞅)의 스승이다. 『시자(尸子)』 20편을 남겼으나 이미 일실되었고, 청대 임조린(任兆麟)·손성연(孫星衍)·왕총배(汪總培) 등의 집본이 전하는데, 『한서·예문지』에서는 '잡가'로 분류했다. 생몰년은 B.C. 390-B.C. 330년이다.

47 孫武(손무) : 춘추시대 제(齊)나라 출신 '병가'로 오(吳)나라 왕 합려(闔閭) 때의 장군이다. 『손자(孫子)』(일명 『손자병법(孫子兵法)』) 13편이 전한다.

48 張儀(장의) : 전국시대 말기 위(魏)나라 출신 '종횡가'로 육국(六國：燕·趙·韓·魏·齊·楚)이 서쪽에 위치한 진(秦)나라와 각각 단독으로 강화하도록 하는 연횡책(連橫策)을 주장해 합종의 맹약을 깨뜨리고자 했다. 『한서·예문지』에 『장자(張子)』 11편의 목록이 있으나 이미 없어지고 지금 전하지 않는다.

49 蘇秦(소진) : 전국시대 말기 동주(東周)의 낙양(洛陽) 출신 '종횡가'로 육국이 연합해 공동으로 진(秦)나라에 대항하자는 합종책(合縱策)을 주장했다. 『한서·예문지』에 『소자(蘇子)』 31편의 목록이 있으나 이미 없어지고 지금은 마국한의 집본이 전한다.

50 術(술) : 학술 주장. 여기서는 제자백가의 사상이나 학술 주장을 가리킨다.

51 李斯(이사) : 전국 말기 초(楚)나라 상채(上蔡：지금 하남성 상채현) 출신 정치가며 법가 사상가. 진시황(秦始皇)과 진이세(秦二世) 때 재상을 맡아 진나라의 천하 통일에 크게 기여했다.

52 司馬遷(사마천) : 자는 자장(子長)이고, 용문[龍門：지금 섬서성 한성현(韓城縣) 동북] 출신 역사가. 한(漢)나라 무제(武帝) 때 태사령(太史令)을 맡아 중국 최초의 기전체 정사인 『사기(史記)』 130권을 남겼다.

53 相如(상여) : 사마상여(司馬相如). 자가 장경(長卿)이고, 성도(成都) 출신 궁정 시인. 「자허부(子虛賦)」와 「상림부(上林賦)」 등 불후의 부(賦) 작품을 남겼다.

54 揚雄(양웅) : 서한 성도 출신의 문인 겸 학자로 『법언(法言)』·『태현(太玄)』·『방언(方言)』 등의 저술과 많은 부 작품을 남겼다. 생몰년은 B.C. 53-A.D. 18년이다.

55 淸以浮(청이부) : 청아하지만 들떠 있다. 청아하긴 하지만 진중한 맛이 없다.

56 節(절) : 리듬. 박자. 음절.

57 數以急(삭이급) : 번거로우면서도 급박하다. '數'은 '번거롭다', '빈번하다'는 뜻이다.

58 淫以哀(음이애) : 지나치게 화려하면서도 애상적이다.

59 弛以肆(이이사) : 풀어져 느슨하면서도 제멋대로다. 퇴폐적이고 방탕하다.

60 無章(무장) : 법도가 없다. 글에 조리나 체계가 없다.

61 醜(추) : 싫어하다. 증오하다. 이밖에 '추악하다고 여기다'는 의동(意動)동사로 풀이해도 뜻이 통한다. 일설에는 '동등하게 하다'는 뜻으로 보고, 이 구절을 '하늘이 그 시대 사람들의 덕만큼 맞추어서 그들을 돌보려 하지 않았기 때문인가?'로

풀이하는 설도 있다. 첫 번째 견해로 풀이하는 것이 가장 적합한 것으로 생각된다.

唐之有天下, 陳子昂[62]蘇源明[63]元結[64]李白[65]杜甫[66]李觀[67]皆以其所能[68]鳴。其存而在下者, 孟郊東野始以其詩鳴 ; 其高出魏晉, 不懈[69]而及於古, 其他浸淫[70]乎漢氏矣。從吾遊者[71], 李翶[72]張籍[73]其尤[74]也, 三子者之鳴信善矣, 抑[75]不知天將和[76]其聲, 而使鳴國家之盛邪? 抑[77]將窮餓其身, 思愁其心腸, 而使自鳴其不幸邪? 三子者之命, 則懸[78]乎天矣。其在上也奚以喜, 其在下也奚以悲!

62　陳子昂(진자앙) : 자는 백옥(伯玉)이고, 사홍(射洪 : 지금 사천성 사홍현) 사람이며, 초당(初唐)의 유명 시인. 당나라 때 시문 혁신운동의 선구자로 화려한 수식만 일삼은 육조(六朝)의 문학풍조를 바꾸는 데 크게 기여했다.

63　蘇源明(소원명) : 성당(盛唐)의 시인으로 자가 약부(弱夫)다. 무공(武功 : 지금 섬서성 무공현) 사람.

64　元結(원결) : 성당의 유명 시인으로 자가 차산(次山)이다. 하남[河南 : 지금 하남성 낙양시(洛陽市)] 사람.

65　李白(이백) : 시선(詩仙)으로 불리는 성당의 유명 시인으로 자가 태백(太白)이다. 면주[綿州 : 지금 사천성 창명현(彰明縣)] 사람.

66　杜甫(두보) : 시성(詩聖) 또는 시사(詩史)로 불리는 중당(中唐)의 유명 시인으로 자가 자미(子美)다. 공현(鞏縣 : 지금 하남성 공현) 사람.

67　李觀(이관) : 중당 시기의 문인으로 자가 원빈(元賓)이다. 농서(隴西 : 지금 감숙성 농서현) 사람이다. 「답이수재서(答李秀才書)」(HS-091) 주석 2 참조.

68　所能(소능) : 장기. 특기. 여기서는 문학적 재능을 가리킨다.

69　不懈(불해) : 게으름 피우지 않다. 쉬지 않고 노력하다. '흠 잡을 데가 없다'는 뜻의 '無懈可擊(무해가격)'으로 보고 이 구절을 '흠 잡을 데가 없이 고대의 수준에 이르렀다'로 풀이하기도 한다.

70　浸淫(침음) : 본래 '물이 차츰차츰 스며드는' 것을 가리키는데 '점진적으로 다가가다', '접근하다'는 뜻이다.

71　從吾遊者(종오유자) : 나를 좇아 교유하며 배운 사람. 한유로부터 시문을 배운 사람.

72　李翶(이고) : 자 습지(習之). 이고에 대해서는 「여이고서(與李翶書)」(HS-093) 해제 및 「대장적여이절동서(代張籍與李浙東書)」(HS-090) 주석 8 참조.

73　張籍(장적) : 자 문창(文昌). 장적에 대해서는 「장중승전후서(張中丞傳後敍)」(HS-040) 주석 3, 「답장적서(答張籍書)」(HS-071)와 「중답장적서(重答張籍書)」(HS-072) 등 참조.

74　尤(우) : 가장 뛰어난 사람.

75　抑(억) : 그런데. 그러나. 전환접속사.

76	和(화) : 화평하게 하다.
77	抑(억) : 아니면. 선택접속사.
78	懸(현) : 달려 있다. ~에 의해 결정되다.

東野之役於江南[79]也, 有若不釋然[80]者, 故吾道其命於天者以解[81]之。

79	役於江南(역어강남) : 율양현위(溧陽縣尉)로 부임해가는 것을 가리킨다. 율양은 당나라 때 강남동도(江南東道)에 속했다.
80	不釋然(불석연) : 기꺼워하지 않는 모양. 유쾌하지 못한 모양.
81	解(해) : 풀어주다. 위로하다.

HS-123 「허영주 송별사」

送許郢州序

저는 일찍이 도합 수백 글자에 달하는 편지를 써서 우적(于頔) 각하에게 직접 말씀드린 적이 있었는데, 그 주된 요지는 다음과 같습니다.

"벼슬길에서 먼저 높은 자리에 올라선 사람은 후배를 찾아 그 사람의 힘을 빌려야 도와 덕이 밝게 드러나고 명예와 평판이 널리 전해지며, 뒤에 벼슬길에 들어선 사람은 선배를 만나 그 사람의 지원을 받아야 사업이 빛나고 관직이 형통하게 됩니다. 아랫자리에 있는 사람이 자기의 재능을 뽐내고 윗자리에 있는 사람이 자신의 직위에 교만해하면, 비록 항상 서로를 찾는다 할지라도 만날 수가 없을 것입니다."

우적 각하께서는 저의 이 말이 잘못되었다고 여기지 않으시고, 회신에서 "그대가 한 말이 옳다"라고 하셨습니다. 우적 각하는 제후에 버금가는 관찰사라는 존귀한 직위에 있고 불세출의 비범한 재능을 품고 있으면서도 저와 같이 비천하고 용렬한 사람에게 그림자가 형체를 따르고 메아리가 소리에 응하듯이 신속하게 바로 응답해 주실 줄 아시니,

그분은 임금에게 충성하고 선을 행하기를 좋아해 국가에 봉사하는 일을 자기의 소임으로 삼는 사람이 아니겠습니까? 저는 비록 감히 그 크나큰 은혜를 독차지하려고 생각하지는 않지만, 그분이 저를 알아주는 사람이라고 하지 않을 수가 없어서 늘 그 은혜를 자랑거리로 여기며 입으로 되뇌곤 했습니다. 마음으로 간절하면서도 즉각 행동으로 옮기지 않는 것은 소인배들도 하지 않는 것이므로, 그대가 부임해가는 길에 자사(刺史)의 직무에 대해 말씀드림으로써 우적 각하에게 바치는 말로 삼고자 합니다.

대체로 천하의 모든 일들은 자신의 의견을 다른 사람과 같이하는 데서 성사되고 달리하는 데서 실패하기 십상입니다. 자사가 된 사람이 늘 자기 고을 주민들만 편애하고 사실을 관찰사에게 보고하지 않으며, 관찰사의 책무를 맡은 사람도 항상 세금 징수에만 급급하고 관할 고을의 실정 따위는 살피고 믿지 않습니다. 그로 말미암아 자사는 편안히 자기 관직에 임할 수 없고 관찰사 또한 정무를 제대로 처리할 수 없게 되므로 백성들의 재원이 이미 고갈되었는데도 세금 거두어들이는 일은 그쳐지지 않고 백성들이 이미 곤궁해졌는데도 세금 징수는 더욱 가혹해지니 그들이 삶터를 떠나 도적이 되지 않는 것만도 다행스러운 일입니다. 만약 자사가 자기 고을 주민만 편애하지 않고 관찰사도 세금 징수에만 급급하지 않으면서, 자사는 "우리 고을의 주민도 온 천하 백성의 일부분이니 이 고을 백성만 혜택을 더 많이 누릴 수는 없다"라고 하고, 관찰사도 "아무 고을의 주민은 온 천하 백성의 일부분이니 세금 징수를 그들에게만 더 혹독하게 할 수 없다"라고 말하는 데도 불구하고 정치가 공평하게 되지 않거나 명령이 집행되지 않은 것은 여태껏 있어 본 적이 없었습니다. 제가 이전에 한 말을 우적 각하께서 이미 믿고 실행에 옮겼으니, 지금 제가 하는 말을 믿지 않을 리가 있겠습니까? 현(縣)과 주(州)의 관계는 주와 부(府)의 관계와 같습니다. 상사를 섬기고 아래 사람을 대함에 있어 서로의 의견이 일치하면 성공을 하고 서로 간에 입장이 달라지면 실패한다는 이치는 다 마찬가지입니다. 그대와 같이 현명한 인물이 아니면 누가 제가 하는 말을 믿을 수 있겠습니까?

저는 그대와 한때 잠시 연회를 베풀어 먹고 마시며 유흥을 즐긴 친구가 아닙니다. 그리하여 송별사를 써 주면서 칭송하는 말을 하지 않고 권고의 뜻을 담았습니다.

해제

정원 19년(803) 감찰어사(監察御使) 재직 시에 영주[郢州 : 지금 호북성 종상현(鍾祥縣)]자사로 전출되어 가는 허중여(許仲輿)에게 써 준 송별사. 제목이 「송허사군자영주서(送許使君刺郢州序)」로 된 판본도 있다. 허중여는 자가 숙재(叔載)인데, 이 '허영주(許郢州)'가 그의 아들 허지옹(許志雍)이라는 설도 있다. 영주는 당시의 행정 편제상 산남동도(山南東道)에 속하는 고을로 해당 도의 절도사 겸 관찰사인 우적(于頔)의 관할 하에 있었다. 우적은 역사서에서 가렴주구를 한 관리로 기록되어 있듯이, 관할 지역의 실정을 도외시한 채 세금 징수를 가혹히 한 인물로 알려져 있다. 따라서 작자는 영주로 부임하는 허중여에게 진정으로 백성을 위하는 목민관이 되도록 충고하는 뜻을 담으면서 실은 세금 징수에 급급한 우적을 풍자했다. 다만 관직이 높은 사람을 노골적으로 비난할 수 없는 터인지라, 자사와 관찰사 간의 협조와 일치를 강조함으로써 이런 뜻을 우회적으로 피력했다. 즉 자사가 자기 고을의 이익만 생각해 상급 기관에 보고할 때 사실대로 하지 않고, 관찰사도 세금 징수만 생각해 관할 고을 장

관을 신임하지 않아 서로 간에 이견이 생긴다면 그 고충은 고스란히 백
성들에게로 돌아간다는 점을 말했다. 그런데 양자 간의 의견 일치가 백
성들의 부담을 덜어 주는 쪽으로 작용하라는 것이지, 한 패거리가 되어
백성들을 착취하라는 뜻은 결코 아니다. 아직 현지에 부임하지도 않은
허중여에게 이런 말을 한 것은 실제 이미 그곳 관찰사로 있는 우적을
겨냥하고 있음을 시사해준다. 작자와 우적의 관계에 대한 더 많은 이해
를 위해서는 「여우양양서(與于襄陽書)」(HS-096)의 해제와 본문 내용을 참조
하고, 취지가 비슷한 작품으로 같은 해에 씌어진 「증최복주서(贈崔復州
序)」(HS-131)도 함께 읽기 바란다.

원문 및 주석

愈嘗以書自通於于公[1], 累數百言。其大要言 : 先達之士, 得人而託之, 則
道德彰而名問[2]流 ; 後進之士, 得人而託之, 則事業顯而爵位通。下有矜[3]乎
能, 上有矜乎位, 雖恆相求而喜[4]不相遇。于公不以其言爲不可, 復書曰 :
"足下之言是也。" 于公身居方伯[5]之尊, 蓄不世[6]之材, 而能與卑鄙庸陋相應
答如影響[7], 是非忠乎君而樂乎善, 以國家之務爲己任者乎? 愈雖不敢私[8]其
大恩, 抑不可不謂之知己, 恆矜[9]而誦之。情已至而事[10]不從, 小人之所不
爲也 ; 故於使君[11]之行, 道刺史之事, 以爲于公贈。

1   于公(우공) : 우적(于頔). 이 구절은 한유가 정원 18년(802) 7월 3일에 우적에게
    써 보낸 「여우양양서(與于襄陽書)」(HS-096)를 가리킨다.
2   名問(명문) : 명성과 평판.
3   矜(긍) : 뽐내다. 자만하다.
4   喜(희) : 많은 판본에 이 글자가 없는 점을 좇아 번역하지 않았다.
5   方伯(방백) : 본래 한 지방 제후의 우두머리인데 뒤에 지방 장관의 뜻으로 쓰였

다. 여기서는 관찰사를 가리킨다.

6 不世(불세) : 당대에 견줄 만한 것이 없다. 비범하다. '절세(絶世)' 또는 '절대(絶
   代)'와 같은 뜻이다.

7 影響(영향) : 그림자가 형체를 따르고 메아리가 소리에 반응하다. 여기서는 우적
   이 이처럼 즉각적으로 지체 없이 회신한 것을 가리킨다. 「중답익서(重答翊書)」
   (HS-089) 주석 4 참조.

8 私(사) : 독차지하다. 사유로 하다.

9 矜(긍) : 긍지로 삼다. 자랑거리로 여기다. 주석 3의 '矜'과 어감이 다르다.

10 事(사) : 자기를 알아주는 사람에게 화답하는 일을 가리킨다.

11 使君(사군) : 본래 한(漢)나라 때 고을 태수를 부르던 말이었는데, 뒤에 주군(州
   郡)의 장관을 높여 일컫는 칭호로 쓰였다. 여기서는 허중여(許仲輿)를 가리킨
   다.

凡天下之事成於自同而敗於自異。爲刺史者恆私¹²於其民, 不以實應乎府¹³;
爲觀察使者恆急於其賦, 不以情信乎州。緣¹⁴是刺史不安其官, 觀察使不
得其政, 財已竭而斂不休¹⁵, 人已窮而賦愈急, 其不去爲盜也亦幸矣。誠使¹⁶
刺史不私於其民, 觀察使不急於其賦, 刺史曰 : "吾州之民天下之民也, 惠
不可以獨厚";觀察使亦曰 : "某州之民天下之民也, 斂不可以獨急" : 如是
而政不均¹⁷、令不行者, 未之有也。其前之言者, 于公旣已信而行之矣;今
之言者, 其有不信乎? 縣之於州, 猶州之於府也。有以事乎上, 有以臨乎
下, 同則成, 異則敗者皆然也。非使君之賢, 其誰能信之?

12 私(사) : 편애하다. 자사가 자기 고을 주민들만의 이익을 돌보는 것을 말한다.
13 府(부) : 관찰사의 부.
14 緣(유) : ~때문에. ~로 말미암아. '由'와 같다.
15 休(휴) : 그치다. 그만두다.
16 誠使(성사) : 만약. 가정접속사.
17 不均(불균) : 공평하지 않다. 고르지 않다. 『논어・계씨(季氏)』편에 "국가를 다스
   리는 사람은 백성들의 수가 적은 것을 걱정하지 않고 백성들의 수입이 고르지
   않는 것을 걱정한다(有國有家者, 不患寡而患不均)"라는 글귀가 보인다.

愈於使君非燕游¹⁸一朝¹⁹之好也, 故其贈行, 不以頌而以規。

18 燕游(연유) : 연회를 베풀어 먹고 마시며 유흥을 즐기다.
19 一朝(일조) : 한때 잠시. 짧은 시간을 가리킨다.

구월(甌越)과 민강(閩江) 유역 이남은 모두 월족(越族)들이 거주하는 땅으로 천문에서 12개 성좌(星座) 중의 성기(星紀)에 해당하고, 28개 성수(星宿)로 말하면 견우성에 해당하는 지역입니다. 이곳은 연이은 산맥이 그 북쪽을 가로막고 있고 큰 바다가 그 남쪽으로 마주하고 있는데, 섬에 거주하며 칡베로 짠 옷을 입고 있는 사람들만 살고 있어서 풍속이나 습관이 중원 지방과 예전부터 현격하게 다릅니다.

당나라가 천하를 다스린 뒤 조정의 법령이 하달된 곳은 원근을 막론하고 차이가 없게 되었습니다. 백성들의 풍속이 달라지자 기후도 따라 변해서 눈이나 서리가 제때에 내리고 풍토병도 돌지 않아 해안 지방의 풍요로움이 예전보다 훨씬 나아졌습니다. 그 때문에 사람들이 남해 지방으로 가는 것이 마치 중원 지역의 동쪽이나 서쪽 고을로 가는 것과 같았습니다.

지금 황제께서 등극하신 지 22년이 된 해에 공부시랑(工部侍郎) 조식(趙植)에게 칙령을 내려 광주자사(廣州刺史)로 삼아 남해 지역 백성들을 전부 다스리게 하셨습니다. 그러자 그는 부풍(扶風) 사람 두평(竇平)을 보좌관으로 임명했습니다. 두평은 문장이 출중해 벼슬길로 나아간 사람입니다. 그가 부임하러 가는 날, 그의 일가인 전중시어사(殿中侍御史) 두모(竇牟)가 동도 낙양에서 교유하던 문장이 뛰어난 28명을 모아 시를 지어 주며 전송했습니다. 그리하여 창려 사람 한유가 조식이 인재를 잘 뽑은 것을 칭송하고, 보좌관 두평이 자기를 알아준 사람에게 보답하고자 먼 길을 꺼려하지 않는 것을 격려하며, 또 두모가 자기의 당숙을 사모하는 마음에 글을 모아서 영광스럽게 해주는 것을 장하게 여겨 현위(縣尉) 벼슬을 지낸 보좌관 두평을 송별하는 글을 지었습니다.

해제

정원 17년(801) 5월에 조식(趙植)의 보좌관으로 임명되어 부임하는 두평(竇平)에게 써 준 송별사로 제목이 글 말미에 있는 「송두종사소부평서(送竇從事少府平序)」로 된 판본도 있다. 두평은 부풍(扶風) 평릉[平陵 : 지금 섬서성 함양시(咸陽市) 서북] 사람으로 정원 5년(789)에 진사가 되었다. 조식과 함께 광주(廣州)로 부임할 때 동도유수판관(東都留守判官)으로 있던 그의 종질 두모(竇牟)가 낙양(洛陽)의 문인들을 모아 시를 짓고 송별하는 자리를 마련했다. 이때 작자는 이부(吏部)의 전형을 통과한 뒤 낙양에서 명을 기다리고 있던 차에 이 글을 쓰게 되었다. 당시로서는 광주가 장안에서 멀리 떨어진 외지로 교통도 불편하고 민속도 미개한 편이었다. 따라서 두평이 장안에서 뜻을 얻지 못하고 절도사 막료의 지위로 그곳까지 나가는 것은 매우 유쾌하지 못한 일이었다. 다만 당나라가 천하를 통치한 이후로 그곳에도 큰 변화가 일어났고 민속도 바뀌었으며 경제적으로 윤택하게 되었음을 매우 당당하게 말해 먼 길을 떠나는 사람을 위로하고 있다. 송별연의 성황과 함께 타인의 마음을 얻은 조식의 사람됨, 자기를 알아주는 사람에게 보답할 줄 아는 두평, 친지를 사랑하는 두모에 대해 서술하는 가운데, 떠나는 사람에게 용기를 북돋워주는 뜻을 잘 담았다.

원문 및 주석

踰甌閩¹而南, 皆百越²之地, 於天文, 其次³星紀⁴, 其星⁵牽牛⁶。連山隔其陰⁷, 鉅海敵⁸其陽⁹, 是維島居卉服¹⁰之民, 風氣之殊, 著自古昔。

1   甌閩(구민) : 지금 절강성(浙江省) 온주시(溫州市) 일대와 복건성(福建省) 민강(閩江) 유역의 옛 호칭.
2   百越(백월) : 고대 월족(越族)의 명칭으로 '百粤'로도 적는다. 옛날 남방에서 월이 가장 큰 나라였는데, 월왕 구천(句踐)이 초(楚)나라에 패한 뒤 여러 아들이 동남방으로 흩어져 살게 되어 동월(東越)·구월(甌越)·서월(西越)·민월(閩越)·낙월(駱越) 등의 분파가 생겨났다. 지금 광동성(廣東省) 일대를 주로 가리킨다.
3   次(차) : 12성차(星次). 12성좌(星座). 12궁(宮). 별 자리를 보기 위해 하늘을 12부분으로 나눈 구역.
4   星紀(성기) : 12성좌의 하나. 이것은 12진(辰)의 축(丑)과 대응하고, 28수의 두(斗)·우(牛) 두 별이 여기에 속하는데, 그것에 대응하는 지역으로 말하면 오(吳)·월(越) 지방에 해당한다.
5   星(성) : 28수. 28성수(星宿). 옛날 천문학에서 하늘을 4궁(宮)으로 나누고 다시 궁마다 7성수로 나눈 것을 일컫는다.
6   牽牛(견우) : 견우성. 28성수의 하나로 마갈좌(摩羯座)의 여섯 별로 이루어져 있다.
7   陰(음) : 북쪽. 북면. 산의 북쪽.
8   敵(적) : 마주하다. 대하다.

9   陽(양) : 남쪽. 남면.

10   卉服(훼복) : 풀로 만든 옷으로 소수민족이 입는 복장을 가리킨다. 칡베로 짠 옷. 『서경·우공(禹貢)』에 "동남쪽 연해 지방의 섬에 사는 소수민족들은 풀로 만든 옷을 공물로 바쳤다(島夷卉服)"라는 글귀가 보인다.

唐之有天下, 號令之所加, 無異於遠近。 民俗旣遷[11], 風氣亦隨, 雪霜時降, 癘疫[12]不興, 瀕海[13]之饒, 固加於初 ; 是以人之之[14]南海[15]者, 若東西州焉。

11   遷(천) : 바뀌다. 변하다.
12   癘疫(여역) : 역병. 돌림병. 급성으로 유행하는 전염병.
13   瀕海(빈해) : 해안 지방. 연해(沿海) 지방. '瀕'은 '물가'.
14   之(지) : 가다.
15   南海(남해) : 민월(閩粵) 이남 일대의 해안 지방을 통칭하는 말.

皇帝[16]臨天下二十有二年[17], 詔工部侍郎趙植[18]爲廣州刺史, 盡牧[19]南海之民。 署[20]從事[21]扶風竇平。 平以文辭進[22]。 於其行也, 其族人殿中侍御史[23]牟[24]合東都交遊之能文者二十有八人, 賦詩以贈之。 於是昌黎韓愈嘉趙南海[25]之能得人, 壯從事之答於知我, 不憚[26]行之遠也 ; 又樂竇周[27]之愛其族叔父, 能合文辭以寵榮[28]之, 作送竇從事少府[29]平序。

16   皇帝(황제) : 당나라 덕종(德宗).
17   二十有二年(이십유이년) : 덕종은 대력(大曆) 14년(779) 5월에 즉위했으므로 정원 17년(801)까지 하면 등극한 지 22년이 된다.
18   趙植(조식) : 정원 17년(801) 5월에 공부시랑에서 광주자사 겸 어사대부(御史大夫)·영남절도사(嶺南節度使)로 전임한 인물.
19   牧(목) : 다스리다. 관리하다.
20   署(서) : 임명하다. 관리를 두고 임명하다. 당나라 때에 방진(方鎭) 절도사의 막료직은 주(州)에서 자체적으로 임명한 뒤 조정에 보고해 비준을 받는 형식을 밟았다.
21   從事(종사) : 보좌관. 종사관. 절도사의 막료직. 한나라 이후 삼공과 주군의 장관은 자기 임의로 부하를 부를 수 있었는데 이들을 주로 '從事'로 불렀다.
22   以文辭進(이문사진) : 문장이 출중해 벼슬길로 나아가다. 두평이 정원 5년(789)에 진사에 급제한 일을 가리킨다.
23   殿中侍御史(전중시어사) : 감찰기구인 어사대(御史臺) 전원(殿院) 소속의 종7품하에 해당하는 관리로 궁전에 있으면서 조정의 의례와 도성의 규찰 업무를 담당했다.

24 车(모) : 두모(竇车). 두평의 종질(從姪). 정원 2년(786) 진사로 당시에 동도유수
   판관(東都留守判官) 재직 중이었다.

25 趙南海(조남해) : 조식(趙植)을 가리킨다. 광주(廣州)는 일명 남해군(南海郡)이라
   고도 했다. 관직의 소재지로 사람을 호칭하는 당나라 때의 관습에서 나온 표현
   이다.

26 憚(탄) : 꺼리다. 두려워하다.

27 貽周(이주) : 두모(竇车)의 자(字).

28 寵榮(총영) : 영광스럽다. 영광스럽게 하다.

29 少府(소부) : 현위(縣尉)의 별칭. 두평은 보좌관으로 부름받기 이전에 현위의 벼
   슬을 역임한 적이 있었던 것으로 보인다. 이전의 직책으로 사람을 호칭하는 것
   역시 당나라 때의 관습이었다.

많은 사람들과 함께 즐기는 것을 즐거움이라 하고 즐기되 정도를 잃지 않는 것을 또 최상의 즐거움이라고 합니다. 사방 변경에 무기가 부딪치며 싸우는 살벌한 소리가 들리지 않으며 도성에 사는 사람들이 수도 많고 경제적으로도 윤택하게 되자, 천자께서 나라가 태평스런 국면에 이르는 것이 어려움을 생각하시고 편히 한가하게 거하는 여유로움을 즐거워하시어 처음으로 세 절기의 경축일을 제정한 뒤 공경대부들과 조정 각 부서의 담당 관리들에게 칙령을 내리시어 해당 경축일이 되면 각자의 부하 관리들을 인솔하고 와서 술 마시며 즐기도록 했으니, 이는 그 경사스러움을 함께 누리고 화목함을 발양하며 마음을 감화시키고 문화를 완성하고자 함입니다.

3월 3일 이날이 바로 그때라 국자사업(國子司業) 무소의(武少儀) 공께서 국자감의 관리와 교사 36명을 인솔하고 와서 국자좨주(國子祭酒)의 대청에서 연회를 베풀었습니다. 술잔과 온갖 그릇들이 차려져 있고 생선이나 육류 요리와 다른 맛있는 음식들은 모두 제철에 나온 신선한 것들이 있었는데 술잔과 술그릇에 술을 따라 순서대로 서로 권하는데도 거동에 절도가 있었으며, 모두들 국풍(國風)과 이아(二雅)와 같이 시의 가르침에 부합하는 고대 악곡의 가사를 노래 부르고 사방 오랑캐들의 새 악곡은 물리쳤는데 풍덩한 옷을 입고 관을 높이 쓴 매무새가 매우 여유롭고 점잖은 품이었습니다. 그 중 체구가 크고 훤칠한 유생 한 사람이 거문고를 안고 나와 계단을 지나 올라와서 술잔과 온갖 그릇들이 차려진 연회석의 남쪽에 앉더니만 순임금 때에 작곡한 「남풍가(南風歌)」를 타고 이어서 문왕(文王)과 공자의 거문고곡을 연주했는데, 곡조가 유유자적하고 화락하며 음색이 폭넓고 두터운데다 높고 밝아 하(夏)·은(殷)·주(周) 삼대(三代)가 남긴 음조를 재현하니 증점(曾點)이 무우(舞雩)에서 읊조리며 돌아오겠다는 것을 공자께서 찬탄한 일이 생각나 날이 저물어 연회를 파하고 돌아갈 때 모두들 얻은 것이 있는 듯 가슴속으로 뿌듯해 하는 모양이었습니다. 이에 무소의 공께서 시를 지어 찬미하고 부하 관리들에게 명해 모두 시를 짓도록 하신 뒤에, 사문박사(四門博士) 창려(昌黎) 사람 한유에게 서문을 지어 붙이도록 명하셨습니다.

해제

정원 18년(802) 상사일(上巳日)에 사문박사(四門博士)로 재직할 때 국자감 유생들이 연회 석상에서 지은 시에 붙인 서문. 상사일은 본래 3월 상순(上旬)의 사일(巳日)인데 위진(魏晉) 이후에 3일로 지정되었다. 한(漢)나라 이후로 이 날에 물가로 나가 물놀이하면서 상서롭지 못한 것을 털어버리는 '수계(修禊)'의 풍습이 생겨났다. 당나라 때도 이 풍습이 크게 성행해서 덕종 정원 연간에 조정에서 이 날을 관리들의 공휴일로 정했다. 정원 18년 상사일에 국자감의 관리들이 관례에 따라 연회를 개최하고 술을 마시며 즐겁게 노는데, 한 유생이 거문고를 연주하며 흥을 돋우었다. 이때 국자사업 무소의(武少儀)가 시를 읊조리자 참석한 다른 유생들도 모두 시를 지었는데, 작자가 명을 받고 이 서문을 쓰게 된 것이다. 글의 분위기가 차분하고 평안한 가운데 문장 끝에 평성운(平聲韻)을 많이 써서 낭랑한 풍격을 돋우고, 어휘도 매우 전아하고 깊이가 있어 작자의 글 가운데서도 독특한 풍격을 지닌 작품이라는 평가를 받는다.

원문 및 주석

與衆樂[1]之之謂樂, 樂而不失其正, 又樂之尤[2]也。 四方無鬪爭金革[3]之聲, 京師之人旣庶[4]且豐, 天子念致理[5]之艱難, 樂居安之閒暇, 肇[6]置三令節[7], 詔公卿羣有司, 至于其日, 率厥官屬飮酒以樂, 所以同其休[8]、宣其和[9]、感其心、成其文[10]者也。

1   與衆樂(여중락) : 많은 사람들과 함께 즐기다. 『맹자·양혜왕하(梁惠王下)』에 "소수의 사람들과 함께 음악을 듣고 즐기는 것과 많은 사람들과 함께 음악을 듣고 즐기는 것 중에서 어느 것이 더 즐겁겠습니까?(與少樂樂, 與衆樂樂, 孰樂?)" 라는 글귀가 보인다.
2   尤(우) : 가장. 최고로.
3   金革(금혁) : 각종 병장기나 갑옷과 투구 따위의 총칭. 여기서는 전쟁을 가리킨다.
4   庶(서) : 백성의 수가 많다.
5   致理(치리) : 나라가 잘 다스려져 태평스러운 국면에 이르게 하다. '理'는 당나라 고종(高宗)의 이름인 '治(치)'자를 피휘하기 위해 대신 쓰인 것이다.
6   肇置(조치) : 처음 설치하다. 처음으로 제정하다.

7   三令節(삼령절) : 세 절기의 경축일. 덕종이 정원 5년(789)에 조칙을 내려 2월 1
     일, 3월 3일, 9월 9일을 경축일로 정하고 문무백관들에게 명승지로 나가 즐겁게
     보내도록 했다.

8   同其休(동기휴) : 경사스러움을 함께 누리다. '休'는 '경사스러운 일'을 뜻한다.

9   宣其和(선기화) : 서로 화목하게 지냄을 발양하다. '和'는 '서로 조화를 이루어 의
     좋게 지내는 것'을 말한다.

10   成其文(성기문) : 전쟁이 없는 태평스러운 평화의 표징을 완성하다. '文'은 '武
     (무)'와 대비되는 것으로 평화 또는 태평스런 시대의 문화 사업을 가리킨다.

三月初吉¹¹, 實¹²惟其時, 司業武公¹³於是總¹⁴太學儒官¹⁵三十有六人, 列燕¹⁶
于祭酒之堂¹⁷。罇俎¹⁸旣陳, 肴羞¹⁹惟時²⁰, 醆斝²¹序行, 獻酬²²有容, 歌風雅
之古辭²³, 斥夷狄之新聲, 襃衣危冠²⁴, 與與如²⁵也。有儒一生, 魁然²⁶其形,
抱琴而來, 歷階以昇, 坐于罇俎之南, 鼓有虞氏之南風²⁷, 賡²⁸之以文王宣
父之操²⁹, 優游夷愉³⁰, 廣厚高明, 追三代之遺音, 想舞雩³¹之詠歎, 及暮而
退, 皆充然若有得也。武公於是作歌詩以美之, 命屬官咸作之, 命四門博
士昌黎韓愈序之。

11   初吉(초길) : 매월 삭일(朔日)에서 상현(上弦)까지의 기간. 즉 매달 초하루에서
     초파일까지의 기간. 여기서는 3일을 가리킨다.

12   實(실) : 이것. 이날.

13   司業武公(사업무공) : 국자사업 무소의(武少儀) 공을 가리킨다. '司業'은 국자감
     의 차관이다.

14   總(총) : 거느리다. 인솔하다.

15   太學儒官(태학유관) : 국자감의 교학 업무를 담당하는 관리나 교사. '太學'은 국
     자감 소속 각 학관으로 진한(秦漢) 시대의 옛 호칭을 습관적으로 사용한 결과
     다. '儒官'은 박사 등의 관직을 가리킨다.

16   燕(연) : 잔치를 열다. 연회를 개최하다.

17   祭酒之堂(좨주지당) : 국자좨주의 대청. '祭酒'는 국자감의 장관이며, '堂'은 집무
     를 보는 대청 곧 동헌(東軒)을 가리킨다.

18   罇俎(준조) : 고대의 술그릇과 고기를 담는 그릇. 흔히 연회석의 대칭으로 쓰이
     며 '尊俎'로도 적는다.

19   肴羞(효수) : 생선이나 육류 요리와 맛있는 음식.

20   時(유) : 상에 올라온 음식들이 제철에 나온 신선한 것임을 말한다.

21   醆斝(잔가) : 술잔과 술그릇. '醆'은 곧 '盞'으로 깊이가 얕고 작은 술잔이고, '斝'
     는 손잡이와 둥근 입 및 두 기둥을 가진 세 발 달린 청동제 술잔으로 술을 담아
     두거나 데우는 용도로 쓰였다.

22 獻酬(헌수) : 술을 마실 때 주객 간에 서로 술을 따라 권하는 것을 가리킨다.

23 風雅(풍아) : '국풍(國風)'과 '이아(二雅)'와 같이 시의 가르침에 부합하는 고대 악
    곡의 가사.

24 褒衣危冠(포의위관) : 풍덩하게 여유 있는 옷과 높은 관으로 유생의 의관 곧 옷
    차림을 말한다. 여기서는 서술어로 쓰였다.

25 與與如(여여여) : 여유 있고 점잖은 품. '如'는 부사어를 표지하는 접미사. 『논
    어·향당(鄕黨)』편에 보인다.

26 魁然(괴연) : 체구가 크고 훤칠한 품.

27 有虞氏之南風(유우씨지남풍) : 순임금 때에 작곡한 것으로 전해지는 악곡인 「남
    풍가(南風歌)」. '有虞氏'는 순임금이 통치한 부족 연맹의 이름으로 그 때문에 순
    임금을 우순(虞舜)이라고도 부른다.

28 賡(갱) : 잇다. 계속하다.

29 文王宣父之操(문왕선보지조) : 주(周)나라 문왕이 작곡하고 공자가 연주하는 법
    을 배웠다는 거문고곡 「문왕조(文王操)」를 가리킨다. '宣父'는 공자의 존칭. 『신
    당서(新唐書)·예악지(禮樂志)』에 의하면 정관(貞觀) 11년(637)의 칙령에 공자
    를 높여 '선보'라 하고 연주(兗州)에 그 묘당(廟堂)을 짓게 했다는 내용이 들어
    있다.

30 優游夷愉(우유이유) : 곡조가 유유자적하고 화락하다. '夷'는 '怡'와 통한다.

31 舞雩之詠歎(무우지영탄) : 『논어·선진(先進)』편에 나오는 고사로 공자가 제자
    들의 포부를 물었을 때, 늦은 봄에 봄옷을 차려 입고 성인 대여섯 명과 아이 예
    닐곱 명과 함께 기수(沂水)에서 몸을 씻고 무우(舞雩)에서 바람을 쏘이고서 노
    래를 읊조리며 돌아오겠다고 한 증점(曾點)이라는 제자의 포부를 찬탄한 것을
    말한다. 고대에는 '기우제(雩)'를 지낼 때 단을 설치하고 여자 무당에게 춤을 추
    게 했으므로 '舞雩'라고 했다.

HS-126 「과거에 낙방한 제호 송별사」

送齊暤下第序

옛날에 소위 공평무사하다고 일컬어지는 사람들은 사람을 등용하거나 내치든가 승진시키거나 강등시킬 때 그 사람과 자신과의 관계가 친하거나 소원한지 가깝거나 먼지를 가리지 않고 단지 마땅한 사람이기만 하면 되었습니다. 아랫사람이 윗사람을 살필 때도 오직 그가 천거하거나 내치는 것이 합당한지 아니한지를 볼 뿐 자기와의 관계가 친하거나 소원한지 가깝거나 먼지를 가지고 상관을 의심하지는 않았습니다. 따라서 윗사람은 자기의 뜻대로 일을 처리하고 도의에 합당한 선택을 하게 되니 마음이 편안해 아랫사람에게 거리낌이 없었으며, 아랫사람 또한 자신의 사욕을 억제하고 행동을 신중하게 하니 확고부동해 윗사람을 의심하지도 않았습니다. 이런 까닭에 임금 노릇하는 것도 고되지 않고 신하의 역할을 담당하는 것도 매우 수월했으며, 우수한 인재를 발견하면 자세히 살펴 발탁할 수 있고 유능하지 못한 사람을 보게 되면 공개적으로 밝혀 내칠 수 있었습니다. 세상에 도가 쇠미해지면서 윗사람과 아랫사람이 서로 의혹을 품는 사이가 되자 그로 말미암아 원수를 발탁하거나 친아들을 천거한 일이 역사 전기에 기록되어 칭송을 받고 충성스럽다고 일컬어지게 되었습니다. 그렇게 되자 우수한 인재를 발견하더라도 그가 자기와 친하고 가까우면 감히 발탁할 수 없게 되고, 유능하지 못한 사람을 보게 되더라도 그가 자기와 서먹서먹하거나 멀면 감히 내칠 수 없었습니다. 많은 사람들이 다 같이 좋게 평가하는 사람이라고 하더라도 그를 억누르고 쫓아내야 비로소 공정하다고 하며, 많은 사람들이 다 같이 싫어하는 사람이라고 하더라도 그를 격려하고 발탁해야 비로소 충성스럽다는 소리를 듣게 되었습니다. 그리하여 상관들 중에는 자신의 마음과 다른 행동을 하고 자신의 뜻과 어긋나는 말을 하며 내심으로 양심의 가책까지 느낄 만한 평판을 받은 일도 생기게 되었는데, 이와 같이 행하는 사람을 세상 사람들은 훌륭한 관리라고 했습니다. 그래야만 피부에 부딪치는 것같이 다가오는 참소가 임금의 귀에 올라가지 않고, 교묘한 말로 꾀는 무고가 백성들 사이에서 일어나지 않게 되었습니다. 아아! 오늘날 천하를 통치하는 임금이라고 한들 그 또한 고되지 않겠는지요! 관리 노릇하는 사람이라고 해서 그 또한 어렵지 않겠는지요! 다른 사람에게 가야 할 바른 길을 인도하는 사람이라면 그 또한 힘들지 않겠는지요! 그런 까닭에 내가 평소에 가만히 생각해보니 이렇게 된 것은 백성을 다스리는 임금의 잘못이 아니오, 그렇다면 담당 관리의 잘못인가 하면 담당 관리의 잘못도 아니오, 그렇다면 지금 온 천하 사람들의 잘못인가 하면 온 천하 사람들의 잘못도 아닙니다. 아마도 이런 풍토가 점진적으로 형성되어 뿌리를 내리게 된 데는 원인이 있고 근원이 있을 테니, 사람들이 자신의 가까운 측근을 편애하는 데서 그런 폐단이 생겨나고 자신만을 생각하는 이기적인 심리에서 이런 풍토가 형성되었을 것이라고 봅니다. 자신이 정직하지 않기 때문에 다른 사람들도 다 그럴 것이라고 여기게 된 것입니다. 이런 풍토가 뿌리를 내린 지가 본래 오래되었기 때문에 그것을 없애는 것은 실로 어렵습니다. 백 년이나 한 세대 삼십 년의 긴 시간을 들이지 않으면 변화시킬 수 없으며, 천명을 알아 미혹되지 않는 사람이 아니면 고칠 수 없습니다. 끝났구려, 끝내 옛날의 도를 회복할 수 있겠소이까!

고양(高陽) 사람 제호(齊暤) 군은 아마도 나를 일깨워주는 사람일 것입니다! 제호 군의 형님은 당대의 이름난 재상으로 지금 서울을 떠나 남쪽 지방의 관찰사로 나가 있는데 조정의 대신들은 모두 그의 옛 친구들입니다. 제호 군이 진사과에 응시했을 때 고시관이 이런 이유 때문에 연달아 그를 부당하게 낙방시켰습니다만 제호 군은 이런 사실을 입에 담지 않고 말했습니다.

"저는 아직 수준 미달입니다. 고시관이 어떻게 저를 부당하게 낙방시켰을 리가 있겠습니까? 저는 앞으로 저의 자질을 갈고 닦으면서 때를 기다릴 따름입니다."

그러고는 자신의 대업을 가슴에 품은 채 동쪽 고향을 향해 길을 떠납니다. 내가 세상 사람들을 관찰해보니 자신의 뜻을 이루지 못하면 윗사람을 비난하는 경우가 대부분이고, 아무도 자신의 장단점을 헤아리지는 않습니다. 제호 군과 같은 사람은 이미 높은 경지에 도달했으면서도 도리어 "저는 아직 수준 미달입니다"라고 하며, 자신의 이런 처지를 가지고 고시관에게 연민의 정을 구하지 않았으니 이런 경우는 또한 매우 드문 일이 아니겠습니까! 나는 이를 통해서 제호 군이 훗날 진실로 훌륭한 관리가 될 것이며, 옛날의 도를 회복할 수 있는 사람, 공평무사한 사람, 천명을 알아 미혹되지 않을 사람임을 알 수 있습니다.

해제

　정원 10년(794) 박학굉사과(博學宏辭科)에 응시하려고 장안에 머물고 있을 때, 진사시에 낙방하고 고향으로 돌아가는 제호(齊暭)에게 써 준 송별사. 제호가 문학적 조예를 갈고닦아 상당한 수준에 이르렀지만 형이 전직 재상이라는 이유 때문에 연이어 진사시에 낙방한 것을 위로하고, 그럼에도 불구하고 고시담당관을 원망하지 않으며 자신이 아직 부족하다고 한 그의 인품을 높이 평가하는 뜻을 담았다. 작자는 이를 빌려 당시 과거시험의 운영에 있어서 인재의 능력을 따지지 않고 혈연 등의 여러 가지 외부 여건에 따라 당락이 결정되는 폐단을 준엄히 고발하고 있다. 작자가 그 성공을 예견한 대로 제호는 그 이듬해 진사시에 거뜬히 합격했다.

원문 및 주석

古之所謂公無私者, 其取捨進退[1]無擇[2]於親疎遠邇[3], 惟其宜[4]可焉。其下之視上也, 亦惟視其擧黜[5]之當否, 不以親疎遠邇疑乎其上之人。故上之人行志[6]擇誼[7], 坦乎[8]其無憂於下也 ; 下之人剋己[9]愼行, 確乎其無惑於上也。是故爲君不勞, 而爲臣甚易 : 見一善[10]焉, 可得詳[11]而擧也 ; 見一不善焉, 可得明而去也。及道之衰, 上下交疑, 於是乎擧讎[12]、擧子[13]之事, 載之傳[14]中而稱美[15]之, 而謂之忠。見一善焉, 若親與邇不敢擧也 ; 見一不善焉, 若疎與遠不敢去也。衆之所同好焉, 矯[16]而黜之乃公也 ; 衆之所同惡焉, 激[17]而擧之乃忠也。於是乎有違心之行, 有怫志[18]之言, 有內媿[19]之名 ; 若然者,俗所謂良有司[20]也。膚受之訴[21]不行於君, 巧言之誣[22]不起於人矣。烏虖[23]!
今之君天下[24]者, 不亦勞乎! 爲有司者, 不亦難乎! 爲人嚮道者[25], 不亦勤
乎! 是故端居[26]而念焉, 非君人者[27]之過也;則曰有司焉, 則非有司之過
也;則曰今舉天下人焉, 則非今舉天下人之過也。蓋其漸[28]有因, 其本有
根, 生於私其親, 成於私其身。以己之不直, 而謂人皆然。其植之[29]也固久,
其除之也實難, 非百年必世[30]不可得而化[31]也, 非知命不惑[32]不可得而改也。
已矣乎, 其終能復古乎!

1   進退(진퇴) : 승진시키고 강등시키다.
2   無擇(무택) : 가리지 않다. 구별하지 않다.
3   邇(이) : 가깝다.
4   宜(의) : 적합하다. 합당하다.
5   舉黜(거출) : 천거하거나 내치다.
6   行志(행지) : 뜻을 행하다. 자신의 뜻대로 일을 처리하다.
7   擇誼(택의) : 도의에 합당한 선택을 하다. '誼'는 '義'와 통해 '합당한 도리나 행위'
     를 뜻한다. '誼'를 '交情(교정)'의 뜻으로 보고 '친구'로 풀이한 견해도 있으나 취
     하지 않는다.
8   坦乎(탄호) : 마음이 편안한 모양. 마음이 솔직하고 명랑해 편안한 것을 가리킨
     다.
9   剋己(극기) : 자기를 억제하다. 자신의 사욕을 억제하다. '剋'은 '克'과 같다.
10   善(선) : 도덕성을 갖춘 우수한 인재. 현인.
11   詳(상) : 자세히 살피다.
12   舉讎(거수) : 원수를 천거 발탁하다.
13   舉子(거자) : 친아들을 천거 발탁하다.
14   傳(전) : 역사 전기로 여기서는 『좌전』을 가리킨다. 『좌전·양공(襄公) 3년』 조
     에 다음과 같은 내용의 기록이 보인다. 진(晉)나라의 기해(祁奚)가 늙어 은퇴를
     청함에 진나라 임금이 후임자에 대해 자문을 구하자, 기해가 자신의 원수 해호
     (解狐)를 칭찬하며 천거해 임금이 임명하려고 했으나 해호가 사망해서 뜻대로
     되지 못했다. 이에 진나라 임금이 다시 요청하자 기해는 지신의 아들 기오(祁
     午)를 천거하고, 자신의 부관 양설직(羊舌職)이 죽자 기해는 그의 아들 양설적
     (羊舌赤)을 천거했다. 이에 진나라 임금은 기오를 중군위(中軍尉)에 임명하고
     양설적을 기오의 부관으로 삼았는데, 당시의 군자들이 이를 두고 기해가 도덕
     성을 갖춘 유능한 인재를 천거했다고 평했다.
15   稱美(칭미) : 칭송하고 찬미하다.
16   矯(교) : 억누르다. 내치다.
17   激(격) : 격려하다. 장려하다.

18 怫志(패지) : 자신의 뜻과 어긋나다. '怫'는 여기서 '발끈 화내다'는 뜻의 '불'로 쓰
    인 것이 아니라, '어긋나다'는 뜻으로 '悖'와 통한다.

19 內媿(내괴) : 마음속으로 부끄러워하다. 내심으로 양심의 가책을 느끼다. '媿'는
    '愧'와 같다.

20 有司(유사) : 담당 관리. 고대에 관직에는 각각 담당하는 업무 분장이 있었으므
    로 관리를 이렇게 불렀다.

21 膚受之訴(부수지소) : 피부에 부딪치는 것같이 다가오는 참소. '訴'는 '愬'와 통한
    다. 『논어·안연(顔淵)』편에 "물처럼 은연중에 스며드는 참언이나 피부에 부딪
    치는 것같이 다가오는 참소에 따르지 않는다면 명철하다고 일컬을 만하다(浸潤
    之譖, 膚受之愬, 不行焉, 可謂明也已矣)"라는 글귀가 보인다.

22 巧言之誣(교언지무) : 교묘한 말로 꾀는 무고. 겉으로는 듣기 좋지만 실제로는
    날조되어 사실이 아닌 거짓.

23 烏虖(오호) : 아아! '嗚呼'와 같다.

24 君天下(군천하) : 천하에 군림하는 사람. 천하를 통치하는 사람. '君'이 동사로 쓰
    여 '통치하다', '군림하다'는 뜻이다.

25 爲人嚮道者(위인향도자) : 타인의 모범이 되는 사람. 다른 사람에게 가야 할 길
    을 인도하는 사람. '道'는 '導'와 같다. 한유가 이런 역할을 자임해 후학들이 학
    업에 열중하도록 격려하고 그런 젊은 인재들을 조정에 적극 천거한 바 있다. 일
    설에는 '人'을 '仁'으로 보아 이 구절을 '인을 행하고 도를 지향하는 사람', 곧 '인
    의도덕을 행하는 사람'으로 풀이한 견해도 있는데, 나름대로 참고 가치가 있어
    여기에 부기해둔다.

26 端居(단거) : 평소에.

27 君人者(군인자) : 백성을 다스리는 사람 곧 군주. '君'이 동사로 쓰여 '통치하다',
    '군림하다'는 뜻이다. '人'은 '民'의 뜻으로 당태종(唐太宗) 이세민(李世民)의 이름
    을 피휘한 예인데 당나라 때의 글에 이런 표현이 많이 보인다.

28 漸(점) : 일 또는 풍토가 발단해 점진적으로 형성되어 온 과정.

29 植之(식지) : 이런 풍토가 뿌리를 내리게 하다. '之'는 당시 과거고시의 실행과정
    에서 관례처럼 통용된 좋지 못한 풍토를 가리킨다.

30 必世(필세) : 한 세대. 삼십 년. 『논어·자로(子路)』편에 "만약 천명을 받아 세상
    을 다스리는 왕이 나타난다면, 반드시 한 세대 이후에는 어진 정치가 이루어질
    것이다(如有王者, 必世而後仁)"라는 글귀가 보인다.

31 化(화) : 바꾸다. 변화시키다.

32 知命不惑(지명불혹) : 『논어·위정(爲政)』편에 "마흔이 되어서는 내 삶의 방향에
    의심스러운 것이 없게 되었으며, 쉰 살이 되어서는 세상사에 하늘의 뜻이 있음
    을 알게 되었다(四十而不惑, 五十而知天命)"라는 글귀가 보인다.

若高陽³³齊生者, 其起予者乎³⁴! 齊生之兄³⁵爲時名相, 出藩于南³⁶, 朝之碩

臣皆其舊交。齊生擧進士, 有司用是³⁷連枉³⁸齊生, 齊生不以云, 乃曰:"我之未至³⁹也, 有司其枉我哉? 我將利吾器⁴⁰而俟其時耳。" 抱負其業, 東歸於家。吾觀於人, 有不得志則非其上者衆矣;亦莫計其身之短長也。若齊生者旣至³⁹矣, 而曰:"我未也。" 不以閔⁴¹於有司, 其不亦鮮⁴²乎哉! 吾用是³⁷知齊生後日誠良有司也, 能復古者也, 公無私者也, 知命不惑者也。

33　高陽(고양) : 하북도(河北道) 영주(瀛州) 소속의 현 이름. 지금의 하북성 고양현(高陽縣)에 해당한다.

34　其起予者乎(기기여자호) : 아마도 나를 일깨워주는 사람이로다! '其'는 어기부사로 맨 끝의 어기사 '乎'와 호응해 '추측'의 뜻을 나타낸다. '起予者'는 '나를 일깨워주는 사람'의 뜻으로『논어・팔일(八佾)』편에 "나를 일깨워주는 사람은 복상(卜商)이로다!(起予者商也!)"라는 글귀가 보인다.

35　齊生之兄(제생지형) : 제호의 형 곧 제영(齊映)을 가리킨다. 제영은 정원 2년(786)에 동중서문하평장사(同中書門下平章事)에 임명된 유명한 재상인데, 정원 7년(791)에 좌천되어 강서관찰사(江西觀察使)로 부임했다.

36　出藩于南(불번우남) : 도성을 떠나 남쪽 지방으로 나가 관찰사가 되다. '藩'은 왕실의 '울타리'라는 뜻으로 당나라 때 절도사나 관찰사를 가리켰다. 강서 지방은 당나라 수도보다 남쪽에 있다.

37　用是(용시) : 이 때문에. 이런 이유 때문에.

38　連枉(연왕) : 연달아 억울하게 하다. '연달아 과거시험에서 부당하게 낙방시키다'는 뜻이다.

39　至(지) : 일정한 수준이나 경지에 오르다.

40　利吾器(이오기) : 나의 자질을 갈고 닦다. '器'는 '재능이나 자질'을 가리킨다.

41　閔(민) : 연민의 정을 구하다. '憫'과 통한다. '우려하다', '원망하다'는 뜻으로 풀이해도 통한다.

42　鮮(선) : 드물다.

태학생 진밀(陳密) 군이 나에게 청해 말했습니다.

"제가 선생님으로부터 가르침을 받고 있습니다만 이번에 부모님을 뵈러 고향으로 돌아가게 되어 아침저녁으로 배알할 수 없게 되었사오니, 선생님께서 제가 앞으로 훈계로 삼고 지닐 만한 말씀을 해주십시오. 제가 태학에 들어온 뒤로 명경과(明經科) 시험에 천거되긴 했습니다만 여러 해가 되도록 합격하지 못했사오니, 이는 제가 이 과에 적응이 잘 안되어 불리한 때문인 것 같습니다. 지금 저는 이 학업을 바꾸어 삼례(三禮)를 익힐 생각이오니 선생님께서 저를 위해 그 일을 격려해주시기 바랍니다. 그러면 저는 그것을 고향으로 돌아가는 영예로운 선물로 삼고자 합니다."

나는 그가 한 말 때문에 부끄럽게 생각되어 그에게 다음과 같이 일러주었습니다.

"그대의 학업은 진실로 능숙한 경지에 이르러 있고 행동거지도 진실로 예법에 부합하지만, 내가 본 것은 단지 겉모습에 불과할 뿐이었던가? 대체로 겉모습만으로는 내심을 제대로 검증할 수 없는지라, 그대가 경서의 문장을 암송해 그 의미를 생각하고 예절의 법도를 익혀 그 속에 담긴 도리를 실행하면 나는 장차 그대를 군자라고 부를 것입니다. 관직과 녹봉이 오면 사양할 수가 없을 것이거늘 명경과에 어찌 유리하거나 불리한 것이 있겠소이까?"

해제

　　정원 19년(803) 사문박사(四門博士) 재직 시에 고향으로 돌아가는 진밀(陳密)이라는 학생에게 써 준 송별사. 진밀의 생애 사적은 미상이지만 「진학해(進學解)」(HS-024)에 보이는 것과 같이 작자가 국자박사로서 학생들에게 오로지 학업에 정진하고 국가의 인재선발이 공정하지 못할까 봐 걱정하지 말라는 훈시를 할 때, 좌중에서 웃은 학생의 부류로 추정되기도 한다. 이 글은 명경과(明經科)를 준비하다가 여러 번 응시해도 합격하지 못하자, 응시과목을 명경과 중의 하나인 '삼례과(三禮科)'로 좁히려는 뜻을 밝힌 데 대해 답한 것이다. 진밀의 질문과 작자의 대답, 두 부분으로 된 지극히 간략한 글인데, 꾸준히 노력하지 않고 합격에 유리하도록 학업 내용을 바꾸려는 안일한 생각과 태도를 넌지시 나무라는 뜻을 담고 있다.

太學生¹陳密請於余曰：“密承訓於先生，今將歸覲²其親，不得朝夕見，願先生賜之言，密將以爲戒。密來太學，擧明經³，累年不獲選，是弗利於是科也。今將易其業而三禮⁴是習，願先生之張⁵之也。密將以爲鄕榮⁶。”

1　太學生(태학생)：「태학생하번전(太學生何蕃傳)」(HS-070) 주석 1 참조.
2　覲(근)：뵙다. 배알하다. 본래 제후가 북쪽을 향해 천자에게 알현하는 것을 '覲'이라 했는데, 후대 윗사람을 배알하는 것으로 확대 사용되었다.
3　明經(명경)：당나라 때 진사과와 함께 시행된 상설 정기 과거고시의 하나. 『신당서(新唐書)·선거지(選擧志)』에 의하면 명경과에는 오경(五經)·삼경(三經)·이경(二經)·학구일경(學究一經)·삼례(三禮)·이례(二禮)·삼전(三傳)·사과(史科) 등의 세목이 있었다.
4　三禮(삼례)：의례(儀禮)·주례(周禮)·예기(禮記). 여기서는 정원 5년(789) 2월부터 시행된 명경과의 하나인 삼례(三禮)를 가리킨다.
5　張(장)：펼치다. 확대하다. 여기서는 '격려하다'는 뜻으로 쓰였다.
6　鄕榮(향영)：향리에서 영예로운 것을 말한다.

余媿乎其言，遺之言曰：“子之業⁷信習矣，其容⁸信合於禮矣；抑吾所見者外也？ 夫外不足以信內；子誦其文則思其義，習其儀則行其道，則將謂子君子也。爵祿之來也不可辭矣，科寧有利不利邪？”

7　業(업)：학업. 여기서는 명경과의 과거시험 공부를 가리킨다.
8　容(용)：행동거지. 겉으로 드러난 몸가짐을 가리킨다.

送李愿歸盤谷序

　　태항산(太行山)의 남쪽에 반곡(盤谷)이 있는데 반곡 안은 샘물이 달고
땅이 비옥해 초목이 떨기를 지어 무성하지만 주민은 매우 적습니다. 어
떤 이가 말하기를 “그곳이 두 산의 사이에 둘러 싸여 있기 때문에 ‘반
곡’이라고 부른다”라고 하고, 어떤 이가 말하기를 “이 골짜기는 위치가
깊숙하고 지세가 험악해 은둔하는 사람이 이리저리 정처 없이 돌아다
니며 노니는 곳이다”라고 했습니다. 나의 벗 이원(李愿)이 그곳에 살고
있습니다.

　　이원이 일찍이 그곳으로 은거하러 갈 때 말했습니다.
　　“세상 사람들이 대장부라고 일컫는 이를 나는 잘 압니다. 그는 이익
과 은택을 다른 사람에게 베풀고 명예와 이름을 당시에 밝게 빛나게 하
며, 종묘와 조정의 높은 자리에 앉아 있을 때는 모든 관리들을 임명하
거나 퇴진시키고 천자를 보좌해 천하에 명령을 반포하도록 합니다. 그

가 조정 밖으로 나가 행차할 때는 검정소의 꼬리로 장식한 깃발을 세우고 활과 화살을 벌여 놓으며, 병사가 앞에 서서 길을 비켜달라고 소리치고 수행하는 무리가 길을 가득 메우며, 물품의 공급을 맡은 사람들이 제각기 그가 필요로 하는 물품을 들고 도로의 양편을 끼고 질주합니다. 그가 기쁘면 상을 내리고 화가 나면 형벌을 내리며, 재능이 출중한 사람들이 앞에 가득 차서 고금의 일을 예로 들어 말하며 성대한 덕을 칭송하는데 그 소리가 듣기에 귀에 거슬리지 않습니다. 둥그런 눈썹에 오동통한 뺨, 맑은 목소리와 나긋나긋한 몸가짐에 수려한 외모와 총명한 자질을 가지고 가벼운 옷자락을 나부끼며 긴 소매로 몸을 가린 채 분바른 흰 얼굴에 검푸른 눈썹을 그린 여인들이 각 집집마다 늘어서 한가롭게 살면서 자신들의 미모를 믿고 뽐내며 다른 여자가 그의 총애를 받을까봐 질투하고 아름다움을 다투어 그에게 사랑받고자 합니다. 이것이 천자의 신임을 받고 중용된 대장부가 당시 세상에서 권력을 잡고 재능을 발휘하면서 하는 일입니다. 내가 그런 것들을 싫어해 도피한 것이 아니라 운명이라는 게 있어서 그런 것은 요행으로 얻을 수 있는 게 아니기 때문입니다. 궁벽하게 초야에 묻혀 살면서 높은 산에 올라가 먼 곳을 바라보기도 하고, 녹음이 우거진 나무 밑에 앉아 하루해를 다 보내기도 하며, 맑은 샘물로 몸과 마음을 씻어 내 스스로를 깨끗하게 하기도 합니다. 산에서 캔 산나물은 감미로워 먹음직스럽고, 물에서 낚아 올린 물고기는 신선해 입에 그만이며, 일어나거나 생활하는 데 정해진 시간이 없고 오직 마음 편한 대로 할 뿐입니다. 면전에서 타인의 칭찬을 듣기보다는 배후에서 비방을 받지 않는 것이 낫고, 육신의 즐거움을 누리기보다는 마음속에 걱정이 없는 것이 낫습니다. 수레와 관복 같은 속박에 얽매일 것이 없고 칼이나 톱 같이 형벌에 쓰이는 도구가 몸에 가해지지 않고, 세상 정치가 태평스럽게 돌아가는지 어지러운지 알지 못하며, 관직에서 쫓겨나거나 승진하는 것 따위에는 귀 기울이지 않으니, 이것이 당시 세상에서 신임 받지 못한 대장부가 하는 일로 나는 그

길을 가려 하노이다. 귀족이나 고관의 문 앞에 찾아가 그들의 눈치를
살피고 권문세가로 통하는 길로 분주하게 달려가며, 발을 들어 나아가
려다가도 흠칫 머뭇거리고 입을 열어 말하려다가도 더듬거리며 발설하
지 않으며, 더럽고 천한 자리에 몸담고 있으면서도 부끄러운 줄 모르다
가 형법에 저촉되어 죽임을 당하기 일쑤인 사람들도 있습니다. 요행히
도 만에 하나 늙어 죽어서야 그런 행동을 그만두게 된다면 그 사람됨이
현명하다 하겠습니까, 못났다고 하겠습니까?”

창려 사람 한유가 그의 말을 듣고 그를 장하게 여겨 그에게 술을 권
하며 그를 위해 노래를 지어 부릅니다.

반곡 안은
그대의 집.
반곡의 땅은
그대가 곡식을 심어 거둘 땅.
반곡의 샘물은
그대가 목욕하고 거니는 곳.
반곡의 험악한 지세는
누가 그대와 거처를 다투겠소?
그윽하고 깊으며
광활하게 두루 포용한다네.
굽이치며 구불구불해
전진하는 것 같지만 제자리로 돌아온다네.
아! 반곡에 사는 즐거움이여
누리고 누려도 해가 없으며
호랑이와 표범이 자취를 감추고
이무기와 용도 피해 숨어버렸으며

귀신이 이곳을 수호하려고
상서롭지 못한 괴물들 꾸짖어 금하였네.
먹고 마시며 건강하게 장수하니
부족함이 없는데 더 바랄 게 무엇이랴?
나도 수레에 기름 치고 말을 배불리 먹여
그대 따라 반곡으로 가서
이 생명 다하도록 소요하리라.

해제

정원 17년(801) 변주(汴州)와 서주(徐州)에서의 군란에서 천만다행으로 벗어나 낙양으로 물러나 있을 때, 뜻을 이루지 못하고 반곡으로 은거하러 떠나는 이원(李愿)에게 써 준 송별사. 이원의 생애는 미상이지만 서평왕(西平王) 이성(李晟)의 아들과 동명이인인 것으로 알려져 있다. 이 글은 이원의 입을 빌려 세 부류의 인간 군상을 표현했다. 한 부류는 벼슬길이 잘 풀려 세상에서 힘깨나 쓰는 인물로 사치와 쾌락과 안일에 빠져 교만하고, 다른 한 부류는 세상 명리를 추구하는 소인배들로 권세가에 빌붙어 온갖 추태를 일삼는 무리들이다. 반면에 반곡에 은거하는 사람은 이들 두 부류와는 달리 세상의 영리를 흠모하지 않고 스스로를 깨끗하게 지키며 유유자적하게 사는 인물이다.

이 글은 반곡의 지세와 명칭 및 속세에서 멀리 떨어진 아름다운 모습을 매우 간략하게 서술하고, 세 부류의 인물들을 매우 자세하게 묘사했다. 출세가도를 달리는 사람들의 교만함과 권력의 꽁무니를 불나비처럼 쫓아다니는 소인배들의 추태를 통해 관료사회의 부패한 모습을 여실하게 풍자한 뒤에 세상을 등지고 고결하게 살아가는 은둔지사의 삶을 칭송했다. 이 글은 작자가 낙양에서 한가롭게 지내며 관직을 알아볼 때 쓴 글로 타인의 입을 빌려 자신의 가슴속에 가득 찬 울분을 토로하고 있기도 하다. 그리고 은거하려는 이원을 칭송하면서도 부귀공명에 대한 미련이 남아 마지못해 은거의 길을 택하려는 이원에 대한 풍자도 곁들어져 있다. 선명한 대비와 구체적인 형상의 부각을 통한 생동감 있는 필치와 자유분방한 언어 구사가 돋보이는 이 글은 비슷한 구조나 리듬을 가진 어구와 대구를 대량으로 활용해 가지런한 가운데 변체구(駢體句)와 산체구(散體句)를 엇섞어 변화의 묘미를 더하고 있는 점도 주목할 만하다. 따라서 소식(蘇軾, 1037-1101)으로부터 "당나라에는 문장이 없는데, 오직 한퇴지의 「송이원귀반곡서」가 있을 뿐이다(唐無文章, 惟韓退之送李愿歸盤谷序而已)"라는 칭송을 받기도 했다.

원문 및 주석

太行之陽¹有盤谷², 盤谷之間, 泉甘而土肥, 草木藜茂³, 居民鮮少。或曰: 謂其環兩山之間, 故曰"盤"; 或曰: 是谷也, 宅幽而勢阻, 隱者之所盤旋⁴。友人李愿居之。

1 太行之陽(태항지양) : 태항산의 남쪽. 태항산은 지금 산서(山西)·하북(河北)·하남(河南) 세 성의 경계에 있다. '陽'은 '산의 남쪽'이다.
2 盤谷(반곡) : 지명. 지금 하남성 제원현(濟源縣) 성북 20리쯤 되는 곳에 있다.
3 藜茂(총무) : 떨기를 지어 무성하다. '叢茂'와 같다.
4 盤旋(반선) : 이리저리 정처 없이 돌아다니며 노닐다. '盤桓(반환)'과 통한다.

愿之言曰 : 人之稱大丈夫者, 我知之矣 : 利澤施于人, 名聲昭于時, 坐于廟朝[5], 進退百官而佐天子出令。其在外, 則樹旗旄[6]、羅弓矢, 武夫前呵[7], 從者塞途, 供給之人, 各執其物, 夾道而疾馳。喜有賞, 怒有刑, 才畯[8]滿前, 道古今而譽盛德, 入耳而不煩。曲眉豐頰[9], 清聲而便體[10], 秀外而惠中[11], 飄輕裾[12], 翳長袖[13], 粉白黛綠[14]者, 列屋而閒居, 妬寵而負恃[15], 爭妍而取憐。大丈夫之遇知於天子, 用力於當世者之所爲也。吾非惡[16]此而逃之, 是有命焉, 不可幸而致[17]也。窮居而野處, 升高而望遠, 坐茂樹以終日, 濯清泉以自潔。採於山, 美可茹[18]; 釣於水, 鮮可食; 起居無時, 惟適之安。與其[19]有譽於前, 孰若無毀於其後; 與其有樂於身, 孰若無憂於其心。車服[20]不維[21], 刀鋸[22]不加, 理亂[23]不知, 黜陟[24]不聞, 大丈夫不遇於時者之所爲也, 我則行之。伺候[25]於公卿之門, 奔走於形勢[26]之途, 足將進而趑趄[27], 口將言而囁嚅[28], 處穢汙[29]而不羞, 觸刑辟[30]而誅戮, 徼倖[31]於萬一, 老死而後止者, 其於爲人賢不肖何如也?

5　廟朝(조묘) : 종묘와 조정.

6　旄(모) : 본래 검정소의 꼬리로 기의 장대에 장식한 것을 가리키는데, 뒤에 이런 장식을 한 깃발을 뜻했다.

7　前呵(전가) : 옛날에 관리가 행차할 때 인도자가 앞에서 길을 비키라고 소리치는 것을 가리킨다.

8　才畯(재준) : 재능이 출중한 사람. 준재. '畯'은 '俊'과 같다.

9　曲眉豐頰(곡미풍협) : 둥그런 눈썹과 오동통한 뺨. 당나라 때는 얼굴이 포동포동 풍만한 여자를 미녀로 간주했다.

10　便體(편체) : 가뿐하고 나긋나긋한 몸가짐.

11　惠中(혜중) : 총명한 자질. '惠'는 '慧'와 통한다.

12　飄輕裾(표경거) : 가벼운 옷자락을 나부끼다. 뒤 구절과 함께 노래 부르고 춤추는 시녀의 옷차림을 형용한다.

13　翳長袖(예장수) : 긴 소매로 몸을 가리다.

14　粉白黛綠(분백대록) : 여자가 아름답게 화장한 모습을 형용한다. '黛'는 여자가 눈썹을 그릴 때 쓰는 청흑색 안료로 청흑색이 녹색에 가까우므로 '黛綠'이라고 했다.

15　負恃(부시) : 미모를 믿고 뽐내다.

16　惡(오) : 싫어하다. 미워하다.

17　致(치) : 이르게 하다. 얻다.

18　茹(여) : 먹다.

19　與其(여기) : 선택접속사. '與其~孰若(숙약)…'과 어울려 '~라기 보다는 차라리 … 하는 것이 낫다'는 뜻으로 쓰인다.

20 車服(거복) : 관용 수레와 관복. 옛날에 관리는 품계에 따라 특정한 수레를 타고 지정된 관복을 입었다.

21 維(유) : 잡아매다. 틀어쥐다. 속박당하다.

22 刀鋸(도거) : 칼이나 톱 같이 형벌에 쓰이는 도구. 형벌 집행이나 고문용 기구.

23 理亂(이란) : 세상 정치가 제대로 돌아가거나 혼란스럽다. '治亂'과 같다.

24 黜陟(출척) : 관직에서 쫓겨나거나 승진하다.

25 伺候(사후) : 시중들다. 기분을 살피다. 눈치보다.

26 形勢(형세) : 지위와 권세. 권문세가.

27 趑趄(자저) : 흠칫 머뭇거리며 나아가지 못하는 모양.

28 囁嚅(섭유) : 더듬거리며 발설하지 못하는 모양.

29 穢汙(예오) : 더럽고 천하다.

30 刑辟(형벽) : 형법.

31 徼倖(요행) : 요행수를 바라다. 분외의 소득을 얻고자 하다.

昌黎韓愈聞其言而壯³²之, 與之酒而爲之歌曰 : 盤之中, 維³³子之宮³⁴。盤之土, 可以稼³⁵。盤之泉, 可濯可沿³⁶。般之阻, 誰爭子所。窈³⁷而深, 廓³⁸其有容。繚³⁹而曲, 如往而復。嗟盤之樂兮, 樂且無殃⁴⁰ ; 虎豹遠跡兮, 蛟龍遁藏 ; 鬼神守護兮, 呵禁⁴¹不祥⁴²。飮則⁴³食兮壽而康, 無不足兮奚所望 ; 膏⁴⁴吾車兮秣⁴⁵吾馬, 從子于盤兮, 終吾生以徜徉⁴⁶。

32 壯(장) : 장하게 여기다. 기백이 당당함을 느끼다.

33 維(유) : 허사로 별 뜻이 없다. 일설에는 지시대명사로 보기도 한다.

34 宮(궁) : 집. 가옥.

35 稼(가) : 오곡을 파종하다. 여기서는 농작물을 심어 거두는 것을 주로 가리킨다.

36 沿(연) : 물가를 따라 거닐다.

37 窈(요) : 그윽하다.

38 廓(곽) : 광활하다.

39 繚(요) : 빙빙 돌다. 굽이치다.

40 無殃(무앙) : 재앙이 없다. 일부 판본에는 '殃'이 '다하다'는 뜻의 '央'으로 되어 있는데, 『교주(校注)』의 교감에 의거해 '殃'으로 보는 것이 더 적합한 듯하다.

41 呵禁(가금) : 꾸짖고 금하다.

42 不祥(불상) : 상서롭지 못한 괴물. 도깨비와 같은 요괴를 가리킨다.

43 則(즉) : 다른 판본에 '且(차)'로 된 것이 있는데 번역에서는 이를 따랐다.

44 膏(고) : 기름 치다. 차축이나 바퀴통에 기름칠을 하여 바퀴가 잘 돌아가도록 하다.

45 秣(말) : 여물을 먹이다.

46 徜徉(상양) : 소요하다. 아무런 제한이나 속박을 받지 않고 거닐다.

HS-129 「우감 송별사」

送牛堪序

명경과에 응시하도록 천거되기 위해서는 수십 만 자를 암송해야 하거니와, 또 해당 경전의 대의에도 통해야 하고 그 속에 쓰인 말의 증거를 대고 유추해 인용하기도 해야 하며 옆으로 다른 경전에도 두루 넘나들기 위해서 수십 만 자를 더 암송해야 하니, 그 학업을 해나가는 것이 매우 힘이 듭니다. 그러나 고시관에게 인정을 받아 합격하는 사람은 농사짓던 땅을 떠나서 관리의 녹봉을 받게 되며, 그로부터 여러 차례 승진해 고관대작까지 올라가는 자도 늘 있어 왔으니 그 수확 또한 매우 큽니다.

그러나 나는 고시관에게 발탁되어 급제한 사람이 그 고시관의 집으로 감사 인사를 하러 찾아간 적이 있다는 소리를 들어보지 못했습니다. 아마도 고시관이 수험생을 대하는 것은 공무일 뿐이지 사사로운 정에 얽힌 일이 아니기 때문이겠는지요? 수험생이 고시관에게 기대하는 것 또한 이와 마찬가지가 아닐까요? 그렇다면 수험생이 고시관의 집으로 찾아가서 감사 인사를 하는 일이 꼭 사사로운 정만을 앞세웠기 때문일까요? 아니면 아마도 사람이 해야 할 일을 미처 생각해본 적이 없어서 혹시 그 예법을 실행에 옮길 수 없었기 때문일까요? 우감(牛堪) 군과 같은 사람이라면 사리 분별력이 뛰어나 그것을 충분히 헤아릴 수 있고, 재능과 자질 또한 그것을 실행에 옮기기에 충분합니다. 그럼에도 불구하고 또 그가 찾아갔다는 소리가 들리지 않는 것은 뭔가 그럴 만한 까닭이 있어서일 것이오! 보통 다른 사람들과 다른 행동을 해서 알려지기를 구하거나 남달리 기발한 것을 내세워서 명성을 얻고자 하는 것은 우감의 마음속에 들어 있지 않을 것입니다. 이것으로 짐작하건대 우감의 마음 씀씀이가 이럴지니 그가 고관의 자리에 이른다고 하더라도 요행으로 그렇게 된 것은 아닐 것일 테요!

우감은 태학생이고 나는 국자감의 교관인 사문박사(四門博士)입니다. 박사는 스승의 대열에 속하는 만큼, 그가 과거에 급제한 뒤 돌아가 자기 고향의 영예가 되려는 차에 아무 말 하지 않을 수 있겠소이까?

해제

정원 19년(803) 사문박사(四門博士) 재직 시에 명경과에 급제한 뒤 금의환향하는 우감(牛堪)이라는 학생에게 써 준 송별사. 먼저 우감이 열심히 공부해서 명경과에 급제한 사실을 칭찬하고, 앞날에 대성할 것임을 축하하는 뜻을 피력했다. 그러나 두 번째 단락에서는 글을 일부러 애매모호하게 꼬아서 진의가 쉽게 드러나지 않게 했다. 작자는 과거에 합격한 뒤 고시관에게 인사하러 찾아가는 것을 당연한 예로 여기는 입장에서, 우감이 그렇게 하지 않는 것에 뭔가 그럴 만한 까닭이 있을 것이라고 완곡하게 표현하고 있지만, 실은 그 속에 넌지시 비꼬는 뜻을 감추고 있는 것이다. 문장의 진의 파악을 위해 세심한 글 읽기가 필요한 대표적인 작품이다.

원문 및 주석

以明經[1]擧者, 誦[2]數十萬言[3] ; 又約通大義、徵辭引類[4]、旁出入[5]他經者, 又誦數十萬言 : 其爲業也勤矣。登第於有司者, 去民畝而就吏祿, 由是進而累爲卿相者, 常常有之, 其爲獲也亦大矣。

1 　明經(명경) : 명경과는 경전의 중요도에 따라 대중소의 구분이 있었으며, 하나의 경전만 대상으로 하는 시험부터 여러 경전을 두루 대상으로 삼는 시험까지 다양한 종류로 구분되어 있었다. 자세한 내용은 「송진밀서(送陳密序)」(HS-127) 주석 3과 「증장동자서(贈張童子序)」(HS-132) 주석 1 참조.
2 　誦 : 암송하다. 명경과 고시는 수험생에게 출제하고자 하는 경전의 글귀 앞뒤에 종이를 바르고 그 원문을 암송하게 하는 '첩경(帖經 / 貼經)'을 먼저 한 뒤, 해당 경전의 대의를 묻고 시무책에 대해 대답하도록 하는 세 가지 방식으로 시행했다.
3 　數十萬言(수십만언) : 수십 만 자. 해당 경전의 본문을 가리키는 숫자다.
4 　徵辭引類(징사인류) : 말에 증거를 대고 유추해 인용하다. 여기서는 해당 경전의 원문이나 주석 속에 쓰인 말에 증거를 대고 유추해 인용하기도 하는 것을 가리킨다.
5 　出入(출입) : 넘나들다. 두루 통달해 자유자재로 활용하는 단계에 이르렀음을 가리킨다.

然吾未嘗聞有登第於有司而進謝於其門者, 豈有司之待之也, 抑以公不以情? 擧者之望於有司也, 亦將然乎? 其進而謝於其門也, 則爲私乎? 抑無乃人事之未思[6], 或者不能擧[7]其禮乎? 若牛堪者, 思慮足以及之, 材質足以行

之, 而又不聞其往者, 其將有以哉! 違衆而求識, 立奇而取名, 非堪心之所
存也。由是而觀之, 若堪之用心, 其至於大官也不爲幸矣!

6 　未思(미사) : 생각하지 않다. 관심이 없어 세심한 배려를 하지 않는 것을 말한다.
　　『논어・자한(子罕)』편에 "'산앵두나무 꽃이 바람에 나부끼고 있네. 어찌 그대를
　　생각하지 않겠소만, 그대가 멀리 있기 때문이라네'라는 시구에 대해 공자는 '생
　　각하지 않았을 뿐이니, 진정으로 생각한다면 먼 데가 어디 있겠는가?'라고 했다
　　(唐棣之華, 偏其反而. 豈不爾思? 室是遠而. 子曰 : '未之思也, 夫何遠之有')"라는
　　글귀가 보인다.
7 　擧(거) : 거행하다. 실행에 옮기다.

堪, 太學生也 ; 余, 博士也。博士師屬也, 於其登第而歸, 將榮於其鄕也,
能無說[8]乎?

8 　無說(무설) : 아무 말하지 않다. '說'을 '悅(열)로 읽고 '어찌 기쁘지 않겠습니까?'
　　로 풀이해도 뜻이 통한다.

연(燕)나라와 조(趙)나라 지역 일대에는 예로부터 격앙 강개해 비장하게 노래 부르는 선비들이 많았다고들 합니다. 동(董)선생이 진사과에 응시했으나 연달아 고시관에게 인정받지 못해 걸출한 재능을 가슴에 품은 채 울적하고 답답한 심정을 안고 그곳으로 가려고 하는데, 나는 그대가 반드시 뜻이 맞는 사람을 만나게 될 줄로 압니다. 동선생께서는 힘내소서! 그대가 때를 만나지 못했다는 것은 인의를 흠모하고 힘써 실행하려는 사람이라면 모두 애석하게 여길 텐데, 하물며 연나라와 조나라 지역 일대의 선비들처럼 인의를 행하는 것이 그들의 본성에서 우러나옴에 있어서야 오죽하겠습니까!

그러나 일찍이 내가 듣기로 풍속은 교화를 따라 바뀌고 변한다고 했거늘, 지금의 풍속이 옛적에 말하던 것과 다르지 않을 것임을 내 어찌 장담하겠소! 하지만 그대의 이번 행차로 나도 잠시 그것을 검증해 볼 테라오. 동선생께서는 힘내소서!

나는 그대의 이번 행차로 인해 느낀 바 있으니 나를 대신해 조나라 한단(邯鄲)을 지날 때에 망제군(望諸君)의 묘소에 참배하고, 또 연나라의 저잣거리에서는 옛적에 개를 잡던 사람이 있는지를 살펴봐 주소서! 만약 그들이 있다면 나를 대신해 "영명한 천자께서 보위에 계시니 나와서 벼슬할 수 있다"라고 알려 주소서!

해제

정원 19년(803) 사문박사(四門博士) 재직 시에 진사과 고시에 연이어 실패한 뒤 하북(河北) 지방 절도사의 막부로 가서 출로를 찾으려고 떠나는 동소남(董邵南)에게 써 준 송별사. 동소남은 수주(壽州) 안풍[安豐 : 지금 안휘성 수현(壽縣) 서남] 사람으로 가정 형편이 매우 어려웠음에도 불구하고 주경야독하며 효성을 다한 인물이며, 작자와도 깊은 교제를 나눈 바 있다. 그의 생애는 「차재동생행(嗟哉董生行)」시를 통해 좀 더 자세히 알 수 있다. 제목이 「송동소남유하북서(送董邵南遊河北序)」라고 된 판본도 있다.

작자는 동소남이 불우해 뜻을 펴지 못하는 점은 동정하면서도, 하북 일대로 가는 데 대해서는 찬성하지 않는 입장이다. 전문이 151자에 불과한 단편임에도, 글의 전개에 곡절과 전환이 많고 표현 또한 매우 완곡해 세심히 읽어야 작자의 진정한 의도를 간파할 수 있다. 첫 단락에서 하북 지방의 전통적 풍토나 인정으로 보아 동소남이 그곳으로 가면 의기투합하는 사람을 반드시 만날 것이라고 격려하더니, 다음 단락에서는 갑자기 필봉을 바꾸어 그곳의 풍속이 시대에 따라 변했을지도 모른다는 화두를 던진다. 그리고 마지막 단락에서 악의(樂毅)의 무덤에 참배하라고 한 것도 이와 무관하지 않다. 악의 장군이 연나라를 위해 큰 공을 세운 뒤 참소 때문에 연나라를 떠날 수밖에 없었지만, 끝내 연나라를 배반하지 않은 충의의 화신인 점을 고려할 때, 이는 지기인 동소남이 당나라를 떠나 반도들의 소굴인 하북 지방으로 가더라도 충의에 금이 가게 하지 말라는 뜻을 담은 것이다. 따라서 이 글은 작자의 '증서문(贈序文)' 곧 송별사 중에서도 걸작중의 걸작으로 웅건하고 기발한 한유 산문의 일반적 풍격과는 달리 그윽한 정조와 시적 운치를 완곡한 필치 속에 감춘 작품으로 평가받는다. 하북 지방은 안녹산(安祿山, 703-757)의 반란이 일어난 본거지로 전란이 평정된 뒤에도 유주(幽州)·성덕(成德)·위박(魏博) 삼진(三鎭)의 절도사들이 관리 임면과 군대 동원 및 세금 징수는 물론 세습적인 승계까지 일삼으며 중앙정부의 통제를 거의 받지 않는 독립적인 할거(割據) 세력으로 행세하고 있었다.

원문 및 주석

燕趙[1]古稱多感慨悲歌之士[2]。董生擧進士，連不得志於有司，懷抱利器[3]，鬱鬱[4]適[5]茲土，吾知其必有合[6]也。董生勉乎哉! 夫以子之不遇時，苟慕義彊仁[7]者皆愛惜焉，矧[8]燕趙之士出乎其性者哉?

---

1 燕趙(연조) : 중국 고대의 두 제후국인 연나라와 조나라. 연나라는 지금 하북성 북부와 요녕성 서쪽 지역이고 조나라는 하북성 서남부 일대에 해당한다. 당나라 때 유주(幽州)·성덕(成德)·위박(魏博)의 세 절도가 설치되어 있던 하북도(河北道)가 연과 조의 일부이었으므로 당시 사람들이 하북 지방을 이렇게 불렀다.
2 感慨悲歌之士(감개비가지사) : 격앙 강개해 비장하게 노래 부르는 선비로 때를

만나지 못하여 가슴 속에 울분을 품고 민간에 은거하는 호걸들을 가리킨다. '感慨'는 '慷慨(강개)'와 통한다.

3 利器(이기) : 날카로운 기구로 여기서는 걸출한 재능을 가리킨다.
4 鬱鬱(울울) : 마음이 울적하고 답답한 모양.
5 適(적) : 가다.
6 合(합) : 의기투합하는 사람.
7 慕義彊仁(모의강인) : 인의를 흠모하고 힘써 실행하다. '彊'은 '强'과 같다.
8 矧(신) : 하물며.

然吾嘗聞風俗與化移易, 吾惡⁹知其今不異於古所云邪? 聊以吾子¹⁰之行卜¹¹之也。董生勉乎哉!

9 惡(오) : 어찌. 어떻게.
10 吾子(오자) : 그대. 친밀감을 나타내는 칭호로 동소남을 가리킨다.
11 卜(복) : 점쳐보다. 점을 쳐서 의혹을 푸는 고대의 습관에서 유래한 표현으로 여기서는 '검증하다'는 뜻으로 쓰였다.

吾因子有所感矣, 爲我弔¹²望諸君¹³之墓, 而觀於其市復有昔時屠狗者¹⁴乎? 爲我謝¹⁵曰 : 明天子¹⁶在上, 可以出而仕矣!

12 弔(조) : 조문하다. 무덤 앞에서 고인을 추모하다.
13 望諸君(망제군) : 악의(樂毅). 전국시대 연나라의 명장으로 연나라 소왕(昭王)을 보좌해 제(齊)나라의 70여개의 성을 빼앗는 공적을 세웠다. 소왕 사후에 제나라의 반간계로 무고를 당하자 조나라로 망명함에 조나라에서 그를 관진[觀津 : 지금 하북성 무읍현(武邑縣) 동남]에 봉하고 '망제군'이라 불렀다. 훗날 연나라 혜왕(惠王)이 제나라에 패한 뒤 후회하고 편지를 보내자 악의도 답장을 보내 연나라에 대한 변함없는 충정을 피력해 옛 사람들에게 '충의지신(忠義之臣)'으로 불렸다. 악의는 조나라에서 죽었는데 그의 무덤은 한단(邯鄲) 서남 18리쯤 되는 곳에 있었다.
14 屠狗者(도구자) : 개 잡는 것을 직업으로 하는 사람 곧 개 도살업자로 고점리(高漸離)를 가리킨다. 『사기・자객열전(刺客列傳)』에 의하면 고점리가 진왕(秦王)을 죽이려다 미수에 그치고 피살된 친구 형가(荊軻, B.C. ?-B.C. 227)의 원수를 갚고자 나섰다가 역시 뜻을 이루지 못하고 죽었다.
15 謝(사) : 정성껏 알리다.
16 明天子(명천자) : 영명한 천자로 당나라 헌종(憲宗, 806-820 재위)을 가리킨다. 재위 기간 동안 할거 세력을 평정하기 위해 적극적인 조치를 취해 한유의 지지를 받았다.

HS-131 「최복주 송별사」

贈崔復州序

사방 수백 리에 달하는 땅을 관할하고 분주히 오가며 명을 받드는 수하 관리가 고을의 장사(長史)와 사마(司馬) 이하 수십 명에 달하며, 받는 봉록은 자기의 삼족과 친구 및 옛 벗들에게 어진 사랑을 베풀기에 충분하고, 마음속으로 즐거우면 고을 경내의 모든 사람들이 기뻐하며 마음속으로 즐겁지 아니하면 고을 경내의 모든 사람들이 두려워하니, 대장부로서 관직이 자사(刺史)에까지 이른다면 또한 영화로운 일일 것이외다!

비록 이와 같지만 외진 벽지에 사는 보잘것없는 백성들은 일찍이 성 안까지 들어가 본 적이 없으니 만약 억울하고 불공평한 대우를 받았다 하더라도 향리의 관리에게 찾아가서 스스로 하소연할 수 있는 사람조차 드문데, 하물며 현(縣)의 관리에게 찾아가서 스스로를 변호할 수 있겠습니까? 현의 관리에게 찾아가서 스스로를 변호할 수 있는 사람이 드문데, 하물며 자사의 동헌으로 찾아가서 스스로를 변호할 수 있겠습니까?

이 때문에 자사라고 해도 듣지 못하는 일이 있기 십상이고, 일반 백성들은 털어놓지 못하는 불만이 생기기 마련입니다. 조세는 정해진 분량이 있는데 백성들의 수확량은 일정하지 못하고, 홍수와 가뭄이나 돌림병이 예기치 않게 생기니 백성들의 생활이 풍족하거나 부족하게 되는 것은 전적으로 주(州)의 관리에게 달려 있습니다. 그런데 현령(縣令)이 민간의 실정을 자사에게 알려주지 않고 절도사가 자사의 민정에 대한 처리를 신임하지 않게 되면, 백성들은 날로 쪼들리게 되고 조세 징수는 날로 더욱 다급해집니다. 그래서 나는 자사의 직무를 잘 수행하는 것이 힘든 노릇임을 압니다.

최(崔)선생께서 복주(復州)의 자사가 되어 나가시는데 상관인 절도사는 우적(于頔) 공입니다. 최선생의 어진 덕은 복주 백성들을 소생시키기에 충분하고, 우적의 현명함은 최선생을 충분히 잘 중용할 수 있을 것입니다. 그러니 자사의 영화로움을 누리면서도 직무 수행에 애로사항이 없을 것이라고 하는 이유가 아마 여기에 있을 것이외다!

내가 일찍이 과분하게도 우적 공의 눈에 들어 인정을 받은 바 있고 최선생과는 오래도록 교유한 사이기에, 복주 사람들이 장차 두 분의 아름다운 은택을 입게 된 것을 경하해 이렇게 말했습니다.

해제

정원 19년(803) 감찰어사(監察御使) 재직 시에 복주[復州 : 지금 호북성 면양현(沔陽縣)]자사로 부임해가는 친구 최씨에게 써 준 송별사. 최씨의 생애는 미상이다. 이 글은 먼저 자사의 관할 지역과 지위 및 대우와 권한 등을 부각시켜 그의 심리 상태가 전체 고을 주민의 기쁨과 두려움을 좌지우지할 수 있음을 전제했다. 이는 친구에게 영전을 축하하는 말이지만, 주민의 운명이나 행불행과 관계되는 막중한 책임을 지고 있음을 일깨워주는 표현이기도 하다. 한편 자사는 고을 백성들의 생활상을 제대로 파악하기가 쉽지 않고, 직속상관인 절도사와의 업무 조율도 필요하다는 점에서 수행하기 쉬운 직책은 결코 아니다. 게다가 상관이 청렴한 관리가 아니라면, 자사가 고을 백성들의 편에 서서 선정을 베풀기가 더더욱 어려워진다. 그런데 상관인 우적(于頔)은 훗날 역사에서 공연히 세금을 거둬들이는 등 횡포를 부린 탐관오리로 평가받은 인물이다. 작자는 표면적으로 우적을 칭송하고 있지만, 실은 우적에게 가렴주구를 일삼지 말고 청렴한 관리가 되어 친구인 최씨가 선정을 베푸는 지방관이 될 수 있도록 해달라는 바람을 피력했다. 예리한 칼끝을 숨긴 채 완곡한 글 속에 풍유의 뜻을 담은 것이다. 같은 해에 씌어진 이 글의 자매편이라 할 수 있는 「송허영주서(送許郢州序)」(HS-123)를 참조하기 바란다.

원문 및 주석

有地¹數百里, 趨走之吏², 自長史司馬³已下數十人 ; 其祿足以仁⁴其三族⁵及其朋友故舊⁶ ; 樂乎心, 則一境⁷之人喜 ; 不樂乎心, 則一境之人懼 : 丈夫官至刺史亦榮矣!

1　有地(유지) : 땅을 영유하다. 여기서는 '땅을 관할하다'는 뜻이다.
2　趨走之吏(추주지리) : 분주히 오가며 명을 받드는 수하 관리.
3　長史司馬(장사사마) : 당나라 제도에 자사의 예하에 장사(長史) 1인과 사마(司馬) 1인을 두었다. '長史'는 자사를 보좌해 문서 등 행정 업무를 관장하는 종5품의

관직이고, ‘司馬’는 군사 업무를 담당하는 보좌역이다.

4　仁(인) : 인애를 베풀다. 어진 사랑을 베풀다.
5　三族(삼족) : 부계(父系)·모계(母系)·처계(妻系)의 3족. 아버지와 아들과 손자를 가리킨다는 설과 아버지 형제, 자기 형제, 아들의 형제를 가리킨다는 설도 있다.
6　故舊(고구) : 옛 벗. 오래 사귄 친구.
7　一境(일경) : 모든 관할 구역.

雖然, 幽遠之小民, 其足跡未嘗至城邑, 苟有不得其所[8], 能自直[9]於鄕里之吏[10]者鮮[11]矣, 況能自辨於縣吏[12]乎? 能自辨於縣吏者鮮矣, 況能自辨於刺史之庭[13]乎? 由是刺史有所不聞, 小民有所不宣[14]。賦[15]有常而民産無恆[16], 水旱癘疫[17]之不期[18], 民之豐約懸[19]於州, 縣令不以言, 連帥[20]不以信, 民就[21]窮而歛[22]愈急 : 吾見刺史之難爲也!

8　不得其所(부득기소) : 편안히 지내지 못하다. 억울하게 굴욕이나 박해를 받는 등 공평한 대우를 받지 못하는 것을 말한다.
9　自直(자직) : 스스로 하소연하다. 스스로 변호하다.
10　鄕里之吏(향리지리) : 촌장이나 이장 등 향리의 관리.
11　鮮(선) : 드물다.
12　縣吏(현리) : 현령(縣令)·현승(縣丞)·현위(縣尉) 등 현의 관리.
13　庭(정) : 동헌(東軒). 자사가 정무를 처리하는 곳.
14　不宣(불선) : 억울한 점이 있어도 밖으로 털어놓지 않다.
15　賦(부) : 조세. 농지세 등 각종 세금.
16　癘疫(여역) : 돌림병. 전염병.
17　不期(불기) : 예기치 못하다.
18　民産無恒(민산무항) : 백성들이 한 해 동안 농사를 지어 거두어들이는 수확량이 일정하지 못하다. 『맹자·양혜왕상(梁惠王上)』에 “일반 백성들로 말하면 일정한 수입이 없으면 그로 말미암아 꾸준한 마음이 없게 됩니다(若民則無恒産, 因無恒心)”라는 글귀가 보인다.
19　懸(현) : 달려 있다. 결정되다.
20　連帥(연수) : 절도사. 주(周나)라 제도에 의하면 수도 직할지 이외의 10개 제후국을 ‘연(連)’이라 하고 거기에 ‘우두머리(帥)’를 두어 관할하게 했다. 당나라 때에는 절도사나 관찰사나 안찰사(按察使) 등을 두어 예하 몇몇 주를 관할하도록 했다.
21　就(취) : 나아가다. 여기서는 ‘날로’, ‘더더욱’의 뜻으로 쓰였다.
22　歛(염) : 세금을 거둬들이다. 조세를 징수하다.

崔君爲復州, 其連帥則于公[23]。崔君之仁足以蘇[24]復人, 于公之賢足以庸[25]
崔君 : 有刺史之榮而無其難爲者, 將在於此乎?

23 　于公(우공) : 우적(于頔, ?-818). 정원 14년(798)에 산남동도(山南東道)절도사가 되
어, 양(襄)·영(郢)·복(復)·등(鄧)·수(隨)·당(唐)·균(均)·방(房)의 8주를 관
할했는데, 이 사람에 대해서는 「상양양우상공서(上襄陽于相公書)」(HS-080)와
「여우양양서(與于襄陽書)」(HS-096) 해제 참조.
24 　蘇(소) : 소생시키다. 『서경·중훼지고(仲虺之誥)』에 "우리 임금님을 기다리고
있었는데, 임금님께서 오셔서 우리를 다시 살려 주셨다(徯予后, 后來其蘇)"라는
글귀가 보인다.
25 　庸(용) : 임용하다. 등용하다. '用'과 통한다.

愈嘗辱[26]于公之知, 而舊游于崔君, 慶復人之將蒙其休[27]澤也, 於是乎言。

26 　辱(욕) : 자기 겸양의 표현. 「상유수정상공계(上留守鄭相公啓)」(HS-082) 주석 2
참조.
27 　休(휴) : 아름답다. 복되다.

 「장동자 송별사」

贈張童子序

두 가지 경서에 정통해 예부(禮部)에 천거되어 고시에 참가하는 사람이 온 천하에서 매년 3천명에 달합니다. 최초에는 현(縣)에서 시험을 치고 그 중에서 천거할 만한 사람을 사정한 다음 주(州)나 부(府)에 보고하는데, 그 고시에 합격하지 못한 사람들은 이 명단에 포함되지 않습니다. 주나 부에서는 관할 현에서 보고되어 온 사람들을 한데 모아 또 시험을 치기를 현과 같이 하고 더욱 세심하게 검토한 뒤에 그 중에서 천거할 만한 사람을 사정한 다음 천자에게 올리고 주관 부서에 보고하는데, 그 고시에 합격하지 못한 사람들은 명단에 포함되지 않으며 천거된 자들을 '향공(鄕貢)'이라고 부릅니다. 주관 부서에서는 주나 부에서 보고되어 온 사람들을 한데 모아 시험을 치고 더욱 세심하게 검토한 뒤에 그 중에서 천거할 만한 사람들을 등급을 매긴 다음 그 명단을 황제에게 보고하고 이부(吏部)에 건네 보관하는데, 그 명단에 오르는 사람은 한 해에 2백 명이 채 못 되며 이들을 '출신(出身)'이라고 부릅니다. 그러니 이 선발 명단에 들어갈 수 있는 것은 정말 어려운 일이외다! 두 가지 경서의 본문이 해설이나 주석을 제외하고도 거의 수십 만 자에 달하는데, 그것을 모두 암송해야 하며 해당 경서의 요지까지도 개략적으로 알아야 합니다. 이로 말미암아 현에서 천거되어 온 사람들 중에 어떤 자들은 길게는 10여 년이나 지난 뒤에 3천명의 명단에 들어가 예부에 보고되어 오고, 또 어떤 자들은 그로부터 10여 년이나 더 지난 뒤에 2백명의 명단에 들어가 이부에 천거되어 들어오니, 선발된 사람들을 보면 이미 반백이 된 노인들이 그 반수를 차지합니다. 머리가 나빠 꽉 막혀서 합격하지 못하는 사람들은 모두 이 범위 안에 들어올 수 없으며, 평생 동안 그 속에 끼지 못하는 사람들도 있습니다.

장동자(張童子)는 아홉 살에 주현에서 예부로 천거되어 올라와 한 번에 2백명의 대열에 끼어들었으며, 2년이 지난 뒤에는 또 두 가지 경서에 더욱 정통했습니다. 고시 담당 부서에서 그 일을 다시 임금께 아룀에 따라 동자는 위병조(衛兵曹)에 임명되었습니다. 사람들이 모두 동자는 귀와 눈이 매우 밝고 정신과 기력이 뛰어나다고들 하는데, 나 역시 동자가 동년배들보다 유독 특출함을 대단하게 생각하고 있습니다. 그런 동자가 자기 부서의 장관에게 요청해 부친을 따라 모친을 뵈러 귀향길에 올랐습니다. 올해 8월에 도성을 출발해 섬주(陝州)의 남쪽을 경유해 괵주(虢州)의 동쪽에 이르고 낙양에 다다른 다음, 북으로 황하를 건너 그 북편 기슭을 지나 9월이 되어서야 비로소 고향인 정주(鄭州)에 도착했습니다. 조정의 저명인사들은 물론 경유한 다섯 도읍의 장관과 여러 관리들이 동자에게 음식과 경비를 후하게 보내 주었으며, 어떤 이들은 노래와 시를 지어 동자를 가상하게 여기기도 했으니 동자에게는 또 매우 영광스러웠을 것이오!

동자를 향한 세간의 인심이 비록 이와 같지만 나는 동자가 도덕적인

면에서도 성취를 이루도록 해, 사람들로 하여금 그가 더 높은 경지를
향해 정진하기를 추구하는 사람이지 속성하기를 바라는 사람은 아니라
고 말하도록 하고자 합니다. 대체로 사람들은 나이가 어린 자와 성년이
된 이를 보고 대하기를 달리하니, 어릴 때에는 단지 동자의 남다른 점
에만 주목하지만 나이가 듦에 이르러서는 장차 그에게 성인의 예법을
요구하게 될 것입니다. 그러나 성인의 예법은 아직 동자가 완전히 다
잘 할 수 있는 부분이 아닌즉, 동자는 마땅히 이미 배운 것은 잠시 제쳐
두고 아직 배우지 않은 것을 힘써 연마해야 할 것입니다.

나와 동자는 둘 다 육지(陸贄) 공의 문하생입니다. 안회(顔回)와 자로(子
路) 두 선현께서 이별하면서 서로 보내고 머무름에 위로할 말을 청한 장
면을 흠모해 이 글을 써서 동자에게 줍니다.

해제

정원 10년(794)에 동자과(童子科)에 급제한 뒤 모친을 뵈러 고향으로 돌
아가는 장동자(張童子)에게 써 준 송별사. 이해 작자는 장안에서 박학굉
사과(博學宏辭科)를 준비하던 중에 고향 하양[河陽 : 지금 하남성 맹주시(孟州
市)]에 들러 성묘한 뒤, 가을과 겨울 무렵 장동자를 만나 이 글을 써주면
서 축하와 권면의 뜻을 담았다. 장동자는 이름과 생애 모두 미상이다.
동자과는 당나라 때 10세 이하의 신동들에게 벼슬길을 터주기 위해 시
행한 상설 과거고시의 일종인데, 나이 위조 등의 폐단 때문에 일시 정
지한 때도 있었다. 10세 이하의 아동으로 경서 한 종에 정통하며 『효
경』과 『논어』의 매권 문장을 암송해 7할을 통과하면 '출신(出身)'의 자격

을 부여하고 다 통과하면 관직을 수여했다. 청대(淸代)의 임운명(林雲銘, 1628-1697)과 하작(何焯, 1661-1722) 등은 이 글의 전반부에서 명경과 고시에 대해 상세하게 언급한 점을 들어 장동자가 급제한 시험은 명경과라고 했지만 취하지 않는다.

그런데 전반부에서 명경과 고시 과정의 여러 난관에 대해 서술한 것은 장동자의 소년 급제가 그만큼 어렵다는 점을 부각시키기 위한 보조적 장치다. 작자의 진정한 의도는 장동자가 오늘의 성취에 자만하지 말고 계속 학문에 정진해 대성하도록 일깨우고자 하는 데 있다. 세상 사람들은 소년과 성인을 대하는 기준이 다르므로 장동자는 경서의 문장을 암송하는 지금까지의 공부에 머무르지 말고 학식과 도덕을 두루 수양해 양면에서 더 높은 단계로 올라가도록 요구하는 뜻을 피력했다. 이 점이 바로 장동자가 급제한 시험이 동자과임을 시사한다. 과거시험이라는 일상사를 다루면서도 글의 전개에 곡절과 변화를 주고 있으며, 천재나 신동이 한때 반짝거리다가 시들어버리는 현상에 대한 우려의 뜻도 담고 있다.

원문 및 주석

天下之以明二經[1]擧於禮部[2]者, 歲至三千人。始自縣考試定其可擧者, 然後升於州若府[3]—其不能中科[4]者, 不與是數焉；州若府總其屬之所升, 又考試之如縣, 加察詳焉, 定其可擧者, 然後貢於天子而升之有司—其不能中科者, 不與是數焉：謂之鄕貢[5]。有司者摠州府之所升而考試之, 加察詳焉, 第[6]其可進者, 以名上於天子而藏之屬[7]之吏部[8], 歲不及二百人：謂之出身[9]。能在是選者, 厥[10]惟艱哉! 二經章句[11], 僅[12]數十萬言—其傳注[13]在外—皆誦[14]

之, 又約知其大說¹⁵, 繇¹⁶是擧者, 或遠至十餘年然後與乎三千之數, 而升
於禮部矣 ; 又或遠至十餘年然後與乎二百之數,　而進於吏部矣 : 班白¹⁷之
老半焉。昏塞¹⁸不能及者, 皆不在是限, 有終身不得與者焉。

1　明二經(명이경) : 당나라 때 상설 정기 과거고시의 하나인 명경과의 일종.『신당
　　서(新唐書)·선거지(選擧志)』에 의하면 경서는 대중소의 구분이 있었는데,『예
　　기(禮記)』·『좌전(左傳)』은 대경(大經),『시경(詩經)』·『주례(周禮)』·『의례(儀
　　禮)』는 중경(中經),『역경(易經)』·『상서(尙書)』·『공양전(公羊傳)』·『곡량전(穀
　　梁傳)』은 소경(小經)으로 분류되었다. 두 가지 경전에 통하는 것은 대경과 소경
　　에 속하는 경전 각각 하나 또는 중경에 속하는 경서 둘에 통달하는 것을 가리킨
　　다. 명경과의 세목에 대해서는「송진밀서(送陳密序)」(HS-127) 주석 3 참조.
2　禮部(예부) : 상서성(尙書省) 소속 6개 중앙 행정 부서의 하나로 예악·제사·과
　　거·학교교육 등의 업무를 관장했다.
3　州若府(주약부) : 주 또는 부. 당나라 때는 전국에 300여개의 주나 군(郡)을 설치
　　하고, 별도로 수도에 경도부(京都府), 중요 위수(衛戍) 지역에 도독부(都督府),
　　변방의 요충지에 도호부(都護府) 등의 부를 두었다. '若'은 '또는'의 뜻을 나타내
　　는 선택접속사로 쓰였다.
4　中科(중과) : 과거고시에 합격하다. '中'은 '적중하다'는 뜻이다.
5　鄕貢(향공) : 학관(學館)의 시험을 거치지 않고 주현(州縣)의 천거를 받아 예부에
　　서 시행하는 중앙의 과거고시에 참가하는 수험생들로 매년 10월에 지방 공물과
　　함께 중앙에 바쳐지므로 이런 호칭이 붙었다.
6　第(제) : 등급 석차를 매기다. 명경과 급제자는 4등급으로 구분되었다.
7　屬(촉) : 교부하다. 건네주다. 맡기다.
8　이부(吏部) : 상서성(尙書省) 소속 6개 중앙 행정 부서의 하나로 관리의 임면, 승
　　진과 강등, 인사고과, 상벌 등의 업무를 관장했다.
9　出身(출신) : 예부에서 시행하는 과거고시 급제자로 관리가 될 수 있는 자격을
　　갖추었음을 나타낸다.
10　厥(궐) : '其(기)'와 같다.
11　章句(장구) : 음절과 문장. 보통 훈고(訓詁)나 구두(句讀) 등을 뜻하지만, 여기서
　　는 아래 구절의 '傳注(전주)'와 대를 이루고 있는 것으로 보아 경서의 본문을 가
　　리킨다.
12　僅(근) : 거의.
13　傳注(전주) : 경서의 본문을 해석한 글. 경전에 대한 해설 또는 주소(注疏).
14　誦(송) : 암송하다. 자세한 내용은「송우감서(送牛堪序)」(HS-129) 주석 2 참조.
15　大說(대설) : 요지. 명경과 고시에는 해당 경서의 대의를 묻는 구술시험이 있었
　　다.
16　繇(유) : 말미암다. 경유하다. '由'와 같다.
17　班白(반백) : 머리털이 희끗희끗하다. 반백이다. '斑白'과 같다.

18   昏塞(혼색) : 머리가 흐리멍덩 나빠 꽉 막혀 있다.

張童子生九年, 自州縣達禮部, 一擧而進立於二百之列, 又二年, 益通二
經。有司復上其事, 繇是拜衛兵曹[19]之命。人皆謂童子耳目明達, 神氣以
靈；余亦偉[20]童子之獨出于等夷[21]也。 童子請於其官之長, 隨父而寧[22]母。
歲八月, 自京師道[23]陝南[24]至虢東[25]及洛師[26], 北過大河[27]之陽[28], 九月始來
及鄭[29]。自朝之聞人[30]以及五都[31]之伯長[32]羣吏, 皆厚其餽賂[33], 或作謌[34]詩
以嘉童子, 童子亦榮矣!

19   衛兵曹(위병조) : 관직 이름으로 '衛'는 좌우위(左右衛), '兵曹'는 병조참군(兵曹參
      軍)을 가리킨다.
20   偉(위) : 출중하다고 여기다. 특출하다고 여기다.
21   等夷(등이) : 동배. 동년배.
22   寧(녕) : 방문하다. 귀성하다.
23   道(도) : 경유하다.
24   陝(섬) : 섬주(陝州). 주청 소재지가 지금의 하남성(河南省) 섬현(陝縣)에 있었다.
25   虢(괵) : 괵주(虢州). 주청 소재지가 홍농(弘農) 곧 지금의 하남성 영보현(靈寶縣)
      에 있었다.
26   洛師(낙사) : 낙양. 「복지부(復志賦)」(HS-002) 주석 49 참조.
27   大河(대하) : 황하.
28   陽(양) : 강물의 북쪽. 한유의 고향인 하양(河陽)으로 이곳에서 한유와 장동자가
      만났다.
29   鄭(정) : 정주(鄭州). 주청 소재지가 관성(管城) 곧 지금의 하남성 정주시(鄭州市)
      에 있었다.
30   聞人(문인) : 명망이 있는 사람. 저명인사.
31   五都(오도) : 다섯 도읍. 당나라 숙종(肅宗) 보응(寶應) 원년(762)에 경조부(京兆
      府)를 상도(上都), 하남부(河南府)를 동도(東都), 봉상부(鳳翔府)를 서도(西都),
      강릉부(江陵府)를 남도(南都), 태원부(太原府)를 북도(北都)로 삼았다.
32   伯長(백장) : 지방 장관. 한 고을을 관할하는 장관.
33   餽賂(희뢰) : 다른 사람에게 증정한 재물이나 음식. '賂'는 지금은 흔히 뇌물을
      가리키는데 본래 나쁜 뜻으로 쓰인 글자가 아니다.
34   謌(가) : '歌'와 같다.

雖然, 愈將進童子於道, 使人謂童子求益者[35], 非欲速成者。夫少之與長也
異觀[36]：少之時, 人惟童子之異；及其長也, 將責[37]成人之禮焉。成人之禮,

非盡於童子所能而已也, 然則童子宜暫息乎其已學者, 而勤乎其未學者可
也!

35 求益者(구익자) : 이하 두 구절은 『논어・헌문(憲問)』편에서 "공자가 살던 마을
    인 궐당(闕黨)의 어린아이가 주인의 명을 전하면서 손님 접대하는 일을 하고 있
    었다. 어떤 사람이 그 어린아이에 대해 묻기를 '자신을 향상시키려고 하는 사람
    입니까?' 하니, 선생님께서 '내가 그 아이가 어른들과 같은 자리에 끼어 앉고 윗
    사람들과 함께 걸어가는 것 등을 보니, 자신의 향상을 추구하는 녀석이 아니라
    속성하기를 바라는 녀석인 듯하오'라고 하셨다(闕黨童子將命. 或問之曰 : '求益
    者與?' 子曰 : '吾見其居於位也, 見其與先生並行也. 非求益者也, 欲速成者也')"라
    고 한 데에 보인다.
36 異觀(이관) : 달리 대하다. 다른 기준으로 살피다.
37 責(책) : 요구하다.

愈與童子俱陸公之門人³⁸也. 慕回路³⁹二子之相請贈與處也, 故有以贈童子.

38 陸公之門人(육공지문인) : 육지(陸贄)의 문하생. 정원 8년(792) 병부시랑(兵部侍
    郎) 육지가 고시위원장을 맡았을 때 한유는 진사과에 급제하고, 장동자는 동자
    과에 합격했다. 당나라 때 고시위원장과 합격자는 사제의 관계를 맺었다.
39 回路(회로) : 공자 제자 안회(顔回)와 자로(子路). 『예기・단궁하(檀弓下)』에 다
    음과 같은 글이 있다. "자로가 노나라를 떠나면서 안연에게 말하기를 '무슨 말
    로 나를 송별하려고 하는가?' 하니, 안연이 말했다. '제가 듣기로 국경을 넘어가
    려면 먼저 조상의 무덤에 가서 곡을 하여 고한 뒤에 길을 나서고, 돌아올 때는
    곡을 할 필요는 없이 성묘만 하고 들어올 수 있습니다.' 안연이 자로에게 반문
    하여 '제게 처신의 도리로 삼을 무슨 말을 남기려하십니까?' 하니, 자로가 말했
    다. '내가 듣기로 수레를 몰고 묘지를 지날 때는 수레앞턱가로나무를 손에 잡고
    예를 표하고, 토지신을 모신 사당을 지날 때는 수레에서 내려 예를 표하십시
    오.'(子路去魯, 謂顔淵曰 : '何以贈我?' 曰 : '吾聞之, 去國, 則哭于墓而后行; 反其
    國, 不哭, 展墓而入.' 謂子路曰去 : '何以處我?' 子路曰 : '吾聞之也, 過墓則式, 過祀
    則下.')"

HS-133 「문창법사 송별사」

送浮屠文暢師序

사람 중에는 본래 유학자라는 이름을 달고 있으나 실제로는 묵가(墨家)의 행위를 하는 자가 있어 그의 이름을 물으면 유학자가 맞지만 그의 행위를 따져보면 유학자가 아니라면 그런 사람과 더불어 교유할 수 있겠습니까? 만약 묵가의 이름을 달고 있으나 유학자의 행위를 하는 자가 있어 그의 이름을 물으면 유학자가 아니지만 그의 행위를 따져봐서 유학자가 맞다면 그런 사람과 더불어 교유할 수 있겠습니까? 양자운(揚子雲)이 말하기를 "유학자의 이름을 달고 있으면서 묵가의 행위를 하는 자는 비록 공자의 문이나 담장 안에 있더라도 내쫓고, 묵가의 이름을 달고 있지만 유학자의 행위를 하는 사람은 비록 오랑캐의 땅에 있더라도 끌어들인다"라고 했는데, 나는 이 말을 취해 법도로 삼습니다.

승려인 문창(文暢)법사는 문장을 좋아해 천하를 두루 유람할 경우가 생기면 길을 나설 때마다 반드시 그곳의 벼슬아치나 덕 있는 연장자들에게 청해 그들이 마음속에 품은 생각을 시로 노래해달라고 부탁했습니다. 정원(貞元) 19년(803) 봄에 그가 동남 일대로 여행하려고 할 때, 유종원(柳宗元) 선생이 그를 위해 나에게 글을 써줄 것을 청해 왔습니다. 그의 행낭을 풀어 벼슬아치나 덕 있는 연장자들로부터 받은 송별사와 시 백여 편을 찾아내었는데, 문장을 지극하게 좋아하지 않았다면 그 어찌 이와 같이 많이 얻을 수 있었겠습니까? 그러나 안타깝게도 그 송별사와 시편 중에 성인의 도리를 그에게 일러준 것은 없고, 한갓 불교의 설법만 들어서 그에게 써준 것뿐이었습니다. 문창은 불교를 신봉하는 사람입니다. 만약 그가 불교의 설법을 듣고자 한다면 마땅히 스스로 자기의 스승에게 찾아가 물었을 터, 무엇 때문에 우리 유학자의 무리에게 와서 배알하고 글을 청하겠습니까? 그가 유학에서 말하는 군신이나 부자 사이의 아름다운 관계와 각종 문물제도의 성대함을 보고 그 마음에 흠모하는 것이 있으나 불교의 설법에 얽매여 깊이 깨달을 수 없었기 때문에 유학의 학설을 듣고 싶어서 내게 글을 청한 것입니다. 만약 우리 유학자의 무리라면 마땅히 그에게 요순(堯舜) 두 임금과 하(夏)·은(殷)·주(周) 세 성왕(聖王)의 도리, 일월성신의 운행 법칙, 천지가 밝게 드러나는 까닭, 귀신이 깊숙이 감추어진 이유, 사람과 만물이 번성하는 근거, 장강과 황하가 흐르는 까닭을 일러주어야 할 것이지 또 다시 불교의 설법을 번거롭게 일러주어서는 안 될 것입니다.

인류가 처음 세상에 출현했을 때는 본래 금수나 오랑캐와 같았지만 성인이 임금의 자리에 선 뒤에 집을 지어 거주하고 곡식을 장만해 먹으며, 육친을 친애하고 윗사람을 존대하며, 살아 있는 사람을 부양하고 죽은 자를 매장할 줄 알게 되었습니다. 이런 까닭에 도리는 인의보다 더 큰 것이 없고, 교화는 예의·음악·형법·정치보다 더 올바른 것이 없습니다. 이것을 천하에 시행하면 만물이 각기 저마다의 적합한 처소를 얻게 되고, 이것을 자신에게 베풀면 몸이 편안하고 심기가 화평해집니다. 요임금은 이것을 순임금에게 전했고, 순임금은 이것을 우(禹)임금에게 전했고, 우임금은 이것을 탕왕(湯王)에게 전했고, 탕왕은 이것을 문왕(文王)과 무왕(武王)에게 전했고, 문왕과 무왕은 이것을 주공(周公)과 공자(孔子)에게 전해 이 도리를 책에 적어 놓아 중원 땅에 사는 사람들은 대대로 지켜 왔습니다. 그런데 지금 불교는 누가 창립을 하고 누가 전수했습니까? 대체로 새들은 모가지를 숙여 먹이를 쪼아 먹다가 모가지를 쳐들고 사방을 두리번거리며, 짐승들은 깊숙한 곳에 거처하고 밖으로 잘 나오지 않습니다. 이것은 외물이 자기를 해칠까봐 두려워해서이지만 그럼에도 불구하고 화를 면할 수는 없습니다. 어차피 약한 동물은 강한 놈이 잡아먹게 되는 법, 지금 나와 문창은 편안하게 거처하고 한가롭게 음식을 먹으며 유유자적하다가 생을 마치게 될 것이니 금수와 어찌 다른지 그 유래한 까닭을 알지 못해서야 되겠습니까?

성인의 도리를 알지 못한다 해도 그것은 대체로 그 사람의 죄가 아니지만, 알면서도 행하지 않는 것은 미혹된 탓이며, 이전에 믿던 것을 좋아해서 새로운 믿음으로 나아가지 못하는 것은 나약한 때문이고, 알면서도 다른 사람에게 알려주지 않는 것은 어질지 못한 처사며, 알려 주면서 사실대로 말하지 않는 것은 미덥지 못한 짓입니다. 나는 유종원의 청을 소중히 여기고 승려인 문창이 문장을 좋아하는 것을 가상하게 여겨서 이렇게 말했습니다.

해제

정원 19년(803) 봄 사문박사(四門博士) 재직 시에 문창(文暢)이라는 승려가 유종원(柳宗元, 773-819)의 소개를 받고 찾아왔다가 동남 일대로 여행을 떠나려고 할 때 써 준 송별사. 작자는 문창과 각별한 교분을 나누어 '법사(師)'라는 존칭을 붙이고, 훗날 원화 원년(806)에 북쪽 지방으로 유람 갈 때도 「송문창사북유(送文暢師北遊)」라는 시를 써 주기도 했다.

불교 배척의 선봉장인 작자가 승려를 송별할 때 어떤 메시지를 전할 것인지는 그리 쉬운 문제가 아니다. 이에 작자는 문창법사가 문장을 좋아한다는 점에 착안해 유학에서 내세우는 성인의 도리를 앙모할 것이라는 전제를 깐 뒤, 자신의 평소 주장을 옥쟁반에 구슬이 구르듯 일사천리로 내뱉고 있다. 인류가 세상에 처음 출현했을 때는 금수와 다를 것이 없었지만, 성왕들의 교화 덕분에 문명 생활을 누릴 수 있게 된 바 승려인 문창도 그 은혜를 받고 살고 있음을 강조함으로써, 성인의 도리는 대대로 지켜져야 할 불변의 법칙이라는 소신을 피력했다. 이 글은 취지가 「원도(原道)」(HS-005)와 기본적으로 일치해 '소원도(小原道)'로 불리기도 한다.

원문 및 주석

人固有儒名而墨行者, 問其名則是, 校[1]其行則非, 可以與之游乎? 如有墨名而儒行者, 問之名則非, 校其行而是, 可以與之游乎? 揚子雲[2]稱 : "在門牆[3]則揮[4]之, 在夷狄則進之。" 吾取以爲法焉。

1 校(교) : 따져보다. 대조 조사하다.
2 揚子雲(양자운) : '子雲'은 한대 유학자 양웅(揚雄, B.C. 53-A.D. 18)의 자. 양웅의 『법언(法言)·수신(修身)』편에 "오랑캐 땅에 있더라도 끌어들이고, 공자의 문이나 담장에 기대고 있더라도 내쫓는다(在夷貊則引之, 倚門牆則麾之)"라는 글귀가 보인다.

3 門牆(문장) : 스승의 문하를 가리킨다. 『논어·자장(子張)』편에 보이는 글귀다.
4 揮(휘) : 손을 휘저어 내쫓다.

浮屠師文暢喜文章, 其周遊天下, 凡有行, 必請於搢紳[5]先生[6]以求詠謌[7]其
所志。貞元十九年春, 將行東南, 柳君宗元[8]爲之請。解其裝[9], 得所得敍[10]
詩累百餘篇 ; 非至篤好, 其何能致多如是邪? 惜其無以聖人之道告之者,
而徒擧浮屠之說贈焉。夫文暢, 浮屠也。如欲聞浮屠之說, 當自就其師而
問之, 何故謁吾徒而來請也? 彼見吾君臣父子之懿[11], 文物事爲[12]之盛, 其
心有慕焉 ; 拘其法而未能入, 故樂聞其說而請之。如吾徒者, 宜當告之以
二帝三王[13]之道, 日月星辰之行, 天地之所以著, 鬼神之所以幽, 人物之所
以蕃, 江河之所以流而語之, 不當又爲浮屠之說而瀆告[14]之也。

5 搢紳(진신) : 벼슬아치. 관리. '홀을 꽂고 허리띠를 드리운 것(搢笏垂紳)'이 옛날
   관리들의 복장인 데서 유래한 말이다.
6 先生(선생) : 덕행을 갖춘 연장자.
7 謌(가) : '歌'와 같다.
8 柳君宗元(유군종원) : 유종원(773-819). 당나라 때의 문인 겸 철학자로 한유와 동
   시대 인물이다.
9 裝(장) : 행낭.
10 敍(서) : 송별사. '序'와 같다.
11 懿(의) : 아름답다. 군신과 부자간의 아름다운 예의와 윤리도덕을 가리킨다.
12 文物事爲(문물사위) : 예악(禮樂) 등 각종 문물제도를 가리킨다. '文物'은 문채가
   빛나는 제도를 가리키고, '事爲'는 제도에 부합하는 온갖 기술이나 기예를 가리
   킨다.
13 二帝三王(이제삼왕) : 당요(唐堯)·우순(虞舜)과 하(夏)나라 우왕(禹王), 은(殷)나
   라 탕왕(湯王), 주(周)나라 문왕(文王)·무왕(武王).
14 瀆告(독고) : 번거롭게 일러주다. 『역경·몽괘(蒙卦)』의 괘사(卦辭)에 "처음 점칠
   때는 좋고 나쁜 것을 일러주지만, 두 번 세 번 점을 치면 번거롭게 되는데 번거
   로워지면 좋고 나쁜 것을 일러주지 않는다(初筮告, 再三瀆, 瀆則不告)"라는 글
   귀가 보인다.

民之初生[15], 固若禽獸夷狄然 ; 聖人者立, 然後知宮[16]居而粒食, 親親而尊
尊[17], 生者養而死者藏[18]。是故道莫大乎仁義, 教莫正乎禮樂刑政[19]。施之
於天下, 萬物得其宜 ; 措之於其躬, 體安而氣平。堯以是傳之舜, 舜以是傳

之禹, 禹以是傳之湯, 湯以是傳之文武, 文武以是傳之周公孔子；書之於
册, 中國之人世守之。今浮屠者, 孰爲而孰傳之邪? 夫鳥俛[20]而啄[21], 仰而
四顧；夫獸深居而簡出[22]：懼物之爲己害也, 猶且不脫[23]焉。弱之肉, 彊之
食；今吾與文暢安居而暇食, 優游[24]以生死, 與禽獸異者, 寧可不知其所自[25]
邪?

15 民之初生(민지초생)：인류가 세상에 처음 출현하다.『시경・대아(大雅)・면(緜)』에
   보이는 시구다.
16 宮(궁)：집.
17 親親而尊尊(친친이존존)：『예기・상복소기(喪服小記)』에 "육친을 친애하고 윗
   사람을 존대하고 연장자를 공경하며 남녀의 분별이 있는 것은 인류 사회의 중
   요한 도리다(親親尊尊長長, 男女之有別, 人道之大者也)"라는 글귀가 보인다.
18 藏(장)：매장하다. '마음속에 간직하며 그리워하다'는 뜻으로 풀이하기도 한다.
19 禮樂刑政(예악형정)：예의・음악・형법・정치. 봉건사회에서 국가의 근간을 지
   탱하는 상부구조의 총칭.
20 俛(부)：고개를 숙이다. '俯'와 같다.
21 啄(탁)：새가 부리로 쪼아 먹다.
22 簡出(간출)：때를 가려서 나오다. 밖으로 잘 나오지 않다.
23 不脫(불탈)：화를 면하지 못하다. 위험에서 벗어나지 못하다.
24 優游(우유)：유유자적 여유로운 모양.
25 自(자)：연유하다. 유래하다.

夫不知者, 非其人之罪也；知而不爲者, 惑也；悅乎故[26]不能卽[27]乎新[28]者,
弱也；知而不以告人者, 不仁也；告而不以實者, 不信也。余旣重柳請, 又
嘉浮屠能喜文辭, 於是乎言。

26 故(고)：옛 것. 이전에 신봉하던 것으로 불교를 가리킨다.
27 卽(즉)：나아가다. 추구하다.
28 新(신)：새 것. 새롭게 믿고 받들 것으로 유학을 가리킨다.

　내가 수도 장안에 있을 때 일찍이 당시 지방 번진(藩鎭)의 막료 중에 오직 선주(宣州)에만 뛰어난 인재가 많다고 들었습니다. 그 중에서 나와 교유한 이는 두 사람이니 농서(隴西) 사람 이박(李博)과 청하(淸河) 사람 최군(崔羣)이었습니다. 최군과 이박의 사람됨이야 내가 잘 알고 있습니다. 정당한 도리가 그들 자신이 모시는 주인에 의해 행해지지 않거나 함께 막부에서 생활하며 근무하는 동료들이 자신과 같은 부류의 올바른 사람이 아니라면, 비록 계손씨(季孫氏)와 같은 부유함을 향유할 수 있다고 하더라도 그들은 단 하루도 그곳에 머물려고 하지 않을 것입니다. 최군과 이박의 사람됨으로 미루어보건대 선주의 막료로 있는 모든 사람들은 비록 내가 그들과 일일이 다 교유해본 것은 아니라도 그 사람 됨됨이는 모두 믿고 알 수 있습니다. 내가 일찍이 선주에 가본 적도 없으면서도 그곳 주인의 현명함을 기꺼이 칭송하는 것은 그가 수하의 인재를 선발하는 것만 보더라도 충분히 그를 신뢰할 수 있기 때문입니다.

지금 어사중승(御史中丞) 양빙(楊憑) 각하께서 조정에서 봉직하고 있을 때 그 문하에서 나는 매일 그분을 모시고 이야기를 나누었는데, 그분이 호남(湖南) 지방을 다스리러 오시자 그곳의 막료들에 대해 묻는 자가 있기에 나는 "막료들을 앎으로써 그 주인을 신뢰할 수 있는 곳은 선주고, 주인을 앎으로써 그 막료들을 신뢰할 수 있는 곳은 호남입니다"라고 했습니다. 작년 겨울에 황제의 칙령을 받들고 양산(陽山)현령으로 부임한 뒤 막부에서 호남의 막료들을 만나볼 수 있게 되었는데 내가 이전에 그들을 신뢰한 것이 틀리지 않았음을 알 수 있었습니다. 양의지(楊儀之)가 이곳으로 왔기에 그가 하는 말을 들어보고 그가 하는 행동을 살펴보니, 앞서 말한 바 있는 최군이나 이박과 견주어 내가 어떻게 그 우열을 가릴 수 있겠습니까? 양의지의 지혜는 계책을 도모하기에 족하고, 재주는 일을 족히 잘 이루어나갈 수 있으며, 충성은 윗사람을 위해 힘을 다하기에 족하고, 은혜는 아랫사람을 족히 잘 어루만질 수 있었습니다. 더군다나 『시경』과 『서경』 등 육경의 학문과 고대 성현들의 가르침을 확대 발전시켜서 자신의 빛나는 문채를 성취하고 본바탕도 보완했으니, 호남의 막부에서 보좌관의 직무를 잘 수행한 실적과 명성이 천자의 조정에까지 전해지는 것이 참으로 당연한 일이라고 하겠습니다.

대체로 다른 사람의 장점을 즐겁게 칭찬함으로써 돌아가는 길을 격려하고자 하는 것이 바로 나의 본심이니, 내가 이곳에서 현령을 하고 있기 때문에 저 사람의 비위를 맞추고 있다고 말하는 것은 내 말뜻을 제대로 이해하지 못하는 것입니다. 시를 잘 짓는 사람이 읊조린 것을 이 글 뒤에 덧붙입니다.

해제

　　정원 20년(804)에 호남관찰지사(湖南觀察支使) 양의지(楊儀之)가 작자가 현령으로 있는 양산(陽山:지금 광동성 양산현)을 방문했다가 임지로 돌아갈 때 써 준 송별사. 양의지는 정원 18년(802) 9월에 호남관찰사 양빙(楊憑)의 부름을 받고 관찰지사로 부임한 바 있다. 이 글에서 작자는 양의지의 인품과 재능을 극구 칭송했는데, 단도직입적으로가 아니라 자신과 깊은 교유를 나누고 있는 최군(崔羣)과 이박(李博)이 막료로 있던 선주(宣州)를 통해 이를 자연스럽게 끄집어내고 있다. 즉 선주 선흡관찰사(宣歙觀察使)의 막부에 뛰어난 인재가 많다는 사실을 안받침으로 삼아, 호남의 관찰사와 모든 막료들도 다 뛰어난 인물임을 부각시키는 수법을 쓰고 있다. 당나라 때 연주(連州)에 속한 양산이 호남관찰사의 관할 구역이라는 점을 미루어볼 때, 일개 수하의 현령인 작자로서는 이러한 서술 방식이 부득이한 선택이기도 했겠지만 한편 다루기 쉽지 않는 상황을 자연스럽게 처리할 수 있는 수법을 썼다고도 할 수 있다. 같은 시기에 양의지에게 써 준 「별지부(別知賦)」(HS-004)를 참조하기 바란다.

원문 및 주석

愈在京師時, 嘗聞當今藩翰[1]之賓客[2]惟宣州[3]爲多賢。 與之游者二人 : 隴西李博[4]、清河崔羣[5]。 羣與博之爲人吾知之 : 道不行於主人[6], 與之處者非其類, 雖有享之以季氏之富[7], 不一日留也。 以羣博論之, 凡在宣州之幕下者, 雖不盡與之遊, 皆可信而得其爲人矣。 愈未嘗至宣州, 而樂頌其主人之賢者, 以其取人信之也。

1   藩翰(번한) : 본래 국가를 보위하는 중신(重臣)을 뜻하지만, 여기서는 지방의 요
     충지를 지키는 울타리인 번진(藩鎭)을 가리킨다. 『시경·대아·판(板)』에 "갑옷
     입은 군인은 나라의 울타리요, 삼공은 나라의 담장이며, 제후들은 나라의 울짱
     이요, 왕의 종실은 나라의 기둥이라네(价人維藩, 大師維垣, 大邦維屏, 大宗維
     翰)"라는 시구가 보인다.
2   賓客(빈객) : 막료. 장수 막부의 참모 또는 서기.
3   宣州(선주) : 주청 소재지가 지금 안휘성(安徽省) 선주시 선성현(宣城縣)에 있었
     다.
4   隴西李博(농서이박) : 농서 사람 이박. '隴西'는 이씨의 군망(郡望)으로 당나라 때
     5대 명문 족속의 하나. 이박에 대해서는 「서사호삼주절도장서기청석기(徐泗豪
     三州節度掌書記廳石記)」(HS-044) 주석 23 참조.
5   淸河崔羣(청하최군) : 청하 사람 최군. '淸河'는 최씨의 군망으로 역시 당나라 때
     5대 명문 족속의 하나. 최군에 대해서는 「답양자서(答楊子書)」(HS-079) 주석 10
     과 「여최군서(與崔羣書)」(HS-097) 참조.
6   主人(주인) : 막부의 총사령관. '막주(幕主)'라고도 한다. 여기서는 당시 선흡관찰
     사 최연(崔衍)을 가리킨다. 최연은 「여최군서(與崔羣書)」(HS-097)에서 "主人仁賢
     (주인인현)"으로 표현되어 있다.
7   季氏之富(계씨지부) : 노(魯)나라 대부 계손씨(季孫氏)로 『논어·선진(先進)』편에
     "계손씨는 주공보다도 부유하다(季氏富於周公)"라는 글귀가 보인다. 계손씨는
     맹손씨(孟孫氏)·숙손씨(叔孫氏)와 함께 삼환(三桓)의 하나로 노나라를 삼분해
     좌지우지하면서 참람한 짓을 일삼은 실권자였다.

今中丞⁸之在朝, 愈日侍言於門下, 其來而鎭茲土也, 有問湖南之賓客者,
愈日: "知其客可以信其主者, 宣州也 ; 知其主可以信之其客者, 湖南也。"
去年冬, 奉詔爲邑於陽山⁹, 然後得謁湖南之賓客於幕下, 於是知前之信之
也不失矣。及儀之之來也, 聞其言而見其行, 則向¹⁰之所謂羣與博者, 吾何
先後焉? 儀之智足以造謀, 材足以立事, 忠足以勤上¹¹, 惠足以存下¹² ; 而
又侈¹³之以詩書六藝之學, 先聖賢之德音¹⁴以成其文, 以輔其質, 宜乎從事
於是府而流聲實¹⁵於天朝也。

8   中丞(중승) : 어사중승(御史中丞) 양빙(楊憑)을 가리킨다. 양빙은 자가 허수(虛
     受) 또는 사인(嗣仁)이고 괵주(虢州) 홍농[弘農 : 지금 하남성 영보현(靈寶縣)] 사
     람으로 대력(大曆) 9년(774)에 진사에 장원 급제한 뒤 여러 관직을 거쳐 정원 18
     년 9월에 어사중승의 지함으로 호남관찰사에 부임했다. 양빙은 유종원(柳宗元)

의 장인으로 시문에 뛰어났으며, 동생 양응(楊凝)·양릉(楊凌)과 함께 이름이
나서 당시에 '삼양(三楊)'으로 불렸다.

9 陽山(양산) : 이 구절은 한유가 정원 19년(803) 겨울에 관중(關中) 지방에 큰 가
   뭄이 들어 백성들이 기근에 허덕이는데도 불구하고 관리들이 가렴주구를 일삼
   는 일을 황제에게 고한 일 때문에 당시의 권세가인 이실(李實)의 미움을 사서
   연주(連州)의 양산현령으로 좌천된 것을 가리킨다. 「어사대상론천한인기장(御
   史臺上論天旱人饑狀)」(HS-276) 참조.
10 向(향) : 이전에. '嚮'과 같다.
11 勤上(근상) : 윗사람을 위해 힘을 다하다.
12 存下(존하) : 아랫사람을 잘 어루만져 위문하다.
13 侈(치) : 확대 발전시키다.
14 德音(덕음) : 선한 말씀. 선한 가르침.
15 聲實(성실) : 명성과 실질. '명실(名實)'과 같다.

夫樂道人之善以勤¹⁶其歸者, 乃吾之心也 ; 謂我爲邑長於斯而媚夫人云者,
不知言¹⁷者也。工乎詩者, 歌以繫之。

16 勤(근) : 격려하다. 북돋우다. 위문하다.
17 不知言(부지언) : 말을 이해하지 못하다. 이 글의 뜻을 제대로 이해하지 못하는
   것을 말한다. 『논어·요왈(堯曰)』편에 "말을 알지 못하면 다른 사람을 이해할
   수 없다(不知言, 無以知人也)"라는 글귀가 보인다.

「하견 송별사」

送何堅序

하(何)씨는 한(韓)씨와 선조가 같은 동성이어서 가깝고, 하견(何堅)은 진사고시에 천거되었기에 나와 동업자며, 태학에 있을 때 나는 사문박사(四門博士)고 하견은 학생이었으니 학생과 박사는 같은 길을 걷는 사람이며, 내가 하견을 알게 된 지가 십 년이나 되었으니 오래 된 친구이기도 합니다. 동성으로 가깝고 동업자로 같은 길을 걷는 오랜 친구인 그가 원하는 대로 되지 않아 고향으로 돌아가려고 하는 마당에 내 어찌 아무 말 해주지 않을 수 있겠습니까?

하견은 도주(道州) 사람인데 도주자사 양성(陽城) 공은 현인이고, 도주는 호남(湖南)에 속한 고을로 호남관찰사 양빙(楊憑) 공도 현인이며, 그곳 백성 하견 또한 현인입니다. 호남은 도주를 소속 고을로 얻고 도주는 하견을 백성으로 얻었는데, 하견이 고향으로 돌아가 자기 고을의 노인들과 젊은이들이 양성 공의 명령에 따르도록 제창하고, 도주 또한 소속

현과 인근 다른 주들이 양빙 공의 명령에 따르도록 제창할 것입니다. 내가 듣기로 새 중에 봉황은 항상 올바른 도리가 행해지는 나라에 출현한다고 합니다. 한(漢)나라 때에 황패(黃霸)가 영천(穎川)의 태수가 되어 다스리자, 이 새들이 그곳에 한데 모여 울었습니다. 만약 역사서의 기록이 믿을 만하다면 하견이 귀향한 뒤에 나는 그가 봉황을 보고 그 울음소리를 듣게 될 것임을 경축하고자 합니다.

해제

　정원 19년(803) 사문박사(四門博士) 재직 시에 진사과에 응시했다가 낙방하고 귀향하는 태학생 하견(何堅)에게 써 준 송별사. 하견의 자세한 생애는 미상이다. 도주자사(道州刺史) 양성(陽城)과 그 상관인 호남관찰사(湖南觀察使) 양빙(楊憑)과 의기투합해 하견의 고향인 도주가 태평스럽게 잘 다스려진다면, 올바른 도리가 행해지는 곳에 나타난다는 봉황을 볼 수 있다고 함으로써 실의에 빠진 학생을 격려하는 뜻을 담았다. 전반부에서 자신과 하견의 밀접한 관계를 돋보이게 하기 위해 '동(同)'자를 여섯 차례나 반복하고, 후반부에서는 또 하견과 양성 및 양빙 두 사람의 동질성을 맺어주기 위해 '현(賢)'자를 세 차례 쓴 수법이 특히 눈에 띈다.

何於韓同姓[1]爲近, 堅以進士擧, 於吾爲同業 ; 其在太學也, 吾爲博士, 堅爲生, 生·博士爲同道 ; 其識堅也十年, 爲故人。同姓而近也, 同業也, 同道也, 故人也, 於其不得願而歸, 其可以無言邪?

---

1 何於韓同姓(하어한동성) : 하씨(何氏)는 주(周)나라 성왕(成王)의 동생 당숙우(唐叔虞)의 후손으로 원래 희성(姬姓)이었다. 그 11대손이 진(晉)의 한원(韓原)에 제후로 봉해져 한씨(韓氏)가 되었는데, 한왕(韓王) 안(安)이 진(秦)나라에게 멸망당한 뒤 그 후손들이 강회(江淮) 지방으로 흩어져 살던 중에 그곳 사람들이 발음할 때 '韓'을 '何'로 읽어 하씨로 변하게 되었다고 한다.

堅, 道州人, 道之守陽公[2]賢也, 道於湖南[3]爲屬州, 湖南楊公[4]又賢也 ; 堅爲民, 堅又賢也。湖南得道爲屬, 道得堅爲民, 堅歸唱[5]其州之父老子弟服陽公之令, 道亦唱其縣與其比州[6]服陽公之令。吾聞鳥有鳳者, 恆出於有道之國。當漢時, 黃霸爲潁川[7], 是鳥實集而鳴焉。若史可信, 堅歸, 吾將賀其見鳳而聞其鳴也已。

---

2 陽公(양공) : 양성(陽城). 「쟁신론(爭臣論)」(HS-064) 주석 1, 2참조.

3 湖南(호남) : 당나라 때 방진(方鎭)의 하나로 행정 중심지가 담주(潭州) 곧 지금의 호남성 장사시(長沙市)에 있었는데, 담(潭)·형(衡)·침(郴)·영(永)·연(連)·도(道)·소(邵) 등 7개 주를 관할했다.

4 楊公(양공) : 양빙(楊憑). 「송양지사서(送楊支使序)」(HS-134) 주석 8 참조.

5 唱(창) : 제창하다. 창도하다.

6 比州(비주) : 인근 고을. 호남관찰사 관할의 7개 주를 가리킨다.

7 黃霸爲潁川(황패위영천) : 황패(黃霸)는 자가 차공(次公)이고 회양(淮陽) 양해[陽夏 : 지금 하남성 태강현(太康縣)] 사람으로 선제(宣帝) 때에 영천[潁川 : 행정 중심지가 지금 하남성 허창시(許昌市)에 있었음]태수가 되어 선정을 베풀었기에 뒤에 '潁川'이 그의 대칭으로 쓰였다. 『한서(漢書)·순리전(循吏傳)』에 의하면 태수 재직 시에 관대하고 공평한 정치를 베풀어 당시에 봉황과 같은 신령한 새들이 그곳에 많이 모여들었다고 한다.

HS-136 「요도사 송별사」

送廖道士序

오악(五岳)은 중원 지방에 위치해 있고 그중에서 형산(衡山)이 가장 멀리 떨어져 있는데, 남방의 산으로 우뚝 높고 큰 것이 백 개를 넘어가지만 유독 형산만이 으뜸으로 떠받들어집니다. 거리가 가장 멀리 있으면서도 홀로 으뜸으로 떠받들어지니 거기에 사는 신령은 영험함에 틀림없을 것입니다. 형산의 남쪽 팔구백 리 되는 곳은 지세가 더욱 높고 산이 더욱 험준하며 물이 맑고 물살 또한 더욱 세찬데, 그중에서도 가장 높으면서 남북을 가로막고 있는 것이 오령(五嶺)산맥입니다. 침주(郴州)라는 고을은 오령 위에 있어 그 고도를 측량해보면 오령의 삼분의 이쯤 되는 곳에 위치하고 있는데, 중원 지방의 화창한 기운이 이곳에 이르러 막바지에 달합니다. 기운이 막바지에 달하니 비록 왕성하지만 오령을 넘어갈 수가 없기 때문에 반드시 이곳에서 구불구불 서려 빙빙 돌다가 위로 올라가고 한데 뒤섞여 가득 쌓이게 됩니다. 이렇듯 형산의 신령이 영험한데다 침주라는 고을 또한 중원 지방의 화창한 기운이 구불구불

서려 빙빙 돌다가 위로 올라가고 한데 뒤섞여 가득 쌓인 곳에 자리하고
있으니, 그곳의 수질이나 토양에서 나서 신령스러운 원기에 감응을 받
은 것이 은이며 수은이며 단사며 석영이며 종유석이며 귤이나 유자와
같은 산물이며 대나무나 조릿대와 같은 아름다운 것들이며 천 길에 달
하는 크고 이름난 목재만으로는 그 특출함을 다 감당할 수 없습니다.
내 생각으로는 훤칠하고 기발하며 충성스럽고도 신실하며 재주와 덕을
겸비한 백성이 반드시 그 땅에서 나왔을 테지만, 나는 아직 그런 사람
을 보지 못했습니다. 혹시 도교나 불교와 같은 학설에 현혹되어 거기에
빠져 있느라 세상에 나오지 못한 때문이 아닐런지요?

요도사(廖道師)는 침주 백성으로 형산에서 도를 닦아 기개가 한결같고
용모가 조용하며 재주가 많고 유람을 좋아하니, 어찌 내가 말하는 훤칠
하고 기발하지만 도교나 불교의 학설에 현혹되어 빠져 있는 사람이 아
니겠습니까? 요도사는 사람을 잘 알아보니 내가 말하는 사람이 만약 본
인이 아니라면 필시 그와 교유하는 사람들 가운데 내가 찾는 이가 있을
텐데, 그에게 물어도 내게 알려주지 않는 것은 무엇 때문입니까? 그가
이별하고 떠나려 할 즈음에 내 생각을 펼쳐내어 그에게 물어 봅니다.

해제

영정 원년(805)에 남악(南岳) 형산(衡山)을 지나다가 요씨(廖氏) 성을 가진
도사에게 써 준 송별사. 이해 8월에 헌종(憲宗)의 즉위로 사면을 받은 작
자는 강릉법조참군(江陵法曹參軍)에 임명되어 장서(張署)와 함께 침주(郴州)
를 떠나 형주(衡州)・담주(潭州)・악양(岳陽) 등지를 거쳐 강릉(江陵)으로 부

임하던 중이었다. 불교와 도교 배척의 선봉장인 작자가 도사에게 어떤 글로 송별의 뜻을 전할지는 쉽지 않는 문제다. 이 글은 요도사가 침주 출신이라는 점에 주목해 거의 대부분을 침주의 지리적 환경을 묘사하는 데 할애했다. 그리하여 침주라는 영험한 고을에는 풍부한 각종 산물 외에 반드시 걸출한 인재가 난다는 사실을 들어 요도사를 끌어낸 뒤, 마지막에 가서 몇 마디 말 속에 말하고 싶은 메시지를 덧붙였다. 그 메시지 속에 요도사가 불교와 도교와 같은 이단의 학설에 빠져 있다는 점을 들추어냄으로써 칭찬 속에 비판의 뜻도 함께 담았다. 이와 같은 글의 구상과 구성이 두루 범상하지 않아서, 하늘에 검은 구름이 뒤덮여 세찬 바람과 우레와 번개를 동반한 소나기가 몰아치다가 순식간에 밝은 해가 나타나는 것과 같은 기발하고 비범한 분위기를 풍기는 글이라는 평가를 받는다. 문장 끝에 가서야 '別(별)'자를 노출시키고 질문하는 형식으로 마무리 지은 것도 여타 송별사와는 다른 글쓰기 방식이다.

원문 및 주석

五岳[1]於中州[2], 衡山[3]最遠 ; 南方之山巍然[4]高而大者以百數, 獨衡爲宗[5] : 最遠而獨爲宗, 其神必靈。衡之南八九百里, 地益高, 山益峻, 水淸而益駛[6] ; 其最高而橫絶南北者嶺[7]。郴[8]之爲州, 在嶺之上, 測其高下得三之二焉, 中州淸淑之氣, 於是焉窮。氣之所窮, 盛而不過, 必蜿蟺[9]扶輿[10]磅礴[11]而鬱積[12]。衡山之神旣靈, 而郴之爲州, 又當中州淸淑之氣蜿蟺扶輿磅礴而鬱積, 其水土之所生, 神氣之所感, 白金[13]水銀丹砂[14]石英鍾乳橘柚之包[15], 竹箭[16]之美, 千尋[17]之名材, 不能獨當也 ; 意必有魁[18]奇忠信材德之民生其間, 而吾又未見也 : 其無乃迷惑溺沒於老佛之學而不出邪?

1　五岳(오악) : 중국의 5대 명산. 동악(東岳) 태산(泰山), 남악(南岳) 형산(衡山), 서
　　악(西岳) 화산(華山), 북악(北岳) 항산(恒山), 중악(中岳) 숭산(嵩山).

2　中州(중주) : 중원 지방.

3　衡山(형산) : 지금 호남성 형산현(衡山縣) 서쪽에 있는 오악의 하나로 상강(湘江)
　　을 굽어보고 있으며 산세가 빼어나다. 72개 봉우리 중에 축융(祝融)・천주(天
　　柱)・부용(芙蓉)・자개(紫蓋)・석름(石廩)의 다섯 봉우리가 가장 두드러진다.

4　巍然(외연) : 우뚝 높이 솟은 모양.

5　宗(종) : 으뜸. 우두머리. 가장 우러름을 받는 대상.

6　駛(사) : 빠르다. 물살이 세차다.

7　嶺(영) : 오령(五嶺)산맥. 월성(越城)・도방(都龐)・맹저(萌渚)・기전(騎田)・대유
　　(大庾) 등 오령의 총칭.

8　郴(침) : 고을 이름. 수(隋)나라 개황(開皇) 9년(589)에 설치된 주(州)로 주청 소재
　　지는 침현(郴縣) 곧 지금의 호남성 침주시(郴州市)에 있었다.

9　蜿蟺(완선) : 구불구불 서려 있는 모양.

10　扶輿(부여) : 빙빙 돌며 올라가는 모양.

11　磅礴(방박) : 한데 뒤섞여 충만한 모양.

12　鬱積(울적) : 가득 쌓인 모양. 꽉 차 있는 모양.

13　白金(백금) : 은(銀).

14　丹砂(단사) : 수은을 띤 황화물질로 진한 붉은색을 띠고 다이아몬드 광택이 난
　　다. 단사(丹沙)로도 쓰며 단주(丹朱)・주사(朱沙 / 朱砂)・진사(辰沙 / 辰砂)라고
　　도 한다.

15　包(포) : 본래 '보따리에 싸서 보내는' 것을 말하는데 여기서는 '출산물'의 뜻으로
　　쓰였다. 『서경・우공(禹貢)』에 "그들의 보따리에는 귤과 유자를 싸서 공물로 바
　　쳤다(厥包橘柚錫貢)"라는 글귀가 보인다.

16　箭(전) : 조릿대. 가는 대나무의 일종.

17　尋(심) : 옛날의 길이 단위로 한 길 곧 여덟 자.

18　魁(괴) : 훤칠하다. 모양이 출중한 것을 가리킨다.

廖師郴民, 而學於衡山, 氣專而容寂, 多藝而善遊, 豈吾所謂魁奇而迷溺者
邪? 廖師善知人, 若不在其身, 必在其所與遊, 訪之[19]而不吾告, 何也? 於其
別, 申[20]以問之。

19　訪之(방지) : 그에게 물어 보다. '之'를 일인칭 대명사인 '나'로 보고 '내게 찾아오
　　다'로 풀이해도 뜻이 통하지만 전자의 해석이 더 무난한 것으로 보인다.

20　申(신) : 펼쳐내다. 표명하다.

　나는 어릴 적에 왕적(王績)의 「취향기(醉鄕記)」를 읽고 나서 마음속으로 은거하는 사람은 속세에 얽매이는 바가 없을 텐데도 어떻게 그와 같이 술에 연연해하는 글을 썼는지 이상하게 여겼는데 정말로 술맛에 탐닉한 때문이었을까요? 그러다 완적(阮籍)과 도잠(陶潛)의 시를 읽고 난 뒤에야 비로소 저들이 설령 오만해 속세와 어울리려고 하지 않았을지언정, 오히려 내심을 가라앉힐 수가 없어 혹 외계 사물의 시비로 인해 마음에 동요가 일어나고 속이 끓어오를 때에 술에 의탁해 취향으로 도피하게 된 것임을 알게 되었습니다. 반면 안회(顔回)는 한 표주박의 물과 한 대 소쿠리의 밥을 손에 들고 먹고 마셨으며, 증삼(曾參)의 노래 소리는 쇠북이나 경쇠를 연주해서 나오는 것과 같았습니다. 그렇게 된 것은 그들이 성인 공자를 만나 스승으로 삼았기 때문으로 아무리 절박한 심정으로 배워도 스승을 따라잡지 못할 것 같았기에 그 밖의 다른 세상일에는 본래 돌아볼 겨를조차 없었거늘, 어찌 술 따위에 의탁하며 몽롱한 취향으로 도피하고자 했겠습니까? 그래서 나는 또 취향의 무리들이 성인을 만나지 못한 것을 슬프게 여기나이다!

건중(建中) 초에 천자께서 보위를 이어받아 정관(貞觀)과 개원(開元) 시절의 위대한 치적을 재현하는 데 뜻을 두시자 조정에 있는 신하들이 앞다투어 정사에 관해 진언했습니다. 이때에 취향 사람 왕적의 후손은 조정에서 벼슬하던 중에 직언한 일 때문에 관직에서 쫓겨나고 말았습니다. 나는 「취향기」의 문장을 슬프게 여기는 한편, 충성스럽고 선량한 신하였던 그 후손의 공적이 가상해서라도 그들의 후손과 교제하고 싶었습니다. 지금 그대가 나를 만나러 오면서 아무 재능도 가지고 온 게 없지만 나는 그대를 크게 드러내고자 하는데, 하물며 집안에서 대대로 지켜온 전통을 잃지 않고 계승해서 그대의 문장과 품행이 혼연히 단정하고 돈후함에 있어서야 오죽하겠습니까! 다만 내가 힘이 없어서 그대를 끌어주지 못하고, 내가 하는 말도 세상 사람들에게 신임을 받지 못하는 게 애석할 뿐이외다! 이제 그대가 길을 떠날 즈음에 그대와 잠시 한 잔 술 기울일 뿐이외다.

해제

정원 19년(803) 무렵 진사고시에 낙방한 뒤 먼 길을 떠나는 왕함(王含)에게 써 준 송별사. 왕함은 『구당서(舊唐書)』와 『신당서(新唐書)』에 전기가 실려 있지 않지만, 이 글을 통해 왕적(王績, 590-644)의 후손임이 알려지게 되었다. '수재(秀才)'는 당나라 초에 잠시 시행된 과거고시의 일종이기도 하지만, 당송(唐宋) 양대에 통상 진사과와 명경과 등 과거고시 응시생을 가리키는 말로 쓰였다. 이 글의 제목이 「송진사왕함서(送進士王含序)」로 된 판본도 있지만, 왕함은 이로부터 10년 뒤인 원화 8년(813)에 진사에 급제했다.

　뜻을 얻지 못하고 가슴속에 불만을 가득 품은 채 떠나는 사람에게 해줄 적절한 말을 찾기란 쉽지 않다. 그래서 작자는 먼저 왕함의 선조인 왕적이 쓴 「취향기」를 화두로 꺼내 취향으로 도피해 술에 의탁해 살아간 삶을 먼저 거론하고, 그것을 지극히 가난하고 어려운 상황에서도 안빈낙도한 안회(顔回)와 증삼(曾參)의 삶과 대비하고 있다. 이는 실로 왕함을 겨냥해 한 말로 한 때 벼슬길에서 실패했다고 해서 소극적이고 퇴폐적으로 살지 말고, 성인을 스승으로 모시고 공부한 안회와 증삼을 본보기 삼아 배우도록 넌지시 타이르고 있는 것이다. 이어서 제대로 돌아가는 세상에서도 쫓겨난 선조가 있다는 사실을 끄집어내어 왕함을 위로하는 뜻을 덧붙였다. 마지막으로 왕함의 재목감을 칭찬하면서도 자신에게는 그를 이끌어줄 힘이 없음을 말해 재주를 펼치기 어려운 세상에 대한 비판과 회재불우(懷才不遇)한 사람에 대한 동정의 뜻을 곁들였다. 이글은 300여 글자에 불과한 짧막한 글인데도 고금을 자유자재로 넘나들며 함축적인 필치로 변화의 묘미를 잘 살려 읽을수록 깊은 맛을 느끼게 한다.

원문 및 주석

吾少時讀醉鄉記[1], 私怪隱居者無所累於世而猶有是言[2], 豈誠旨[3]於味邪? 及讀阮籍[4]陶潛[5]詩, 乃知彼雖偃蹇[6]不欲與世接, 然猶未能平其心, 或爲事物是非相感發, 於是有託[7]而逃焉者也。 若顔氏子[8]操瓢與簞, 曾參[9]歌聲若出

金石 : 彼得聖人而師之, 汲汲¹⁰每若不可及, 其於外也固不暇, 尙何麴蘖¹¹之託而昏冥¹²之逃邪? 吾又以爲悲醉鄕之徒¹³不遇也!

1　醉鄕記(취향기) : 초당(初唐)의 문인 왕적(王績, 590-644)이 쓴 글. 허구의 수법으로 술에 빠져 취생몽사하는 정취를 묘사했는데,『동고자집(東皐子集)』하권에 실려 있다. 왕적은 자가 무공(無功)이고 호가 동고자(東皐子)며, 수(隋)나라 말의 대유학자 왕통(王通, 584-617)의 동생이다.

2　是言(시언) : 술에 몹시 연연해하는「취향기」속의 내용.

3　旨(지) : 동사로 쓰여 '맛이 있다고 여기다'는 뜻이다.

4　阮籍(완적) : 위진(魏晉) 교체기의 문인. 죽림칠현(竹林七賢)의 한 사람으로 음주를 찬미하는 시를 많이 남겼다. 생몰년은 210-263년이다.

5　陶潛(도잠) : 동진(東晉)과 유송(劉宋) 교체기의 문인. 고금 은일 시인의 으뜸으로 손꼽히며 음주를 찬미하는 시를 많이 남겼다. 왕적의「침향기」에 완적과 도잠이 함께 침향으로 유람 갔다가 돌아오지 않고 주선(酒仙)이 되었다는 내용이 들어 있다. 생몰년은 대략 365-427년이다.

6　偃蹇(언건) : 오만한 모양.

7　託(탁) : 술에 의탁하다.

8　顔氏子(안씨자) : 공자의 애제자 안회(顔回). 이 구절은『논어・옹야(雍也)』편에 보이는 것으로 한 표주박의 물을 마시고 대소쿠리의 밥을 먹고도 안빈낙도의 삶을 산 것을 말한다.

9　曾參(증삼) : 공자 제자의 한 사람.『장자・양왕(讓王)』에 "증자(曾子)가 위(衛)나라에 살 때…… 헝클어진 머리에 묽은 띠를 끌며「상송(商頌)」을 노래 불렀는데, 그 소리가 천지에 가득해 마치 쇠북이나 경쇠를 연주할 때 나는 것 같았다(曾子居衛, …… 曳縦而歌商頌, 聲滿天地, 若出金石)"라는 글귀가 보인다.

10　汲汲(급급) : 심정이 절박한 모양.

11　麴蘖(국얼) : 술을 빚는 누룩으로 여기서는 술을 가리킨다. '蘖'은 '蘖'과 같다.

12　昏冥(혼명) : 몽롱해 지각이 없는 곳으로 '醉鄕(취향)'을 가리킨다.

13　醉鄕之徒(취향지도) : 취향의 무리. 왕적(王績)과 같이 술을 몹시 좋아하는 사람들을 가리킨다.

建中¹⁴初, 天子嗣位, 有意貞觀¹⁵開元¹⁶之丕績¹⁷, 在廷之臣爭言事. 當此時, 醉鄕之後世¹⁸又以直廢. 吾旣悲醉鄕之文辭, 而又嘉良臣之烈¹⁹, 思識其子孫. 今子之來見我也, 無所挾, 吾猶將張²⁰之, 況文與行不失其世守²¹, 渾然²²端且厚. 惜乎吾力不能振²³之, 而其言不見信於世也! 於其行, 姑與之飮酒.

14　建中(건중) : 당나라 덕종(德宗)의 연호(780-783).

15 貞觀(정관) : 당나라 태종(太宗)의 연호(627-649). 정치가 개명해 '정관의 치세'로 불리는 태평성대를 구가한 시기다.

16 開元(개원) : 당나라 현종(玄宗)의 연호(713-741). 정치가 개명해 '개원의 치세'로 불리는 태평성대를 구가한 시기다.

17 조績(비적) : 위대한 치적.

18 後世(후세) : 왕적(王績)의 후손인데 이 구절에서 직언 때문에 관직에서 쫓겨난 사람이 누구인지는 미상이다.

19 烈(열) : 공적.

20 張(장) : 크게 드러내다.

21 世守(세수) : 대대로 지켜온 것으로 가문의 전통 따위를 가리킨다.

22 渾然(혼연) : 혼연히. 자연스럽고 질박한 모양.

23 振(진) : 끌어주다. 발탁하다.

 「맹수재 송별사」
送孟秀才序

올해 가을에 침주(郴州)에서 맹씨(孟氏)의 아들 맹관(孟琯)을 만난 적이
있는데 그는 나이가 적은데도 예절에 절도가 있었으며, 손에 자기가 쓴
아주 두꺼운 분량의 문집 한 권을 들고 왔었습니다. 내가 집으로 돌아
와 그의 문집을 펼쳐 끝까지 다 읽어보니, 두루 능하지 않는 것이 없어
서 진실로 마음속에 간직하고 눈에 담아두었습니다. 올해 10월 내가 형
주(衡州)와 담주(潭州)를 경유해 강릉부(江陵府)로 부임하던 중에도 여러 차
례 맹씨의 아들을 만났는데, 그와 교유하는 이들이 모두 선량한 사람이
고 덕망이 있는 자들이어서 나는 더더욱 그를 기특하게 여겼습니다. 그
가 지금 이곳을 출발해 사람을 따라 수도 장안으로 과거고시를 보러 가
려고 합니다. 비록 내게 먼저 남길 말을 청하지 않았더라도 억지로라도
이 글을 써주며 그의 포부가 실현되도록 할진대, 하물며 여러 차례 요
청함에 있어서야 더 말할 나위가 있겠습니까?

도성으로 진사고시를 보러 온 자격을 갖춘 응시생은 천 명을 넘게 헤아릴 정도인데 개중에는 각양각생의 사람들이 다 있으니, 내가 늘 그들과 교유하면서 시행착오가 많았기 때문에 사람을 사귈 때는 자세하게 살피고 가려서 굳게 교유를 맺어야 한다는 것을 알게 되었습니다. 좋은 친구라면 나와 교유하고 싶어 하지 않더라도 내가 애써 그에게로 다가가 의지하고, 나쁜 친구라면 비록 나를 미워하지 않더라도 그와의 교유를 완강하게 거절해버립니다. 만약 이와 같이 할 수 있다면 높은 관직과 작위를 얻는 것도 계단을 밟고 대청마루로 올라가듯 쉬울 것이니, 하물며 자질구레한 공명을 얻음에 있어서야 더 말할 나위가 있겠습니까?

해제

영정 원년(805) 10월에 도성으로 진사고시를 보러 떠나는 맹관(孟琯)에게 써 준 송별사. 이해 8월에 헌종(憲宗)의 즉위로 사면을 받은 작자는 강릉법조참군(江陵法曹參軍)에 임명되어 장서(張署)와 함께 강릉부로 부임하던 도중에 맹관을 만나게 되었다. 맹관이 길을 떠나기 전에 작자에게 남길 말을 써 달라고 하자 작자는 과거를 보려고 도성으로 몰려드는 각양각색의 사람들 중에 잘 가려서 선량한 친구와 깊은 교제를 하라는 충고를 해주고 있다. 이 글은 간결하고 절제된 표현 속에 과거고시에서 자신이 겪은 시행착오의 경험을 젊은 후학에게 차분하고 진솔하게 들려주고 있는 점이 돋보인다. 맹관은 훗날 원화 5년(810)에 진사에 급제했다.

원문 및 주석

今年秋, 見孟氏子琯於郴[1], 年甚少, 禮甚度[2], 手[3]其文一編甚鉅 ; 退披[4]其編
以讀之, 盡其書, 無有不能, 吾固心存而目識[5]矣。其十月, 吾道[6]於衡潭[7]以
之[8]荊[9], 累累[10]見孟氏子焉, 其所與偕盡善人長者[11], 吾益以奇之。今將去是
而隨擧[12]於京師, 雖不有請, 猶將彊而授之以就其志, 況其請之煩邪?

1   郴(침) : 침주. 지금 호남성 침주시(郴州市).
2   度(도) : 법도에 맞다. 절도가 있다.
3   手(수) : 동사로 쓰여 '손에 들다'는 뜻이다.
4   披(피) : 펴다. 젖혀 열다.
5   目識(목지) : 눈에 담아두다. '識'는 '誌'와 같다.
6   道(도) : 경유하다. 지나다.
7   衡潭(형담) : 형주와 담주. 그 주청 소재지는 각기 지금의 호남성 형양시(衡陽市)
    와 장사시(長沙市)에 있었다.
8   之(지) : 가다.
9   荊(형) : 형주 곧 강릉부(江陵府)를 가리킨다. 그 주청 소재지는 지금 호북성 강
    릉시(江陵市)에 있었다.
10 累累(누누) : 여러 차례. 누차. '屢屢'와 같다.
11 長者(장자) : 덕망이 있는 사람. 유덕한 사람.
12 隨擧(수거) : 주군(州郡)에서 파견하는 사람과 동행해 예부(禮部) 주관의 진사고
    시에 응시하도록 천거되다.

京師之進士以千數, 其人靡所不有, 吾常折肱[13]焉, 其要在詳擇而固交之。
善雖不吾與, 吾將彊[14]而附 ; 不善雖不吾惡, 吾將彊而拒 : 苟如是, 其於高
爵猶階而升堂, 又況其細者邪?

13 折肱(절굉) : 오랜 단련을 거쳐 풍부한 경험이 쌓이다. 시행착오와 실패를 통해
    얻은 경험이 많이 축적되다. 『좌전·정공(定公) 13년』의 "세 번 팔이 부러져 고
    생하고 나면 훌륭한 의사가 될 수 있다(三折肱, 知爲良醫)"라는 데서 나온 표현
    이다.
14 彊(강) : 힘쓰다. 무리해서라도 하다. '强'과 같다.

HS-139 「진동 수재 송별사」

送陳秀才彤序

책을 읽어서 학문을 하고 말을 엮어서 문장을 짓는 것은 학식이 많은 것을 자랑하고 문장이 화려한 것을 다투기 위한 게 아닙니다. 왜냐하면 학문은 유학의 도를 실천하기 위한 것이고 문장은 사리를 밝히기 위한 것이기 때문입니다. 만약 일처리가 적절하고 발언이 요점에 들어맞는다면 비록 나와 대면한 적이 없더라도 나는 그가 문장과 학문에 뛰어난 사람이라고 믿을 것입니다.

영천(潁川) 사람 진동(陳彤) 군은 내가 호남관찰사 양빙(楊憑) 공의 문하에서 처음 만났는데 키가 헌칠하게 크고 인품이 따스하니 온화한 사람이었습니다. 나는 그의 모습을 눈으로 보고 그가 하는 말을 귀로 듣고서 그의 사람 됨됨이를 알게 되었는데, 오래 교제하다보니 정말 그를 따라갈 수 없을 것 같았습니다. 대체로 호남관찰사 양빙 공은 다른 사람을 대할 때 별것 아닌 직무로 경솔하게 접견하지 않았으며, 문하에서 명예를 다투는 보좌관들도 글재주에 대해서 허망한 것으로 스스로를 굽히지 않았습니다. 나는 호남관찰사 양빙 각하의 그에 대한 예우가 날로 더 세심해지고 그와 함께 신분 상승을 위해 노력하는 동료들이 너나 할 것 없이 그를 칭찬하는 것을 보고서, 나의 신뢰가 틀리지 않았음을 더욱 확신하게 되었습니다. 이와 같은데도 또 질문을 해서 그의 학문을 검증하고 제목을 내걸어 그의 문장력을 살펴보거나 한다면 어디 그를 신뢰한다고 할 수 있겠습니까? 따라서 나는 진동에 대해 아무 검증도 하지 않았고 진동 또한 내게 아무 것도 내보일 필요가 없었으니, 이것이 어찌 옛 사람이 "지혜로운 사람에게는 말할 만하지만 세상 보통 사람에게는 말하기 어렵다"라고 한 것과 비슷한 게 아니겠습니까?

내가 학문과 과거고시 및 인재 천거 등의 업무에 종사한 지 오래 되었는데 진사고시에 천거된 자 중에서 진동 정도의 수준이 되는 사람으로 자기의 포부를 실현하지 못한 사람을 여태껏 본 적이 없는지라, 그가 길을 떠남에 임해서 잠시 이 글을 써 줍니다.

해제

영정 원년(805)에 서울로 진사고시를 보러 떠나는 진동(陳彤)에게 써 준 송별사. 작자는 정원 19년(803) 겨울에 감찰어사(監察御史)에서 양산(陽山) 현령으로 좌천되었는데, 부임 도중 그 이듬해 담주(潭州)를 지나다가 호남관찰사(湖南觀察使) 양빙(楊憑)의 문하에서 진동을 만난 적이 있었다. 영정 원년에 작자가 강릉법조참군(江陵法曹參軍)으로 전임해 근무하던 중, 진동이 진사고시를 보기 위해 도성으로 떠날 때 이 글을 써주며 격려한 것이다. 이 글은 진동의 용모와 말로 보아 사람됨을 알고 그가 반드시 자신의 포부를 실현할 것임을 전적으로 신뢰하는 가운데, 인품과 문장의 관계 및 실천 행위와 입언의 관계를 다루었다. 청년 진동의 전도가 밝은 것이라는 격려를 하면서 언행 속에 높은 도덕 수양이 가미되면 문장은 반드시 큰 성취를 이룬다는 일반적인 취지를 별다른 수식이 없는 간명한 필치로 천명하고 있다. 훗날 진동은 원화 13년(818)에 진사에 급제했다.

원문 및 주석

讀書以爲學, 纘[1]言以爲文, 非以誇多[2]而鬪靡[3]也；蓋學所以爲道, 文所以爲理耳。苟行事得其宜, 出言適其要, 雖不吾面, 吾將信其富於文學也。

1 纘(찬)：모으다. 엮다. 집필하다. '纂(찬)'과 통한다.
2 誇多(과다)：양이 많은 것을 자랑하다.
3 鬪靡(투미)：화려한 것을 다투다.

潁川[4]陳彤始吾見之楊湖南門下, 頎[5]然其長, 薰然[6]其和。吾目其貌, 耳其言, 因以得其爲人；及其久也, 果若不可及。夫湖南之於人, 不輕以事接；爭名者之於藝[7], 不可以虛屈：吾見湖南之禮有加, 而同進之士交譽也, 又以信吾信之不失也。如是而又問焉以質其學, 策[8]焉以考其文, 則何信之有？故吾不徵於陳, 而陳亦不出於我, 此豈非古人[9]所謂"可爲智者道, 難與俗人言"者類邪？

4 潁川(영천)：당나라 때 허주(許州)를 가리킨다. 「송하견서(送何堅序)」(HS-135) 주석 7 참조.
5 頎(기)：키가 크다. 헌칠하다. 『시경・제풍(齊風)・의차(猗嗟)』에 "아아 멋지다!

훤칠하게 큰 키(猗嗟昌兮, 頎而長兮)”라는 시구가 보인다.

6 薰然(훈연) : 온화한 모양. 『장자·천하(天下)』에 “온화하게 인자해야 군자라고
   한다(薰然慈仁, 謂之君子)”라는 시구가 보인다.

7 藝(예) : 기예. 글재주. 여기서는 과거시험 공부를 위주로 한 글공부를 가리키는
   것으로 여겨진다.

8 策(책) : 출제하다. 문제를 내다. 본래 옛날 과거고시에서 문제를 내어 응시자들
   에게 맞히도록 하는 것을 가리킨다.

9 古人(고인) : 사마천(司馬遷)을 가리킨다. 사마천의 「보임소경서(報任少卿書)」에
   “저는 진실로 이미 이 책을 저술해 명산에 간직해 두었다가 저와 뜻을 같이해
   그 가치를 제대로 알아줄 사람에게 전해 큰 고을과 대도시에 널리 알리고자 했
   습니다. 그렇게 된다면 제가 전에 치욕을 참고 자결하지 않은 빚을 보상받게 될
   테니 비록 수만 번 죽임을 당해도 어찌 후회스러움이 있겠습니까? 그렇지만 이
   러한 말은 지혜로운 사람에게는 할 만하지만 세상 보통 사람들에게는 하기 어
   렵습니다(僕誠已著此書, 藏之名山, 傳之其人, 通邑大都. 則僕償前辱之責, 雖萬
   被戮, 豈有悔哉? 然此可爲智者道, 難爲俗人言也)”라는 글이 보인다.

凡吾從事於斯¹⁰也久, 未見擧進土有如陳生而不如志者, 於其行, 姑以是贈
之。

10 從事於斯(종사어사) : 학문과 과거고시 및 인재 천거 등의 업무에 종사하다.

HS-140 「왕수재 송별사」

送王秀才序

나는 항상 공자(孔子)의 학설은 방대하고 재능은 광범해 문하의 제자들이 전체를 두루 살피고 완전히 다 이해할 수가 없었기 때문에 공자로부터 배울 때는 모두 자기들의 본성에 가까운 부분만을 터득했다고 생각해 왔습니다. 그 뒤에 공자의 제자들이 제후의 나라로 뿔뿔이 흩어져 들어가 거처하면서 또 제각기 자기들이 배워 아는 지식을 가지고 자신들의 제자들에게 전수하였기에 근원으로부터 멀어지고 지류는 갈수록 더욱 분분히 나누어지게 되었습니다.

대체로 자하(子夏)의 학설은 뒤에 전자방(田子方)이 계승했고, 전자방의 뒤에는 변화를 거듭해 장주(莊周)의 학설로 발전하였기 때문에 장주의 책에서는 전자방의 사람됨을 즐겨 칭찬했습니다. 순경(荀卿)의 책에서는 성인을 말할 때 반드시 공자와 자궁(子弓)이라고 했지만 자궁의 사적과 학문은 전해지는 바가 없고, 단지 『사기(史記)』의 「중니제자열전(仲尼弟子

列傳)」에 간비자궁(馯臂子弓)이라는 성명과 자(字)가 나올 뿐인데 자궁은 상구(商瞿)로부터 『역경(易經)』을 전수받았습니다. 맹가(孟軻)는 자사(子思)를 사사했는데 자사의 학문은 대개 증자(曾子)에게서 나왔습니다. 공자 사후에 많은 제자들 중에 책을 남기지 않은 사람이 없지만, 단지 맹가가 저술한 책만이 공자 학문의 근본 취지를 터득하였기 때문에 나는 어려서부터 『맹자』를 즐겨 보았습니다.

태원(太原) 사람 왕훈(王塤)이 자기가 지은 글을 내게 보여주었는데 맹자가 말한 것을 즐겨 거론했습니다. 그와 이야기를 나누어 보니 진실로 맹자를 좋아하는데다 여러 차례 맹자의 문장을 찬미하기도 했습니다. 대체로 황하를 따라 내려갈 때 만약 배를 멈추지 않는다면 비록 느리고 빠르고의 차이는 있을지라도 반드시 바다에 도달하게 됩니다만, 만약 올바른 길을 택하지 못한다면 비록 빨리 배를 젓고 멈추지 않더라도 끝내 목적지에 도달하기를 바라지는 못합니다. 따라서 학문에 뜻을 둔 사람은 반드시 자기가 갈 길을 신중히 선택해야 하는 법, 양주(楊朱)나 묵적(墨翟)이나 노담(老聃)이나 장주(莊周)나 부처의 학문을 경유해 성인의 학문 세계로 들어가고자 하는 것은 바다와 통하지 않고 끊어진 지류나 단절된 저수지에서 배를 저어 큰 바다에 도달하고자 하는 것과 같습니다. 따라서 성인의 학설을 살피고자 한다면 반드시 맹자에서부터 시작해야 합니다. 지금 왕훈이 경유하는 길이 거의 올바른 항로를 안다고 할 수 있으니, 만약 또 배와 노를 얻는다면 그 길을 따라 내려가고 멈추지 않을 것임을 알겠습니다. 아아! 그의 앞날을 헤아릴 수 있겠나이다!

해제

진사고시를 보기 위해 길을 떠나는 왕훈(王塤)을 격려하기 위해 써 준 송별사로 창작연대는 미상이다. 다만 글의 취지가 「원도(原道)」(HS-005)와 「독순(讀荀)」(HS-016) 등과 일치하므로 이들과 비슷한 시기에 나온 것이 아닌지 추정할 뿐이다. 글의 형식은 송별사지만 실제로는 유가학파의 분화와 전승을 다룬 학술논문이다. 이 글에서 작자는 유학을 자하(子夏)에서 전자방(田子方)을 거쳐 장자(莊子)에 이른 것, 상구(商瞿)에서 간비자궁(馯臂子弓)을 거쳐 순자(荀子)에 이른 것, 증자(曾子)에서 자사(子思)를 거쳐 맹자(孟子)에 이른 것의 3대 분파로 나누고, 마지막의 맹자학파가 공자 학문의 근본 취지를 계승했다고 결론 내리고 있다. 작자의 이러한 견해는 송대(宋代) 성리학자들에게 큰 영향을 주어 『논어』·『대학』(증자의 작으로 간주)·『중용』(자사의 작으로 간주)·『맹자』가 '사서(四書)'로 한데 묶여 유학 교육의 기본 텍스트로 되는데 일조를 했다고 할 수 있다. 두 번째 단락에서는 학문하는 경로와 태도에 대해 언급했는데, 올바른 길을 잘 선택하고 그 길을 따라 쉬지 않고 꾸준히 노력해야 최종 목적지에 도달할 수 있다고 했다. 무미건조한 학술논문의 밋밋함을 피하기 위해, 첫 번째 학파는 시간의 순서대로 서술한 반면에 나머지 두 학파에 대해서는 결말부터 쓴 뒤 과정을 소급해가는 역순으로 서술했고, 학문하는 경로나 태도는 배를 타고 황하를 따라 바다로 들어가는 비유를 통해 전달함으로써 생동감을 불러일으키고 있다. 문장의 풍격이 전아하고 예스러우며 서술이 간결하고 명료한 것도 이 글의 특징이다.

원문 및 주석

吾常以爲孔子之道大而能博, 門弟子不能徧觀而盡識也, 故學焉而皆得其性之所近[1]；其後離散分處諸侯之國[2], 又各以所能授弟子[3], 原[4]遠而末益分。

1 　이 구절은 『논어·선진(先進)』편에서 안회(顔回)·민손(閔損)·염경(冉耕)·염옹(冉雍)은 덕행(德行), 재여(宰予)와 단목사(端木賜)는 언어(言語), 염구(冉求)와 중유(仲由)는 정사(政事), 언언(言偃)과 복상(卜商)은 문학(文學)에 뛰어났다고 한 것과 같은 예를 가리킨다.
2 　이 구절은 『사기·유림열전(儒林列傳)』에서 자로(子路)는 위(衛), 자장(子張)은 진(陳), 담대자우(澹臺子羽)는 초(楚), 자하(子夏)는 서하(西河)에서 살고, 자공(子貢)은 제(齊)나라에서 생을 마쳤다고 한 따위를 가리킨다.
3 　이 구절은 『사기·유림열전』에서 전자방(田子方)·단간목(段干木)·오기(吳起)·금골희(禽滑釐)와 같은 사람들은 모두 자하(子夏)에게서 수업을 받았다고 한 것을 가리킨다.
4 　原(원) : 근원. ‘源’과 같다. 물로 비유해 말하고 있다.

蓋子夏[5]之學, 其後有田子方[6]；子方之後, 流而爲莊周[7]：故周之書[8], 喜稱子方之爲人。荀卿之書[9], 語聖人必曰孔子、子弓, 子弓之事業不傳, 惟太史公書弟子傳[10]有姓名字, 曰馯臂子弓[11], 子弓受易於商瞿[12]。孟軻[13]師子思[14], 子思之學蓋出曾子[15], 自孔子沒, 羣弟子莫不有書[16], 獨孟軻氏之傳得其宗, 故吾少而樂觀焉。

5 　子夏(자하) : 복상(卜商). 위(衛)나라 출신이며, 공자보다 44세 연소한 제자로 문학에 뛰어났다.
6 　田子方(전자방) : 이름이 무택(無擇)이다.
7 　莊周(장주) : 보통 장자(莊子, B.C. 369?-B.C. 288)로 불리며 전국시대 몽[蒙 : 지금 하남성 상구현(商邱縣) 동북] 사람으로 노자의 학설을 계승해 도가사상을 크게 발전시킨 대사다. 장자의 학술 연원에 대해서는 아직도 논란이 끊이지 않지만 공자의 제자 자하의 계열로 본 것은 한유의 독특한 견해다.
8 　周之書(주지서) : 『장자(莊子)』. 이하 두 구절에 의하면 『장자』에서 전자방을 여러 차례 언급한 것으로 되어 있는데, 현전하는 『장자』에는 「전자방」편이 보이고 단지 한 차례만 전자방을 인용하고 있을 뿐이다. 당나라 때 한유가 본 『장자』 판본은 지금 전하는 것과 달랐을 가능성이 높다.
9 　荀卿之書(순경지서) : 『순자(荀子)』. 이하 두 구절은 『순자』의 「비상(非相)」, 「비

십이자(非十二子)」,「유효(儒效)」등의 편에 보이는 내용이다.

10   太史公書弟子傳(태사공서제자전) :『사기 · 중니제자열전(仲尼弟子列傳)』을 가리
      킨다.

11   馯臂子弓(간비자궁) : '馯'은 성이고 '臂'는 이름이며 '子弓'은 자다. 그런데 『사
      기 · 중니제자열전』에는 '馯臂子弘(간비자홍)'으로 되어 있고, 『한서 · 유림전(儒
      林傳)』에는 '馯臂子弓'으로 되어 있다. 양경(楊倞)의 『순자』주에 의하면 '子弓'
      은 중궁(仲弓) 곧 염옹(冉雍)이라고도 하여 한유와 다른 견해를 피력했는데 확
      실한 것은 미상이다.

12   商瞿(상구) : 자가 자목(字木)이며 노(魯)나라 사람으로 공자보다 29세 연소했는
      데 공자로부터 『역경』을 전수받았다.

13   孟軻(맹가) : 자가 자여(子輿)고 보통 맹자(B.C. 372-B.C. 289)로 불리며 전국시대
      추(鄒 : 지금 산동성 추현) 사람으로 공자를 계승해 유가 학파를 발전시킨 공로
      로 '공맹(孔孟)'으로 병칭되고 '아성(亞聖)'으로 불리기도 한다. 『사기 · 맹자순경
      열전(孟子荀卿列傳)』에 의하면 맹자는 자사(子思)의 문인에게 학업을 전수받았
      다고 되어 있는데, 이 구절에서 자사에게서 배웠다고 한 것은 오류라기보다는
      뭉뚱그려 언급한 결과로 보인다.

14   子思(자사) : 공급(孔伋, B.C. 483-B.C. 402). 공자의 손자로 '술성(述聖)'으로 불렸
      다. 증자에게서 배웠으며 유가의 도덕관념 중에서 '성(誠)'을 세계의 본원으로
      여기고 '중용(中庸)'을 학설의 기본 핵심으로 삼았다.

15   曾子(증자) : 증삼(曾參, B.C. 505-B.C. 436). 자가 자여(子輿)고 춘추시대 노나라
      무성[武城 : 지금 산동성 비현(費縣)] 사람이다. 공자보다 46세 연소한 제자로 효
      도를 공자 가르침의 핵심으로 이해하고 이론과 실천 양면에서 매우 중시한 인
      물이다.

16   이 구절에 대한 자세한 설명은 「송맹동야서(送孟東野序)」(HS-122) 주석 26 참조.

太原[17]王塤示予所爲文, 好擧孟子之所道者, 與之言, 信悅孟子而屢贊其文
辭。夫沿河而下, 苟不止, 雖有遲疾, 必至於海 ; 如不得其道也, 雖疾不止,
終莫幸[18]而至焉。故學者必愼其所道, 道於楊[19]墨[20]老[21]莊佛之學, 而欲之[22]
聖人之道, 猶航[23]斷港絶潢[24]以望至於海也 ; 故求觀聖人之道, 必自孟子
始。今塤之所由, 旣幾[25]於知道 ; 如又得其船與檝[26], 知沿而不止, 嗚呼, 其
可量也哉!

------

17   太原(태원) : 태원부(太原府). 지금 산서성(山西省) 태원시(太原市). 태원왕씨(太
      原王氏)는 당나라 때 5대 명문 족속의 하나였다.

18   幸(행) : 바라다. 희망하다. '倖'과 통하는 것으로 보고 '요행히'로 풀이하기도 한
      다.

19 楊(양) : 양주(楊朱). 자가 자거(子居)며 전국시대 초기의 사상가로 묵적(墨翟)의
　　겸애설(兼愛說)에 정면으로 반대해 이기주의적인 위아설(爲我說)을 주장했다.
20 墨(묵) : 묵적(墨翟). 보통 묵자로 불리며 겸애설(兼愛說)을 주창한 묵가 학파의
　　창시자.
21 老(노) : 이이(李耳). 보통 노자로 불리며 자가 담(聃)이고 도가(道家) 학파의 창
　　시자.
22 之(지) : 도달하다. 이르다.
23 航(항) : 배를 젓다.
24 斷港絶潢(단항절황) : 바다와 통하지 않고 끊어진 지류나 단절된 저수지.
25 幾(기) : 거의.
26 檝(즙 / 집) : 노. '楫'과 같다. 보통 긴 노를 '棹(도)', 짧은 노를 '楫'이라고 한다.

HS-141 「형담창화시 서문」

荊潭唱和詩序

　　배균(裴均) 각하의 보좌관 중에 한 사람이 내게 『형담수창시(荊潭酬唱詩)』를 보여 주기에 내가 그 시집을 받아서 전부 다 읽고 난 뒤에 우러러 경모하는 심정으로 다음과 같이 아뢰었습니다.

　　"대체로 태평하고 안정된 시대를 담아낸 곡조는 평담해 별 맛이 없지만 슬프고 시름겨운 심사를 토로한 소리는 깊이가 있고 미묘하며, 즐겁고 유쾌할 때 쓴 글은 정교하기 어렵지만 곤궁하고 고달플 때 지은 문장은 훌륭하기가 쉽습니다. 이 때문에 문학 창작은 항상 객지를 떠돌아다니는 나그네와 초야에 묻혀 사는 사람들에게서 우러나오고, 왕공이나 귀족들은 위세 등등하고 득의양양한 나머지 천성이 글쓰기를 잘하거나 좋아하지 않으면 글을 지을 겨를이 없습니다. 지금 복야(僕射) 배균 각하께서는 남만(南蠻) 땅 형주(荊州)의 절도사로 임명되어 다스리면서 아홉 개 고을을 통할하시고, 상시(常侍) 양빙(楊憑) 각하께서는 호남(湖南)의 영토 2천 리를 거느리고 계십니다. 두 분께서는 모두 부지런히 덕정을 베풀고 형벌을 집행하고 계시며 받는 관작과 봉록도 높습니다. 그런데도 『시경』·『서경』과 같은 고전의 공부에 뜻을 두고 시가를 읊조리는 데 글 솜씨를 발휘해 끊임없이 주고받아 한쪽에서 노래 부르면 다른 한쪽에서 화답하면서 기발하고 특이한 어구를 가려내며 애써 글을 갈고 다듬은 뒤, 가죽 띠를 두르고 베옷을 입고서 보통 사람들이 거주하는 마을에 살며 창작에 전념하느라 안색이 초췌해진 선비들과 글의 미세한 차이까지 비교하셨습니다. 두 분께서 쓴 시는 음조가 곱고 낭랑해 쇠북이나 경쇠와 같은 소리가 나고, 그윽하고 정묘해 귀신을 감동시키니 진실로 재능이 온전하고 능력이 뛰어난 분들이라고 할 수 있습니다. 두 관아의 보좌관과 부하 관리들도 화답했는데 단지 이 시집 속에 수록되어 있는 것이면 모두 읽어볼 만하니, 악곡을 붙이고 역사책에 기록해야 마땅할 것입니다."

그 보좌관이 "그대의 말씀이 옳으십니다"라고 했습니다. 이 말을 배균 각하께 아뢰고 글로 써서 형주와 담주의 관리들이 읊고 화답한 시집인 『형담창화시(荊潭唱和詩)』의 서문으로 삼았습니다.

해제

영정 원년(805)에 배균(裴均)과 양빙(楊憑)이 주고받은 시와 그들의 부하 관리들이 화답한 시를 모아 엮은 시집에 붙인 서문. 배균은 자가 군제(君齊)고 하동(河東) 사람으로 정원 19년(803) 5월에 형남절도사(荊南節度使)로 부임했는데 그 행정 중심지가 강릉(江陵)에 있었다. 양빙은 자가 허수

(虛受)고 홍농(弘農) 사람으로 정원 18년(802) 9월에 호남관찰사(湖南觀察使)로 부임했는데 그 행정 중심지가 담주(潭州)에 있었다. 작자는 이때 배균의 속관으로 강릉법조참군(江陵法曹參軍)을 맡고 있던 중, 부탁을 받고 이 시집의 서문을 쓰게 된 것이다. 그런데 글 속에 쓰인 배균과 양빙 두 사람의 직함으로 보아 원화 3년(808) 이후에 작자가 고쳐 썼거나 후인들이 첨가해 넣었을 가능성이 높다.

곤궁하고 고달픈 시기에 슬프고 시름겨운 심사를 토로한 문학이 예술적 감화력이 높다는 일반적인 취지를 전제하고서도, 즐겁고 유쾌할 때 태평하고 안정된 시대를 담아낸 작품도 좋아질 수 있음을 배균과 양빙 두 사람의 경우를 통해 확인했다. 이로써 두 사람은 번잡한 정무로 분주한 가운데서도 시가의 창작에 상당한 공력을 기울여 불후의 명작을 남길 수 있었음을 칭송했다. 앞부분에서는 득의양양한 고관대작들이 좋은 문학 작품을 쓰기란 지극히 어렵다는 말을 해놓고, 뒤에서는 이를 뒤집어 두 사람의 창작 성취를 더욱 돋보이게 한 솜씨가 눈에 띈다.

원문 및 주석

從事¹有示愈以荊潭酬唱²詩者, 愈旣受以卒業³, 因仰⁴而言曰:

1 從事(종사) : 보좌관. 종사관. 「송두종사서(送竇從事序)」(HS-124) 주석 21 참조.
2 酬唱(수창) : 글로 서로 주고받다.
3 卒業(졸업) : 처음부터 끝까지 다 읽다.
4 仰(앙) : 우러러보다. 경모하다.

"夫和平之音淡薄⁵, 而愁思之聲要妙⁶ ; 讙愉⁷之辭難工⁸, 而窮苦⁹之言易好也。是故文章之作, 恆發於羈旅¹⁰草野¹¹ ; 至若王公貴人氣滿志得, 非性能而好之, 則不暇以爲。今僕射裴公¹²開鎭¹³蠻荊¹⁴, 統郡惟九¹⁵；常侍楊公¹⁶
領湖之南壤地二千里：德刑之政並勤, 爵祿之報兩崇¹⁷。乃能存志乎詩書,
寓辭¹⁸乎詠歌, 往復循環, 有唱斯和, 搜奇抉怪¹⁹, 雕鏤²⁰文字, 與韋布里閭²¹
憔悴²²專一之士較其毫釐分寸²³, 鏗鏘²⁴發金石²⁵, 幽眇²⁶感鬼神, 信所謂材
全而能鉅者也。兩府之從事與部屬之吏屬²⁷而和之, 苟在編者咸可觀也, 宜
乎施之樂章, 紀諸冊書²⁸。"

5　淡薄(담박) : 평담해 별맛이 없다.

6　要妙(요묘) : 깊이가 있고 미묘하다.

7　讙愉(환유) : 즐겁고 유쾌하다. '讙'은 '歡'과 같다.

8　工(공) : 정교하다. 훌륭하다.

9　窮苦(궁고) : 곤궁하고 고통스럽다. 구분하면 '窮'은 정치적으로 뜻을 얻지 못해
　　곤궁한 것이고, '苦'는 경제적으로 빈곤해 고통스러운 것을 가리킨다.

10　羈旅(기려) : 객지를 떠돌아다니며 사는 나그네.

11　草野(초야) : 초야에 묻혀 사는 사람. 평민.

12　僕射裴公(복야배공) : 복야 배균(裴均) 각하. 배균은 이때 실은 형남절도사 재직
　　중이었다. '僕射'는 당나라 때 상서성(尚書省)의 장관으로 천자를 보좌해 국정을
　　의결하는 직책을 맡았는데 초기에는 중서령(中書令) 및 시중(侍中)과 함께 재상
　　이었지만, 중종(中宗) 이후에는 동중서문하평장사(同中書門下平章事)가 덧붙여
　　지지 않으면 부재상급에 머물렀다. 배균은 원화 3년(808)에 상서우복야(尚書右
　　僕射)가 되었고 얼마 안 있어 동평장사(同平章事)가 덧붙여졌다. 그런데 이 글
　　이 영정 원년에 지어졌으므로 일부 판본과 마찬가지로 '僕射裴' 세 글자는 없는
　　것이 옳다.

13　開鎭(개진) : 절도사를 임명해 한 지역을 지키게 하다.

14　蠻荊(만형) : 남만(南蠻)의 형주. 오랑캐 땅 형주.『시경·소아·채기(采芑)』에
　　"어리석은 형주의 오랑캐가 중국을 원수로 삼네(蠢爾蠻荊, 大邦爲讎)"라는 시구
　　가 보인다. 주(周)나라 때 이 일대가 아직 경제나 문화가 낙후되어 이렇게 말했
　　다.

15　統郡惟九(통군유구) : 당나라 때 형남절도사는 기(夔)·충(忠)·만(萬)·풍(澧)·
　　낭(朗)·부(涪)·협(峽)·형(荊)·귀(歸)의 9개 주를 통할했다.

16　常侍楊公(상시양공) : 상시(常侍) 양빙(楊憑) 각하. '常侍'는 산기상시(散騎常侍)
　　의 약칭으로 천자를 도와 문서와 조령(詔令) 등을 관장했다. 그런데 양빙은 호
　　남과 강서(江西)의 관찰사를 역임한 뒤에 좌산기상시(左散騎常侍)가 되었으므
　　로 이때는 아직 좌산기상시 부임 이전이다.

17　崇(숭) : 높다.

18　寓辭(우사) : 글을 쓰다. 글 솜씨를 기탁하다.

19　搜奇抉怪(수기결괴) : 기발하고 특이한 어구를 가려내다.

20 　雕鏤(조루) : 애써 갈고 다듬다. 자구의 조탁을 일삼다.

21 　韋布里閭(위포이려) : 가죽 띠를 두르고 베옷을 입고서 보통 사람들이 거주하는 마을에 살다. 빈한한 평민의 삶을 사는 것을 비유한다.

22 　憔悴(초췌) : 안색이 누렇게 뜨고 삐쩍 마르다.

23 　毫釐分寸(호리분촌) : 지극히 미세한 차이. 여기서는 글의 미세한 차이를 가리키는 것으로 보인다.

24 　鏗鏘(갱장) : 음조가 곱고 낭랑한 것을 형용한다.

25 　金石(금석) : 쇠북이나 경쇠와 같은 악기.

26 　幽眇(유묘) : 그윽하고 정묘하다.

27 　屬(속) : 글을 짓다.

28 　冊書(책서) : 역사서. 역사책에 기록해 영원히 보존하는 것을 말한다.

從事曰 : "子之言是也." 告於公, 書以爲荊潭唱和詩序。

 「유주 이단공 송별사」

送幽州李端公序

　　원화 원년(806)에 현재 재상이신 이번(李藩) 공께서 이부원외랑(吏部員外
郎)이셨을 때, 제가 일찍이 조정으로부터 부름을 받고 그분과 함께 상경
하는 도중에 그분께서 유주절도사(幽州節度使) 사도(司徒) 유제(劉濟) 공의
현명함에 대해 다음과 같이 말씀하셨습니다.

　　"제가 1년 전에 황제의 칙령을 받들고 유주로 덕종(德宗) 황제의 국상
을 고하러 갔는데 그 영내에 들어가자마자 영접하고 위문하러 나온 사
자가 연달아 당도하더니 영내로 들어가면 갈수록 더욱 공경했습니다.
성밖 교외에 이르자 사도공께서 붉은 두건에 검은 가죽 군화와 군복과
군용 칼로 무장하고, 좌우에는 가지각색의 패옥이나 어대(魚袋)를 차고
활은 활집에 넣고 화살은 전동(箭筒)에 꽂은 채 몸을 굽히고 큰길가에 서
서 맞이했습니다. 저는 예에 따라 사양하며 '공께서는 천자의 재상이온
데 예법상 이와 같이 해서는 아니 되옵니다'라고 했습니다. 관아에 도
착한 뒤에도 이런 차림으로 칙령을 받는 의식을 거행하려고 하시기에,

제가 또 '공께서는 삼공의 반열이시니 무장의 차림으로 천자의 칙령을 받아서는 아니 되옵니다'라고 했지만 끝내 사양하도록 할 수 없었습니다. 대청에 오를 때도 빈객의 계단을 통해 오르셨고, 좌석도 반드시 서쪽 빈객의 자리에 앉아 동쪽을 향하셨습니다."

제가 말했습니다.

"나라가 태평스럽지 못한 지가 어언 60년이 되었습니다. 대체로 10천간(天干)과 12지지(地支)로 짝을 지으면 그 숫자가 60에서 다하니 천하가 장차 다시 태평하게 될 것입니다. 태평함은 반드시 유주에서부터 시작될 테니 난리가 그곳으로부터 비롯되었기 때문입니다. 지금 천자께서는 위대한 성인이시고 사도공께서는 군신의 예를 독실하게 다하고 계시니, 아마도 하남(河南)과 하북(河北)의 여러 장수들에 앞장서서 천자를 알현하고 맡은 직무를 받들어 행하는 것이 개원(開元) 시기와 같아질 것이옵니다!"

저의 말에 이번 공께서 "그렇소"라고 하셨습니다. 지금 이번 공께서는 이미 조석으로 천자의 좌우 측근에 계시어 반드시 여러 차례 천자에게 유제 각하의 일을 아뢰었을 테니, 위의 원화 원년에 했던 말이 아마 거의 실현될 것입니다.

단공(端公)이 매년 정해진 시기에 양친에게 축수하려고 동도 낙양에 오는데 그때 낙양의 사대부들 중에 그 집으로 배알하러 가지 않는 사람이 없습니다. 단공은 사도공을 보좌하는 막료로서 매우 충성스러우며 사도공의 공적과 명예가 천추만세토록 전해지게 할 테니, 저의 이 말을 막부로 귀임할 때 공께 바치는 헌사로 삼아 주시기 청하나이다.

해제

　원화 5년(810) 도관원외랑(都官員外郞)으로 동도(東都) 낙양에서 근무할 때, 유주(幽州)절도사 유제(劉濟, 757-810)의 막료로 있던 이익(李益, 748-827?)이 양친을 뵈러 낙양으로 왔다가 귀임할 때 써 준 송별사. 이익은 자가 군우(君虞)고 농서(隴西) 고장[姑臧 : 지금 감숙성 무위시(武威市)] 사람으로 대력(大曆) 4년(769)에 진사에 급제한 유명 시인이다. 일찍이 벼슬길이 여의치 않자 유주절도사 유제의 막료가 되어 시어사(侍御史)의 직함을 겸하고 있었는데, 당나라 때 어사를 속칭 단공(端公)으로 불렀기 때문에 '이단공(李端公)'이라고 했다.

　작자는 이 글에서 이익이 유주로 돌아가 조속한 시일 내에 당나라 조정에 귀순하도록 유제를 설득하라는 뜻을 넌지시 피력했다. 이는 번진의 할거를 반대하고 국가의 통일을 간절히 바란 작자의 평소 소신이지만, 처음부터 단도직입적으로 말하면 너무 당돌할 뿐 아니라 당시 세력이 강한 번진의 장수에게 쉽게 말하기는 매우 힘든 문제이기도 했다. 따라서 작자는 기억을 더듬어 4년 전에 이번(李藩)과 나눈 대화를 끄집어내고, 당시 이번이 고애부사(告哀副使)로 유주를 방문했을 때 받은 예우와, 유제의 황제에 대한 충성심을 화두로 이런 뜻을 표현하고 있다. 또 천하가 60년 동안의 분열의 국면에서 벗어나 통합의 대세로 나아가고 있다는 신념 아래, 재상으로 있는 이번이 유제의 충성심에 대해 헌종에게 말해두었으므로 추호의 의구심도 품을 필요가 없다는 점을 들어 귀순을 독려하고 있기도 하다. 훗날 유제가 아들 유총(劉總)에게 독살당하자 비장(裨將) 담충(譚忠)이 유총에게 조정에 귀순하기를 권유하면서 하북 지방이 당나라 조정과 60년간 떨어져 있었으니 이제는 합쳐질 때가 되었다고 한 바 있다. 이는 작자의 말을 그대로 끌어 쓴 것이니 이 글이 당시에 상당한 반향을 불러 일으켰음을 알 수 있다. 유제가 칙사를 영접한 부분은 강한 번진의 장수와 칙사가 속내를 내놓지 않고 겉으로만 공손한 체하는 정황을 매우 사실적으로 묘사한 대목으로 특히 유명하다.

원문 및 주석

元年, 今相國李公[1]爲吏部員外郞, 愈嘗與偕朝[2], 道語[3]幽州司徒公[4]之賢, 曰 : "某[5]前年被詔告禮[6]幽州, 入其地, 迓勞[7]之使里[8]至, 每進益恭。及郊, 司徒公紅帕首[9]、鞞袴[10]、握刀[11], 左右雜佩[12], 弓韔服[13], 矢揷房[14], 俯立[15]迎道左[16]。某禮辭[17]曰 : '公天子之宰, 禮不可如是。' 及府又以其服卽事[18], 某又曰 : '公三公[19], 不可以將服[20]承命。' 卒不得辭。上堂卽客階[21], 坐必東向[22]。"

1 今相國李公(금상국이공) : 이번(李藩)을 가리킨다. 이번은 자가 숙한(叔翰)이고 조군(趙郡) 사람인데, 일찍이 서주(徐州) 장건봉(張建封)의 막부에서 보좌관으로 근무한 적이 있으며 원화 4년(809) 2월에 문하시랑(門下侍郞) 겸 동중서문하평장사(同中書門下平章事) 곧 재상이 되었다.

2 愈嘗與偕朝(유상여해조) : 원화 원년 6월에 한유가 강릉에서 국자박사로 부름을 받고 상경할 때 이번과 동행했다.

3 道語(도어) : 도중에서 이야기하다.

4 幽州司徒公(유주사도공) : 유주절도사 유제(劉濟). 유주는 지금 북경시 부근 일대로 당시 강한 번진 할거 세력의 근거지였다. 유제는 정원 5년(789)에 좌복야(左僕射)가 되었고, 순종(順宗)이 즉위한 뒤 검교사도(檢校司徒)로 전임했다.

5 某(모) : 화자인 이번(李藩)이 자신을 낮추어 한 말이다.

6 前年被詔告禮幽州(전년피조고례유주) : 정원 21년(805) 정월에 덕종(德宗)이 붕어하자 이번이 고애부사(告哀副使)가 되어 유주에 간 것을 가리킨다. '告禮'는 선황제의 붕어와 새로운 황제의 등극 소식을 알리는 의식을 말한다.

7 迓勞(아로) : 영접하고 위문하다.

8 里(이) : 다른 판본에 따라 '累'자 곧 '연달아'의 뜻으로 풀이했다. 이대로 두면 '1리(里)마다'로 옮길 수 있는데 적절하지 않은 것으로 생각된다.

9 紅帕首(홍말수) : 붉은 두건. 무장이 황제를 알현할 때 입는 복장이다.

10 鞾袴(화고) : 검은 가죽신과 덧바지. 군복을 가리킨다. '鞾'는 '靴'와 같다.

11 握刀(악도) : 패도(佩刀)의 이름으로 허리에 차는 군용 칼.

12 雜佩(잡패) : 한데 이어져 있는 패옥이나 어대(魚袋) 따위의 각종 장식물. 활을
쏠 때 엄지손가락에 끼는 깍지라는 설도 있다.

13 弓韔服(궁창복) : 활은 활집에 넣다. '韔'은 활집인데 여기서는 동사로 쓰여 '활집
에 넣다'는 뜻이다. '服'은 '箙'과 같은데 본래 '전동(箭筒)'이지만 여기서는 '활집'
의 뜻으로 쓰였다. 『시경·소아·채록(采綠)』에 "우리 님 사냥 나가시면 활은
활집에 넣네(之子于狩, 言韔其弓)"라는 시구가 보인다.

14 矢揷房(시삽방) : 화살은 전동(箭筒)에 꽂다.

15 俯立(부립) : 몸을 낮추고 허리를 굽히고 서다.

16 道左(도좌) : 큰길가.

17 禮辭(예사) : 예법에 따라 사양하다.

18 卽事(즉사) : 황제의 조칙을 받는 의식을 거행하다.

19 三公(삼공) : 당나라 때 태위(太尉)·사도(司徒)·사공(司空)이 삼공이었다. 유제
가 검교사도(檢校司徒)였으므로 이렇게 말했다.

20 將服(장복) : 무장의 복장. 장수의 차림.

21 客階(객계) : 빈객의 계단으로 서쪽에 있다. 주인으로서 빈객의 계단으로 오른
것은 공경을 표하기 위한 것이다. 이는 본인이 주인 행세를 하지 않고 천자의
사신을 공경하게 맞이한 것이다.

22 坐必東向(좌필동향) : 동쪽을 향해 서쪽 빈객의 자리에 앉다. 이 역시 천자의 사
신을 주인 대접하며 맞이한 것이다.

愈曰 : "國家失太平²³於今六十年²⁴矣。夫十日十二子²⁵相配, 數窮六十, 其
將復平 ; 平必自幽州始, 亂之所出也。今天子大聖, 司徒公勤於禮, 庶幾²⁶
帥先²⁷河南北之將²⁸來覲²⁹奉職, 如開元³⁰時乎?" 李公曰 : "然。" 今李公旣朝
夕左右³¹, 必數數³²爲上言, 元年之言³³殆合³⁴矣。

23 國家失太平(국가실태평) : 번진 할거 세력들이 반란을 일으킨 것을 가리킨다.

24 於今六十年(어금육십년) : 안녹산(安祿山)이 유주(幽州) 소속의 범양(范陽)에서
반란을 일으킨 천보(天寶) 14년(755)부터 지금까지 60년이 되었다는 말인데, 이
글이 원화 5년(810)에 지어졌으므로 개략적인 숫자를 들어 이야기한 것이다.

25 十日十二子(십일십이자) : 10천간(天干)과 12지지(地支).

26 庶幾(서기) : 희망하다. 오로지 ~하기를 바라다.

27 帥先(솔선) : 앞장서다. 솔선수범하다. '帥'은 '率'과 같다.

28 河南北之將(하남북지장) : 하남과 하북 지방 여러 번진의 장수. 당시 하남에는
치청(淄靑)절도사 이사도(李師道)와 회서(淮西)절도사 오소성(吳少誠), 하북에
는 위박(魏博)절도사 전계안(田季安)과 항기(恒冀)절도사 왕승종(王承宗) 등이

조정의 명을 듣지 않고 버티고 있던 대표적인 할거 세력이었다.

29 覲(근) : 조정으로 들어와 황제를 알현하다. '覲'은 본래 가을에 제후들이 내조해 천자를 알현하는 것을 가리킨다. 유제(劉濟)도 여러 해 동안 이런 예를 행하지 않고 있었다.

30 開元(개원) : 현종의 연호(713-741). '개원의 치세'로 불리는 태평성대였다.

31 朝夕左右(조석좌우) : 아침저녁으로 황제의 좌우 측근에 있다. 재상임을 가리킨다.

32 數數(삭삭) : 여러 차례. 자주.

33 元年之言(원년지언) : 앞에 나오는 원화 원년에 이번과 한유가 나눈 말.

34 殆合(태합) : 대략 실현되다. 거의 실현되다.

端公歲時³⁵來壽其親³⁶東都，　東都之大夫士莫不拜于門。　其爲人佐³⁷甚忠，
意欲司徒公功名流千萬歲，請以愈言爲使歸之獻。

35 歲時(세시) : 매년 일정한 계절이나 시기.

36 壽其親(수기친) : 자기 양친에게 축수(祝壽)하다. 이익의 부친은 이규(李虬)로 당시 낙양에서 벼슬 중이었다.

37 人佐(인좌) : 다른 사람의 보좌관. 막료.

HS-143 「구책 송별사」

送區册序

양산(陽山)은 천하의 궁벽한 곳입니다. 육로에는 구릉의 험준함과 호랑이와 표범 같은 맹수로 인한 우환이 있으며, 강물도 물살이 사납고 물결에 가로놓여 있는 암초가 날카롭게 모가 나서 양날 칼이나 삼지창과 같아 배가 물살을 거슬러 올라가거나 물살을 타고 내려가다가 제어하지 못하고 부서져 침몰한 경우가 왕왕 있었습니다. 현의 성안에는 거주하는 백성이랄 게 없고, 관리 중에 현승(縣丞)이나 현위(縣尉) 따위가 없으며, 강가 양쪽 언덕의 황량한 띠풀과 대나무숲 속에는 10여 가구의 아전들이 사는데, 모두 새소리처럼 들리는 말을 하고 오랑캐 같은 야만인의 얼굴 모습을 하고 있었습니다. 내가 처음 이곳에 당도했을 때 말이 통하지 않아 땅에다 획을 그어가며 글자를 써서야 조세를 납부하게 하고 기한과 규약을 준수하도록 알릴 수 있었습니다. 이 때문에 빈객이나 교유하던 선비들이 이곳으로 찾아올 리가 없었습니다.

내가 이곳으로 좌천되어 와 근무한 지도 반년이 다 되어 갑니다. 구(區)씨 성을 가진 청년이 공손히 나와 친하게 지내보고자 하는 마음에 남해현(南海縣)으로부터 배를 저어 와서 서쪽 빈객의 계단을 통해 올라오는데, 의표 당당하고 용모가 훌륭하기에 앉아서 그와 함께 이야기를 나누어보니 글솜씨와 글에 담긴 내용이 모두 비범했습니다. 장주(莊周)가 "황량한 곳에서 유랑하며 사는 이는 다른 사람의 발자국 소리가 쿵쿵 나는 것만 들어도 기뻐한다"라고 했는데, 하물며 이런 청년과 같은 사람을 어찌 쉽게 만날 수 있겠습니까! 그는 내 방안에 들어와 『시경』과 『서경』과 같은 고전과 인의(仁義)의 도리에 대한 학설을 듣고 나서 흔쾌히 기뻐하는 모습이 그런 것에 뜻이 있는 것 같았습니다. 나는 그와 함께 아름다운 숲속에 들어가 햇빛을 피하며 바람 쐬기도 하고 물가의 바위에 앉아 낚싯대 드리우고 물고기를 잡기도 했는데, 흥이 나 즐거워하는 그의 모습이 마치 명예와 이익을 도외시해 잊어버리고 빈천도 꺼려 하지 않을 수 있는 것 같았습니다.

그가 이제 새해 정월에 부모를 배알하러 고향으로 돌아가려고 하기에 술병을 기울여 다 마시고 나서 이 송별사에 이별의 뜻을 적었습니다.

해제

정원 21년(805) 정월 양산(陽山 : 지금 광동성 양산현)현령으로 좌천되어 재직하던 시절에, 자신을 찾아와 배우던 구책(區冊)이라는 청년이 새해를 맞이해 부모를 배알하기 위해 고향인 남해(南海)로 돌아갈 때 써 준 송별사. 이 글은 양산이 지리적으로 매우 외진 벽촌이어서 사는 사람도 드물고 관리들도 제대로 갖추어져 있지 않으며 문화적으로도 매우 낙후한 미개 지역이라는 점을 자세히 언급함으로써, 부귀공명과 빈천에 안달하지 않고 유가의 경전과 인의 도덕을 공부하려는 구책의 인품과 학구열을 더욱 잘 부각시키고 있다. 물론 구책을 칭찬하면서도 두 차례 '약(若)'자를 써서 다소 유보적이고 조심스런 태도를 취함으로써 지나치게 찬미 일색으로 흐르지 않은 점도 돋보이는 대목이다.

원문 및 주석

陽山, 天下之窮處也。陸有丘陵之險, 虎豹之虞[1] ; 江流悍急[2], 橫波之石廉利[3]侔[4]劍戟[5], 舟上下[6]失勢[7], 破碎淪溺[8]者往往有之。縣郭[9]無居民, 官無丞尉[10], 夾江荒芧篁竹[11]之間, 小吏十餘家, 皆鳥言夷面[12]。始至言語不通, 畫地爲字[13], 然後可告以出租賦、奉期約[13] : 是以賓客游從之士無所爲而至。

1   虞(우) : 우려. 우환.
2   悍急(한급) : 사납다. 여기서는 '물살이 아주 세다'는 뜻이다.
3   廉利(염리) : 날카롭게 모가 나 있다.
4   侔(모) : 같다.
5   劍戟(검극) : 양날 칼이나 삼지창.
6   上下(상하) : 배가 물살을 거슬러 올라가거나 물살을 타고 내려가다.
7   失勢(실세) : 제어하지 못하다. 배가 통제를 잃고 표류하다.
8   淪溺(윤닉) : 물속에 가라앉다. 침몰하다.
9   郭(곽) : 본래 외성(外城)을 뜻하지만 여기서는 일반적인 성곽을 가리킨다.
10 丞尉(승위) : 현승(縣丞)과 현위(縣尉) 곧 부현령과 현의 치안을 담당하는 경찰서장. 당나라 때 중등과 하등의 현에 현승과 현위 각 1인을 두었다. 이 구절은 양산이 관리들도 제대로 갖추어져 있지 않은 외진 시골임을 말한다.
11 篁竹(황죽) : 대나무숲.
12 鳥言夷面(조언이면) : 말이 새소리와 같아 알아듣기 어렵고, 얼굴 생김새가 중원 지방과는 달리 흉악한 소수민족의 모습을 하고 있음을 말한다. 한족(漢族) 중심

의 중화주의에 빠져 소수민족의 언어와 생김새를 얕잡아보는 태도를 드러낸 표
현이다.

13 畫地爲字(화지위자) : 지면에 글씨를 쓰다. 그곳의 문화 수준이 낙후해 종이나
     붓과 같은 문구가 없음을 말한다.
14 奉期約(봉기약) : 조세 납부 기한과 기타 제반 규약을 준수하다. 기한에 맞춰 각
     종 규정을 집행하다.

愈待罪[15]於斯且半歲矣。有區生者, 誓言[16]相好, 自南海挐舟[17]而來, 升自賓
階[18], 儀觀[19]甚偉, 坐與之語, 文義卓然。莊周[20]云 : "逃虛空[21]者, 聞人足音
跫然[22]而喜矣。" 況如斯人者, 豈易得哉! 入吾室, 聞詩書仁義之說, 欣然喜,
若有志於其間也。與之翳[23]嘉林, 坐石磯[24], 投竿而漁, 陶然[25]以樂, 若能遺
外[26]聲利而不厭乎貧賤也。

15 待罪(대죄) : 옛날에 관리가 직무를 담당하는 것을 낮추어 한 말로 임무를 감당
     하기 어려워 ‘처벌을 기다린다’는 뜻이다.
15 誓言(서언) : 맹세하듯이 공손하게 말하다. ‘誓’을 ‘원하다’는 뜻으로 풀이하고,
     ‘言’을 의미 없는 어조사로 보기도 한다.
16 南海(남해) : 당나라 때 광주(廣州)의 현 이름. 지금 광동성 광주시다.
17 挐舟(나주) : 배를 젓다. 여기서 ‘挐’는 동사로 쓰여 ‘노를 젓다’는 뜻이다. 『장
     자・어부(漁父)』에 “바로 손에 노를 잡고 배를 저어 가다(方將挐杖而引其船)”라
     는 글귀가 보이는데, 주석에 의하면 ‘挐’는 ‘撓’로 ‘橈(요)’의 가차자다.
18 賓階(빈계) : 서쪽 계단. 옛날에 빈객을 접대할 때 빈객은 서쪽 계단, 주인은 동
     쪽 계단으로 올랐다.
19 儀觀(의관) : 의표와 용모.
20 莊周(장주) : 이하 인용문은 『장자・서무귀(徐無鬼)』에 보인다.
21 虛空(허공) : 황량한 곳. 텅 빈 골짜기. ‘방치되어 훼손된 무덤’으로 풀이하기도
     한다.
22 跫然(공연) : 쿵쿵하는 발자국 소리.
23 翳(예) : 가리다. 나무 그늘 아래에서 더운 햇빛을 가리고 시원한 바람을 쐬다.
24 石磯(석기) : 물가에 툭 튀어나온 바위.
25 陶然(도연) : 기쁘고 즐거운 모양.
26 遺外(유외) : 멀리해 잊어버리다.

歲之初吉[27], 歸拜其親, 酒壺旣傾, 序以識[28]別。

27 初吉(초길) : 본래 음력 정월 초하루를 가리키는데 여기서는 정월을 가리킨다.
28 識(지) : 기록하다. 적다. ‘誌’와 같다.

 「장도사 송별사」

送張道士序

장도사(張道士)는 숭산(嵩山)에 사는 은자로 고금의 학문에 정통하고 문무 쌍방에 출중한 재능을 지니고 있는데, 도교에 귀의해 도사가 되어 양친을 봉양하고 있습니다. 원화 9년(814)에 조정에서 조세를 법대로 납부하지 않는 동쪽 지역 인사를 토벌한다는 소식을 듣고, 세 차례나 조정에 의견서를 올렸지만 아무런 회답이 없자 길게 읍을 하며 하직 인사를 하고 세상을 떠나가려고 했습니다. 그러자 수도 장안의 사대부들이 대거 시를 지어 건네주면서 제게 송별시의 서문을 쓰도록 부탁했습니다. 그 시는 다음과 같습니다.

기술이 뛰어난 대목수에겐 버려지는 재목이 없으니
한 길 되는 것이든 한 자 되는 것이든 각기 쓰임새가 있습니다.
하물며 도읍을 건설하려고 할 때엔
소태나무랑 가래나무랑 좋은 목재는 의심할 것 없이 다 쓰이는 법.

장씨가 숭산에서 내려왔는데

얼굴에 곰이나 표범 같은 용맹한 기상이 서려 있었습니다.

입을 열어 천하의 이해득실을 논하는데

날카로운 칼날이 번쩍번쩍 빛나는 듯 예리했습니다.

한스럽게도 한 자짜리 채찍이 없어

나라 위해 반역자를 징벌하지 못합니다.

대궐을 찾아가 세 차례나 의견서를 올려 말했습니다.

"신은 단지 누런 관을 쓴 도사가 아니랍니다.

신은 담력과 기백을 소유한 자로

누추한 초가집에서 죽기는 차마 원치 않사옵니다.

또 웃거나 말하면서 아첨하지 않을 뿐더러

집에서 어린애들과 희희낙락하며 놀지도 못하옵니다.

그런데도 도사의 복장을 하였더니

많은 사람들 아무도 신을 알아주지 않았나이다.

신에게는 반도들을 평정할 비책이 있사오니

미친 아이는 해치우기 어렵지 않사옵니다.

신의 말은 간명하면서도 요긴하니

폐하께서는 들어봐 주시기 바라나이다."

[내가 말했습니다.]

"하늘에 해와 달이 높이 떠 있어

이치대로라면 아래 세상을 빠짐없이 두루 비출 것입니다.

어쩌면 상소문이 너무 많기 때문에

그대가 올린 글을 헤아려 가릴 틈이 없었을 겁니다.

어찌 회답을 기다리지도 않고

긴 소맷자락 펄펄 휘날리며 귀향하겠는지요"

도사가 내게 답하기를 "일이 그렇게 된 것이 아닙니다.

제 부모님께서 제 걱정을 하셨는지

어젯밤 꿈에 문에 기대어 서서
손에 옥고리꿰미를 들고 계셨답니다.
오늘 편지가 당도했는데
'언제가 되면 돌아오느냐?
서리 내리는 늦가을이라 감과 밤이 다 익었으니
더 이상 지체 없이 거둬들여야 한단다.
숭산 북쪽에 보를 설치할 수 있으니
겨울 물고기가 맑은 이수(伊水)로 내려오기 시작했다'고 했습니다.
어차피 국가에 쓰이지 못한 몸
잠시 돌아가 집안일을 할 생각이랍니다."
나아가고 물러남이 유유자적 순리에 따르니
어느 하나 마땅하지 않는 게 없습니다.
때란 이로울 수도 불리할 수도 있는 법
비록 현자라고 한들 무엇을 할 수 있겠습니까?
다만 예전의 지조에 마땅히 힘쓸지니
부귀영화 누릴 사람 그대 아니면 누구겠소!

해제

원화 9년(814) 가을 비부낭중(比部郎中)·사관수찬(史館修撰) 재직 시에 장씨(張氏) 성을 가진 도사가 뜻을 이루지 못하고 고향으로 돌아갈 때 격려차 써 준 송별사. 그 해 회서절도사(淮西節度使) 오소성(吳少誠, 750-809)이 죽고 그의 아들 오원제(吳元濟, 783-817)가 스스로 유후(留後)가 되자, 당나라 조정에서 진주자사(陳州刺史) 이광안(李光顔, 760-826)과 산남동도절도사

(山南東道節度使) 엄수(嚴綬, 746-822) 등에게 조칙을 내려 토벌하도록 했다. 이 소식을 들은 숭산(崇山)의 도사 장씨가 장안으로 와서 세 차례에 걸쳐 토벌과 관련한 의견서를 올렸지만, 아무런 회답을 받지 못해 고향으로 돌아가려고 한 것이다. 평생 불교와 도교를 반대한 작자였지만 승려나 도사를 일률적으로 배척하지는 않았다. 특히 작자는 장도사가 몸은 도교에 귀의한 사람이지만 문무겸전의 재주를 지니고 반란군의 토벌책 등 국가대사에 깊은 관심을 가진 인물임을 칭찬하고, 그의 불우함에 격려를 아끼지 않는 열린 태도를 보여주고 있다. 서문격인 앞부분에서 해당 인물과 사건을 가지고 글을 쓴 연유에 대해 극도로 간결하게 서술하고, 시에서 송별의 뜻을 구체적으로 설명하고 있는 점도 증서문(贈序文)에서 이채로운 양식이다.

원문 및 주석

張道士, 嵩高[1]之隱者, 通古今學, 有文武長材[2], 寄迹[3]老子法[4]中, 爲道士以養其親。九年, 聞朝廷將治[5]東方貢賦之不如法者[6], 三獻書, 不報, 長揖[7]而去。京師士大夫多爲詩以贈, 而屬愈爲序。詩曰:

1 嵩高(숭고) : 중악(中岳) 숭산(嵩山). 숭산 동쪽 태실산(太室山)과 서쪽 소실산(少室山)의 총칭이다. 『백호통(白虎通)』에 의하면 사방의 가운데 있으면서 높기 때문에 '嵩高'라 했다고 한다.
2 長材(장재) : 재능이 출중한 것을 비유한다.
3 寄迹(기적) : 몸을 의탁하다. 귀의하다.
4 老子法(노자법) : 도교(道教)를 가리킨다. 도교에서 노자(老子)를 비조로 받든 데서 나온 말이다.
5 治(치) : 토벌하다. 해치우다.
6 東方貢賦之不如法者(동방공부지불여법자) : 동쪽 지역의 조세를 법대로 납부하

지 않는 자. 여기서는 채주[蔡州: 지금 하남성 여남현(汝南縣)] 지역에 있던 오
원제(吳元濟)를 가리킨다.
7 長揖(장읍): 길게 읍을 하다. 가슴께에서 두 손을 맞잡고 위에서부터 지면까지
내리며 인사하는 것을 말한다.

大匠^{8}無棄材^9, 尋尺各有施。況當營都邑, 杞梓^{10}用不疑。張侯^{11}嵩高來, 面
有熊豹^{12}姿。開口論利害, 劍鋒白差差^{13}。恨無一尺捶^{14}, 爲國笞^{15}羌夷^{16}。
詣闕^{17}三上書, 臣非黃冠^{18}師。臣有膽與氣, 不忍死茅茨^{18}。又不媚笑語, 不
能伴兒嬉。乃著道士服, 眾人莫臣知。臣有平賊策, 狂童^{20}不難治。其言簡
且要, 陛下幸聽之。天空日月高, 下照理^{21}不遺。或是章奏繁, 裁擇^{22}未及
斯。寧當不竢報, 歸袖風披披^{23}。答我事不爾, 吾親屬吾思。昨宵夢倚門^{24},
手取連環^{25}持。今日有書至, 又言歸何時。霜天^{26}熟柿栗, 收拾不可遲。嶺
北^{27}梁^{28}可構, 寒魚下清伊^{29}。旣非公家用, 且復還其私。從容進退間, 無一
不合宜。時有利不利^{30}, 雖賢欲奚爲? 但當勵前操^{31}, 富貴^{32}非公誰。

8　大匠(대장): 대목. 기술이 뛰어난 목수. 『노자(老子)』 74장에 "대목을 대신해 나
　　무를 자르는 사람 중에 자기 손을 상하게 하지 않는 이가 드물다(夫代大匠斲者,
　　希有不傷其手矣)"라는 글귀가 보인다.
9　棄材(기재): 버려지는 재목. 『노자』 27장에 "성인은 늘 사람들을 잘 교화해 버려
　　지는 사람이 없고, 늘 만물을 아껴서 버려지는 물건이 없다(聖人常善救人, 故無
　　棄人; 常善救物, 故無棄物)"라는 내용이 보인다.
10　杞梓(기재): 소태나무와 가래나무로 둘 다 좋은 재목감이다.
11　張侯(장후): 장도사. '侯'라고 한 것으로 보아 벼슬을 했다가 은거한 자로 추정
　　된다.
12　熊豹(웅표): 곰과 표범. 『좌전 · 선공(宣公) 4년』에 "이 아이는 곰과 범의 형상에
　　승냥이와 이리의 소리를 지녔다(是子也, 熊虎之狀, 而豺狼之聲)"라는 글귀가 보
　　인다.
13　差差(치치): 들쑥날쑥한 모양. 여기서는 번쩍번쩍 하는 모양.
14　捶(추): 채찍. 종아리채. '箠(추)'와 통한다.
15　笞(태): 태형을 가하다. 매질하다. 여기서는 '징벌하다'는 뜻이다.
16　羌夷(강이): 본래 '羌'은 서북 지역의 소수민족이고 '夷'는 동쪽의 소수민족인데,
　　여기서는 조정에 복종하지 않는 동쪽 지역의 반역자 곧 번진 할거 세력을 가리
　　킨다.
17　詣闕(예궐): 대궐 문 앞에 나아가다.
18　黃冠(황관): 본래 도사가 쓰는 관인데 도사의 별칭으로 쓰였다. 당나라 때 이순

풍(李淳風)의 부친 이파(李播)가 수(隋)나라에서 벼슬해 고당위(高唐尉)를 지냈
는데, 뒤에 관직을 버리고 도사가 되어 '황관자(黃冠子)'라고 한 데서 유래했다.

19 茅茨(모자) : 띠로 지붕을 이은 집. 누추한 초가집으로 평민이 사는 거처를 가리
킨다.

20 狂童(광동) : 미친 아이로 오원제를 가리킨다. 이때 오원제의 나이는 23세였다고
하는데, 자세한 설명은 「여악주유중승서(與鄂州柳中丞書)」(HS-116) 주석 1과
「우일수(又一首)」(HS-117) 주석 7 참조. 『시경・정풍(鄭風)・건상(褰裳)』에 "바
보 같은 미친 녀석이여!(狂童之狂也且!)"라는 시구가 보인다.

21 理(이) : 이치상. 이치대로라면. 이상 두 구절은 이치대로라면 황제가 장도사의
의견서에 유의해 살피지 않을 리가 없음을 나타낸다.

22 裁擇(재택) : 가늠해 가리다. 살펴서 선택하다.

23 披披(피피) : 팔랑팔랑 가볍게 나부끼는 모양.

24 倚門(의문) : 문에 기대다. 이는 '倚閭'와 함께 부모가 자식이 돌아오기를 간절하
게 바라는 것을 나타낸다. 『전국책・제책(齊策)』권6에 왕손가(王孫賈)의 모친
이 "네가 아침에 나갔다가 저녁에 돌아오면 나는 문에 기대어 바라보고, 네가 저
녁에 나갔다가 돌아오지 않으면 나는 마을 입구의 문에 기대어 바라본다(女朝出
而晚來, 則吾倚門而望; 女暮出而不還, 則吾倚閭而望)"라고 한 글귀가 보인다.

25 連環(연환) : 옥고리꿰미. 꿰미로 연결되어 있는 옥고리. '環'은 '還'과 해음자(諧
音字)로 '돌아가다'는 뜻을 암시한다.

26 霜天(상천) : 서리 내리는 날씨로 늦가을을 가리킨다.

27 嶺北(영북) : 숭산의 북쪽.

28 梁(양) : 보. 둑을 쌓아 물길을 막고 물고기를 잡기 위해 만든 보.

29 伊(이) : 이수(伊水). 하남성 서부에 있는 강으로 숭산 아래를 지나 낙하(洛河)로
흘러 들어간다.

30 時有利不利(시유리불리) : 이로울 때도 있고 불리할 때도 있다. 여기서는 때가
불리함을 말하는 데 중점이 있다. 『사기・관중열전(管仲列傳)』에 "내가 일찍이
포숙아를 위해 일을 도모해 더욱 곤궁하게 되었지만, 포숙아는 나를 어리석다
고 여기지 않았으니 이로울 때도 있고 불리할 때도 있음을 알았기 때문입니다
(吾嘗爲鮑叔謀事, 鮑叔不以我爲愚, 知時有利不利也)"라는 글귀가 보인다.

31 前操(전조) : 이전의 지조. 종전의 절개.

32 富貴(부귀) : 여기서는 중용되어 고관으로 승진하는 것을 가리킨다.

　　사람이 만약 자신의 뛰어난 지혜를 외계 사물에 기탁해 마음으로 임기응변할 수 있어서 사물이 변화하는 원인을 깨달아 그 패기가 외물로 인해 꺾이지 않을 수만 있다면, 그런 사람은 정신이 충만하고 지조가 굳건하게 되어 비록 외물이 다가와 교란시켜도 마음이 그것에 구애받지 않습니다. 요(堯)임금·순(舜)임금·우왕(禹王)·탕왕(湯王)이 천하를 다스리고, 양유기(養由基)가 활쏘기를 연마하고, 포정(庖丁)이 소를 잡고, 사광(師曠)이 음악을 연주하고, 편작(扁鵲)이 병을 치료하고, 웅의료(熊宜僚)가 방울을 가지고 재주부리고, 혁추(奕秋)가 바둑을 두고, 유영(劉伶)이 술을 마시는 것에 대해서, 그들은 모두 자기들이 하는 일을 좋아해 평생토록 싫어하지 않았으니 어디 다른 것을 부러워할 겨를이 있었겠습니까? 대체로 다른 것을 부러워해 자신의 본업을 바꾼 사람들은 모두 본당의 높은 수준에 이르지 못하고, 고깃덩어리의 참맛을 맛보지 못한 자들입니다.

예전에 장욱(張旭)은 초서(草書)에 뛰어나 다른 기예를 연마하지 않았는데, 기쁨과 노여움, 궁색함과 곤궁함, 근심과 슬픔, 유쾌함과 즐거움, 원한과 그리움, 거나하게 취하거나 무료함, 불평 따위가 마음을 움직여 들끓게 되면 반드시 초서에서 그것들을 쏟아내었습니다. 그는 외계 사물을 관찰해 산과 강, 낭떠러지와 골짜기, 새와 짐승, 벌레와 물고기, 초목의 꽃과 열매, 해와 달, 하늘에 늘어선 별, 비바람, 물과 불, 천둥과 번개, 노래와 춤, 전쟁과 전투 등 천지간에 있는 사물의 변화를 살폈는데, 그중에서도 사람을 기쁘게 하고 놀라게 하는 것은 온통 초서에 기탁했습니다. 따라서 장욱의 초서는 변화가 많고 생동감이 넘쳐 마치 신출귀몰하는 것과 같이 그 단서를 헤아릴 수가 없었습니다. 그는 그 일에 평생토록 종사했기 때문에 후세에 이름을 남기게 된 것입니다.

지금 고한(高閑)은 초서에 대해서 장욱의 마음 씀씀이와 같은 것을 가지고 있습니까? 이런 마음 씀씀이를 갖추지 못하고 표면적인 자취만을 좇는다면 결코 장욱과 같은 경지에 도달할 수 없습니다. 장욱과 같은 경지에 도달하는 데는 방법이 있으니, 이롭고 해로운 것은 반드시 분명히 하고 지극히 경미한 것이라도 그냥 넘기지 않으며, 치열한 정감이 마음속에서 불타올라야 하고 사사로운 욕망 추구를 위해 진취적으로 분투노력하며, 얻는 것도 있고 잃는 것이 있더라도 왕성한 패기가 사그라지지 않은 다음에, 그 모든 것들을 온통 서예로 쏟아내어야만 비로소 장욱의 경지에 접근할 수 있습니다. 지금 고한은 불교를 신봉해 삶과 죽음을 동일시하고 마음을 교란시키는 일체의 외계 사물에서 해탈했는데, 이는 그의 마음 씀씀이가 필시 고요해서 감정의 파란이 일어나지 않기 때문이며, 세상일에도 담담해 달리 애호하는 것이 없기 때문입니다. 고요하고 담담한 것이 만나면 마음이 소극적으로 변해 맥이 빠지고 위축되며 활기마저 없어서 정신이 붕괴해 수습할 도리가 없게 되니, 서예에 있어서도 이와 같은 꼴이 되지 않겠습니까? 그러나 내가 듣건대

불교도들은 마술을 잘 부리고 사람의 눈길을 현혹시키는 재주가 많다
고 하는데, 고한도 마땅히 그런 술법에 통달한 것인지 나는 알 수가 없
습니다.

해제

　승려 고한(高閑)에게 써 준 송별사로 창작연대는 미상이지만 목종(穆宗)
장경(長慶, 821-824) 연간 곧 작자 만년의 작품으로 추정되고 있다. 고한은
오정[烏程 : 지금 절강성 오흥(吳興)] 사람으로 호주(湖州) 개원사(開元寺)에서 거
주하다가 죽은 승려인데 초서(草書)에 뛰어났다. '상인(上人)'은 승려에 대
한 존칭이다. 선종(宣宗)이 그를 궁궐로 불러 접견한 뒤 자의(紫衣)를 하사
한 적이 있다고 한다.
　이 글은 서예 예술을 논한 송별사로 이채를 띤다. 먼저 수많은 사례
를 통해 어떤 일이든 일정한 수준에 이르기 위해서는 전심전력을 다해
몰입하고 평생 즐기면서 해야 하는데, 서예도 마찬가지라는 일반적 도
리를 말했다. 이어 장욱(張旭, 675-750?)이 초서에서 성공을 거둔 요인을 들
어 고한의 초서를 평했는데, 현실에서 배태된 치열한 감정이 빠진 불교
도의 마음 씀씀이와 세상사에 대한 냉담한 태도로는 결코 초서에서 훌
륭한 경지에 이를 수 없음을 내비쳤다. 즉 현실과 대면하지 않는 소극
적이고 무기력한 태도로는 장욱과 같은 경지에 이를 수 없다는 것이다.
마지막으로 불교도들이 잡기와 같은 마술에 뛰어난 점을 들어 고한과
불교를 풍자하는 뜻을 넌지시 함축하고 있다. 불교를 배척하면서도 승
려와 교제를 하고, 승려와 사귀면서도 배불(排佛)의 취지를 잊어버리지
않고 표현한 작자의 소신이 돋보인다. 이는 일사천리의 거침없는 필치

속에 자신의 평소 주장을 함축적이고 완곡한 언어로 표현한 글솜씨가 있었기에 송별사라는 양식 속에서도 가능했다.

여기서 서예를 통해 피력한 예술에 대한 견해는 글쓰기에도 그대로 적용될 수 있는바, 이 글은 사실 초서를 빌려 문학 창작의 수양 문제를 논한 것이다. 최고의 수준에 이른 문학 작품을 창작하기 위해서는 현실에 대한 치열한 관심과 애착을 바탕으로 작가의 내심에 격정이 불타오르도록 해야 한다. 그러기 위해서는 현실을 직시하고 대면하는 삶의 자세가 요청된다. 이는 한유의 창작 수양에 대한 견해가 유가경전을 위주로 한 서적상의 지식 축적과 인의도덕의 함양이라는 일면에만 국한되지 않고, 현실에 대한 치열한 관심을 통한 감정과 경험의 배양이라는 측면도 함께 지니고 있음을 보여준다.

원문 및 주석

苟可以寓其巧智, 使機應於心[1], 不挫於氣[2], 則神完而守固, 雖外物至, 不膠[3]於心。堯舜禹湯治天下, 養叔[4]治射, 庖丁[5]治牛, 師曠[6]治音聲, 扁鵲[7]治病, 僚[8]之於丸, 秋[9]之於弈, 伯倫[10]之於酒, 樂之終身不厭, 奚暇外慕? 夫外慕徙業者, 皆不造其堂[11], 不嚌其胾[12]者也。

1 機應於心(기응어심) : 마음으로 임기응변해 사물 변화의 원인을 깨닫다. 마음으로 임기응변해 외계 사물의 진상을 철저히 이해함으로써 그것들에 의해 미혹되지 않다.
2 不挫於氣(부좌어기) : 패기가 외물로 인해 꺾이지 않다. 어떤 곤경에 처하더라고 그것을 타파하고 극복할 수 있어 자신의 패기가 그로 인해 좌절당하지 않다.
3 膠(교) : 교착되다. 구애되다.
4 養叔(양숙) : 양유기(養由基). '叔'은 그의 자고 춘추시대 초(楚)나라 사람이다. 활 쏘기에 뛰어나 한 발에 일곱 겹으로 된 군복을 뚫었고, 백 보 떨어진 거리에서

버드나무 잎사귀를 쏘더라도 백발백중이었다고 한다. 관련 사적이 『좌전·성공(成公) 16년』조와 『전국책·서주책(西周策)』에 보인다.

5 庖丁(포정): 이름이 '丁'인 요리사로 전국시대 초기 사람. 소를 잡아 껍질을 벗겨내고 뼈를 발라내는 데 뛰어난 솜씨를 지닌 전문가. 관련 사적이 『장자·양생주(養生主)』에 보인다.

6 師曠(사광): 이름이 '曠'인 악사(樂師)로 춘추시대 진(晉)나라 사람이고 자가 자야(子野)다. 거문고를 잘 연주하고 앞을 보지 못했으나 귀가 밝아 소리를 특히 잘 분별했다고 하며, 관련 사적이 『회남자·남명훈(覽冥訓)』에 보인다. 이 밖에 『좌전』·『맹자』·『장자)·『한비자』·『예기』 등에도 그가 음악에 정통했다는 기록이 보인다.

7 扁鵲(편작): 성이 진(秦)이고 이름이 월인(越人)이며 춘추시대 정(鄭)나라 사람이다. 괵(虢)나라의 태자가 죽자 돌침으로 시술해 다시 살려냈다고도 하는 명의로 관련 사적이 『사기·편작창공열전(扁鵲倉公列傳)』에 보인다. 일설에 그는 본래 황제(黃帝) 때의 명의로 의술이 매우 뛰어나서 편작으로 불렸다고 한다.

8 僚(요): 성이 웅(熊)이고 자가 의료(宜僚)며 춘추시대 초(楚)나라의 용사다. '방울(丸)' 놀이에 뛰어나 방울 여러 개를 하늘로 던져 올리고 땅에 떨어뜨리지 않았다고 한다. 관련 사적이 『장자·서무귀(徐無鬼)』에 보인다.

9 秋(추): 이름이 '秋'인 국수(國手)로 바둑을 잘 두어 전국적인 지명도를 지녔다. 관련 사적이 『맹자·고자상(告子上)』에 보인다.

10 伯倫(백륜): 유영(劉伶, 221?-300)의 자. 서진(西晉) 때 패국[沛國: 지금 안휘성 숙현(宿縣)] 사람으로 종일 술독에 빠져 살 정도로 애주가였다. 죽림칠현(竹林七賢)의 한 사람으로 「주덕송(酒德頌)」이란 유명한 글을 남기고 있다.

11 不造其堂(부조기당): 본당의 높은 수준에 이르지 못하다. '造'는 '이르다'는 뜻이다. 『논어·선진(先進)』편에 "중유(仲由)의 학문은 대청마루에는 올라왔지만 아직 방 안까지 들어오지는 못했다(由也升堂矣, 未入於室也)"라는 글귀가 보이는데, '升堂'과 '入室'은 학문이나 도덕의 조예가 점진적으로 높은 경지로 올라가는 것을 말한다.

12 不嚌其胾(부제기자): 고깃덩어리의 참맛을 맛보지 못하다. '嚌'는 '맛보다', '胾'는 '고깃덩어리'의 뜻이다. 아직 참맛을 알지 못할 정도로 일정한 경지에 이르지 못했음을 비유한다. 『예기·곡례상(曲禮上)』에 "밥을 세 술 먹고 나서 주인이 객을 청해 고깃덩어리를 먹고, 그런 뒤에 두루 뼈가 달린 삶은 고기를 먹는다(三飯, 主人延客食胾, 然後辯殽)"라는 글귀가 보인다.

往時張旭[13]善草書, 不治他伎[14], 喜怒窘窮[15], 優悲愉佚[16], 怨恨思慕, 酣醉[17]無聊不平[18], 有動於心, 必於草書焉發[19]之。觀於物, 見山水崖谷, 鳥獸蟲魚, 草木之花實, 日月列星, 風雨水火, 雷霆霹靂[20], 歌舞戰鬪, 天地事物之變, 可喜可愕[21], 一寓於書[22]: 故旭之書, 變動猶鬼神[23], 不可端倪[24]。以此終其身, 而名後世。

13 張旭(장욱) : 소주(蘇州) 오군(吳郡 : 지금 강소성 소주시(蘇州市)] 사람으로 초서에 뛰어나 당시에 '초성(草聖)'으로 불리고, 이백(李白, 701-762)의 시와 배민(裴旻)의 검무(劍舞)와 함께 '삼절(三絶)'로 불리기도 했다. 술에 거하게 취해 소리지르며 미친 듯이 달린 뒤에 글씨를 써서 그의 초서는 '광초(狂草)'로 불렸고, 때로는 머리에 먹을 묻혀 글씨를 쓰기도 하여 '장전(張顚)'이라고도 불렸다.

14 伎(기) : 기예. '技'와 같다.

15 窘窮(군궁) : 궁색함과 곤궁함.

16 愉佚(유일) : 유쾌함과 즐거움. '佚'은 '逸'과 같다.

17 酣醉(감취) : 한껏 취하다. 거나하게 취하다.

18 不平(불평) : 자세한 의미에 대해서는 「송맹동야서(送孟東野序)」(HS-122) 해제 참조.

19 發(발) : 쏟아내다. 표현하다.

20 雷霆霹靂(뇌정벽력) : 천둥과 번개.

21 愕(악) : 놀라다. 의아하다.

22 一寓於書(일우어서) : 온통 초서에 기탁하다.

23 變動猶鬼神(변동유귀신) : 변화가 많고 생동감이 있기가 마치 신출귀몰하는 것과 같다. 당나라 때의 문예 평론에서 변화난측하고 생동적인 작품을 가리켜 이런 표현을 즐겨 사용했다.

24 不可端倪(불가단예) : 어떻게 시작하는지 그 실마리를 헤아릴 수가 없다. 도무지 종잡을 수 없다. '端倪'는 사물이 막 싹트고 사람이 갓 태어나 시작하는 상태를 뜻한다.

今閑之於草書, 有旭之心哉? 不得其心, 而逐其跡, 未見其能旭也。爲旭有道 : 利害必明, 無遺錙銖^{25}, 情炎於中^{26}, 利欲鬪進^{27}, 有得有喪, 勃然不釋^{28}, 然後一決於書, 而後旭可幾^{29}也。今閑師浮屠氏, 一死生, 解外膠, 是其爲心, 必泊然無所起^{30} ; 其於世, 必淡然無所嗜^{31} : 泊與淡相遭, 頹墮委靡^{32}, 潰敗^{33}不可收拾, 則其於書得無象之然乎^{34}? 然吾聞浮屠人善幻^{35}多技能, 閑如^{36}通其術, 則吾不能知矣。

25 無遺錙銖(무유치수) : 지극히 경미한 것이라도 내버려두고 그냥 넘기지 않다. '錙銖'는 고대의 중량 단위로 그 무게에 대해서는 여러 가지 설이 있는데 지극히 경미한 것을 가리킨다.

26 情炎於中(정염어중) : 치열한 정감이 마음속에서 불타오르다.

27 利欲鬪進(이욕투진) : 사사로운 욕망 추구를 위해 진취적으로 분투노력하다. 매우 적극적이고 진취적인 태도로 개인적인 욕망을 추구하는 것을 말한다.

28 勃然不釋(발연불석) : 정신이나 패기가 왕성해 사그라지지 않다. ‘勃然’은 왕성한
    모양.

29 可幾(가기) : 접근할 수 있다. 도달하기를 바라다.

30 泊然無所起(박연무소기) : 불교도의 내심이 고요해 희로애락과 같은 감정이 아
    무런 반응을 불러일으키지 못하다. ‘泊然’은 고요한 모양.

31 淡然無所嗜(담연무소기) : 세상일에 담담해 달리 애호하는 것이 없다. 세상일에
    냉담한 것을 가리킨다. ‘淡然’은 담담하거나 냉담한 모양.

32 頹墮委靡(퇴타위미) : 마음이 소극적이고 맥이 빠지며 정신이 위축되고 활기가
    없다.

33 潰敗(궤패) : 정신이 붕괴하다.

34 得無象之然乎(득무상지연호) : 이와 같은 꼴이 되지 않겠는가? 바로 위에 나오는
    “마음이 소극적으로 변해 맥이 빠지고 위축되며 활기마저 없어서 정신이 붕괴
    해 수습할 도리가 없는(頹墮委靡, 潰敗不可收拾)” 정신 상태와 같은 것을 말한
    다. 이는 ‘得無’를 문장 끝에 나오는 어기사 ‘乎’와 호응해 추측 내지 반문을 나
    타내는 어기부사로 보고 풀이한 것이다. 그런데 일설에는 ‘無象之然’으로 읽어
    ‘일체의 물상을 초월한 경계’를 가리키는 불교 용어로 풀이하기도 하나 취하지
    않는다.

35 善幻(선환) : 마술을 잘 부리다. 칼을 삼키고 불을 토하는 따위의 마술을 가리킨
    다.

36 如(여) : 마땅히. 그런데 ‘如’를 ‘만약’의 뜻으로 보면, 이 두 구절은 ‘고한도 만약
    이런 술법에 통달해 있다면, 그가 서예를 잘 배울 수 있을지 나는 알 수가 없다’
    는 뜻으로 풀이된다. 여기서는 한유가 고한 역시 불교도여서 마술과 같은 잡기
    에 능한 것이 아닌지 모르겠다는 식으로 풍자한 것이라 보고, ‘如’를 ‘마땅히’의
    뜻으로 옮겼다.

HS-146 「은원외 송별사」

送殷員外序

당(唐) 왕조가 천명을 받아 천자의 나라가 되자 사방의 모든 나라들이 사해의 안과 밖은 물론 대국과 소국을 막론하고 모두 당나라 조정에 신하로 복종해와 따랐습니다. 그들은 정해진 절기마다 각종 토산품을 공물로 바쳤는데, 큰 나라에서는 특별히 전문 사절단을 보내오고 작은 나라에서는 큰 나라 편에 위탁해 보내거나 큰 나라의 사절단을 따라 함께 왔습니다.

원화예성문무황제(元和睿聖文武皇帝)께서 즉위하신 뒤로 법과 제도에 따라 온 나라 안을 온전히 다 잘 다스렸습니다. 원화 12년(817)에 내린 칙령은 다음과 같았습니다.

"사방의 만국 중에 오직 회골(回鶻)이 당나라와 가장 가깝고 직무를 받들어 수행하는 것도 특히 신중하니, 승상은 마땅히 황실 출신 4품 등급의 관리를 한 사람 선발해 부절을 가지고 가서 그 나라의 왕에게 상을 내리고 짐의 뜻을 알리도록 하라. 또 유가경전의 학문에 해박하고 시사에도 통달한 자를 한 사람 뽑아 부사(副使)로 삼게 하라.”

그리하여 은유(殷侑) 공이 태상박사(太常博士)에서 상서성(尙書省) 우부원외랑(虞部員外郞) 겸 시어사(侍御史)로 승진해 붉은 옷을 입고 상아로 만든 홀을 손에 들고 왕명을 받들어 사행길에 오르게 되자 조정의 관리들 중에 성 밖으로 나와 전별연에 참석하지 않은 사람이 없었습니다.

술이 반 순배쯤 돌자 태자우서자(太子右庶子) 한유가 술잔을 손에 들고 말했습니다.

“은대부(殷大夫)시여, 요즈음 사람들은 수백 리 밖으로만 나가도 문을 나설 때 망연자실해 멍한 얼굴에 이별로 인한 가련한 기색을 띠고, 이불을 가지고 삼성(三省)으로 들어가 숙직을 할 때라도 시녀를 돌아보며 신신당부해 쉬지 않고 많은 말을 합니다. 지금 그대는 만 리 밖의 외국에 홀로 사신으로 나가면서도 말이나 표정에 석별의 정이 나타나지 않으니, 어찌 진실로 일의 경중을 아는 대장부가 아니신지요! 승상께서 그대를 뽑아 칙령에 응해 받들도록 한 것은 진실로 사람을 제대로 알아본 까닭입니다. 선비가 경전에 통달하지 못하면 그 어디에도 쓰일 만한 인물이 못 됨을 알겠습니다.”

그리하여 서로 연이어 시를 지어서 이번 행차에 대해 이야기했습니다.

해제

원화 12년(817) 태자우서자(太子右庶子) 재직 시에 은유(殷侑, 767-838)가 희

골(回鶻)로 사신 나갈 때 연회 석상에서 써 준 송별사. 제목이 「송은유원외사회골서(送殷侑員外使回鶻序)」로 된 판본도 있다. 은유는 우부원외랑(虞部員外郎)의 직함을 받아 나갔다가 돌아온 뒤에 정식으로 그 자리에 임명되었다. 원화 8년(813)에 회골의 가한(可汗)이 당나라에 사신을 보내어 통혼의 화친을 청해왔는데, 마침 당나라 조정은 회서(淮西) 지방의 반군 토벌에 주력하고 있던 중이라 약 5백만 전에 달하는 비용이 부담스러워 연기를 요청하려고 사절단을 파견하게 된 것이다. 이 사절단의 정사(正使)가 종정소경(宗正少卿) 이효성(李孝誠)이고, 수행 부사(副使)가 바로 은유였다. 작자는 이 글에서 은유가 유가경전에 통달하고 선공후사(先公後私)의 경중을 아는 걸출한 인물임을 칭송하고 있는데, 장엄하고 간명한 필치로 사사로운 집안 걱정에 연연해하는 범속한 관리들과의 선명한 대비를 통해 이를 잘 부각시키고 있다. 『구당서』와 『신당서』의 「은유전(殷侑傳)」에 의하면 은유 일행이 회골에 도착하자 가한이 매우 오만하게 군대를 벌여 놓고 신하의 예를 갖추도록 협박해도 전혀 굴하지 않고 당나라 사신으로서의 위엄을 지켰다고 기록되어 있는 것으로 보아, 작자의 이런 평가가 근거 없는 과찬은 아닐 것이다. 은유에 대해서는 「답은시어서(答殷侍御書)」(HS-108) 해제를 참조하기 바란다.

원문 및 주석

唐受天命爲天子, 凡四方萬國, 不問海內外, 無小大, 咸臣順[1]於朝。時節[2]貢水土百物, 大者特來[3], 小者附集[4]。

1　臣順(신순) : 신하로 복종하며 따르다.
2　時節(시절) : 정해진 절기. 여기서는 원단(元旦)이나 동지(冬至)를 가리킨다.

3　特來(특래) : 특별히 사신을 파견해오다. 특별 사절단을 파견해오다.

4　附集(부집) : 위탁해 공물을 보내거나 함께 섞여 같이 오다.

元和睿聖文武⁵皇帝旣嗣位, 悉治方內⁶就法度。十二年詔曰 : "四方萬國, 惟回鶻⁷於唐最親, 奉職尤謹, 丞相⁸其選宗室四品⁹一人, 持節¹⁰往賜君長, 告之朕意。又選學有經法¹¹通知時事者一人, 與之爲貳¹²。" 由是殷侯¹³侑自太常博士¹⁴遷尙書虞部員外郞¹⁵兼侍御史¹⁶, 朱衣象笏¹⁷, 承命以行, 朝之大夫莫不出餞。

5　元和睿聖文武(원화예성문무) : 헌종(憲宗) 이순(李純)을 가리킨다. '元和'는 연호고, '睿聖文武'는 원화 3년(808) 정월에 내외 대신들이 헌종에게 진상한 존호(尊號)다.

6　方內(방내) : 동서남북 사방의 안으로 국내 곧 당나라 본토를 가리킨다.

7　回鶻(회골) : 원래 회흘(回紇)인데 정원 5년(789)에 '回鶻'로 개칭되었다. 고대 위구르족으로 가장 강성할 때에는 지금의 몽골과 내몽고자치구를 전부 차지한 적도 있었다. 이 구절에서 당나라와 가장 친하다고 한 것은 안사의 난 때 당나라 조정을 도와 난리 평정에 전공을 세운 바 있고, 왕인 가한(可汗)이 당나라 황제의 딸과 결혼하기도 했기 때문이다.

8　丞相(승상) : 배도(裴度, 765-839)를 가리킨다.

9　宗室四品(종실사품) : 황실과 동족인 4품의 관리. 이 구절은 종정소경(宗正少卿) 이효성(李孝誠)을 사절단의 정사(正使)로 삼은 것을 가리킨다. '宗正'은 황족과 황후 가족의 족보를 관장하는 관리로 종정소경은 종5품상에 해당하는 관등이다.

10　持節(지절) : 사신으로 나갈 때 신표로 부절을 갖고 가다.

11　經法(경법) : 유가경전의 가법(家法). 유가경전에 관한 학문. '法'이 '術'로 된 판본도 있다.

12　貳(이) : 부사(副使).

13　侯(후) : 선생. 사대부 간의 존칭으로 '군(君)'과 같다.

14　太常博士(태상박사) : 태상시(太常寺)의 박사로 각종 예의에 관한 사무를 관장했다.

15　尙書虞部員外郞(상서우부원외랑) : 상서성 공부(工部) 소속 우부사(虞部司)의 부장관인 종6품상에 해당하는 관리로 장안성의 거리나 원유(苑囿)의 산과 못 및 초목에 관한 일을 관장했다. 『구당서』와 『신당서』의 「은유전」에 의하면 은유가 사신으로 나갈 때는 직함만 받았고, 돌아온 뒤에 정식으로 우부원외랑에 임명되었다.

16　侍御史(시어사) : 어사대 소속의 종6품하에 해당하는 관리로 백관들의 비행을 규찰하고 억울한 송사를 다스리는 일을 관장했다.

17　朱衣象笏(주의상홀) : 붉은 옷과 상아로 만든 홀. 당나라 제도에 의하면 '朱衣'는

4품과 5품의 관리가 입던 주홍색 옷이고, '象笏'은 5품 이상의 관리가 쓰던 것이
었다. 은유의 당시 직급으로는 '녹색 옷(綠衣)'을 입고 '나무로 만든 홀(木笏)'을
들어야 마땅한데 이렇게 한 것은 특별히 예우한 것이다.

酒半, 右庶子[18]韓愈執盞言曰："殷大夫：今人適[19]數百里, 出門惘惘[20]有離
別可憐之色；持被入直三省[21], 丁寧[22]顧婢子語, 刺刺[23]不能休。今子使萬
里外國, 獨無幾微[24]出於言面[25], 豈不眞知輕重[26]大丈夫哉! 丞相以子應詔,
眞誠知人。士不通經, 果不足用。" 於是相屬[27]爲詩以道其行云。

---

18 右庶子(우서자)：「과두서후기(科斗書後記)」(HS-048) 주석 22 참조.

19 適(적)：가다.

20 惘惘(망망)：실의에 빠져 멍한 모양.

21 持被入直三省(지피입직삼성)：이불을 가지고 삼성(三省)으로 들어가 숙직을 하
    다.

22 丁寧(정녕)：신신당부하다. 재삼 부탁하다.

23 刺刺(자자)：말이 많은 모양. 수다스러운 모양.

24 幾微(기미)：아주 조금.

25 言面(언면)：말과 얼굴 표정.

26 知輕重(지경중)：나랏일과 개인적인 일 중에서 어느 것이 중요하고 어느 것이
    중요하지 않은지 구분할 줄 알다.

27 相屬(상촉)：서로 연속하다.

 「양소윤 송별사」

送楊少尹序

옛날 소광(疏廣)과 소수(疏受) 두 사람이 나이가 들었다며 어느 날 사직하고 도성을 떠나갈 때에 조정의 고위관료들이 장막을 치고 음식을 차려 도성 문 밖에서 전별연을 베풀어 주었는데, 전송 나온 수레가 수백 대나 되었으며 길가에 구경하러 나온 사람들은 대부분 탄식하고 눈물을 흘리면서 이구동성으로 그들의 현명함에 대해 이야기했습니다. 한(漢)나라 때의 역사서에서는 그들의 사적을 전기로 기록하였고 후세에 그림을 잘 그리는 사람도 송별 장면을 그림으로 남겼기에, 지금까지 사람들의 눈과 귀에 비치어 마치 며칠 전에 일어난 일인 것처럼 밝게 드러나 있습니다. 국자사업(國子司業) 양거원(楊巨源) 선생은 한창 시에 능한 것으로써 후진들을 가르치던 중에 어느 날 나이가 일흔이라며 사직하고 고향으로 돌아가겠다고 승상에게 아뢰었습니다. 세상에서는 늘 지금 사람이 옛 사람만 못하다고들 하지만, 지금 양거원과 두 소씨를 보건대 그들의 뜻이 어찌 다르다고 하겠습니까?

나는 부끄럽게도 고위관료의 말석을 차지하고 있었지만 마침 병에 걸려 전별연에 나가지를 못했기 때문에, 양선생께서 도성을 떠나갈 때 성문 밖에서 전송한 이는 몇 사람이고 수레는 몇 대고 말은 몇 필이었는지, 길가에 구경나온 이들이 또 그를 위해 탄식하며 그가 얼마나 현명한 사람인지 제대로 알고 나 있었는지, 사관은 그의 사적을 대서특필해 전기로 써서 두 소씨의 발자취를 계승하게 할 수 있었는지, 그를 냉대하지는 않았는지 알지 못합니다. 지금 세상에는 그림을 잘 그리는 사람이 없으니 전송 장면을 그림으로 그리든 그리지 아니하든지는 논하지 않겠습니다. 그러나 내가 듣기로 양선생께서 도성을 떠나갈 때 그의 재능을 애지중지하고 그의 사직을 애석히 여기던 승상 중의 한 사람이 황제께 아뢰어, 그를 고향 중도(中都) 하중부(河中府)의 소윤(少尹)으로 삼아 봉록이 끊이지 않도록 하였고 또 시를 지어 그를 격려했으며 도성에서 시를 잘 짓는 사람들도 이어서 거기에 화답했다고 하는데, 예전에 두 소씨께서 떠날 때에도 이런 일이 있었는지는 잘 모르겠습니다. 그러므로 옛 사람과 지금 사람이 같은지 같지 않은지는 알 수 없는 노릇입니다.

진한(秦漢) 이후 중세 시대에 사대부들은 관직으로 집을 삼았기 때문에 관직이 파하면 돌아갈 곳이 없었습니다. 양선생은 막 관례를 치르고 성년이 되었을 때 고향에서 천거되어 「녹명(鹿鳴)」시를 노래하며 도성으로 왔었는데, 지금 고향으로 돌아가 옛집의 나무를 가리키며 말하기를 "아무 나무는 우리 선친께서 심으신 것이고, 아무 강과 아무 언덕은 내가 어릴 때 낚시하며 놀던 곳이다"라고 하실 것입니다. 고향 사람들은 너나 할 것 없이 모두 그를 공경하면서 양선생께서 고향을 저버리지 않는 것을 본보기로 삼으라고 자손들을 훈계할 것입니다. 옛날에 이른바 "세상을 떠나고 나면 마을의 토지 신을 제사지내는 사당에서 제사지낼 만한 마을 어르신"이라고 한 사람이 아마도 이 분이시겠지요, 아마도 이 분이시겠지요!

해제

　장경 4년(824) 이부시랑(吏部侍郞) 재직 시에 양거원(楊巨源)이 벼슬을 그만두고 고향으로 돌아갈 때 써 준 송별사. 양거원은 자가 경산(景山)으로 하중부[河中府 : 지금 산서성 영제시(永濟市) 포주진(蒲州鎭)] 사람이다. 정원 5년(789) 진사에 급제했고 시를 잘 써서 백거이(白居易, 772-846)의 칭찬을 받은 일로 이름이 났다. 양거원이 국자사업(國子司業)에까지 오른 뒤 70세로 정년퇴직을 하고 귀향하던 날 마침 작자는 와병중이어서 전별연에 참석하지 못하고, 사후에 당일의 적막한 송별 장면을 전해 듣고 느낀 바 있어 이 글을 썼다. 관리가 정년이 되어 귀향하는 일은 다반사라 할 수 있고, 더군다나 직접 전별연에 참석하지 못한 입장에서 이런 글을 쓰기란 쉽지 않은 일이다. 그러나 작자는 고금의 대비를 통한 유추의 수법을 발휘해 양거원이 장안을 떠날 때의 냉담한 분위기를 한(漢)나라 때 소광(疏廣)과 소수(疏受)가 도성을 떠날 당시의 성대하고 열렬한 환송 장면과 적절히 엇섞어 서술함으로써, 고금 사람들의 상이점을 논하는 가운데 당시 조정의 박정함을 넌지시 풍자하는 뜻을 담고 있다. 글의 수미가 잘 조응하고 고금의 사적을 서술할 때 들쑥날쑥 많은 변화를 주어 평범한 일상사를 기발한 착상과 구성으로 긴장감 있게 얽어 놓은 솜씨도 돋보인다.

원문 및 주석

昔疏廣受¹二子以年老一朝辭位而去, 于時公卿設供張², 祖道³都門外, 車數百兩⁴, 道路觀者多歎息泣下, 共言其賢。漢史⁵旣傳其事, 而後世工畫者⁶又圖其迹, 至今照人耳目⁷, 赫赫⁸若前日事。國子司業⁹楊君巨源方以能詩訓後進, 一旦以年滿七十, 亦白丞相去歸其鄕。世常說古今人不相及¹⁰, 今楊與二疏其意豈異也?

---

1 疏廣受(소광수) : 소광(疏廣, B.C. ?-B.C. 45)과 소수(疏受, B.C. ?-B.C. 48). 소광은 자가 중옹(仲翁)이고 서한(西漢) 동해(東海) 난릉[蘭陵 : 산동성 조장현(棗莊縣) 동남] 사람으로 선제(宣帝) 때에 태자태부(太子太傅)를 맡았다. 소수는 소광 형님의 아들로 자가 공자(公子)고 태자소부(太子少傅)를 맡았다. 재임 5년이 되자 숙질이 모두 병을 핑계로 사직하고 대대적인 환송을 받으며 귀향했다고 한다. 『한서(漢書)·소광전(疏廣傳)』 참조.

2 供張(공장) : 연회용 장막, 도구, 음식 등을 가리킨다. '張'은 '帳'과 통한다. 옛날에 친구를 송별할 때 교외에 장막을 설치하고 연회를 베풀었다. '張'을 동사로 보고 '진설하다', '차리다'는 뜻으로 풀이하기도 하나, 이 문장의 어법 규칙에 어울리지 않는다. 이런 풀이는 「송석처사서(送石處士序)」(HS-150) 주석 23 참조.

3 祖道(조도) : 본래 길 떠나는 사람을 위해 길신에게 제사지내고 잔치를 열어 송별하는 것을 가리키는데, 뒤에는 '전별연을 열어주다'는 뜻으로 쓰였다.

4 兩(양) : 대. '輛'과 같다.

5 漢史(한사) : 한나라 때의 역사서 곧 반고(班固, 32-92)가 편찬한 『한서(漢書)』를 가리킨다. 『한서』 권71에 「소광전」이 있다.

6 後世工畫者(후세공화자) : 후세에 그림을 잘 그리는 사람. 당나라 때 장언원(張彦遠, 815-875)의 『역대명화기(歷代名畫記)』 권4에 위(魏)나라 조모(曹髦)가 두 소씨를 송별하는 그림을 남겼다고 한 기록이 있다.

7 照人耳目(조인이목) : 사람의 이목을 비춰주다. 그림을 보면 그의 모습을 보는 것 같고 그의 음성을 듣는 것 같다는 말이다.

8 赫赫(혁혁) : 밝게 빛나는 모양.

9 國子司業(국자사업) : 국자감의 행정 차관. 「태학생하번전(太學生何蕃傳)」(HS-070) 주석 8 참조.

10 相及(상급) : 서로 같다. 서로 일치하다. '相同(상동)'과 같은 뜻이다.

予忝¹¹在公卿後, 遇病不能出, 不知楊侯去時, 城門外送者幾人? 車幾兩?

馬幾疋[12]? 道邊觀者亦有歎息知其爲賢以[13]否? 而太史氏[14]又能張大[15]其事
爲傳繼二疏蹤跡否? 不落莫[16]否? 見今[17]世無工畫者, 而畫與不畫固[18]不論
也。然吾聞楊侯[19]之去, 丞相有愛而惜之者, 白以爲其都少尹[20], 不絶其祿,
又爲歌詩以勸之, 京師之長於詩者亦屬而和之 ; 又不知當時二疏之去有是
事否? 古今人同不同, 未可知也。

11 忝(첨) : 부끄럽다. 어떤 직책을 맡는 것이 분에 넘친다고 자신을 낮추어 하는
    말. 한유는 이때 이부시랑으로 재직 중이었기 때문에 고위관료의 말석에 있다
    고 했다.
12 疋(필) : 필. '匹'과 같다.
13 以(이) : ~와. 병렬접속사로 '與'와 같은 용법이다.
14 太史氏(태사씨) : 사관(史官).
15 張大(장대) : 확대 발전시키다. 대서특필하다.
16 落莫(낙막) : 냉대하다. 푸대접하다. '莫'은 '寞'과 같다.
17 見今(현금) : 지금. '見'은 '現'과 같다.
18 固(고) : 도리어. 전환접속사로 '비교'의 의미를 나타내는 '則(즉)'과 같은 용법이
    다. 장유소(張裕釗)는 이 구절을 두고 '기발한 발상과 특이한 상황(奇思異景)' 설
    정이 돋보인다고 하면서 "글은 모름지기 놀랄 만하면서도 만족스러워야 한다
    (文須可驚可喜)"라고 한 소동파(蘇東坡)의 평에 어울리는 대목이라고 평한 바
    있다.
19 侯(후) : 사대부 간의 존칭으로 '군(君)'과 같다. 「송은원외서(送殷員外序)」(HS-146)
    주석 13 참조.
20 其都少尹(기도소윤) : 중도(中都)인 하중부(河中府)의 소윤. 소윤은 부윤(府尹)
    곧 대윤(大尹)을 보좌해 고을의 업무를 관장하는 종4품하에 해당하는 관직이다.

中世[21]士大夫以官爲家, 罷則無所於歸[22]。楊侯始冠[23]擧於其鄉[24], 歌鹿鳴[25]
而來也 ; 今之歸, 指其樹曰 : "某樹吾先人之所種也, 某水某丘吾童子時所
釣遊也。" 鄉人莫不加敬, 誡子孫以楊侯不去其鄉爲法。古之所謂"鄉先生[26]
沒[27]而可祭於社[28]"者, 其在斯人歟, 其在斯人歟!

21 中世(중세) : 시대에 따라 범위의 차이가 나는데, 여기서는 진한(秦漢) 무렵을 가
    리킨다.
22 於歸(어귀) : 돌아가다. '於'는 접두사로 쓰였다.
23 冠(관) : 상투를 틀고 관례를 행하다. 옛날에 남자 나이 20살에 행한 성인식을 말
    한다.
24 擧於其鄉(거어기향) : 고향 주현(州縣)의 예비시험인 향시(鄉試)를 통과한 뒤 예

부(禮部)에서 시행하는 본시험인 진사고시에 천거된 것을 말한다.

25 鹿鳴(녹명): 『시경·소아(小雅)』의 편명으로 빈객들에게 연회를 베풀어줄 때 연주하는 악가(樂歌). 당나라 때 향시(鄕試)가 끝난 뒤에 주현(州縣)에서 합격자들을 초대해 연회를 베풀 때 이 악가를 연주했으며, 이런 연회석을 녹명연(鹿鳴宴)이라고 불렀다.

26 鄕先生(향선생): 옛날에 관직을 그만두고 고향 마을에 거주하거나 고향 마을에서 가르치는 일을 담당하는 노인을 부르던 말.

27 沒(몰): 죽다. '歿'과 같다.

28 社(사): 본래 '토지 신'을 뜻하는데, 여기서는 '마을의 토지 신을 모신 사당'을 가리킨다.

 「권수재 송별사」

送權秀才序

백락의 마구간에는 좋은 말이 많고 변화(卞和)의 궤짝에는 아름다운 옥이 많은 법, 월등하게 뛰어나고 기발한 재주를 가진 선비가 덕망이 높은 대인군자의 문하에 출입하는 것은 지극히 당연한 일입니다!

재상이신 농서공(隴西公) 동진(董晉) 각하가 변주(汴州)를 평정하신 뒤에, 천자께서 어사대부(御史大夫) 오현(吳縣)의 남작(男爵) 육장원(陸長源) 각하를 절도사의 행군사마(行軍司馬)로 임명하시자 그의 문하생이던 권(權) 아무개 군이 전적으로 그 일로 인해 그를 따라 왔습니다. 권군의 용모는 본래 보통 사람과 같이 평범합니다. 그러나 그가 쓴 언어 표현은 사물을 끌어와 동류끼리 연관 짓고 실정을 다 털어놓아 변화를 다하였으며 궁상의 음률이 함께 펼쳐져 거침이 없고 쇠북이나 경쇠와 같은 악기가 서로 잘 어울리듯 조화를 이루어, 짤막한 문장은 간단명료하고 장편의 글은 울려 퍼지듯 조용하고 여유가 있습니다. 그러니 이와 같은 작품은 여러 날을 두고두고 읽어도 여운이 끝이 없습니다.

　내가 늘 도성에서 관찰하니 매년 과거를 보기 위해 천거되어 오는 선비가 천 여 명에 달하는데, 어떤 사람들과는 함께 교유하기도 하고 어떤 사람들은 그들이 쓴 글을 얻어 보기도 했지만 권군과 같은 사람은 백 명 중에 한둘도 없었습니다. 이와 같은 사정만 보더라도 그는 장차 현명한 고시관에 의해 발탁될 텐데, 게다가 오현 육장원 각하께서 인정해주셨으니 앞으로 반드시 대성할 것으로 예상되옵니다! 이에 모두 시를 지어 그에게 건넵니다.

해제

　정원 13년(797) 변주[汴州 : 지금 하남성 개봉시(開封市)]에서 선무군(宣武軍) 절도사 동진(董晉)의 관찰추관(觀察推官)으로 있을 때, 그곳에 있다가 장안으로 과거를 보기 위해 떠나는 권씨(權氏) 성의 젊은이에게 격려차 써 준 송별사. 권씨의 이름과 사적은 미상이다. 이 글은 권군의 글재주를 칭찬하고, 그의 상관 육장원(陸長源)의 사람 보는 눈을 칭송하고 있다. 유추를 통한 일련의 비유를 끌어와 권군의 기발한 재주를 부각시키고, 그의 문장도 이런 비유를 통해 생동감 있게 평가한 점이 눈에 띈다. 이를 통해 매우 짤막한 글속에 선명한 이미지를 담는 데 성공하고 있다.

伯樂¹之廐²多良馬, 卞和³之匱⁴多美玉, 卓犖⁵瓌怪⁶之士, 宜乎遊於大人君子之門也!

---

1 伯樂(백락) : 「잡설(雜說)」(HS-012-4) 주석 1 참조.
2 廐(구) : 마구간.
3 卞和(변화) : 「답최입지서(答崔立之書)」(HS-087) 주석 35 참조.
4 匱(궤) : 궤. 함.
5 卓犖(탁락) : 월등하게 뛰어나다. 탁월하다.
6 瓌怪(괴괴) : 진기하고 뛰어나다. '瓌'는 '瑰'와 같다.

相國隴西公⁷旣平汴州, 天子命御史大夫吳縣男⁸爲軍司馬, 門下之士權生實從之來。權生之貌, 固若常人耳。其文辭引物連類⁹, 窮情盡變, 宮商相宣, 金石諧和, 寂寥¹⁰乎短章, 舂容¹¹乎大篇 : 如是者, 閱之累日而無窮焉。

---

7 隴西公(농서공) : 동진(董晉). 자세한 것은 「복지부(復志賦)」(HS-002)와 「변주동서수문기(汴州東西水門記)」(HS-042) 주석 1 참조.
8 吳縣男(오현남) : 육장원(陸長源). 자가 영지(泳之)고 오현(吳縣) 사람으로 당시 남작(男爵)에 봉해졌다. 육장원과 관련한 자세한 내용은 「변주동서수문기(汴州東西水門記)」(HS-042) 주석 5와 「여맹동야서(與孟東野書)」(HS-073) 주석 13 참조.
9 引物連類(인물연류) : 사물을 끌어와 동류끼리 연관 지우다. 글이 유추를 통한 비유를 잘 구사한 것을 말한다.
10 寂寥(적료) : 드물다. 성기다. 희소하다. 여기서는 글이 간단명료한 것을 가리키는 것으로 보인다.
11 舂容(용용) : 조용하고 여유 있는 모양. 이는 『예기·학기(學記)』에서 "질문에 잘 응대하는 사람은 종 치는 것과 같으니, 가볍게 치면 가볍게 울리고 세게 치면 세게 울린다. 학생들이 조용하고 여유 있게 되기를 기다린 뒤에 울리는 소리를 다해 충분한 설명을 해준다(善待問者如撞鐘, 叩之以小者則小鳴, 叩之以大者則大鳴, 待其從容, 然後盡其聲)"라고 한 '從容'과 같은 뜻이다.

愈常觀於皇都, 每年貢士至千餘人, 或與之遊, 或得其文, 若權生者, 百無一二焉。如是而將進於明有司, 重之以吳縣之知, 其果有成哉! 於是咸賦詩以贈之。

정원 연간에 내가 태부(太傅)이신 농서공(隴西公)을 따라 변주(汴州)의 군 란을 평정하고 있었을 때, 이군(李君)의 부친께서는 시어사(侍御史)로서 변 주의 소금과 철을 관리하면서 매일 술을 빚고 양을 잡아 빈객들을 정성 껏 대접했고, 이군은 동생들과 책읽기를 배우고 글쓰기를 익혀 진사고 시에 참가하는 것을 학업의 목표로 하고 있었습니다. 나는 그때 태부의 막부에서 나이가 가장 어린 관계로 이군의 부자와 모두 교유할 수 있었 습니다. 농서공께서 돌아가시자 군인들이 반란을 일으켜 행군사마(行軍 司馬)와 막료들이 피살되고, 시어사께서도 참소를 당해 일남현(日南縣)의 평민으로 쫓겨났습니다. 그로부터 5년 뒤에 나도 양산현령(陽山縣令)으로 좌천되었고 지금은 도관원외랑(都官員外郎)의 신분으로 동도(東都) 낙양(洛 陽)의 업무를 담당하고 있는데, 시어사께서도 형주자사(衡州刺史)에서 친 왕부(親王府)의 장사(長史)로 전임해 이곳에 머무르며 부중(府中)의 사무를 관장하고 있습니다. 이군은 호남관찰사(湖南觀察使)의 보좌관으로 있던 중에 휴가를 내어 부모님을 뵈러 이곳에 왔습니다. 이때에 태부의 막부 출신 인사로는 오직 나와 하남부(河南府)의 사록참군(司祿參軍) 주군소(周君 巢)만 남아 있고, 그 밖으로는 이군의 부자만 남았던 터라 합쳐봐야 모 두 네 사람뿐입니다. 헤어진 지 13년 만에 다행스럽게도 한데 모여 잔 치를 열고 한잔 술 기울이며 서로 권하니, 이는 하늘이 도운 것이지 절 대로 사람의 힘으로 할 수 있는 일이 아니올시다!

시어사와 주군소는 지금 성대한 덕을 갖춘 선배시고, 이군은 온화한 성품의 군자로 8백여 편의 시가 지금 세상에 전해져 읊조려지고 있습니 다. 오직 나만이 학문에 진전이 없고 덕행 또한 수양을 더하지 못한 채 그저 죽지 않고 살아 있을 뿐입니다. 그러던 터에 찾아가서 시어사를 배알하고 주군소를 뵈오며 이군까지 방문하고 난 뒤에 집으로 돌아와 서는 내 스스로 참괴한 심정을 느끼지 않은 적이 없었습니다.

전에 시어사께서는 친구를 위해 전 가산을 남김없이 다 쓰시더니 지 금에 와서는 또 자기의 삼족(三族)이 춥고 배고픈 것을 차마 보지 못하고 그들을 한데 모아 거처를 마련해 묵게 해 주었는데, 그러자 먼 친척들 까지 다 와서 묵게 되는 바람에 시어사께선 자신의 녹봉만으로는 그들 을 부양하기에 부족했기 때문에 비록 이군이 외지로 가서 보좌관 따위 일을 맡고 싶지 않아도 집안 형편상 어찌할 수가 없었습니다. 사정이 이러한바 이군이 임지로 돌아가는 것을 의미 있게 생각한 사람들이 다 시를 지었는데, 내가 그와 가장 오래 사귄 친구이기 때문에 이 송별사 를 지었습니다.

　원화 5년(810) 도관원외랑(都官員外郞)으로 동도 낙양에서 근무할 때 부모를 뵈러 왔다가 임지로 돌아가는 이초(李礎)에게 써 준 송별사. 제목이 「송이초판관정자귀호남서(送李礎判官正字歸湖南序)」로 된 판본도 있다. 이초는 정원 19년(803)에 진사고시에 급제한 뒤, 원화 초에 비서성정자(秘書省正字)와 호남관찰추관(湖南觀察推官)을 담당했다. 이들의 교분은 작자가 변주의 동진(董晉) 막부에서 이초의 부친 이인균(李仁鈞)과 막료로 함께 근무하기 시작한 정원 12년(796) 때부터 시작되었다. 당시 이초는 진사고시 공부 중이었는데, 그때 작자의 나이 29세로 가장 젊어서 이들 부자와 함께 교유할 수 있었다. 동진 사후에 변주에서 일어난 군란으로 흩어진 이들이 10여 년이 지난 뒤에 낙양에서 재회하게 된다. 작자는 원화 4년(809) 6월에 도관원외랑으로 낙양에서 업무를 담당하고 있었고, 이인균은 낙양 친왕부(親王府)의 장사(長史)로 재직 중이었다. 이초는 호남관찰추관으로 있던 중 부모를 뵙기 위해 낙양으로 왔고, 그때 마침 동진 막부의 동료이던 주군소(周君巢)도 하남부사록참군(河南府司祿參軍)으로 낙양에 와 있었다. 이 글은 작자와 이초 집안의 15년간에 걸친 교분을 주선율로 하여 그간에 일어난 세상살이의 변천과 감개 및 이인균 부자의 인품 등을 서술했다. 오랫동안의 이별과 짧은 만남 가운데서도 면면히 이어지는 진지한 교분의 정을 소박하고 꾸밈없는 언어로 담아내어 진한 감동을 준다.

원문 및 주석

貞元中¹, 愈從太傅隴西公²平汴州³, 李生之尊府⁴以侍御史管汴之鹽鐵, 日爲酒殺羊享⁵賓客, 李生則尚與其弟學讀書, 習文辭, 以擧進士爲業。愈於太傅府年最少, 故得交李生父子間。公薨軍亂⁶, 軍司馬從事皆死, 侍御亦被讒爲民日南⁷。其後五年, 愈又貶陽山令, 今愈以都官郎⁸守東都省, 侍御自衡州刺史爲親王長史⁹, 亦留此掌其府事。李生自湖南從事請告來覲¹⁰。於時, 太傅府之士惟愈與河南司錄周君¹¹獨存, 其外則李氏父子, 相與爲四人。離十三年¹², 幸而集處, 得燕¹³而擧一觴相屬¹⁴, 此天也, 非人力也!

---

1 貞元中(정원중) : 당나라 덕종 정원 12년(796)에서 15년(799)까지 한유가 동진(董晉)의 막부에서 관찰추관(觀察推官)으로 재직한 시기를 가리킨다.

2 太傅隴西公(태부농서공) : 동진(董晉). 동진이 농서 사람이고 사후에 태부에 추증되었으므로 이렇게 불렀다.

3 平汴州(평변주) : 정원 12년 7월에 동진이 선무군(宣武軍)절도사가 되어 변주의 군란을 평정한 일을 가리킨다.

4 尊府(존부) : 춘부장. 다른 사람의 부친에 대한 존칭. 이초(李礎)의 부친은 이인균(李仁鈞)이다.

5 享(향) : 술과 음식을 차려 놓고 정성껏 대접하다.

6 公薨軍亂(공훙군란) : 동진이 서거하자 군대가 난리를 일으키다. '薨'은 본래 제후나 작위가 있는 고위관료의 죽음을 지칭하는 말인데, 당나라 때에는 3품 이상의 관리가 죽을 경우에 사용했다. 이하 두 구절은 정원 15년 2월에 동진이 죽은 뒤 채 10일이 되지 않았을 때, 선무군의 군사들이 동진의 행군사마(行軍司馬)로 있다가 임무를 계승한 육장원(陸長源)이 고압적으로 군기를 잡는 데 반발해 그와 판관(判官) 맹숙도(孟叔度) 등을 살해한 일을 가리킨다.

7 日南(일남) : 일남현(日南縣). 당시 애주(愛州) 소속으로 지금 월남(越南) 북부의 청화(淸化)에 해당한다.

8 都官郎(도관랑) : 도관원외랑(都官員外郎). 도관은 가산 몰수 판결을 받은 죄인을 관리하고 형의 집행을 담당하는 형부(刑部) 소속의 직책인데 원외랑은 그 사무관에 해당한다. 한유는 원화 4년(809) 6월에 국자박사에서 이 관직으로 전임했다.

9 親王長史(친왕장사) : 친왕부(親王府)의 장사관(長史官)으로 대개 친왕들이 연소하므로 해당 주부(州府)의 실무를 대행했다. '長史'는 당나라 때 친왕부나 도호부(都護府)와 도독부(都督府) 및 장수[將帥 : 절도사(節度使) 제외]나 주부[州府 :

상주(上州)와 중주(中州)에 한함에 둔 관명으로 등급은 소속 기관에 따라 달라 3품에서 7품에 이르기까지 다양했는데 친왕부의 경우는 종4품상이었다.

10　覲(근) : 본래 고대에 제후들이 천자를 배알하는 것을 말했는데, 여기서는 아들이 부친을 찾아 문안드리는 것으로 '省(성)'과 같은 뜻이다.

11　周君(주군) : '周君巢'로 된 판본도 있는데 주원(周愿)을 가리킨다. 주원은 자가 군소(君巢)로 당시에 하남부사록참군(河南府司錄參軍)을 담당했다. 이름이 '군소(君巢)'라는 설도 있다.

12　十三年(십삼년) : 정원 15년(799)에서 원화 5년(810)까지는 12년이므로 '三(삼)'이 '二(이)'의 잘못이거나 이인균이 일남현(日南縣)으로 쫓겨 간 해가 정원 14년(798)일 가능성도 있다.

13　燕(연) : 잔치를 열다. 연회를 베풀다. '宴'과 통한다.

14　屬(촉) : 술을 따라 권하다.

侍御與周君於今爲先輩成德¹⁵, 李生溫然¹⁶爲君子, 有詩八百篇, 傳詠於時。惟愈也業不益進, 行不加修, 顧¹⁷惟未死耳。往拜侍御, 謁周君, 抵¹⁸李生, 退未嘗不發媿¹⁹也。

15　成德(성덕) : 덕을 완성한 사람. 성대한 덕을 이룬 사람.

16　溫然(온연) : 온화한 모습. 『시경 · 진풍(秦風) · 소융(小戎)』에 "군자를 생각하니 온화한 품이 옥과 같습니다(言念君子, 溫其如玉)"라는 시구가 보이는데, 정현(鄭玄)의 전(箋)에 "군자의 성품을 생각하니 온화하기가 옥과 같다(念君子之性, 溫然如玉)"라고 풀이했다.

17　顧(고) : 도리어. 반전의 뜻을 나타내는 접속사.

18　抵(저) : 방문하다. 찾아가다.

19　媿(괴) : 부끄럽다. 참괴하다. '愧'와 같다.

往時侍御有無²⁰盡費於朋友, 及今則又不忍其三族²¹之寒飢, 聚而館²²之, 疏遠畢至²³, 祿不足以養 ; 李生雖欲不從事於外, 其勢不可得已也。重李生之還者皆爲詩, 愈最故²⁴, 故又爲序云。

20　有無(유무) : '多寡(다과)'와 같은 뜻으로 '집안의 전 재산'을 가리킨다.

21　三族(삼족) : 「증최복주서(贈崔復州序)」(HS-131) 주석 5 참조.

22　館(관) : 살 곳을 마련해 묵게 하다.

23　畢至(필지) : 다 이르다. '畢'은 전부를 나타내는 범위부사다. 왕희지(王羲之)의 「난정집서(蘭亭集序)」에 "모든 재주 있는 인사들이 다 오고 우리 집안의 노소가 다 모였다(群賢畢至, 少長咸集)"라는 글귀가 보인다.

24　最故(최고) : 가장 오래 사귄 친구.

 「석처사 송별사」

送石處士序

하양군절도사(河陽軍節度使) 어사대부(御史大夫) 오중윤(烏重胤) 공께서 절도사로 부임한 지 석 달이 되었을 때 보좌관 중에서 재주와 덕을 겸비한 사람에게 인재를 찾아보게 했더니 석홍(石洪) 선생을 천거하는 이가 있었습니다. 공이 말씀했습니다.

"선생은 어떤 분이오?"

그 사람이 대답했습니다.

"선생은 숭산(嵩山)과 북망산(北邙山), 전수(瀍水)와 곡수(穀水) 일대에 거처하면서 겨울에는 가죽 외투 한 벌, 여름에는 갈포 옷 한 벌뿐이고, 식사는 아침저녁으로 밥 한 사발, 채소 한 소반뿐입니다. 다른 사람이 그에게 돈을 주면 사절하지만 함께 놀러 나가기를 청하면 개인적인 일을 빙자해 거절한 적이 없었고, 세상에 나가 벼슬할 것을 권유하면 아예 대꾸도 하지 않습니다. 선생은 늘 자기 방에 앉아 지내는데 주위에는 책밖에 없습니다. 그와 더불어 도리를 담론하고 고금 행사의 마땅함과 그렇지 않음을 분변하며 인물 됨됨이의 우열과 사후의 성패 여부를 논의하다 보면, 그의 언변은 마치 황하의 둑이 툭 터져 강물이 아래로 흘러 동쪽으로 쏟아져 들어가는 것과 같고, 네 마리 말이 가벼운 수레를 끌고 익숙한 길 위를 달리는데 왕양(王良)과 조보(造父)가 그 수레를 모는 것과 같으며, 촛불로 비추고 숫자로 계산하며 거북 껍데기로 점을 치는 것과도 같습니다.”

어사대부께서 말씀했습니다.

“선생이 나름대로 생각이 있어서 스스로 늙어가면서 다른 사람에게 구하는 것이 없는 것 같은데 나를 위해서 오려고 하시겠소?”

그 보좌관이 말했습니다.

“어사대부께서는 문무를 겸전하고 충성스러운데다 효성 또한 지극하시온대, 그런 분이 인재를 구하는 것은 나라를 위한 것이지 개인 가문의 사사로운 이익을 도모하기 위해서가 아닙니다. 지금 모반한 도적떼들이 항주(恒州)에 모여 있어 조정의 군사들이 그 경계를 고리처럼 빙 둘러 포위하고 있기 때문에, 농민들은 경작하지도 수확하지도 못해 재물과 곡식이 다 떨어져 버렸고, 특히 우리가 머무르며 지키고 있는 곳은 군수물자를 공급하고 수송하는 요로인지라 마땅히 이곳을 다스리는 법과 반군을 토벌하는 책략을 내놓는 사람이 있어야 합니다. 선생은 어질면서도 용감하니 만일 대의로 부르고 힘써 중임을 맡기신다면, 그가 무슨 말로 사양하겠습니까!”

그리하여 초빙 문서를 쓰고 말과 폐백을 갖춘 뒤 좋은 날을 가려 심부름꾼에게 건네주며 선생이 사는 집을 찾아가 초빙해 오도록 했습니다. 그러자 선생은 그 사실을 처자에게도 알리지 않고 친구들과도 상의하지 않고서 의관을 정제하고 큰 요대를 두른 예복을 차려입고 문밖으로 나와 빈객을 맞았습니다. 집안으로 들어간 선생은 절을 하고 나서 빈객이 가져온 초청장과 예물을 받은 뒤에 밤이 되자 목욕을 하고 떠날 차비를 차리며 서책을 싣고 경유해 갈 길을 묻고는 평상시에 자주 내왕하던 사람들에게 작별을 고하니, 다음날 새벽이 되자 내왕하던 벗들이 다 와서 상동문(上東門) 밖에 전별연을 마련했습니다.

술잔이 세 순배쯤 돈 뒤에 선생이 일어나 출발하려고 하자 어떤 사람이 술잔을 손에 들고 말했습니다.

"어사대부께서는 진실로 대의로써 사람을 취할 줄 아시고 선생은 참으로 도의로써 자기의 책무로 삼아 거취를 결단할 줄 아시니, 이 잔으로 선생을 위해 송별합니다."

또 술을 따라 축원했습니다.

"대체로 사직하거나 부임하는 것과 벼슬하거나 은거하는 것에 무슨 변하지 않는 법칙이 있는 것이 아니니 오직 도의에 따라 행할 따름입니다. 자 이 잔으로 선생께 축수합니다."

또 술을 따라 축원했습니다.

"어사대부로 하여금 항상 그 초심이 변하지 않도록 하여 자기 가문을 부유하게 하는 데에 힘쓰느라 그의 군대가 굶주리게 하는 일이 없도록 하며, 간사한 소인배들의 말을 달게 받아들여 정직한 선비들을 겉으로만 공경하는 일이 없도록 하며, 아첨하는 말에 맛들이지 말도록 하며, 오직 선생의 의견만을 경청해 반군을 토벌하는 일을 완수하고 천자께서 내린 영광스런 사명을 보전하도록 할지어다."

또 축원했습니다.

"선생으로 하여금 어사대부에게서 이익을 도모해 자기 한 몸만 사사로이 이롭게 하는 일이 없도록 할지어다."

이에 선생이 일어나 절하고 축사를 하여 말했습니다.

"제가 어찌 감히 아침 일찍부터 저녁 늦게까지 삼가 공경하며, 축원해 주신 권고의 말씀을 따르려고 노력하지 않겠습니까!"

그리하여 동도(東都) 낙양(洛陽)의 인사들은 모두 대부와 선생이 반드시 서로 합심해 사명을 완수할 수 있을 것임을 알았습니다. 이에 그 자리에 참석한 사람들이 제각각 여섯 운(韻)의 시 열두 구를 지었는데, 모임이 파한 뒤에 집으로 돌아와 제가 이 송별사를 썼습니다.

해제

원화 5년(810) 도관원외랑(都官員外郞)으로 동도 낙양에서 근무할 때 오중윤(烏重胤)의 보좌관으로 부임하는 석홍(石洪)에게 써 준 송별사. 제목이 「송석홍처사부하양참모서(送石洪處士赴河陽參謀序)」로 된 판본도 있다. 석홍은 자가 준천(濬川)이고 낙양 사람이며 명경과 출신으로 일찍이 황주녹사참군(黃州錄事參軍)을 지낸 뒤 낙양에 은거하며 10여 년 동안 벼슬길에 나서지 않고 있던 중, 이해 6-7월경에 오중윤이 하양군(河陽軍)절도사로 부임해 그의 명성을 듣고 부르자 기꺼이 응했다. 친구들이 낙양성 북문 밖에 환송연을 열고 시를 지어 송별하자, 당시 하남령(河南令)으로 낙양에 있던 작자가 이 글을 쓰게 된 것이다. 처사는 덕행을 갖추고 은거하며 벼슬하지 않는 사람에 대한 호칭이다.

당시 조정은 성덕군(成德軍)절도사 왕승종(王承宗)의 반란 토벌에 주력하던 참이었는데, 하양군의 주둔지인 하양 일대는 군수물자를 수송하는 병참기지였다. 국난에 즈음해 이런 전략적 요충지에 부임하는 것은 매우 의미 있는 일이므로 작자는 절도사와 보좌관이 힘을 합쳐 멸사봉공의 자세로 임무 수행에 임할 것을 충고했다. 이 글은 전체적으로 서사가 아닌 의론으로 이루어져 서체(序體)로서는 변체(變體)에 속하고, 또 작자의 직접적 서술이 아닌 타인의 입을 통한 대화체로 구성되어 있는 점도 주목을 끈다. 전반부는 오중윤과 한 보좌관의 두 차례 대화를 통해 석홍의 인품과 재능 및 오중윤의 사람됨과 당시의 정세를 천명했고, 후반부는 또 송별연에 참석한 한 친구의 네 차례에 걸친 축사와 석홍의 답사를 통해 석홍과 오중윤에 대한 기대와 충고의 뜻을 담았다. 전후반부 모두 앞에서는 지난 일을 말하고, 뒤에서는 앞으로의 일을 거론한 점도 이채롭다. 이 밖에도 석홍의 재능을 극구 칭송하기 위해 56자에 달하는 긴 문장 속에 다섯 차례의 비유를 구사한 점도 눈여겨 볼 대목이다. 이 글의 자매편 격인 「송온처사부하양군서(送溫處士赴河陽軍序)」(HS-151)를 참조하기 바란다.

원문 및 주석

河陽軍節度御史大夫烏公[1]爲節度之三月, 求士於從事之賢者, 有薦石先生者。公曰:"先生何如?" 曰:"先生居嵩邙瀍穀[2]之間, 冬一裘, 夏一葛, 食朝夕飯一盂[3]、蔬一盤。人與之錢則辭, 請與出游, 未嘗以事辭, 勸之仕, 不應。坐一室, 左右圖書。與之語道理, 辨古今事當否, 論人高下, 事後當成敗, 若河決[4]下流而東注, 若駟馬[5]駕輕車就熟路, 而王良[6]造父[7]爲之先後[8]也, 若燭照[9]數計[10]而龜卜[11]也。" 大夫曰:"先生有以自老, 無求於人, 其肯爲某[12]來邪?" 從事曰:"大夫[13]文武忠孝, 求士爲國, 不私於家。方今寇聚於恒[14], 師環其疆, 農不耕收, 財粟殫亡[15], 吾所處地[16], 歸輸之塗[17], 治法征謀, 宜有所出。先生仁具勇, 若以義請而彊[18]委重焉, 其何說之辭!" 於是撰[19]書詞, 具馬幣, 卜日以授使者, 求先生之廬而請焉。先生不告於妻子, 不謀於朋友, 冠帶出見客, 拜受書禮[20]於門內, 宵則沐浴戒行李[21], 載書冊, 問道所由, 告行於常所來往;晨則畢至[22], 張[23]上東門[24]外。

1   烏公(오공):오중윤(烏重胤). 오중윤은 원화 5년(810) 4월에 어사대부의 직함으

로 하양군절도사에 임명되었다. 하양(河陽)은 행정 중심지가 맹주(孟州) 곧 지금의 하남성 맹주시(孟州市)에 있었다.

2 嵩邙瀍穀(숭망전곡) : 숭산(嵩山)·북망산(北邙山)·전수(瀍水)·곡수(穀水)로 모두 낙양시 일대에 있다. 숭산은 오악(五嶽)의 하나로 하남성 등봉시(登封市) 북쪽 낙양시 동쪽에 있고, 북망산은 낙양시 북쪽에 있으며, 전수는 낙양시 서북의 곡성산(穀城山)에서 발원해 동남쪽으로 흘러 낙수(洛水)로 유입되고, 곡수는 예전에 간수(澗水)라고 부른 강으로 하남성 민지현(澠池縣)에서 발원해 낙양시 서남쪽에서 낙수와 합류한다.

3 盂(우) : 사발. 둥근 동이 모양으로 된 그릇.

4 河決(하결) : 황하의 제방이 터지다. 이 구절은 석홍의 말재주가 거침없이 도도한 것을 비유한다.

5 駟馬(사마) : 네 필의 말. 옛날에 네 필의 말이 끄는 좋은 수레를 가리키기도 했다.

6 王良(왕양) : 춘추시대 진(晉)나라의 유명한 마부.

7 造父(조보) : 주(周)나라 목왕(穆王) 때의 유명한 마부.

8 先後(선후) : 인도하다. 보좌하다. 여기서는 '몰다'는 뜻이다. 『시경·대아(大雅)·면(緜)』에 "앞선 사람이 뒷사람을 이끌어준다고 한다(予曰有先後)"라는 시구가 보이는데, 『모전(毛傳)』에서 "앞뒤에서 서로 인도하는 것을 선후라고 한다(相道前後曰先後)"라고 풀이했다.

9 燭照(촉조) : 촛불로 비추다. 석홍의 사물 감식안이 매우 밝은 것을 비유한다.

10 數計(수계) : 숫자로 계산하다. 석홍의 문제 분석력이 매우 정확한 것을 비유한다.

11 龜卜(귀복) : 거북 껍데기로 점을 치다. 석홍의 예측력이 신출귀몰한 것을 비유한다.

12 某(모) : 아무개. 화자가 자신을 낮추어 하는 말.

13 大夫(대부) : 어사대부에 대한 존칭. 직무로 호칭하는 것은 존경의 표시다.

14 恒(항) : 항주(恒州) 곧 지금의 하북성 정정현(正定縣)으로 당시 성덕군(成德軍)의 주둔지다. 이 구절은 원화 4년(809) 3월에 성덕군절도사 왕사진(王士眞) 사후에 그의 아들 왕승종(王承宗)이 반란을 일으킨 것을 가리킨다.

15 殫亡(탄무) : 다 떨어지다. '亡'는 '無'와 같다.

16 吾所處地(오소처지) : 하양(河陽)을 가리킨다.

17 歸輸之塗(귀수지도) : 군수물자를 공급하고 수송하는 요로. '歸'는 '보내다'는 뜻으로 '饋(궤)'와 통하고, '塗'는 '길'의 뜻으로 '途'와 같다.

18 彊(강) : 힘써. 단호하게. '强'과 같다.

19 譔(찬) : 짓다. 쓰다. '撰'과 같다.

20 書禮(서례) : 초청장과 예물. 앞의 '書詞(서사)'와 '馬幣(마폐)'를 가리킨다.

21 戒行李(계행리) : 떠날 차비를 차리다. 행장을 꾸리다. '戒'는 '준비하다'는 뜻이고, '行李'는 '길을 떠날 때 필요한 물건'을 가리킨다.

22 畢至(필지):「송호남이정자서(送湖南李正字序)」(HS-149) 주석 23 참조.
23 張(장):장막을 치고 잔치를 벌이다. '張'은 '帳'과 통한다.
24 上東門(상동문):낙양(洛陽) 외성(外城)의 북문(北門).

酒三行[25], 且起, 有執爵[26]而言者曰:"大夫眞能以義取人, 先生眞能以道自任, 決去就, 爲先生別。" 又酌而祝曰:"凡去就出處[27]何常? 惟義之[28]歸。遂以爲先生壽[29]。" 又酌而祝曰:"使大夫恒無變其初, 無務富其家而飢其師, 無甘受佞人而外[30]敬正士, 無味[31]於諂言, 惟先生是[32]聽, 以能有成功, 保天子之寵命[33]。" 又祝曰:"使先生無圖利於大夫而私便其身。" 先生起拜祝辭曰:"敢不敬蚤夜[34]以求從祝規[35]。"

25 酒三行(주삼행):술이 세 순배쯤 돌다. 옛 사람들이 연회를 할 때 과음 때문에
    실례를 하지 않도록 하기 위해 보통 술을 세 순배쯤 돌리는 것을 한도로 했다.
26 爵(작):술잔.
27 去就出處(거취출처):사직하거나 부임하고, 나가 벼슬하거나 물러나 은거하다.
28 之(지):목적어가 동사 앞으로 나갔음을 표지하는 구조조사. 목적어를 강조하기
    위해 목적어 앞에 '惟'자를 쓰는 경우가 많다.
29 壽(수):축수하다. 건강 장수를 축원하다.
30 外(외):표면적으로만. 겉으로만. 동사로 보고 '소외시키다', '도외시하다'로 풀이
    해, '外敬正士(외경정사)'를 '정직한 인재들을 공경하는 것을 도외시하다', 곧 '정
    직한 인재들을 공경하지 않다'로 옮겨도 뜻이 통한다.
31 味(미):맛들다. 좋아하다.
32 是(시):목적어가 동사 앞으로 나갔음을 표지하는 구조조사. 목적어를 강조하기
    위해 목적어 앞에 '惟(유)'자를 쓰는 경우가 많다.
33 寵命(총명):천자께서 특별히 내린 사명으로 '영광스런 임무'를 가리킨다.
34 蚤夜(조야):아침 일찍부터 저녁 늦게까지. 시시각각으로. '蚤'는 '早'와 통한다.
35 祝規(축규):축원 중에 담긴 충고의 메시지.

於是東都之人士咸知大夫與先生果能相與[36]以有成也。 遂各爲歌詩六韻, 退, 愈爲之序云。

36 相與(상여):서로 돕다. 상호 협력하다.

HS-151 「온처사 하양군 부임 송별사」
送溫處士赴河陽軍序

백락(伯樂)이 기주(冀州) 북쪽의 들판을 한 번 지나가자 말 떼들이 있던 곳은 곧 텅 비어 버렸습니다. 대체로 기주 북쪽은 천하 어떤 다른 지방보다 말이 많은데, 백락이 비록 말을 잘 알아본다고 하나 어떻게 그곳의 말 떼를 텅 비게 할 수 있었겠습니까? 이 물음에 해명을 하는 사람이 말했습니다.

"내가 이른바 텅 비었다고 하는 것은 말이 한 마리도 없다는 뜻이 아니라 좋은 말이 없다는 말입니다. 백락은 말을 잘 알아보아서 좋은 말을 만나면 바로 그것을 골라 취해버리니 말 떼 중에 좋은 말이 남아 있지 않는 것입니다. 이처럼 좋은 말이 한 마리도 남아 있지 않다면, 비록 말이 없어 텅 비었다는 표현을 하더라도 그리 헛말이라고는 할 수 없는 것입니다."

동도(東都) 낙양은 본래 사대부에게 있어서 기주의 북쪽과 같은 곳입니다. 자기의 재능을 자부하면서도 깊숙이 간직한 채 세상에 나가 벼슬 자리를 구하려고 하지 않는 사람이 있으니, 낙수의 북쪽 기슭에는 석홍 (石洪) 선생이 있고 남쪽 기슭에는 온조(溫造) 선생이 있습니다. 어사대부 (御史大夫) 오중윤(烏重胤) 공이 천자께서 하사하신 도끼를 가지고 하양군 (河陽軍)절도사로 부임한 지 석 달 만에 석홍 선생을 인재로 여기고 예절 로써 그물을 삼아 새를 그물질하듯이 그를 불러 막부에 이르게 했습니 다. 그로부터 채 몇 달이 지나지 않아 온조 선생을 인재라고 여기고서 석홍 선생을 중개자로 삼고 예절로써 그물을 삼아 또 새를 그물질하듯 이 온조 선생을 불러 막부에 이르게 했습니다. 동도에 비록 진실로 재 능 있는 선비가 많다고는 하지만, 아침에 한 사람을 취하면서 그 중 가 장 걸출한 인물을 뽑고 저녁에 한 사람을 취하면서 그 중 가장 걸출한 인물을 뽑아버렸으니, 동도유수(東都留守)와 하남부윤(河南府尹)에서부터 모든 실무 관서의 사무관과 우리 낙양(洛陽)과 하남(河南) 두 현의 현령에 이르기까지 혹여 정치에 관해 순조롭게 풀리지 않는 점이 있거나 사무 적으로 미심쩍은 것이 생기면 어디에 가서 자문해 제대로 처리하겠습 니까? 사대부로서 사직을 하고 돌아와 고향 마을에서 거처하고 있는 사 람들은 누구와 더불어 즐기며 놀겠습니까? 청년과 후배들은 누구에게 가서 도덕 수양을 상고하고 학업에 관해 묻겠습니까? 벼슬아치로서 동 쪽이나 서쪽으로 가다가 이 동도를 지나가는 사람들은 그들이 은거하 던 집으로 찾아가 예를 올릴 필요가 없게 되어버렸습니다. 이와 같이 되었으니 '어사대부 오중윤 각하가 한 번 하양군을 지키며 다스리게 되 자 동도의 은둔하는 선비들의 처소에 사람이 없게 되었다'라고 하는 말 이 어찌 안 된다고 하겠습니까?

대체로 천자가 남면을 하고 앉아 천하를 다스리면서 중임을 맡기고 능력을 믿고 의지할 사람은 오직 재상과 장군뿐입니다. 재상은 천자를 위해 조정의 인재를 찾고 장군은 천자를 위해 막부에서 문무를 겸비한 사람을 찾으니, 조정의 안팎에 잘 다스려지지 않은 것을 아무리 찾고자 할지라도 찾을 수 없을 것입니다.

나는 이곳의 관직에 매여 스스로 물러나 떠나지를 못하였기에 두 선생에게 의지해 노년을 맞이하려고 했었는데, 지금 모두 힘 있는 분에게 빼앗겨 버렸으니 어찌 가슴속에 맺힌 응어리가 없겠습니까? 온조 선생이 그곳에 도착한 뒤 군영의 문전에서 오중윤 공을 배알하거든 내가 앞에 말한 것으로 나를 대신해 천하 사람들에게 축하를 하고, 뒤에 말한 것으로 인재를 다 취해 가버린 데 대한 나 개인의 원망스런 심정을 대신 전해주소서!

동도유수 정여경(鄭餘慶) 상공께서 맨 먼저 네 운(韻)의 시 여덟 구를 지어 그 일을 노래하셨기에 제가 그 뜻을 받들어 이 송별사를 썼습니다.

해제

원화 5년(810) 도관원외랑(都官員外郎)으로 동도 낙양에서 근무할 때 오중윤(烏重胤)의 보좌관으로 부임하는 온조(溫造)에게 써 준 송별사로 바로 앞 작품인 「송석처사서(送石處士序)」(HS-150)의 자매편이다. 온조는 자가 간여(簡輿)고 병주[幷州 : 지금 산서성 태원시(太原市) 서남] 사람으로 재주와 학문은 물론 담력과 지략까지 갖춘 인물이다. 그가 낙양 부근의 왕옥산(王屋山)에 은거하고 있던 중, 이해 겨울에 하양군절도사 오중윤의 부름을 받고 보좌관으로 부임하자 동도유수(東都留守) 정여경(鄭餘慶) 등이 환송연을 베풀어 송별할 때 작자가 이 글을 쓰게 되었다.

이 글은 석홍(石洪)과 온조를 연달아 발탁한 오중윤의 인재 감식안과
두 사람의 뛰어난 능력을 칭송하면서 천하가 잘 다스려질 것임을 예측
하고 친구가 떠나가는 이별의 아쉬움을 토로했다. 그런데 온조가 어떤
인물인지를 직접적으로 서술하지 않고 석홍과 온조가 떠나간 뒤 낙양
의 적막함을 말함으로써 이 두 사람의 위상을 부각시키는 수법을 구사
하고 있다. 즉 두 사람의 부재로 낙양의 관리들이 자문하고 사대부들이
교유하며 후학들이 가르침을 청하고 과객들이 찾아갈 사람이 없게 되
었음을 서술하고 있는 것이다. 문장 마지막에서 오중윤이 인재를 다 포
섭해가는 데 대해 불만을 표시한 것도 인재를 알아보는 그의 안목을 더
욱 돋보이게 한 매우 능숙한 솜씨다.

원문 및 주석

伯樂[1]一過冀北之野[2], 而馬羣遂空。夫冀北馬多天下, 伯樂雖善知馬, 安能
空其羣邪? 解之者曰 : "吾所謂空, 非無馬也 ; 無良馬也。伯樂知馬, 遇其
良, 輒取之, 羣無留良焉。苟無良, 雖謂無馬, 不爲虛語矣。"

1   伯樂(백락) : 「잡설(雜說)」(HS-012-4) 주석 1 참조.
2   冀北之野(기북지야) : 고대 기주(冀州)의 북쪽으로 지금 산서성(山西省)과 하북
     성(河北省) 북부와 요녕성(遼寧省) 서부 일대를 가리키는데 좋은 말의 산지였
     다. 『좌전·소공(昭公) 4년』에 "기주의 북쪽 땅은 말의 산지다(冀之北土, 馬之所
     生)"라는 글귀가 보인다.

東都固士大夫之冀北也。恃才能, 深藏而不市[3]者, 洛之北涯曰石生[4], 其南
涯曰溫生。大夫烏公以鉄鉞[5]鎮河陽[6]之三月, 以石生爲才, 以禮爲羅[7], 羅
而致之幕下。未數月也, 以溫生爲才, 於是以石生爲媒[8], 以禮爲羅, 又羅

而致之幕下。東都雖信⁹多才士, 朝取一人焉, 拔其尤¹⁰; 暮取一人焉, 拔其尤: 自居守¹¹、河南尹¹²以及百司之執事¹³, 與吾輩二縣之大夫¹⁴, 政有所不通, 事有所可疑, 奚所諮而處焉? 士大夫之去位而巷處者, 誰與嬉遊? 小子後生於何考德而問業焉? 搢紳¹⁵之¹⁶東西行過是都者, 無所禮於其廬。若是而稱曰:"大夫烏公一鎮河陽, 而東都處士之廬無人焉", 豈不可也?

3 　不市(불시) : 내다팔지 않다. 자신의 재주나 학문을 간직한 채 관직을 구하지 않는 것을 말한다.

4 　石生(석생) : 석홍(石洪). 자세한 것은 「송석처사서(送石處士序)」(HS-150) 해제 참조.

5 　鈇鉞(부월) : 천자가 특별한 공로가 있는 사람에게 하사하는 '아홉 가지 물품(九錫)'의 하나인 도끼. 이는 고대에 군법을 행할 때 사람을 죽이는 것으로 권세를 상징하는데, 천자가 대장에게 하사해 살육할 권한을 부여했다.

6 　鎮河陽(진하양) : 하양군절도사로 부임하다. 「송석처사서」(HS-150) 주석 1 참조.

7 　羅(나) : 새를 잡는 그물. 다음 구절의 '羅'는 동사로 쓰여 '그물로 새를 잡듯이 잡다', '초치하다'는 뜻이다.

8 　媒(매) : 중매. 본래 사냥할 때 유인하는 먹잇감이나 잘 길들여져 다른 새들을 끌어오는 데 쓰인 새를 가리킨다.

9 　信(신) : 진실로. 확실히.

10 　尤(우) : 걸출한 인물.

11 　居守(거수) : 유수(留守)로 황제가 임시로 파견해 정무를 처리하도록 한 관리. 여기서는 동도유수(東都留守) 정여경(鄭餘慶)을 가리킨다.

12 　河南尹(하남윤) : 하남부윤(河南府尹) 곧 하남부의 최고 행정 장관.

13 　百司之執事(백사지집사) : 각 유관 부문의 주관 관리로 곧 모든 실무 관서의 사무관.

14 　二縣之大夫(이현지대부) : 하남부 소속으로 동도 근교에 있는 낙양현과 하남현의 현령.

15 　搢紳(진신) : 벼슬아치. 「송부도문창사서(送浮屠文暢師序)」(HS-133) 주석 5 참조.

16 　之(지) : 가다.

夫南面¹⁷而聽天下¹⁸, 其所託重而恃力者惟相與將耳。相爲天子得人於朝廷, 將爲天子得文武士於幕下 : 求內外無治, 不可得也。

17 　南面(남면) : 고대에 북쪽에 앉아 남쪽을 향하는 높은 자리로 제왕의 지위를 가리킨다.

18 　聽天下(청천하) : 천하의 사무를 듣고 다스리다.

愈縻於茲[19]不能自引去[20], 資二生以待老 ; 今皆爲有力者奪之, 其何能無介然[21]於懷邪? 生旣至, 拜公於軍門[22], 其爲吾以前所稱[23]爲天下賀, 以後所稱[24]爲吾致私怨於盡取也。

19 縻於茲(미어자) : 이곳의 관직에 매이다. 한유가 원화 3년(808)에 부임해 이미 3년째 하남현령(河南縣令)으로 재직 중인 것을 가리킨다.
20 引去(인거) : 물러나 떠나가다.
21 介然(개연) : 가슴에 응어리가 맺혀 있는 모양.
22 軍門(군문) : 절도사 군영의 문.
23 前所稱(전소칭) : 인재를 찾는 것이 재상과 장군이 마땅히 해야 할 책무임을 가리킨다.
24 後所稱(후소칭) : 인재가 힘 있는 사람에게 다 뽑혀버려 남아 있지 않는 것을 가리킨다.

留守相公[25]首爲四韻詩歌其事, 愈因推其意而序之。

25 留守相公(유수상공) : 동도유수 정여경(鄭餘慶). 일찍이 재상을 역임한 바 있으므로 '相公'이라고 불렀다.

오령(五嶺) 이남 곧 영남 지방의 70개 주(州) 중에서 22개가 영남절도부(嶺南節度府)의 관할 하에 있고, 그 나머지 40여 개 주는 네 개 부로 나뉘어져 소속되어 있는데 각 부마다 장관을 두고 있으나 오직 영남절도부만 대부(大府)입니다. 대부의 절도사가 처음 부임해오면 네 개 소부(小府)의 장관들은 반드시 그들의 보좌관을 파견해 일상생활의 안부를 여쭙고, 관할 지역을 지키느라 바로 직접 와서 하례 드리지 못함을 사죄하는 것으로 예절을 삼고 있습니다. 매년 정해진 계절이나 절기마다 반드시 사자(使者)를 파견해 하례를 드리고 문후하며 각 지역의 토산품을 바칩니다. 대부의 절도사가 혹시 그들의 관할 지역을 지나가게 되면, 각 해당 소부의 절도사는 반드시 군복을 차려입은 뒤 왼쪽에는 칼을 들고 오른쪽에는 활과 화살을 찬 채 두건에 덧바지와 검은 가죽 군화를 착용하고서 교외로 나가 영접합니다. 대부의 절도사가 도착한 뒤 먼저 영빈관에 들어가 여장을 풀 때, 소부의 절도사는 문 앞의 가리개벽에 서서

지키며 재빨리 들어가 배알하려는 듯한 자세를 취하고 있습니다. 이에
대부의 절도사가 거듭 겸양을 표시한 뒤에야 소부의 절도사는 옷을 갈
아입고 빈객과 주인의 예로 접견을 하는데, 각자의 자리로 간 뒤에도
술잔을 들 때마다 일어나 절하고 대부의 절도사가 그렇게 하지 말라고
윤허해야만 비로소 그만두게 되니 그 경건한 태도가 마치 소국의 제후
가 대국을 섬기는 것과 같습니다. 소부에서 큰 일이 생기면 대부의 절
도사에게 먼저 자문을 구한 뒤에 시행해야 했는데, 대부 관할 하의 주
중에서는 3천리 밖에 멀리 떨어져 있는 것도 있어서 산과 바다가 아득
하게 가로막고 있는 까닭에 사자가 수개월이 지나서야 도착할 수 있었
습니다. 남만(南蠻) 지역에 사는 소수민족들은 성정이 사납고 경솔한 탓
에 쉬이 원한을 품거나 변란을 일으키며, 남부의 주들은 모두 큰 바다
에 임해 있고 섬이 많아서 돛을 올려 바람을 타고 하루에도 수 천리를
더 가야하니 아득해 사람의 종적일랑 보이지 않습니다. 사정이 그러하
니 절도사가 제대로 통제하지 못하면 험악한 지형을 발판삼아 패거리
를 결성해서 독화살을 장착해 부에서 파견한 장군이나 관리를 기다리
고, 이리저리 소란을 피우며 시끄럽게 소리 지르는 가운데 서로 호응해
벌떼처럼 모이고 개미떼처럼 뒤섞여 있어서 다스릴 수가 없으니 좋을
때는 사람이라 할 수 있지만 노하게 되면 야수와 진배없습니다. 따라서
늘 세금을 경감해주고 정무의 절차를 간소하게 하며, 법망도 소략하게
할뿐더러 때때로 누락되는 것이 있더라도 시시콜콜 추궁하지 않고 어
린아이를 기르듯이 돌보아줘야 합니다. 그래도 분란이 일어나 다스릴
수 없는 지경에 이르게 되면, 그제서는 그들을 풀처럼 베고 새를 잡듯
이 대해 뿌리 채 완전히 다 소탕해버려야 겨우 끝장이 납니다. 저 바다
밖에 있는 제주도(耽浮羅), 유구열도(流求), 홋카이도(毛人), 대만(夷洲)과 단
주(亶洲), 임읍(林邑), 부남(扶南), 크메르(眞臘), 케다(于陀利)와 같은 온갖 나라
가 동남쪽 하늘 끝자락에 만을 헤아릴 정도로 많은데, 이따금씩 순풍이
나 조수를 타고 조공을 바치러 오기도 하고 큰 선박으로 해상을 오가며

외국의 상인들과 장사를 하기도 합니다. 만약 영남절도사의 직무에 합당한 인물을 임명하게 되면 국가의 한쪽 변방이 잘 다스려져 남만의 소수민족들끼리 서로 침략해 도적질하거나 해치지 않고, 태풍이나 큰 물고기로 인한 재난과 장마나 가뭄 및 역병이나 풍토병 따위의 우환이 생기지 않으며, 외국의 물자들이 매일 운송되어 들어와 진주, 향료, 상아, 무소뿔, 바다거북 등껍데기 등과 같은 진기한 물건들이 중원 땅에 넘쳐나 이루 다 쓸 수 없을 지경에 이를 것입니다. 그러니 이곳의 절도사를 선임하는 일은 늘 다른 곳보다 더 중요할 수밖에 없습니다. 영남절도사가 문무를 겸비한 위엄 있는 풍모를 갖추고 일의 대세를 잘 파악해서 경외하거나 신뢰할 만한 인물이 아니라면 불행하게도 왕왕 변란이 일어나기도 했습니다.

장경(長慶) 3년(823) 4월에 조정에서 공부상서(工部尙書) 정권(鄭權) 공을 형부상서(刑部尙書) 겸 어사대부(御史大夫)로 임명해 영남절도사의 자리로 부임하게 했습니다. 정권 공께서는 일찍이 부절(符節)을 든 절도사로서 양양(襄陽)을 다스린 적이 있고, 또 창주(滄州)·경주(景州)·덕주(德州)·체주(棣州) 지역의 절도사를 지냈으며 하남윤(河南尹)과 화주자사(華州刺史)를 역임했는데 모두 칭송 받을 만한 공덕을 남겼습니다. 조정으로 들어가서는 금오장군(金吾將軍)과 산기상시(散騎常侍)와 공부(工部)의 시랑(侍郞)과 상서(尙書)를 역임했습니다. 딸린 가솔이 백 명에 달하나 수 묘(畝) 정도의 택지조차 없어서 남의 집을 세내어 살고 있으니, 높은 지위에 있으면서도 가난하게 지낼 수 있고 인자하게 사는 사람은 부유해지기 어렵다는 증거라고 할 만합니다.

이번 임명이 하달되자 조정의 백관들 중에 기뻐하지 않는 사람이 없었습니다. 그가 출발하려고 하자 공경이나 사대부 관리 중 시에 능한 사람들이기만 하면 너나할 것 없이 시를 지어 조정의 정치를 찬미하고 남행을 떠나는 공의 심정을 위로했는데, 운자(韻字)를 반드시 '내(來)'자로 한 것은 공께서 다스리는 일이 조만간 성취되어 빨리 돌아오시기를 축원하는 마음 때문이었습니다.

해제

　장경(長慶) 3년(823) 4월에 정권(鄭權, ?-824)이 영남절도사(嶺南節度使) 겸 광주자사(廣州刺史)로 부임할 때 장안의 관료들이 전별연을 마련하고 운자(韻字)를 지정해 시를 지어 환송했는데, 그때 이부시랑(吏部侍郎)으로 있던 작자가 써 준 송별사. 이 글은 먼저 영남절도사가 영남의 다섯 부 중에서 으뜸가는 대부(大府)로 나머지 네 부의 존중을 받아 권한이 대단함을 서술하고, 영남의 여러 부와 동남방 각국 간의 복잡한 관계 및 남방 소수민족들의 통치하기 힘든 속성을 들어 절도사의 책무가 막중함을 부각시킨 뒤, 정권의 검약한 생활을 칭송하고 청렴결백하게 공무를 집행하도록 권면하는 뜻을 담았다. 글의 서술이 매우 상세하고 묘사가 생동적이며 기개가 드높다.
　그런데 이 글은 정권의 사람 됨됨이로 말미암아 질책을 받기도 했다. 그는 집안에 처첩과 부양가족이 너무 많아 자기의 녹봉으로만 감당하기 어려운 탓에, 정주(鄭注)라는 간사한 인물을 통해 환관 왕수징(王守澄)에게 청탁해 영남절도사의 자리를 얻었다고 한다. 부임한 뒤에 정권은 각종 보물을 긁어모아 두 사람에게 보답한 일로 간관 설정로(薛廷老)의 탄핵 요구를 받기도 했다. 그러나 이 글이 씌어진 시기는 정권이 법을 어기며 뇌물을 챙기기 이전이었고, 그 당시에 식구가 많아 경제적으로 어려웠던 것도 사실이었으며, 글 속에 청렴한 생활로 존귀한 품위를 지

키도록 당부하는 뜻이 담긴 점을 고려할 때 일방적으로 매도당할 것은
아니라고 본다.

원문 및 주석

嶺之南其州七十, 其二十二隷嶺南節度府[1], 其四十餘分四府[2], 府各置帥,
然獨嶺南節度爲大府。大府始至, 四府必使其佐[3]啓問起居[4], 謝[5]守地不得
卽賀以爲禮。歲時[6]必遣賀問, 致[7]水土物。大府帥或道過其府, 府帥必戎服[8],
左握刀, 右屬[9]弓矢, 帕首袴鞾[10]迎郊。及旣至, 大府帥先入據館, 帥守屏[11],
若將趨入拜庭之爲者 ; 大府與之爲讓至一再, 乃敢改服, 以賓主見 ; 適位[12]
執爵皆興拜, 不許乃止, 虔[13]若小侯之事大國。有大事諮而後行, 隷府之州
離府遠者至三千里, 懸隔山海, 使必數月而後能至。蠻夷悍輕, 易怨以變,
其南州皆岸大海, 多洲島, 颶[14]風一日踔[15]數千里, 漫瀾[16]不見蹤迹。控御[17]
失所, 依險阻, 結黨仇[18], 機[19]毒矢以待將吏, 撞搪[20]呼號以相和應, 蜂屯蟻
雜不可爬梳[21], 好則人, 怒則獸 ; 故常薄其征入, 簡節而疎目[22], 時有所遺
漏, 不究切[23]之, 長養[24]以兒子 ; 至紛不可治, 乃草薙[25]而禽獮[26]之, 盡根株
痛斷乃止。其海外雜國若耽浮羅[27]流求[28]毛人[29]夷亶[30]之州, 林邑[31]扶南[32]眞
臘[33]于陀利[34]之屬, 東南際天地以萬數, 或時候[35]風潮朝貢, 蠻胡賈人[36]舶交
海中。若嶺南帥得其人, 則一邊盡治, 不相寇盜賊殺, 無風魚之災, 水旱癘
毒之患, 外國之貨日至, 珠香象犀玳瑁[37]奇物溢於中國, 不可勝用 ; 故選帥
常重於他鎭。非有文武威風, 知大體[38], 可畏信者, 則不幸往往有事。

1　嶺南節度府(영남절도부) : 막부가 광주 곧 지금의 광동성 광주시(廣州市)에 있었
　고 22개 주를 관할했다. 해당 장관이 숙종(肅宗) 지덕(至德) 원년(756)에 영남오
　부경략사(嶺南五府經略使)에서 영남절도사로 승격되었다.
2　分四府(분사부) : 『통전(通典)』에 의하면 옹관경략사(邕管經略使)가 13개 주, 용

관(容管)경략사가 14개 주, 계관(桂管)경략사가 14개 주, 진남(鎭南)경략사와 안남도호부(安南都護府)가 11개 주를 관할했다. 따라서 실제 4개 부가 나누어 관할한 주는 52개였다.

3　佐(좌) : 속관. 막료. 보좌관.

4　啓問起居(계문기거) : 일상생활의 안부를 묻다.

5　謝(사) : 사죄하다.

6　歲時(세시) : 매년 일정한 계절이나 절기.

7　致(치) : 보내다. 바치다.

8　戎服(융복) : 군복.

9　屬(촉) : 부착하다. 차다.

10　帕首袴鞾(말수고화) : 「송유주이단공서(送幽州李端公序)」(HS-142) 주석 9, 10 참조. '帕'은 '帓'과 같다.

11　屛(병) : 문을 마주보고 있는 낮은 담장. 문 앞의 가리개벽.

12　適位(적위) : 자리로 가다.

13　虔(건) : 경건하다.

14　颿(범) : 돛. '帆'과 같다.

15　踔(초) : 넘다.

16　漫瀾(만란) : 큰물이 끝이 없이 아득한 모양.

17　控御(공어) : 통제하다.

18　黨仇(당구) : 한 패거리.

19　機(기) : 본래 '쇠뇌의 시위를 거는 곳'인데, 여기서는 '장착하다'는 뜻으로 쓰였다.

20　撞搪(당당) : 충돌하다. 좌충우돌하며 소란을 피우다.

21　爬梳(파소) : 손톱으로 긁고 빗질하다. 정리정돈하다.

22　簡節而疎目(간절이소목) : 정무의 절차를 간소하게 하며 법망을 소략하게 하다.

23　究切(구절) : 심하게 추궁하다. 시시콜콜 따지다.

24　長養(장양) : 기르다. 양육하다.

25　薙(치 / 체) : 풀을 베다. 깎다. 속자로 보통 '剃'로 쓴다.

26　獮(선) : 본래 '가을 사냥을 가리키는데, 여기서는 '금수를 살상하다'는 뜻으로 쓰였다.

27　耽浮羅(탐부라) : 제주도.

28　流求(유구) : 유구(琉球)열도.

29　毛人(모인) : 하이(蝦夷). 일본의 홋카이도.

30　夷亶(이단) : 이주(夷洲)와 단주(亶洲)로 동중국해에 있는 섬. 이주(夷洲)는 지금 대만(臺灣). 진시황(秦始皇) 때의 방사(方士) 서복(徐福)이 동남동녀(童男童女) 수천 명을 이끌고 이곳에 가서 살았다는 전설이 있다.

31　林邑(임읍) : 고대의 나라 이름으로 지금 월남 중남부에 있었다.

32　扶南(부남) : 인도차이나반도 내 지금의 캄보디아에 있었던 고대 나라 이름. 7세

기 중엽 북방의 속국이던 크메르 왕국에 의해 멸망당해 한유가 이 글을 쓸 때는
이미 존재하지 않았다.

33 眞臘(진랍) : 고대의 길멸(吉蔑) 곧 크메르 왕국으로 지금 캄보디아에 위치했다.

34 于陀利(우타리) : 우타리(于陁利). 예전에는 삼불제(三佛齊)의 옛 명칭으로 지금
    인도네시아 수마트라 섬에 있었다고 여겼으나, 근대인의 고증에 의하면 말레이
    반도에 있으며 말레이시아 서북부의 케다(吉打)의 별칭이라고 한다.

35 候(후) : 기다리다. 타다.

36 賈人(고인) : 상인. 장사꾼.

37 玳瑁(대모) : 열대 바다거북의 일종으로 등껍데기는 누른 바탕에 검은 점이 있는
    데 각종 장식용품의 재료로 쓰인다.

38 大體(대체) : 일의 대세. 대국.

長慶三年四月, 以工部尙書鄭公爲刑部尙書兼御史大夫往踐其任。鄭公嘗
以節鎭襄陽³⁹, 又帥滄景德棣⁴⁰, 歷河南尹⁴¹、華州刺史⁴², 皆有功德可稱道。
入朝⁴³爲金吾將軍、散騎常侍、工部侍郞、尙書。家屬百人, 無數畝之宅, 僦
屋⁴⁵以居, 可謂貴而能貧⁴⁶, 爲仁者不富⁴⁷之效也。

39 鎭襄陽(진양양) : 원화 11년(816) 7월에 정권이 양주자사(襄州刺史) 겸 산남동도
    절도사(山南東道節度使)로 임명되어 양양 곧 지금의 호북성 양번시(襄樊市)에
    주둔했다.

40 帥滄景德棣(수창경덕체) : 원화 13년(818) 4월에 정권이 덕주자사(德州刺史) 겸
    덕주(德州)·체주(棣州)·창주(滄州)·경주(景州) 지역의 절도사로 임명되었다.
    막부가 덕주는 산동성(山東省) 능현(陵縣), 체주는 산동성 혜민현(惠民縣) 동남,
    창주는 지금 하북성(河北省) 창주시 동남, 경주는 하북성 동광현(東光縣) 서북
    에 있었다.

41 河南尹(하남윤) : 정권이 원화 11년(816)과 장경 원년(821) 두 차례에 하남부윤
    (河南府尹)을 역임했다.

42 華州刺史(화주자사) : 정권이 원화 12년(817)에 화주자사 겸 동관방어진국군사
    (潼關防禦鎭國軍使)에 임명되었다. 화주는 주청 소재지가 지금 섬서성(陝西省)
    화현(華縣)에 있었다.

43 入朝(입조) : 이 구절은 정권이 원화 14년(819) 11월에 우금오위대장군(右金吾衛
    大將軍)에 임명되어 좌가사(左街使)가 되고, 목종이 즉위한 뒤 좌산기상시(左散
    騎常侍)로 전임되어 회골(回鶻) 고애사(告哀使)를 맡았으며, 장경 원년(821)에
    하남부윤에서 공부시랑으로 들어갔다가 2년(822) 10월에 공부상서로 승진한 것
    을 말한다.

45 僦屋(추옥) : 집을 세내다.

46 貴而能貧(귀이능빈) : 지위는 존귀하나 가난함을 지킬 수 있다. 이는 『좌전·양

공(襄公) 22년』에 공손흑굉(公孫黑肱)이 한 말로 나온다.

47 爲仁者不富(위인자불부): 『맹자·등문공상(滕文公上)』에 "부유하면 인자하지 않
게 되고, 인자하게 살면 부유해지지 않는다(爲富不仁矣, 爲仁不富矣)"라는 글귀
가 보인다.

及是命, 朝廷莫不悅;將行, 公卿大夫士苟能詩者咸相率爲詩以美朝政,
以慰公南行之思, 韻必以來字者, 所以祝公成政而來歸疾也。

원화 6년(811) 겨울에 진무군(振武軍)의 관리가 역참의 말을 타고 대궐로 달려와 그 지역에 군량이 부족하다고 보고했습니다. 중신들이 조정의 회의를 통해 그곳 수륙운사(水陸運使)가 직무에 합당한 인물이 아니라고 여기고 재능과 수완이 뛰어난 인물을 뽑아 교체해야 마땅하다고 하여 우리 일족인 한중화(韓重華) 군이 그 적임자로 지목되었습니다.

그는 부임하자마자 뇌물죄를 저지르거나 법을 어겨 수감 중인 관리 9백여 명을 석방해 족쇄와 수갑을 벗기고 그들에게 쟁기와 같은 농기구와 소를 주면서 인근의 편리한 땅을 경작해 빚을 상환하게 한 뒤, 군대에 손실을 끼친 4십만 섬에 달하는 양식의 징수도 재촉하지 않고 잠시 미뤄두었습니다. 이들 관리들은 죽을죄에 처해진 데서 벗어나 종자와 양식을 빌려 보통 평민들과 동등한 지위가 되어 자신들의 힘을 바칠 기회까지 얻게 되자, 눈물을 흘리며 감격해 너나할 것 없이 있는 힘을 다해 명령을 받들지 않는 사람이 없었습니다. 게다가 그들은 한중화 군을 위해 분주하게 뛰어다니며 일을 도모하고 높은 평지나 저습지에 어떤 작물을 심는 것이 적합한지를 살피고 경작 방법을 지도 전수하기도 했습니다. 그리하여 두 해 연속 크게 풍년이 들자 이들 관리들은 자기들이 손실을 끼친 양곡 4십만 섬을 다 상환하고, 남은 것은 개인적으로 소유할 수 있게 된 바 다시 소생할 수 있게 되었고 군대에도 더 이상 군량이 부족하지 않게 되었습니다. 한중화 군이 말했습니다.

"이것으로는 아직 천자께 말씀드릴 것이 못됩니다. 청하옵건대 다시 사람들을 모집해 15개 둔전(屯田)을 더 설치하고 둔전마다 130명씩 두어 100경(頃)의 땅을 경작하게 하고, 각 둔전에 명해 높은 지형을 발판으로 보루를 쌓게 허락해주시옵소서. 그러면 동쪽으로 진무군(振武軍)에서 시작해 서쪽으로 돌아 운주(雲州)의 경계를 지나 중수항성(中受降城)에 이르기까지 산과 강을 구불구불 넘나들며 6백 리에 달하는 땅에 둔전과 보루가 서로 바라보고 있어서 외적들이 쳐들어와 함부로 포학한 짓을 할 수 없기 때문에, 사람들은 그 안에서 마음대로 경작할 수 있고 나라는 수륙 양로의 물자 수송비용을 조금 줄일 수 있을 것입니다."

조정에서는 그의 건의를 받아들였는데, 가을이 되자 과연 수확이 배나 되어 한 해에 호부(戶部) 탁지사(度支司)의 경비 1,300만 관(貫)을 절약할 수 있었습니다.

원화 8년(813)에 조칙이 내려와 그를 전중시어사(殿中侍御史)에 임명하고 붉은 색 옷과 은빛 어대(魚袋)의 관복을 하사했습니다. 그가 그해 겨울 조정에 들어와 천자를 알현하고 상주했습니다.

"다시 4천 경(頃)의 전지를 더 개간할 수 있으면 변방 지역 다섯 개 성의 양식 공급을 완전히 충족할 수 있고, 전지 5천경에는 규정에 따라 7천 명을 부려야 하니 신이 관리들에게 명하여 한가할 때면 궁술을 연마해 작전을 수행하고 방어할 준비를 하도록 독촉하겠습니다. 그런 훈련

으로 말미암아 외적들을 제압할 수도 있으니 군사와 농사의 두 가지 일
을 겸해 일거양득이라고 할 수 있을 것입니다."

그런데 재상이 도리어 그의 건의에 반대하면서 다른 의견을 내놓았
습니다. 내가 생각하기로 국경 수비대는 모두 경작하는 법을 몰라 입만
벌리고 먹여주기를 기다리니, 양곡 담당 부서에서 늘 사람을 고용해 수
레와 배로 다른 군으로부터 양식을 운송해 왔는데, 사막을 건너고 황하
를 거슬러 올라가기도 하면서 먼 곳은 심지어 수천 리나 되니 사람과
가축이 죽어나가는 것은 물론, 빈번히 오가느라 그 발자국이 길에 교차
될 지경이며 비용 또한 정확히 계산할 수 없을 정도로 많이 듭니다. 중
원 지역은 헛되이 소모만 하고 변방의 관리들은 늘 양식 공급이 이어지
지 않을까 봐 고민을 합니다. 지금 한중화 군이 청원한 둔전은 모두 예
전 진한(秦漢) 때 군현(郡縣)의 땅이었고 그곳의 세금 납부 실적도 이미
분명히 검증이 되었으니, 만약 그의 건의를 받아들이면 얻는 이득은 고
작 한두 가지만으로 헤아릴 수 있을 것이 아닐 것입니다. 천자께서는
지금 한창 많은 신하들의 책략을 받아들여 천하를 태평하게 할 공적을
세우고자 하시는데, 어찌 선비로 하여금 자신의 재능을 다 발휘하지 못
한다는 개탄이 생기도록 하고 가슴속에 기발한 견해를 갖고 있으면서
도 실행으로 옮길 수 없도록 할 수 있겠습니까? 그렇지만 한중화 군은
또 무엇을 걱정하리요? 상서성(尙書省)의 사대부들도 이구동성으로 말하
길, 전중시어사인 그대가 전에 세 현의 현령을 지내고 두 주를 다스렸
을 때 상주되어 온 근무 고과가 늘 천하의 제일이었다고 했습니다. 또
한 변방에서도 그대의 계책을 시행해서 그 공적이 이처럼 혁혁하니, 만
약 지금 그대의 책략을 온전히 실행에 옮긴다면 이전에 외적에게 점거
당한 서북 지방의 땅까지 가까운 시일 내에 수복할 수 있을 것이라고
말했습니다. 그대가 임지로 돌아간다는 소식을 듣고 모두들 서로 힘써
시를 지어 그 공적을 드높이고 내게 위촉해 송별사를 짓도록 했습니다.

해제

　원화 9년(814) 겨울에 조정으로 들어와 둔전 규모의 대대적인 확대 건의를 한 뒤 뜻을 이루지 못하고 임지로 돌아가는 한중화(韓重華)에게 써 준 송별사. 원화 6년(811) 겨울에 헌종(憲宗)은 진무군(振武軍)의 군량 부족 보고를 접하고 주둔 지역의 개간을 통해 국가의 군비 지출과 수송비용을 줄이자는 재상 이강(李絳)과 호부시랑 노탄(盧坦)의 건의를 받아들여, 직무 수행을 제대로 하지 못하는 대북수륙운사(代北水陸運使) 설건(薛謇)의 후임으로　한중화를　진무경서영전화적수륙운사(振武京西營田和糴水陸運使)로 임명했다. 한중화는 무릉[武陵 : 지금 호남성 상덕시(常德市)] 사람으로 뒤에 약(約)으로 개명했는데, 부임한 뒤 약 3년에 걸쳐 일련의 획기적인 조치를 통해 군량 부족 문제를 해결하고 잉여 양식까지 확보하는 성과를 거두어 전중시어사의 직함을 받기에 이르렀다. 그는 이런 성과에 고무되어 조정에 와서 둔전의 대대적인 확대를 건의했지만, 재상의 반대에 부딪쳐 뜻을 이루지 못하고 쓸쓸히 임지로 돌아갈 수밖에 없었다. 이 글은 한중화가 시행한 둔전의 설치 경과와 성적을 별다른 수식 없이 있는 그대로 서술했지만, 그의 탁월한 업적에 대한 칭송과 웅대한 뜻을 더 펼치지 못한 데 대한 동정을 충분히 잘 표현하고 있다. 한중화의 사적을 서술하는 가운데 군량 확보와 변방 방어 문제를 중심으로 작자의 경제와 군사에 관한 탁월한 견해를 피력하고 있는 점도 간과할 수 없다. 시사의 현안을 상세하면서도 분명하게 서술하고, 예스럽고 심오한 언어를 구사하면서도 자연스러움을 잃지 않아 서한(西漢) 시대 문장가의 기품과 격조가 묻어난다는 평을 받는다.

六年冬, 振武軍[1]吏走驛馬[2]詣闕告饑, 公卿廷議以轉運使不得其人, 宜選才幹之士往換之, 吾族子[3]重華適當其任。

1 振武軍(진무군) : 당나라 중후기 장안 서북 지방의 주요 변방 군대의 하나로 그 주둔 중심지가 선우도호부(單于都護府) 곧 지금의 내몽고 화림각이(和林格爾) 서북에 있었다.
2 驛馬(역마) : 역참에서 제공하는 말. 공문서를 전달하는 사람이나 오가는 관리들이 사용했다.
3 吾族子(오족자) : 동족 형제의 아들. 한중화(韓重華)는 한유와 동성일 뿐 동족이 아니지만, 이렇게 부른 것은 당나라 사람들의 관행이었다.

至則出[4]贓罪吏[5]九百餘人, 脫其桎梏[6], 給耒耜[7]與牛, 使耕其傍便近地, 以償所負, 釋其粟之在吏者四十萬斛[8]不徵。吏得去罪死, 假種糧[9], 齒平人[10]有以自效[11], 莫不涕泣感奮, 相率盡力以奉其令 ; 而又爲之奔走經營, 相原隰之宜[12], 指授方法 : 故連二歲大熟, 吏得盡償其所亡失四十萬斛者而私其贏餘[13], 得以蘇息, 軍不復饑。君曰 : "此未足爲天子言。請益募人爲十五屯[14], 屯置百三十人而種百頃[15], 令各就高爲堡[16] ; 東起振武, 轉而西, 過雲州[17]界, 極於中受降城[18], 出入河山之際, 六百餘里, 屯堡相望, 寇來不能爲暴, 人得肆耕[19]其中, 少可以罷漕輓[20]之費。" 朝廷從其議, 秋果倍收, 歲省度支[21]錢千三百萬。

4 出(출) : 석방하다. 방면하다.
5 贓罪吏(장죄리) : 뇌물죄를 저지르거나 법을 어긴 관리.
6 桎梏(질곡) : 발에 찬 차꼬와 손에 찬 수갑. 족쇄와 수갑.
7 耒耜(뇌사) : 쟁기 자루와 쟁기 날로 여기서는 농기구를 두루 가리킨다.
8 斛(곡) : 열 말. 한 섬.
9 假種糧(가종량) : 종자와 양식을 빌리다.
10 齒平人(치평인) : 보통 사람과 동등하다. 평민과 같다.
11 自效(자효) : 자신을 다 바치다. 자신의 능력을 다 바치다.
12 相原隰之宜(상원습지의) : 높은 평지나 저습지에 어떤 작물을 심는 것이 적합한 지를 살피다. '相'은 '관찰하다'는 뜻이다. 『시경・대아(大雅)・공류(公劉)』에 "습

지와 높은 땅을 재다(度其隰原)"라는 시구가 보인다.

13 私其嬴餘(사기영여) : 나머지 부분을 개인적으로 소유하다.

14 屯(둔) : 둔전. 고대의 군대 편제 단위로 변방에 주둔하면서 황무지를 개간해 경작하는 군대를 가리킨다.

15 頃(경) : 토지 면적 단위로 100묘(畝)에 해당한다. 『신당서(新唐書)·식화지(食貨志)』에는 이 사실을 들어 "사람마다 100묘의 땅을 경작했다(人耕百畝)"라고 적고 있다.

16 堡(보) : 보루. 흙으로 쌓은 작은 성.

17 雲州(운주) : 주청 소재지가 정양(定襄) 곧 지금의 산서성 대동시(大同市)에 있었고, 그 관할 지역은 지금 산서성의 장성(長城) 이남과 상건하(桑乾河) 이북이었다.

18 中受降城(중수항성) : 지명. 지금 내몽고 포두시(包頭市) 서남의 황하 북쪽에 있었다.

19 肆耕(사경) : 아무 제한을 받지 않고 마음대로 경작하다. 외적을 방비할 걱정 없이 안심하고 농사를 짓는 것을 말한다.

20 漕輓(조만) : 수로로 배에 싣거나 육로로 수레에 끌고 물자를 수송하다.

21 度支(탁지) : 호부(戶部) 탁지사(度支司)로 조정의 재정 담당 부서. 이 구절과 관련해 『신당서·식화지』에는 "한 해에 곡식 20만 섬을 수확해 탁지사의 경비 2천여 만 관을 절약했다(歲收粟二十萬石, 省度支錢二千餘萬緡)"로 기록되어 있다. 1민(緡)은 1,000문(文)을 한데 꿴 '꿰미(貫)'다.

八年²², 詔拜殿中侍御史²³, 錫服朱銀²⁴。其冬來朝, 奏曰 : "得益開田四千頃, 則盡可以給塞下五城²⁵矣 ; 田五千頃, 法當用人七千, 臣令吏於無事時督習弓矢爲戰守備, 因可以制虜, 庶幾所謂兵農兼事, 務一而兩得者也。" 大臣方持其議²⁶。吾以爲邊軍皆不知耕作, 開口望哺²⁷, 有司常儳²⁸人以車船自他郡往輸, 乘沙逆河²⁹, 遠者數千里, 人畜死, 蹄[illegible]踵³⁰交道³¹, 費不可勝計。中國³²坐耗³³, 而邊吏恒苦食不繼。今君所請田, 皆故秦漢時郡縣地, 其課績³⁴又已驗白³⁵ ; 若從其言, 其利未可遽以一二數也。今天子方擧羣策以收太平之功, 寧使士有不盡用之歎, 懷奇見而不得施設³⁶也? 君又何憂? 而中臺³⁷士大夫亦同言侍御韓君前領三縣³⁸, 紀綱³⁹二州⁴⁰, 奏課常爲天下第一 ; 行其計於邊, 其功烈⁴¹又赫赫如此 ; 使盡用其策, 西北邊故所沒地⁴², 可指期⁴³而有也。聞其歸, 皆相勉爲詩以推大⁴⁴之, 而屬⁴⁵余爲序。

22 八年(팔년) : 청(淸)나라 건륭제(乾隆帝)의 『어선당송문순(御選唐宋文醇)』 권5에 한중화가 원화 6년(811) 겨울에 부임한 뒤 죄를 지은 관리들을 석방해 농사를

짓게 함으로써 두 해에 걸쳐 풍년을 거두고 나서 15둔전을 설치해 풍성한 수확
을 거두었으므로 이미 3년의 시간이 흘렀고, 원화 8년(813) 겨울에는 재상 이강
(李絳)이 아직 자리에 있을 때이므로 원화 9년(814)으로 되어야 옳다고 고증한
바 있는데 매우 적절한 견해라 생각된다.

23 殿中侍御史(전중시어사) : 「송두종사서(送竇從事序)」(HS-124) 주석 23 참조. 이때
한중화는 이 관직의 직함을 받은 것이지 실제 이 자리에 부임한 것은 아니다.

24 錫服朱銀(석복주은) : 붉은 색 옷과 은빛 어대(魚袋)의 관복을 하사하다. 이는 당
나라 때 5품의 관리가 입던 관복인데, 한중화가 전중시어사로 종7품하에 해당
하는 관등인 점을 고려하면 특별대우를 해준 것이다.

25 塞下五城(새하오성) : 변방의 5개 성. 중수항성(中受降城), 동수항성(東受降城),
서수항성(西受降城), 삭방군(朔方軍), 진무군(振武軍). 지금의 내몽고 일대와 요
녕성 일대에 해당한다.

26 大臣方持其議(대신방지기의) : 재상이 도리어 다른 의견을 가져 그의 건의에 반
대하다. '方'은 '도리어'의 뜻으로 쓰였다. 원화 8년(813) 겨울에 한중화가 조정으
로 왔을 때 마침 재상 이강(李絳)이 물러나고 후임 재상이 이강과는 다른 견해
를 가져 한중화의 건의가 수용되지 못한 것을 가리킨다.

27 哺(포) : 본래 새가 새끼에게 먹이를 먹이는 것인데 여기서는 다른 사람의 부양
을 받는 것을 가리킨다.

28 傲(추) : 고용하다.

29 乘沙逆河(승사역하) : 사막을 넘고 황하를 거슬러 올라가다.

30 蹄踵(제종) : 말발굽과 사람의 발뒤꿈치로 '사람과 말이 오고간 발자취'를 가리킨
다.

31 交道(교도) : 길에서 교차될 정도로 빈번히 오가는 것을 말한다.

32 中國(중국) : 중원으로 당시 관내도(關內道)와 하남과 하북의 여러 도를 가리킨다.

33 坐耗(좌모) : 헛되이 소모하다. '坐'를 원인을 뜻하는 전치사로 보고 물자를 변방
의 군대로 실어 보낸 것 때문에 중원 땅에도 결손이 생기다로 풀이하기도 한다.

34 課績(과적) : 세금 납부 실적. 납세 실적.

35 驗白(험백) : 분명히 검증되다.

36 施設(시설) : 실시하다. 실행에 옮기다. 펼치다.

37 中臺(중대) : 상서성(尙書省)의 별칭.

38 三縣(삼현) : 인주(麟州)에는 신진(新秦)·연곡(連谷)·은성(銀城)의 3개 현, 승주
(勝州)에는 유림(楡林)·하빈(河濱)의 2개 현이 있었으므로 '오현(五縣)'의 잘못
이라고 한다.

39 紀綱(기강) : 다스리다.

40 二州(이주) : 인주(麟州)와 승주(勝州).

41 功烈(공렬) : 공적. 공훈과 업적

42 西北邊故所沒地(서북변고소몰지) : 안사(安史)의 난 이후 토번(吐蕃)에게 점거당
한 하서(河西)와 농우(隴右)로 지금 산서성과 내몽고 북부와 영하성 서북부 지

역이다.

43 指期(지기) : 시기를 지정하다. '指定日期(지정일기)'의 뜻으로 '剋日(극일)'과 같
    으며 가까운 시일 내를 가리킨다.
44 推大(추대) : 드높이다. 찬양해 더 빛나게 하다.
45 屬(촉) : 위촉하다. '囑'과 통한다.

送鄭十校理序

비서성(祕書省)은 궁중의 도서나 기밀 문건을 수장하는 관서입니다. 천자께서는 그것이 바깥의 먼 곳에 있기 때문에 아침저녁으로 열람할 수 없다고 여기시어 별도로 집현전(集賢殿)에 도서를 수장하고 또한 별도로 교수관(校讎官)을 두어서 학사(學士)라 부르고 교리(校理)라 부르며, 항상 총애하는 승상을 대학사로 삼았습니다. 나머지 학사들도 모두 지위가 높은 관리들이고 교리에는 천하에 문장과 학문으로 이름이 난 사람을 임용했는데, 만약 뽑혀서 선발 명단에 들어가게 되면 관등의 고하를 따지지 않고 일률적으로 임용했습니다. 이로 말미암아 집현전에는 서적이 많이 쌓여서 비서성의 모든 장서를 다 합쳐봤자 그 반에도 미치지 못했는데, 그곳의 서적이 날로 더 많아짐에 따라 그 관직의 중요성도 날로 더해갔습니다. 원화 4년(809)에 정함(鄭涵) 선생이 장안현위(長安縣尉)의 신분으로 집현전 교리에 선발되자 사람들이 모두 말했습니다.

 "이 사람은 재상의 아들로 공손하고 검소하며 가훈을 지키고 예로부터 내려오는 전통 윤리를 글로 담아낼 수 있는 분인데, 이와 같기 때문에 선발 명단에 들었으니 공경대부 가문의 자제들은 마땅히 더욱 힘써 노력해야 할 것이다.”

내가 국자박사(國子博士)가 되어 처음 국자좨주(國子祭酒)로 계시는 정여경(鄭餘慶) 상공을 모셨고, 동도(東都) 낙양(洛陽)의 학생들을 가르칠 때 태학(太學)의 동도 분교에서 상공을 모셨으며, 지금 도관원외랑(都官員外郞)으로 동도 근무를 하면서 동도유수(東都留守)이신 상공을 모시고 있습니다. 세 차례나 상공의 부하 관리가 되어 5년의 시간을 보내는 동안 앞뒤에서 그분의 도덕을 우러러 살피고 좌우에서 그분의 가르침을 경청했으니 가까이에서 직접 훈도를 받았다고 할 수 있습니다. 상공의 높고 크고 원대하고 치밀한 면모는 내가 감히 마음대로 헤아려 논할 수 있는 것이 아니지만, 그분은 스스로 부지런히 노력하고 널리 백성들에게 은혜를 베풀기에 힘썼으며 자신의 능력과 덕행에 근거해 다른 사람들도 자신과 같아지기를 바라셨는데 옛날의 군자들은 이런 점에서 어떠했는지 모르겠습니다. 지금 정선생이 처음 벼슬길에 나와 천하 사람들로부터 높은 평판을 받았음에도 불구하고, 겸허하게 자신은 아직 부족하다고 여기니 정말로 집안의 법도를 잘 지킬 수 있을 것입니다. 그 집안을 출입한 사람으로서 이 점에 대해 축하의 말을 올릴 만합니다.

그가 지금 휴가를 내어 낙양으로 와서 부모님을 배알하고 아침저녁으로 곁에서 시중들고 있기 때문에 동도의 사대부들이 그 얼굴을 볼 기회가 없었는데, 장안으로 돌아가는 날에 동도 근무 관리들과 동도유수의 보좌관들이 나름대로 술과 안주를 수레에 싣고 와서 정정문(定鼎門) 밖에 연회석을 마련하자 빈객들이 성대하게 모여 송별했습니다. 다들 술에 취한 뒤에 제각기 다섯 운(韻)의 시 열 구를 짓고 내게 이 송별사를 짓도록 위촉했습니다.

해제

원화 5년(810) 봄 도관원외랑(都官員外郎)으로 동도에서 근무하던 시절에, 정함(鄭涵)이 낙양으로 부친 정여경(鄭餘慶, 748-820)을 찾아와 배알한 뒤 장안으로 돌아갈 때 써 준 송별사. 정함은 형양[滎陽 : 지금 하남성 정주시(鄭州市)] 사람으로 문종(文宗)이 등극하기 이전의 이름과 같아 뒤에 피휘하기 위해 한(瀚)으로 개명한 바 있다. 정원 10년(794) 진사에 급제한 뒤 부친 정여경의 벼슬길이 순탄하지 못해 여러 해 관직에 오르지 못하다가, 비서성 교서랑(校書郎)과 낙양현위(洛陽縣尉)를 거쳐 원화 4년(809)에 장안현위(長安縣尉)와 집현전(集賢殿) 교리에 임명되었다. 집안에서의 장유의 순서가 열 번째이기 때문에, 이 글에서 '정십교리(鄭十校理)'라고 불렀다.

작자는 정함과 잘 모르는 사이이므로 근거 없이 추켜세우면 사실에 맞지 않기 때문에 특별한 방법으로 이 글을 써나갔다. 즉 정함이 맡고 있는 관직에서 글의 실마리를 열고, 자신과 정여경의 밀접한 관계에 대한 서술로 글을 이어나갔다. 그 가운데 정함이 중요한 자리에서 세상 사람들의 호평을 받고 집안의 가르침과 명성을 잘 계승한 인물이라는 점을 드러냄으로써, 그에 대한 존경과 칭송의 뜻을 매우 자연스럽게 표현하는 솜씨를 발휘했다.

원문 및 주석

秘書[1], 御府[2]也。天子猶以爲外且遠, 不得朝夕視, 始更聚書集賢殿[3], 別置校讐官[4], 曰'學士'[5]、曰'校理'[6], 常以寵丞相爲大學士。其他學士皆達官也,

校理則用天下之名能文學者；苟在選, 不計其秩次[7], 惟所用之。由是集賢
之書盛積, 盡秘書所有不能處其半；書日益多, 官日益重。四年, 鄭生涵始
以長安尉選爲校理, 人皆曰：“是宰相子, 能恭儉[8]守教訓, 好古義施於文辭
者；如是而在選, 公卿大夫家之子弟其勸耳矣。”

1　祕書(비서) : 비서성(祕書省). 중서성(中書省) 소속의 궁중 도서관.
2　御府(어부) : 궁중의 도서나 기밀 문건을 수장하는 왕실 도서관.
3　集賢殿(집현전) : 현종(玄宗) 개원(開元) 13년(725)에 집선전(集仙殿)을 고쳐 부른
　　것으로 경사자집(經史子集) 곧 사부(四部)의 도서를 수장하던 곳인데 관리와 근
　　무 인원이 백여 명에 달하였다.
4　校讎官(교수관) : 서적을 고증하고 오류를 바로잡는 관리. 한 사람이 혼자 책을
　　읽으며 교정하는 것을 ‘校’, 두 사람이 마주보고 교정하는 것을 ‘讎’라고 했다.
　　‘讎’라고 한 것은 한 사람이 책을 들고 있고, 다른 한 사람이 책을 읽는 모습이
　　마치 원수가 서로 마주보고 있는 것과 같다는 데서 나온 말이다.
5　學士(학사) : 집현전의 관리 중에서 5품 이상은 학사, 6품 이하는 직학사(直學士)
　　라 했는데, 개원(開元) 13년(725)에는 재상 장열(張說, 667-730)을 대학사(大學士)
　　로 삼았다.
6　校理(교리) : 집현전에 둔 관직 이름. 정원 8년(792)에 이를 없애고 교서(校書) 4
　　인과 정자(正字) 2인을 두었다가 원화 2년(807)에 원상 복귀했다.
7　秩次(질차) : 봉록의 등급으로 관등의 고하를 가리킨다.
8　恭儉(공검) : 공손하고 검소하다.『논어·학이(學而)』편에 “선생님께서는 온화하
　　고 선량하고 공손하고 검소하며 양보를 잘하는 분이셨기 때문에 그 나라의 정
　　치에 대해 들으실 수 있었습니다(夫子溫良恭儉讓以得之)”라는 글귀가 보인다.

愈爲博士[9]也, 始事相公於祭酒；分教[10]東都生也, 事相公於東太學；今爲
郎於都官[11]也, 又事相公於居守：三爲屬吏, 經時五年, 觀道德於前後, 聽
教誨於左右, 可謂親薰而炙[12]之矣。其高大遠密者, 不敢隱度論[13]也；其勤
己而務博施[14], 以己之有, 欲人之能, 不知古君子何如耳。今生始進仕, 獲
重語[15]於天下, 而慊慊[16]若不足, 眞能守其家法矣。其在門者可進賀也。

9　博士(박사) : 권지국자박사(權知國子博士). 이하 두 구절은 한유가 원화 원년
　　(806)에 임시 국자박사의 직책을 맡았을 때 정여경이 국자좨주(國子祭酒)였음을
　　말한다.
10　分教(분교) : 이하 두 구절은 한유가 원화 2년(807)에 정식 국자박사가 되어 동도
　　낙양의 학생들을 가르칠 때, 정여경이 하남부윤(河南府尹) 겸 동도국자감사(東
　　都國子監事)였음을 말한다.

11 都官(도관) : 도관원외랑(都官員外郞). 이하 두 구절은 한유가 원화 4년(809)에
   이 관직을 맡았을 때 정여경이 동도유수(東都留守)였음을 말한다. '居守(거수)'
   는 '留守(유수)'와 같다.

12 親薰而炙(친훈이적) : 가까이에서 직접 훈도를 받다. 『맹자·진심하(盡心下)』에
   "하물며 가까이에서 직접 배운 사람에 있어서야?(況於親炙之者乎?)"라는 글귀가
   보이고, 주희(朱熹)의 주에 "친적(親炙)이란 가까이에서 직접 훈도를 받는 것이
   다(親炙, 親近而熏炙之也)"라고 했다.

13 度論(탁론) : 헤아려 논하다.

14 博施(박시) : 널리 은혜를 베풀다. 『논어·옹야(雍也)』편에 "널리 백성들에게 은
   혜를 베풀고 대중들을 환난에서 건져낼 수 있다면 어떻습니까?(如有博施於民而
   能濟衆, 何如?)"라는 글귀가 보인다.

15 重語(중어) : 높은 평판. 중요하게 여겨 기리는 말.

16 慊慊(겸겸) : 스스로 만족해하지 못하는 모양. 뜻에 차지 않는 모양.

求告來寧¹⁷, 朝夕侍側, 東都士大夫不得見其面；於其行日, 分司吏¹⁸與留
守之從事¹⁹, 竊²⁰載酒肴席²¹定鼎門²²外, 盛賓客以餞之。旣醉, 各爲詩五韻,
且屬²³愈爲序。

17 寧(영) : 찾아뵙다. 부모를 배알하다.

18 分司吏(분사리) : 중앙 조정의 관리로서 동도 낙양에서 근무하는 자.

19 從事(종사) : 종사관. 보좌관. 삼공(三公)이나 주군(州郡)의 장관이 임의로 부른
   막료.

20 竊(절) : 제 나름대로. 자기 겸양을 나타내는 정태부사.

21 席(석) : 동사로 쓰여 '자리를 마련하다'는 뜻이다.

22 定鼎門(정정문) : 낙양의 동쪽 성문의 이름.

23 屬(촉) : 위촉하다. '囑'과 통한다.

위처후(韋處厚) 선생은 이전 고공원외랑(考功員外郎)의 신분으로 성산(盛山)의 고을 태수를 맡게 되었습니다. 사람들이 말하길 "위선생은 재능이 출중한 인재고 고공은 권세 높은 부서며 성산은 외진 고을인데, 그로부터 마땅히 맡아야 할 합당한 자리를 빼앗아 나쁜 곳으로 보내어 그의 재능을 억눌러 억울하게 했으니, 그는 장차 원망하며 유쾌해하지 않을 것이다"라고 했습니다.

어떤 사람이 말했습니다.

"그렇지 않습니다. 대체로 유리하면 환호작약하며 기뻐하다가 불리하면 조바심을 내어 두려워하며 울면서 마치 살아갈 수 없을 듯이 하는 게 어찌 위선생을 두고 하는 말이겠습니까? 위선생은 육경(六經)의 글을 읽었고, 주공(周公)과 공자의 본뜻을 탐색했으며, 글쓰기에도 기묘하게 뛰어난 솜씨를 지녔으니 유학자라고 부를 만합니다. 대체로 유학자가 환난을 대할 때는 만약 스스로의 잘못으로 초래한 것이 아니라면 떳떳이 물리치고 마음속으로 영향을 받지 않는 것이 마치 황하에다 제방을 쌓아 처마 끝에 떨어지는 물을 막는 것과 같고, 받아들여 해소시켜버리는 것이 마치 강물이 바다로 흘러 들어가고 얼음이 여름 햇빛을 받아 녹는 것과 같으며, 문학에 푹 빠져 환난 자체를 잊어버리는 것이 마치 쇠북이나 경쇠를 연주해 귀뚜라미 울음과 벌레 날아가는 소리를 묻혀버리게 하는 것과도 같습니다. 이러한데 하물며 잠시 고공과 성산으로 좌천된 일로 해서 유쾌하지 않은 것은 숨을 한 번 내쉬고 들이마시는 사이의 아주 짧은 시간일 뿐임에 있어서야 오죽하겠습니까!

얼마 안 있어 과연 어떤 사람이 위선생이 지은 12수의 시를 내게 보내왔는데, 시의 뜻을 통해 보니 그는 지금 한창 계곡으로 들어가고 암석 위로 올라가며 구름과 달을 쫓아다니느라 시간이 부족한 일상을 살고 있었습니다. 그의 시를 읽고 읊다 보면 일상의 모든 일을 다 제쳐두고 그가 있는 곳으로 가서 그와 함께 노닐고 싶은 생각이 일어나게 하는데, 그 시들이 원래 구인(朐腮)이 소속된 파동(巴東)에서 지어진 것인지는 몰랐습니다.

당시에 그의 시에 응해 화답한 이가 모두 열 사람이었습니다. 올해 위선생은 중서사인(中書舍人)이 되었고 전에 궁중에서 천자를 모시고 육경을 강의한 적이 있었는데, 화답한 사람 중에 통주사마(通州司馬) 원진(元稹)은 재상이 되고, 양주자사(洋州刺史) 허강좌(許康座)는 경조윤(京兆尹)이 되고, 충주자사(忠州刺史) 백거이(白居易)는 중서사인이 되고, 자사 이경검(李景儉)은 간의대부(諫議大夫)가 되고, 검중관찰사(黔中觀察使)·어사중승(御史中丞) 엄모(嚴謩)는 비서감(祕書監)이 되고, 사마(司馬) 온조(溫造)는 기거사인(起居舍人)이 되어 모두 대궐 아래 조정에 모여 있습니다. 그런 연유로 「성산십이시(盛山十二詩)」와 화답한 시들이 일시에 크게 유행해 한데 합쳐 한 권의 큰 책으로 엮으니 집집마다 소장하기에 이르렀는데, 날이 갈수록 그것을 우러러보며 화답하는 사람이 더 많아져 나누어 별도의 책으로 만들었습니다. 위선생이 내게 이 서문을 쓰도록 했습니다.

해제

　장경 2년(822) 병부시랑(兵部侍郞) 재직 시에 위처후(韋處厚, 773-828)의 요청에 따라 「성산시(盛山詩)」 12수와 그 화답시를 묶어 편찬한 시집에 붙인 서문으로 제목이 「성산창화시서(盛山唱和詩序)」로 된 판본도 있다. 위처후는 자가 덕재(德載)고 경조(京兆) 만년[萬年 : 지금 섬서성 서안시(西安市)] 사람으로 원화 초에 진사과와 현량방정과(賢良方正科)에 급제했다. 비서성(秘書省) 교서랑(校書郞)을 거쳐 헌종 때에 고공원외랑(考功員外郞)을 지내면서 재상 위관지(韋貫之, 760-821)와 교분이 깊었다. 원화 11년(816)에 위관지가 회서(淮西) 지방의 군사행동 건으로 황제와 의견이 맞지 않아 면직되자 그도 연루되어 개주자사(開州刺史)로 전출되었다. 개주의 주청 소재지가 바로 성산현[盛山縣 : 지금 사천성(四川省) 개현(開縣)]이었는데, 외진 고을이었지만 그는 부임한 뒤 개의치 않고 그곳의 경치를 즐기며 시를 읊조려 당지의 12경(景)을 찬미한 「성산시」 12수를 남겼다. 이 시가 당시에 크게 유행하자 원진(元稹, 779-831)과 백거이(白居易, 772-846) 등 많은 지방관들이 화답시를 짓기에 이르렀다. 뒤에 위처후가 장안으로 돌아와 호부낭중(戶部郞中)과 한림시강학사(翰林侍講學士)를 역임하고 당시에 화답시를 쓴 벗들도 연이어 중앙 정계로 복귀하자 「성산시」는 더욱 유행해 화답시를 짓는 사람들이 더욱 늘어났다. 그러자 위처후가 원래 본인이 쓴 시와 창화시를 묶어 큰 책으로 편찬하고, 후인들의 화답시를 모아 별도의 책으로 엮은 뒤 작자에게 서문을 요청했던 것이다.

작자가 이 글에서 유학자는 본인이 자초한 환난이 아니라면 비탄에 잠기지 않고 달관하는 삶의 태도를 견지하며, 문학으로 스스로의 마음을 위로하고 즐거움을 추구함으로써 환난을 극복한다는 견해를 피력한 점은 그의 문학론과 관련해 새삼 눈여겨 볼 만한 대목이다.

원문 및 주석

韋侯^{1}昔以考功副郎^{2}守^{3}盛山^4。人謂韋侯美士, 考功顯曹^5, 盛山僻郡；奪所宜處, 納之惡地以枉^{6}其材, 韋侯將怨且不釋矣。

1 侯(후) : 선생. 사대부 간의 상호 존칭. 「송은원외서(送殷員外序)」(HS-146) 주석 13 참조.
2 考功副郎(고공부랑) : 고공원외랑으로 종6품상이다. 고공낭중(考功郎中)의 부관이므로 '副郎'이라고 했다.
3 守(수) : 낮은 품계로 높은 관직을 맡을 때 쓰는 것으로 보통 원외랑은 종6품이고 자사(刺史)는 종3품 내지 정4품이다. 「체협의(禘祫議)」(HS-067) 주석 4 참조.
4 盛山(성산) : 한위(漢魏) 시대의 옛 명칭으로 개주(開州)를 부른 것이다.
5 考功顯曹(고공현조) : 고공은 권세 높은 부서다. '考功'은 문무백관의 고과를 담당하는 부서고, '曹'는 분과별로 업무를 처리하는 관서다.
6 枉(왕) : 억눌러 억울하게 하다.

或曰 : 不然。夫得利則躍躍^{7}以喜, 不利則戚戚^{8}以泣, 若不可生者, 豈韋侯謂哉? 韋侯讀六藝^{9}之文, 以探周公孔子之意, 又妙能爲辭章, 可謂儒者。夫儒者之於患難, 苟非其自取之, 其拒以不受於懷也, 若築河堤以障屋霤^{10}；其容而消之也, 若水之於海, 冰之於夏日；其歂^{11}而忘之以文辭也, 若奏金石^{12}以破蟋蟀之鳴, 蟲飛之聲；況一不快於考功、盛山一出入息^{13}之間哉!

7 躍躍(약약) : 환호작약하다. 껑충껑충 뛰다.

8　戚戚(척척) : 조바심을 내며 두려움에 차 있는 모양. 『논어·술이(述而)』편에 "군
　　자는 마음이 평탄하고 너그럽지만, 소인은 노상 조바심을 내고 두려워한다(君
　　子坦蕩蕩, 小人長戚戚)"라는 글귀가 보인다.

9　六藝(육예) : 육경. 「사설(師說)」(HS-021) 주석 24 참조.

10　屋霤(옥류) : 처마 낙숫물. 처마에 떨어지는 물.

11　翫(완) : 음미하다. 깊은 맛에 푹 빠지다. '玩'과 같다.

12　金石(금석) : 쇠북과 경쇠. 「송맹동야서(送孟東野序)」(HS-122) 주석 9 참조.

13　一出入息(일출입식) : 한 차례 숨을 들이마시고 내쉬는 것으로 아주 짧은 시간을
　　비유한다.

未幾,[14] 果有以韋侯所爲十二詩遺[15]余者, 其意方且以入谿谷, 上巖石, 追
逐雲月不足日[16]爲事。讀而歌詠之, 令人欲棄百事往而與之游, 不知其出
於巴東[17]以屬胸朏[18]也。

14　未幾(미기) : 얼마 안 있어. 오래지 않아.

15　遺(유) : 증정하다. 보내다.

16　不足日(부족일) : 시일이 부족하다. 시간이 많지 않다.

17　巴東(파동) : 옛 군(郡) 이름으로 당나라 때 폐지되었다. 여기서는 개주(開州)를
　　가리킨다.

18　胸朏(구인) : 옛 현(縣) 이름으로 한(漢)나라 때는 파군(巴郡)에 속했다. 개주(開
　　州) 일대로 지금 사천성(四川省) 운양현(雲陽縣) 서쪽이다. '胸朏'은 '구인(蚯蚓)'
　　곧 '지렁이'로 이 지역이 저습해 지렁이가 많은 관계로 이런 이름이 붙여졌다는
　　설이 있다.

于時應而和者凡十人[19]。及此年[20], 韋侯爲中書舍人, 侍講六經禁中[21], 和者
通州元司馬[22]爲宰相, 洋州許使君[23]爲京兆, 忠州白使君[24]爲中書舍人, 李
使君[25]爲諫議大夫, 黔府嚴中丞[26]爲祕書監, 溫司馬[27]爲起居舍人, 皆集闕
下[28]。於是盛山十二詩與其和者, 大行於時, 聯爲大卷, 家有之焉;慕而爲
者將日益多, 則分爲別卷。韋侯俾余題其首。

19　十人(십인) : 이 글에 보이는 화답시를 쓴 사람은 6명뿐이므로 '十'이라고 한 것
　　은 오류라는 설도 있지만, 화답한 사람은 10명이고 지금 조정에 모여 있는 사람
　　은 6명일 수도 있다.

20　此年(차년) : 장경(長慶) 2년(822).

21　侍講六經禁中(시강육경금중) : 위처후는 원화 15년(820) 3월에 시강학사(侍講學
　　士)로서 태액정(太液亭)에서 황제에게 『시경·관저(關雎)』와 『서경·홍범(洪

範)』을 강의한 적이 있었다.

22 元司馬(원사마) : 원진(元稹). 그는 원화 10년(815) 3월에 통주(通州 : 지금 사천성
    달현(達縣)]사마(司馬)로 좌천된 적이 있고, 장경 2년(822) 2월에 동평장사(同平
    章事) 곧 재상이 되었다. 관직의 경우 전자는 화답시를 썼을 때의 것이고, 후자
    는 대궐에 모였을 때의 것이다. 이하 다른 사람의 경우도 마찬가지인데 화답시
    를 쓰거나 대궐로 돌아온 시기가 동일한 것은 아니다.

23 許使君(허사군) : 허강좌(許康座). 그가 양주자사(洋州刺史)와 경조윤(京兆尹)을
    역임한 것은 역사서에 기록되어 있지 않다. '使君'은 주군(州郡)의 장관에 대한
    존칭이다. 양주는 지금의 섬서성 양현(洋縣)이다.

24 忠州白使君(백사군) : 백거이(白居易). 그는 원화 13년(818) 12월에 충주자사(忠
    州刺史), 장경 원년(821) 12월에 중서사인이 되었다. 충주는 지금의 사천성 충현
    (忠縣)이다.

25 李使君(이사군) : 이경검(李景儉). 그는 자가 관중(寬中)이고 정원 15년(799) 진사
    로 원화 연간에 충주(忠州)와 예주(澧州) 자사를 거쳐, 장경 원년(821) 8월에 간
    의대부(諫議大夫)가 되었다.

26 嚴中丞(엄중승) : 엄모(嚴謩). 그는 원화 14년(819) 2월에 어사중승(御史中丞)의
    직함으로 검중관찰사(黔中觀察使)로 나갔다가 장경 원년(821)에 비서감(祕書監)
    이 되었다.

27 溫司馬(온사마) : 온조(溫造). 그는 일찍이 무릉사마(武陵司馬)를 역임하고, 장경
    원년(821) 12월에 기거사인(起居舍人)이 되었다.

28 闕下(궐하) : 대궐 아래로 조정을 가리킨다. '闕'은 고대 궁전이나 사당 등 앞의
    건축물로 좌우에 각각 하나씩 있으며, 높은 누각을 쌓아 올리고 그 위에 망루를
    설치해놓았다.

 「석정연구시 서문」

石鼎聯句詩序

원화 7년(812) 12월 4일에 형산(衡山)의 도사 헌원미명(軒轅彌明)이 형산에서 내려왔는데, 전에 진사 유사복(劉師服)과 형산과 상강(湘江) 일대에서 만나 사귄 적이 있었기에 태백산(太白山)으로 가려고 하던 차에 유사복이 도성에 있다는 사실을 알고는 밤에 그의 집에 가서 묵게 되었다. 교서랑(校書郎) 후희(侯喜)라는 사람이 최근 들어 시를 잘 짓는다는 명성을 얻고 있었는데 그날 밤에 유사복과 시를 담론하고 있었고, 헌원미명은 그 곁에 앉아 있었는데 용모가 몹시 추했고 흰 수염과 검은 얼굴에 목이 길고 울대뼈가 불쑥 나와 있으며, 말소리는 또 초(楚) 지방 사투리를 쓰고 있어서 후희는 곁에 그 사람이 없는 것처럼 대했다. 그러던 중 갑자기 헌원미명이 옷을 걷어 올리고 눈썹을 치켜뜨면서 화로속의 세발돌솥을 가리키며 후희에게 말했다.

"자네가 시에 뛰어나다고 하는데 나와 이것을 제재로 시를 지어볼 수 있겠소?"

유사복은 전에 형산과 상강 일대의 사람들이 하는 말을 들은 적이 있었다. 헌원미명은 나이가 구십 살이 넘었으며, 귀신이나 요괴를 붙잡아 내쫓고 교룡과 뿔 없는 용이나 호랑이와 표범까지도 잡아 가둘 줄 안다고 하는 내용이었는데, 그가 진실로 그렇게 할 수 있는지 어떤지는 알지 못했다. 유사복은 연로한 그에게 겉으로는 매우 공경하게 대했지만 글재주가 있는지는 알지 못했다. 헌원미명의 이런 제안을 듣고 유사복은 크게 기뻐하며 바로 붓을 잡고 첫머리 두 구절을 쓰고 그 다음으로 후희에게 넘겨주자, 후희가 환호작약하며 바로 그 뒤를 이어 또 뭐라고 쓰기 시작했다. 그러자 도사는 껄껄 소리 내어 웃으며 말했다.

"자네들의 시는 이런 정도일 뿐이오!"

그는 바로 손을 소매에 넣고 어깨를 으쓱하며 북쪽 벽에 기대어 앉더니 유사복에게 말했다.

"나는 인간 세상에서 쓰는 문자를 알지 못하니 자네가 나를 대신해서 좀 써주시오."

그러고 나서 큰 소리로 읊조렸다.

"용 같은 머리는 펴지지 않고 움츠러들어 작달막하고
돼지 같은 배는 크게 불룩 부풀어 올라 있네."

언뜻 별 생각 없이 내뱉은 것처럼 보였지만 시의 취지가 후희를 나무라는 데 있는 것 같아 두 사람은 서로 돌아보며 부끄럽게 여기고 깜짝 놀랐다. 유사복은 시를 여러 차례 많이 지어서 그의 재주를 궁하게 하고자 바로 또 두 구절의 시를 쓴 뒤 후희에게 전해주니, 후희는 시적 구상이 갈수록 힘들어졌으나 반드시 도사를 압도하겠다는 심정을 다잡으며 마음속으로 이모저모 생각한 뒤, 막상 생각한 바를 입 밖으로 내려고 하면 소리는 갈수록 더 처량해지고, 붓을 잡고 쓰려고 하면 또 멈추게 되어버려 끝내 기발한 시구를 토해낼 수 없었다. 후희가 안간힘을 다해서 쓴 뒤에 도사에게 순서를 건네자, 그는 높이 거만하게 걸터앉아 큰 소리로 외쳤다.

"유사복이 붓을 잡고 대신 써주게나, 나의 시는 이러이러하오."

그는 별 생각 없이 내뱉는 것 같은 데도 시는 갈수록 더욱 기발해져 그 말에 덧붙여 맞장구를 쳐내려갈 수 없게 만들었으며, 말뜻까지도 모두 유사복과 후희를 풍자하는 것이었다. 그리하여 후희는 점점 더 그를 꺼려했다. 유사복과 후희가 모두 이미 십여 개 운자(韻字)의 시를 썼지만 헌원미명은 소리에 메아리가 울리듯 응대하면서, 칼날이 주머니를 뚫고 나오듯 말 속에다 자신의 재주를 드러내어 나무라고 풍자하는 뜻을 담고 있었다. 깊은 밤 삼경(三更)이 다 지나갈 즈음에 두 사람은 시적 구상이 바닥나서 더 이상 계속 써나갈 수가 없게 되자 일어나 사죄하며 말했다.

"높으신 도사님은 세상의 보통 사람이 아니시니, 저희들이 항복하고 제자가 되기를 바라며 감히 다시는 시를 담론하지 않겠습니다."

도사는 떨쳐 일어나며 말했다.

"그렇지 않소, 시는 짓기 시작한 이상 완성을 하지 않을 수 없소."

그리고 또 유사복에게 말했다.

"붓을 잡게나, 내가 그대들에게 시를 완성해 주겠소!"

그리고는 바로 40자 8구의 시를 큰 소리로 읊고서는 유사복이 다 쓰자 읽게 하고, 읽기를 마치자 두 사람에게 말했다.

"이제 시가 완성이 되지 않았는가?"

두 사람이 한 목소리로 응답해 말했다.

"완성이 되었습니다."

도사가 말했다.

"이것들은 모두 자네들과 함께 말할 가치도 없는 것이니, 이런 것이 어찌 글이라 할 수 있겠소? 나는 자네들이 할 수 있는 것에 맞추어서 지어보았을 뿐 이것은 내가 내 스승으로부터 배워 잘하는 것이 아니며, 내가 잘하는 것은 모두 자네들이 들을 만한 것이 아니니 어찌 단지 글만 그렇겠소? 내가 하는 말 역시 자네들이 들을 만한 것이 아니니, 나는 그만 입을 다물고 아무 말도 하지 않겠소.”

두 사람이 크게 놀라며 황급히 일어나 평상 앞에 서서 절하고 말했다.

“감히 다른 것은 묻지 않겠습니다만 한 말씀만 듣기를 원하옵니다. 선생님께서는 ‘나는 인간 세상에서 쓰는 문자는 알지 못한다’고 하셨는데, 감히 묻자오니 어떤 문자를 쓰실 줄 아십니까? 이 점만은 꼭 듣기를 청하옵니다.”

도사는 조용히 마치 아무 말도 못 들은 것처럼 한 마디도 하지 않았다. 여러 차례 물어도 응답이 없자 두 사람은 어쩔 수 없이 바로 물러나 원래 좌석으로 돌아갔는데, 도사는 벽에 기댄 채 잠이 들어 코 고는 소리가 천둥 치는 것 같아 두 사람은 대경실색하며 감히 숨 쉬는 소리도 내지 못했다. 얼마 안 있어 새벽을 알리는 북소리가 둥둥 울렸는데, 두 사람도 몹시 피곤한 나머지 앉은 채로 잠이 들어버렸다. 깨어나 보니 이미 해가 떠오른 뒤인지라, 깜짝 놀라 고개를 돌려 도사를 찾아봤지만 보이지 않았다. 유사복이 급히 아이 종을 불러 물어보니 아이 종이 말했다.

“동이 트려고 할 무렵에 도사께서 일어나 문밖으로 나가시기에 소변을 보려고 하시는 것 같았습니다만, 한참이 지나도 돌아오시지 않기에 이상한 생각이 들어 바로 문밖으로 나가 찾아보았으나 이미 계시지 않았습니다.”

두 사람은 놀라 아쉬워하면서 스스로를 책망하는 모습이 마치 뭔가를 잃어버린 것 같았다. 유사복이 짬을 내어 내가 있는 곳으로 와서 그런 사실을 말해주었는데, 나도 그 도사가 누구인지를 도무지 알 수가 없었다. 일찍이 듣기로는 은둔해 사는 군자 중에 미명(彌明)이라는 사람이 있다고 하던데 설마 그 사람이겠는가? 한유가 서문을 지었다.

해제

원화 7년(812) 국자박사(國子博士) 재직 시에 작자의 제자 유사복(劉師服)과 후희(侯喜)가 형산(衡山)의 도사 헌원미명(軒轅彌明))과 석정(石鼎)을 제재로 하여 지은 연구시(聯句詩)에 붙인 서문. ‘정(鼎)’은 본래 ‘세발 달린 솥’으로 보통 구리로 만들었으며, 큰 것은 소나 양 따위의 희생물을 삶는 솥으로 쓰였는데 ‘석정’은 돌로 만든 것이다. ‘연구(聯句)’는 두 사람 이상이 서로 이어가며 한 편의 시를 짓는 창작 방식의 하나인데, 그렇게 쓴 시를 가리키기도 한다. 이 글은 세 사람이 돌아가며 연구시를 짓는 과정을 서술했는데, 줄거리에 우여곡절이 많고 괴이하기까지 하며 인물의 각종 표정이나 태도에 대한 묘사, 특히 헌원미명이라는 형상에 대한 묘사가 극도로 상세하고 생동적이어서 전기소설(傳奇小說)의 필치를 모방해 지은 유희적 작품으로 간주되고 있다.

그런데 이 글에 담긴 진정한 의도가 무엇인가에 대해 많은 논란이 있어 왔다. 그중에서 가장 설득력 있는 견해가 바로 옛날에 ‘鼎鼐(정내)’ 곧 세발솥이나 가마솥 등과 같은 국가의 보물로 삼공(三公)을 비유한 언어적 관습에 근거해, 이 시의 숨은 주제를 당시의 재상을 풍자하는 뜻으로 보는 것이다. 따라서 필화를 피하기 위해 헌원미명과 같은 가상 인물을 만들어낸 것이나 창작 시기를 ‘원화 7년 12월 4일(元和七年十二月四日)’이라고 한 것은 모두 허구적 설정에 불과할 뿐이라는 견해가 있는데 설득력이 있어 보인다.

元和七年十二月四日, 衡山[1]道士軒轅彌明自衡下來, 舊與劉師服[2]進士衡湘[3]中相識, 將過太白[4], 知師服在京, 夜抵[5]其居宿。有校書郎侯喜[6], 新有能詩聲, 夜與劉說詩, 彌明在其側, 貌極醜, 白鬚黑面, 長頸而高結喉[7], 中又作楚語[8], 喜視之若無人。彌明忽軒衣張眉[9]指鑪中石鼎謂喜曰：“子云能詩, 能與我賦此乎?” 劉往見衡湘間人說云年九十餘矣, 解捕逐鬼物[10], 拘囚蛟螭[11]虎豹；不知其實能否也。見其老, 頗貌敬[12]之, 不知其有文也。聞此說大喜, 卽援筆題其首兩句, 次傳於喜, 喜踊躍[13]卽綴其下云云[14]。道士啞然[15]笑曰：“子詩如是而已乎!” 卽袖手踈肩[16]倚北牆坐, 謂劉曰：“吾不解世俗書[17], 子爲我書!” 因高吟曰：“龍頭縮菌蠢[18], 豕腹漲彭亨[19]。” 初不似[20]經意[21], 詩旨有似譏喜, 二子相顧慙駭[22]。欲以多窮之, 卽又爲而傳之喜, 喜思益苦, 務欲壓道士, 每營度[23]欲出口吻, 聲鳴益悲, 操筆欲書, 將下復止, 竟亦不能奇也。畢, 卽傳道士, 道士高踞大唱[24]曰：“劉把筆, 吾詩云云[14]。” 其不用意而功益奇, 不可附說[25], 語皆侵劉侯。喜益忌之。劉與侯皆已賦十餘韻, 彌明應之如響[26], 皆穎脫[27]含譏諷[28]。夜盡三更[29], 二子思竭[30]不能續, 因起謝[31]曰：“尊師[32]非世人也, 某伏[33]矣, 願爲弟子, 不敢更論詩。” 道士奮[34]曰：“不然, 章不可以不成也。” 又謂劉曰：“把筆來, 吾與汝就之!” 卽又唱出四十字爲八句；書訖, 使讀；讀畢, 謂二子曰：“章不已就乎?” 二子齊應曰：“就矣。” 道士曰：“此皆不足與語, 此寧爲文邪? 吾就子所能而作耳, 非吾之所學於師而能者也；吾所能者子皆不足以聞也, 獨文乎哉? 吾語亦不當聞也, 吾閉口矣。” 二子大懼, 皆起立牀下, 拜曰：“不敢他有問也, 願聞一言而已。先生稱吾不解人間書, 敢問解何書? 請聞此而已。” 道士寂然若無聞也, 累問不應, 二子不自得, 卽退就座, 道士依牆睡, 鼻息如雷鳴, 二子怛然[35]失色不敢喘[36]。斯須[37], 曙鼓[38]動鼕鼕[39], 二子亦困, 遂坐睡；及覺, 日已上, 驚顧覓道士不見。卽問童奴, 奴曰：“天且明, 道士起, 出門, 若將便旋[40]然, 奴怪久不

返, 即出到門覓, 無有也。" 二子驚愰[41], 自責若有失[42]者。閒[43]遂詣余言, 余
不能識其何道士也。嘗聞有隱君子彌明, 豈其人耶? 韓愈序。

---

1 衡山(형산) : 「송요도사서(送廖道士序)」(HS-136) 주석 3 참조.

2 劉師服(유사복) : 한유의 친구이자 제자로 진사 급제 시기는 미상이다. 『구당
   서・헌종기(憲宗紀)』에 거상 중인 부마 우계우(于季友)와 밤에 주연을 베풀어
   술을 마신 일로 태형 40대에 처해지고 연주(連州)로 유배된 기록이 있다.

3 衡湘(형상) : 형산(衡山)과 상강(湘江) 유역 일대로 호남성(湖南省) 중부 지방을
   가리킨다. 상강은 광서성(廣西省) 흥안현(興安縣) 해양산(海陽山)에서 발원해
   호남성으로 들어와 북쪽의 동정호(洞庭湖)로 흘러 들어간다.

4 太白(태백) : 섬서성(陝西省) 미현(眉縣) 남쪽에 있는 도교(道教)의 명산 이름으
   로 위진(魏晉) 이전에는 물산(物山) 또는 태을산(太乙山)으로 불렸다. 진령(秦
   嶺) 산맥의 북쪽 산록에 위치한 주봉우리로 해발 3,767m에 달한다.

5 抵(저) : 이르다. 다다르다.

6 侯喜(후희) : 시와 고문에 모두 능한 한유의 제자로 정원 19년(803)에 진사가 되
   었으며, 비서성(祕書省) 교서랑(校書郎)과 국자주부(國子主簿) 등의 관직을 역
   임했다.

7 結喉(결후) : 울대뼈. 후골(喉骨). 성인 남자의 갑상 연골에 있는 불룩한 부분.
   송대(宋代) 이후 이하 두 구절의 해석에 많은 논란이 있어 왔는데, 그 중의 유력
   한 견해의 하나가 '結'에서 끊어 '髻(계)'로 보고 '喉'는 뒤 구절에 붙여 읽는 것이
   다. 이 견해에 따르면 이 두 구절은 '목이 길고 상투를 높이 하고 있으며, 목에서는
   또 초 지방 사투리를 하고 있었다'로 옮길 수 있다. 이렇게 옮겨도 뜻이 통하지만,
   여기서는 도사는 관을 쓰고 상투를 틀지 않으므로 목이 길기 때문에 울대뼈가 불
   룩 튀어 나온 것이 보이는 모습으로 풀이한 주희(朱熹)의 견해를 따라 옮겼다.

8 楚語(초어) : 초 지방 방언. 형산과 상강 곧 호남성 일대는 고대 초나라 땅이다.

9 軒衣張眉(헌의장미) : 옷을 걷어 올리고 눈썹을 치켜뜨다. 도사의 풍채가 호기
   (豪氣)스럽고 표일(飄逸)한 것을 나타낸다.

10 鬼物(귀물) : 귀신과 요괴.

11 蛟螭(교리) : 신화 전설상의 동물로 교룡과 뿔 없는 용. '蛟'는 홍수를 일으키는
    용이고, '螭'는 암컷용이라고도 한다. 일설에는 '蛟螭'를 합쳐 용의 새끼, 암컷용,
    물의 신(神) 등등으로 풀이하기도 한다.

12 貌敬(모경) : 겉으로 공경하다.

13 踊躍(용약) : 환호작약하다.

14 云云(운운) : 쓴 시구(詩句)가 이러이러함을 가리킨다.

15 啞然(액연) : 껄껄 소리 내어 웃는 모양.

16 竦肩(송견) : 어깨를 으쓱하다.

17 世俗書(세속서) : 인간 세상에서 쓰는 문자. 문자 그대로 당시에 통용되는 글자
    체만을 가리키는 것이 아니라, 뒤에 나오는 '人間書(인간서)'와 같이 전서(篆書)・
    예서(隸書)・해서(楷書)・초서(草書)・행서(行書) 등의 각종 서체를 포괄한다.

18 縮菌蠢(축균준) : 펴지지 않고 움츠러들어 작달막하다. '菌蠢'은 첩운(疊韻)의 연
    면사(聯綿詞)로 펴지지 않고 움츠러들어 작달만한 모양을 나타낸다. 연면사로
    보지 않고 '菌'자의 의미를 살려 버섯의 머리 모양처럼 작달막하고 불퉁한 것으
    로 풀이하기도 한다.

19 漲彭亨(창팽형) : 크게 불룩 부풀어 올라 있다. '漲'은 '脹'과 통하고, '彭亨'은 첩
    운의 연면사로 크고 불룩한 모양을 나타낸다. 이상 두 구절은 석정(石鼎)의 모
    습을 형용한 것이지만 실제로는 후희의 외모를 비꼬아 한 표현이다.

20 不似(불사) : 주희(朱熹)는 '似不'로 고쳐야 옳다고 했는데 그대로 두어도 뜻이
    통한다.

21 經意(경의) : 마음에 두다. 신경 쓰다. 뒤에 나오는 '用意(용의)'와 같다.

22 慙駭(참해) : 부끄럽게 여기고 깜짝 놀라다.

23 營度(영탁) : 이리저리 재며 헤아리다. 여기서는 시를 구상하는 것을 가리킨다.

24 高踞大唱(고거대창) : 높이 걸터앉아 큰 소리로 외치다. 도사가 스스로를 높이
    여겨 곁에 아무도 없는 것처럼 하는 거만한 기개를 형용한다.

25 附說(부설) : 도사가 하는 말에 덧붙여 맞장구를 쳐내려가다.

26 應之如響(응지여향) : 소리에 메아리가 울리는 것 같이 빨리 응대하다. 「중답익
    서(重答翊書)」(HS-089) 주석 4 참조.

27 穎脫(영탈) : 칼날이 주머니를 뚫고 나오듯 재주를 다 드러내다.

28 譏諷(기풍) : 나무라고 풍자하다.

29 三更(삼경) : 밤 12시 전후의 심야.

30 思竭(사갈) : 시적 구상이 고갈되다. 시적 영감이 바닥나다.

31 起謝(기사) : 일어나 사죄하다.

32 尊師(존사) : 도사에 대한 존칭.

33 伏(복) : 복종하다. 감복하다. '服'과 통한다.

34 奮(분) : 떨쳐 일어나다. 『교주(校注)』에서는 다른 판본을 좇아 이 뒤에 '髯(염)'
    자가 있는 것으로 보았는데, 그 풀이에 따르면 수염을 흔들며 기세등등한 모양
    을 나타낸다.

35 怛然(달연) : 크게 놀라는 모양.

36 喘(천) : 숨 쉬다. 호흡하다.

37 斯須(사수) : 얼마 안 있어. 조금 있다가. '須臾(수유)'와 같은 뜻이다.

38 曙鼓(서고) : 동이 틀 때 울리는 큰 북.

39 鼕鼕(동동) : 둥둥 울리는 북소리.

40 便旋(변선) : 소변보다. 일설에는 첩운의 연면사로 '盤旋(반선)'·'盤桓(반환)'과
    같은 뜻으로 보고 '산보하다'로 풀이하기도 한다.

41 驚惋(경완) : 놀라고 아쉬워하다.

42 若有失(약유실) : 마치 뭔가를 잃어버린 듯하다. 『장자·덕충부(德充符)』에 "마
    치 뭔가를 잃어버린 것과 같다(若有亡也)"라는 글귀가 보인다.

43 間(간) : 틈을 타서. 기회를 엿보아. '間'과 같다.